한국 산문선

7

코끼리 보고서

박지원 외

안대회 · 이현일 편역

한국 산문선

7

코끼리 보고서

박지원 외

민음사

책을 펴내며

조선 초에 정도전은 "해달별은 하늘의 글이고, 산천초목은 땅의 글이며, 시서예악은 사람의 글이다."라고 말했다. 해와 달과 별이 있어 하늘은 빛나고, 산천과 초목이 있어 대지는 화려한 것처럼, 시서와 예악의 인문(人文)이 있기에 사람은 천지 사이에서 빛나는 존재로 살아간다. 글은 사람에게 해와 달과 별이요 산천과 초목이다.

인문은 문화이자 문명이다. 글이 있어 문화가 빛나고, 글이 있어 문명이 이루어진다. 우리는 글로 인재를 뽑고, 글하는 선비가 나라를 이끈 문화의 나라, 문명의 터전이었다. 시대마다 그 시대의 인문이 글 속에서 찬연히 빛났다. 글로 자신의 위의를 지켰고, 세계에서 문명국의 대접을 받았다.

글로 빛나던 선인들의 인문 전통은 명맥이 끊긴 지 오래다. 자랑스럽게 읽던 명문은 한문의 쓰임새가 사라지면서 소통이 끊긴 죽은 글로 변했다. 오래도록 한문 산문은 동아시아 공통의 문장으로 행세했다. 말을 전혀 못해도 필담으로 얼마든지 깊은 대화가 오갈 수 있었다. 국경과 언어 장벽을 넘어선 소통이 이 한문을 끈으로 이루어졌다. 이제 그 전통이 단절되었다 하여 해와 달과 별처럼 빛나고, 산천과 초목인 양 인문 세계를 꾸미던 명문의 전통을 없던 일로 밀쳐 둘 수 있을까?

한문으로 쓰인 문장은 오늘날 독자에게는 암호문처럼 어렵다. 그러나 그 안에 담긴 인문 정신의 가치는 현대라도 보석처럼 빛난다. 그 같은 보석을 길 막힌 가시덤불 속에 그냥 묻어 둘 수만은 없다. 이에 막힌 길을 새로 내고 역할을 나눠, '글의 나라' 인문 왕국이 성취해 낸 우리 옛글의 찬연한 무늬를 세상에 알리려 한다.

삼국 시대로부터 20세기에 이르는 장구한 시간을 씨줄로 걸고, 각 시대를 빛냈던 문장가의 아름다운 글을 날줄로 엮었다. 각 시대의 명문장을 선택하여 쉬운 우리말로 옮기고 풀이 글을 덧붙였다. 이렇게 만나는 옛글은 더 이상 낡은 글이 아니다. 오히려 까맣게 잊고 있던 자신과 느닷없이 대면하는 느낌이 들 만큼 새롭다.

상우천고(尙友千古)라고 했다. 천고를 벗으로 삼는다는 말이다. 한 시대를 살면서 마음 나눌 벗 한 사람이 없어, 답답한 끝에 뱉은 말이다. 조선 후기 장혼은 "백 근 나가는 묵직한 물건은 보통 사람이 감당하기 어렵겠지만, 다섯 수레의 책은 돌돌 말면 가슴속에 넣고 심장 안에 쌓아 둘 수 있으며, 이를 잘 쓰면 대자연의 이치를 깨달아 우주를 가득 채우리라."라고 했다. 글에서 멀어진 독자들과 다섯 수레에 실린 성찬을 조금씩 덜어 먹으며 상우천고의 위안과 통찰을 함께 누리고 싶다.

책 엮는 일을 2010년부터 시작해 꼬박 여덟 해 이상 시간이 걸렸다. 여섯 명의 옮긴이가 세 팀으로 나뉘어 신라에서 조선 말기까지 모두 아홉 권으로 담아냈다. 먼저 방대한 우리 고전 중에서 사유의 깊이와 너비가 드러나 지성사에서 논의되고 현대인에게 생각거리를 제공하는 글을 선정했다. 각종 문체를 망라하되 형식성이 강하거나 가독성이 떨어지는 글은 배제했으며 내용의 다양성을 확보하고자 했다. 부드러우면서도 분명하게 읽히도록 우리말로 옮기고, 작품의 이해를 돕는 간결한 해설을 붙였다. 더불어 권두의 해제로 각 시대 문장의 흐름을 조감해 볼 수 있도록 했다.

조선 초 서거정의 『동문선』 이후 전 시대를 망라한 이만한 규모의 산문 선집은 처음 기획되는 일이다. 글마다 한 시대의 풍경과 사유가 담기는 것을 작업의 과정 내내 느꼈다. 작업을 마치면서 빠뜨린 구슬의 탄식이 없을 수 없다. 그래도 일천 년을 훌쩍 넘긴 한문 산문의 역사를 이렇게 한 필의 비단으로 엮어 주욱 펼쳐 놓고 보니 감회가 없지 않다. 대방의 질정을 청한다.

2017년 11월

안대회, 이종묵, 정민, 이현일, 이홍식, 장유승 함께 씀

소품문의 등장과 창신(創新)의 시대
정조 연간

7권은 영조 치세 후반에서 정조 치세 중반 사이의 시기, 곧 1750년대에서 1790년대까지 대략 40여 년 동안 지어진 작품을 실었다. 이광려(李匡呂)에서 시작하여 정약전(丁若銓)까지 35명의 문장가가 쓴 75편의 작품을 수록하여 18세기 중후반 산문의 동향과 특징을 보여 주는 선집이다.

18세기 중후반은 산문의 역사에서 상당히 큰 전환의 시기이다. 사회와 문화 전반에서 자유롭고 활기찬 분위기가 넓게 퍼져 문예에서는 창조적이고 개성적인 활동이 충만하였다. 생동하는 분위기는 문학 전 분야에서 작가층이 다변화하고, 개성이 넘치며, 신선하고 창조적인 역량과 사조가 넓게 퍼질 수 있는 조건으로 작동하였다. 산문에서 큰 변화가 일어날 수 있는 역동적인 분위기가 무르익었고, 실제로 나타났다.

조선 시대 산문은 고문(古文)이란 문체를 모델로 삼아 창작이 이루어졌다. 특히 조선 중기 이래로 고문의 대가들이 등장하여 고문 작법에 기대어 모범적인 문장을 창작하였다. 이는 문단이나 조정에서나 바람직한 문장의 권위를 인정받았다. 그러나 영조 중반을 전후하여 산문 창작에서는 큰 변화의 바람이 불기 시작했다. 문장가들이 전통적이고 모범적인 문장에 식상해하며 변화와 혁신을 적극적으로 모색해 새로운 문장을 쓰고자 했다. 그리하여 창작의 다양한 변화와 실험이 진행되었는데 소품문(小品文)이란 이름으로 불리는 낯선 문체가 고문의 틀과 구속을 떨쳐 내고 새로운 문장으로 대두하였다. 소품문은 섬세하고 경쾌하며, 취향이 사적이고 생각이 자유로운 문체로서 다수의 문장가가 그 문체에 경도되어 지난 시대의 문장과는 여러 면에서 변화를 가져왔다.

소품문이 유행하게 되면서 고문 창작을 선호한 문장가들이 새로 나타난 문체를 비판하여 이 시기에는 어떤 문장을 써야 하는지를 두고 큰 논쟁과 갈등이 일어났다. 박지원(朴趾源)이 「초정집서(楚亭集序)」에서 법고(法古)와 창신(創新)을 서로 대립하는 창작 태도로 설정하여 언급한 것이 고문과 소품문, 보수와 혁신 사이에 일어난 논쟁과 갈등의 실제를 보여 주는 하나의 사례이다. 그와 같은 논쟁과 갈등의 정점에 국왕 정조가 자리하고 있어서 소품문의 유행을 누그러뜨리고 과거의 모범적인 고문 문체로 되돌리려는 문체반정(文體反正)을 시도했다. 소품문에 체제를 비판하는 격한 정치적 주장이 펼쳐진 것은 아니지만, 유가의 일반적 사고와는 다른 인생관, 생활 태도 등 새로운 사조가 반영되어 기존 체제를 와해시킬 수 있는 위험한 시도라고 인식하여 보수적 산문 지지자들이 일으킨 정책이 문체반정이었다. 낮은 단계의 불온한 문학 사조로 간주할 만큼 소품문은 산문사에서 작지 않은 변화를 일으킨 산문 문체로서 이후 19세기 전반기까지 큰 영향을 끼쳤다. 따라서 7권에는 이 시기 산문에 큰 변화를 몰고 온 소품문의 유행과 그로 인해 변화한 실상을 확인할 수 있는 다양한 작품을 뽑았다.

소품문의 유행과 함께 뚜렷하게 부각되는 현상의 하나로 산문 작가가 폭증하는 현상과 작가층이 다변화하는 현상을 꼽을 수 있다. 18세기 들어와 그와 같은 현상이 이미 진행되었으나 중후반기에는 더욱 추세가 강해졌다. 반세기가 채 안 되는 짧은 기간 동안에 활동한 문장가로

한 권 분량으로 채울 만큼 수준 높은 문장을 쓴 작가가 다수 배출되었다. 세 편 이상씩 뽑은 주요 작가만 해도 채제공(蔡濟恭), 홍양호(洪良浩), 이규상(李奎象), 이종휘(李種徽), 성대중(成大中), 박지원, 강흔(姜俒), 이덕무(李德懋), 유득공(柳得恭), 박제가(朴齊家) 등이 있다. 작가의 면면을 놓고 볼 때 정치나 사상, 문학 방면에서 큰 영향을 끼친 인물이 다수이다. 한두 편의 작품만을 뽑은 작가는 그 수가 더욱 많고, 이 선집에 작품을 싣지 못한 군소 작가도 상당히 많은데 그들의 산문 역시 수준이 낮다고 볼 수 없다. 전반적으로 이 시기에는 문학이 융성하여 작가의 수가 많았고, 그에 수반하여 다양한 작풍과 주제의 작품이 활발하게 창작되었다. 산문은 그와 같은 현상을 뚜렷하게 보여 준다.

작가가 다변화한 현상은 작가의 다양성을 이끌었다. 작가의 신분 구성을 볼 때 국왕인 정조(正祖)로부터 고관을 지낸 채제공이나 김종수(金鍾秀), 홍양호, 김재찬(金載瓚), 이서구(李書九) 등이 있고, 명문가 출신이지만 낮은 벼슬이나 아예 벼슬하지 않은 이광려, 박지원, 정지순(鄭持淳), 이규상, 이영익(李令翊), 유경종(柳慶種)이 있으며, 그 밖에 서류(庶類)에 속하는 성대중, 이덕무, 이희경(李喜經), 유득공, 박제가, 이명오(李明五)가 있다. 여기에 중인으로 이언진(李彦瑱), 여성으로 곽씨 부인(郭氏夫人)이 있다. 사대부 작가, 그것도 고위직을 지낸 작가가 전적으로 주류를 차지한 앞선 시기의 작가 구성에 비하면 다양성이 눈에 뜨이게 나타난다.

다양한 신분과 처지로 구성된 작가층은 산문의 서술 방향과 주제에 큰 영향을 끼쳤다. 7권에 수록한 작품의 서술 방향을 살펴보면 큰 변화를 감지할 수 있는데, 실례로 인물의 생애를 묘사한 전기(傳記) 산문을 살펴보면 단번에 차이가 드러난다. 여항인의 생애를 다룬 전기가 여러 편이고, 특이한 경력이나 직업을 가진 인물의 전기가 다수를 차지하고 있다. 빈민을 구제한 제주 기생 만덕, 민중을 치료한 의원 조광일과 종기 전문의 피재길, 베트남에 표류했던 제주도 평민 김복수, 전설적인 명장 장붕익, 보령의 소년 협객, 똥 지게꾼 예덕 선생, 경영형 부농 김순만, 방아를 찌어 생계를 유지한 시인 이명배, 바둑계의 국수 정운창 등을 다루고 있는데, 서로 다른 신분과 직업, 활동을 보여 주어 역동적 사회의 시대상을 인물을 통해 확인할 수 있다. 대체로 서민 명사에게 시선을 돌려 개성 있는 삶을 서술한 글쓰기는 인간을 이해하는 작가의 확장된 시선과 새로운 방향성을 보여 준다. 양적으로 사대부의 생애를 다룬 전기를 능가하지는 않더라도 전기 산문의 근간을 이루었던 고관이나 학자, 문인 등의 범주를 넘어서 다양한 인물을 서술하고, 그 소재에서 작품성이 뛰어난 산문이 다수 출현하였다.

그 밖에도 박지원의 「큰누님을 떠나보내고(伯姊贈貞夫人朴氏墓誌銘)」와 「홍덕보 묘지명(洪德保墓誌銘)」, 이가환(李家煥)의 「효자 홍차기의 사연(孝子豊山洪此奇碑碣)」은 친누나와 저명한 학자, 효자를 다루었는데 묘사의 대상은 상투적이라고 볼 수 있으나 그 문체와 시각은 대단히 기이하여 흔하게 지어지는 묘지명과 비교할 때 파격적이다. 전기 산문을 놓고 보더라도 다루는 대상 인물이나 문체, 시각의 차이가 커서 이 시기 문장이 이전과 비교하여 크게 변화했음을 분명하게 알 수 있다.

산문의 주제 또한 넓게 확대되어 세계와 사회를 바라보는 다양한 시각을 담으려는 노력을 보여 주었다. 이광려와 정범조(丁範祖), 이종휘, 이규상, 정동유(鄭東愈), 유득공, 박제가, 정약전의 논리적 산문에서는 국제 질서를 파악하고, 경제와 사회의 시급한 당면 과제를 주제로 논지를 전개했는데 당시 지성인의 참신한 시각과 예리한 분석, 정책의 제안이 인상적이다. 일본과 중국으로부터 고구마 종자와 벽돌 제조 기술을 도입하는 문제, 청나라와 일본 사이에서 전쟁을 막고 외침에 대처하는 문제 등 국방과 외교, 역사와 정치, 경제와 세금과 같은 민감한 주제를 전면에 내세우고 정책을 제안하고 방안을 강구하는 논설문은 이 시기 사회적 관심사와 문제 해결 능력, 지식인의 논지 전개의 틀과 글쓰기 방법 등을 살펴볼 수 있는 훌륭한 자료이다. 그중에서 정약전의 「소나무 육성책(松政私議)」은 상당히 긴 논문으로 18세기 지식인의 논설문 수준을 보여 주는 빼어난 산문이다.

변화와 혁신의 정점은 서정적 산문과 문체의 영역에서 더 선명하게 드러난다. 성대중과 박지원, 이언진, 이덕무, 유경종 등의 산문은 친지나 가족 간의 인간적 교감과 여행이나 취미에서 얻은 체험을 다룬 서정성 짙은 글이 매우 많다. 삶의 애환을 깊이 있게 표현하고, 자연의 아름다움을 세밀하게 묘사하며, 인정과 세태를 자연스럽게 그려 낸 글은 체험의 진정성과 감성의 섬세함이 지면에 약동하여 읽는 흥미와 감동을 선물한다. 이 시기 산문의 정서는 시대 특유의 감성과 한국적 정서가 짙게 깔려 있으면서도 현대인의 감성과도 연결될 만큼 보편성을 갖고 있다.

이 시기 산문의 성과를 대표하는 문장가는 다름 아닌 박지원이다. 이 시기를 대표할 뿐만 아니라 한국 산문을 대표한다. 다양한 주제와 문체로 산문을 써서 독자를 감동시켰고, 동시대와 후대의 산문에 큰 영향을 끼쳤다. 그의 문장은 소품문의 특징을 가지면서도 고문의 특징까지 겸하고 있다. 이른바 연암체(燕巖體)라고 불리는 그의 문체는 독특한 개성을 발산하며 정조 시기 산문의 혁신성을 대변하고 있다. 그의 실험적 문장은 이덕무나 이규상, 박제가 등 여러 작가에게서도 확인할 수 있는데 그 실험성은 뒷시대 작가에게도 좋은 영향을 끼치고 있다.

박지원이 그만의 개성적 문체로 문단을 이끌어 갔으나 그 밖에도 우수한 작품과 다량의 작품을 산출한 작가들이 적지 않다. 겨우 한두 편의 산문밖에 남기지 않았으나 긴 문장으로 상상의 정원을 설계해 본 유경종의 「마음속의 원림(意園誌)」이나 이명오의 「향(香) 자로 시집을 엮고(香字八十首序)」와 같은 글을 보면, 군소 작가에 속하는 문장가라 해도 작품성이 뛰어난 작품을 남기는 경우가 많아 지은 문장의 수량만으로 판단할 수 없음을 보여 준다. 이 시기의 산문은 두터워진 작가층의 바탕 위에서 다채로운 주제와 시각을 내세워 개성을 지닌 문장을 창작하려 노력한 시대로 높게 평가할 수 있다.

차례

이광려

李匡呂

1720~1783년

자는 성재(聖載), 호는 월암(月巖), 본관은 전주(全州)이다. 소론(少論)을 대표하는 집안 출신으로 가학(家學)인 양명학(陽明學)을 깊이 연구했다. 집안이 당화(黨禍)를 입어 정계에 나가지 못하고 한평생 재야 학자로 살았다. 원교(圓嶠) 이광사(李匡師, 1705~1777년)를 스승으로 삼아서 공부했고, 만년에 평동(平洞, 지금의 서울 강북삼성병원 자리)에 살면서 학생들을 가르쳤다. 부근에 월암(月巖)이란 바위가 있어 '월암 선생'이라 불렸다.

그는 평생 실심(實心)으로 성인의 경지에 다다르고자 다양한 사상을 폭넓게 공부하면서 경건하게 살았다. 백성의 삶을 향상시키는 경세학(經世學)에 관심을 기울여 굶주림을 해결할 구황 식물의 재배법을 보급하려 했고, 벽돌과 수레의 도입을 주장했으며, 법의학서인 『무원록(無寃錄)』 연구에도 일가를 이루었다.

그의 시는 담담하고 고아하다(淡雅)는 평을 받았다. 산문은 집안 어른이나 강화학파 선배들에게 바치는 비지(碑誌) 문자가 대부분이나 여기 뽑은 글 두 편처럼 경세(經世)의 주제를 담은 글을 남기기도 했다. 문집으로 『이참봉집(李參奉集)』이 전한다.

고구마 보급

甘藷

중국에서 근래 고구마(甘藷)라는 기이한 식물이 하나 나타났다는 말을 항상 듣고 있었다. 이 식물이 전래된 지 백여 년이 지나 민(閩)·절(浙) 땅으로부터 점차 내륙으로 보급되었고, 그 덕분에 다시는 홍수와 가뭄, 풍년과 흉년을 걱정하지 않아도 된다고 하니, 정말 기이한 보배이다.

『농정전서(農政全書)』를 살펴봤더니, 책 속에서 설명한 고구마의 전고(典故)와 재배하고 씨를 얻는 방법이 수천 자에서 만 자에 이르렀다. 만약 이 물건을 얻어 우리나라에 심는다면 그 이익이 이루 다 말할 수 없을 거라는 생각이 들었지만 가져올 길이 없어 유감이었다.

일찍이 역관에게 말을 꺼내 보았으나 한두 번 사신으로 갔다 오면서 이것을 보거나 들었다는 소식이 아무것도 없었다. 가장 최근에 비슷한 물건이 있는 듯하다고 전해 주는 사람이 있었다. 정승 서지수(徐志修)가 마침 호조 판서가 되었기에 연경(燕京, 북경)을 가는 이에게 꼭 얻어서 돌아오라 부탁을 넣었는데, 귀국 도중에 열어 보니 모두 말라 죽어 있었다고 했다.

생각해 보니 이것을 북쪽에서 구한다 해도 가져오기가 쉽지 않고, 왜국에는 틀림없이 오래전에 전래되었을 것만 같았다. 대체로 중국의 물화(物貨)와 서적은 왜국이 꼭 우리보다 먼저 얻는 데다가 더구나 이것은 본래 남쪽 산물이 아닌가! 얼마 뒤 왜국에 있다는 물건을 알아봤더니 그 뿌리와 덩굴과 생김새, 빛깔과 맛이 고구마와 완전히 똑같았다. 마침 친구의 아들 중에 통신사를 따라 일본에 가는 이가 있어서 내가 간절히 부탁했다.

그 이듬해(1764년) 봄날 밤, 내가 자리에 앉아 있었고 강계현(姜啓賢) 군이 옆에 있었다. 내가 말을 꺼냈다. "통신사가 돌아온다 해도 고구마를 꼭 얻어 온다는 보장이 없네. 정말 얻어 오지 못한다면 올해를 또 헛되이 보낼 걸세. 내 생각에는 동래와 부산 지역에는 분명히 벌써 전래된 종자가 민간에 있을 걸세. 다만 그것이 고구마인 줄 모르고 있겠지. 그곳에 가서 뒤져 찾으면 얻을 수도 있으련만 갈 사람이 없는 것이 한스럽네."

그러자 강 군이 분개하면서 "제가 한번 가 보겠습니다. 있기만 하다면 어찌 못 얻어 오겠습니까?"라고 했다. 내가 "자네가 무슨 수로 가려 하는가?"라고 묻자 강 군은 "걸어가지요. 간다면 왜 다다르지 못할까 봐 걱정하며, 다다랐다면 왜 얻지 못할까 봐 걱정하겠습니까? 다만 있는지 없는지 그것을 모르겠습니다."라고 대답했다.

이때 친한 사람이 밀양 부사로 재직하고 있었고, 또 동래 부사에게 편지를 써 주는 사람이 있었다. 강 군이 하직하고 떠나는데 수중에는 여비가 없었고, 아직도 솜옷을 입고 있었다. 남쪽으로 떠나려 할 때 날은 점차 더워지고 돌아올 기약도 없었다. 하려는 일은 착공(鑿空)에 가까워서 가지가지 겪을 고생을 잘 알면서도 훌쩍 떠나며 조금도 어려워하는 기색이 없었다. 나는 속으로는 장하게 생각하며 고구마를 얻고 못 얻고는 따지지 않기로 했다.

사월 어느 날 길을 떠났는데 한번 떠난 뒤로는 아무 소식이 없었다. 칠월도 훌쩍 저물어 갈 무렵 나는 병이 들어 방에 앓아누워 있었다. 문득 창밖에서 발소리가 나기에 누구냐고 물었더니 "먼 데 갔다 온 나그네입니다."라는 대답이 들려왔다. 바로 강 군의 목소리였다. 나도 모르게 몸이 창가로 가서 창을 밀치고 밖을 보니, 강 군이 한 사람을 뒤에 데리고 들어왔다. 등에 진 나무 궤짝을 마루에 내려놓기에 궤짝 안을 보니, 어떤 식물이 덩굴이 한 자쯤 뻗어 있고 야들야들한 잎이 하늘거리고 있었다. 그 기쁨을 말로 다 표현할 수 없었다.

강 군은 다녀온 일을 다음과 같이 소상히 말해 주었다.

"앞뒤로 동래와 부산을 다니면서 겪은 일이 대단히 힘들었으나 전적으로 밀양 부사의 지원에 도움을 받았습니다. 그러나 동래와 부산의 경내에서는 끝내 고구마를 보지 못했습니다. 이 고구마는 통신사가 돌아올 때 얻은 것으로 밀양 부사가 주선해서 얻었습니다. 통신사는 겨우 두 뿌리를 가져왔는데, 한 뿌리는 다른 데로 갔다고 들었습니다. 이것은 처음에는 죽었는지 살았는지 알 수 없어서 밀양 부사가 나무 궤짝을 만들어 그 안에 심고 관노 하나를 시켜 짊어지고 오게 했습니다. 도중에 궤짝 속에서 싹이 돋고 잎이 나고 덩굴이 늘어져 지금 이만큼 자랐습니다."

나는 편지를 써서 다시금 밀양 부사에게 감사함을 표하고, 즉시 뜰 앞의 땅을 갈아서 고구마를 심었다. 팔구월에 이르러 덩굴과 잎이 매우 무성하여 거의 몇 칸이나 뻗어 나갔다. 얼마 뒤 동래 부사가 새로 부임했는데, 이웃 사람과 친한 이였다. 편지를 써서 고구마에 관한 일을 한껏 말하도록 했더니, 동래 부사가 과연 고구마의 재배에 힘을 기울였다.

다음 해에는 고구마 종자가 서울에 많이 이르렀고, 또 동래에도 남겨 두어 많이 심었다. 그런데 우리 집 뜰에 심은 것은 갈무리를 잘못해서 아무것도 씨 고구마로 쓸 수 없었다. 동래 부사의 집에서 몇 뿌리를 얻어다가 나누어 심었다. 고구마가 우리나라에 전파된 것은 이로부터 비롯되었다. 이때가 을유년(1765년)이었다.

앞뒤로 심은 것이 많았고 수확이 상당히 풍성했으나 종자를 남기는 데는 실패했다. 또 끝까지 걱정스러운 점이 있었다. 재배하는 법을 환히 알지 못해 다들 한두 번 심고 그쳤고, 또 남쪽 지방에서는 지금토록 심는 사람이 많아도 다들 그저 그런 먹을거리로 쓸 뿐 밥을 대신하는 구황 식물로 쓰지 못했다.

이길보(李吉甫)는 재배하는 법을 매우 잘 알았다. 내가 길보에게 "자네는 어째서 이 식물을 많이 심어 백성들이 실효를 얻게 하지 않는가?"라고 물었다. 길보는 "우리나라 사람들이 큰 주발로 밥을 먹는 데만 젖어 있는데 기꺼이 밥 대신 고구마를 먹으려 하겠습니까? 이 식물이 맛은 좋으나 우리나라는 끝내 중국처럼 쓰지는 못할 것입니다."라고 했다. 그때는 그의 말을 듣고 설마 그러랴 여겼는데 지금 생각해 보니 길보의 말이 물정에 딱 들어맞는 것이 아닌가?

그러나 무릇 사물의 쓰임과 성쇠에는 모두 때가 있다. 오이나 호박, 담배나 목면(木棉)도 처음에는 중국 토산물이 아니었으나 지금 중국에서는 다들 날마다 사용하는 물건이고, 우리나라까지 전파되어 지금 몇백 년이 흘렀는지조차 모른다. 요새 사람들이 모두 그것이 우리나라 토산품으로 본래부터 있었던 물건인 줄로만 알 뿐 본디 다른 나라에서 온 물건인 줄 생각도 못 한다. 그러니 고구마라고 그렇지 않겠는가?

더구나 고구마는 아주 맛있어서 그 맛이 다른 음식과 비길 데가 없지 않은가? 그러다가 또 고구마가 성행하지 못하고, 혹시라도 아주 맛이 있는 탓에 나라 안의 가난뱅이들은 그 맛도 보지 못하고 굶주림에서 구제 받지 못할까 염려되었다.

강 군이 돌아왔을 때 내가 그를 위해 시를 지어 사연을 기록했다.

만력 시절 고구마가 민 땅에 들어온 뒤	萬曆番茹始入閩
오늘날 중국에서는 굶는 사람 드물다네	如今天下少飢人
뿌리 찾아 천 리 길 동래 부산 뒤진 이는	寸根千里窮萊釜
쉰 살 먹은 강씨 영감 한 사람뿐이었네	五十姜翁只一身

강 군은 처자가 없고, 제 한 몸밖에는 가진 것 없이 남의 집에서 얻어 먹고 산다. 그는 착상과 솜씨가 좋아 못 하는 일이 없었다. 아무렇지도 않게 남을 위해 물건을 만들거나 채소를 심었는데 모두 오묘하게 일을 해냈다. 그러나 끝내 생업에 종사하려 하지 않았다. 그런 그가 뜨거운 햇볕 아래 도보로 수천 리를 걸어가서 기어코 고구마 종자를 얻어 온 것도 본디 자신을 위해서가 아니다. 그래서 내가 시에서 그렇게 말한 것이다.

만약 이 고구마를 나라 안에 널리 보급한다면 민생에 보탬이 되고 흉년에 굶주리는 사람들을 구제하는 효과를 이루 다 말할 수 없으리라. 농업이나 상업을 하지 못하고 땅도 없는 가난한 선비들도 정녕 이것으로 끼니를 때울 수 있다. 또 서울 안팎의 고단한 집과 고아, 과부라도 집에 한 뙈기 땅만 있으면, 얼마 심지 않고도 한 해를 먹고 살 수 있다. 바느질과 길쌈의 여가에 얻은 것으로 몸을 가리고 추위를 막는 데 충당하고, 또 혼례·상례·제사 및 질병에까지 쓸 수 있다. 그러니 굉장한 이익이 아닌가! 풍년이나 흉년, 가난한 사람이나 부유한 사람, 귀한 사람이나 천한 사람이 어디서나 이익을 얻을 수 있다. 나라를 위해서도 백성을 걱정해서도 이보다 나은 물건이 없으니, 어찌 가볍게 여길 수 있겠는가!

해설

전편에 걸쳐 고구마 종자를 얻어 보급하려는 의지와 노력 그리고 그에 성심껏 호응한 강계현의 헌신이 잘 나타나 있다. 지금은 흔한 작물인 고구마가 처음 보급되는 과정을 알리는 흥미로운 소재의 글이다.

　글쓴이는 명나라 서광계(徐光啓)의 『농정전서』를 통해서 고구마의 존재를 처음 알고서 호조 판서 서지수(1714~1768년)에게 편지를 써서 중국 사신 편에 고구마를 구해 보라고 부탁했다. 서지수는 1762년 11월에 청나라로 떠나서 이듬해 4월에 돌아온 이에게 고구마를 구해 오도록 했으나 귀국 도중에 모두 말라 죽었다. 문집에는 서지수에게 보낸 편지가 따로 실려 있다.

　글쓴이는 다시 조엄(趙曮, 1719~1777년)이 인솔하여 일본으로 떠나는 통신사의 수행원에게 고구마를 구해 오라고 부탁했다. 하지만 그도 못 믿어 다시 강계현에게 부탁한 것이다. 이 글에 나오는 동래 부사는 강필리(姜必履, 1713년~?)로 글쓴이의 영향을 받아 고구마 재배와 보급에 힘써 『강씨감저보(姜氏甘藷譜)』란 저술을 남겼다.

　이 글은 필사본 『이참봉집(李參奉集)』에 실려 있다. 간본(刊本)에는 본문 중에 나오는 시를 「강계현에게 주다(贈姜生啓賢)」라는 제목으로 싣고, 이 글을 후서(後序)로 실었다. 시를 쓰게 된 동기를 밝히는 산문이다. 서유구의 『종저보』에도 시와 함께 이 글의 내용을 축약하여 실었다.

홍양호 판서에게   與洪判書漢師書

얼마 전에 보내 주신 편지에서 "우리 동년배 친구들 중에 여태껏 세상에 남아 있는 이가 몇이나 됩니까? 만 리 길 떠나는 제게 한마디 배웅하는 말씀이 없어서야 되겠습니까?"라고 하셨지요. 제가 평상시에는 홍 판서와 한양 땅에 같이 살면서 반년이나 몇 달 동안 얼굴 한 번 못 보기도 하는데 그것이 특별한 일은 아니지요. 지금 연행(燕行)은 불과 왕복 네다섯 달일 뿐이지만 이별할 걸 생각하매 마음이 아련해지니 나이 먹은 증거일까요?

그러나 헤어지고 만남은 굳이 말할 거리가 아니고, 먼 길 오고 가는 괴로움은 굳이 위로할 거리가 아닙니다. 홍 판서는 독서인(讀書人)입니다. 출세하여 또 판서의 반열에 올랐으니 나라를 위한 계책과 민생에 어찌 마음을 깊이 기울이지 않겠습니까? 정말 나라를 위한 계책과 민생에 큰 영향을 끼치는 일로 이번 여행에서 해 볼 만한 것이 있다면 홍 판서에게 다 말해도 좋겠지요?

우리나라 사람들이 연경에 들락거린 지가 오늘날까지 몇 세대 몇 년입니까? 그저 잡다한 물품이 흘러들어 온 것만 보일 뿐 벽돌 굽는 가마를 도입하는 사람은 끝내 나타나지 않았습니다. 저는 일찍부터 그 점을 안타깝게 여겼습니다. 어떤 이는 백성과 나라에 관계된 천하의 일이 하고많은데 벽돌이 무슨 보탬이 되랴 하고 무시하기도 하니 사리에 어두운 소치가 아닐는지요?

제가 장황하게 말할 겨를이 없어서 한 가지만 예를 들어 보겠습니다. 지금 우리나라에서 하루아침에 기와를 없애고 쓰지 않는다면, 사람들이 크게 놀라고 크게 걱정하지 않겠습니까? 기와는 보고 벽돌은 보지 못했기 때문입니다. 기와도 없어서는 안 되는데, 벽돌이 끝내 없어서야 되겠습니까?

나라를 위한 계책과 민생, 일상생활에 꼭 필요한 시설로 성곽과 주택과 창고보다 더 중요한 것은 없습니다. 우리나라의 성곽과 주택과 창고는 평소에도 그 폐해를 감당할 수 없어 재력을 소모하고 인력을 낭비하는 것이 끝이 없습니다. 필경 위급할 때에는 그 시설로는 의지할 수 없으므로 두려워하며 하루도 못 버틸 시설로 여겨야 마땅합니다. 그러나 수백 년 동안 그 폐단을 헤아려 보완하려고 시도하는 사람이 끝내 나타나지 않으니 대체 무슨 까닭일까요? 습속에 젖어서 대수롭지 않게 여기고 살펴보지 않은 채 그냥저냥 이 지경에 이르렀습니다. 참으로 애통해할 일입니다.

앞으로 그 폐단을 고쳐서 성곽을 굳건히 하고 주택을 손보며 창고를 튼튼히 하려면, 다름이 아니라 토공(土功, 토목과 건축)에 온 힘을 기울여야 하고, 토공에 온 힘을 기울이려 한다면 중국처럼 벽돌을 사용해야 합니다. 벽돌의 이로움은 기와로 지붕을 덮는 것보다 열 곱절 백 곱절은 더합니다. 그러나 사람들이 그 사실을 금방 깨닫지 못하지요. 제가 할 수 없이 기와를 예로 들어 설명해 보겠습니다만 습속에 젖은 사람은 정말 쉽게 깨우칠 수 없습니다.

우리나라 사람들은 백 전(錢)으로 겨우 기와 백 장을 얻는 반면 중국 사람은 벽돌 백 개를 은 한 전 정도로 살 수 있으니, 이문충공(李文忠公, 이항복)의 『백사집(白沙集)』에 관련한 기사가 자세히 실려 있습니다. 벽돌 가마를 만드는 것은 법도가 갖춰져 있고, 구워 내기는 매우 쉬우며, 쓰임새는 무궁무진합니다.

홍 판서께서 길을 가다가 보면, 중국 국경에서부터 연경에 이르기까지 수천 리 길을 따라 늘어선 성곽과 시장, 집과 담장, 계단과 수로, 관아와 창고 등 눈으로 보고 발로 밟는 어느 시설 하나 벽돌 아닌 물건이 없을 것입니다. 벽돌이란 물과 불과 흙으로 만들어진 하나의 물건입니다. 작고 천한 물건에 불과하나 잘 사용하면 그 광대하고 아름답고 이로운 쓰임새를 여기에서 볼 수 있습니다.

그때 고국의 일을 돌이켜 생각해 보십시오. 나랏일이나 사가(私家)의 일, 큰 일이나 작은 일 가릴 것 없이 다들 어떻습니까? 구태여 남이 말할 때까지 기다릴 것도 없이 기필코 벽돌을 굽는 방법을 알아다가 우리 나라에 옮겨와 쓰도록 하고야 말 것입니다. 그렇게만 하신다면, 수백 년 묵은 숙제를 홍 판서께서 해결하는 셈이므로 공적과 은덕의 혜택은 상상을 초월할 것입니다. 그렇게 하신 뒤라야 쓸모없는 독서인이 되지 않을 것이며, 수천 리 오고 간 여행이 구차하지 않을 것입니다.

늘그막에 떠나시는 데다 임금님과 부모님을 멀리 떠나는 여행입니다. 어찌 큰 수레나 좋은 음식을 즐기며 한때의 멋진 유람을 뽐내고만 마시겠습니까! 벽돌에 관한 일을 다 말씀드리자면 허다한 시간이 아니면 안 되지만 억지로 몸을 일으켜 붓을 잡아 겨우 이만큼 썼습니다. 최근에는 더욱 노쇠하고 둔해져서 시를 짓지 못하지만, 모처럼 부탁하신 터라 억지로 스무 자를 맞춰 보았습니다. 앞서 말씀드린 뜻을 거듭 밝혔을 뿐이니 시라고 할 것은 못 됩니다.

서쪽으로 길을 떠나면 날이 갈수록 추워질 테니 부디 건강 조심하십시오. 이만 줄입니다.

임인년(1782년) 시월 그믐날 광려가 절하며 보냅니다.

사신들 연경으로 가고 오기가	冠盖通燕路
까마득히 몇 해나 되었던가요?	悠悠幾歲年
정녕코 나라 위한 계획을 세워	丁寧存國計
이번 길엔 벽돌 굽는 법 알아 오시길!	此去訪燒甎

해설

1782년 10월 홍양호가 연행을 떠나기에 앞서 자신을 전송하는 시문을 부탁하자 벽돌 제도의 도입을 권유하는 내용을 채워 응수하였다. 글쓴이가 세상을 뜨기 한 해 전에 지은 글로서 벗에게 당부한 마지막 유언처럼 들린다.

벽돌 사용의 안건은 이항복을 비롯하여 많은 지식인이 진작부터 주장했다. 박제가와 박지원이 각각 『북학의』와 『열하일기』에서 주장한 것은 유명하다. 이광려는 친구의 연행 길에 상투적이고 의례적으로 안부나 축복의 인사를 하기보다는 벽돌을 굽는 법을 배워 오라 당부했다. 그것이 나라를 위한 계책이자 민생을 위한 충정으로, 독서인이자 관리로서 책임을 다하는 길임을 상기시켰다.

이광려는 다른 글에서 당시 조선 사람들의 주거비가 너무 과다한 문제점을 지적하고, 벽돌을 쓰지 않으면 연료비가 많이 들어갈 뿐만 아니라 환경을 파괴하고 산림 자원을 고갈시키는 더 큰 문제를 발생시킨다고 예리하게 지적했다. 또 규격화된 벽돌을 사용하지 않는 허술한 창고 탓에 생산물이 중간에 허비되는 문제점도 지적했다. 벽돌의 도입은 주거 비용도 크게 낮추고, 벽돌 제조에서 얻은 기술력이 기와나 도자기의 기술 혁신을 유도하여 원가 절감도 가능하다고 보았다. 앞의 글과 함께 민생을 중시한 그의 학문 경향과 당시 지식인의 관심사를 잘 보여 준다.

채제공

蔡濟恭

1720~1799년

자는 백규(伯規), 호는 번암(樊巖), 본관은 평강(平康)이다. 영조와 정조 시대 남인 당파를 이끌었던 정치가이자 문인이다. 오광운(吳光運)과 강박(姜樸)에게 배워 1743년 약관의 나이로 문과에 급제하였다. 벼슬길에 나아간 뒤로 승진을 거듭하여 도승지, 대사간, 대사헌과 경기도·평안도의 관찰사 등 큰 벼슬을 역임했다. 정조 연간에는 판서와 정승을 두루 지내면서 남인 당파를 이끄는 정계의 거두로 활동했다.

정계에서 막중한 위상을 지닌 인물이면서 동시에 문학 분야에서도 큰 자취를 남겼다. 시와 산문은 호방하고 웅혼한 기풍을 자랑하며 독특한 개성을 발산했다. 당대의 저명한 남인 문사인 정범조(丁範祖), 이헌경(李獻慶), 신광수(申光洙), 안정복(安鼎福) 등과 교유했고, 이가환(李家煥), 정약용(丁若鏞) 등을 후원했다. 문집에는 정조의 왕명으로 간행한 『번암집(樊巖集)』이 전한다.

잃어버린 아내의 『여사서』

女四書序

슬프다! 『여사서(女四書)』 한 책은 정경부인(貞敬夫人)에 증직된 동복(同福) 오씨(吳氏)가 손수 쓴 것이다. 부인은 열다섯 살에 나한테 시집와 스물아홉 살에 한양 도동(桃洞) 집에서 세상을 떴다. 그때 나는 비안(比安) 임지에서 선친을 모시던 중이었다. 미처 집에 돌아오기도 전에 부인이 병들어 세상을 떴다는 전갈을 받았다. 눈물을 훔치며 길을 떠나 옛집에 돌아와 보니, 마당에는 눈이 소복하게 쌓여 있고 방 안에는 먼지가 가득했다. 계집종 몇이서 관을 지키고 있었다.

부인은 소생이 없으니 닮은 모습을 누구한테서 찾으랴? 울부짖고 발 구르며 방황하다가, 문득 한글로 쓴 책 한 권이 책상 위에 뒤집혀 놓인 것을 보았다. 다름 아닌 부인이 손수 쓰다가 마치지 못한 『여사서』였다. 글자 획이 곱디고와 마치 그 사람을 보는 듯했다. 이에 거두어서 부인이 쓰던 작고 검은 책상에 넣어 두고, 책상을 내 침실 곁으로 옮겨 놓았다. 잃어버릴까 걱정되어서였다.

적이 살펴보건대 요즘 부녀자들이 앞다투어 능사로 삼는 일이란 오로지 패설(稗說)을 숭상하는 것이다. 패설은 나날이 늘어나고 다달이 쌓여서 그 종류가 백 가지 천 가지에 이른다. 세책점에서는 패설을 깨끗하게 베껴서 책을 빌려 보려는 이가 나타나면 삯을 걷어 이익을 얻는다. 식견

없는 부녀자들이 비녀를 팔고 빚을 내어서 앞다퉈 빌려다 긴긴 낮을 보낸다. 술과 음식 만드는 일이나 길쌈할 책임도 나 몰라라 하며 너나없이 다들 그렇게 지낸다.

부인만은 홀로 세상 풍습에 휩쓸리지 않고, 길쌈하는 틈틈이 소리 내 읽는 것이라곤 오직 규중에서 모범으로 삼을 만한 여계서(女誡書)뿐이었다. 뒤이어 여기에 정신을 쏟아서 종이와 먹을 모아 틈틈이 베껴서 마치 숙제가 있는 듯이 여겼다. 성현의 좋은 말씀을 이처럼 음미했으니 어질지 않고서야 그렇게 할 수 있을까? 내가 그리하라고 말을 꺼낸 탓이 아니라 사실 부인의 성품에서 우러나온 행동이었다. 내 자손들에게 전해 주어 부인이 어질고 법도가 있었음을 미루어 알도록 하지 않을 수 있으랴?

부인의 책을 거둔 지 수십 년이 흐른 뒤 내가 개성 유수로 부임했다. 그사이에 도둑놈이 한양 집에 들어와 평소에 쓰던 일용품을 걷어서 달아났는데, 작은 책상도 그 속에 들어 있었다. 아! 부인을 닮은 필적조차 이제는 다시 볼 수 없게 되었다. 생각이 떠오를 때마다 슬픔을 견디지 못하겠다. 그 사연을 기록하여 그리울 때마다 보려 한다.

해설

글쓴이의 첫 부인은 오필운(吳弼運)의 딸이다. 부인의 큰아버지가 남인 문단의 거봉이자 스승인 약산(藥山) 오광운(吳光運, 1689~1745년)이다. 글쓴이는 어렸을 때부터 기상과 재능이 비범했지만, 얼굴이 검고 외모는 내세울 만하지 못했다. 혼례 날 사위를 처음 본 장모가 신부를 혼례청으로 내보내려 하지 않아 한바탕 소동이 있었다. 이때 제수를 잘 설득해서 혼례를 무사히 치르도록 도와준 이가 오광운이었다. 글쓴이의 기상과 재능을 높이 평가해 혼례를 주선한 이도 그였다.

글쓴이의 부인이 애독하던 『여사서』는 영조 연간에 간행된 『여사서언해(女四書諺解)』를 가리킨다. 여성을 교육하는 데 쓰는 『여계(女誡)』, 『여논어(女論語)』, 『내훈(內訓)』, 『여범첩록(女範捷錄)』을 함께 묶어 언해한 책이다. 부인은 일반 여성들과 달리 『여사서』를 열심히 읽고 베꼈다. 반면에 당시 규방 부인들은 한글 소설에 열광했고, 그에 호응해 많은 한글 소설이 창작되고 그 소설을 빌려 주는 세책업이 번창했다. 글쓴이는 통속적인 문예보다 규범적인 교훈서를 즐긴 부인의 덕성이 돋보이도록 일반 여성의 독서 경향을 거론했다. 하지만 도리어 한글 소설이 여성들 사이에서 성행한 실태를 입증한다.

부인이 필사한 책은 소생이 없는 부인의 체취를 떠올리게 하는 유품이었다. 부인의 기억을 담고 있는 소중한 유품을 어처구니없이 잃어버린 안타까움이 지면에 생생하게 살아난다.

약봉의 풍단　　　　　　　藥峯楓壇記

숭례문에서 밖으로 몇 리쯤 떨어진 곳에 봉우리가 솟아 있는데 그 이름
이 약봉(藥峯)이다. 약봉 산줄기가 구불구불 서남쪽으로 뻗어 가다 동
쪽에 가까운 곳은 뭉쳐서 언덕을 이루었고 높이가 대략 네다섯 길이다.
남은 줄기는 좌우로 날개를 펼쳐 언덕을 힘차게 감싸 안고 있다. 왼쪽은
언덕과 떨어지면서 조금 활짝 펼쳐졌고, 오른쪽은 마치 어깻죽지가 사
람에게 달라붙은 듯하다. 꽉 안으려다 닿지 못한 듯이 염초교(焰硝橋)의
물길을 거슬러 머리를 쳐들고서 멈추었다. 좌우 두 날개가 모두 앞을 가
로막지는 않아서 마치 한쪽이 터진 고리와 같다.

　그 아래로 평탄하고 트여 있는 터에 언덕을 등지고 지은 집이 허백당
(虛白堂) 성현(成俔)의 옛집이다. 처음 한양에 도읍을 정할 때 신승(神僧)
무학(無學)이 터를 잡아서 성씨 집안에 주었다고 전해 온다. 허백당이 한
번은 밤에 홀로 언덕에 올라 낭랑하게 시를 읊었다. 그때 마침 밤 닭이
울려 하고 달빛은 은은했다. 집에 묵고 있던 어떤 손님이 놀라서 잠이
깨어 창틈으로 엿보았다. 신선이 밤에 내려왔나 보다 여기고 잠자리에서
일어나 그 뒤를 쫓았다가 허백당인 줄 알아차리자 서로 웃음을 터트렸
다고 한다. 사람들이 그 일을 지금까지 기이한 이야기로 전해 온다.

　성씨가 대대로 전해 온 지 얼추 이백여 년 가까이 되었는데, 그 후손

이 지켜 내지 못하고 약산 오광운 어른의 차지가 되었다. 내가 어렸을 때 책을 읽고 공부하던 곳이 바로 여기다. 약산 어른께서 돌아가신 뒤 자손이 지켜 내지 못하고 또 내 차지가 되었다. 천지 만물에 일정한 주인이 없는 사정이 이와 같다.

언덕이 황폐해져서 금세 무너질 형편이라, 나는 설렁설렁 삼 층 계단으로 석축을 쌓고 그 위에 단(檀)을 만들어 자리를 깔아 놓았다. 나이를 알 수 없는 측백나무는 가지와 잎이 넓게 퍼져서 지붕을 나직이 덮었다. 늙은 뿌리는 땅 위로 드러나 뻗다가 바위를 이기도 하고 단을 뚫기도 했다. 뿌리는 울퉁불퉁하여 그 위에 걸터앉기에 알맞았다. 푸른 갑옷과 붉은 비늘을 두른 소나무는 못 가득히 그늘을 드리웠고, 바람이 없어도 절로 솔바람 소리를 냈다. 하늘을 찌를 듯한 회화나무는 우러러보기만 할 뿐 함부로 대할 수 없었다. 단풍나무는 봄여름이면 그 잎이 켜켜이 금화를 쌓은 듯하고, 가을이 되면 진홍 치마처럼 햇빛에 반짝거리며 붉은빛을 창과 벽에 비추었다. 모든 것들이 풍단 주위를 둘러싸고 서서 빼어난 정취를 보태고 있다.

풍단은 목멱산(木覓山)을 똑바로 마주 보고 있어 목멱산의 푸른빛을 손으로 움켜쥘 수 있을 것만 같다. 흰 빛깔의 성곽은 소나무 사이를 가로질러 오르락내리락 구불구불 뻗어 사라졌다 나타났다 한다. 숭례문은 아가리를 떡 벌리고 입구를 보여 주니 수레와 말과 인파가 바글바글 지나가는 것을 앉아서 헤아릴 수 있다. 아스라이 동쪽 끝 아지랑이 속에서 도봉산 몇몇 봉우리가 뾰족뾰족 붓두껍 벗은 붓 끝이 드러난 모양을 하고 있다. 모든 것이 풍단에서 멀리 바라보여 시계를 이룬다.

하늘이 석양빛에 살짝 붉게 물들고 성 남쪽의 하고많은 집들에 등불이 여기저기 켜지기 시작할 때면 별들이 흩어지고 바둑돌이 깔린 듯하다. 이윽고 흰 달이 차츰 떠오르면, 저 측백나무 소나무 회화나무 단풍나무는 십 무(畝)쯤 되는 뜰에 그림자를 드리운다. 길고 짧고 성글고 빽빽한 각각의 형체를 따라서 이무기가 서리고 용이 웅크린 모양이 발아래 종횡으로 꿈틀거린다. 이것이 풍단이 가장 기막히게 아름다울 때로서 풍단에서 밤을 지내 보지 않은 사람은 알 수 없는 풍경이다.

나는 풍단을 몹시 사랑하여 때때로 젊은 문하생 삼십여 명에게 그 위에서 시를 읊거나 부(賦)를 짓게 하고, 작품을 짓는 속도와 그 수준을 시험하곤 했다. 그러지 않더라도 내 지팡이가 하루도 풍단에 세워져 있지 않은 날이 없었고, 손님이 그 뒤를 따르지 않은 적이 없었다. 마침내 풍단에 기대어 이렇게 분부했다.

"경사(經史)를 논하지 못하거나 도의(道義)를 말하지 못하는 자가 올라와서는 안 된다. 시를 짓지 못하는 자가 올라와서는 안 된다. 바둑을 두지 못하거나 거문고를 타지 못하는 자도 올라와서는 안 된다. 산수 풍광을 품평하지 못하는 자도 올라와서는 안 된다."

분부를 하고는 글을 써서 벽에 붙여 놓았다. 도연명이 "나는 취해 자려 하네."라 한 말과 견주어서 누가 더 후덕하고 누가 더 야박할까? 나는 잘 모르겠다.

해설

이 글에 등장하는 약봉(藥峯)은 곧 약현(藥峴)으로 서울시 중구 만리동 입구에서 충정로3가로 넘어가는 고개이다. 약초밭이 있어서 붙여진 이름이라고 전한다. 염초교는 염초청(焰硝廳) 다리로 바로 오늘날의 서울역

뒤편 염천교이다. 다리 옆에 화약을 만드는 염초청이 있어서 붙여진 이름이다. 풍단은 오늘날 서울 중림동 약현 성당 일대에 있었던 저택이다.

글은 풍단의 지세와 풍광 그리고 자신의 소유가 된 유래를 상세하게 서술했다. 흥미로운 설명이 시간을 거슬러 올라가 그 시대의 풍경을 눈앞에 떠오르게 한다. 그중에서도 풍단 뜰에 늘어선 네 가지 나무의 묘사와 풍단에서 보이는 남산의 성곽 풍경, 그 아래 펼쳐진 한양성 남부 지역의 풍광을 섬세하게 그린 대목이 일품이다. 다른 글에서 쉽게 만날 수 없는 생생하고 세밀한 표현이 인상 깊다.

글은 풍단의 멋진 풍경을 즐기면서 젊은 후학들과 할 일을 소개하는 것으로 끝맺었다. 학문을 논하고 예술을 창작하며, 운치 있는 멋을 즐기는 당시 사대부의 일상을 잘 보여 준다.

만덕전 萬德傳

만덕(萬德)은 성이 김(金)씨고, 탐라(耽羅)의 양갓집 딸이다. 어려서 어미를 잃고 의지할 데가 없어서 기녀에게 몸을 의탁해 살았다. 조금 자라자 관아에서 만덕의 이름을 기안(妓案)에 넣었다. 만덕은 머리를 숙이고 기생 노릇을 했으나, 스스로는 기녀라 여기거나 행동하지 않았다.

스무 살 남짓 되어 관아에 눈물로 사정을 호소하니, 관아에서 불쌍히 여기고 기안에서 빼 주어 다시 양인이 되었다. 만덕은 양민으로 살게 되자 탐라의 남자를 녹록하게 보아서 남편을 맞이하지 않았다. 장사에 재능이 뛰어나 물건 값의 높고 낮음을 잘 예측해 매도와 매수를 적절히 했다. 수십 년이 지나 재산을 많이 모아 상당히 유명해졌다.

성상(聖上) 19년 을묘년(1795년)에 탐라에는 큰 가뭄이 들었다. 백성들이 서로를 베고 죽을 지경이라, 성상께서 배에 곡식을 싣고 가서 구휼하라 명하셨다. 거센 바다 팔백 리 길을 돛단배들이 베틀의 북처럼 오갔으나 그래도 때를 맞추지 못하는 경우가 있었다. 이에 만덕이 천금을 희사해 뭍에서 쌀을 사 오려 하자 여러 고을 뱃사람들이 때에 맞추어 당도했다.

만덕은 곡식의 십분의 일로는 친족을 살리고 나머지는 모두 관아로 실어 보냈다. 부황 든 사람들이 이 소식을 듣고 관아에 구름같이 몰려가니, 관아에서 기민의 형편을 살펴 차등을 두고 나누어 주었다. 남자고 여자고 할 것 없이 문밖으로 나와서 만덕의 은덕을 칭송하며 모두들 자신을 살린 것은 만덕이라 했다.

구휼이 끝나고 제주 목사가 그 사실을 조정에 보고했는데 성상께서 크게 기특하게 여기시고 회답을 내리셨다. "만덕에게 소원이 있으면, 어렵고 쉬운 것을 따지지 말고 특별히 베풀어 주도록 하여라." 목사가 만덕을 불러 성상의 말씀을 일러 주며 물었다.

"네게 무슨 소원이 있느냐?"

만덕은 대답했다.

"특별한 소원은 없고, 한번 한양에 들어가 성인이 계시는 곳을 우러러 본 뒤, 금강산에 들어가서 일만이천 봉을 볼 수 있다면 죽어도 여한이 없겠습니다."

탐라의 여인은 바다를 건너 뭍으로 올 수 없는 것이 국법이었기에 소원한 것이다. 목사는 그 소원을 위에 보고했고, 성상께서는 소원을 들어 주시어 연도의 관아에서 숙소와 말을 대고 번갈아 음식을 제공하라 명하셨다.

만덕은 구름 낀 넓은 바다를 돛단배를 타고 건너서 병진년(1796년) 가을 한양으로 들어왔다. 채 정승(채제공)이 한두 차례 만나고서 그 정황을 성상께 아뢰었다. 성상께서는 선혜청(宣惠廳)에 명하셔서 다달이 양식을 대 주게 하셨다. 며칠 뒤 내의원(內醫院) 의녀로 삼으라 명하셨다가 의녀 무리의 우두머리로 만들어 주셨다. 만덕은 관례에 따라 내합문(內閤門)에 나아가 왕비전과 혜경궁에 문안을 올리고, 각각 의녀의 신분으로 모셨다. 왕비전과 혜경궁께서는 "너는 일개 여자로서 의기(義氣)를 내어 굶어 죽어 가는 천여 명을 살렸으니 기특하구나!"라 하교하시고, 상을 매우 후하게 내리셨다.

만덕은 반년을 머물다가 정사년(1797년) 늦봄 금강산에 들어가 만폭동(萬瀑洞)·중향성(衆香城) 등 명승을 두루 유람했다. 금부처를 보면 반드시 정례(頂禮)를 올리고 성의를 다해 공양했다. 불법이 탐라국에는 들어가지 않았기에, 이때 쉰여덟 살이었던 만덕은 사찰과 불상을 처음 보았던 것이다. 마침내 안문령(鴈門嶺)을 넘어 유점사에 들렀다가, 고성으로 내려가서 삼일포에서 배를 띄우고, 통천(通川)의 총석정에도 올라 천하의 장관을 두루 보았다.

그런 뒤에 한양으로 돌아와 얼마간 머물다가 내의원에 가서 고향으로 돌아가겠다고 아뢰니, 왕비전과 혜경궁께서 모두 이전처럼 상을 내리셨다. 이 무렵 만덕의 명성이 한양에 가득해 정승 판서로부터 일반 선비까지 만덕의 얼굴을 한번 보고자 하지 않는 사람이 없었다.

떠날 즈음 만덕은 채 정승과 작별하며 목이 메어 "이번 생에 다시는 상공(相公)의 얼굴을 뵐 수 없겠습니다."라 말하고, 눈물을 줄줄 흘렸다. 정승이 이렇게 말해 주었다.

"진시황과 한 무제 모두 해외에 삼신산(三神山)이 있다고 부러워했다. 세상에서는 우리나라의 한라산이 이른바 영주(瀛洲)이고, 금강산이 이른바 봉래(蓬萊)라 한다. 너는 탐라에서 나고 자라 한라산에 올라 백록담의 물을 떠먹었고, 지금 또 금강산을 두루 유람했다. 삼신산 가운데 두 곳이나 실컷 구경했다. 천하의 수많은 남자들 중에 이런 경험을 한 자가 있더냐? 이제 떠날 즈음에 도리어 아녀자의 호들갑스러운 태도를 보이다니 웬일이냐?"

그리하고 그 사연을 기록하여 「만덕전」을 지은 다음 웃으며 그에게 주었다.

성상 21년 정사년(1797년) 하짓날 일흔여덟 노인 번암 채 정승이 충간
의담헌(忠肝義膽軒)에서 쓰다.

해설

제주도의 의로운 여성 상인 김만덕의 일생을 기록한 전(傳)이다. 김만덕
은 1795년 제주도에 대기근이 발생했을 때 막대한 재산을 기부해 마련
한 구휼미로 수많은 생명을 살렸다. 여성의 사회 활동에 제약이 심했던
조선 시대였기에 그녀의 기부와 선행이 크게 주목받아 김만덕은 조정으
로부터 포상을 받았다. 그 시기에 정승을 지낸 작자가 그녀를 직접 만나
보고 써 준 전기이다.

김만덕의 선행을 초반에 쓰고, 그다음은 국왕의 포상에 따라 서울에
올라와 환영을 받고, 금강산에 갔다가 다시 돌아가는 과정을 순차적으
로 서술했다. 그녀가 국왕 및 왕비와 혜경궁 등에게 대우받고, 정승 판서
로부터 높은 평가를 받은 일이 중요하게 다뤄졌다. 선행에는 큰 보답이
따른다는 정승의 시각이 나타난다. 남자도 하지 못한 일을 한 사람이 이
별을 슬퍼하느냐고 농담처럼 말한 끝 대목은 인상 깊은 대화로 짙은 여
운을 남기는 결말이다. 간결하면서도 박력 있는 문체는 김만덕의 삶을
묘사한 여러 편의 전기 가운데 우수작으로 꼽을 만하다.

정범조

丁範祖

1723~1801년

자는 법정(法正), 호는 해좌(海左), 본관은 나주(羅州), 시호는 문헌(文憲)이다. 대대로 원주(原州)에 살았으며, 1763년 증광 문과에 급제해 벼슬길에 나아가 형조 판서에 이르렀다.

영조의 명으로 지은 작품이 극찬을 받아 시명을 널리 떨쳤다. 혜환(惠寰) 이용휴(李用休)·석북(石北) 신광수(申光洙) 등과 함께 남인계 시인을 대표하였다. 문집으로 『해좌집(海左集)』이 전한다. 18세기 중후반을 대표하는 저명한 시인이지만 산문 역시 다양한 주제를 다루고 있고, 흥미로운 주제와 참신한 시각을 담은 작품이 많다.

청과 일본의 위협　　　　　淸倭論

우리나라와 남북으로 이웃한 나라는 청(淸)과 일본이다. 청과는 뭍으로 이어져 있고 일본과는 바다로 막혀 있다. 청은 크고 일본은 작다. 그런데 청은 우리나라에 우환을 끼치지 않을 것임을 보장할 수 있어도 일본은 반드시 우환거리가 될 것임을 알 수 있다. 어떻게 그런 사실을 알 수 있는가?

청은 처음부터 우리나라의 국토를 탐내서 차지하려는 뜻이 없었다. 처음 우리나라에 쳐들어왔을 때 저들은 한창 명(明)을 도모하려는 뜻이 있었고, 우리나라가 명을 도울까 염려했다. 그래서 먼저 우리나라를 위협해 옴짝달싹 못 하도록 하려 들었다. 쳐들어와서 이긴 후에는 우리나라를 자신들에게 반항하지 않도록 할 수는 있어도 멸망시켜서 오랑캐로 만들지는 못한다는 사실을 알았다. 그래서 명이 망한 뒤 저들이 천하 백성들에게 모두 변발을 강요해 오랑캐로 만들었지만, 우리나라에게는 그렇게 하지 못했다. 우리나라를 차지할 수 없음을 알았기 때문이다. 그러므로 우리나라에 우환을 끼치지 않을 것임을 보장한다고 말한 것이다.

어떤 이는 이렇게 말하기도 한다. "저들이 지금 아무 일이 없어서 우환거리가 없는 것이다. 만약 큰 변고가 일어나 위급해지면 우리나라에

원군을 요청하지 않으리라 보장할 수 있으며, 그 무리를 모두 데리고 우리나라로 옮겨 오지 않는다고 보장할 수 있겠는가?"

우리나라에 원군을 요청할 때 구원하고 구원하지 않고는 우리의 뜻에 달렸음을 저들 또한 알 터이므로 도에 넘게 요청할 수는 없다. 그 무리를 모두 데리고 우리나라로 옮겨 오는 것도 저들이 중국에서 오래도록 눌러앉을 계획을 하지 않는 태도를 볼 때 그렇게 하지 않을 것임을 알 수 있다. 어째서인가?

저들이 한창 강성할 때에는 거절할 수도, 공격할 수도 없어서 그들이 요청하는 대로 따를 방도밖에 없었다. 그러나 저들이 쇠퇴한 다음에 구원할 의리가 있는가? 구원하고 안 하는 것은 우리에게 달려 있다. 저들이 궁지에 빠져 구원을 요청할 정도라면 우리가 구원해 주지 않는다 해도 달리 뾰족한 수가 있겠는가? 겉으로만 큰소리칠 뿐이라 우리나라가 응하지 않으면 어쩔 도리가 없다. 그러므로 우리에게 원군을 요청하는 것은 불가능하다고 말한 것이다.

세계의 운수가 쇠약해져 오랑캐와 중국이 번갈아 서로의 땅을 들고 나게 되었다. 저들은 그 틈을 타서 중국에 들어간 것이다. 따라서 중국은 잠시 거처하는 곳이요, 막북(漠北, 고비 사막 북쪽의 외몽골 지역)이 결국에는 돌아갈 곳이라는 사실을 잘 안다. 그러므로 기어코 심양(瀋陽)에 물자를 비축하고 굳게 지키는 까닭은 자손이 도망갈 길을 대비하는 계책이다. 저들이 중국에서 오래 안녕을 취할 수 없다고 생각하는데 우리나라에 들어와서 안녕을 취하려고 생각하겠는가?

우리는 단지 힘이 부족해서 저들을 섬긴 것이지 달갑게 여겨 섬긴 것이 아니다. 저들도 북쪽으로 도망했다가 우리나라로 옮겨 가는 방안은 예측하기 어려운 점이 있고, 막북으로 돌아가면 오랑캐가 오랑캐에게 돌아가는 꼴이라 환영받을 수 있음을 잘 안다. 저들이 자신을 맞이해 주는 막북을 버리고 예측할 수 없는 우리나라로 옮기겠는가? 그러므로 그 무리를 데리고 우리나라로 옮겨 오는 것은 불가능하며, 우리에게 우환을 끼치지 않을 것임을 보장한다고 말한 것이다.

그런데 저 일본은 그렇지 않아서 하루도 우리를 침략하려는 야욕을 잊은 적이 없다. 저들은 풍속이 조급하고 악독할 뿐만 아니라 또 바다에 익숙하므로 꼭 크게 이긴다고 생각한 뒤에야 움직이는 것이 아니다. 얻고자 하는 바가 있으면 움직이고, 화가 나는 일이 있으면 움직이고, 바다를 건너와 성을 노략질하고 마을을 함락해 백성과 재물을 얻으면 만족한다. 그러므로 중국에도 자주 우환이 되었는데 명나라 때 특히 심했으며, 고려 말엽에 또 특히 심했다.

우리 조선 왕조에 이르러서는 교화를 사모해 귀화했고 사신이 계속 이어졌다. 그런데도 오히려 정덕(正德) 경오년(1510년)에 영남을 노략질했고, 가정(嘉靖) 을묘년(1555년)에 호남을 노략질했고, 만력(萬曆) 정해년(1587년)에도 호남을 노략질했으며, 임진년(1592년)에 이르러서는 대군이 팔도를 짓밟았다. 강화(講和)를 맺은 이백 년 사이에 모두 네 번이나 우환거리가 되었으니, 이것은 벌써 경험한 사실이다. 다만 임진년부터 현재까지 아무런 우환을 일으키지 않았는데 그 이유는 무엇인가? 임진왜란 때 우리도 진실로 큰 피해를 입었지만, 저들 또한 온 국력을 기울여 왔다가 많은 피해를 입고 돌아갔다. 그 탓에 세력이 오래도록 떨치지 못한 것이다.

우리가 무역하고 선물을 주는 이익으로 달래니, 저들은 탐내고 좋아하면서 또 우리가 피해로부터 교훈을 얻어 대비할까 염려하고 있다. 그러나 다행히 평수길(平秀吉, 풍신수길) 같은 놈이 안 나오면 그만이지만,

불행히 또 평수길 같은 놈이 나타나면 다시 세력을 떨치지 않을 일은 없을 것이다. 저들이 만약 대대적으로 쳐들어와서 크게 야욕을 펴기만 한다면, 그 이익이 무역하고 선물을 받는 이익보다 못하지 않을 것이다. 우리는 정말 아무 대비가 없고 또 저들은 영악하게 이웃 나라를 잘 염탐하니, 대비가 없는 우리의 틈을 노리지 않을 일은 없을 것이다. 그러므로 저들이 반드시 우환이 되리라는 것을 안다고 말한 것이다.

그러나 지금까지 아무 우환이 없었으므로, 나라를 다스리는 이들은 타성에 젖어 편안히 여기며 우환이 없던 일본이 장차 큰 우환이 되리라는 사실을 모른다. 오랑캐의 생각이 얕으면 자주 움직이고 우환이 작으며, 생각이 깊으면 천천히 움직이고 우환이 크다. 오랑캐가 중국에 비해 약할 때에는 자주 변경에 우환을 끼쳤으나 가축을 약탈하고 농사를 망치는 우환을 끼친 데 그쳤을 뿐이다. 이는 그들의 생각이 얕았기 때문이다. 오랑캐가 힘이 강대해져 중국을 삼키려는 뜻을 갖게 되자, 그들의 생각이 더욱 깊어지고 그 움직임은 더욱 더디게 진행되었다. 칼끝을 거두고 집중하는 기운을 길러서 한번 움직이면 마침내 큰 우환이 되었다. 송(宋) 시대의 북쪽 오랑캐가 여기에 해당한다.

따라서 소순(蘇洵)은 이렇게 말한 바 있다. "변경에 어찌 엿볼 만한 틈이 없겠는가? 침략하면 크게는 한 고을을 빼앗을 수 있고 작게는 수천 명을 살해하고 노략질할 수 있는데도 저들이 욕심을 내지 않는 것은 그 뜻이 작지 않기 때문이다. 장차 예기(銳氣)를 길러 우리의 틈을 엿보고 그들의 큰 욕심을 채우려 들 것이다."

아! 일본도 장차 예기를 모아 우리의 틈을 엿보며 큰 욕심을 채우려 드는 것은 아닐까? 예전에는 일본의 야욕이 얕아서 그 움직임이 자주 나타났다면 지금은 저들의 야욕이 깊어서 그 움직임이 더딘 것은 아닐까? 그러므로 저들이 반드시 우환을 끼칠 것임을 안다고 말한 것이다. 우환이 없음을 보장하지 못하는데도 멍하니 아무 조치를 취하지 않고 있는 처지이므로 기필코 우환을 일으킬 사태에 깊이 대비해야만 한다.

따라서 우리나라는 청에게는 때맞춰 가서 위문하고, 삼가 폐백을 바치면서 작은 나라로서 큰 나라를 섬기는 의리를 잃지만 않으면 된다. 일본에게는 신의로 상대하고 약속으로 다루어, 시비의 단서가 우리로부터 시작되어 저들이 침략의 명분으로 삼을 만한 일이 없도록 해야 한다. 또 반드시 먼저 침범하려고 엄두를 내지 못할 만큼 힘을 보여 주어 저들로 하여금 빈틈을 노리지 못하도록 해야 한다.

아! 임진왜란이 일어나기 전에 장차 왜란이 일어날 것을 분명히 알았던 분은 조헌(趙憲)이다. 그러나 당시에 조헌을 요상한 괴물로 여겨 거들떠보지도 않았다. 오늘날의 군자들이 나를 그런 괴물로 여기지 않는다면, 우리나라를 위해 다행일 것이다.

해설

이 글의 문체는 논(論)으로, 정연한 논리를 펼친 일종의 논문이다. 조선 후기에 잠재적 군사상 위협은 청과 일본이었다. 두 나라가 모두 위협적이지만 그중에서 어느 쪽이 더 큰 위협이 될 것인가? 이 문제를 두고 지식인들 사이에서 심심찮게 논쟁이 벌어졌다. 이 글은 현실의 정확한 정보를 바탕으로 한 치밀한 분석은 아니나 국제 정세와 각 나라의 미래 전략과 행동반경을 파악하는 통찰력이 돋보인다. 특히 대세를 읽는 눈이 예리하며 산문으로서 논지가 선명하다.

글쓴이는 청을 지배하는 만주족이 우리에게 위협이 되지 못할 것이고, 일본이 다시 침략하리라 예측하고 대비를 철저히 해야 한다고 예측했다. 그의 말처럼 청은 중국 본토에서 쫓겨난 뒤로 한국에 피해를 끼치지 못했다. 만주족은 일본의 허수아비로서 만주국을 세워 한동안 연명하다가 지금은 중국 안의 소수 민족으로 전락하고 말았다.

반면 일본은 그의 예언으로부터 100년이 흐른 뒤 다시 우리나라를 침략해 막대한 피해와 분단의 상황을 초래했다. 그는 "침범하려고 엄두를 내지 못할 만큼 힘을 보여 주어" 일본의 야욕을 꺾어야 한다고 주장했으나 공염불이 되었다.

붕당의 근원　　　　　　原黨

옛날의 인재는 붕당 밖에서 얻어야 했으나 오늘날의 인재는 붕당 안에서 얻어야 하고, 옛날의 군자는 붕당 밖에 머물렀으나 오늘날의 군자는 붕당 안에 머무른다. 오호라! 나 또한 부득이하여 붕당론을 펼치기는 하지만 이 주장이 세도(世道)에 보탬이 될지 어찌 알겠는가?

일반적으로 군자는 붕당이 없고 소인은 붕당이 있으니 붕당이 있는 것은 참으로 소인이다. 붕당이 있으면 참으로 소인이라는 것은 군자에게 붕당이 없기 때문이다. 그러므로 옛날의 인재는 붕당 밖에서 얻어야 했다고 말한 것이다. 붕당이 처음 생길 때에는 그 무리가 몹시 적었다. 조정에 있는 사람들이 모두 붕당에 든 것은 아니었으므로 이는 조정에 군자가 있었다는 말이고, 나라 안에 있는 사람들이 모두 붕당에 든 것은 아니었으므로 이는 나라 안에 군자가 있었다는 말이다. 그러므로 옛날의 군자는 붕당 밖에 머물렀다고 말한 것이다.

오늘날은 사정이 달라져서 사람마다 모두 붕당이 있고, 나라 안 사람들이 모두 붕당이 있다. 사람마다 모두 붕당이 있지만 그 사람들이 모두 소인인 것은 아니고, 나라 안 사람들이 모두 붕당이 있지만 모두 소인인 것은 아니다. 인재를 다른 나라에서 얻어 올 수 없을진대 인재는 어쩔 도리 없이 붕당 안에서 선택되어야 한다. 비록 군자가 있더라도 북쪽으로 흉노의 땅에 가거나 남쪽으로 월(越)나라 땅에 갈 수 없을진대 군자는 어쩔 도리 없이 붕당 안에 머물러야 한다.

사람마다 모두 붕당이 있고 나라 안 사람들이 모두 붕당이 있는데도 오히려 따로 군자가 있다고 말하는 까닭은 무엇인가? 붕당이 생겨난 지도 오래되었다. 붕당이 오래되어 넝쿨이 하나에서 두 개로 뻗고, 둘이 세 개 네 개로 뻗어 안으로는 친가와 외가, 밖으로는 친구와 빈객이 모두 붕당 안에 있다. 그러니 저 친가 외가와 친구 빈객이 모두들 참으로 소인이란 말인가? 거기에는 반드시 군자도 들어 있을 텐데 뭉뚱그려 붕당이라 일컫지 않을 도리가 없다.

그뿐 아니라 옛날에는 붕당에 속하지 않아야 그를 군자로 볼 수 있었으나 오늘날에는 붕당에 속한 뒤라야 그를 군자로 볼 수 있다. 이른바 붕당이란 것은 한쪽으로 치우쳐 남을 배척하고, 뜻이 같으면 한패로 옹호하고 뜻을 달리하면 공격하며, 사사로움을 좇아 공(公)을 없애는 따위를 가리키는 것이 아니다. 이쪽 편을 편안하게 여겨 저쪽 편에 흔들림이 없고, 한 가지를 순수하게 지켜 두 가지에 물들지 않는 태도를 말한다. 무엇 때문에 그렇게 보는가?

붕당의 이름이 오래되었기에 내 아버지가 이 붕당으로 이름을 삼았고, 내 할아버지가 이 붕당으로 이름을 삼았다. 비록 성인이 다시 살아오신다 해도 붕당의 이름을 피할 길이 없을 것이다. 저 붕당이란 이름은 외면이고, 공과 사, 의로움과 이익을 분별하는 것은 내면이다. 나는 내면을 분별하여 외면을 바꾸지 않아야 옳다.

붕당을 이름으로 삼고 오히려 바꾸지 않아야 한다고 말했는데 그 이유는 무엇인가? 나는 저 부끄러움이 없는 사람을 미워한다. 붕당이 생겨난 지가 오래되었기에 당연히 붕당의 세력에 강약과 성쇠의 차이가 나타나기 마련이다. 저 부끄러움이 없는 사람은 강하고 성대한 저쪽 붕당을 보고는 이쪽 붕당을 벗어나 저쪽 붕당으로 들어가고 싶어 한다. 그러면서 꼭 "나는 붕당이란 이름을 피한다."라는 말을 내세운다. 이 말은 붕당을 피하는 것이 아니라 약하고 쇠잔한 세력을 피하는 것이다. 그러므로 나는 붕당의 이름을 바꾸지 않아야 하고, 저 부끄러움이 없는 자를 미워한다고 말한 것이다.

그렇다면 이른바 붕당이 없는 자들이 정말 군자일까? 아니면 이른바 붕당이 있는 자들이 정말 군자일까? 틀림없이 그 문제를 놓고 따져 볼 점이 있을 것이다.

지금 불행히도 붕당 밖에서 인재를 찾는다면, 나는 저 임금을 잊고 나라를 저버리며 행실이 개돼지와 같은 자들이 관모의 먼지를 털고 일어나는 상황을 보게 될 것이다. 제 아버지와 할아버지가 일찍이 대대로 지켜 온 붕당을 약하고 쇠잔하다고 여겨 떠나 버리면 임금을 잊고 나라를 저버리지 않을 자가 과연 있겠는가?

다행히도 붕당 안에서 인재를 찾는다면 나는 의로움을 찾고 제 한 몸을 잊어서 지조를 지키는 충성스럽고 어진 자들이 어깨를 나란히 하고 나오는 상황을 보게 될 것이다. 저들의 아버지와 할아버지가 지키던 붕당은 헛된 이름이고, 약하고 쇠잔한 세력은 실재하는 우환이다. 차라리 실재하는 우환을 받아들일지언정 차마 아버지와 할아버지가 지켜 온 헛된 이름을 떠나지 않는 사람이라면, 의로움을 찾아 제 한 몸을 잊지 않겠는가?

그렇다면 붕당이 없을수록 더욱 소인이 되고, 붕당이 있을수록 더욱 군자가 되는 것이다. 그러므로 오늘날 세상에서는 군자가 없음을 걱정할 것이 아니라 붕당이 없음을 걱정해야 한다.

오호라! 백성의 마음을 화합하게 하여 저 붕당의 이름을 싸잡아 소멸시키지는 못하고 오히려 구차하게 붕당 안에서 인재를 찾으려고 하다니 그 뜻이 참으로 변변치 못하다. 그러나 한갓 붕당이 없다는 이름만을 취하여 부끄러움 없는 소인을 얻어서 국가에 재앙을 끼치기보다는 차라리 붕당이라는 이름 안에서 자신의 지조를 지키는 군자를 얻는 것이 세도(世道)에 보탬이 있을 것이다. 그러므로 나 또한 부득이하여 붕당론을 펼치기는 하지만 이 주장이 세도에 보탬이 될지 어찌 알겠는가라고 말한 것이다.

해설

자신의 주장을 선명하게 펼쳐 보인 글이다. 문체는 원(原)으로 문제의 근원을 파헤치려는 목적을 지닌 글이다. 이런 글은 논쟁적 성격의 논(論)에 속한다.

조선 중기 이후 붕당을 논한 글이 매우 많다. 대부분 붕당의 폐해가 얼마나 극심한지를 파헤치는 내용이고, 일부는 군자와 소인을 분별하여 군자들의 연합이 되어야 한다고 주장한다. 그러나 이 글은 일반적 견해를 부정하고 전혀 다른 입장에 서서 새로운 견해를 내세우고 있다.

글쓴이 역시 붕당의 극심한 폐해를 인정하며, 붕당의 형성이 옳다고 주장하지는 않는다. 주안점은 붕당을 인정하지 않고 붕당 밖에서 인재를 취하려는 시도가 정치 지형도로 볼 때 눈 가리고 아웅 하는 현실성 없는 태도라는 데 있다. 그의 주장에 따르면 당시의 정치 현실은 사색당파가 정치 체제로 굳어져 거의 모든 정치 참여자와 지망생이 당파의 사슬 속에 편입된 상태였다. 글쓴이는 그런 정치 현실을 외면하고 무조건 붕당이 없어야 한다고 주장하는 허위성을 파헤치고 있다. 이 글은 정범조가 남인 당파 소속의 정치가로서 조선 후기 당파의 현실과 일정한 의의를 명료하게 보여 준다는 점에서 정치적 의미가 깊다.

정지순 鄭持淳

1723~1795년

자는 자경(子敬), 호는 선식재(善息齋)이며, 본관은 동래(東萊)이다. 정태화(鄭太和, 1602~1673년)의 후손으로 성균관에서 공부할 때부터 과시(科詩)를 잘 지어 유명했으나 정작 문과에는 합격하지 못하고 음관(蔭官)으로 여러 고을의 지방관을 역임한 뒤 은퇴해 일생을 마쳤다. 강화학파 인물들과 교유하며 양명학의 영향을 받았다.

어렸을 때부터 글씨를 잘 써서 서법의 대가인 윤순(尹淳)에게 인정받았고, 또 이광사(李匡師)의 지도를 받았다. 저명한 수장가 김광수(金光遂)와 친했고, 겸재 정선과는 망년지교(忘年之交)를 맺었다. 서화를 매우 좋아했고 조예가 깊어서 서화에 붙인 시나 제발(題跋) 가운데 높은 안목을 드러낸 작품이 많다. 문집으로 『선식재유고(善息齋遺稿)』가 전한다.

석양정의 묵죽 그림   石陽正畵竹記

천하에 변화무쌍한 사물로 그림보다 더 심한 것이 없고, 묵죽(墨竹)은 그림 중에서도 가장 변화가 심하다. 대나무는 조릿대와 굵은 대, 화살대, 농죽(籠竹)과 첨죽(簽竹), 자리를 짜는 대와 가는 대 등의 구별이 있어 그 이름이 제각기 다르다. 장소는 산속과 시냇가, 메마른 땅과 기름진 땅의 차이가 있어 그 모양새가 똑같지 않다. 배경은 눈과 이슬, 비와 안개, 바람과 달, 번성했다 이울고 어렸다가 나이 드는 사계절의 변화가 있어 그 자태가 고르지 않다. 더구나 성글고 빽빽하며 가늘고 짙으며 눕고 솟으며 기울고 가지런함이 화가의 가슴으로부터 솟아 나와 그 변환(變幻)이 더욱 끝이 없다. 정말이지 제아무리 변화무쌍한 사물이라도 묵죽에는 미치지 못할 것이다.

내 장인어른 이 공(李公)께서는 서화를 혹독하게 좋아하신다. 일찍부터 석양정(石陽正)이 그린 묵죽 두 폭을 소장하고 계신다. 그림 속 대나무는 푸르게 우거져 곱게 퍼지고, 비와 이슬을 맞아 빼어나며, 들쭉날쭉 구부러지고, 눈과 얼음을 맞아 수척하며, 껍질은 윤이 나고 줄기는 높이 솟아나는 등 갖은 오묘함을 모조리 드러내고 있다. 멀리서 보면 움직이는 것 같고, 가까이서 보면 움켜쥘 수 있을 듯하며, 귀에는 사각사각 소리가 들리는 듯하고, 맑고 시원한 기운은 마음과 하나로 합치된다. 석양정은 대나무의 변화를 남김없이 표현한 화가인데 이 묵죽은 특히나 변화가 뛰어난 일품이다. 이 작품으로 추측해 보건대 석양정의 가슴속에는 담겨 있으나 그림으로 표현하지 못한 것을 또 어떻게 다 알아낼 수 있겠는가!

세상에는 이런 이야기가 전한다. 석양정은 성품이 소탈하고 얽매임이 없으며 담담하고 욕심이 없었다. 유독 그림을 좋아하는 기호가 천성에서 우러나왔다. 그림을 업으로 삼아 그린 지 몇 해 만에 자신이 그린 묵죽을 중국 사람에게 자랑하였다. 중국 사람이 크게 웃으며 "그대 그림은 대나무가 아니라 갈대일세."라 했다. 석양정은 크게 성을 내고 집에 돌아와서는 집 주위에 대나무를 심고 아침저녁으로 그 가운데서 먹고 잤다. 대나무 소리는 귀에 젖어 들고 빛깔은 눈에 어렸다. 그 기이한 모습과 환상적인 자태를 마음으로 터득하여 손으로 옮기니 대나무의 정신을 열에 아홉은 표현해 냈다.

매번 바람이 불고 달이 떠서 방 안에 대나무 그림자가 가득 차게 되면, 재빨리 종이를 펴서 그 그림자를 받아 붓으로 본떠 그리되 아주 똑같게 되어야 그만두었다. 그리하여 대나무의 형상을 하나도 빠트리지 않았다. 그렇게 또 몇 년을 노력했더니 중국 사람이 비로소 크게 놀라며 극찬했다.

일찍이 들은 바로는, 어느 집에서 여름날 석양정의 그림을 햇볕에 말리느라 대청마루에 펼쳐 놓았는데 새 떼가 밖에 모여 한동안 엿보더니 갑자기 날아들어 곧장 깃들려 하다가 바로 놀라 날아오르며 꽥꽥 울었다고 한다. 사람들은 이 때문에 더욱 그의 그림이 신품인 줄 알아차렸다고 한다.

무릇 오묘한 수준에 도달한 기예는 반드시 한 가지에 집중해야 능숙해지고, 능숙한 사람은 그 행적도 반드시 신비하다. 어찌 그림만 홀로 그러하랴!

해설

글쓴이가 자신의 장인인 이만종(李萬宗)이 소장한 석양정(石陽正, 정(正)은 종실에게 내리는 벼슬의 하나)의 묵죽 그림을 감상하고 남긴 글이다. 석양정은 선조 때의 화가 탄은(灘隱) 이정(李霆)이다. 묵죽을 잘 그려서 수운(岫雲) 유덕장(柳德章), 자하(紫霞) 신위(申緯)와 함께 조선의 3대 묵죽 화가로 불린다.

글은 변환(變幻)의 극치를 보여 주어 뛰어난 예술로 인정받는 석양정의 묵죽이 어떻게 이룩되었는가를 말한다. 석양정이 중국인에게 그림을 자랑했다가 비웃음을 산 뒤 마당에 대나무를 심어 놓고 생태를 정밀하게 관찰하여 오묘한 수준에 도달했다는 일화를 통해 그 주제를 전달한다. 석양정의 그림에 새가 날아들었다는 뒷이야기는 조금 흔한 사연으로 군더더기에 속한다. 높은 수준의 기예를 성취하려면 반드시 한 가지에 집중해야 한다고 강조하려는 의도를 살리려는 표현으로 여기에서 그림의 가치와 화가의 노력을 높이 평가하는 글쓴이의 시각이 돋보인다.

겸재 정선 산수화론 　　　謙齋畵序

무형의 사물로 유형의 사물을 만들어도 이치에 어긋나지 않는 것으로 그림보다 나은 예술이 없고, 변화를 극도로 추구해도 자연스럽게 근본 원리를 벗어나지 않는 것으로 그림만큼 오묘한 예술도 없다. 요새 사람들은 산수와 초목을 즐겨 그리면서 간단하고 빠른 붓질로 쉽게 높은 수준에 도달할 수 있다고 생각한다. 반면 눈과 귀에 친숙한 인물과 짐승, 누정과 일상용품은 늘 그리기 어렵다고 생각한다. 이는 인물과 짐승, 누정과 일상용품 같은 부류는 모두 정해진 형상이 있어서 조금 어긋나더라도 형상을 모사하는 데 방해가 되지 않지만, 구름과 안개가 끼며 변화해 가는 산수와 초목의 생태는 정해진 형상이 없어 쉽게 이치에 어그러짐을 모르는 탓이다.

그림은 송나라, 명나라보다 더 융성했던 때가 없다. 인물과 짐승, 누정과 일상용품을 정교하게 잘 그리는 화가들은 다들 화원(畵院)에 모여 있었으나, 구름과 안개가 끼며 변화해 가는 산수와 초목의 생태는 고인(高人) 일사(逸士)의 손에서 많이 나왔다. 비록 간단하고 빠른 붓질로 그려도 운취(韻趣)가 빼어난 경지는 정교한 솜씨로 그리기보다 훨씬 더 어려워서 평범하고 속된 자들이 잘할 수 있는 영역이 아니다.

정원백(鄭元伯, 원백은 정선의 자)은 맑고 순수하면서도 소탈하고 담박

정지순　　　　　　　　　　　　　　　　　　　　　　　　　　　63

하여 남들과 어울려도 뜻을 거슬리는 법이 전혀 없었다. 젊어서부터 『주역』을 공부하여 나이가 들수록 더욱 독실하게 연구했다. 특히 산수화에 뛰어나 만년에 이르러서는 입신(入神)의 경지에 더 깊이 들어갔다. 올해 나이가 일흔둘인데, 눈이 어두워져 그림을 잘 분간하지 못할 지경이지만 마음에 무르녹고 손에 익숙하여 붓을 휘두르기만 하면 구도가 딱 들어맞지 않음이 없었다. 자연스러워 티가 나지 않도록 그려 내고, 먹을 빌리지 않고 색칠한 듯하여, 마치 예전에 유람했던 곳을 그리고, 예전에 그렸던 그림을 베껴 그리듯 쉽게 여겼다. 생기가 넘치고 유려하여 그 오묘함의 끝을 알아낼 수 없었다. 형상이 눈에 또렷하게 스며 있고 이치를 마음으로 훤히 깨달아 손이 그 오묘함을 충실하게 좇아갈 수 있는 자가 아니라면 도달할 수 없는 경지이다.

옛날 소철(蘇轍)은 이렇게 말했다.

"그림에서 소중한 것은 그림이 사물과 비슷하다는 점이다. 비슷하기만 해도 소중한데 더구나 참된 것임에랴! 내가 도회지와 들판을 다니며 본 사람과 사물은 모두 내 그림 상자 안에 있다. 보지 못한 것은 귀신뿐이다."

소철은 그림을 즐기지 않았기 때문에 홀로 저와 같이 말했을 뿐이다. 그림에서는 보지 못한 사물을 그리기 쉽다고 여긴다. 귀신과 같은 사물은 그리기 쉽지 않다고 하나 실제로 본들 또 무엇하랴? 도회지나 들판에서 본 사람과 사물이라도 풍경이 바뀌므로 결코 일정하지 않다. 따라서 화가가 풍경을 그림으로 옮겨 놓으면 실제로 본 사람은 늘 눈으로 보듯이 여기고, 실제로 보지 못한 사람도 그림을 통해 직접 그곳을 구경한 셈이 된다. 이것이 그림의 공능(功能)이다.

원백은 특히 진경(眞景)을 잘 그린다. 명승지의 빼어난 경치를 만날 때마다 곧잘 돌아갈 것도 잊고 두루 구경하면서 붓 가는 대로 묘사했다.

활기차고 민첩하며, 기이하고 굳세어 군색하게 얽매이고 짜 맞추느라 고심한 흔적이 전혀 없으므로 옛사람들이 따라잡을 수준이 아니다.

이 화첩은 모두 경구(京口)의 위아래에 있는 여러 강과 한양 부근의 산수와 교외의 여러 명승을 그렸다. 돛단배와 갈매기, 해오라기, 안개 긴 파도의 아득한 풍경과 산림과 천석(泉石)에 구름과 노을이 출몰하는 형상이 완연히 눈앞에 있는 듯하다. 그 속에 누정과 정원을 배치하고 광채를 더했다. 그리하여 원백은 일반 화가들이 어렵게 여기는 솜씨를 모두 겸비했다. 이곳에 노닐었던 이가 본다면 낯익은 손님을 만난 듯 기뻐서 푹 빠질 테고, 노닌 적 없는 이가 본다면 자기도 모르게 마음이 들뜨고 내달려서 황급히 식량을 챙기고 말을 채찍질해 놀러 가려 하리라. 만약 소철이 이 그림을 보았다면 반드시 모두 내 그림 상자 속 그림이라고 경시하지 않을 것이고, 또 비슷하다 하여 귀하게 여기지 않을 수 없으리라.

원백은 늙었어도 아직 붓을 놓지 않았다. 내 마땅히 우리나라에서 나는 좋은 비단 한 필을 장만하여 이 노인장에게 이 경치를 다시 그려 달라고 부탁하고자 한다. 이분이 흔쾌히 그려 주실지는 모르겠지만…….

해설

겸재(謙齋) 정선(鄭敾, 1676~1759년)은 정지순과 나이 차가 쉰 살에 가까웠으나 지음(知音)으로 대했다. 정선은 그를 종자기(鍾子期)에 비유하여 그를 감격케 한 일도 있다.(「겸재 정원백에게 보내는 편지(寄謙齋鄭元伯書)」) 좋은 가문의 젊은 도련님에게 잘 보이려고 한 빈말이 아니라 진심에서 우러나온 말이었다. 일흔이 넘은 노화가와 젊은 청년이 그림을 매개로 세대를 뛰어넘은 우정을 나눈 장면은 참으로 아름답다.

이 글은 입신의 경지에 들어선 겸재와 그가 그린 진경산수화의 가치를 적극적으로 평가했다. 진경산수화는 산수에 자신의 의취를 기탁해서 간략히 그린 산수화가 아니라 직접 관찰한 실경을 구체적이면서도 회화적으로 아름답게 재현한 화풍이다. 그림에 심드렁했던 소철의 견해는 소식(蘇軾)의 「석씨화원기(石氏畫苑記)」에 실려 있는 것으로, 그림은 실제 사물의 그림자에 불과하다고 주장했다. 반면 글쓴이는 우리가 보는 사람이나 경치는 고정불변하지 않고 쉴 새 없이 변화하며, 그림의 가치는 한순간을 포착하여 재현하는 데 있다고 보았다.

이 글에서 묘사한 겸재의 산수화는 서울 근교나 한강 주변의 명승지를 그린 『경교명승첩(京郊名勝帖)』과 같은 유의 화첩으로 짐작된다. 글쓴이의 문집에는 「겸재의 산수화첩에 쓰다(題謙齋山水畫帖)」라는 제목으로 모두 13수의 시가 실려 있는데 이 글에서 논한 화첩에 붙인 작품으로 보인다.

홍양호

洪良浩

1724~1802년

자는 한사(漢師), 호는 이계(耳溪)이며, 본관은 풍산(豐山)이다. 초명은 양한(良漢)이나 나중에 양호로 고쳤다. 시호는 문헌(文獻)이다. 1752년 문과에 급제하여 황해도와 평안도 관찰사, 대사헌, 대제학, 이조 판서, 예조 판서, 의정부 좌찬성 등을 역임했다.

젊은 시절부터 박학하다는 평을 들었고 관각문학(館閣文學)의 대가로 이름 높았으며, 행정 실무에 밝았다. 금석학(金石學)과 서법(書法)에도 조예가 깊었다. 1794년 청나라에 사신으로 갔을 때 학계의 거두인 기윤(紀昀, 1724~1805년)과 교분을 맺어, 그 사귐이 손자 대까지 이어졌다. 시조를 한시로 번역한 「청구단곡(靑丘短曲)」, 함경도 지방의 풍속을 읊은 「북새잡요(北塞雜謠)」 등이 유명하며, 국내 명승지의 아름다움을 노래한 시편들이 많이 전한다.

문집 『이계집(耳溪集)』 50권 22책은 홍석주와 신위가 산정(刪定)하여 손자 홍경모(洪敬謨, 1774~1851년)가 1843년에 간행했다. 문집을 간행한 뒤 홍경모는 다른 시문을 합하여 『이계선생삼편전서(耳溪先生三編全書)』 94권 49책으로 편찬하였다. 간본에 실리지 않은 다양한 분야의 많은 저술이 실려 있어 그의 박학한 학문과 다채로운 문학 세계를 보여 준다. 현재 일본 동양문고에 소장되어 있다.

진고개 우리 집 　　　　　　　　　　泥窩記

남산 아래에 진고개가 있다. 지대가 낮고 비좁아 물이 고이면 잘 빠지지 않는다. 길이 축축하고 질퍽거려 오가는 사람들이 마뜩지 않게 여기며 이 동네를 진고개라 부른다. 우리 집이 이 고개 위에 있어서 '니와(泥窩)' 라는 이름을 붙였다.

어떤 손님이 말했다.

"진흙(泥)은 낮고 더러운 곳에 있어서 천하고 탁한 데나 붙이는 이름일세. 남들은 찡그리고 피해 가건만 자네는 어쩌자고 자기 집에 그런 이름을 붙이는가?"

그 말에 내가 이렇게 대답했다.

"자네가 어떻게 진흙의 덕을 알 수 있으랴? 진흙은 흙과 물이 합해서 이루어졌네. 세상 만물은 모두 물에서 나서 흙에서 길러지지. 그래서 물 혼자만의 힘으로는 만물을 낳지 못해 흙에 의지하고, 흙 혼자만의 힘으로는 만물을 기르지 못해 물의 도움을 받는다네. 서로 의지하여 만물을 생성시키지. 그러므로 하늘이 다섯 가지 원소(五材)를 내실 때 물에서 시작하여 흙에서 마쳤네. 서낭당은 나라를 지키는 곳이요, 마루와 방은 몸을 쉬게 하는 곳이며, 흙을 빚어 가마에서 도자기를 굽는 것은 생계를 유지하는 방법인데, 모두 진흙을 써서 하니 진흙의 공이 크지 않은가!

태산(泰山)에 지내는 제사에는 금니(金泥)를 사용하니 귀함을 숭상한 것이요, 황제의 조서(詔書)에 찍는 도장에는 자니(紫泥)를 사용하니 문덕(文德)을 밝힌 것이요, 함곡관(函谷關)을 굳게 지키자는 말을 할 때에는 환니(丸泥)라는 말을 사용했으니 무위(武威)를 빛낸 것일세. 남전(藍田) 아래에는 청니판(靑泥坂)이 있고, 중국의 남쪽 너머에는 불니국(佛泥國)이 있으니 그 이름을 아름답게 여긴 것일세. 진흙이 어찌 더럽고 천한 곳에만 붙이는 이름이겠나?"

내 말을 듣고 손님이 이렇게 말했다.

"진흙의 덕이 정말 크고, 진흙의 명칭이 정말 아름답군! 그러나 자네가 진고개에 살면서 태평성대를 만나 젊은 나이에 높은 벼슬에 올랐으니 백성들을 이롭게 하는 데 뜻을 두었을 테지. 최상은 나라를 다스리는 큰 도리를 밝혀 군주가 업적을 이루도록 보좌하여 황제(黃帝)나 순임금에 버금가게 하는 것인데, 그렇게 하지 못했으니 금니와는 다르네. 그다음은 탁월한 문학의 재능을 발휘하여 태평성세를 장식하고 『시경』과 『서경』의 위대한 성과를 잇는 것인데, 그것도 못 했으니 자니와는 다르네. 또한 밖으로는 무력을 쓸 것도 없이 담판으로 적들을 물리쳐 이오(伊吾, 지금의 신장(新疆)에 있는 지역)의 북쪽에서 칼을 튕기며 나라의 국경을 든든히 지키고 국력을 떨치는 것인데, 그것도 못 했으니 환니의 재주도 없네.

지금 비좁은 방 안에 머물러 강호(江湖)에 뜻을 두고, 높은 벼슬을 하찮게 보고 명리(名利)를 우습게 여기며, 옛사람들이 남긴 찌꺼기나 탐닉하고 술에나 진정한 즐거움을 부치고 있네. 곧 밝은 눈과 귀를 닫고서 육신을 하찮게 여기며 혼돈의 세계와 어울려 놀려는 자세로군. 내 듣자니 동해 가에 어떤 짐승이 사는데 그 이름이 진흙(泥)이라네. 모래벌판에 덩그마니 살면서 생각도 없고 의지도 없으며, 보지도 않고 듣지도 않으며, 구물구물 헐떡헐떡 술 취한 자와 똑같다더군. 지금 자네가 지은 니와란 이름이 혹여나 같은 부류가 아닌가!"

내가 껄껄 웃으며 큰 술잔을 들고 질항아리를 두드리면서 노래를 불렀다.

너는 낮은 곳에 거처하면서
만물을 실어 주고
너는 성품이 물기가 있어
만물에 혜택을 끼치는구나.
반죽해서 모양을 빚으면
온갖 형태가 다 나오고
거두어 본원으로 돌아가면
스르르 녹아 자취도 없어지누나.
그 바탕은 혼탁하고
그 빛깔은 흐릿하니
진흙이여, 진흙이여
군자가 머물 곳이로다.

해설

진고개는 한성부의 남부(南部) 훈도방(薰陶坊)에 있었다. 글쓴이의 진고개 집은 고조모 정명 공주(貞明公主)가 하사받아 넷째 아들 홍만회(洪萬恢)에게 물려주었는데, 건물을 새로 짓고 확장하여 '사의당(四宜堂)'이라는 이름을 붙였다. 홍양호는 나중에 우이동(牛耳洞)에 별서를 장만하기도 했다. 그의 호인 '이계'는 여기서 따왔다.

이 글의 문체는 기(記)로 '니와'란 이름을 가진 집의 의미를 손님과 대화하는 방식으로 펼쳐 내고 있다. 여기에서 여러 종류의 진흙을 언급한 대목은 요설(饒舌)에 가깝다. 글의 주제는 손님의 입을 통해 나온 저자의 처세 태도와 그를 동해의 진흙에 비유한 대목에 담겨 있다. 단순한 겸사로 보이지만 조정에서 그가 취한 정치적 태도와 관련된다. 1755년 을해옥사(乙亥獄事)로 강경한 입장을 견지하던 소론들이 몰락할 때, 글쓴이는 요행히 화를 면했으나 외가는 멸문지화에 가까운 화를 당했다. 이 옥사로 노론의 독주가 시작되었고, 살아남은 소론 중에는 교목세가(喬木世家) 출신으로 행정 실무에 밝은 이들이 많았다. 글쓴이는 낮은 곳에 처하여 이모저모에 쓰이는 진흙에 자신의 처지를 기탁했다. 정치가라기보다는 관료로서 누구에게도 뒤지지 않는 능력을 보였다.

다만 직역하면 '진흙 움집'인 이름을 보고 검소한 초가집을 떠올린다면 큰 착각이다. 본채만 100칸이 넘는 당대에 손꼽히던 저택으로 기화요초와 괴석은 물론 양과 질에서 모두 뛰어난 서화·골동품을 소장하고 있었다. 손자 홍경모가 이 저택의 모든 것을 기록하여 『사의당지(四宜堂志)』라는 저술로 남겼다.

숙신씨의 돌살촉   肅愼氏石砮記

『산해경(山海經)』「대황북경(大荒北經)」에 "대황(大荒) 가운데 불함산(不咸山)이란 산이 있는데 거기에 숙신씨(肅愼氏) 나라가 있다."라는 대목이 있다. 그 주석에는 "불함산은 곧 장백산(長白山)인데 요동(遼東)으로부터 삼천여 리 떨어져 있다. 그 지역 사람들은 동굴을 파서 살고 가죽옷을 해입으며, 모두들 활을 잘 쏜다. 화살은 싸리나무로 만드는데 길이가 한자 다섯 치이고 화살촉은 석청(石靑)으로 만든다."라 하였다. 역사서에는 주나라 무왕(武王) 때 숙신씨가 싸리나무 화살과 석노(石砮)를 공물로 바쳤다고 되어 있다. 춘추 시대에 새매가 진후(陳侯)의 궁궐 뜰에 날아와 죽었는데 싸리나무 화살이 박혀 있었다. 그 물건이 무엇인지 공자에게 물었다고 하였다.

지금 철령(鐵嶺) 이북에서 장백산 동쪽 지역은 모두 숙신씨의 옛 강토이다. 내가 정유년(1777년) 북쪽 국경 지역으로 부임하여 북청(北靑)을 지나갔을 때 그곳에는 숙신씨의 옛 성이 있었다. 고을 북쪽 삼십 리 들판에 토성을 쌓았는데 보루와 참호가 옛 형태를 보존하고 있었다. 성터에서는 쟁기를 갈다가 간혹 돌살촉을 얻는다. 그로부터 삼 년이 지난 봄철 남쪽으로 돌아가는 길에 북청에서 머물렀다. 어느 날 숙신씨의 옛 물건을 구하여 돌살촉 한 개와 돌도끼 한 개를 얻었다. 모두 푸른 빛깔로 단단하기가 쇳덩이 같았고, 뾰족하게 갈면 나무를 깎을 수 있었다.

옛 기록에는 "우리나라 동북쪽에서 돌살촉이 나오는데 그 물건을 얻으면 반드시 먼저 신에게 기도를 드린다."라 하였다. 저 숙신씨는 어느 시대에 흥성했는지 알 수 없다. 그들이 동굴에 살고 가죽옷을 입을 때에는 쇠를 벼려서 무기를 만들 줄 몰라 나무를 휘어 화살을 만들고 돌을 갈아 화살촉을 만들어서 사슴과 멧돼지를 뒤쫓고 약탈자들을 막았다. 그들은 이렇게 질박하고 기술이 뒤떨어졌다.

후세에 이르러 숙신씨는 변하여 물길(勿吉)이 되고, 물길은 말갈이 되었으며, 말갈은 여진이 되었다. 여진은 더욱 강성하고 커져서 금나라도 되고 청나라도 되어 두 번이나 중국을 차지했다. 당시에 만약 돌살촉과 돌도끼를 바꾸지 않고 사용하여 현재에 이르렀다면 그저 동북 지방의 작은 오랑캐에 머물렀을 터이니 중국을 넘보려는 욕심을 감히 낼 수 있었으랴?

오호라! 기술의 정교함과 모자람은 변화하고, 그에 따라 강하고 약한 힘은 나뉘어 드디어 천하의 큰 걱정거리가 되었다. 어떻게 하면 천하만국으로 하여금 도끼와 화살촉을 모조리 돌로 만들도록 할 수 있을까?

해설

고대에 숙신씨의 땅이었던 함경도 북청 지역에서는 신석기 시대의 유물인 돌살촉과 돌도끼가 이따금씩 출토되었다. 글쓴이는 그 유물을 수집하고 그 가치를 해명했다. 18세기 이후 고고학 유물을 향한 관심이 부쩍 늘었는데 그 대상의 하나가 바로 숙신씨 옛 강토에서 출토되는 유물이었다. 유득공과 이상적은 「숙신노가(肅愼砮歌)」를, 성대중은 「숙신씨토성기(肅愼氏土城記)」를, 그 아들 성해응은 「숙신석노기(肅愼石砮記)」를, 윤행임은 「숙신씨석노기(肅愼氏石砮記)」를, 김정희는 「석노시(石砮詩)」를 지었다. 그 밖에도 많은 지식인들이 관심을 보였다.

홍양호는 먼저 역대 서책에서 숙신씨 유물을 다룬 기록을 확인했다. 다음에는 자신이 출토 지역에 부임하여 유물을 얻게 된 과정을 서술한 뒤 유물을 보는 견해를 밝혔다. 실제로 그는 1777년 10월 경흥 부사로 부임하여 1779년 2월에 체직되었다.

글의 주제는 뒷부분에 있다. 숙신씨의 후예인 만주족이 "질박하고 기술이 뒤떨어진" 돌로 만든 무기를 답습하지 않고 철기를 만들고 거듭 기술을 발전시켰다. 그 힘 덕분에 두 번이나 중국을 차지하는 강국이 되었다고 글쓴이는 판단했다. 이어 무기의 발달이 천하를 어지럽히는 원동력이 되므로 모든 나라가 돌로 무기를 만드는 원시적 사회로 돌아가기를 희망했다.

홍양호가 소장했던 유물은 상당한 후대까지 그 집안의 저택인 사의당에 보관되어 있었다. 후손인 홍경모가 편찬한 『사의당지』 기완(器玩) 항목에 이 글 전문이 실려 있다.

침은 조광일   針隱趙生光一傳

의학은 구류(九流)의 하나로서 잡류(雜流)에 속한다. 나는 가장 훌륭한 의사는 나라를 고치고, 그다음은 병을 고친다고 들었다. 왜 그렇게 말하는가? 나라를 고치는 것은 병을 고치는 것과 같아서 의학의 도(道)가 필요하다. 그러나 반드시 현달하고 출세한 선비라야 나라를 고칠 수 있고, 처지가 낮아 재능을 발휘할 길이 없는 선비는 음양(陰陽)과 허실(虛實)과 약석(藥石) 사이에서 그 재능을 발휘한다. 하지만 널리 베풀고 사람들을 구제하는 공은 나라를 고치는 공에 버금간다. 그러므로 옛날 불우한 현자들 중에는 때때로 의학에 숨어 사는 자가 있었다. 내가 지금까지 은밀히 그런 사람을 찾았으나 만나지 못했다.

나는 근자에 호서(湖西) 우도(右道, 충청남도 지역)에 머물렀다. 그곳의 풍토에 잘 적응하지 못해서 토착민들에게 의원을 소개해 달라고 했더니 모두들 괜찮은 의원이 없다고 대답했다. 그래도 졸랐더니 조생(趙生)이란 의원을 소개했다.

조생의 이름은 광일(光一)이고, 그 선대는 태안(泰安)의 큰 성씨이다. 집안이 가난하여 사방을 떠돌다가 합호(合湖, 당진의 합덕지)의 서쪽 물가에 살았는데, 특별한 재주는 없어도 침술로 이름이 나서 스스로 '침은(針隱)'이라 일컬었다. 부귀한 집에 발걸음을 한 적이 없고, 그의 집에 현달한 사람이 찾아온 적이 없었다고 하였다.

그래서 나는 그의 집을 찾아가 보았다. 이른 새벽에 남루한 옷을 걸친 노파가 기다시피 찾아와 그 집 문을 두드리며 "쇤네는 아무 마을 사는 백성 아무의 어미입니다. 쇤네의 아들 녀석이 아무 병에 걸려 죽을 지경이라 감히 살려 달라 애원하옵니다."라 하였다. 조생은 바로 응답하여 "알았으니 일단 가시게. 내가 가 보겠네."라 하더니 바로 일어났다. 그 뒤를 따라 걸어가면서 조금도 난색을 표시하지 않았다.

한번은 길에서 그를 만났다. 마침 비가 내려 진창이 된 길을 조생은 삿갓에 나막신을 신고 급히 가고 있었다. 어디를 가느냐고 묻자 "아무 마을 백성 아무의 아비가 병이 났습니다. 앞서 침을 한 번 놓아 주었으나 효험이 없어 오늘 다시 가서 봐 주려고요."라 하였다. 이상하게 여겨서 "자네에게 무슨 이익이 된다고 그렇게 고생하는가?"라 물었더니, 조생은 웃으며 대답하지 않고 떠나갔다. 그의 됨됨이가 대략 이와 같았다. 내가 속으로 기이하게 여겨서 그가 왕래하는 행적을 엿보다가 마침내 친해졌다.

그는 사람됨이 소탈하고 정직하여 남들과 부딪히는 일이 없었고, 오로지 병 고치기를 좋아했다. 그는 예로부터 전해 오는 처방을 배워서 탕약을 쓰는 의술에는 종사하지 않았다. 늘 조그만 가죽 쌈지를 가지고 다녔는데 그 안에는 구리와 쇠로 만든 침 십여 개가 들어 있었다. 침은 길고 짧고 둥글고 모나기가 다 달랐다. 이 침들로 등창을 째고, 부스럼과 멍을 치료하며, 어혈을 풀고, 풍기(風氣)를 트며, 절름발이를 일으켰는데 환자가 누구든 곧바로 효험이 나타났다. 침술에 정통하여 요령을 터득한 의원이었다.

내가 한번은 조용히 그에게 물어보았다.

"무릇 의술은 천한 재주이고 여항은 낮은 곳일세. 자네의 재능으로 어째서 귀하고 현달한 사람과 사귀어 명성을 얻지 않고 여항의 서민들하고나 어울리는가? 왜 그리 귀하게 처신하지 않는가?"

내 말에 조생은 웃으며 말했다.

"대장부로서 정승이 되지 못한다면, 차라리 의원이 되는 것이 좋습니다. 정승은 도(道)로 백성을 구제하고, 의원은 의술로 사람을 살립니다. 궁하고 현달한 차이는 있으나 세운 공은 똑같습니다. 그러나 정승은 때를 만나고 도를 행함에 행운과 불운의 차이가 있습니다. 남이 주는 녹봉을 먹고 그 책임을 져야 하므로 한 번이라도 잘못이 있으면 허물과 벌이 따릅니다. 의원은 그렇지 않아서, 자신의 의술로 자신의 뜻을 펴서 하지 못할 것이 없습니다. 고칠 수 없으면 내버려 두고 떠나면 그만입니다. 그렇다 해서 의원에게 허물을 묻지 않습니다. 저는 그 때문에 의술을 펴는 일을 기꺼워하고 즐깁니다.

저는 이익을 바라서가 아니라 제 뜻을 이루려 의술을 펼치기에 귀천을 가리지 않습니다. 저는 세상의 의원을 미워합니다. 그들은 가진 의술을 빙자하여 남들에게 교만하게 굴지요. 문밖에는 그를 초빙하러 온 말들이 늘어서고, 집에서는 술과 고기를 차려 놓고 대접합니다. 서너 번은 부탁해야 치료하러 가고, 또 가는 곳은 힘 있는 집이 아니면 부유한 집입니다. 가난하고 힘없는 사람은 몸이 편치 않다고 거절하거나 부재중이라고 핑계를 대면서 백 번을 청해도 한 번도 가지 않습니다. 이것이 어진 사람이 먹을 마음입니까! 제가 전적으로 민간에나 다니면서 존귀하고 세력 있는 자들을 거들떠보지 않는 이유는 이런 자들을 벌하고 싶어섭니다.

저 귀하고 현달한 자들이야 우리 같은 의원이 어찌 드물겠습니까! 불쌍한 이들은 여항의 가난한 백성입니다. 또 제가 침을 잡고 사람들 사이에 노닌 것이 십여 년입니다. 어떤 날은 하루에 몇 사람을 살리고 어떤 달은 십여 명을 살렸습니다. 온전히 살린 사람을 계산해 보면 수백 명에서 천 명 아래로는 내려가지 않을 것입니다. 제 나이 지금 사십여 세이니, 앞으로 수십 년 동안 이렇게 한다면 만 명을 살릴 수 있을 것입니다. 살린 사람이 만 명에 이르면 제 할 일도 끝나겠지요."

그가 하는 말을 듣고 나는 처음에는 눈이 휘둥그레졌다가 이윽고 감탄하며 말했다.

"요새 사람들은 한 가지 재주만 있어도 바로 세상에 팔리기를 구하고, 남에게 조금만 은혜를 베풀어도 계약서를 쥐고 값을 요구한다. 권세와 이익을 쥔 사람들 틈에서 줄타기를 하다가 얻을 것이 없으면 침을 뱉고 돌아보지 않는다. 조생은 의술이 고명하나 명성을 구하지 않고, 넓게 베풀고서 보답을 바라지 않는다. 위급한 병자에게 달려가되 반드시 처지가 딱하고 힘없는 사람을 먼저 찾아가니 남보다 훨씬 어질다. 사람 천 명을 살리면 반드시 음보(陰報)를 누린다고 한다. 조생은 이 나라에서 훌륭한 후손을 둘 것이다."

이에 보고 들은 것을 기록하여 전(傳)을 지어서 훗날의 역사가가 찾아볼 수 있도록 한다.

해설

1764년 글쓴이가 홍주 목사로 부임하여 근무할 때 독특한 의원을 만나고 그의 삶에 관심을 가져 전기를 썼다. 전기의 주인공 조광일은 침술에 전문적 능력을 지닌 의원으로, 침은(針隱)이란 호를 쓰며 민중들 사이에서 진료를 했다.

조광일의 삶이 감동을 주는 이유는 일반 의원과는 전혀 다른 태도 때문이다. 당시에도 의원은 의술을 활용하여 치부하고 권력을 얻거나 환자들 위에 군림하고자 했다. 의원의 수가 적은 탓에 상당한 특권을 누리고 있었다. 반면에 조광일은 빼어난 의원이었음에도 처지가 딱하고 빈궁한 백성들에게 봉사하는 것을 자신의 사명이라 생각하였다. 그의 활동에서는 의원의 직분에 충실하고자 한 진정한 의원의 모습을 찾아볼 수 있다. 조광일의 진료 활동이 한 나라의 백성을 살리는 위대한 정치가의 모습과 겹쳐 보이도록 서술한 이유가 바로 여기에 있다.

민중 속에서 의원 활동을 한 조광일의 사연은 독자를 감동시키는 이야기라 이 글 이후에도 이경민(李慶民)이 지은 『희조일사(熙朝軼事)』와 『청구야담』, 장지연(張志淵)의 『일사유사(逸士遺事)』 등에 거듭 소개되었다. 대부분 홍양호의 이 전기를 바탕으로 하고 있다.

의원 피재길   皮載吉小傳

피재길(皮載吉)은 의원 집안의 자제이다. 그 아비는 종기를 잘 고쳤고, 약을 잘 조제했다. 아비가 세상을 떠났을 때 피재길은 아직 어렸으므로 아비의 의술을 전수받을 수 없었다. 그 어미가 보고 들은 여러 가지 처방을 그에게 가르쳤다. 피재길은 의서를 읽은 적이 없고 약재를 모아 고약(膏藥)을 만들 뿐이었다. 일체의 부스럼과 종기에 고약을 붙이도록 하였다. 고약을 팔아서 생계를 꾸리며 여항에서 행세를 했으나 감히 의원 축에 끼지는 못했다. 사대부들이 소문을 듣고 불러다 그 약을 시험해 보니 꽤 효험이 있었다.

계축년(1793년) 여름, 임금님께서 머리에 부스럼이 났다. 침과 약을 써서 다방면으로 치료했으나 오래도록 낫지 않으시고 점점 용안과 목 주위까지 번졌다. 때는 한여름이라 기거와 잠자리까지 편치 않으시자 여러 내의(內醫)들이 어쩔 줄을 몰랐다. 조정 신하들이 날마다 줄을 지어 건강 여부를 여쭈었는데, 피재길의 이름을 아뢴 사람이 있었다. 임금님께서 그를 불러 물어보시니 피재길은 미천한 사람이라 벌벌 떨고 땀을 흘리며 대답을 잘하지 못했다. 주위의 내의들이 모두들 몰래 비웃었다.

임금님께서 가까이 다가와서 증세를 살펴보라 하시고, "두려워하지 말고 네 재주를 다하여라."라고 말씀하셨다. 피재길이 "신에게 써 볼 만한 처방 한 가지가 있사옵니다."라 대답하자 물러가서 조제하여 바치라 명하셨다. 마침내 웅담과 여러 약재를 달여서 고약을 만들어 발라 드렸다. 임금님께서 며칠이면 낫겠느냐 물어보시니 "하루면 통증이 멎고, 사흘이면 다 나으실 것입니다."라 대답했다. 시간이 지나자 하나같이 그의 말대로 되었다.

임금님께서 약원(藥院)에 분부하셔서 "약을 바르고 조금 지나자 지난날의 통증이 씻은 듯이 사라졌다. 요즘 세상에 이렇게 알려지지 않은 비방이 숨어 있을 줄 몰랐도다. 의원은 명의(名醫)라 이를 만하고, 약은 신방(神方)이라 할 만하다. 그 노고를 보답할 방법을 상의하라!"라 하셨다. 약원의 신하들이 먼저 내침의(內鍼醫)로 임명하고 육품(六品) 관직의 의복을 하사한 다음 이어서 정직(正職)을 내리기를 요청했다. 임금님께서 받아들이셔서 바로 나주 감목관(羅州監牧官)을 제수하셨다. 약원의 모든 의원들은 모두 놀라고 탄복하여 손을 모으고 그보다 능력이 뒤처짐을 인정했다. 이에 피재길의 명성이 나라에 퍼졌고, 웅담고(熊膽膏)는 마침내 천금방(千金方)이 되어 세상에 전해졌다.

사신(史臣)은 말한다.

신이 약원에서 근무할 때 처음 피재길을 보았는데, 체격은 작고 한 글자도 못 읽는 까막눈이었다. 『본초(本草)』에서 약재의 특성을 다룬 부분을 꺼내 물어보니 차고 더운 성질이나 평범하고 독한 성질도 분간하지 못했다. 그러니 어떻게 병증을 가리고 처방할 수 있겠는가? 그가 배운 것은 오로지 몇 종의 고약으로, 각종 상처에 바르면 때때로 효험을 보였는데 사람들은 특별하게 여기지 않았다.

그런데 임금님께서 걸리신 병에 한 번 붙여 드려 거둔 효험이 귀신과도 같았다. 이것이 어찌 그 재주로 할 수 있었으랴? 아마도 이른바 하지 못할 능력을 발휘한 것이리라. 그러나 그 처방은 의서에 보이지 않는다. 숨어 살며 의사 노릇을 한 옛 현인이 몰래 전해 온 신방을 마침내 피 씨가 얻어서 공을 세우고 명성을 떨친 것이 아닐까? 어찌 기이한 일이 아니랴!

해설

원제에는 "계축년에 임금님의 명을 받들어 짓다."라는 주석이 덧붙어 있어 1793년에 피재길이 국왕을 진료한 다음 국왕의 명에 따라 쓴 전기임을 밝혔다. 실제로 『정조실록』에는 이해 7월에 국왕의 종기를 전기에서 쓴 바와 같이 진료하고 포상을 받은 일이 적혀 있다. 피재길은 이후 특별한 행적이 없다가 정조가 사망할 때 종기 치료를 제대로 하지 못했다는 이유로 여러 어의들과 함께 처벌을 당하여 유배를 다녀왔다.

어떤 의서에도 나오지 않는 획기적인 종기 치료제를 만들어 국왕의 병을 완치하고 그 공로로 벼슬까지 받은 무명 의원의 벼락출세 이야기이다. 피재길은 아버지가 의원이었다고는 하지만 일찍 여읜 탓에 제대로 의학 수업도 받지 못했다. 어머니가 어깨너머로 배운 여러 처방을 바탕으로 본인의 노력을 보태 남다른 비법을 축적하여 고약을 만들었다. 대중의 고통을 해결하는 민중적 의원이었던 그는 폐쇄적인 의원의 세계에서 전혀 권위를 인정받지 못하는 돌팔이 의원에 불과했다. 그러나 국왕을 치료함으로써 하루아침에 혜성같이 등장하여 기득권을 누리던 의원들의 코를 납작하게 만들었다. 무명 의원 피재길의 성공담은 대단히 흥미로운 이야기로서 당시 의학계의 정황을 잘 보여 준다.

진고개 신과의 문답　　　形解

나는 진고개 주인이다. 흙 침상 위에서 낮잠을 자고 있는데 몽롱한 가운데 누군가가 나를 향해 읍하면서 말하는 것이었다.

"나는 진고개의 신일세. 남들은 모두들 나를 피하건만, 자네는 집을 지어 살며 글을 지어 내 공덕을 치켜세우더군. 자네가 글을 써 주지 않았다면 세상 그 누가 나를 알아주겠는가? 지금 내가 자네를 만난 것이 어찌 다행이 아니랴?"

그 말에 진고개 주인이 말했다.

"자네의 거처는 정말 더럽고 자네의 바탕은 정말 탁하지. 모래와 자갈이 잡아끌고 말굽과 바퀴가 짓밟고 가네. 내가 자네를 버리지 않았다고 해도 자네가 어찌 서운하지 않겠는가? 내가 장차 자네의 골수를 씻고 자네의 고갱이를 응결시켜 아름다운 모습을 입히고 낙토(樂土)로 옮겨 줄 걸세. 자네는 그 길을 택하려는가?"

진고개 신은 "그 사연을 한번 들어 보세."라 하였다. 주인이 이렇게 말했다.

"천지 만물 중에서 사람보다 귀한 것이 없네. 내 장차 자네의 머리를 둥글게 하고, 자네의 발을 네모나게 만들며, 자네에게 코와 입, 귀와 눈을 뚫어 주고, 자네에게 팔과 다리, 손톱과 머리카락을 달아 주겠네. 술과 쌀을 바치고, 시축(尸祝, 제사를 지낼 때 축문을 읽으며 제사를 주관하는 사람)이 제사를 지내 높이 모시겠네. 자네는 그렇게 해 주기를 바라는가?"

신이 대답했다.

"아! 사람은 세상에 태어나서 시름과 더불어 살아가네. 일단 육신을 가지게 되면 족쇄와 형틀을 찬 것이나 다름없지. 재주 좋은 사람은 부림을 당하고, 미련한 사람은 욕을 당하며, 올곧은 사람은 월형(刖刑)을 당하고, 성인은 해침을 당하네. 비방은 명예의 그림자요, 복(福)은 화(禍)와 이웃일세. 통달한 선비는 크고 넓게 보는지라 (명예와 복을) 먼지와 티끌로 여기네. 사람은 하늘로부터 목숨을 빌렸는데 내가 또 사람에게 형상을 빌린다면 남이 빌린 것을 다시 빌린 꼴이니 그 얼마나 크게 어리석은가? 원숭이가 의관을 걸치고 제웅이 비단옷을 걸쳤다며 나무 인형에게 비웃음 받을까 두렵네."

주인이 말했다.

"네 가지 신령한 짐승 중에서 용보다 더 신령한 것이 없네. 내가 장차 자네를 강을 가로지르는 용의 몸으로 변화시키고, 자네에게 한 자나 되는 비늘을 붙여 주며, 큰 이빨과 갈고리 같은 손톱, 긴 갈기와 기다란 꼬리를 주고, 구름으로 장식하고 북과 피리로 맞이하겠네. 그러면 자네는 즐겁지 않겠는가?"

신이 대답했다.

"아니, 아닐세. 용이란 짐승은 물속에서 신 노릇을 하거니와, 모래밭에 놓인다면 수달도 업신여길 걸세. 내 몸은 흙덩이인데 어떻게 변화를 일으키겠나? 비를 내리게 할 재주도 없으니 스스로 욕을 부르는 짓이네. 겉모습은 화려해도 바탕이 누추하니, 헛된 이름은 화를 부르네. 남들의 귀와 눈을 막고 명기(名器)를 훔쳐 사용하며, 양의 몸에 범의 무늬를 가진 것은 진흙을 등에 진 돼지와 수레에 가득한 귀신과 같네. 나는 땅강 아지나 개미에게도 제압될까 두렵네."

주인이 다시 말했다.

"그렇다면 내 장차 자네를 본을 떠서 질장구로 만들어 음률과 어우러 지도록 하겠네! 자네를 틀로 찍어 질그릇으로 만들어 술이나 국을 끓이 게 하겠네! 또 잘 구워서 부늬가 예쁜 벽돌로 만들어 고대광실 집을 꾸 미도록 하겠네! 또 붉은 흙으로 물들여서 잘사는 집의 벽을 바르겠네!"

신이 다시 대답했다.

"안이 비었는데 밖이 진동하면 기운이 빠지고 모양이 피폐해지며, 위 가 더운데 가운데가 뜨거우면 남을 위해 자신을 불태우는 거지. 높은 집과 아로새긴 담장은 귀신이 엿보고 남들이 시기하며, 원한을 쌓은 창 고는 끝내 재앙의 원인이 되네. 나를 풀밭에 버려진 자갈로 만들려는가 아니면 길거리에 굴러다니는 벽돌 조각으로 만들려는가?"

주인이 말을 이어 갔다.

"눈 녹은 진흙은 맑고, 꽃 떨어진 진흙은 향기로우며, 대들보 위의 진 흙은 영화롭네. 자네는 혹시 거기에 마음을 두나?"

신이 이렇게 대꾸했다.

"눈이 맑기야 하지만 내가 기러기 발톱에 빌붙어야 되겠는가? 꽃이 향기롭기는 하지만 내가 말발굽에 짓밟혀야 되겠는가? 대들보가 영화로 운 곳이기는 하지만 내가 제비 부리에 빌붙어야 되겠는가?

이제 자네의 말이 궁해졌으니 내가 어떻게 변화하는지를 낱낱이 말 해 볼 차례군. 무릇 가마는 하나의 천지(天地)이고, 풀무는 하나의 음양 (陰陽)이며, 도공(陶工)은 하나의 화공(化工)일세. 내가 그 가운데 거처하 여 바탕을 맡기고 형태를 받네. 바람을 불어넣어 늘어나기도 하고 줄어들기도 하여 기발하기도 하고 미친 것 같기도 하며, 둥글고 모나고 이지러지고 곧아서 예쁘고 추한 모습이 몽땅 드러나면, 술독이 되어 술을 담기도 하고, 사발이나 병이 되어 곡식을 담기도 하네. 배가 부른 것은 항아리가 되고, 주둥이가 가는 것은 병이 되며, 귀가 둘 있는 것은 시루가 되고, 발이 셋인 것은 솥이 된다네. 큰 것은 곡식 몇 섬을 담고 작은 것은 곡식 몇 홉을 갈무리하며, 귀한 것은 신에게 제사를 드리고 천한 것은 똥오줌을 받네.

막 도야(陶冶)할 때에는 기교와 힘을 용납하지 않다가 형태를 부여받은 뒤에는 바꾸지를 못하네. 하나가 이지러지면 하나는 완전하며, 하나가 아름다우면 하나는 미워지니 무엇을 사랑하고 무엇을 미워하며, 무엇에 성을 내고 무엇에 고맙게 여길까? 사람이 궁하고 형통하며, 요절하고 장수하며, 어리석고 지혜로워서 어지럽게 서로 같지 않은 차이가 이것과 무엇이 다른가? 이루어지면 반드시 없어지는 것은 사물의 변함없는 법도일세. 늦고 빠른 시간의 차이가 있을지언정 함께 흙으로 돌아가지. 치고 빻고 갈고 걸러서 다시 가마 속에 들어가면 큰 것이 작아지고 천한 것이 도리어 귀해져 모양을 바꾸고 형체를 바꾸는 변화가 이루 헤아릴 수 없네. 비유컨대 우애(牛哀)가 범이 되고 촉제(蜀帝)가 두견새가 된 것과도 같네. 형상은 가도 정신은 남으며, 섶은 다 타도 불은 전해지네. 모이고 흩어지고 이리저리 돌고 돌아서 천기(天機, 자연의 조화)와 소장성쇠(消長盛衰)를 함께하니, 그 많은 변화의 양상은 그 끝 간 데를 알 수 없네. 그러니 삶이란 물거품이고 형체란 버섯(土菌)이며, 공명이란 개미굴이고 이익이란 쥐구멍일세. 내 순수하고 참된 덕으로 어떻게 저 환영에 망령된 변화를 받아들이겠나?

내 자네에게 한번 물어보겠네. 나는 흙을 몸으로 삼고 물을 쓰임으로 삼고 있는데, 자네는 나를 흙이라 부르겠나? 아니면 물이라 부르겠나? 흙의 성질은 고요하고 물의 성질은 움직이니 나는 고요함과 움직임의 기회를 타야 하나? 흙의 바탕은 무겁고 물의 바탕은 가벼우니 나는 가벼움과 무거움 사이에 처해야 하나? 흙의 덕은 굳세고 물의 덕은 부드러우니 나는 굳셈과 부드러움의 중용을 취해야 하나? 흙빛은 흐리고 물빛은 맑으니 나는 맑음과 흐림이 나뉜 곳에 처해야 하나?

큰 흙덩어리는 감싸 안을 수 없고 가는 흙은 갈 수 없네. 한 움큼도 적다 할 수 없고 큰 덩어리도 많다 할 수 없지. 섞이거나 가라앉으며 때에 맞춰 나아가며, 깔끔하고 담박하여 하나의 이치를 안고서 편안함을 누리네. 만 가지 현상이 뒤엉켜 있어도 나는 홀로 그칠 곳을 알고, 온 세상이 맑고 높은 데에 머물고자 해도 나는 홀로 누추한 곳에 사네. 오로지 그대만이 변변찮아 내 질박함을 편안히 여기니 그대가 세상을 마칠 때까지 서로 보살피며 싫증 내지 않도록 하세."

주인이 기지개를 켜고 잠에서 깨어나자 멍하니 몸이 풀렸다. 삼가 그 말을 기록하여 육신의 속박을 푼다.

해설

이 글은 앞에 실린 「진고개 우리 집」의 속편이라 할 수 있다. 진고개의 토지신과 나눈 문답 형식의 대화를 빌려 자신의 거처를 '니와(泥窩)'로 명명한 취지를 해명하였다. 여기서 주인은 글쓴이를 가리키고, 진고개 토지신은 진흙길인 진고개의 의인화된 인물이다. 진흙의 신이 꿈속에 나타나 주인과 대화를 나누고 서로의 지향이 맞음을 확인하고 의기투합

한다는 내용인데 희작의 성격을 띠는 우언이다.

　볼품없는 진흙에 어떤 모습을 부여해 줄 것인가 하는 문제를 두고 대화가 진행되면서 주제가 점차 드러난다. 주인은 세상 사람들이 욕망하는 여러 가지 좋은 형상을 부여해 주고자 하지만 진흙의 신은 주인이 제시한 형상이 어떤 것도 자신과 어울리지 않는다고 거절한다. 자신은 오히려 도공의 손을 거쳐 수많은 종류의 그릇으로 무수히 변신하면서 그릇에 걸맞은 직분을 묵묵히 수행한 뒤 다시 흙이 되고 싶다고 하였다. 선망의 대상이 되는 것 하나에 정착하지 않고 많은 변화의 과정을 거치며 살아가는 것을 자신의 운명으로 설정하고 있다. 그 문답 속에 은연중 글쓴이가 세상을, 정치계를 헤쳐 가는 처세관을 드러내고 있다.

목만중

睦萬中

1727~1810년

본관은 사천(泗川)이고, 자는 유선(幼選), 호는 여와(餘窩)이다. 남인 명문가 출신으로 어려서부터 창작에 종사해 천재로 알려졌다. 1759년(영조 35년) 문과에 급제했지만 벼슬살이가 순탄치 않아 고위 관직에는 오르지 못했고, 만년에 대사간 등의 벼슬을 역임했다. 서학(西學)을 반대한 공서파(攻西派)의 리더로서 신서파(信西派) 남인 관료들과 갈등을 겪었다. 신유박해 때 천주교를 탄압하는 데 일정한 역할을 했다.

18세기 중후반 남인 문단을 대표하는 관료 문인으로, 1800여 수의 시를 남긴 뛰어난 시인이었다. 문장가로도 이름이 널리 알려졌는데 각종 문체를 모두 잘 지었고, 다양한 주제와 참신한 발상의 문장을 썼다. 18세기 후반의 주목할 만한 문장가 중 한 사람이다. 문집으로 『여와집(餘窩集)』이 남아있다.

베트남에 표류했던 김복수

金福壽傳

김복수라는 사람은 제주 김녕촌(金寧村) 사람이다. 대대로 아전의 명부에 올라 있었다. 복수는 어릴 때 아버지를 여의었으나 어머니를 잘 모셨다. 몸이 매우 건장했고 문자를 대충 이해했다. 집이 바다 가까이에 있어서 물고기 잡고 나무해서 생계를 꾸려 갔다. 어느 날 태풍으로 타고 있던 배가 표류해 아흐레 낮밤을 지나서 해안가에 도착했다. 함께 배를 탄 사람은 다 죽고 복수도 병이 나서 일어날 수 없었다. 그를 발견한 사람이 불쌍히 여겨서 집으로 데려갔는데 복수가 이곳이 어디냐고 물었더니 안남(安南, 베트남)이라고 했다.

복수는 돌아갈 길이 끊어졌다. 머문 지가 오래되자 한층 토착민과 낯이 익어서 그들에게 의탁해 품팔이를 했다. 때마침 유구(琉球, 류큐)의 진주 캐는 여자가 표류해 오는데 복수는 그 여자와 마지못해 짝을 맞춰 살았다. 가정이 생기자 생계를 꾸리는 데 더욱 힘을 쏟아 날이 갈수록 재산이 넉넉해졌다. 아들과 딸도 각각 셋씩 두었다. 그러나 밤낮으로 어머니를 그리워했고, 아버지 기일이 되면 그때마다 동쪽을 향해 하루 종일 곡을 했다. 그렇게 살아간 지 사십 년이 되었다.

어느 날 밤 어머니를 여읜 꿈을 꾸고 일어나서 대성통곡하며 말했다. "우리 어머니께서 아마도 돌아가셨나 보구나! 내가 세 살에 아버지를 여의고는 산에서 나무하고 바다에서 고기 잡아 어머니를 한평생 모시려 했건만 다른 나라에 표류해 와서, 살아 계실 때는 봉양도 못 해 드리고 돌아가실 때는 소식도 모르는구나! 하늘이여, 하늘이여!"

드디어 부고를 받은 것처럼 발상(發喪)했는데 상례를 조선과 똑같이 했다. 이를 본 사람들이 감탄하면서 말했다. "조선이라는 나라는 예의가 잘 갖춰졌구나! 복수라는 아들은 참 효성스럽구나! 우리나라의 예의를 모르는 자는 이 사람을 본받아야 하리라!"

그로부터 안남 사람은 초상이 나면 복수의 상례를 많이 따라 했다. 복수가 이르는 곳마다 반드시 존귀한 손님으로 맞이했고, 길에서 만나면 반드시 절을 했다.

오랜 시일이 지나 안남에서 일본에 사신을 보내려 할 때 복수가 행실과 의리가 고매하고 힘이 세다고 하여 그를 대동해서 사절단의 무게를 더하려 했다. 사신들의 배가 큰 바다 한가운데 이르렀을 때 큰 바람을 만나 표류하여 절강 동쪽 경계로 흘러갔다. 해안가에 대여섯 사람이 앉아 있는 것이 보였는데 초췌하니 나그네의 행색이 있고, 모양새가 조선 사람 같았다. 복수가 그들에게 달려가 물어보았더니 그중 두 사람이 앞으로 나와 대답했다.

"우리들은 제주에 사는 사람인데 표류해서 왕등도(枉登島)에 이르렀습니다. 마침 육지로 나가 쌀을 사 오는 섬사람을 만나서 그 배를 따라 여기에 이르렀습니다. 편풍을 만나면 우리나라로 돌아가기를 바라고 있습니다. 저기 네 사람은 왕등도 사람입니다."

복수가 깜짝 놀라 "과연 나와 같은 고을 사람이구려. 집이 김녕촌과는 몇 리나 떨어져 있습니까?"라고 묻고 전후에 겪은 일을 말해 주었다.

"나는 다른 형제는 없고 떠나올 때 집에 노모와 철(哲)이란 이름의 젖

먹이가 있었소만 지금은 살았는지 죽었는지 모릅니다."

두 사람이 그 말을 듣더니 슬픈 표정을 지으며 말해 주었다.

"김녕은 우리 집 가까운 마을입니다. 마을에는 김철이란 자가 할머니와 어머니를 모시고 사는데 이웃에서 효자라고 부른답니다. 지나간 해에 김철의 할머니께서 천수를 누리다 돌아가셨습니다. 김철은 그 아비가 바다에 표류하여 돌아오지 않는다고 종신토록 배를 타지 않습니다. 뜻하지 않게 지금 여기에서 어르신을 만났습니다."

복수가 주머니에서 꿈속의 일을 기록한 종이를 꺼내 맞춰 보고는 슬피 울며 마음을 가누지 못해 다급히 편지를 써서 그들에게 맡기고 돌아왔다. 뱃사람들이 그가 너무 늦게 돌아온 것을 이상히 여기며 웬일이냐고 캐묻자 복수는 "저들 중에 날씨를 잘 알아보는 자가 있어 그에게 뱃길을 물어보느라 시간이 한참 가는 줄도 몰랐소."라고 둘러댔다. "저들이 언제 바람이 좋다고 했소?"라고 묻자 다시 "내일이오."라고 둘러댔다. 이튿날 과연 바람이 일어나 하루에 천 리를 가자 모두들 경이롭게 여겼다.

그들이 일본에 도착했을 때 때마침 구라파(歐羅巴, 유럽) 사자가 도착하였다. 복장이 괴상했고, 국서(國書)에 법서(法書) 열두 권을 폐물로 가져왔다. 그들과 이야기를 나눠 보니 인륜을 팽개치고 유학을 욕하고 헐뜯었다. 말끝마다 천주(天主)를 들먹이며 툭하면 천당과 지옥의 설로 사람을 꾀었다. 복수가 곁에서 듣고서 속으로 해괴하게 여겼다. 안남 사신이 그 책을 사서 돌아가려고 하자 복수가 화가 나서 꾸짖었다.

"그대는 성현의 책이 읽기에 부족하다고 여기는 거요? 저 서방 나라 사람들의 도리는 패역하여 인륜을 무너뜨리니 오랑캐도 차마 하지 않는 짓입니다. 그 법은 비루하여 하늘을 가볍게 보니 인류가 차마 행할 수 없는 짓입니다. 저들이 마귀라고 손가락질하는 것이 바로 저들 스스로를 말하는 것입니다. 이는 하늘과 땅도 용납하지 않을 일이요, 사람과 귀신이 함께 잡아 죽일 일입니다. 그대는 이 책을 가지고 돌아가서 안남 사람들을 괴물로 만들 작정이십니까?"

사신이 그의 말을 듣고서 두려워 감히 사지 못했다.

안남으로 돌아갈 때가 되어 바람을 따라 바다 한가운데로 나왔는데 문득 갑자기 산 하나가 돛대 너머로 보이기 시작했다. 복수가 멀리서 바라보고 속으로 한라산임을 알아차렸다. 놀라고 기뻐서 몸을 빼쳐 되돌아가고자 뱃사람을 속여서 말했다.

"뱃길이 빠를지 느릴지 지레 알 수 없거니와, 오래되면 물이 부족하여 병이 날지 모른다. 산 아래에 반드시 맑은 샘물이 있을 터이니 내가 떠서 오겠다."

모두들 그 말을 수긍하여 복수가 작은 배를 저어 혼자서 갔다. 육지에 오르자마자 배를 버리고 빨리 달려서 옛집으로 갔다. 도착해 보니 황폐한 마을의 오래된 나무를 여전히 분간할 수 있었다. 곧장 집으로 들어가 "내가 돌아왔다! 내가 돌아왔어!"라고 외쳤다. 그러나 옷과 두건의 모양이 다르고 말씨가 벌써 변해 집안사람이 알아보지 못했다. 한참을 아옹다옹하던 중에 한 노인이 있어 그를 알아보았다.

복수는 집에 돌아온 뒤로 고향의 처자식에게 봉양을 받았다. 그러나 안남에 두고 온 가족이 마음에 걸려 아내와 자식을 그리워하는 심정을 견딜 수 없었다. 때때로 산에 올라 남쪽을 바라보며 노래를 지어 불러서 속마음을 풀어냈는데 그 소리가 대단히 구슬펐다. 복수는 십여 년을 더 살다 늙어 죽었다. 처음 표류한 때의 나이가 스물네 살로 인조와 효종 연간이었다.

야사씨(野史氏)는 말한다.

탐라는 바닷속에 있다. 그곳 사람들은 배와 노를 직업으로 삼으므로 왕왕 큰 파도를 만나 표류하다 해외 여러 나라에 닿기도 하는데 죽지 않고 돌아오는 자는 열 사람 백 사람 가운데 겨우 한둘이다. 그러나 또한 그들의 체험과 견문 가운데 기록할 만한 기궤(奇詭)한 일이 어찌 없겠는가? 다만 풍속이 거칠어 문자를 구사하는 이가 없으므로 세상에 널리 전하지 못하니 안타깝구나! 복수와 같은 이는 참으로 기이하고도 위대하지 않은가! 물고기 장사로 떠돌던 사람이 풍속이 다른 나라를 예의로 놀라게 했고, 그들로부터 존중을 받았다.

저 태서(泰西)는 감히 사해만방의 억조창생이 공유하는 하늘을 낚아채 저들의 사사로운 물건으로 만들었다. 희롱하고 방자하여 못 하는 짓이 없으면서도 하늘을 공경하고 하늘을 떠받든다고 억지를 부린다. 어떤 부류는 마침내 그들을 스승으로 존경하고 배웠지만 복수는 그 말을 처음 듣고도 힘써 배척했다. 나는 태서의 종교가 아직 야만의 지방에 유입되었는지를 모르겠으나, 안남 사람들은 김복수를 제사 지내고 집집마다 모셔도 좋을 것이다.

강준흠(姜浚欽) 군이 탐라 사람인 장령(掌令) 변경우(邊景祐)로부터 그에 관한 이야기를 듣고서 글을 써서 내게 보여 주었다. 나는 읽어 보고 감탄해 이렇게 말했다. "복수가 차마 종신토록 어머니 상례를 치르지 않을 수 없어서 꿈속의 일을 실천해 의리를 일으켰으니 예의의 무리이다. 서양 학문의 요망함을 배척해서 야만의 사신이 책을 구입하는 것을 막았으니 지혜가 밝다. 안남의 행복이 고국보다 덜하지 않건만 사랑하는 이를 결단코 끊어 몸을 빼내 돌아왔으니 의리가 대단하다. 한 사람의 몸으로 세 가지 덕을 갖추었으니, 이른바 '배우지 않았다 해도 나는 반드시 배웠다고 하리라.'라는 경우가 아니겠는가?" 드디어 그가 쓴 글을 줄이고 깎아서 전을 짓는다.

해설

1793년에 지은 전기 작품으로 제주도 사람 김복수가 겪은 기구하고 파
란만장한 표류기이다. 제주 출신의 사헌부 장령 변경우가 강준흠에게 전
해 준 이야기를 강준흠이 기문(記文)으로 썼고, 목만중이 그 글에 기초
해 다시 전기로 각색했다.

줄거리는 인조와 효종 연간 사람인 김복수가 풍랑에 표류해서 베트
남에 안착했고, 류큐에서 표류해 온 아내를 얻어 40년을 살다가 일본을
거쳐 제주도로 귀환한 사연이다. 당시 지식인 사회에서 크게 관심을 끌
었던 표류 체험담을 작품화한 전기물로 제주도 사람이 직접 들려준 오
래된 사연이라는 점에서 의의가 있다. 특히 김복수가 고향에 돌아온 뒤
안남에 두고 온 처자식을 그리워하며 지어 불렀다는 노래는 제주 민요
를 대표하는 「오돌또기」로 추정할 수 있다. 김복수의 전기가 얼마나 사
실에 기초한 것인지는 확인하기 어려우나 표류의 실상을 반영하고 있고,
18세기 제주도 사람들에게 널리 알려진 사연이라는 점에서 역사적 의의
가 있다. 표류인을 다룬 작품 가운데 우수작으로 평가할 만하다.

수석에 정을 붙인 선비

磊磊亭記

미불(米芾)이 죽은 뒤로 세상에는 돌을 좋아하는 자가 없었는데 그로부터 육백 년 만에 이여중(李汝中)이 나타났다. 여중은 정자를 가지고 있어 뇌뢰정(磊磊亭)이라 이름을 지었는데 뇌뢰는 큰 돌이 많고 작은 돌을 거느린 형상이다. 옛사람들은 기이하고 헌걸차며 비범한 인물이 뇌뢰의 형상에 걸맞다고 생각했다. 여중은 문장을 열심히 공부했지만 여러 차례 과거 시험장에서 뜻을 펼치지 못했다. 그 뒤 집에 돌아와서 뇌뢰정을 지었다.

정자는 광천의 오서산(烏棲山) 산기슭에 걸터앉아 있고 긴 내가 그 앞을 흘러간다. 그 물을 끌어들여 못을 만들고, 굽은 난간을 못가에 걸쳐 세웠다. 물이 맑고 깨끗해 얼굴을 비춰 볼 수 있을 정도인데 못을 둘러싼 수많은 돌들이 우뚝하고 높다랗다. 울퉁불퉁 단단한 것, 넓게 퍼져 있는 것, 쭈그린 것, 엎드린 것, 초연히 홀로 서 있는 것, 거만하게 걸터앉은 것, 같은 무리를 켜켜이 쌓아 놓은 것 등 가지가지다. 큰 것은 집채만 하고 작은 것은 주먹만 하여 제아무리 셈을 잘하는 사람이라도 일일이 셀 수 없는데 그 많은 돌을 여중이 가려 뽑아 차지했다.

먼 옛날 미불이 좋아한 돌은 진귀하고 기이한 능계석(菱溪石)이나 태호석(太湖石) 같은 종류뿐이다. 그런 돌은 늘 가질 수 있는 물건이 아니고, 설령 가진다 해도 많이 가질 수 없다. 멀리서 실어 오지도 않고 깎고 다듬지 않아도 저절로 안석 앞에 갖춰 놓은 여중의 돌과 견주어 보면 어떠할까? 여중은 기이하거나 추하거나 가리지 않았고, 어그러지거나 괴상하거나 버리지 않았다. 그러니 여중이 돌을 좋아하는 태도가 미불보다 훨씬 낫다.

옛 사비(泗沘)의 서쪽 바닷가 남선(藍田)의 산에서는 돌이 산출된다. 그 돌로 비석을 만들 수도 있고 벼루를 만들 수도 있다. 비석은 검고 빛이 나 사람 얼굴을 비춰 보이고, 오래되어도 갈라지지 않는다. 벼루는 온통 검은색으로, 금사(金絲)나 은사(銀絲)가 있는 것, 물에 잠긴 것, 알처럼 박혀 자줏빛으로 둥근 것이 있다. 그 돌이 중국으로 흘러들어 가서 단계석(端溪石)보다 상품(上品)으로 쳐진다고 한다. 더욱 기이한 돌로 화초석(花草石)이 있어 대나무 무늬나 고사리 무늬가 있다. 대나무 무늬는 가지와 잎이 번갈아 뒤섞인 돌도 있고, 한 가지가 옆으로 삐져나오고 뿌리와 줄기가 쇠와 같은 돌도 있다. 고사리 무늬는 새로 나서 잎이 아직 펴지지 않은 돌도 있고, 벌써 쇠어 손이 다 펴진 돌도 있다. 판서 유여림(兪汝霖)이 그 벼룻돌을 처음 얻어서 도성에 들어가자 사재(思齋) 김정국(金正國)이 그 벼루를 기록으로 남겼다.

근세에는 갈수록 기이한 돌이 많아져 포도 무늬가 있고 소나무 잣나무 무늬가 있으며, 학과 붕어 무늬까지 있다. 그 가운데 국화 무늬는 검은 바탕에 노란 꽃이 뒤섞여 핀 돌이 특히 감상할 만하다. 사물의 이치는 이렇게 그 끝을 알 수 없다. 아무래도 산의 기운이 바다에 가깝게 접근해 끝나려 할 때 뭉쳐진 기운이 서리서리 맺혔으나 펼쳐 발설하지 못하고 모여서 돌이 되었나 보다. 그 기기묘묘하고 괴상한 모양은 형용하기가 어렵고, 의상(意象)으로 짐작하기가 힘들다.

여중이 사는 곳은 남전에서 십 리 떨어진 곳이다. 정자를 빙 두르고 울퉁불퉁 쌓인 돌들은 하나의 기운으로부터 흩어져 나오지 않았을까? 어쩌면 기묘하고 특이한 돌들이 모이고 쌓여 이렇게나 많을 수 있을까! 산과 산 사이에는 즐기기에 적합한 꽃이나 나무, 구름이나 안개가 많다. 그러나 꽃은 핀 뒤에는 시들지 않을 수 없고, 나무는 곧은 것이라도 구부릴 수 있으며, 구름과 안개는 모습이 바뀌어 아침저녁으로 일정하지 않다. 닳을수록 견고해지고 눌러도 깨지지 않아 천년을 지켜보며 영원히 남아 있는 이 돌들과 같겠는가? 그 돌의 덕성을 기이하고 헌걸차며 비범한 인물에 견주는 것이 어찌 구차한 짓이랴?

해설

수석을 즐기는 18세기 사람들의 취미를 묘사했다. 충청도 광천의 오서산 자락에 뇌뢰정을 짓고서 수석을 수집하며 집을 꾸미고 살아가는 삶의 의의를 인상 깊게 표현했다. 글의 문체는 누정에 붙인 기문(記文)이다. 이용휴도 같은 사람의 같은 정자에 붙인 짧은 누정기를 썼으나 문체는 매우 다르다.

뇌뢰(磊磊)란 명칭은 수많은 돌무더기를 뜻하는 표현인 동시에 현실에 얽매이지 않은 뇌락불기(磊落不羈)의 마음자리를 은유한다. 주인공 이여중은 이심전(李心傳, 1738~1799년)이라는 선비로 1773년 문과에 급제했고 이후 조정에서 제법 벼슬을 맡았다. 고향에서 수석에 정을 붙인 시기는 과거에 급제하기 이전 30대 무렵으로 보인다.

괴석(怪石) 애호가를 상징하는 미불이 특별한 개별 괴석을 사랑했다면 주인공은 온갖 다양한 돌을 수집해서 집을 꾸몄다. 진귀하고 기이한 돌에 집중하기보다는 돌을 두루 사랑하는 애호가였는데, 훨씬 높은 수준의 애호가로 인정할 만하다. 그렇다고 멋없고 평범한 돌을 마구잡이로 쌓아 놓기만 하는 미적 감각 없는 수집가라는 말은 아니다.

글은 뇌뢰정이 국내에서 으뜸가는 돌의 산지에 가깝다는 점과 근래 기묘하고 특이한 돌들이 출현하는 점을 들어 주인공의 앞날을 축복한다. 기이하고 헌걸차며 비범한 인물을 상징하는 돌의 덕성을 인간의 덕성과 연결시킨 것이다. 18세기에 급속하게 널리 퍼진 수석 취미 현상을 잘 드러낸 산문으로 의미가 깊다.

이규상

李奎象

1727~1799년

자는 상지(像之), 호는 일몽(一夢), 본관은 한산(韓山)이다. 이사질(李思質, 1705년~?)의 맏아들로 태어나 평생 벼슬을 하지 않고 시문의 창작과 학문 연구에 종사했다. 시는 개성이 독특하여 당대의 인정물태를 사실적으로 묘사하는 특징을 보였다. 산문은 문체가 대단히 독특할 뿐 아니라 다루는 제재와 관점이 독자적 세계를 보여 주고 있어서 당시 사회와 문화를 이해하는 빼어난 자료로서 의미를 지닌다. 18세기 산문사에서 대단히 개성이 넘치는 산문가로 자리매김할 수 있다. 학문에서도 아버지의 개성을 이어받아 독특한 학문 세계를 구축했다.

문집으로 『일몽고(一夢稿)』가 일제 강점기에 간행된 『한산세고(韓山世稿)』에 수록되어 있다. 하지만 후손가에 소장된 필사본 문집에는 그 밖에 더 풍부한 내용이 실려 있다. 문집에 실린 『병세재언록(幷世才彦錄)』은 동시대인의 전기집으로, 자신이 직접 겪거나 전해 들은 당대인들의 면모를 개성 있는 문체로 서술하였다.

한 번은 음(陰)이 되고 한 번은 양(陽)이 되는 것이 조물주의 용광로이
고, 한 번은 잘 다스려지고 한 번은 어지러운 것이 제왕의 용광로이다.
삼대(三代) 이전은 양의 용광로라서 성인들이 곱절로 일어났고 중국의
기운이 왕성했다. 유교와 도교, 불교 세 가지 종교의 교주는 모두들 천하
의 큰 성인으로 진(秦)나라 이전에 일어났다.

　살육은 음의 기운이다. 진나라 이전에는 살육을 해도 그다지 참혹하
지 않았다. 백기(白起)가 땅을 파서 병졸을 묻어 죽인 짓이 당시에 제일
심했던 살육이지만 몽골이 살육한 기록과 비교하여 살펴보면 군대 하나
를 살육한 짓에 지나지 않는다. 몽골은 곧 원나라 태조로서 서역(西域)
을 정벌할 때 성 전체를 씻은 듯이 도륙하는 세성법(洗城法)을 썼다. 성
전체를 도륙할 때 그 땅의 혈기를 지닌 생명체는 닭이나 개라도 살려 두
지 않았다. 잠깐 사이에 죽인 사람이 거의 만 명에서 십만 명을 헤아렸
다. 이 방법이 바로 오랑캐의 법이다.

　그 일이 있은 뒤로 가도(椵島)의 전투에서 청나라 군대도 이 법을 사
용했다. 문서로 적힌 당시 기록을 살펴보면, 명나라 사람을 몰아 한곳에
모이게 한 뒤 칼로 베어 죽였는데 그 소리가 마치 사나운 불이 초원을
태우는 소리와 같이 들판에 가득했다고 한다. 이것은 모두 음의 용광로

가 이긴 탓이다.

진나라 이후에는 양의 기운이 이미 기울어서 살육은 나날이 더해지고 성인은 나날이 줄어들며 오랑캐는 나날이 드세졌다. 묵특(冒頓)은 천지가 개벽한 이래 오랑캐의 우두머리였는데 오호(五胡)와 요나라·금나라, 철목진(鐵木眞)과 위타시(魏打始)가 차례로 곱절이나 흥성했다. 현재에 이르러서는 여진이 오히려 중원의 주인이 되었다. 달단(韃靼)은 여진 외부에 멀리 떨어져 있는 오랑캐로서 사납기가 여진보다 곱절인데 그들이 또 한 번 황제가 될 듯하다. 이는 음이 우세한 탓이다.

현재 유자(儒者)의 의복은 오로지 부평초처럼 작은 조선 땅에서만 입고, 대지의 모든 생령들은 하나같이 승려의 복장을 하고 있다. 이것도 음이 우세한 탓이다. 음이란 사물을 낳는 밭이므로 생명이 날이 갈수록 불어난다. 금수와 초목 가운데 옛날에는 없었으나 지금은 있는 것이 삼대 이전에 비해 곱절이나 많다. 구리와 쇠, 황금과 옥은 사물 가운데 양의 산물이다. 따라서 황금과 옥은 삼대 이후에 갑자기 줄어들었는데 아무래도 이런 탓이다.

중원에 가까운 오랑캐들은 어느 하나 이사(李斯)가 만든 황제의 국새를 손아귀에 쥐어 보지 않은 이가 없다. 유독 조선만이 삼천 리 바닷가 모퉁이에서 적막하게 웅크리고 있는 것도 양의 자리를 차지하고 있는 문물이나 의관과 관련이 있는 듯하다. 눈으로 직접 확인한 바로도 그렇다. 근래 인가에서는 남자가 집안일을 주관하는 일이 드물고, 남자 가운데 수염이 길고 멋있는 자가 드물다. 남자 가운데 용모가 잘생긴 사람은 대개 여자의 모양을 벗어나지 않는다. 이른바 남자의 명맥이 모두 여자의 손아귀에 잡혀 있다. 한 번이라도 여자를 벗어나면 저절로 쓸쓸하고 고독하게 되어 세 살 난 어린아이가 어미 손을 떠난 꼴과 다름이 없다.

이것은 모두 음이 우세한 탓이다.

큰 용광로의 기운이 이미 이 지경에 이르렀으니 중국과 유학, 남자의 형세는 앞으로 오랑캐나 중, 여자에 구걸하여 붙어살면서 아침저녁으로 숨이나 내쉬거나 바랄 뿐 다른 뾰족한 대책이 없다. 이 얼마나 개탄스러운 일인가? 이 뒤로 황극전(皇極殿)에서 진정한 제왕이 나타나 조회를 받는 일이 한 번쯤 일어난다 해도 이는 황혼 녘에 이따금씩 밝은 빛이 깜박깜박 나타나는 것과 비슷하다. 중화의 황제는 결코 생겨나지 않을 듯하다.

소인(小人)도 역시 음의 종자이다. 따라서 진나라 이후에 소인이 번갈아 거듭 나타나서 그 수를 헤아릴 수 없다. 그들의 사악함을 옛날의 사흉(四凶)과 비교하면 사흉은 어엿한 군자에 속한다. 이 또한 큰 용광로에서 만들어 낸 것이다. 그러니 군자가 바위 동굴 속에서 말라비틀어져 죽고자 하면 아무 일 없겠지만, 만약 반 푼어치라도 세상에서 뭔가를 이뤄 보려 한다면 중원 사람이 털옷 입는 오랑캐에 빌붙는 꼬락서니나 대장부가 어린애나 여자에게 아첨하는 꼬락서니를 해야 하리라. 그런 뒤라야 모가지가 겨우 목에 붙어 있을 수 있다.

전쟁하는 법은 옛날과 지금이 판연히 다르다. 옛날에는 장수가 싸워서 한쪽이 패하면 병졸이 천 명 만 명이라도 끝내 패전으로 귀결되었다. 지금은 먼저 두 진영 병사가 전투를 벌여 한쪽 진영이 먼저 무너지면 그 장군은 제아무리 서초 패왕(西楚霸王) 항우(項羽)라 해도 바로 줄행랑치게 되어 있다. 이 또한 권한이 아랫사람에게 놓여 있는 형세이니 아래는 곧 음인 탓이다.

문장도 마찬가지이다. 각국의 언문은 음에 속하고, 예로부터 전해 오는 창힐(蒼頡)이 창제한 문자는 양에 속한다. 각 나라의 과거(科擧) 문장은 음에 속하고, 고인의 의리를 표현한 문장은 양에 속한다. 따라서 언문과 과거 문장은 도처에서 두 배 네 배 불어나고 있는 반면, 옛 문자와 고문(古文)은 도처에서 점차로 위축되고 있다.

동방 한 나라만을 놓고 날마다 그 소장성쇠(消長盛衰)의 형세를 관찰하여 볼 때, 오래지 않아 언문(諺文)이 이 지역 안의 공행 문자(公行文字)가 될 듯하다. 지금 언문으로 쓴 소본(疏本)이 나타났다고도 한다. 저 공문서는 창졸간에 쓰기가 어렵지마는 갑자기 응해야 하는 경우가 없지 않은데 이때 언문을 사용하는 자도 있다고 한다. 이것이 하나의 조짐이다.

어떤 사물이고 어떤 일이고 간에 음이 우세하지 않은 것은 하나도 없다. 한 번은 잘 다스려지고 한 번은 어지러운 현상도 그 사이에 놓여 있다. 비록 소강(小康)의 치세가 있다고는 하나 마치 명나라가 흉노의 나라 틈에서 중국을 다스린 것과 유사하다. 그러니 큰 세계는 끝내 어지러움의 상태로 귀결되지 않겠는가? 그러므로 이것이 천지 순환의 당연한 이치라 말한다. 그렇다면 요임금이나 순임금의 세상은 다시 후천 개벽하는 갑자년(甲子年)을 기다려야 할 뿐이다.

해설

거시적 관점에서 세계가 어떤 방향으로 흘러갈지를 분석한 글이다. 그 분석의 한 차원에 언문, 곧 한글의 사용이 포함되어 있다. 음(陰)과 양(陽)은 세계를 형성하고 세계를 변화시키는 근본적인 추동력이다. 상고부터 진(秦)나라까지 양의 기운으로 세계의 모든 것이 돌아갔다면, 그 이후는 음의 기운으로 돌아가고 있다.

음의 기운으로 세계가 돌아간다는 증거는 여러 측면에서 확인할 수 있다. 잔혹한 살육이 이루어지는 현상, 조선을 제외한 나라의 의복이 승려의 복장인 현상, 온갖 생명체가 크게 불어나고 인구가 많아지는 현상, 집안의 권력을 남자가 아닌 여자가 쥐고 있는 현상이 그것이다. 게다가 중국이 이민족에게 지배당하고, 유학이 이단에 밀리며, 남자가 여자에게 예속되는 현상도 마찬가지다. 소인배가 세력을 잡고, 전쟁의 승부가 장수가 아닌 병졸에 의해서 결판나는 것도 그 일환이다.

마지막으로 저자는 음의 세계가 확장되는 예로 보편 언어이자 문자인 한문과 한자가 아니라 특수 지역의 문자인 우리말과 언문이 쓰이는 현상을 들었다. 지배적 공용어인 한문을 쓰는 질서가 무너지고 있다는 것이다. 언문을 사용하지 않는 엄격한 공문서에서조차 언문이 쓰이는 현상을 근거로 미래에는 언문이 주도적 공용 문자로 확립될 것을 예상했다. 저자는 이를 음의 세계가 확장되는 현상의 하나로 이해했기 때문에 긍정적 의미를 부여한 것은 아니다. 하지만 한문의 지배적 지위가 흔들리고 언문이 주도적 공용어가 되리라고 예상한 것 자체가 눈길을 끈다. 논의의 근거가 음양설에 바탕을 두고 있기는 하나 거시적 관점에서 세계 변화와 어문의 문제를 다뤘다는 점에서 매우 흥미로운 글이다.

훈련대장 장붕익   張大將傳

훈련대장 장붕익(張鵬翼)은 영조 임금 때의 대장군이다. 무관으로 육판
서 자리까지 이르렀고, 나라에 충성하고 큰 공로를 세웠으며, 웅혼한 호
걸과 재략(才略)의 소유자로 세상에 명성을 떨쳤다. 장 대장은 홍문관 벼
슬을 지낸 장차주(張次周)의 아들로, 글씨를 잘 썼다. 수염이 멋지고 눈
이 컸다. 몸을 일으켜 다닐 때에는 중키를 넘지 않았으나, 앉아 있을 때
는 우러러보아야 했다. 눈을 들어 바라보면 위엄과 광채가 빛났다. 대장
군으로 기병을 거느리고 도시를 지나갈 때는 번쩍번쩍 신과 같았다. 도
시에서 행차의 앞길을 인도하는 아전이 "장 대장 행차하신다!"라고 외치
면 모두들 땅바닥에 바짝 엎드려서 감히 마주 보지를 못했다.

　지금 장 대장이 세상을 떠난 지도 오래되었으나 서울 사람들이 장 사
또라 일컫고 이름을 부르지 않는다. 불량배들이 있으면 사람들이 "너는
장 사또 안 만난 것을 다행으로 여겨라." 한다. 사또(使道)란 말은 우리나
라에서 대장군의 존칭으로 쓴다. 우리나라의 명장으로 근세에 정승 이
완(李浣)과 유혁연(柳赫然), 신여철(申汝哲) 그리고 청성 부원군(淸城府院
君) 김석주(金錫胄) 등이 있으나 장 대장만이 그 위엄과 명성을 예전과
똑같이 지니고 있다.

　나는 장 대장을 만나 보지도 못했고, 장 대장 집안의 문헌을 읽지도

못했다. 그러나 세상에서 장 대장이라 일컫는 행적으로 상상해 보면 세상에 드문 걸출한 위인임이 틀림없다! 위엄이 있는 이는 사람들이 두려워하되 사랑하지 않고, 사랑스러운 이는 사람들이 두려워하지 않기도 하는데 장 대장은 사람들이 두려워하면서도 사랑하였다. 재물에는 청렴하고 병사들에게는 후해서 그렇다고 한다. 그러나 진정 진실한 마음이 전달되지 않았다면 사람들이 그토록 오래도록 잊지 않고 있을까? 그렇다면 내 생각에 장 대장은 재략만 갖춘 분은 아닐 것이다.

장 대장의 사촌 아우 되는 사람이 그의 일화를 이렇게 전해 주었다.

"장 대장은 젊은 시절 기가 세고 매인 데가 없어 선비 집안의 자제로 무과에 급제했습니다. 당시 대장군을 알현했더니 대장군이 '너는 어째서 무인이 되었느냐?'라고 물었는데, 장 대장은 얼굴을 뻣뻣하게 쳐들고 '대장군이 되고 싶어서입니다.'라고 대답했더랍니다."

세상에 전해 오는 장 대장의 일화에는 이런 것도 있다. 장 대장의 아들 장태소(張泰紹)가 승지(承旨)가 되었다. 승지는 승정원의 관리이다. 승지를 거치지 않은 사람은 승정원에 들어가지 않는 것이 관례이며, 승정원은 또 문재(文宰, 고위 문관)가 관할하는 부서이다. 한번은 여러 승지들이 승정원에 앉아 있는데 장 대장이 들어왔다. 여러 승지들이 서리에게 눈짓하여 쫓아내라 하였다. 그러자 장 대장이 "내 아들이 승지라 내가 들어왔소."라고 하였다. 여러 승지들은 모욕의 말이라는 것을 속으로는 알았으나 그 아들이 승지인 것도 맞는 말이라 끝내 어쩔 수 없었다.

마침 그 자리에 문관 집안 출신 두 사람이 있었다. 하나는 이름난 관료였고, 하나는 문벌 출신임을 믿고 나대는 젊은이였는데 장 대장을 배척하여 "거친 사람이다."라고 하였다. 장 대장이 그 말을 듣고 훈련원에 명령해 "속히 아무개를 종사관(從事官)으로 삼아서 한강 가에서 열병식을 거행하라!" 하고는 마침내 말을 달려 남대문 밖으로 나갔다. 종사관은 훈련원 소속의 막료로서 훈련원 법에 따르면 막료를 함부로 사양하지 못하고, 열병식에 늦게 오는 자는 그 죄가 매우 컸다. 이름난 관료는 정신없이 말을 달려서 열병장에 도착했는데 말에서 두세 번이나 떨어졌고, 땀을 흘리고 숨을 헐떡이느라 정신 나간 사람 같았다. 문벌 집안 귀공자도 끝내 임금님에게 요청해 무관에 소속시켰는데 그 사람 또한 그 직책을 잘 수행했다고 한다. 우리나라 법에 대장이 무관을 천거하면 조정에서는 거부하지 못했다. 이것이 이른바 별천법(別薦法)이다.

장 대장이 일찍이 모화관(慕華館)에서 열병을 한 적이 있다. 모화관은 도성 서쪽에 있는데, 큰 못 옆에 큰 연병장을 마련했다. 연병장을 끼고 있는 민가에서는 돼지를 키우고 있어서 아침 해가 뜨면 흰 모래 누런 잔디 사이로 거무튀튀하게 구물구물 다니는 돼지가 늘 수백 마리쯤 되었다. 장 대장의 군사들이 한창 진(陣)을 치고 조총과 화살을 발사할 때 돼지 떼가 진의 모퉁이로 돌진해 왔다. 장 대장이 진의 막사를 열어젖히고 큰 붉은 기를 흔들어 집중 사격하게 하여 돼지 떼를 일시에 섬멸했다. 큰 솥에다 돼지를 삶고 근처 시장에서 술통을 모조리 걷어 와 군사들을 모두 잘 먹이고 돼지 집과 술집에는 값을 곱절로 쳐서 배상했다.

한양에는 오래도록 무뢰한들이 모여 만든 검계(劍契)라는 결사가 있었다. 계란 우리나라에서 사람들의 모임을 일컫는 말이다. 검계에서는 옷을 벗어 칼자국이 없는 사람은 들어가지 못했다. 낮에는 자고 밤에 다니며, 속에는 비단옷을 입고 겉에는 헌옷을 입었으며, 맑은 날에는 나막신을 신고 비가 오면 가죽신을 끌고 다녔다. 삿갓을 쓰되 위에는 구멍을 뚫어 아래로 기울여 쓰고 그 구멍으로 사람들을 엿보았다. 간혹 왈자(曰者)라 자칭하면서 도박장이나 기생집에 발걸음을 두루 뻗은 자들이 있었다. 그들은 재물을 탕진하면 사람을 죽이고 겁박하니 양갓집 여자들 가운데 겁탈당한 이들이 많았다. 그러나 힘깨나 쓰는 집안 자제들이 많아 오래도록 제압하지 못했다. 장 대장이 포도대장(捕盜大將) 자리에 있을 때 검계 사람들을 모조리 잡아다가 발뒤꿈치를 잘라 저자에 조리를 돌렸다.

한양에는 집을 사고팔 때 중간에서 거래를 성사시키고 양쪽에서 수수료를 받아 챙기는 거간꾼이 있는데 이들을 집주름이라 한다. 표철주(表鐵柱)라는 자는 나이가 일흔 남짓으로 귀가 먹고 이가 빠졌다. 등이 굽어 구부정하게 다녔으나 그래도 쇠로 만든 가래를 지팡이 삼아 짚고 다녔다. 젊었을 때는 용맹하고 민첩했으며, 사람을 잘 치고 날마다 기생을 끼고 말술을 마셨다. 또 임금님께서 등극하기 전에 머물던 궁궐의 예속(隸屬)에 이름이 올라 있어 늘 노란색으로 물들인 비단 바지를 입었다. 빗길을 걸어 옷이 젖으면 바로 다른 비단옷으로 바꿔 입었다. 늙어서는 집주름 일을 하며 입에 풀칠하고 살았다.

지난해 내가 한양성 서쪽의 사랑채에서 만나 보니 표철주는 여전히 눈가에 사납고 불평하는 기색이 서려 있었다. 내가 "자네는 제멋대로 구는 사람이니 한평생 두려워하는 사람이 있겠나?"라고 물었다. 표철주는 한참 귀를 기울이다가 쭈글쭈글한 입술을 삐죽이며 몸을 날려 쇠가래를 곧추세우고 "장 사또가 죽었습니까? 죽지 않았습니까?"라 말하고, 또 크게 웃으며 "내가 죽지 않는 것은 지하에서 장 사또를 만나기 싫어서지요."라 하였다. 또 검계 사람들의 일을 아주 자세하게 말해 주고는 "수많은 호걸들을 장 사또가 모조리 죽여 버렸지요."라 하였다.

장 대장이 장지(葬地)를 찾을 때 "내가 평생토록 견디지 못하는 것은 답답하게 지내는 것이다."라 하고 언덕 위에 높이 솟은 장소를 직접 가려 묘지로 삼게 하였다. 스스로 비석에 "조선 상장군(上將軍) 장 아무개의 무덤이다."라고 썼다.

무신년(1728년) 나라에 이인좌의 역모가 발생해 임금님께서 연달아 국문(鞫問)을 하셨는데 하루는 역적이 임금님을 가까이 모시는 신하들을 많이 끌어들였다. 임금님께서 장 대장더러 별운검(別雲劍) 반열에 올라오라 명하셨다. 별운검 반열은 우리나라에서 무기를 들고 임금님을 호위하는 벼슬이다. 장 대장이 큰 칼을 잡고 등 뒤에 서자 임금님께서 매우 안심하셨다.

근래에 판서 구선행(具善行)이 훈련대장이 되었는데 나는 구 씨와 친했다. 그래서 훈련원의 병사와 장교를 이따금씩 만났는데 그때 장 대장을 섬긴 사람이 있느냐고 물으면 "있기는 있는데 늙었습니다."라고 대답했다. "장 대장은 무슨 까닭으로 온 병영에서 그렇게 칭송이 자자한가?"라고 물었더니 "신상필벌(信賞必罰) 했기에 호령하면 저절로 위엄이 섰습니다."라는 답이 돌아왔다.

여씨(呂氏) 성을 가진 병사가 있어 『병학지남(兵學指南)』에 능통했다. 『병학지남』은 우리나라의 병서이다. 그는 또 군사(軍事)에도 능했는데 장 대장이 하루 만에 그를 세 번이나 승진시켜 상교(上校)로 임명했다. 그 뒤로는 대장이 장교를 임명하고 병사를 내쫓는 것이 모두 재상의 청탁에 따랐다.

장 대장은 또 잘못을 충고하면 잘 받아들였기 때문에 일이 처음에는 잘못되었다가도 나중에는 좋게 끝맺었다. 여러 군사들이 말해 준 내용이 이와 같았다. 그러나 그 방략(方略)과 시행한 일은 사람들에게 물어보아도 알려 주는 이가 없었다.

장 대장이 포도대장이 되었을 때 한밤중에 검객이 침실로 들어왔다.

장 대장이 머리 위의 검을 뽑아 힘껏 싸우니 검객은 대적하지 못하고 도망쳤다. 뒤에 장 대장이 말을 몰아 종로(鐘路)에 나갔는데 종로는 한양의 요로(要路)이다. 말을 세우고 힘센 포졸들을 시켜 거짓으로 "우리 사또를 찌르려 한 자가 저기 있다!"라고 크게 소리치게 하였다. 그리고 화급히 뒤쫓는 시늉을 했더니 한 도적이 과연 나와서 달아났다. 그를 추격하여 잡고 보니 바로 침실에 들어온 검객이었다. 어떤 사람들은 이 일이 정승 이완(李浣) 대장의 일이라고도 한다.

장 대장이 전주 영장(全州營將)이었을 때 절도사(節度使)를 알현했는데 절도사는 고귀한 문신이라 해서 매번 오만하게 굴었다. 장 대장이 또 아침에 알현하러 갔다가 들어가지 못하고 오래 기다리고 있었다. 절도사의 정원에 사는 학이 문에서 나오다가 장 대장을 보더니 부리로 쪼았다. 장 대장이 "너 따위 새까지 사또처럼 높은 줄 아느냐?" 하고 걷어차 학을 죽여 버렸다. 장 대장은 이 때문에 벼슬길이 몇 년 동안 막혔다고 한다.

장 대장이 판서에 올라 초헌(軺軒)을 탔는데 초헌은 우리나라 제도에서는 오직 문신 재상만이 탈 수 있었다. 마침내 대신(臺臣)들이 주장하여 그 가마를 매달아 놓고 볼 수밖에 없었다고 한다.

아들 태소는 총융사(摠戎使)를 지냈고, 손자인 지항(志恒)과 지풍(志豐) 또한 무관으로 높은 벼슬을 지냈다. 모두 용맹함을 숭상했으나 원망하는 사람들이 많았다. 장 대장에게는 죄가 있다고 하는 이는 있어도 미워하는 사람은 없었다고 한다.

장 대장과 같은 때에 이삼(李森)이라는 이가 있었는데, 재능과 힘으로 장 대장과 이름이 나란했고, 벼슬이 또한 판서에 이르렀다. 이삼은 한 손으로 아홉 자루의 조총을 들었다고 하는데, 그의 부인은 이삼보다 힘이 더 세어 부인이 가마를 탔을 때 이삼은 가마를 들지 못했으나 이삼이

가마에 앉았을 때 부인은 가마를 들었다고 한다. 그러나 이삼은 심술이 있어서 올곧다고 여기지 않는 이들이 많았다. 그 때문에 장 대장의 명쾌함만 못하다고 한다.

해설

숙종~영조 때 전설적 무장 장붕익(張鵬翼, 1646~1735년)의 전(傳)이다. 글쓴이가 스스로 밝히고 있듯 장붕익을 직접 만나 본 적도 없고, 집안에 전하는 행장(行狀)도 본 적 없이 여러 사람들로부터 들은 일화를 수집해서 전기를 구성했다. 이야기가 일관된 서사적 흐름에 따라 전개되지는 않지만, 이렇게 글로 남기지 않았으면 대부분 사라졌을지도 모르는 명장의 사연이다.

　문약(文弱)한 나라 조선에서 호방하고 담대한 장군을 흠모하고 궁금해하는 관심이 잘 드러난다. 자신을 우습게 본 문관들을 골탕 먹인 이야기나 군사 훈련 중에 돼지 떼를 잡아 잔치를 벌인 일, 왈자들이 모여 패악한 짓을 일삼던 검계를 소탕한 일화는 호쾌한 풍모를 잘 전달한다. 검계의 일원으로 나이가 든 표철주에게 이야기를 듣는 장면과 장붕익을 습격한 자객을 잡는 장면은 묘사나 흥미성에서 빼어나다. 장붕익의 행적도 호쾌하지만 묘사하는 문체도 그에 걸맞게 극적이다.

선비의 통쾌한 사업   贈趙景瑞序

천하의 기이한 선비를 얻어 사귀는 것은 하나의 통쾌한 일이다. 뜻을 얻어 이 사람과 더불어 함께하는 것도 하나의 통쾌한 일이거늘, 설령 뜻을 얻지 못한다 해도 이 사람과 더불어 함께한다면 그것 역시 하나의 통쾌한 일이다.

경서(景瑞)는 이 시대의 기이한 선비이다. 사물에 비유하자면 많은 풀 가운데 난초이고, 뭇 새들 가운데 봉황이다. 문을 닫아걸고 스스로를 지키면서 세상에 영합하지 않고 있는 그를 내가 만나 좋아하게 되었다.

햇볕 드는 창가 아래 봄날의 햇살이 들 때나 깊숙한 서재 안에 밤공기 맑을 때면, 중문을 굳게 걸어 잠그고 작은 화로에 연기가 가시도록 우리 두 사람은 복건(幅巾)에 편복을 입은 채 천고의 일을 주제로 이야기를 나누었다. 분위기가 무르녹으면 바로 먹을 갈고 종이를 잘라 풍월을 읊조린다. 이때에는 서로 흔쾌하고 몹시 즐거워서 종자기(鍾子期)가 백아(伯牙)를 만난 즐거움도 그보다 더하지는 않을 것이다. 참으로 천하의 통쾌한 일이다.

이어서 생각해 보았다. 우리들이 제각기 과거 공부에 힘쓰고 있으므로 둘 다 합격 명단에 이름을 올리고 관리로 성장해 조정에서 발걸음을 함께하면서 우리 임금님을 요순의 경지에 오르게 하고 백성들에게 은택을 미치게 한다. 그렇게 해서 천추만세(千秋萬歲) 뒤에 우리 두 사람이 있었음을 역사가 알아준다면 그것이 또 하나의 통쾌한 일이다.

그렇지 않으면 산언덕이나 골짜기 한 곳을 정해 초가집을 함께 엮어서 산다. 꽃 피는 아침에는 대나무 지팡이를 짚고 만나기로 하고, 달 뜨는 저녁에는 짚신을 신고 만나기로 하여 술을 들고 찾아가서 시를 읊어 주고받는다. 그리하여 농부나 시골 늙은이조차도 우리의 풍류와 문채(文采)를 가리키며 말한다면, 그것이 또 하나의 통쾌한 일이다.

이와 같이만 된다면, 내가 경서와 사귄 뒤로 무엇인들 통쾌하지 않은 것이 없으리라. 그렇더라도 나와 경서가 의지와 학업에 나날이 새로운 변화가 없다면 이른바 통쾌함이란 한때의 마음과 기분의 일에 그치고 말리라. 어찌 군자의 통쾌함이라 하랴?

무릇 통쾌함이란 마음을 맑게 가지고 욕심을 적게 하는 것보다 더 나은 것이 없다. 마음을 맑게 가지면 번뇌가 일어날 곳이 없고, 욕심을 적게 가지면 만물 위에서 늘 뜻을 펼칠 수 있다. 경서는 본래부터 지혜가 원활하고 안목이 영민하지만 과연 크게 통쾌한 이 일을 성취할 수 있으려나? 나도 지금 그렇게 하려고 열심히 노력하는 중이다.

해설

문체는 증서(贈序)로 친구에게 준 글이다. 글쓴이가 하서(荷棲) 조경(趙璥, 1727~1787년)에게 준 글로 경서(景瑞)는 조경의 자이다. 보통은 먼 길을 가거나 지방관에 부임할 때에 쓰는 문체인데 이 글은 그런 특별한 일 없이 벗에게 주었다.

군자가 어떻게 살아야 통쾌한 것인지 모두 다섯 가지 일을 거론하고 있는데, 모두 그럴듯하여 고개가 끄덕여진다. 공부하고 성공하기를 바라면서, 그렇게 되지 않더라도 통쾌하게 산다는 목표는 바꾸지 않는다. 마음이 통하는 친구와 통쾌하게 사는 인생을 꿈꾸는 문장에 젊은 사대부 청년의 소망과 우정이 잘 그려져 있다.

훗날 글쓴이는 문과에 급제하지 못하고 능참봉을 역임했지만 벗은 문과에 급제한 뒤 승진을 거듭해 우의정까지 올랐다. 그 큰 간격에도 우정은 변함이 없었다. 조경의 포의교(布衣交)를 자처한 글쓴이는 조경 사후에 「조상공전(趙相公傳)」을 지어 그의 생애를 기렸다.

김종수

金鍾秀

1728~1799년

자는 정부(定夫), 호는 몽오(夢梧), 시호는 문충(文忠)이다. 청풍 김씨 명문가 출신으로 저명한 학자 김종후(金鍾厚)가 그의 친형이고, 영의정을 지낸 김재로(金在魯), 김치인(金致仁)이 종조부, 재종형이다. 형과 함께 정내교(鄭來僑)에게 배웠다.

영조 말에 노론 청명당(淸明黨)의 일원으로 활동하며 이인상(李麟祥), 이유수(李惟秀) 등과 친하게 지냈다. 청류(淸流)를 자처해 강경한 임오의리(壬午義理)를 내세우며 수많은 고위직을 거쳐 좌의정에 이르렀다. 정조 등극 이후 세손 시절의 사부이자 벽파(僻派)를 이끄는 핵심 인물로서 시파(時派)와 크게 대립했다. 영조·정조 시대의 정국에서 중요한 정치적 위상을 차지했는데, 비타협적이고 보수적 태도를 취해 사회 발전을 저해한 장본인이라는 부정적 평가를 받고 있다. 여러 차례 규장각 제학(提學)과 대제학(大提學)을 역임하고 많은 편찬 사업에 관여했으며, 문집으로 『몽오집(夢梧集)』을 남겼다.

경솔한 늙은이의 문답

率翁問答

나는 젊어서 서울에 살면서 나 자신을 몽오산인(夢梧山人)이라 일컬었다. 몽오는 지명으로 우리 선인의 무덤이 있는 곳이다. 생전에 살다가 죽어서 묻히고 싶었던 까닭에 그렇게 이름 지었다.

그러던 내가 몽촌(夢村)으로 은퇴한 뒤 문득 스스로를 경솔한 늙은이, 곧 솔옹(率翁)이라 일컬었다. 손님 중에 그렇게 이름을 붙인 까닭을 묻는 이가 있어서 이렇게 대꾸했다.

"'허탄하고 경솔하여 망발(妄發)을 즐긴다.'라는 것이 성상께서 이 신하를 형용하신 말씀일세. 망발 두 글자는 한 무제가 급암(汲黯)을 지목한 말이라 내가 참으로 감당할 말이 아니지만 경솔하다(率)는 한 마디는 나 스스로도 그렇다고 알고 있고, 또 성상께서도 인정해 주신 성격일세. 이것이 내가 '솔'을 이름으로 삼고 의심하지 않는 까닭일세."

그러자 손님이 다음과 같이 물었다.

"경솔함은 자네의 기질이 지닌 병통일세. 배움이란 기질을 변화시키는 것을 귀하게 여기네. 자네는 젊어서부터 배움에 뜻을 두어 왔는데 지금 경솔함에 스스로 안주하고 심지어 이름까지 지어 붙였네. 자네가 늙어서 드디어 배우기를 망각한 것이 아닌가?"

나는 이렇게 대꾸했다.

김종수

"아! 자네의 말이 옳아. 치우친 태도를 고쳐서 중용으로 나아가 성인의 도에 합해지기를 구하는 것은 내가 오래전부터 원하던 것이기는 하지. 그러나 이제는 늙어서 할 수가 없네. 경솔하다는 한 마디가 정말 내 평생의 단점이기는 하지만 장점도 여기에 있음을 성상께서는 벌써 알고 계셔서 숨길 수 없더군. 앞뒤로 성상께서 하교하신 말씀에 '언뜻 행적을 보면 우뚝 솟아 보이지만 세밀하게 속내를 살펴보면 실제로는 비어 있다.'라고 하셨고, 또 '한평생 행동의 규모는 입에서 나오는 대로 말한 병통이 있다.'라고 하셨네. 이는 모두 경솔하다는 말의 주석에 해당하겠지.

내가 과거에 합격하여 조정으로 나아간 이십 년 동안 조정에서 벼슬한 날은 많지 않고, 법을 어기고 죄명에 빠진 것이 한 번 두 번으로는 셀 수 없을 정도네. 심지어 목숨이 경각에 달린 적도 있었지만 오직 우리 성상께서는 내가 입에서 나오는 대로 말하고 마음 내키는 대로 행동하다 스스로 함정에 빠졌고, 그것이 모두 경솔한 기질에서 나왔음을 알아주셨네. 그 때문에 바로 동정하셔서 사면해 주셨고, 사면하시는 데 그치지 않고 더욱 후하게 대우해 주셨네. 그렇다면 이 경솔한 기질이 내 생명을 지킨 보배라 일컬어도 괜찮겠네. 감히 스스로 병통으로 여겨 고치고 바꿀 방법을 찾아서야 되겠는가! 그러니 내가 채신머리없이 그 말을 가져다 자신을 일컬어 남에게 과시하는 것도 괜찮지 않겠는가!"

손님이 웃으며 말했다.

"자네의 말이 일리가 있기는 하네만 그 마음 씀이 벌써 서글프군. 내 다시는 경솔하다는 말로 자네를 문제 삼지 않겠네."

손님이 떠난 뒤 마침내 주고받은 말을 써서 「경솔한 늙은이의 문답」이라는 글을 짓는다.

해설

정조 연간 노론 벽파(僻派)의 지도자였던 글쓴이가 노년에 자신의 심사와 처지를 자호(自號)에 부쳐서 풀어 쓴 글이다. 문체는 문답으로 가상의 손님과 문답을 통해 자신의 주장을 펼치고 있다. 글에 등장하는 호이자 마을인 몽오(夢梧) 또는 몽촌(夢村)은 오늘날 서울 송파구 방이동의 몽촌토성 부근이다.

정조가 글쓴이를 "허탄하고 경솔하여 망발(妄發)을 즐긴다."라고 평했다는 말에 근거해 스스로를 경솔한 늙은이, 솔옹이라 자조했다. 경솔한 기질 탓에 정치적으로 많은 좌절을 겪었지만 자신의 기질을 이해한 정조의 배려로 역으로 인정을 받았다고 했다. 좌절과 몰락의 기질이 정조의 은혜로 오히려 생명을 지킨 보배로운 기질로 탈바꿈한 것이다. 복잡한 정국을 한 당파의 리더로서 헤쳐 나간 처세술의 핵심을 그는 '경솔함'으로 규정했다.

홍낙인

洪樂仁

1729~1777년

자는 대유(大囿), 호는 안와(安窩), 본관은 풍산(豊山)이다. 영조의 사돈으로 막강한 권력을 휘두른 외척 홍봉한(洪鳳漢, 1713~1778년)의 장남이자 혜경궁 홍씨의 큰오빠이다. 1758년 세자익위사세마(世子翊衛司洗馬)로 처음 벼슬길에 올랐고, 1761년 문과에 급제한 뒤 여러 직책을 거쳐 도승지와 이조 참판을 지냈다. 정조가 왕위에 오른 뒤 바로 세상을 떠났기에 집안에 불어닥친 풍파를 피할 수 있었다.

시문을 잘 지었고, 많은 문사의 후원자 역할을 하였다. 산문은 수량이 많지는 않으나 서문이나 기문의 문체에 수작이 보인다. 사후에 정조의 어명으로 편찬되어 어제 서문이 붙어 있는 문집 『안와유고(安窩遺稿)』가 전한다.

삼청동 읍청정의 놀이

挹清亭小集序

나는 성품이 몹시 게을러 세상 사람들과 사귀기는 즐기지 않고 오로지 현옹(玄翁)과만 즐겨 어울렸다. 일없이 지내며 책을 읽을 때를 빼놓고는 거문고 연주나 노래 듣기를 좋아했다. 가슴이 울적할 때면 늘 그렇게 기분을 풀었다. 칠석 다음 날 현옹과 더불어 삼청동(三淸洞) 위쪽 백련봉(白蓮峯) 아래에서 노닐었다. 김생(金生)도 따라나섰는데 그도 내가 일찍이 아꼈던 이다.

그곳에는 읍청정(挹淸亭)이라 하는 정자가 있어 서로 손을 잡고 들어 갔다. 정자는 높고 땅은 외졌으며, 풍경도 마음에 쏙 들어 돌아보며 즐거워했다. 콸콸 솟아나는 것은 샘물이요, 훌쩍 불어오는 것은 바람이었다. 이때 거문고를 연주하는 이가 있고 또 노래를 부르는 이가 있어 서로 어우러져 악기를 연주하고 노래를 불렀다. 거문고 소리는 샘물 소리와 청아함을 다퉜고, 노랫소리는 바람을 따라 더욱 뻗어 갔다. 느긋한 대목은 눈 녹은 봄날의 화창함과도 같고 몰아치는 대목은 소나기가 뿌려 나뭇잎이 떨어지는 듯했다. 듣고 있노라니 은연중 외물에 집착이 엷어지고 세상을 벗어나고픈 마음이 들었다.

이때 현옹은 자리에 기대앉았다가 무릎을 치고 세 번 탄식하였다. 술을 잔뜩 마시고 크게 소리 지르며 그보다 즐거운 것이 무엇이 있는 줄

모를 정도였다. 김생도 소매를 휘저으며 춤사위를 시작해 왼쪽 오른쪽으로 빙글 돌면서 고개를 숙였다 올렸다 덩실덩실 춤을 추었다. 마치 옆에 아무도 없는 듯했다.

아! 현옹은 문장을 잘 짓는 선비로 나이가 많이 들어 세상 떠날 날이 얼마 남지 않았다. 곤궁함이 갈수록 심해 가도 기개는 움츠러들지 않았다. 김생은 큰 글씨를 잘 쓰기로 이름이 났고, 또 기개가 있어서 연(燕)·조(趙) 지사들의 풍모를 닮았으나 세상에는 알아주는 이가 없었다. 그래서 두 사람은 마음을 둘 데가 없어 때때로 술자리나 시회에서 오만하고 공손하지 못한 태도와 강개하고 비분에 찬 버릇을 드러내곤 했다. 거문고와 노래는 마땅히 불평을 품은 사람들이 좋아할 만하다.

나 같은 사람은 정녕코 불평을 품은 사람이 아니다. 게다가 지금의 거문고와 노래는 옛 음악이 아니므로 취할 만한 것이 없다 해도 마땅하건만, 두 사람과 다름없이 좋아한다. 그 이유가 어디에 있을까? 그 소리는 맑고 그윽하면서도 열정적이며 드높아서 사람의 성정을 감동시켜 착한 마음을 일으킨다. 그러니 내가 좋아하는 것도 당연하다. 아무리 그렇더라도 내가 좋아하는 것은 거문고를 연주하고 노래를 불러서가 아니다. 단지 두 사람과 노닐기를 좋아하기 때문에 이처럼 좋아하는 것이 아니겠는가? 드디어 서로 한바탕 웃고 모임을 파했다. 현옹의 성은 정(鄭)이고 이름은 내교(來僑)이며, 김생의 이름은 광택(光澤)이다.

해설

칠월 칠석은 무더운 더위와 지루한 장마가 지나고 차츰 쾌청한 가을 날씨로 바뀌는 시점이다. 칠석 다음 날 홍낙인은 가장 아끼는 두 사람을 데리고 지금의 안국동(安國洞)에 있던 집에서 근처 명승지인 삼청동 읍청정으로 산보를 나갔다. 음악을 좋아하는 사람답게 가수와 악사를 부르는 것도 잊지 않았다.

홍낙인은 산수와 음악의 즐거움에 푹 빠져들었는데, 김광택은 제 흥에 겨워 훨훨 춤을 추고 정내교는 술주정만 해 댈 뿐이었다. 그럼에도 홍낙인은 이 두 사람이 있어 이날 즐거움을 한껏 누렸다고 말한다.

정내교는 아우인 정민교(鄭敏僑)와 함께 당대를 대표하는 여항 문인이다. 김광택은 검술의 일인자인 김체건(金體乾)의 아들로 그 자신도 조선 최고의 검객이었다. 그의 독특한 삶은 유본학의 「검객 김광택」에 따로 소개되어 있다.(8권 수록) 두 사람 다 신분은 한미하지만 결코 녹록한 인물이 아니다.

이 시기 벌열(閥閱) 가문에서는 서파(庶派)나 중인 계층의 지식인을 후원하고, 그들의 능력을 빌려 실무를 처리하는 일이 많았다. 서로가 단순한 계약 관계나 주종 관계에 머물지 않고 때로는 신분을 초월한 지기(知己)로 어울렸음을 이 글은 보여 준다.

곽씨 부인

郭氏夫人

?~?

호는 청창(晴窓), 본관은 서원(西原, 청주)으로 영조 때 인물이다. 왕자사부(王子師傅) 곽시징(郭始徵, 1644~1713년)의 딸로 진사(進士) 김철근(金鐵根)에게 시집갔다. 어려서부터 글짓기를 좋아하여 많은 글을 지었다. 현재 시 몇 편이 전하고 있는데 매우 아름다운 작품이다. 산문으로는 시아버지와 남편의 묘지명을 지었는데 그중 남편의 묘지명이 전해진다. 여성이 한문으로 묘지명과 같은 정통 산문을 지은 사례는 매우 드물다. 문집으로 『청창유고(晴窓遺稿)』가 있다고 하나 현재는 전하지 않는다.

남편 김철근 묘지명

成均生員金公 墓誌銘

공의 성은 김이요, 휘는 철근(鐵根), 자는 석심(石心), 호는 절우당(節友堂),
본관은 광산(光山)이다. 무오년(1678년) 윤유월 초닷새에 태어났다. 어려
서부터 총명하고 지혜로워 여덟 살에 시를 짓자 서울의 선비들 가운데
칭찬하지 않는 이가 없었다. 기해년(1719년) 생원시(生員試)에 합격했고,
신축년(1721년)에는 임금님에게 상소를 올려 군신 간의 대의를 밝혔다.
초취(初娶)는 승지 한산(韓山) 이정익(李貞翊)의 딸이요, 후취(後娶)는 왕
자사부(王子師傅) 서원(西原) 곽시징(郭始徵)의 딸이니 바로 미망인이다.
무오년(1738년) 시월 초사흘에 죽어 전의현(全義縣) 북고도촌(北高道村)
의 임좌(壬坐)에 장사 지냈다. 이남 일녀를 두었으니 장남은 득성(得性)
이고, 차남은 득운(得運)으로 숙부 박근(樸根)의 양자로 갔으며, 딸은 아
직 시집가지 않았다. 모두 미망인이 낳았다.

아! 눈물을 흘리며 글을 지으려니 슬픔 탓에 잘 써지지 않는다. 오호
라! 소유하고서 그 소유한 것을 제대로 누리는 이가 있고, 소유하고도
그 소유한 것을 제대로 누리지 못하는 이가 있다. 소유한 것을 제대로
누리는 것이 원칙이고, 소유한 것을 제대로 누리지 못하는 것은 변칙이
다. 어째서 말세에는 원칙은 늘 적고 변칙은 늘 많을까?

공이 나라에는 삼강오륜의 얼을 바로 세우고, 집안에는 모든 행동의

근본인 효(孝)를 바로잡은 일은 천성에 뿌리내린 바이거니와 공은 그에 걸맞은 자질을 소유했다. 화목한 마음으로 집안사람을 대하고, 의로운 규범으로 자제를 가르쳐서 친하거나 소원하거나 모든 이에게서 환심을 얻었으며, 마을이나 고을에서 흠잡아 비방하는 이가 하나도 없었으니 공은 그에 걸맞은 덕을 소유했다. 걸맞은 자질과 덕을 소유했다면 그에 맞는 수명과 그에 맞는 지위와 그에 맞는 복을 누려야 하건마는, 나이는 겨우 오십 세를 넘겼고 지위는 낮은 관직조차 얻지 못했으며 또한 많은 자손을 두지 못했다. 이러니 정녕 소유하고도 그 소유한 것을 제대로 누리지 못한 경우가 아니겠는가?

이치로 보자 하니 이치가 어찌 이렇듯 어긋나고, 천명(天命)으로 보자 하니 천명이 어찌 이렇듯 어렵단 말인가? 이야말로 분명 정녕코 헤아릴 수 없는 일이라 거듭하여 공을 위해 애통해한다. 그래서 다음과 같이 명을 쓴다.

세상에 나가서는 공명을 세울 만하고
초야에 묻혀서는 명성을 세울 만하건만
끝내는 드러나지 못했으니
저 하늘의 뜻을 어찌하리오.

해설

진사 김철근의 부인 곽씨가 지은 남편의 묘지명이다. 곽씨는 근대 이전의 대표적 여성 문학가 가운데 한 사람이다. 정동유(鄭東愈, 1744~1808년)가 편찬한 『주영편(晝永編)』과 편자를 알 수 없는 문장 선집 『소해(小海)』에 수록되어 있다.

곽씨는 변변한 벼슬 한 자리도 꿰차지 못한 채 겨우 50세를 넘기고 운명한 남편을 위해 진혼곡을 바쳤다. 일반적으로는 다른 남성 명사로부터 묘지명을 받아 남편의 인생을 빛내는 법인데 곽씨는 그런 관례를 팽개치고 스스로 지었다. 이 글을 자신의 저서에 수록한 정동유는 "이러한 부녀의 문필은 참으로 쉽게 얻을 수 없으며, 이렇게 묘지명을 지은 일도 매우 드물기에 수록한다."라고 밝혔다. 여성이 한문으로 묘지명을 쓴 사실 자체가 대단히 희귀하다. 곽씨 부인은 묘지명을 지은 다음 남편의 인척인 도암(陶菴) 이재(李縡)에게 질정을 구했다. 도암은 그 문장 솜씨에 경탄하고 문체가 전아(典雅)하여 규중 부인의 문체 같지 않다는 소감을 밝혔다. 또한 황윤석도 이 글을 읽고서 슬픔과 애절함을 잘 표현하였다고 평가하였다.

일찍 죽은 남편의 삶을 감정을 절제하면서 묘사하고 있으나 슬퍼하고 애통해하는 마음이 글 전체에 녹아 있다. 특히 소유한 것을 제대로 누리는 사람이 있는 반면 남편은 그리하지 못한 사람에 속한다며 이는 변칙이라는 논리를 세웠다. 남편의 불우함을 안타까워한 비감함이 글의 주제이자 정서다.

황윤석

黃胤錫

1729~1791년

본관은 평해(平海), 자는 영수(永叟), 호는 이재(頤齋)로 문인이자 과학자이다. 전라도 고창 출신으로 1759년 진사시에 합격하고, 이후 장릉 참봉, 익위사(翊衛司) 익찬(翊贊)이 되었다. 1779년에 목천 현감, 1786년 전생서(典牲署) 주부, 전의(全義) 현감을 지냈다.

노론 학맥인 김원행(金元行)의 문인으로 성리학을 깊이 공부하였고, 그 밖에도 수학과 과학, 국어학에도 조예가 깊어 18세기의 대표적 실학자의 한 사람으로 꼽힌다. 세계를 바라보는 그의 다양한 시각은 방대한 분량의 일기 『이재란고(頤齋亂藁)』에 수록되어 있다. 문집으로는 『이재유고(頤齋遺稿)』가 있고, 단행본으로 『이수신편(理藪新編)』이 있다. 문인으로서 흥미로운 주제의 시와 산문을 다수 창작했다.

덕행만큼 뛰어난 곽씨 부인의 문장

跋清窓郭夫人藁略

앞에 실린 시 세 편과 상량문 한 편, 묘지 두 편은 모두 청창(淸窓) 곽씨(郭氏) 부인의 작품이다. 부인은 현명한 아버지가 계셔서 우암(尤庵, 송시열(宋時烈))에 연원을 둔 학문을 들을 수 있었다. 시집올 때 지니고 온 예물은 서적 약간 바리에 불과하였다. 시아버지와 남편도 현명한 분으로 우암과 타우(打愚, 이상(李翔))의 풍모가 있었고, 가법도 대단히 똑발랐다. 부인은 시댁을 잘 돌보아 문식(文識)과 예법을 갖추어 놓았다.

부인이 거처하는 방 하나에는 서가와 책상 그리고 경전과 사서가 놓여 있었다. 가장 외에는 그 방에 들어가 본 사람이 없었다. 비록 그 형제가 오더라도 반드시 방문 밖의 다른 방에서 자리를 펴고 대접하였다. 또 가장의 묘에는 죽은 첫째 아내를 부장(副葬)하도록 하고, 자신이 죽어도 부장하지 않고 무덤 가까운 땅에 따로 장지를 쓰도록 하였다. 아들이 죽었을 때에도 정성껏 예법에 따랐다. 부인이 지은 시문과 경의(經疑), 여훈(女訓)은 부녀자가 힘쓸 일이 아니라 하여 불에 태우고 누설하지 못하도록 하였다. 참으로 규방의 도학자(道學者)로서 고금과 중외(中外)에 이 한 사람뿐이다.

나는 젊어서부터 부인의 아름다운 덕망을 들었다. 기해년 목천 현감으로 부임했는데 목천현은 부인이 살던 전의현(全義縣)과는 삼십 리 길

밖에 떨어지지 않았다. 한참 지난 뒤 부인의 막내아들 득운(得運)에 관한 소식을 들었다. 그가 처음에는 목천 사람인 대사간 김이희(金履禧)의 사위가 되었다가 나이가 들어 세 번째 아내의 집에 사위로 들어갔는데 그 장인집이 또 목천 백성인 장허(張許)였다. 그런데 장허가 사위의 위세를 믿고 무례하게 굴어서 내가 엄하게 다스리고 사람을 통해 부인이 남긴 문자를 구해 보았다. 득운이 이 여섯 편을 보여 주면서 "이밖에는 없습니다."라고 하였다. 나는 이 유고를 얻고서 공경하는 태도로 감상해 보았더니 대체로 순수한 유생에 근엄한 선비의 글이었다. 조금도 문장가의 구기(口氣)로 내려가지 않았을뿐더러 여인네의 분 냄새와 자태가 전혀 없었다. 어쩌면 그리도 다른지?

부인이 지은 시아버지와 남편의 묘지명은 그들이 평소에 이뤄 놓은 하늘의 이치와 사람의 떳떳한 도리를 크게 부각시켰다. 그중에서도 남편의 묘지명은 특히 슬픔과 애절함을 간절하게 표현하였다.

예전에 들었더니 부인이 세상에 있을 때 집안사람에게 부탁하여 한천(寒泉) 이재(李縡) 선생에게 묘지명을 부탁하였다. 선생은 바로 타우 선생의 종손으로서 부인의 외가 재종형제였다. 선생은 부인이 쓴 묘지명을 얻어서 손을 씻고 책상에 올려놓은 다음 읽고 나서 "내가 참람되이 글을 쓴다고 한들 이보다 더 나을 수 없다. 차라리 그대로 놔두었다가 백 세대 뒤의 문장가를 기다리는 것이 낫겠다."라고 말하였다. 오호라! 선생이 일부러 아첨하는 말씀을 하신 것이 아니라면 부인의 문장이 행실에 모자라지 않는 수준임을 또 알 수 있다.

내가 요행히 서너 해 더 관직에 머물 수 있었다면 간행하여 해동의 우암 발치에서 여성 학자가 나와서 미암(眉庵) 유희춘(柳希春)의 부인 송씨(宋氏, 송덕봉(宋德峰))의 현명함이나 김성립(金誠立)의 아내 허씨(許氏,

130

허난설헌(許蘭雪軒))의 문장 솜씨가 곽씨와는 하늘과 땅처럼 상대가 되지 않음을 여러 사우(士友)들에게 알리고 싶었다. 그렇게 된다면 통쾌하지 않겠는가? 아쉽게도 예닐곱 달 만에 금방 해직되는 바람에 소원을 이루지 못했다. 다만 막내아들과 조카 둘에게 서둘러 베끼도록 한 다음 가지고 돌아와서 이와 같이 대략의 과정을 기록해 둔다. 훗날의 사람들은 양해해 주기 바란다.

해설

곽씨 부인의 원고를 구해서 읽고 느낀 소감을 기록하였다. 문체로는 발문이다. 황윤석이 목천 현감으로 부임하여 이웃 고을에 사는 부인의 막내아들로부터 유고로 남은 시와 산문 여섯 작품을 읽고 그녀의 행적을 살펴 기록하였다. 이 글을 통해 황윤석이 그녀의 작품을 간행하고자 시도했음을 알 수 있다. 문학적 역량에서는 허난설헌보다 낫고, 덕행에서는 송덕봉보다 낫다고 평가하여 매우 높이 평가하였다. 여성의 문학을 논한 문장 가운데 우수한 편에 속한다. 이 글에서 언급한 곽씨 부인의 문장 가운데 남편 김철근의 묘지명이 유명하여 앞에서 소개하였다. 『송천필담』을 지은 심재(沈鋅)도 그녀의 유고에 발문을 쓴 일이 있다.

이종휘

李種徽

1731~1797년

자가 덕숙(德叔), 호가 수산(修山)이며, 전주 이씨이다. 당파는 소론으로 양명학자이다. 옥과 현감과 공주 판관 등 외직을 잠깐 역임한 외에는 학문에 전념했다. 역사학에 큰 관심을 가져 고대사를 깊이 연구했고, 그중에서도 강역의 문제를 집중적으로 연구했다. 시문을 다수 지었는데 역사와 실증에 토대를 둔 주제를 자주 다루었다. 실학의 관점을 적용한 글을 다수 남겼고, 『동사(東史)』를 비롯한 사론(史論)류의 글에 그의 역사를 보는 독특한 시각이 드러나 있다. 서문이나 기문 등의 글에서도 역사에 기반을 둔 논지 전개가 돋보인다. 주제가 독특할 뿐만 아니라 논지 전개가 치밀하고, 충실한 근거와 견실한 관점을 제시하여 매우 우수한 논설문 작가로 평가할 수 있다. 역사학을 기반으로 개성 있는 관점을 보여 준 독특한 문인이다. 문집으로 『수산집(修山集)』이 전한다.

위원루에 부치다
威遠樓記

마천령을 넘어서 개마고원이 왼쪽으로 돌아가고 동쪽으로 바다에 바짝 붙어서 북쪽으로 두만강을 끼고 있는 지역에는 열 곳의 군이 있는데 경성이 그중에서 가장 크다. 경성은 삼한(三韓) 때에는 북옥저(北沃沮)와 동부여(東扶餘)에 소속되었다. 삼국 시대에는 고구려가 북옥저를 멸망시키고 책성(柵城) 등의 고을을 설치해 대대로 요충지 고을로 삼았고, 국왕이 항상 세시 때마다 순행하여 백성의 동향과 풍속을 살폈다.

그 뒤에는 발해의 차지가 되었다가 송나라 초엽에 거란과 여진의 영역으로 들어갔다. 여진은 옛날의 숙신씨와 말갈의 후예이다. 고려가 여진을 축출하면서 경성은 아홉 개 성의 하나가 되었다. 조선조에 들어와 처음에는 두만강 강변을 포기하고 용성(龍城)으로 국경을 삼으려 했으나 김종서(金宗瑞)가 불가하다고 했다. 여기서 용성은 경성의 북문이다.

당나라가 고구려를 멸망시킨 뒤로 동국은 한층 남쪽으로 이주했다. 왕씨들은 개성에 거주했고 조선조에는 한양에 수도를 두었다. 압록강으로부터 천여 리나 떨어져 있고, 게다가 경성은 마천령과 마운령의 바깥이자 슬해(瑟海)의 서쪽에 있으니 말해 무엇하랴?

그리하여 사람들은 경성 보기를 만 리나 멀리 떨어진 궁벽한 땅, 인적이 끊긴 사막을 보듯이 하여 인간이 살 수 없는 장소처럼 여겼다. 국사를 논하는 자들은 때때로 주애(珠崖)나 담이(儋耳)에 비유하면서 득실과는 무관한 땅으로 여기니 너무도 심한 처사이다.

내가 한번 주장을 펼쳐 보겠다. 동국은 한위(漢魏) 이래로 옛 국토를 조금씩 잃어 갔다. 고려 때에는 발해가 거란으로 편입되면서 기자와 고구려의 옛 국토가 열에 대여섯밖에 남지 않았다. 이를 중국에 비유한다면 섬서(陝西)와 하북(河北) 지역을 잃어버린 것과 같아, 진송(晉宋)이 남쪽에 구차하게 안주하고 있는 꼴에 가깝다. 경성은 고구려가 환도성(丸都城)에 도읍하고 있던 시기에는 내지(內地)에 있었고 평양에 도읍하고 있었을 때에도 무력을 떨치던 근거리 지역이었으니 대체로 이처럼 중심지로부터 가까웠다.

조선조에 들어와서도 태조의 선조 네 분이 왕업의 터전을 닦은 해관성(奚關城)과 알동(斡東)은 여전히 두만강 바깥 지역에 위치해 있었다. 게다가 경성은 두만강 남쪽 수백 리 안에 있지 않은가? 따라서 북관(北關)을 멀다고 여기는 것은 세속의 논의에 불과하다. 중국은 응천(應天)을 남경(南京)으로 삼고서 백관을 분사(分司)해 다스렸다. 남경과 북경의 거리는 삼천 리가 넘지만 행인들은 마루에서 방구석으로 가는 거리쯤 여길 뿐 멀다고 하지 않는다. 대체로 이러하므로 혈맥이 잘 통해 인편과 소식이 이어지며 군사와 백성의 실정이 아무리 작은 것이라도 잘 알게 된다. 제아무리 전검(滇黔)이나 월촉(越蜀)처럼 아주 먼 곳이라도 똑같다. 따라서 관리들은 삼가고 백성들은 두려워하며, 일은 간소하고 정치는 잘 행해진다. 저 북관의 관리와 백성처럼 스스로 멀다고 여겨 야만의 황폐한 풍속에 자신을 팽개치는 짓을 스스럼없이 행하겠는가?

경성의 객관(客館)에 옛날부터 위원루(威遠樓)가 있었다. 현재 태수인 아무개가 지붕을 수리하고 사람을 보내 기문을 청했다. 오호라! 내가 이미 「망덕정기(望德亭記)」를 지었는데 위엄은 덕망보다 못하다는 것을 느낀 데다가 그곳 백성들이 멀다는 핑계를 삼아 태만하게 구는 행태를 슬피 여겨 반대의 의미를 살려서 말해 주었다. 그래서 북쪽 사람들이 우리 국토에 본래부터 먼 곳이 없다는 점을 알아서 자신을 추로(鄒魯)와 같은 고장 사람으로 대우하고, 태수가 된 이도 저들을 변방 사람으로 보지 말기를 바란다. 그렇게 한다면 북쪽 땅에 다행이겠다.

해설

위원루라는 이름의 누각에 붙인 글이다. 누정에 붙인 글은 대개 그곳에서 감상하는 풍경을 묘사하는 반면 이 글은 예외적으로 풍경은 일절 거론하지 않고 국방과 역사를 다루었다. 위원루가 함경도 국경 지역의 군사적 요충지인 경성의 객관 건물이라는 점에 착안해 영토 문제에 관한 생각을 펼친, 매우 독특한 주제의 글이다.

우리나라는 역사가 진행될수록 광활한 영토가 축소되는 과정을 밟았고, 특히나 고구려와 발해의 옛 영토를 많이 잃었다. 위정자를 비롯해 백성들이 함경도 국경 도시를 먼 곳으로 여기는데, 글쓴이는 그런 의식이 영토를 확대하고 방위하는 노력에 찬물을 끼얹는다고 보았다. 위원루라는 이름이 표방하는 '위엄(威)'과 '멂(遠)'에 착안해 경성을 비롯한 국경을 멀다고 여기는 의식에 경종을 울리고 있다. 생각이 매우 진취적이고 식견이 출중할 뿐 아니라 역사적 분석이나 근거의 제시가 분명하며 문장으로도 빼어나다.

동래 부사를 배웅하며

送東萊府伯序

성인은 인화(人和)를 중시하지만 천시(天時)와 지리(地利)를 채택하지 않은 적은 없다. 요컨대 인화도 하늘에 달려 있고 천시도 하늘에 달려 있어서 어느 하나도 갑자기 얻을 수 없기에 오로지 인력을 다해 잘 지켜야 한다.

한 번 수고를 들여서 영원히 평안함을 얻을 수 있는 물건이 바로 성곽과 해자이다. 이 성곽과 해자가 다름 아닌 지리이다. 우리나라 사람이 잘하는 장기는 없으나 오로지 성을 지키기는 잘해서 삼국과 고려 때부터 벌써 칭송을 받았다. 이 때문에 지금도 산꼭대기나 들판의 산벼랑에 간혹 황폐해진 성곽과 성벽이 남아 있다. 그중에서 샘물이 있는 가장 중요한 요충지의 성곽은 그대로 사용하여 황폐해지지 않은 것도 있다.

임진왜란 이후 조정에서 행주산성과 독산성의 승리에 고무되어 이미 황폐해진 성곽이라도 다시 수축한 것이 많았다. 현재까지 팔방에 아무 일이 발생하지 않은 지가 벌써 수백 년이 흘렀다. 창녕의 화왕산성과 함양의 황석산성처럼 중간에 황폐해졌는데도 끝내 복구되지 않은 성곽이 있으니 다른 곳이야 말해 무엇 하랴?

나는 일찍이 금정산을 구경한 적이 있다. 가깝기로는 동래부 북쪽 십리 되는 곳에 위치해 있고 산세가 불쑥 솟아 있으며 그 안에는 우물이 많다. 옛날에 성이 있었는데 성안이 상당히 넓어 큰 부(府) 하나쯤은 넉넉히 들어갈 수 있다. 그 험준함과 형세가 남한산성이나 북한산성보다 못하지 않다. 그런데도 동래부 성은 넓은 들판이 아스라하게 펼쳐진 평원에 위치해 나무하는 아이나 소 치는 소년이 지게를 지고도 넘을 수 있다. 왜관의 왜인들이 그때마다 손가락질을 하며 동래 사람의 무덤이라 비웃으며, 만에 하나 불행한 일이 발생하면 동래 사람이 모조리 성안에서 죽더라도 지키지 못할 성으로 여겼다.

지금 부산의 다대포진은 바다로 들어가는 입구에 있어 대마도의 동정을 멀리 내다볼 수 있고, 폭풍이 빠르게 불어도 상선이나 표류선이 시야에서 감히 빠져나가지 못한다. 그 밖의 작은 보루도 방어하고 탐지하는 임무를 수행할 만하다. 그렇다면 동래부 성을 모두 평지에 두는 것은 의의가 없고, 단지 적으로부터 업신여김이나 당할 뿐이니 훗날 걱정거리가 왜 아니겠는가?

동래부는 옛날에는 작은 현이었다. 명종과 선조 연간에 요충지 고을이 되어 부사가 왜국과 관련한 일을 전담했고, 변방의 사무를 곧장 조정에 올리고 관찰사를 거치지 않았다. 땅은 비록 작아도 임무가 중대하므로 하고 싶은 일이 있으면 이루지 못할 것이 없다.

이(李) 부사는 임금님과 가까운 측근의 요직으로부터 동래 부사로 승진해 부임하니 국방의 중요한 업무와 관련한 조치를 조정으로부터 장만해 낼 힘을 가지고 있다. 조정에서 공을 이 직책에 맡긴 것도 평소 독서하던 능력으로 경륜을 발휘하길 기대했기 때문이다. 현재 상황에서 계획한다면, 금정산으로 동래부 관아를 이전하고 금정산 아래의 범어사(梵魚寺)를 비롯한 여러 장소에 모두 성채와 방어막을 설치하는 것이다. 군사와 백성이 평상시에 험준한 지형을 익숙하게 다니고 심리적으로 기댈

이종휘

장소로 삼아 마치 광주의 남한산성처럼 만드는 것이 좋겠다.

　적병이 갑자기 침입할 때 그 예봉에 용감히 맞서는 이가 없으면 그 빈틈을 노려 적이 진격하는데 이것은 어떻게 해 볼 도리가 없는 전술이다. 임진년에 왜병이 하루 만에 부산을 무너뜨려 성이 함락당하면서 송상현(宋象賢)이 죽자 적병이 마침내 승기를 잡았다. 만약 적의 세력을 견고한 성 아래에서 꺾어 버리고 대엿새 사이에 머뭇거리는 동안 조정에서 대책을 마련했다면 마구 치고 들어오는 재앙은 아마도 당시처럼 맹렬하지 못했을 것이다.

　오늘날 동래부는 잠상(潛商, 법령으로 금하는 물건을 몰래 매매하는 상인)의 단속을 걱정하고 있어 국경의 금지가 날로 해이해지고 있다. 이 문제는 위엄이 있고 청렴한 부사라면 모두 해낼 수 있는 일이므로 공에게는 걱정할 일이 아니다. 그러나 저 훗날의 환난과 백 년 뒤의 큰 계책은 깊이 걱정하고 원대하게 생각하며 밝은 지혜와 함께 독자적 견해를 갖춘 자가 아니라면 대처할 능력이 없다. 이것을 공에게 기대하지 않는다면 그 누구에게 기대하겠는가? 부임에 앞서 글을 지어 공이 힘써 주기를 격려한다.

해설

동래 부사로 부임하는 이 아무개에게 준 송서(送序)이다. 동래는 일본과 거래하는 무역의 전초 기지일 뿐 아니라 일본의 침략을 방어하는 최전선이었다. 왜관도 이 지역에 있었다. 그래서 동래 부사는 어떤 지방관보다도 군사적·경제적 문제에 밝은 국왕의 최측근을 임명했다. 새로 부임하는 동래 부사도 국왕과 근밀(近密)한 지위에 있었다.

글쓴이는 그에게 새로운 제안을 했다. 평지에 위치한 동래부 관아를 금정산으로 이전해 자연적 요새로 활용하라는 제안이다. 그는 한양 부근의 남한산성이나 북한산성의 사례를 참조했다. 평지 성곽으로는 왜적의 공격을 막기가 어려우므로 험준한 산성의 이점을 살리자는 발상이었다. 설령 함락당하더라도 최대한 오래 적의 진격을 막음으로써 서울에서 대비할 시간을 확보하려 했다. 국경 지역의 방어 전략에 깊은 관심을 가진 글쓴이의 생각이 드러난다. 간명하면서도 논리적이고 명쾌한 글이다.

대제학의 계보 　　　　　　　　　　文衡錄序

옛날에는 문형(文衡)의 직책이 없었고 대개는 예를 맡은 관리에게 겸직을 시켰다. 요순시절의 질종(秩宗)이나 주나라의 춘관(春官) 대사성(大司成) 등이 그에 해당한다. 한나라 시대에는 태사공(太史公)이 역사를 기록하는 일을 주관했고, 박사(博士) 등의 관원이 글 쓰는 일의 실무를 담당했다. 수나라·당나라로부터 송나라에 이르기까지 예부(禮部)는 지제고(知制誥)와 그 임무를 나누어 맡았는데 지제고는 송나라의 중요한 관직이었다. 명나라에 이르러 태학사(太學士)가 내각(內閣)에 들어가 정무를 보면서 그 직책이 마침내 삼공(三公)과 나란하게 되었다.

고려는 쌍기(雙冀)가 들어온 뒤로 처음 과거제를 시행하여 선비를 뽑았는데 쌍기가 그 일을 주관했다. 우리 조선에 들어와서는 대제학(大提學)을 두어 홍문관(弘文館)과 예문관(藝文館)의 업무를 주관하게 했다. 사대교린(事大交隣)의 문자와 교화와 명령을 반포하는 국가의 크고 작은 글을 모두 처리하고 관장했으며, 선비를 뽑는 과거 시험까지 주관했다. 두 관서의 관원을 뽑을 때에는 부제학(副提學)이 먼저 여러 후보자를 적어 내지만, 선택은 오로지 대제학의 의견에 따랐다. 대제학은 또 의정부의 여러 재상들과 도당(都堂)에 모여 국정을 상의했다. 문신은 두 관서의 관직을 역임한 뒤에야 비로소 요직으로 진출하는 것을 허락했다.

세종 때에는 또 젊은 문신들에게 말미를 주어 동호(東湖) 가의 정자에서 독서하도록 했는데 그에 뽑히는 것을 호당(湖堂)에 뽑힌다고 했고, 대제학이 또 그 일을 주관했다. 따라서 대제학의 권한은 늘 삼정승에 맞먹었다.

명나라가 전성기였을 때 사신이 오면 대제학이 그들을 맞이하여 한강 가 여러 정자에서 시 짓고 술 마시는 놀이를 베풀고 손님과 주인이 번갈아 시문을 수창하여 화려한 시첩이 휘황찬란했다. 기순(祈順)과 당고(唐皐) 등이 왔을 때 서거정(徐居正)과 이행(李荇) 등이 왕성한 문장 솜씨를 빛냈는데 명종과 선조의 시대에는 더욱 성대했다.

옛날 송나라가 번성하던 시절 구양수(歐陽脩)가 문형을 맡자 문풍이 크게 바뀌었다. 한유(韓愈)가 팔대(八代) 동안 쇠퇴했던 문운을 일으켜 고문(古文)의 범위를 확정했고, 유종원(柳宗元)과 소순(蘇洵)·소식(蘇軾)·소철(蘇轍) 삼부자와 왕안석(王安石)·증공(曾鞏) 등이 그 물결을 따라 올라가 고문의 큰 물꼬를 터뜨렸다. 비록 하·은·주 삼대의 넓고 순박한 성대함에는 미치지 못해도 또한 문원(文苑)이 창성하던 시기였다.

그래서 역대 제왕께서 문형을 뽑을 때 지극히 엄격하고 신중하여, 한 시대 사람들이 최고라고 인정하는 이가 아니면 그 자리를 차지할 수 없었다. 그러나 관제(官制)에 구속이 많아서 글솜씨가 좋아도 문벌이 없으면 차지할 수 없고, 문벌이 좋아도 문과를 거치지 않으면 차지할 수 없으며, 문과를 거쳤더라도 나이나 직위가 높지 않으면 차지할 수 없었다. 그 때문에 최립(崔岦) 같은 거장도 낮은 직위에 제약받아 차지하지 못했고, 장현광(張顯光)·허목(許穆) 같은 걸출한 위인도 문과 출신이 아닌 포의 출신이란 제한에 걸려 차지하지 못했으며, 박은(朴誾), 이민구(李敏求), 윤결(尹潔), 김득신(金得臣) 같은 웅혼하고 상쾌하며, 거창하고 아름다운 문장가도 꺾이고 막혀서 그 자리에 오르지 못했다. 반면에 시세에 부합하여 실력이 없으면서도 주제넘게 그 자리를 차지한 자도 이따금 있었으니 이것이 또 근세의 걱정거리이다.

문형 가운데 자기만의 독자적 문장을 수립하여 세상을 좌우한 사람을 사백 년 동안 많이 볼 수는 없어도 그 개략을 파악하여 말할 수는 있다. 권제(權踶)는 세종 시대에 『시경』의 「상송(商頌)」, 「주송(周頌)」, 「노송(魯頌)」을 본받아 『용비어천가(龍飛御天歌)』를 완성했다. 예종 때에는 서거정이 우아한 문장으로 『사가집(四佳集)』을 지었고, 이황(李滉)은 명종과 선조를 섬기며 공자·맹자와 정자·주자의 글을 공부하여 『퇴계집(退溪集)』을 지었다. 노수신(盧守愼)은 을사사화를 당하여 진도에 십구 년 동안 유폐된 채로 문장에 큰 힘을 기울였고, 예스럽고 담담한 글을 숭상하여 『소재집(蘇齋集)』을 지었다.

이이(李珥)는 성리학에 밝아서 『율곡집(栗谷集)』을 지었고, 유성룡(柳成龍)은 임진왜란의 과정을 상당히 잘 기록하여 『징비록(懲毖錄)』을 썼으며, 아울러 상소문과 잡다한 글을 잘하여 『서애집(西崖集)』을 지었다. 이항복(李恒福)은 준수하고 헌걸찬 문장을 좋아하여 『백사집(白沙集)』을 지었고, 신흠(申欽)은 이수(理數)의 학문을 연구하여 『상촌집(象村集)』을 지었으며, 장유(張維)는 고문사(古文辭)를 곡진하고 넉넉하며 은근하고 시원하게 자못 잘 써서 『계곡집(谿谷集)』을 지었다.

그리고 이식(李植)과 윤근수(尹根壽), 유근(柳根)과 같은 이들은 제각기 때때로 우리나라와 중국의 글을 참작하여 책을 지어 이루 다 셀 수 없을 만큼 수량이 많다. 숙종 치세에 이르러 김창협(金昌協)은 힘써 중국의 글을 배웠는데 문체가 주렴계·정이천과 구양수·소식 사이를 넘나들면서 동방 문인의 독특한 문투를 씻어 내고자 한결같이 힘을 기울여 『농암집(農巖集)』을 지었다.

　대체로 유학을 하는 이는 이치를 숭상하여 문장에는 모자라고, 고문을 배운 이는 문장을 숭상하여 이치에는 모자라며, 성급하게 대응해 글을 쓰는 이는 비속하여 체재에 맞지 않는다. 요컨대 뿌리와 꽃이 모두 무성하여 문장과 이치가 아울러 경지에 오른 이는 극히 드물다. 이들 열댓 분들도 사이사이에 마땅한 분도 있고 마땅하지 못한 분도 있으니 문형 노릇 하기가 어렵지 않은가! 그렇기는 하나 인재를 다른 시대에서 빌려 올 수도 없는 일, 윗자리에 있는 분이 관제에 구애받지 않고 오로지 재능 갖춘 사람을 등용한다면 좋을 것이다.

해설

유교를 건국 이념으로 삼고 문치(文治)를 내세운 조선 왕조에서 독특한 관료가 바로 대제학이다. 홍문관과 예문관의 책임자로 양관(兩館) 대제학이라 불리며, 한 나라의 문장을 책임지므로 문형(文衡)이라 일컬어졌다. 그 명예는 삼정승보다도 더 영예로워 아무리 권력이 막강하고 많은 직책을 도맡아 해도 이 대제학만은 함부로 맡지 못했다. 학문과 문장 두 분야 모두에서 출중한 사람만이 맡는 관례가 500년 동안 대체로 유지되었다.

　이 글은 역대 대제학을 지낸 이들의 명단을 적은 책자에 쓴 서문이므로 문체는 서문이다. 대제학의 연원과 의의, 제도와 담당자를 간명하게 밝히고 있다. 특히 권제부터 김창협에 이르기까지 역대의 뛰어난 대제학 역임자의 계보와 그들 학문과 문장의 특징을 간명하게 설명하고 있다.

또 오로지 문장 실력을 기준으로 대제학을 선발해야 한다는 제안을 내놓았다. 조선 왕조의 학문과 문학에서 중추 역할을 했던 대제학을 이해하는 데 중요한 문서의 하나이다.

홍대용

洪大容

1731~1783년

자는 덕보(德保), 호는 담헌(湛軒), 본관은 남양(南陽)이다. 목사(牧使)를 지낸 홍역(洪櫟)의 아들로 경기 지역 노론 학맥을 계승한 산림(山林) 학자 미호(渼湖) 김원행(金元行)에게 학문을 배웠다. 과거 시험에 실패했으나 1774년 음보로 세손익위사 시직(世孫翊衛司侍直)으로 벼슬길에 올라 영천 군수(榮川郡守)를 역임하였다.

1765년 작은아버지 홍억(洪檍)이 서장관으로 북경에 가게 되자 그의 자제 군관이 되어 북경에 가서 중국과 서양의 문물을 체험하고, 강남 출신의 지식인 엄성(嚴誠), 육비(陸飛), 반정균(潘庭筠) 등과 깊은 교분을 맺었다. 귀국한 뒤 북경에서 얻은 견문을 『연기(燕記)』에 자세히 기록하였다. 그 책에서 중국과 세계를 보는 새로운 시각을 제시하여 후배들에게 큰 영향을 끼쳤다. 「의산문답(醫山問答)」을 지어 지전설(地轉說)을 주장하고, 기존의 화이관(華夷觀)을 부정하는 주장을 펼쳤다. 수학에 조예가 깊어 『주해수용(籌解需用)』을 지었으며, 음악에도 정통하였다. 문집으로 『담헌서(湛軒書)』가 전한다.

『대동풍요』 서문　　　大東風謠序

노래는 감정을 표현한다. 감정이 말로 표현되고, 말이 글로 완성되면 그
것을 노래라 한다. 공교롭거나 졸렬하거나 무시하고, 선하거나 악하거나
따지지 않은 채 자연에 근거하여 천기(天機)에서 나오는 대로 부르는 좋
은 노래이다. 따라서 『시경(詩經)』의 「국풍(國風)」은 여항의 가요에서 많
이 나와, 나라에서 베푼 교화에 무르녹아 나온 노래도 들어 있으나 풍
자의 뜻이 담긴 노래도 들어 있다. 더할 나위 없이 완전한 「강구요(康衢
謠)」보다야 손색이 있으나 모두가 그 시대의 올바른 성정(性情)에서 나
온 것임에 틀림없다.

　그리하여 나라에서 채택하고 태사(太師)가 채집하여 관현악으로 연주
하여 잔치에 썼다. 학교에서 공부하는 선비들은 말할 나위가 없고, 들판
에서 일하는 무지몽매한 백성들까지도 다들 즐거워하고 마음에서 느껴
서 날마다 선(善)을 실천하면서도 그러는 줄을 모르게끔 하였다. 이것이
바로 아래로부터 위로 올라가는 시(詩)의 가르침이었다.

　주나라 이후 중화(中華)와 오랑캐가 잡스럽게 뒤섞이자 방언(方言)은
날이 갈수록 심하게 변하였고, 풍속이 각박해지자 인위(人僞)는 날이 갈
수록 번져 갔다. 방언이 변하자 시와 노래는 체재를 달리하게 되었고, 인
위가 번지자 감정과 글은 서로 호응하지 않게 되었다. 그 때문에 성률

(聲律)은 공교로워지고 격조와 운치는 고상해졌으나 마음 씀이 치밀하면 치밀할수록 자연스러움을 잃어버렸고, 이치를 바로잡으면 잡을수록 천기(天機)를 상실하였다. 그러니 그런 노래로 풍아(風雅)를 계승하여 나라 사람을 교화시키려 한다면 동떨어진 방법이 아니랴!

돌아보면 여항의 가요는 자연의 음향(音響)과 절주(節奏)에서 나온 것이라, 선율과 박자는 비록 중화와 오랑캐의 것이 섞여 있다 해도, 그릇되고 올바름은 대개 각자의 풍속을 따르고 있다. 그렇기는 해도 장(章)을 나누고 운(韻)에 맞추어 사물에서 느낀 감정을 말로 표현하는 점은 참으로 곡은 달라도 솜씨는 같은 경우라서 지금의 음악이 옛날의 음악과 같다는 맹자의 말대로다. 그런데 그 글이 옛것을 따르지 않고, 문장과 이치가 비속(鄙俗)하다 하여 나라에서 채택하지 않고, 태사가 채집하지 않아 당시에 음률을 조율하여 천자에게 바치는 사람이 없다면, 후세에 그 시대의 치란(治亂)과 득실(得失)의 실상을 살펴볼 길이 없다. 그렇게 된다면 시의 가르침이 완전히 사라지게 될 것이다.

조선이 동방의 오랑캐이기는 하다. 풍기(風氣)가 편협하고 얕으며, 방언이 괴이하고 낯설어 사실상 시율(詩律)의 공교로움은 중국에 한참 미치지 못하며, 시가의 형식은 더욱이나 알려진 것이 없다. 이른바 노래라는 것은 모두 상말로 엮어졌고 사이사이에 문자(文字)가 섞여 있다. 옛것을 좋아하는 많은 사대부들이 즐겨 지으려 하지 않아서 우매한 백성들의 손에서 이루어진 것이 많다. 그러다 보니 말이 얕고 속되다 하여 군자들은 아무도 취하려 하지 않는다.

그렇지만 『시경』의 이른바 풍(風)은 본래 민간에서 다반사로 말하던 노래이다. 당시에 그 노래를 들은 사람은 오늘날 사람들이 부르는 노래를 듣는 오늘날 사람들과 똑같지 않겠는가? 입에서 나오는 대로 곡조가 이루어지고, 마음속에서 우러나와 인위적으로 안배(安排)할 겨를이 없어 말이 천진함을 드러낸다. 그러므로 자연으로부터 나온 나무꾼의 메나리나 농부의 농부가가, 말은 설령 예스러워도 천기를 잃어버린 사대부의 수정하고 퇴고하여 완성한 작품보다 도리어 낫다.

작품을 잘 보는 사람이라면 겉모양에 구속받지 않고 마음으로 실정을 헤아린다. 그렇게 하면 사람들로 하여금 즐거워하고 마음에서 느끼도록 만들어 백성을 감화시켜 좋은 풍속을 이루려는 취지는 옛날과 지금의 차이가 본래 없다. 게다가 비유를 들고 감흥을 일으키는 뜻과 시대를 가슴 아파하거나 옛날을 회상하는 말이 현인과 군자의 입에서 나오기도 하였다. 임금에게 충성하고 윗사람을 사랑하는 뜻이 또 은근하여 말은 끝나도 여운은 넉넉히 남아 있다. 이미 풍아가 남긴 취지를 깊이 체득하고 있다. 그 노랫말은 얕으면서도 분명하고, 그 뜻은 순탄하면서도 크게 드러나서 아낙네나 아이라도 노래를 듣기만 하면 바로 알아차린다. 이른바 아래로부터 위로 올라가는 시의 가르침을 행하고자 할 때 이것을 버리고 어떻게 하겠는가?

내가 부지런히 고금에 전해지는 노래를 채집하여 두 책으로 만들고 『대동풍요(大東風謠)』라는 이름을 붙이니 모두 천여 편이다. 또 별곡(別曲) 수십 수를 얻어 그 뒤에 부록으로 붙였다. 훗날 태사가 시를 채집할 때에 대비하여 훌륭한 우리 왕조의 풍속을 살피는 정치에 보탬이 되기를 바란다.

그 가운데 장난스럽고 외설스러운 말이 포함되었는데 이는 공자께서 정(鄭)나라·위(衛)나라의 음란한 시를 버리지 않은 취지를 따랐다. 주자가 말한 "스스로를 반성하여 선을 권하고 악을 징계하기를 생각한다."라는 취지이니 이 점은 특히 위에 있는 사람들이 몰라서는 안 될 것이다.

해설

민간에서 널리 불리던 노래 1000여 수를 채집하여 『대동풍요』를 엮고 그 동기와 취지를 설명하였다. 문체는 서문이다. 글의 내용으로 볼 때 시가 갈래 가운데 시조(時調)를 뽑아 엮은 작품집이다. 부록으로 엮었다는 별곡 수십 수는 「관동별곡」 등의 가사(歌辭) 작품을 가리킨다. 18세기에 편찬된 시조집의 체재 가운데 글쓴이가 언급한 작품집과 유사한 것이 적지 않다. 다만 그가 편찬했다고 밝힌 『대동풍요』는 지금 전해지지 않는다.

　이 서문은 민간 문학의 가치를 적극적으로 옹호하여 시조나 가사와 같이 우리말로 된 문학에 주목해야 함을 역설하였다. 실제로는 시조에 중점을 두고 있으나 글쓴이는 나뭇꾼 노래나 농부가와 같이 민요까지 포함하여 민간 가요 전체로 논의의 폭을 넓혀서 설명하였다. 가사가 상스럽고 수사나 기교가 세련되지 않으며, 내용이 비속하고 외설스러운 점도 있으나 그 특징은 배제해야 할 것이 아니라 오히려 더 큰 가치를 지닌다며 민간 가요의 가치와 정체성을 적극적으로 평가하고 있다. 이른바 천기(天機)와 자연스러움을 보존하여 문학의 본질에 충실함으로써 본질에서 멀어진 지식인 문학보다 낫다고 평가한 것이다. 우리말 시가 문학, 민간 가요에 대한 지식인의 달라진 인식을 보여 주는 참신한 글이다.

보령의 기이한 소년   保寧少年事

유(柳) 아무개는 성품이 소탈하여 망령된 말을 하지 않는다. 그가 언젠가 충청도 보령(保寧) 땅을 가다가 날이 저물어서 길을 잃고 돌아 돌아 수십 리를 들어갔다. 홀연히 깎아지른 듯 서 있는 푸른 절벽이 나타났다. 골짜기는 깊고 으슥하며, 산길은 풀이 우거져 어디로 가야 할지 알 수 없었다. 말에서 내려 헤맬 무렵 홀연히 절벽 위에서 인기척이 들렸다. 등나무 등걸을 잡고 올라가자 초가삼간이 나타났는데 소나무와 대나무가 고즈넉하였다. 그 안에 한 소년이 초립(草笠)을 쓰고 남포(藍袍)를 입었는데 생김새가 준수하였다. 문에 기대어 어딘가를 응시하며 깊은 생각에 잠긴 모습이었다. 손님이 오는 것을 보더니 황급히 마루 아래로 내려와 맞이하였는데 매우 공손하게 예를 차렸다.

유 아무개는 기이하게 여기고 그와 더불어 말을 나눴더니 말이 청산유수처럼 쏟아져 나왔고, 흉금이 툭 트여 비범하였다. 얼마 뒤에 저녁을 내왔는데 산해진미가 차려져 있었다. 유 아무개가 "산속에서 어떻게 이런 걸 다 얻었소?"라고 물었으나 소년은 웃기나 할 뿐 대답하지 않았다. 유 아무개는 더욱 놀라고 기이하게 여겼다.

밤이 깊어 갈 때 누군가를 부르는 소리가 멀리서부터 가깝게 다가왔다. 소년은 "손님께서는 잠시 기다리시지요. 제가 다른 사람과 선약이 있어서 어길 수 없습니다."라고 말하고는 마침내 훌쩍 소매를 떨치고 나갔다. 유 아무개가 창문 틈으로 엿보니, 부른 사람 또한 소년이었는데 의관만으로는 두 사람을 분간할 수 없었다. 서로 손을 잡고 가는데 높은 절벽과 가파른 산비탈을 날듯이 달려갔다. 유 아무개는 크게 놀라고 오싹해져서 잠을 이루지 못했다. 문득 벽장에 자물쇠가 잠겨 있지 않은 것을 보고 열어 보았다. 옛 책들이 서가 몇 개 위에 놓여 있었는데 모두 병법과 진법(陣法)을 다룬 책이었다. 또 기러기 깃털이 몇 상자 있었고, 벽에는 검은 장의(長衣) 한 벌만이 걸려 있었다. 그 밖에는 아무것도 없어서 유 아무개는 더욱 의심하고 괴이하게 여겼다.

얼마 뒤에 소년이 돌아와서는 낯빛을 바꾸며 말하였다.

"내가 처음에는 그대를 좋은 사람이라 생각했는데, 어째서 내가 없는 틈을 타서 내 책을 훔쳐본단 말이오? 그대가 나를 속이려 했소?"

그를 속일 수 없다고 판단한 유 아무개는 사죄한 다음 이렇게 물었다.

"그대는 틀림없이 세상을 피해 숨어 사는 이인(異人)인가 보오. 병서는 그대가 보는 책이 분명한데 검은 옷과 기러기 깃털은 장차 어디에 쓰려는 것이오?"

그러자 소년이 말했다.

"그대가 입만 놀리는 사람이 아님을 나는 벌써 알고 있소. 내가 재주를 시험해 볼 터이니 그대는 구경해 보시오."

드디어 기러기 깃털을 꺼내어 방 가운데 흩어 놓고 검은 옷을 걸치고 빙글빙글 돌며 빨리 달렸다. 그러나 기러기 깃털은 하나도 움직이지 않았다. 그렇게 달리는 것에 익숙했기 때문이었다. 유 아무개는 대단히 기이하게 여기고 그가 잠깐 사이에 다녀온 곳을 물었다.

소년은 이렇게 대꾸했다.

"조금 전에 온 소년은 고성(固城) 땅에 원수가 있었소. 그 원수가 흉포한 데다가 있는 곳을 몰랐는데 오늘 밤 마침 집에 머문다 하여 함께 가서 죽여 버렸소."

유 아무개가 셈해 보니 보령에서 고성까지는 천 리 길이라 순식간에 왕복한 것은 나는 새라도 그 빠르기에 미칠 수 없었다. 속으로 감탄해 마지않으면서 그와 더불어 이야기를 나누었다. 아침이 되어 마침내 이별하였다. 소년은 그에게 이렇게 신신당부하였다.

"그대가 만약 나의 이야기를 세상에 발설한다면, 나는 반드시 그대의 일족을 몰살할 것이오. 그대는 삼가도록 하시오."

유 아무개는 그러마 하고 길 위에 풀을 맺어 표지를 해 두었다. 달포쯤 뒤에 다시 찾아갔지만 끝내 찾을 수 없었다. 그러나 그를 두려워하여 한평생 감히 말을 꺼내지 못했다. 죽을 무렵 아들에게 "나는 곧 죽을 텐데 기이한 인물을 끝내 세상에 알려지지 않도록 할 수는 없겠구나."라고 하였다. 유 아무개가 죽은 뒤 세상에는 드디어 그 소년의 이야기가 전해져 기이하게 여겼다.

아! 소년은 기이한 인물이라 할 만하다. 부귀는 다들 원하는 바이건만 소년은 그 같은 재능으로 홀로 초연히 궁벽한 산골짜기에 몸을 깊이 숨겼다. 부귀를 뜬구름처럼 생각하지 않았다면 어떻게 그렇게 할 수 있으랴! 아무래도 공자께서 말씀하신 "남들이 알아주지 않아도 화내지 않는다."라는 부류가 아니겠는가?

그렇기는 하지만 칼로 사람을 찌르는 행위는 섭정(聶政)이 주 선생(朱先生)으로부터 도적 취급을 받았던 까닭이다. 소년도 협객의 부류로 평가할 수 있지 않을까? 그도 아니라면 젊고 의기(義氣) 있는 사람이 스스로 억제하지 못할 사연이라도 있었던 것일까? 독서를 더 오래 하여 차츰 날카로움을 무디게 했더라면 다시는 그와 같은 일을 달가워하지 않았을지도 모른다. 그렇게 했다면 진정코 숨어 살면서 가슴에 도(道)를 품고 때를 기다리는 사람이라 할 수 있을 것이다. 안타깝게도 때를 만나지 못하고 세상을 떠났구나!

산속에 숨어 사는 선비들 중에 그와 같은 사람이 어찌 드물겠는가! 주나라 문왕(文王)이 있은 뒤에 강태공(姜太公)이 있고, 소열제(昭烈帝) 유비(劉備)가 있은 뒤에 제갈량(諸葛亮)이 있는 법이다. 문왕과 소열제 같은 분이 없는 처지에 강태공과 제갈량 같은 이가 세상에 없다고 말한다면 분명 망령된 사람이리라!

해설

기인(奇人)의 삶을 인상 깊게 여겨 쓴 글로 문체로는 기사(記事)이다. 글쓴이가 직접 본 사연이 아니라 이름 밝히기를 꺼린 유 아무개로부터 들은 사연을 정리하여 썼다. 세상에 알려지기를 꺼린 소년이 발설하면 보복하겠다고 협박한 때문에 인명이 모두 감춰져 있다. 세상과 교통이 끊긴 깊은 산중에 사는 소년은 신비한 검술의 소유자일 뿐 아니라 병법과 진법에 조예가 깊은 인물로 그려졌다. 그 소년은 축지법으로 먼 지역까지 순식간에 가서 흉포한 원수를 죽인 일로 능력의 한 면을 살짝 보여 주었으나 그가 온축한 능력을 발휘한다면 큰 공훈을 세울 수 있을 것만 같다.

글쓴이는 논평하는 글에서 기이한 인물이 세상에 드러나지 않고 묻혀 있다고 개탄하면서 그런 인물을 찾아내어 써먹을 국량이 없는 세상을 원망하였다. 군사력이 약해 주변국에게 당한 치욕을 씻게 해 줄 영웅의 도래를 간절하게 소망하는 심리가 저와 같이 숨어 있는 협객이나 기인을 호출한 것이리라.

성대중
成大中
1732~1809년

자가 사집(士執), 호가 청성(靑城), 본관이 창녕(昌寧)으로 경기도 포천(抱川) 사람이다. 1757년 문과에 합격하여 벼슬길에 나갔다. 1763년 조엄(趙曮, 1719~1777년)이 인솔한 통신사(通信使)의 서기(書記)로 일본에 다녀와 『일본록(日本錄)』을 짓기도 했다.

산문가로서 성대중은 순정(醇正)한 문장을 쓰는 작가로 알려졌다. 불평을 안으로 감추고 되새김질하여, 규범을 지키면서 화평한 글을 쓰려고 노력했다. 1792년 이른바 문체반정(文體反正) 조치로 박지원, 남공철, 이상황, 김조순 등이 견책을 당했을 때 그는 정조에게 칭찬을 듣고 특별히 북청 도호부사(北淸都護府使)에 제수되었다. 또 1796년에는 정조로부터 학식과 필법이 모두 순정한데도 처지가 한미하여 문형(文衡, 대제학)을 맡길 수 없어 유감이라는 평을 들었다. 정조의 평가에 감격하여 그는 이때부터 순재(醇齋)라는 호를 썼다.

성대중의 글은 담담하고 절제되어 있으면서도 종종 위트가 엿보인다. 청언소품(淸言小品)과 선현의 일화, 견문과 잡다한 감회를 쓴 『청성잡기(靑城雜記)』는 그의 정통적인 산문과 달리 경쾌하고 발랄한 사유를 담고 있다. 그의 시문은 『청성집(靑城集)』에 모아져 있다.

유춘오 음악회　　　　記留春塢樂會

담헌(湛軒) 홍대용(洪大容)이 가야금을 무릎 앞에 놓았고, 홍경성(洪景性)
이 거문고를 잡았다. 경산(京山) 이한진(李漢鎭)이 통소를 소매에 넣어 왔
고, 김억(金檍)이 서양금(西洋琴)을 가져왔다. 장악원(掌樂院) 악공(樂工)
보안(普安)도 국수(國手)로서 생황을 연주했다. 모두가 담헌의 유춘오(留
春塢)에 모였다.

유학중(兪學中)은 노래를 불러 분위기를 북돋았고, 효효재(嘐嘐齋) 김
용겸(金用謙) 공께서는 나이와 덕망이 높으므로 상석에 가만히 앉아 계
셨다. 향긋한 술에 살짝 취한 뒤 악기들이 합주를 하자 뜰이 깊어 한낮
에도 고요한데 떨어진 꽃은 섬돌에 가득했다. 높고 낮은 소리가 번갈아
연주되면서 곡이 오묘한 지경에 이르자 김 공이 갑자기 자리에서 내려
와 넙죽 절을 했다. 모두들 놀라서 일어나 자리를 피하니 공이 말씀하
셨다.

"그대들은 놀라지 말게! 먼 옛날 우임금은 바른 말을 들으면 절을 했
다네. 오늘 음악은 하늘나라 신선의 음악이라, 이 늙은이가 어찌 절 한
번을 아끼겠는가?"

홍원섭(洪元燮) 또한 그 모임에 참석했던 터라, 내게 이와 같이 말해
주었다. 담헌이 세상을 떠난 이듬해에 기록한다.

해설

담헌 홍대용은 학자로 이름이 높지만 음악에도 조예가 깊었다. 1765년 연행길에 올랐을 때 숙소에서 거문고를 연주하자 주인집 아들이 듣고서 눈물을 뚝뚝 흘렸다. 북경의 천주당에 갔을 때는 그곳의 오르간으로 우리 음악을 멋들어지게 연주하기도 했다. 이 글에 나오는 서양금은 처음에는 우리 음악에 사용할 수 없었다. 우리 음악에 어울리도록 서양금을 조율하여 연주법을 조선에 크게 유행시킨 사람도 바로 홍대용이다. 박지원은 『열하일기』 「동란섭필(銅蘭涉筆)」에서 홍대용이 처음 서양금을 연주한 시각이 1772년 6월 18일 유시(酉時, 오후 3~5시)라고 분명히 기록했다.

봄을 머물게 하는 언덕이라는 뜻을 지닌 유춘오는 서울 남산 기슭 영희전(永禧殿) 북쪽에 있었던 홍대용의 집이다. 오늘날 중구 저동(苧洞)의 중부경찰서가 영희전 옛터다. 홍대용은 벗과 전문 악사를 집으로 초청해서 조촐한 음악회를 열곤 했다. 박지원의 「여름밤의 음악회(夏夜讌記)」도 바로 그 음악회의 추억을 묘사한 글이다.

성대중은 음악회에 참석한 인물을 먼저 소개하고 뒤이어 이날의 연주회를 불과 몇 구절로 간결하게 묘사했다. 글의 절정은 갑자기 연주자들 앞으로 나아가 넙죽 큰절을 올린 김용겸(1702~1789년)의 말과 행동이다. 아름다운 음악을 이해할 뿐 아니라 직접 연주할 줄 알았던 옛 선비들의 멋스러움을 눈앞에서 감동적으로 보여 준다.

끝 대목에서 그날의 현장에 있었던 홍원섭(1744~1807년)의 전언을 듣고 글을 지었다고 밝혔다. 얼마 전 세상을 뜬 벗을 향한 그리움이 언외(言外)에 깃들어 있다. 박지원의 아들 박종채(朴宗采)는 『과정록(過庭錄)』에서, 홍대용이 세상을 떠난 뒤 박지원이 집 안에 있는 악기란 악기는 모두 남에게 주어 자신은 어렸을 때 생황이나 거문고 같은 악기를 본 적도 없다고 증언했다. 세상을 뜬 지음(知音)을 향한 지극한 마음의 표현이었다. 홍대용이 세상을 떠난 해가 1783년이니 이 글은 1784년에 지었다.

오랑캐의 월경을 막은 영웅들

江界防胡記

폐사군(廢四郡)은 강계(江界)의 동쪽에 있는 무창(茂昌), 여연(閭延), 우예(虞芮), 자성(慈城)을 가리킨다. 동쪽은 장백산(長白山)과 맞닿아 칠백 리에 뻗어 있다. 땅은 비옥하여 목축에 적합하며, 호랑이나 표범 가죽과 인삼·담비로부터 얻는 이익이 나라 안에서 으뜸이다. 그러나 만주족의 땅과 가까워서 날마다 침략을 당하기에 백성이 편안히 살아갈 수 없어서 세조 때 관아를 폐지하고, 그 백성을 내지로 옮겼다. 땅은 그대로 강계에 소속시키고 대대로 네 진(鎭)에 장수를 보내어 요충지를 지키며 국경을 넘는 자를 막았다.

청나라가 천하를 차지한 뒤로 만주족은 산해관(山海關)을 넘어 중원으로 진출하였다. 네 고을의 북쪽이 비게 되자 다시는 우리에게 피해를 끼치는 자들이 없었다. 그러나 인삼은 저들과 우리가 똑같이 원하는 물건이고, 좋은 목재는 또 저들이 이롭게 여기는 물건이다. 그런데 우리 쪽의 인삼을 캐는 이들은 겨우 단황절(丹黃節)을 기다렸다가 들어가니 단황절은 인삼 잎이 나오는 때를 말한다. 저들은 얼음이 풀리면 곧 들어오는데 배에다 여러 기물과 옷과 식량을 싣고 사냥개도 데리고 와서는 압록강을 거슬러 오른다. 그 숫자가 해마다 천여 명이나 된다. 하지만 강을 따라 설치된 진보(鎭堡)에서는 그들을 막지 못했다. 그 숫자를 헤아려서

두 진영에 보고하고 요행히 사고가 없기만을 구차하게 바랄 뿐이었다. 그러니 피해가 네 고을에 집중될 수밖에 없었다.

그들은 봄여름에는 박달나무를 베어 뗏목을 만들어서 강어귀까지 떠가고, 가을이면 우리보다 먼저 인삼을 캐어 포대에 가득 담고 그 나머지를 꺼내 우리에게 자랑하곤 했다. 돌아갈 때에도 뗏목을 만들어 타고 가면서 타고 온 배는 모래벌판에 묻어 두고는 다시 올 때를 대비했다. 네 고을의 이익을 저들이 오히려 독점하고 있을 뿐 아니라 심지어 파수병을 협박해 식량을 빼앗기까지 했다. 그래도 우리는 속수무책으로 갖다 바칠 뿐이었다.

그런데 저들은 실제로는 법을 어겨서 죽임을 당해야 마땅한 자들이다. 옹정제(雍正帝)의 약속에 "변경의 백성이 국경을 넘는 경우에는 벤다."라고 했으므로 강가에 사는 자들은 이 금령을 잘 알고 있다. 우리가 본디 겁이 많고 힘이 약한 데다가 오랑캐들이 죽음을 무릅쓰고 이익을 추구하므로 금하지 못한 것이다. 조정에서는 남몰래 근심이나 할 뿐이었다.

지금 강계 부사(江界府使) 홍수보(洪秀輔) 공께서 비로소 이들을 막을 계획을 짜서 강이 얼기 전에 몰래 용사 삼십 명을 보내 저들의 배 육십 척을 끌어내어 불태우고 저들의 도구를 강물에 버렸다. 봄이 되어 얼음이 풀리기 전에 무교(武校) 열 명과 정예 병사 백 명을 뽑아서 건널목 다섯 군데에 목책을 나누어 설치하고 옹정제의 약조를 새겨서 세웠다. 또 종이 수십 장에 약조를 적어 압록강 건너편으로 화살에 매어 쏘았다. 오랑캐들은 과연 약속한 듯이 이르렀으나 배는 이미 불타 버렸고 목책을 치고 침입자를 막는 방비가 엄하였다. 그중에 억센 자들이 강을 건너려 하면 화살과 총포로 위협하여 백여 일이나 실랑이하자 오랑캐들은 끝내 한 발짝도 앞으로 건너오지 못하고 마침내 배를 버리고 도망갔다. 네 고을은 이제야 비로소 오랑캐의 침입이 사라졌고 인삼은 모두 우리 차지가 되었다.

물산이 풍부한 호수나 산림이 적과 이웃한 지역에 있는 상황은 나라의 근심거리이다. 이익을 적과 나누게 되면 반드시 사단이 일어나므로 더 큰 근심거리이다. 근심하면서도 막지 못한다면 나라의 큰 우환이다. 지금 네 고을의 근심을 사람들이 다 말하면서도 막는 방법에는 대책이 없다고 말한다. 아! 저 금령을 어기는 하찮은 오랑캐들을 두려워하며 막지 못한다면, 교활하게 영토를 침탈하려고 꾀하는 자를 장차 어떻게 막을 것인가!

홍 공은 문신이지만 겨우 수개월 안에 충분히 방어하였고, 불과 백여 명 장사들의 몇 개월 치 식량만을 썼을 뿐이다. 전임자들에게 이만한 물자가 없었겠는가! 가만히 자리에 앉아서 천 리 밖의 적을 물리쳤다는 옛적의 인물을 지금 공에게서 확인하였다. 공의 후임으로 오는 이들이 모두 공과 같이 한다면 네 고을에 다시 오랑캐 근심이 일어나겠는가!

그러나 일을 결단하는 통찰력이 부족하고 백성을 따르게 할 청렴함이 부족하며 신뢰가 가도록 상벌을 내려 장사를 제어할 능력이 없다면, 아무리 공과 똑같이 하려고 해도 하지 못할 것이다. 이 방법을 확대한다면 오랑캐를 정벌하는 데에도 어려움이 없을 테니 네 고을을 지키는 데 무슨 어려움이 있겠는가? 내 비록 문약해도 공의 업적에 고무되어 바로 붓을 잡아 기록한다.

해설

강계에서 관할하는 무창, 여연, 우예, 자성 네 고을은 세종 때 개척하여 우리 영토로 확고하게 편입했다가 세조 때 경영을 포기하고 약간의 군대만 주둔시켰기에 폐사군(廢四郡)이라 일컬어졌다. 청나라 건국 뒤, 저들도 이곳을 우리 영토로 인정했으나 약소국의 처지라 우리 권리를 제대로 행사하지 못했다. 이를 바로잡고자 분투한 홍수보(1723~1799년)의 노력과 그 성과를 묘사한 것이 이 글이다. 문체는 기문으로 특정한 사건을 기록한 글이다.

홍수보는 강계 부사로 1776년 4월에 부임하여 이듬해 10월 무렵까지 재직했다. 따라서 이 글에서 묘사한 사건은 1776년 겨울에서 1777년 봄 사이의 일인데, 당시 성대중은 강계에서 멀지 않은 운산(雲山) 고을의 군수로 재직하고 있어 사건의 실정을 잘 알고 있었다.

만주족의 월경을 막기 위한 계획을 입안하고 실행에 옮긴 사람이 홍수보라는 것은 이 글에서 분명히 밝혀졌는데, 실제로 이때 현장에서 군사들을 직접 지휘하여 저들에게 강한 인상을 남긴 영웅은 따로 있었다.

조수삼(趙秀三)의 『추재기이(秋齋紀異)』와 성해응의 『연경재집(研經齋集)』 등에는 압록강에서 군사들을 지휘하여 우리 영토로 넘어오는 만주족을 섬멸하여 혁혁한 공을 세운 박동초(朴東初 또는 朴東楚)라는 강계 출신 무인의 이야기가 실려 있다. 이후에 만주족은 그를 몹시 두려워하였고, 그네들 사이에서는 압록강을 건널 때에는 박동초를 조심하라는 말이 퍼졌다. 그가 활약한 시기가 바로 1776~1777년 즈음이다. 그렇다면 전체적인 계획을 짜서 지시한 사람은 홍수보이고, 실제로 군사를 이끌고 압록강을 무대로 활약한 무인은 박동초일 것이다.

운악산의 매사냥 　　　　雲岳遊獵記

임진년(1772년) 섣달 매곡(梅谷) 이 공(李公), 완계(浣溪) 서 공(徐公) 그리고 서유문(徐幼文)과 권공저(權公著)를 따라 운악산(雲岳山) 서쪽에서 사냥을 했다. 밤이 되어 산사에 묵었을 때는 종소리와 목탁 소리가 어우러져 은은했다.

이튿날 능선을 따라 북쪽으로 향했다. 매가 네 마리, 말 탄 사람이 다섯 명이었다. 사냥개는 매와 같은 수였고, 사냥꾼은 그 곱절이었다. 사냥꾼이 지치면 서유문이 곧 팔에 매를 앉히고 달려갔다. 산이 높아지고 골이 깊어지자 북풍이 조금 더 세차게 불었다. 사냥개는 기세가 등등해지고 매는 집중력이 생겨 사람의 뜻에 따라서만 움직였다.

꿩이 앞에서 날자 매는 재빨리 곧장 나아가다 느닷없이 위로 솟구치더니 멈칫 돌아보고 아래로 방향을 꺾었다. 높이 날아 훑어보다 경쾌하게 덮쳐서 움켜쥐었다. 깃을 거두고 발톱을 쪼그리고, 가죽 토시 위로 돌아와서는 몸을 옹송그리고 두리번거리다가 날개를 한 번 펼친 뒤에야 쉬었다. 그렇게 매는 기량을 한껏 발휘하였다. 모두들 기쁨에 넘쳐 통쾌하다고 했다.

천천히 걸어 먼 곳을 바라보면서 산을 한 바퀴 돌았다. 가시나무 숲을 헤치고 쉬다가 마을을 발견하고 그리로 갔다. 산골이라 풍속은 순박하고, 거친 밥은 달고 맛있었다. 등불에 배롱을 얹고 장작으로 불을 지펴, 고기를 굽고 술을 데워 취하도록 질탕하게 놀았다.

이틀 밤을 자고 돌아오는 길에 큰넓고개를 넘어 화산(花山)으로 접어들 무렵 저녁 해는 산마루에 걸려 있고, 연기는 드문드문 피어올랐다. 마부는 마을 어귀가 보이자 노래를 흥얼거렸고, 말은 걸음이 한결 빨라졌다. 그러나 어른들께서 흥이 채 가시지 않아 다시 이 씨(李氏)의 동네로 걸음을 옮겨 매화를 구경하고 실컷 술에 취하고야 자리를 떴다.

해설

1772년, 성대중이 운악산에서 매사냥을 하고서 쓴 글이다. 운악산은 경기도 가평과 포천 사이에 있으며, 오늘날에도 관광지로 인기가 있다. 작품의 압권은 매가 꿩을 잡는 모습을 긴박하게 묘사한 대목이다. 매사냥을 이렇게 빼어나게 묘사한 작품은 보기 드물다. 사냥을 다룬 산문답게 글의 호흡이 빠르고 짤막하고 거칠며, 글의 기세는 호방하고 당당하다.

매곡 이 공은 매계(梅磎)라는 호를 썼던 이세항(李世杭)이고, 권공저는 권엄(權襹, 1729~1801년), 완계 서 공은 서유상(徐有常) 그리고 매를 몰아서 꿩을 잡는 매부리 노릇을 한 서유문은 서유장(徐有章)이다.

『청성집』 권1에 이때 지은 시가 한 수 실려 있는데 "내가 늘그막에 아이들처럼 한번 놀았다(吾衰試作少年行)"라고 읊으며, 중년의 나이에 평범한 일상을 벗어나 젊은이의 패기를 느낀 감회를 드러냈다. 산문 중에서 드물게 보이는 호쾌한 작품이다.

침실에 붙인 짧은 글

寢居小記

나는 어려서는 집안 어른께 배웠고, 자라서는 지재(遲齋) 김 선생께 『주역』을 배워서 흥망성쇠의 세상 이치를 거칠게나마 터득하였다. 조상의 음덕으로 젊은 나이에 외람되이 과거 급제를 훔쳤고, 황공하게도 임금께서 알아주셔서 문교(文敎)를 펴는 일에 참여하기도 했다. 이제 늙어서 흰머리가 되었는데 평생을 돌이켜 보면 즐거움은 많았고 근심은 적었다.

먹을 것은 그다지 궁핍하지 않았고, 벼슬은 그다지 낮지 않았고, 행실은 그다지 지저분하지 않았고, 사귐은 그다지 천박하지 않았고, 노닒은 그다지 좁지 않았고, 사는 곳은 그다지 외지지 않았다. 벼슬살이 덕분에 옷 입고 밥 먹은 것이 사십여 년이라, 검약으로 편안함을 삼고, 물러남으로 나아감을 삼고, 부족함으로 넉넉함을 삼아, 용케도 큰 재앙 없이 늙었다. 공자께서는 너무 심한 일(已甚)을 하지 않으셨거니와 나는 그다지 심하지 않았으니(不甚) 퍽 다행이다. 중도(中道)란 높은 도리를 어찌 내가 실천할 수 있으랴? 미치지 못하면 중(中)이 그래도 앞에 있지만, 지나치면 중이 뒤에 있는 법이므로 후회가 반드시 따랐으리라.

내가 세상을 살아가는 자세가 그랬다. 선왕(先王)께서 붕어하신 뒤로 눈은 더욱 어두워지고, 귀는 더욱 먹었으며, 왼쪽 다리는 조금 절고, 오른손은 완전히 마비되었다. 이는 하늘이 못쓰게 만든 것이다. 하늘이 못

성대중

쓰게 만들었으니 스스로 쓰지 말아야 하지 않겠는가? 그래서 교유하기를 멈추고, 첩들을 내보내며, 조촐하게 지내고 깊은 곳에 누워서 한 가지 일도 마음에 두지 않았다. 오로지 그만두지 못한 것은 시문(詩文)이다. 그러나 시간을 보내고 쓸쓸함을 달래려는 것일 뿐, 후세에 전하려는 뜻이 있겠는가!

억지로 혼자 장난스럽게 말해 본다. 나는 노자(老子)보다 벼슬이 높았고, 도연명(陶淵明)보다 부유하며, 백낙천(白樂天)보다 장수하였다. 태평성대에 태어나 늙었으니 두보(杜甫)보다 낫고, 처음부터 끝까지 임금의 은혜를 누렸으니 이태백(李太白)보다 낫다. 그러니 너무도 분에 넘치지 않은가! 이야말로 선조의 음덕이자 나라의 은혜다. 나는 요행으로 얻었으니 경계하고 두려워하여 방자하지 않도록 해야 하리라! 그래서 침실 벽에 써서 자손에 행운이 깃들기를 바란다.

해설

성대중의 처세관이 잘 드러난 글이다. 성대중은 인품과 문장 모두 남보다 출중했고, 20대에 당당히 문과에 급제하여 벼슬길에 나아갔으며, 사람들 사이에서 명망을 누릴 만큼 누렸다. 그가 지닌 조건이 좋았다면 분명 더 승승장구할 수도 있었다. 하지만 그는 그것을 과욕으로 여겼다. 그는 역사상 유명한 인물과 하나하나 비교하여 자기가 그들보다 낫다고 여겼다. 자신은 행운아의 인생을 살았고, 그것을 선조의 음덕이자 나라의 은혜로 돌렸다. 잘못은 내가 짊어지고 잘한 일은 남의 덕으로 돌리는 겸양의 태도이다.

이 글을 침실의 벽에 짤막하게 써서 붙였다. 현장에서 은퇴하여 지나온 인생을 회고하고 남은 인생의 생존법을 밝혔다. 그런 만큼 글의 목소리는 차분하고 웅숭깊은 맛이 있다. 젊은 시절의 열정이 지나간 뒤 노년 인생의 처세관과 인생을 관조하는 깊이가 스며 있다. 침실의 머리맡에 써 두고 스스로의 인생을 위안하고, 인생의 뒤안길을 아들 손자에게 보임으로써 훌륭한 교육으로 삼고자 했다.

글에 등장하는 스승 지재 김 선생은 김준(金焌, 1695~1775년)이다. 김준이 포천 인근의 동음(洞陰) 현령으로 부임하자, 성대중은 그를 찾아가 『주역』을 배웠다. 얼마 뒤 문과에 합격하였으므로 그에게 수학한 기간은 사실상 길지 않지만, 평생 그를 스승으로 모셨다.

창해 일사의 화첩　　書滄海逸士畵帖後

창해옹(滄海翁) 정유관(鄭幼觀)은 명산 유람을 좋아하여 북으로 백두산
에 오르고 남으로 한라산에 올랐으며, 두류산과 풍악산쯤은 그저 자기
집 앞마당 정도로 여겼다. 눈썹과 광대뼈는 나이가 들수록 예스럽고 기
이해져 마치 신선이나 이인(異人) 같았다. 그는 때때로 서울의 호사가(好
事家)와 왕래하며, 바다를 구경하고 산에 들어가는 자신의 모습을 그려
서 보여 주고 자랑했다. 그 그림 속에 들어 있는 종이나 노새마저 훌쩍
날아 멀리 떠나갈 것만 같았다.

한번은 그가 우리 집을 찾아왔다. 옛날 일을 많이 아는 손님이 그를
보더니, 내게 얼굴을 돌리고 웃으면서 "자네 이마두(利瑪竇)의 초상화를
본 적 있나? 저 영감이 똑같네그려."라고 말하는 것이었다. 그 손님은 창
해옹을 모르던 사람인데도 그의 관상을 이렇게 보았다. 창해옹은 누구
보다 기뻐하며 좋아했다.

이마두는 온 천하를 두루 구경했고, 창해옹은 우리나라를 두루 구경
했다. 크고 작은 차이는 있으나 두루 구경한 점은 똑같다. 그러니 생김새
가 닮은 것은 당연하다.

창해옹은 내 글을 사랑하여 내게 글을 써 달라고 몹시 졸랐다. 내가
일부러 응하지 않고 있다가 마침내 이 말을 그의 초상화 뒤에 써 준다.

해설

창해옹 정유관은 정란(鄭瀾, 1725~1791년)으로 당대에 손꼽히는 여행가였다. 그는 집안 살림을 돌보지 않고 북으로 백두산부터 남으로 한라산까지 우리 강산 구석구석을 찾아다녔다. 정란을 세상을 등지고 숨어 사는 선비란 뜻의 일사(逸士)라고 칭한 것은 그의 남다른 인생을 인정한 것이다. 정란은 당대에 손꼽히는 화가들에게 자신의 여행을 제재로 그림을 부탁하여 화첩으로 꾸미고, 당대의 문장가들에게 시문을 받아 내는 것을 좋아했다. 이 글도 그렇게 하여 써진 것이다.

이 글은 가벼운 필치로 썼다. 글쓴이는 누군가가 정란의 생김새가 이마두와 닮았다고 말하는 것을 듣고서는 영감이 떠올라 단숨에 글을 써 내려갔다. 이마두는 중국에서 활약한 이탈리아 출신의 예수회 선교사인 마테오 리치(Matteo Ricci, 1552~1610년)다. 당시 그는 조선의 지식인들에게 세계를 여행한 출중한 여행가로 각인되었다. 종횡무진으로 동서양을 오간 이마두와 생김새가 같다는 표현 하나에 조선 팔도를 구석구석 누빈 여행가로서 정란의 정체성이 선명하게 드러난다.

성대중

유한준

兪漢寯

1732~1811년

자는 여성(汝成), 호는 저암(著庵) 또는 창애(蒼厓)이다. 본관은 기계(杞溪)이다. 진사시에 합격한 뒤 군위 현감 등 지방관을 역임하고 형조 참의에 이르렀다. 남유용(南有容)의 문인으로 노론 청류(老論淸流)의 보수적 성향을 따랐다.

시와 문장을 모두 잘 지었는데 전통적인 모범을 준수하는 창작 경향을 보였다. 특히 전아한 고문을 잘 지은 문장가로 명성이 높았다. 저서로는 『저암집(著庵集)』이 전해 온다.

『석농화원』 발문 　　　　　石農畵苑跋

그림을 아는 사람이 있고, 그림을 사랑하는 사람이 있으며, 그림을 보는
사람이 있고, 그림을 소장하는 사람이 있다. 그림으로 고개지(顧愷之)의
상자를 채우거나 왕애(王涯)의 벽이나 꾸미는 사람은 오로지 소장하기
나 할 뿐이니 그림을 잘 본다고 할 수 없다. 보기는 보아도 마치 모양이
비슷한 것을 보면 바로 입을 헤벌리고 웃는 애들과 같이 붉고 푸른 색
칠 너머 다른 것이 있음을 분간하지 못하는데 그런 사람을 그림을 사랑
한다고 할 수 없다. 사랑하기는 해도 오로지 붓과 종이, 색과 물감이나
고르고, 형상이니 위치니 따지기나 하는 사람은 그림을 잘 안다고 할 수
없다. 그림을 아는 사람이라면 형체와 법도는 일단 놔두고서 심오한 이
치와 깊은 조예를 먼저 정신으로 터득한다.

따라서 그림 감상의 오묘함은 사랑하고 보고 소장하는 껍데기나 쭉
정이에 해당하는 세 부류에 있지 않고 그림을 아는 부류에 있다. 그림을
알면 진정으로 사랑하게 되고, 사랑하면 진정으로 보게 되며, 보게 되면
소장하더라도 그저 단순히 소장하는 차원에 머물지 않는다.

석농(石農) 김광국(金光國, 자는 원빈(元賓))은 오묘하게 그림을 안다. 석
농은 그림을 정신으로 보지 형체로 보지 않는다. 좋아할 만한 천하의 모
든 사물을 사랑하나 그중에서도 그림을 아주 심하게 사랑한다. 따라서

소장한 그림이 이처럼 풍성하다.

　나는 석농이 화폭마다 쓴 평을 따라가며 보았다. 고아함과 저속함, 높고 낮음, 기이하고 올바름, 죽은 그림과 산 그림을 논한 것이 마치 희고 검은 물체를 구별하듯 뚜렷하였다. 그림을 깊이 아는 자가 아니라면 할 수 없는 일이다. 정녕 석농은 그림을 단순히 소장하는 차원에 머물지 않았다.

　그렇지만 예로부터 그림을 좋아하는 호사가들이 많았으므로 그림을 좋아한다는 것만으로 석농을 판단하기는 충분치 않다. 석농은 본디 박학하고 고아하여 대단히 많은 운치를 지닌 사람이다. 술을 즐겨 마시는데 술이 거나해지면 고금의 잘잘못이나 누구는 옳고 누구는 그른지를 논평하여 드높은 천고(千古)를 단박에 쓸어 없애는 기개를 지녔다. 젊어서는 저명한 인사인 김광수(金光遂, 자는 성중(成仲))나 이인상(李麟祥, 자는 원령(元靈))과 더불어 교유했다.

　지금 석농은 머리가 허옇게 늙었고 옛날 어울리던 사람들은 죽고 없다. 그 뒤에 나는 비로소 석농과 사귀어 서로 마음이 맞았다. 석농이 내게 화첩의 발문을 써 달라고 했으나 나는 그림을 모르는 사람이라 단지 그림에 관한 사연을 위와 같이 말한 다음 그 사람됨을 논한 글을 덧붙였다. 그렇게 하여 나는 석농을 오로지 그림으로만 평가하지 않고 좋아하는 점이 달리 있음을 보이고자 했다. 석농은 본관이 경주(慶州)이고 석농은 그 호이다.

해설

글쓴이는 정조 시대의 저명한 고문가이다. 그가 당대의 저명한 서화 수
장가인 석농 김광국(1727~1797년)이 편집한 『석농화원(石農畫苑)』에 서
문을 썼다. 석농은 1747년 의과에 합격한 의관으로, 막대한 부를 바탕
으로 각종 서화를 수집했고 수집한 서화에 제발을 써서 이 저작을 편찬
했다. 그가 수집한 그림은 대부분 흩어져 일부가 간송미술관 등에 전해
지는데, 최근 그 제발만을 따로 모은 『석농화원』이 공개되었다.

이 글의 문체는 화첩에 쓴 발문이다. 『석농화원』에 실린 발문에는 글
의 끝에 "경술년(1790년) 3월 삼짇날 태창(太倉, 광흥창) 아래 못가에서 유
한준이 쓰다.(庚戌上巳太倉下, 俞漢雋曼倩, 書于池上.)"라는 기록이 보여 이
때 쓴 글임을 확인할 수 있다.

글쓴이는 김광국이 행한 수집과 편찬의 의의를 평가했다. 그림을 대
하는 네 가지 부류로 그림을 잘 아는 이, 사랑하는 이, 보는 이, 소장하
는 이를 구분하고 김광국은 단순히 소장하고 사랑하는 차원을 넘어 그
림을 잘 아는 수준의 전문가 차원에 이르렀다고 평가했다. 다시 말해 소
장자이자 감식안이 있는 감상가라는 것이다. 이 글은 사실을 설명하는
동시에 그림을 대하고 감상하는 태도의 문제까지 논리적으로 다루어 매
우 조리가 있다. 역사적 가치만이 아니라 문장으로도 뛰어나다.

심익운

沈翼雲

1734~1782년

자는 붕여(鵬如), 호는 지산(芝山)이며 본관은 청송(靑松)이다. 1759년 문과에 장원으로 급제했으나 그의 부친이 영조를 음해하려다 처단된 심익창(沈益昌)의 아들 심사순(沈師淳)의 양자였던 까닭에 벼슬살이가 순탄하지 않았다. 1776년 친형 심상운(沈翔雲)이 세손으로 대리청정하는 정조를 문제 삼는 글을 올렸다가 정조 즉위 뒤 처형당했고, 자신도 이 일에 연루되어 흑산도와 제주도에서 유배 생활을 하다가 비운의 종말을 맞았다.

성대중은 『청성잡기』에서 당대의 세 천재로 심익운과 이가환(李家煥), 노긍(盧兢)을 꼽았다. 타고난 천재로서 뜻을 펴지 못하고 오직 시문으로 승화시켜 시와 문 양쪽에서 독특하고 개성적인 작품 세계를 이룩했다. 문집으로 『백일시집(百一詩集)』과 『백일문집(百一文集)』이 전한다.

물정에 어두운 화가 심사정

玄齋居士墓志

현재 거사(玄齋居士)를 땅에 묻었다. 이듬해 경인년에 심익운은 돌에 글을 새겨 이곳이 거사의 묘임을 밝힌다. 글은 이러하다.

심씨(沈氏)는 청송(靑松)을 관향(貫鄕)으로 한다. 대대로 공훈과 덕망을 드러내다가 우리 만사부군(晚沙府君, 심지원(沈之源))에 이르러 드디어 크게 번창하고 현달했다. 거사는 그의 증손이다. 거사는 태어난 지 몇 해 밖에 되지 않았는데 사물의 형상을 모사할 줄 알아 네모나고 둥근 형상을 그려 냈다.

소싯적에 겸재 정선을 스승으로 섬겨 수묵 산수화를 그렸다. 옛사람의 화결(畫訣)을 탐구하고 관찰하여 눈으로 읽고 마음으로 터득하였다. 그 뒤 비로소 그동안 그려 왔던 태도를 한 번 바꾸어 유원(悠遠)하고 소산(蕭散)한 자태의 그림을 그림으로써 낮은 수준을 씻고자 노력하였다.

중년 이후에는 융합하고 소화시켜 천성으로 그려 내니 잘 그리는 데 목표를 두지 않아도 모든 그림이 잘 그려졌다. 일찍이 관음보살과 관우(關羽)의 형상을 그렸는데 모두 꿈속에서 영감을 얻은 것이었다. 연경에 사신으로 갔다 온 자가 이르기를, 연경의 시장에는 거사의 그림을 매매하는 자가 많다고 했다.

어려서부터 늙을 때까지 쉰 해 남짓 동안 우환에도 환락에도 어느 날이고 붓을 잡지 않은 날이 없었다. 물질적인 모든 것을 내동댕이치고 물 감만을 입에 묻히고 살았으니, 곤궁하고 비천하게 사는 삶이 괴로운 것이요, 더럽게 사는 삶이 부끄러운 것이라는 사실조차 모르는 듯했다. 그러했기 때문에 신명(神明)의 비밀스러운 세계와 소통하고 풍속이 다른 나라에까지 명성이 전파될 수 있었다. 거사를 알거나 모르거나 거사를 사모하고 좋아하지 않는 이가 없었다. 거사는 한평생 모든 힘을 그림에 기울여 크게 성공한 분이라고 말할 수 있다.

거사가 죽은 뒤에는 가난하여 염습할 물품조차 없었다. 익운이 몇 가지 부의를 모아서 염습에 쓸 물건으로 보태 주었다.

아무 달 아무 날에 그의 고아 욱진(郁鎭)이 파주(坡州) 분수원(分水院)의 아무 자리에 장사를 지냈으니 그 자리는 만사부군의 묘 동편 몇 리 떨어진 곳에 있다.

명(銘)을 뒤에 붙인다.

거사의 이름은 사정(師正)이요, 이숙(頤叔)은 자이다. 아버지의 이름은 정주(廷冑)요, 어머니는 하동 정씨이다. 아내는 있었으나 자식을 두지는 못했다. 종형의 아들로 후사를 잇고, 예순세 해를 살고서 죽은 뒤 이곳에 장사를 지냈다.

아! 뒤에 올 사람들이여, 이 묘를 손상시키지 말지어다!

해설

조선 후기의 걸출한 화가인 심사정(沈師正, 1707~1769년)의 묘지명이다.

심사정은 글쓴이의 종조부가 되며, 이 집안을 폐족으로 만든 장본인 심익창의 손자다. 글쓴이는 감정이 담긴 말을 일절 배제하고 화가의 생애를 냉담하게 묘사했다. 위대한 화가의 묘지명이라고 하기에는 글의 길이가 너무 짧고 문체가 건조하다. 차가운 문체가 고단한 예술가의 생애와 잘 어울린다.

글에는 한 시대를 빛낸 저명한 화가가 세상사에 온전히 무관심한 채 그림에만 몰두해 사는 모습이 부각된다. "우환에도 환락에도 어느 날이고 붓을 잡지 않은 날" 없이 위대한 예술가로 성장한 화가가 집안의 몰락과 가난이라는 형극의 길을 걷다가 자식조차 남기지 못한 채 죽었다. 글에는 짙은 애상이 밑에 깔려 있는데 예술가의 몰입과 대중의 사랑이 어울려서 깊은 여운을 남긴다.

서직수

徐直修

1735~1811년

자는 경지(敬之), 호는 십우헌(十友軒)·촉천당(矗天堂), 본관은 달성(達城)이다. 미호(渼湖) 김원행(金元行, 1702~1772년)의 문인이다. 음직으로 벼슬하여 인천 부사를 지냈다.

벼슬살이에서 특별한 행적은 없고, 서화 감상에 정통했다. 김홍도와 이명기가 합작으로 그려 준 그의 초상화로 이름이 널리 알려졌고, 이인문에게 부탁해서 그린 별호도(別號圖, 어떤 사람의 호를 표현한 그림)인 「십우도(十友圖)」가 주목받고 있다.

남긴 시문 중에는 산수 유람이나 자신의 집과 그 주변을 제재로 지은 것이 많다. 문집으로 『십우헌집초(十友軒集抄)』와 『촉천당고(矗天堂稿)』가 전한다.

북악산 기슭의
대은암

大隱巖記

북악산 기슭에는 대은암(大隱巖)이 있다. 옛날 정도전(鄭道傳)이 그곳에 처음으로 집을 지어 살았고, 그 뒤 남곤(南袞)이 살면서 지정(止亭)이란 자호(自號)를 썼다. 언젠가 읍취헌(挹翠軒) 박은(朴誾)이 그를 찾아왔다가 만나지 못하고 시냇가 바위에 '대은암 만리뢰(大隱巖萬里瀨)'라 써 놓았는데 그 글씨 그대로 새기자 곧 동네 이름이 되었다.

백록(白麓) 신응시(辛應時)가 그 집을 개축하여 살았는데, '백록'이란 호는 '백악(白嶽, 북악산의 다른 이름)'에서 나온 이름이다. 그 아들 신경진(辛慶晉)의 '아호(丫湖)'란 호(號)도 두 갈래 계곡물이 합류해서 흐르는 모습에서 취했다. 여덟 대를 대대로 전해 오다가 담장과 건물이 허물어지고 황폐해져서 팔려고 내놓았으니 어찌 애석하지 않은가!

내가 이 집을 사서 살려고 하자 아내가 말리며 이렇게 말했다.

"예전에는 궁궐 가까운 요지였으나 지금은 사방에 이웃이 없고, 단지 바위와 소나무와 시냇물로 둘러싸여 있으며 남산과 관악산이 저 멀리 구름 사이로 보일 뿐입니다. 조정과 시장이 아득히 멀고 도둑과 범이 돌아다니니 결코 우리처럼 가난한 사람이 살 데가 아니지요."

내가 빙그레 웃으면서 대답했다.

"우리가 부자라면 이 집을 사지 않아야 옳을 거요. 가난하니까 살 만하다오. 집 안에 세간살이가 없는데 도둑을 왜 걱정하고, 밤이면 책이나 읽을 텐데 범을 왜 겁내며, 높은 벼슬아치가 아닌데 조정이 멀다고 왜 염려하시오? 주머니에는 술값도 없으니 시장이 멀다는 걱정일랑 마시구려. 동네에 나가 봐야 친한 친구가 없지만 마음이 통하는 벗이 집 안에는 열이나 있다오. 철영서(澈瀯書)와 『수경신상(水鏡神相)』, 동기창(董其昌)의 글씨, 일본 정종검(正宗劍), 두보의 시, 석전(石田) 심주(沈周)의 그림, 아름다운 노래, 녹의주(綠蟻酒), 『화경(花鏡)』, 금신결(錦身訣)이 그들이지요. 앉으나 서나 늘 함께하니 이웃이 있고 없고 무슨 상관이겠소? 이 늙은이는 청산(靑山)과 녹수(綠水)를 사랑하지만 가난하여 노자도 부족하고 나이가 들어 다리 힘도 빠져서 멀리 놀러 다니지도 못하오. 산골짝에 숨어서 남은 인생을 마치자는 뜻에서 이러는 것만은 아니오. '맑고도 쓸쓸한 생활은 갈수록 맛이 있다.'라는 말로 자손에게 권하고 싶어서요. 자손은 이 집을 버리지 말고 길이 보존해야 마땅할 것이오!"

해설

진(晉)나라 왕강거(王康琚)는 「반초은시(反招隱詩)」에서 "소은(小隱)은 깊은 숲속에 숨어 살지만, 대은(大隱)은 속세에 숨어 사네(小隱隱陵藪, 大隱隱朝市)"라 노래했다. 은자에도 등급이 있어서 '소은'은 세상을 떠나 깊은 산골짝에 가서 숨어 살지만, '대은'은 번화한 세상에 내려와 사람들과 더불어 살면서 마음만은 고상하게 먹는 진정한 은자라는 말이다. 대은암은 현재에는 청와대 경내에 있으므로 경복궁과도 매우 가깝다. 겸재 정선이 서로 다른 계절에 이곳을 그린 그림이 두 폭 남아 있다.

이 글에 나오는 대로 대은암은 본래 정도전이 살다가 남곤을 거쳐 신응시에게 넘어갔고, 신씨 집안에서 여덟 대를 전해 오다가 다시 서직수의 소유가 되었다. 서직수는 평소 유서 깊은 이곳을 눈여겨보고 있다가 마침 찾아온 기회를 놓치지 않았다.

경복궁 서쪽인 서촌(西村)은 조선 초에는 왕족들이 많이 살았지만 임진왜란 이후로는 양상이 많이 바뀌었다. 일대에 명사들이 더러 살긴 했지만 경복궁이 중건되기 전이라 황폐하기 이를 데 없었다. 서직수의 아내가 극구 만류한 것도 무리는 아니었다. 서직수보다 두 세대 정도 앞선 정선이 그린 「경복궁도」는 연추문(延秋門) 쪽에서 바라본 경복궁 모습인데, 우거진 수풀과 경회루 기둥만 보일 뿐이다. 「한양도성도(漢陽都城圖)」에서도 경복궁은 창덕궁·창경궁 쪽에 비해 건물은 거의 없고 풀과 나무만 무성하게 표현된 실상을 확인할 수 있다. 이곳의 환경이 아내에게는 살지 못할 곳의 이유가 되는데 서직수에게는 마음에 꼭 들어 하는 이유가 되었다.

서직수가 꼽은 열 명의 벗은 사람이 아니라 모두 시나 서화, 서적, 기물 등이다. 음악이나 칼, 술은 물론 시문서화의 대가들도 언급되고 있으며 관상 보는 책인 『수경신상』, 원예서인 『화경』도 포함되어 있다. 이인문이 그린 「십우도」는 이들과 노니는 서직수의 모습을 표현하여 그의 아취(雅趣)를 드러냈다.

그러나 이 집을 장만할 당시 서직수는 그의 말처럼 가난하지는 않았다.

내 벗이 몇이냐 하니　　　　十友軒記

유익한 벗 세 명도 찾기 힘든 세상에서 더욱이 열 명의 벗이라니 말해 무엇 하랴! 철영서(澈瀯書), 수경편(水鏡篇), 동법필(董法筆), 정종검(正宗劍), 초당시(草堂詩), 석전화(石田畫), 평우조(平羽調), 녹의주(綠蟻酒), 화경집(花鏡集), 금신결(錦身訣)이 곧 열 명의 벗이다. 모두 내가 직접 지니고 접하는 물건이라서 고질병처럼 좋아하는 심정이 절로 간절하다. 고요한 방 안에 여러 벗들이 자리를 가득 채우고 있는데 마음이 쏠리는 벗마다 생각나는 대로 심회를 논해 본다.

첫 번째는 철영대사(澈瀯大士)라는 벗으로, 천산만수(千山萬水)를 두루 따라다닌 지팡이다. 두 번째는 수경도인(水鏡道人)이라는 벗으로, 사람의 화복(禍福)을 담긴 물에 비춰 볼 수 있다. 세 번째는 동생필법(董生筆法)이란 벗으로, 마음껏 휘갈겨 쓰니 다섯 손가락이 모두 영험하다. 네 번째는 갑 속에서 우는 용이라는 벗으로, 빛이 번쩍번쩍하고 허리에 차면 사심(邪心)이 없어진다. 다섯 번째는 완화계(浣花溪) 노인이란 벗으로, 동정호(洞庭湖)와 웅건함을 다투는 시의 성인(聖人)이다. 여섯 번째는 성은 심(沈), 이름은 주(周)라는 벗으로, 바람과 구름의 조화를 부려 강산을 마음껏 구경하게 한다. 일곱 번째는 왕(王)이 성, 표(豹)가 이름인 벗으로, 황종(黃鍾)이 한 번 움직이면 만물이 모두 봄이 된다. 여덟 번째는 누룩으로 풍미가 멋진 벗이니, 답답한 내 마음을 축여 주는 하늘이 내린 아름다운 녹봉이다. 아홉 번째는 반안인(潘安仁)이라는 벗으로, 꽃을 재배하고 나무를 가꾸는 십 년의 계획을 세웠다. 열 번째는 회남왕(淮南王)이라는 나이 든 벗이니, 맥장(麥場)에서 연단(鍊丹)을 하고 학을 타고 하늘로 올라갔다.

아! 세상에서 이른바 금란지교(金蘭之交)라 인정하는 벗은 면전에서나 다정하거나 아니면 세력이 있어 친할 뿐이다. 손바닥 뒤집듯 태도를 바꾸고, 앞에서는 인사하고 뒤에서는 빗장을 닫는다. 내 벗들은 납납산(納納山) 정천당(定泉堂)에서 오래도록 이 늙은이와 함께 지내며, 앞에서 부르면 뒤에서 대답하여 얼굴을 맞대고 나를 따랐다.

주인옹은 옛날 열다섯 살 때 미호(渼湖) 김원행(金元行) 선생의 문하에 수업을 들으러 가서 학문에 뜻을 두었다. 그 뒤 몇 년 만에 관서 지방으로 부친을 뵈러 갔다. 거기서 구월산(九月山)과 패수(浿水)의 누각 그리고 아름다운 기녀에게 빠져, 하마터면 인생을 그르칠 뻔했다는 호담암(胡澹菴)의 신세가 될 수 있었다.

한세상을 오락가락하면서 비록 청탁(淸濁)에는 실수가 없었으나 끝내 유익한 벗 세 명을 얻지 못했다. 이제부터 교유를 일절 끊고 오직 열 명의 벗들과 친분을 나누리라. 구양수의 여섯 벗에는 넷을 더했고, 문방사우(文房四友)에는 여섯을 더한 셈이다. 나는 외롭지 않다. 반드시 이웃이 있어서다.

해설

서직수가 당대를 대표하는 화가인 이인문에게 부탁해서 그린 「십우도」에 붙인 글이다. 그림에는 계묘(癸卯)에 썼다고 밝혀 놓아서 1783년에 지은 글임을 알 수 있다. 18세기 이후 사대부의 생활 속 미의식이 변화하는 과정을 잘 보여 주는 글이다.

그보다 앞선 시대의 윤선도는 「오우가」에서 "내 벗이 몇이냐 하니 수석(水石)과 송죽(松竹)이라/ 동산(東山)에 달 오르니 그 더욱 반갑고나/ 두어라 이 다섯 밖에 또 더하여 무엇 하리"라 읊었다. 인간에게 환멸을 느끼고서 물과 바위와 소나무와 대나무와 달을 자신의 변치 않는 벗으로 꼽았다.

서직수의 십우는 숫자만 두 배로 늘어난 것이 아니라 성격도 완전히 달라졌다. 윤선도가 꼽은 벗들은 모두 자연물인 반면에 서직수가 꼽은 벗은 시, 글씨, 그림, 서적 등 모두 사람이 창조한 인공물이다. 수경편은 관상학 서적인 『수경신상(水鏡神相)』을, 동법필은 동기창(董其昌)의 글씨, 정종검은 일본 에도 시대 명장(名匠) 후지와라 다다히로(藤原忠廣)가 만든 일본도를 가리킨다. 초당시는 두보의 시, 석전화는 심주의 그림, 평우조는 노래, 녹의주는 술, 화경집은 원예서인 『비전화경(秘傳花鏡)』을 말한다. 다만 철영서와 금신결은 미상이다. 희작의 분위기를 풍기는 산문으로 참신한 발상이 느껴지는 멋진 글이다.

박지원

朴趾源

1737~1805년

자는 중미(仲美), 호는 연암(燕巖), 본관은 반남(潘南)이다. 외국의 선진 문물을 적극적으로 수용할 것을 주장한 북학(北學) 사상가로 유명하다. 명문가 출신으로 과거를 보지 않고 창작에 전념했는데 정조의 특별한 배려로 1791년 한성부 판관을 거쳐 안의 현감, 1797년 면천 군수, 1800년 양양 부사를 역임했다.

1780년(정조 4년) 집안 형인 박명원(朴明源)이 청나라에 갈 때 동행하여 그 나라의 문화를 관찰하고 돌아와 『열하일기(熱河日記)』를 저술했다. 이 책을 통해 새로운 문화를 소개하고 선진 문물의 학습을 주장했다.

박지원은 조선 시대 산문의 역사에서 가장 큰 명성을 누린 작가이다. 이른바 정통 산문 스타일인 고문(古文)의 세계를 맹목적으로 답습하지 않고, 당시에도 연암체(燕巖體)라 인정을 받을 만큼 독특한 산문 세계를 구축했다. 그는 정통 문장의 법도를 탁월하게 재해석하여 구사함으로써 훌륭한 고문가로 대접받았으나, 동시에 참신한 소품문(小品文)을 창작한 작가로도 주목받는다. 그의 창작 정신은 법고창신(法古創新)이란 주장에 녹아 있다.

박지원의 산문은 틀에 박히고 식상한 내용을 가진 고문과는 달리 참신하고 자극적인 문장에다가 일상생활에서 감수(感受)하고 즐길 수 있는 내용과 정(情)을 표현했고 또 자신만의 독특한 우울과 분노, 해학과 농담을 담아 산문으로서 읽는 재미가 진진하다.

『녹천관집』서문　　　綠天館集序

"옛것을 모방하여 글을 지어 마치 거울이 물건을 비추듯이 한다면 비슷하다고 할 수 있을까?"

"좌우가 서로 반대로 되는데 어떻게 비슷할 수 있겠는가?"

"그럼 수면이 물건을 비추듯이 하면 비슷하다고 할 수 있을까?"

"뿌리랑 가지 끝이 뒤집혀 보이는데 어떻게 비슷할 수 있겠는가?"

"그럼 그림자가 물건을 쫓아다니듯이 한다면 비슷하다고 할 수 있을까?"

"한낮에는 난쟁이가 되고 저녁에는 키다리가 되는데 어떻게 비슷할 수 있겠는가?"

"그림이 물건을 묘사하듯 한다면 비슷하다고 할 수 있을까?"

"걸어가는 사람은 움직이지 않고 말하는 사람은 소리가 없으니 어떻게 비슷할 수 있겠는가?"

"그럼 끝내 옛것과 비슷하게 지을 수 없단 말인가?"

"도대체 왜 비슷한 것을 찾는가? 비슷한 것을 찾는 것은 참되지 않다는 말이지. 천하에서 서로 같은 것을 가리켜 반드시 꼭 닮았다고 말하고, 분간하기 어려운 것을 가리킬 때도 진짜에 매우 가깝다(逼眞)고 말하네. 그런데 진짜라느니 닮았다느니 말하는 것은 그 안에 가짜요, 다르다는 뜻이 실려 있네. 따라서 천하에는 이해하기 어려워도 배울 수 있고, 전혀 다르지만 서로 비슷한 것이 있네. 언어가 다른 수많은 사람과는 통역의 힘을 빌리면 의사를 소통할 수 있고, 전서(篆書) 예서(隷書) 해서(楷書)는 글자체가 다르나 모두 문장을 지을 수 있네. 왜 그렇겠나? 외형은 달라도 마음은 같기 때문일세. 이것으로 볼 때, 마음이 비슷한 것(心似)은 작가의 의도요, 외형이 비슷한 것(形似)은 겉모습이네."

이낙서(李洛瑞, 이서구)는 나이가 열여섯으로 나를 따라 공부를 배운 지 벌써 몇 년째다. 심령(心靈)이 일찍부터 트여 지혜가 구슬처럼 영롱하다. 언젠가 『녹천관집』의 초고를 들고 와서 내게 이렇게 물었다.

"아! 제가 글을 지은 지 겨우 몇 년밖에 되지 않았는데 남들로부터 노여움을 많이 샀습니다. 한마디라도 새롭거나 한 글자라도 기이한 구석이 있으면 남들은 바로 '옛글에 그런 것이 있더냐?'라고 묻습니다. 아니라고 대답하면 노기를 띠고서 '어찌 감히 그렇게 쓰느냐!'라고 나무랍니다. 아! 옛글에 그런 것이 있다면 제가 무엇 하러 다시 짓겠습니까? 선생님께서 판정해 주십시오."

나는 두 손을 모아 이마에 얹고 세 번 절한 다음 꿇어앉아 이렇게 답하였다.

"네 말이 매우 옳다. 끊어진 학문을 다시 일으키기에 충분하다. 창힐이 글자를 만들 때 옛것에서 모방하지 않았고, 안연(顏淵)이 배우기를 좋아했으나 유독 저서가 없었다. 옛것을 좋아하는 사람이라면, 창힐이 글자를 만들 때를 생각하고 안연이 드러내지 못한 생각을 글로 써 내야 비로소 문장이 바르게 될 것이다. 너는 아직 나이가 어리다. 남들로부터 노여움을 사면 공손한 태도로 '널리 배우지 못해서 옛것을 검토해 보지 못했습니다.'라고 사과하여라. 그렇게 해도 따지기를 그치지 않고 노여움을 풀지 않거든 큰 소리로 이렇게 말해라.

'은나라의 고(誥)와 주나라의 아(雅)는 하·은·주 삼대(三代) 때의 시속(時俗) 문장이고, 이사(李斯)와 왕희지(王羲之)의 글씨는 진(秦)나라와 진(晉)나라의 속된 글씨체였습니다!'"

해설

박지원이 1769년에 지은 글로, 16세의 소년 이서구(李書九)가 엮은 『녹천관집』이란 이름의 문집에 쓴 서문이다. 훗날 큰 작가로 성장하여 우의정까지 지낸 이서구의 창작을 박지원이 어떤 길로 인도했는지 보여 주는 글인 동시에 글쓴이 자신의 창작론까지 선명하게 드러낸 명문이다. 글은 크게 창작에 임하는 태도를 다룬 전반부와, 이서구가 박지원을 찾아와 문답하는 후반부 두 단락으로 나뉜다. 전반부는 일반적인 의론이 전개되고, 후반부는 이 글을 쓴 동기와 과정을 밝힌 서사(敍事)에 해당한다.

후반부가 서사이긴 하지만 내용의 핵심은 역시 창작론에 있다. 박지원이 말하는 창작론의 핵심은 문학 창작의 모델이자 전범인 옛글을 배워서 옛글과 똑같은 세계를 담으려 하지 말라는 것이다. 옛글과 똑같이 짓는다는 것 자체가 불가능할 뿐만 아니라 그럴 필요가 전혀 없다는 주장이다. 후반부에서는 이서구가 옛글과 닮은 창작을 하지 않겠다는 당돌한 주장을 펼치고 글쓴이가 그 주장에 적극 찬동한다. 새로운 것을 창작하는 것이 작가의 기본 태도임을 역설한 창작론의 선언이다.

글은 전체가 대화로 구성된 점이 독특하다. 전반부는 자문자답의 형식을 띠고 있고, 후반부는 스승과 제자의 대화로 이루어져 있다. 그로 인해 생동감과 긴장감이 생기며, 글이 속도감 있게 전개되고 주제가 선명하게 부각된다. 박지원 문장의 특징이 잘 드러난 글이다.

예덕선생전　　　　　　　　　　穢德先生傳

선귤자(蟬橘子)에게는 예덕 선생이라 부르는 벗이 있다. 그는 종본탑(宗本塔) 동쪽에 살면서 날마다 마을 안의 똥을 져 나르는 일로 생계를 꾸린다. 마을에서는 다들 그를 엄 행수(嚴行首)라 불렀다. 행수란 나이 많고 노련한 일꾼을 부르는 호칭이고, 엄은 그의 성이다. 자목(子牧)이란 제자가 선귤자에게 이렇게 따져 물었다.

"전에 제가 선생님으로부터 벗의 도를 들었는데, '안방을 같이 쓰지 않는 아내요, 핏줄이 다른 형제 사이다.'라고 말씀하셨습니다. 벗이란 이처럼 소중합니다. 세상에서 이름난 사대부들은 선생님을 따라다니며 그 밑에서 노닐기를 바라는 자가 많습니다만 선생님께서는 아무도 받아들이지 않았습니다. 저 엄 행수란 자는 마을의 천민이자 일꾼으로 가장 하층 신분이며 치욕스러운 일을 하는 자입니다. 그런데도 선생님께서는 자주 그의 덕(德)을 칭송하여 선생이라 부르면서 그자와 교분을 맺어 벗으로 지내려고 하십니다. 제자는 그것을 대단히 부끄럽게 생각하오니 문하에서 이만 떠나고자 합니다."

그러자 선귤자가 웃으며 이렇게 말했다.

"게 좀 앉아 보아라! 내가 너에게 벗에 대해 말해 주마. 속담에 '의원이 제 병 못 고치고, 무당이 제 굿 못 한다.'라고 한다. 사람마다 자기가 잘한다고 자부하지만 남들이 알아주지 않는 것이 있다. 그러면 답답해하면서 자신이 잘못해서 그런가 싶어 그 허물을 듣고 싶어 한다. 그때 칭찬만 늘어놓으면 아첨에 가까워 썰렁해지고, 단점만 늘어놓으면 잘못을 파헤치는 듯하여 매정해 보인다. 그리하여 그가 잘하지 못하는 점을 설렁설렁 변죽만 울리면서 꼭 집어내지 않고 말해 가면 아무리 크게 꾸짖더라도 화를 내지 않을 것이다. 상대방이 꺼리는 핵심을 건드리지 않아서다. 그러다가 상대방이 잘한다고 자부하는 것을 우연히 건드리되 똑같은 물건을 늘어놓고 숨긴 것을 알아맞히듯이 한다. 그러면 마치 가려운 데를 긁어 주기라도 한 양 진심으로 감동할 것이다. 가려운 데를 긁어 줄 때에도 방법이 있다. 등을 토닥이더라도 겨드랑이 가까이는 가지 말고, 가슴을 어루만지더라도 목을 만지지는 말아야 한다. 뜬구름 잡듯이 말을 하다가 상대방에 대한 칭찬이 자연스럽게 흘러나오면 펄쩍 뛰면서 '나를 알아준다.'라며 좋아할 것이다. 이렇게 벗을 사귀면 좋겠느냐?"

자목이 귀를 막고 뒷걸음질 치면서 말했다.

"지금 선생님께서는 시정잡배나 종놈들이 하는 짓거리를 제게 가르치십니다."

그러자 선귤자가 이렇게 말했다.

"그렇다면 네가 부끄럽게 여기는 것이 진정 여기에 있지 않고 저기에 있구나. 저 시장 바닥의 벗은 이해관계로 사람을 사귀고, 얼굴이나 알고 지내는 벗은 아첨으로 사람을 사귄다. 그래서 아무리 친한 사이라도 아쉬운 소리를 세 번 하면 누구나 멀어지고, 아무리 묵은 원한이 있다 해도 도움의 손길을 세 번 내밀면 누구나 친해진다.

그러니 이해관계로 사귀면 지속되기 어렵고, 아첨으로 사귀면 오래가지 않는다. 진정한 사귐은 굳이 얼굴을 보지 않아도 좋고, 훌륭한 벗은 굳이 가까이 지내지 않아도 좋다. 그저 마음으로 사귀고 덕으로 벗하면 된다. 이것이 바로 도의(道義)로 사귀는 벗이다. 위로 천고의 옛사람과 벗을 삼아도 먼 것이 아니고, 만 리나 떨어져 지내도 사이가 멀지 않다.

저 엄 행수란 분은 내게 알아 달라고 요구한 적 한 번 없어도 나는 항상 그를 칭찬하고 싶어 안달이다. 그는 밥을 꾸역꾸역 먹고 걸음을 사뿐사뿐 걷고 잠은 쿨쿨 자고 웃을 때는 껄껄 웃고 평소에는 바보 천치 같다. 그의 움막은 흙벽을 쌓아 볏짚을 덮고서 작은 문구멍을 냈다. 들어갈 때는 새우등을 구부리고, 잘 때는 개처럼 웅크리고 잔다. 날이 개면 기분 좋게 일어나 삼태기를 지고 마을로 들어와 뒷간을 친다. 구월이 되어 서리가 내리고 시월이 되어 엷은 얼음이 얼면 뒷간의 사람 똥, 마구간의 말똥, 외양간의 소똥, 횃대의 닭똥, 개똥, 거위 똥, 돼지 똥, 비둘기 똥, 토끼 똥, 참새 똥을 구슬인 양 옥인 양 가져가도 염치에 손상이 가지 않고, 그 이익을 독차지해도 의리에 해가 되지 않는다. 욕심껏 많이 가져가려 애를 써도 남에게 양보하지 않는다고 아무도 비난하지 않는다.

손바닥에 침을 퉤 뱉고 삽을 잡아 허리를 꾸부정히 굽혀 새가 모이를 쪼아 먹듯 일한다. 문장의 볼거리도 마음에 두지 않고 훌륭한 음악도 쳐다보지 않는다. 저 부귀는 사람마다 소원하는 것이지만 바란다고 해서 얻을 수 있는 것이 아니기에 부러워하지 않는다. 저 분수는 칭찬한다고 해서 더 영예로울 것도 없고 헐뜯는다 해서 더 욕될 것도 없다.

왕십리의 무와 살곶이의 순무, 돌모루(石郊)의 가지·오이·수박·호박, 연희궁(延禧宮)의 고추·마늘·부추·파·염교, 청파(靑坡)의 미나리와 이태인(利泰仁)의 토란은 제일 좋은 밭에 심는데, 다들 엄 씨의 똥을 가져다 쓰므로 토질이 기름져서 수확이 많이 난다. 그리하여 그 수입이 일 년에 육천 전(錢, 100전이 1냥)을 번다. 그래도 아침에 밥 한 사발이면 기분이 흡족해하고 저녁이 되어서야 다시 한 사발 먹을 뿐이다.

남들이 고기를 권하자 '목구멍에 넘어가면 푸성귀나 고기나 배를 채우기는 매한가지인데 맛을 따져 뭐 하느냐.'라는 대꾸가 돌아오고, 옷이라도 차려입으라고 권하자 '소매 넓은 옷은 몸에 익지 않고 새 옷은 길에서 짐을 질 수 없다.'라며 사양한다. 해마다 정월 초하루 아침에나 비로소 의관을 갖추어 입고 이웃을 두루 찾아가 세배를 한 뒤 다시 돌아와 바로 헌 옷으로 갈아입고 또 삼태기를 메고서 마을 안으로 들어간다. 엄 행수와 같은 이는 이른바 가진 덕을 더럽게 보이게 하여 세상에 크게 숨어 사는 이라 할 수 있다.

『중용』에는 '부귀를 타고나면 부귀하게 지내고 빈천을 타고나면 빈천한 대로 지낸다.'라고 하였는데 타고난다는 말은 이미 정해져 있다는 것이다. 『시경』에는 '새벽부터 밤까지 관아에 있나니 참으로 운명이 똑같지 않구나.'라 하였는데 운명이란 분수를 말하는 것이다. 하늘이 만백성을 낼 때 각자 정해진 분수가 있다. 운명을 타고난 이상 무엇을 원망하겠느냐? 하지만 새우젓을 먹게 되면 달걀이 먹고 싶고, 갈옷을 입게 되면 모시옷이 입고 싶어진다. 그리되면 천하가 크게 어지러워져 백성들이 들고 일어나 전답이 황폐해진다. 진승(陳勝)·오광(吳廣)·항적(項籍)의 무리들이 농사에 안주할 뜻이 있었으랴? 『주역』에서 '짐을 짊어질 사람이 수레를 타면 도적을 불러들인다.'라고 했거니와 아마도 이를 두고 한 말이다.

따라서 의롭지 않으면 만종(萬鍾)의 녹봉을 받는 자리라도 불결한 데가 있고, 노력하지 않고 재물을 모으면 엄청난 부자가 되더라도 그 이름에 더러운 악취가 난다. 그래서 사람이 죽었을 때 입 안에 옥구슬을 넣어 주어 깨끗하게 살았음을 보여 주는 것이다.

저 엄 행수는 똥을 져 날라서 먹고살고 있으니 지극히 불결하다 할 수 있다. 하지만 그가 먹고사는 법은 지극히 향기롭다. 그가 처한 곳은 지극히 더러워도 지킨 의로움은 지극히 높다. 그의 뜻을 짐작해 본다면, 만종의 녹봉을 줄 때 어떻게 처신할 것인지 잘 알 수 있다.

이로 말미암아 보건대, 깨끗하게 보여도 깨끗하지 않은 것이 있고, 더러워 보여도 더럽지 않은 것이 있다. 그래서 나는 먹고사는 문제에서 몹시 견디기 힘들 때면 자연스럽게 나보다 못한 사람을 떠올리다가 엄 행수까지 이르게 되면 견디지 못할 것이 없어진다. 가슴속에 도둑질하려는 뜻이 없는 사람이라면 엄 행수를 생각하지 않을 수 없을 것이다. 그 점을 확장해 간다면 성인의 경지에도 이를 것이다.

그러므로 선비가 곤궁하게 산다고 해서 얼굴에 그 티를 드러내는 것은 부끄러운 일이고, 뜻을 폈다고 해서 태도에 그 티를 드러내는 것은 부끄러운 짓이다. 엄 행수와 비교해서 부끄러움을 느끼지 않을 자는 거의 드물 것이다. 그래서 나는 엄 행수에게 스승으로 섬긴다고 말하려고 하거니와, 어찌 감히 벗으로 지내겠다고 말하겠느냐? 따라서 나는 엄 행수에게 감히 이름을 부르지 못하고 예덕 선생이라 부른다."

해설

『연암집』의 「방경각외전(放璚閣外傳)」에 실려 있는 전기이다. 박지원의 산문 중에서도 명작으로 손꼽는다. 새로운 인간관을 드러내 보이는 작품으로 문장도 대단히 기발하다. 서두 일부를 제외하면 전체 문장이 대화체로 전개된다. 선귤자란 스승과 자목이란 제자의 대화이다. 여기서 선귤자는 이덕무(李德懋)이고 자목은 이서구(李書九)인데, 실제로 이서구는 이덕무의 제자이다. 초고본에는 자목이 이서구의 자인 낙서(洛書)로 되어 있다. 평이하게 주고받는 대화가 아니라 제자가 스승에게 따지고 스승이 그를 설득하는 갈등이 있어서 긴장된 서사가 흥미를 더해 준다.

그 대화 속에 전기의 주인공인 엄 행수가 등장한다. 마을의 똥을 푸는 천인이다. 자목은 그런 천한 자와 사귀는 스승을 스승으로 인정할 수 없다며 떠나겠다고 한다. 양반 사대부의 상식적 태도이다. 그에게 선균자는 엄 행수의 더러운 외면이 아닌 내면의 고귀한 덕성을 설명한다. 사회의 가장 하층에서 아무도 하려 들지 않는 똥 푸는 일을 하지만 정신은 건강하고 인간미가 넘치는 도덕적 인간이라는 것이다. 허위로 가득한 현실에서 그야말로 진정 인간답기에 마지막에 가서는 그를 친구로 삼으려는 것이 아니라 스승으로 모시려 한다고 극단적으로 높인다. 사회의 상층이 아니라 하층에 참다운 사람이 있다는 메시지를 인상적으로 전하고 있다. 이것이 글의 주제다. 자목이 설득당했음은 당연하다.

이 글은 주제가 대단히 새로울 뿐 아니라 그 주제를 드러내는 문장이 참신하고도 사실적이다. 당대의 생생한 현실을 선명하게 그려 낸 명문이다.

『능양시집』 서문　　　　菱洋詩集序

통달한 사람에게는 괴이한 일이 없는 반면 속인에게는 의심할 일이 많다. 이른바 "본 것이 적으면 괴이한 일이 많다."라는 말이다. 그렇다고 통달한 사람이 사물을 하나하나 다 찾아 눈으로 확인했을까? 아니다. 단지 한 가지를 들으면 열 가지를 눈앞에 떠올리고, 열 가지를 보면 백 가지를 속으로 상상해 보고서 저 천 가지 만 가지 괴이한 일들을 각각의 사물에 되돌려 놓고 자신은 아무 상관하지 않았을 뿐이다. 따라서 마음은 한가롭고 여유가 있어 사물에 끝없이 응수할 수 있다.

　반면에 본 것이 적은 자는 해오라기의 눈으로 까마귀를 검다고 비웃고, 오리의 눈으로 학을 다리가 길어 위태롭다고 여긴다. 각각의 사물은 본래 괴이할 것이 없어도 제멋대로 화를 내고, 한 가지라도 똑같지 않으면 만물을 모조리 업신여긴다.

　아! 저 까마귀를 보라. 그 깃털보다 더 검은 사물이 없는데 문득 유금(乳金)빛을 띠다가는 다시 석록(石綠)빛으로 반짝인다. 햇빛이 비치면 자줏빛이 번득여서 눈앞에 어른거리다가 비췻빛으로 바뀐다. 그렇다면 내가 그 새를 푸른 까마귀라 불러도 되고, 다시 붉은 까마귀라 불러도 될 것이다. 저 새의 깃털은 본래 정해진 색이 없는데도 내가 먼저 눈을 통해 그 색을 정해 놓고 있다. 단지 눈으로 정해 놓은 데 그칠 뿐이랴?

눈으로 보지도 않고서 먼저 마음속으로 정해 놓았다.

아! 까마귀를 검은색에 가둬 둔 것만으로도 충분한데 이제는 또 까마귀로 천하의 수많은 색을 가둬 두려 한다. 까마귀가 검기는 검지마는 아까 말한 푸른색과 붉은색이 검은색 속에 들어 있는 빛인 줄을 누가 알겠는가? 검은 것을 일러 어둡다고 말하는 이는 까마귀만 모르는 것이 아니라 검은색조차도 모른다. 왜 그런가? 물은 검기 때문에 사물을 비출 수 있고, 옻칠은 검기 때문에 거울이 될 수 있다. 따라서 색이 있는 사물로서 빛이 없는 것이 없고, 형체가 있는 사물로서 맵시가 없는 것이 없다.

미인을 보면 시(詩)를 알 수 있다. 미인이 고개를 숙이고 있는 것은 부끄러움을 보여 주는 자세이고, 턱을 고이고 있는 것은 한스러움을 보여 주는 자세이며, 홀로 서 있는 것은 누구를 그리워함을 보여 주는 자세이고, 이맛살을 찌푸리고 있는 것은 시름에 잠겨 있음을 보여 주는 자세이다. 누구를 기다릴 때에는 난간 아래 서 있는 자세를 할 테고, 바라는 것이 있을 때에는 파초 아래 서 있는 자세를 할 것이다. 그런데 재계(齋戒)하듯이 똑바로 서 있지 않는다고 미인을 책망하거나 소상(塑像)처럼 꼼짝 않고 앉아 있지 않는다고 미인을 나무란다면, 이는 양귀비(楊貴妃)에게 치통을 앓는다고 꾸짖고, 번희(樊姬)에게 쪽을 감싸 쥐지 말라고 막는 격일 뿐만 아니라, 사뿐사뿐 걷는 걸음걸이를 요염하다 흠잡고 손바닥 춤을 가볍다고 꾸짖는 셈이다.

내 조카 종선(宗善)은 자가 계지(繼之)로 시를 잘 짓는다. 한 가지 법에 얽매이지 않고 온갖 시체(詩體)를 골고루 갖추어서 동방의 대가로 의젓하게 섰다. 성당(盛唐)의 시법인가 해서 보면 문득 한위(漢魏)의 시법으로 보이고, 또 문득 송명(宋明)의 시법으로 보이다가 다시 성당의 시법을 보이고 있다.

오호라! 세상 사람들이 까마귀를 검다고 비웃고 학을 다리가 길다고 위태롭게 여기는 짓이 너무 심하다. 그러나 계지의 뜨락에 있는 까마귀는 문득 자줏빛을 띠다가 문득 비췻빛을 띤다. 세상 사람들이 미인을 재계하듯이 똑바로 서 있고, 소상처럼 꼼짝 않고 앉아 있도록 하려 해도 손바닥 춤이나 사뿐사뿐 걷는 걸음걸이는 날이 갈수록 날렵해지고, 쪽을 감싸 쥐고 치통을 앓는 모습마저 맵시가 아름답다. 그러니 그들이 날이 갈수록 더욱 꾸짖고 화내도 이상할 것이 없다. 세상에는 통달한 사람이 적고 속인들이 많으니 입을 다물고 아무 말 안 하는 것이 좋다. 그럼에도 불구하고 쉬지 않고 말하게 되는 이유는 어디에 있을까? 아!

연암 노인이 연상각(烟湘閣)에서 쓴다.

해설

이 글은 박종선(朴宗善, 1759~1819년)의 시집에 붙인 서문이다. 1772년 무렵 박지원은 이서구의 사촌 동생 이정구(李鼎九)의 시집에 「선서재집서(蟬書齋集序)」를 써 주었는데 이정구가 자살한 뒤 그 글을 수정하여 박종선의 『능양시집』에 제목만 바꿔 다시 서문으로 주었다. 같은 글을 재활용한 셈이다. 글의 말미에서 연상각에서 지었다 밝혔으므로 안의 현감으로 재직할 때 수정하였음을 알 수 있다.

박종선은 금성위(錦城尉) 박명원(朴明源)의 서자로 규장각 검서관을 지냈다. 시인으로도 이름나 있는데 최근 『능양시집』 16책이 발굴되어 성균관대 대동문화연구원에서 영인 출간하였다. 이 글이 그 시집에도 서문으로 실려 있다. 시집에는 당시의 풍속을 묘사한 흥미로운 주제의 각종 시가 수록되어 있어서 박지원의 평가가 과장된 것이 아님을 알 수 있다.

이 글은 한 작가의 시를 총평하는 목적을 갖고 있으나 주제는 폭이 넓고 참신하며, 문체는 매우 기발하다. 박종선의 시가 그만의 독특한 개성과 다채로운 세계를 가졌고, 그 때문에 고루한 시단의 인정을 받지 못한다는 점이 주장의 핵심이다. 그런데 그 주장을 까마귀의 색과 미인의 태도라는 절묘한 비유로 설득력 있게 펼치고 있다. 문예 미학을 설명하는 글쓴이의 높은 식견을 보여 주는 명문이다.

큰누님을
떠나보내고

伯姉贈貞夫人朴氏
墓誌銘

돌아가신 큰누님의 이름은 아무개로서 반남(潘南) 박씨(朴氏)이다. 그 동생 지원(趾源) 중미(仲美)가 묘지명을 지었으니 다음과 같다.

누님은 나이 열여섯에 덕수(德水) 이씨 택모(宅模) 백규(伯揆)에게 시집가서 딸 하나 아들 둘을 두었다. 신묘년(1771년) 구월 초하루에 돌아가사십삼 세를 살았다. 남편의 선산이 아곡(鴉谷)이라 그곳의 경좌(庚坐) 방향 자리에 장사를 지낼 예정이었다.

그런데 백규가 어진 아내를 잃은 데다가 가난하여 생계를 꾸릴 방도가 없는지라, 아예 어린 자식들과 계집종 하나를 데리고 솥과 그릇가지, 옷상자와 짐 보따리를 챙겨서 배를 타고 그 골짜기로 들어가 버렸다. 상여와 함께 일제히 떠나는 새벽, 중미는 두모포(斗毛浦)에서 배 타고 떠나는 그들을 배웅하고 통곡을 하고서 돌아섰다.

아아! 누님이 시집가는 날 새벽에 몸단장하던 모습이 흡사 어제 일만 같구나! 나는 그때 겨우 여덟 살이라, 벌렁 드러누워 발버둥을 치면서 새신랑이 말을 더듬으며 점잔 빼는 말투를 흉내 냈다. 누님은 부끄러워하다가 그만 빗을 떨어뜨려 내 이마를 때렸다. 나는 화가 나서 울음을 터트리고는 분가루에 먹을 뒤섞고 거울에 침을 뱉어 문질러 댔다. 그러자 누님은 옥으로 만든 오리와 금으로 만든 벌 노리개를 꺼내어 주면서 울음을 그치라고 나를 달랬다. 지금으로부터 스물여덟 해 전 일이다.

강가에 말을 세우고 저 멀리 바라보니 붉은 명정이 바람에 펄럭이고 돛대는 비스듬히 미끄러지는데, 강굽이에 이르러 나무를 돈 뒤에는 모습을 감추어 더는 보이지 않았다. 강가 멀리 앉은 산은 시집가던 날 누님의 쪽 지은 머리처럼 검푸르고, 강물 빛은 그날의 거울처럼 보이며, 새벽달은 누님의 눈썹처럼 보였다. 빗을 떨어뜨리던 그날의 일을 눈물 속에서 생각하니 유독 어릴 적 일만이 또렷또렷하게 떠오른다. 그때는 또 그렇게도 즐거운 일이 많았고, 세월은 길게만 느껴졌다.

그사이에는 늘 이별과 환난에 시달려야 했고 빈궁에 시름겨워했다. 그 일들이 꿈속인 양 황홀하게 스쳐 지나간다. 형제로 지낸 날들은 어찌도 그렇게 짧았단 말인가?

떠나는 이 간곡하게 뒷기약을 남기기에
보내는 이 도리어 눈물로 옷깃을 적시네.
조각배는 이제 가면 언제나 돌아올까?
보내는 이 쓸쓸히 강 길 따라 돌아서네.

해설

글쓴이가 큰누나를 잃고 쓴 제문이다. 이 제문은 여러 차례 개작되어 박영철본 『연암집』에 실려 있는 것과 『종북소선(鐘北小選)』이나 『병세집(並世集)』을 비롯한 여러 사본에 실려 있는 글은 차이가 매우 크다.

서정적 산문의 대표작으로 손꼽히는 이 글은 평범한 묘지명과는 확연하게 다르다. 일반적인 격식을 무시하고, 묘지의 주인공과 개인적으로 맺은 사연 그리고 시신을 보낸 뒤의 느낌으로 글이 구성되어 있다.

　글의 핵심은 두 대목에 있다. 하나는 배를 떠나보내고서 홀연히 과거로 시선을 돌려 여덟 살 손위인 큰누나가 시집가던 날을 회상하는 대목이다. 굳이 누나가 혼인한 날을 회상한 것이 절묘하다. 누나의 죽음이 마지막 이별이라면, 시집간 날이 첫 번째 이별이다. 두 번째는 누나의 시신을 태운 배가 사라진 다음 눈앞에 펼쳐진 정경을 묘사한 대목이다. 누나를 보낸 뒤 보이는 한강 주변의 풍경이 모두 누나를 떠올리는 장면으로 오버랩 된다. 정경교융(情景交融)의 전형을 보여 주는 대목이다. 300자도 되지 않는 짧은 글이지만 필설로 표현하지 못할 혈육의 정과 뭉클한 감동이 일어난다.

홍덕보 묘지명　　　　　　洪德保墓誌銘

덕보(德保, 홍대용)가 죽은 지 사흘 뒤 지인 가운데 연사(年使, 동지사)를 따라 중국에 들어가는 이가 있었는데 가는 길에 삼하(三河)를 거쳐야만 했다. 삼하에는 덕보의 벗 손유의(孫有義)란 이가 있어 호를 용주(蓉洲)라 하였다. 몇 년 전 내가 연경에서 돌아오는 길에 용주를 방문했으나 만나지 못했다. 편지를 남겨서 덕보가 남쪽 지방으로 원님이 되어 나간 사연을 적어 놓고 토산품 몇 가지를 놓아두어 성의를 표한 뒤에 돌아왔다. 용주가 편지를 펼쳐 보았다면 내가 덕보의 벗임을 분명히 알고 있으리라. 그래서 지인에게 부탁하여 다음 부고를 전해 주도록 했다.

"건륭(乾隆) 계묘년(1783년) 아무 달 아무 날 조선의 박지원은 머리를 조아려 용주 족하(足下)에게 아룁니다. 우리나라의 전임 영천 군수(榮川郡守) 남양(南陽) 홍담헌(洪湛軒) 휘 대용(大容) 자 덕보께서 올해 시월 스무사흗날 유시(酉時)에 영영 일어나지 못하게 되었습니다. 평소에 아무런 질병이 없었는데 갑자기 중풍을 맞아 입이 돌아가고 혀가 굳어 말을 하지 못하더니 바로 이 지경에 이르렀습니다. 향년 오십삼 세입니다.

고자(孤子; 상중에 있는 아들) 홍원(洪薳)은 가슴을 치며 통곡하느라 직접 부고를 써서 전할 경황이 없습니다. 게다가 양자강 남쪽으로는 인편도 편지도 통할 길이 없습니다. 이 부고를 저 대신 오중(吳中)에 전달하여 천하의 지기(知己)들로 하여금 그가 죽은 날짜를 알려 주십시오, 그렇게 한다면 망자나 산 자나 여한이 없을 것입니다."

지인을 보내고 나서 내가 항주(杭州) 지기들의 서화와 편지를 비롯한 많은 시문을 직접 점검해 보니 모두 열 권이었다. 관 옆에 차려 놓고서 영구를 어루만지고 애통해하며 말한다.

안타깝구나! 덕보는 툭 트이고 명민하며, 겸손하고 단아했다. 식견은 원대하고 견해는 깊었다. 음률과 역법(曆法)에 특별히 뛰어나 혼천의(渾天儀)에 관한 여러 기계를 긴 시간 깊이 고민한 뒤에 기지(機智)를 창출하여 만들었다. 당초 서양인들이 대지가 둥근 것임을 밝히기는 했어도 대지가 돈다는 말은 하지 못했다. 그런데 덕보는 일찍이 대지가 한 번 돌면 하루가 된다고 주장했다. 그 학설이 미묘하고 심오했으나 미처 저술로 만들지는 못했다. 그러나 만년에 이르러 대지가 돈다는 사실을 더욱 자신하여 의심하지 않았다.

세상에서 덕보를 흠모하는 이들은 그가 일찍감치 과거 보기를 그만두고 명리(名利)에 뜻을 끊은 채 한가로이 틀어박혀 좋은 향을 피우고 거문고나 가야금을 타는 것을 보고서, 그가 담박하게 홀로 즐기며 세상을 벗어나 살고자 하는 줄로만 여겼다. 덕보가 온갖 사무를 두루 이해하여 어지럽게 뒤섞인 문제를 과감하게 처리하여, 한 나라의 재정을 맡기고 먼 외국에 사신으로 보낼 만하며 군대를 통솔할 기발한 책략의 소유자임을 전혀 알아채지 못했다. 그러나 그는 남에게 자신을 휘황하게 드러내는 것을 유난히 싫어하였다. 그래서 여러 고을을 다스릴 때 사무를 신중하게 처리하고 기한보다 앞서 정무를 완결하여 아전들이 공순하고 백성들이 순종하도록 만드는 데 그쳤다.

일찍이 서장관(書狀官)으로 연경에 가는 숙부를 따라가서 육비(陸飛)

와 엄성(嚴誠), 반정균(潘庭筠)을 우연히 연경 유리창(琉璃廠)에서 만났다. 그 세 사람은 모두 전당(錢塘)에 사는, 문장을 잘하고 예술에 뛰어난 선비로서 교유하는 이들 또한 천하의 명사였다. 그런데 다들 덕보를 추앙하여 큰 선비로 인정했다. 그들과 더불어 필담을 나눈 글이 수만 글자로 경전의 뜻과 천인성명(天人性命)과 고금(古今) 출처(出處)의 대의를 따져 분석했는데 웅혼하고 빼어나서 그 즐거움을 이루 다 말로 표현할 수 없었다.

마침내 작별하기에 이르자 서로 바라보고 눈물을 흘리며 "한번 헤어지면 그걸로 마지막입니다! 저승에서 만날 때 부끄럽지 않도록 삽시다."라고 하였다. 엄성과는 특히 마음이 통해서 군자가 세상에 나서거나 숨는 것은 시세를 따라야 한다고 은근히 말해 주었다. 엄성은 크게 깨달아 작심하고 남쪽으로 돌아갔다.

그로부터 여러 해가 지나 엄성은 민중(閩中)에서 객사했다. 반정균이 편지를 써서 덕보에게 부고를 전했다. 덕보는 애사(哀辭)를 짓고 부의로 향을 갖춰서 용주에게 보내 전당까지 전달하도록 하였다. 부고가 돌고 돌아 도착한 날은 마침 대상(大祥, 2주기 제사) 날 저녁이었다. 제사 자리에는 서호(西湖)를 둘러싼 여러 고을에서 친지가 와서 모였는데 하나같이 놀라 감탄하고서 저승까지 감동시켜 일어난 일이라고 했다. 엄성의 형 엄과(嚴果)가 부의로 보낸 향을 사르고 덕보의 애사를 읽은 뒤 초헌(初獻)을 하였다. 아들 엄앙(嚴昻)은 덕보를 백부(伯父)라 부른 편지와 함께 아버지 철교(鐵橋, 엄성의 호)의 유집(遺集)을 부쳤다. 그것이 돌고 돌아 아홉 해 만에야 도착했다. 그 유집에는 엄성이 손수 그린 덕보의 작은 초상화가 들어 있었다.

엄성은 민중에 머물 때 병이 매우 위독하게 되었는데 그럼에도 덕보가 준 조선 먹을 꺼내 향내를 맡고 가슴에 얹은 채 숨을 거뒀다. 끝내는 그 먹을 관 속에 넣어 묻었다. 오하(吳下)에서는 그 사연이 널리 알려져 기이한 일이라 생각한 사람들이 앞다퉈 시와 글을 지었다. 주문조(朱文藻)란 이가 있어 편지를 보내 그 사연을 말해 주었다.

아! 덕보는 세상에 머물 때 벌써 마치 먼 옛날의 기이한 이야기와 같은 걸출한 행적을 보였다. 우정에 대단히 철저한 이라면 반드시 그 행적을 널리 전파할 테니 그 이름이 양자강 이남에 두루 알려지는 정도에 그치지 않을 것이다. 내가 굳이 그의 묘지(墓誌)를 지어 덕보의 이름을 불후(不朽)한 것으로 만들려고 할 필요가 없으리라.

부친의 휘는 역(櫟)이니 목사(牧使)요, 조부의 휘는 용조(龍祚)이니 대사간이요, 증조의 휘는 숙(璛)이니 참판이요, 모친은 청풍 김씨(淸風金氏)로 군수 방(枋)의 따님이다.

덕보는 영조 신해년(1731년)에 태어났다. 음직으로 선공감 감역(繕工監監役)을 얻었고, 곧 돈령부(敦寧府) 참봉으로 옮겼다가 세손익위사 시직(世孫翊衛司侍直)으로 고쳐서 제수되었다. 사헌부 감찰(司憲府 監察)에 승진되었다가 종친부 전부(宗親府典簿)로 전직했다. 외직으로 태인(泰仁) 현감으로 나갔다가 영천 군수로 승진했으나 몇 년 만에 모친이 연로하다는 이유로 사직하고 돌아왔다.

부인은 한산(韓山) 이홍중(李弘重)의 따님으로 일남 삼녀를 두었다. 사위는 조우철(趙宇喆)·민치겸(閔致謙)·유춘주(兪春柱)이다. 그해 십이월 여드레 청주(淸州) 아무개 좌향(坐向)의 언덕에 장사 지냈다. 명(銘)은 다음과 같다.

비웃고 춤추고 노래하고 소리 지르기에 좋나니

서호에서 우리 서로 만나세.

그대는 스스로 부끄러워할 일 없음을 잘 아노니

죽어서도 입에 구슬을 물지 않아서

괜히 보리를 읊으며 도굴하는 도둑을 슬프게 하리라.

해설

담헌 홍대용의 묘지명이다. 명문가 출신의 이름난 학자의 생애를 서술하는 글이므로 그에 걸맞은 격식을 갖춰야 하지만, 이 글은 격식을 벗어던진 파격적 묘지명이다. 자호(字號)나 집안, 성장 과정, 관력과 주요 행적을 차례로 서술하는 형식을 지키지 않고 글의 후반부에 간략하게 최소한의 사실만 밝히고 있다. 1857년 김흥근(金興根)이 격식을 갖추어 쓴 홍대용의 묘비명과 비교해 보면 그 차이가 매우 크다.

대부분의 서술은 홍대용의 인생에서 중요한 몇 가지 장면의 묘사에 집중되어 있다. 홍대용이 죽자 수만 리 아득한 중국 절강성의 친구에게 부고를 보내는 사연부터 뜻밖이다. 홍대용의 독특한 인간됨을 설명한 뒤로는 바로 부고를 보낸 중국 친구들과 맺은 깊은 우정의 사연으로 옮겨간다. 특히나 엄성과 천애지기(天涯知己)의 우정을 맺은 기이한 사연 및 엄성의 제삿날에 홍대용이 보낸 부의가 도착한 기묘한 우연은 가슴이 뭉클해지게 하는 감동이 있다. 홍대용의 이름을 불후의 무엇으로 만들고자 겉으로 드러난 성취를 일부러 쓰지 않아도, 그의 삶이 풍기는 향기에 읽는 이의 마음이 움직이는 명문이다.

울기 좋은 땅   好哭場

초여드레 갑신일. 날이 맑았다. 정사(正使)와 함께 한 가마를 타고 삼류하(三流河)를 건너 냉정(冷井)에서 아침밥을 먹었다. 십여 리를 가서 산모롱이 한 줄기를 돌아서자 태복(泰卜)이 갑자기 허리를 굽신하더니 내달려 말 앞으로 나가서는 땅바닥에 넙죽 엎드리고 큰 소리로 "백탑(白塔)이 현신(現身)하여 아룁니다!"라고 외쳤다. 태복은 정(鄭) 진사(進士)의 마두(馬頭)다.

하지만 산모롱이가 아직도 가로막아 백탑은 보이지 않았다. 말을 채찍질하여 서두르자 수십 걸음을 채 가지 않고 산발치를 막 벗어나자마자 안광(眼光)이 어른어른하고 갑자기 검은 공 한 덩이가 오르락내리락하였다. 나는 오늘에야 처음 인간의 삶이란 본래 어디에도 의탁한 데가 없이 오로지 하늘을 이고 땅을 밟고서 살아가는 존재라는 사실을 알아차렸다. 말을 세우고 사방을 둘러보다가 나도 모르게 손을 들어 이마에 얹고 "울기에 딱 좋은 곳이로다. 울어도 좋겠구나!"라고 말하였다.

정 진사가 "천지 사이에서 이렇게 큰 안계(眼界)를 만나서는 갑자기 울고 싶다니요? 무슨 말씀이오?"라고 물었다. 나는 이렇게 대꾸했다.

"예예! 아닙니다. 아녜요! 천고에 영웅은 울기를 잘하고, 미인은 눈물이 많다고들 하지요. 그래 봤자 소리 없는 눈물 몇 줄기가 옷깃 앞으로 굴러 떨어진 것일 뿐, 울음이 천지를 가득 채워 징이나 경쇠에서 뿜어져 나오는 소리를 냈다고는 듣지 못했지요.

사람들은 칠정(七情) 중에서 슬플 때만 울음이 나오는 줄로만 알고 칠정의 모두에서 모두 울음이 나오는 줄은 모르고 있답니다. 기쁨이 사무치면 울음이 나오고, 분노가 사무치면 울음이 나오고, 즐거움이 사무치면 울음이 나오고, 사랑이 사무치면 울음이 나오고, 미움이 사무치면 울음이 나오고, 욕망이 사무치면 울음이 나오는 법이지요. 응어리지고 답답함을 풀어서 시원하게 하기로는 그 어떤 것도 소리보다 빠르지 않으니 울음이란 천지 사이에서 우레에도 비교할 수 있지요. 지극한 정(情)에서 울음이 터지고, 터진 울음이 사리에 맞는다면 웃음과 무엇이 다르리오.

사람이 태어나 정을 풀어내면서 일찍이 이런 지극한 처지를 겪어 본 적이 없는지라 칠정을 교묘하게 안배하여 울음을 슬픔의 짝으로 맞추어 놓았지요. 그 때문에 사람이 죽어 초상을 치를 때가 되어서야 비로소 억지로 '어이' '애고' 따위의 소리로 울부짖게 되지요. 하지만 진정 칠정에서 느껴서 우러나온 지극하고도 진정한 소리는 꾹 눌러놓고 참고 억제해 놓아서 천지 사이에 갑갑하게 가두어 놓았기 때문에 감히 펼쳐 풀어내지 못하지요. 저 가의(賈誼)란 유생은 울음을 터트릴 장소를 얻지 못하고 참다 참다 못해서 갑자기 황제가 있는 선실(宣室)을 향해 한바탕 길게 울부짖었지요. 사람들을 놀라고 해괴하게 여기도록 만들지 않을 수 있으리오?"

내 말을 듣고 정 진사가 말했다.

"이제 울기 좋은 이곳이 저토록 광활하니 나도 그대를 따라 한번 통곡을 터트려야겠군요. 그런데 잘 몰라서 묻습니다만, 우는 감정을 칠정 중에서 고른다면 어느 것에 해당될까요?"

나는 이렇게 대꾸했다.

"갓난아기에게 물어보시지요. 갓난아기가 처음 태어나 느낀 감정은 어떤 정일까요? 제일 먼저 해와 달을 보고, 다음에는 부모를 보겠지요. 친척들은 모두들 앞에 가득하여 좋아하고 기뻐하고 있지요. 이렇듯이 기쁘고 즐거운 일은 늙도록 두 번 다시 없습니다. 이치상 슬픔과 분노는 없을 테고, 즐거움과 웃음이 당연한 감정입니다. 그런데 도리어 한없이 울어 대어 분노와 한스러움이 가슴에 가득 찬 듯합니다. 그 울음을 두고 인생이란 성인이나 범인이나 가릴 것 없이 모두 한결같이 죽어 사라질 존재로서 살아서는 허물과 잘못을 저지르고 갖가지 우환을 두루 겪어야 하므로 갓난아기가 태어난 것을 후회하여 제풀에 먼저 울음보를 터뜨려 스스로를 위로한 것이라고도 말하지요. 그러나 이것은 갓난아기의 본마음은 전혀 아닐 겝니다.

아이가 엄마의 태중에 있을 때는 캄캄하고 막혀 있으며 옭매여서 갑갑하게 지내다가 어느 날 갑자기 넓고 훤한 곳으로 솟구쳐 나와 손을 펴고 발을 뻗으니 마음과 뜻이 공활해져 시원할 테지요. 참된 소리를 내질러서 마음껏 한번 펼쳐 내지 않을 도리가 있을까요!

그러니 마땅히 갓난아기를 본받아 꾸밈없는 소리를 내야지요. 금강산 비로봉 꼭대기에 올라가 동해 바다를 바라보면 울음을 터뜨리기에 좋은 장소요, 황해도 장연(長淵)의 금사사(金沙寺)에서 큰 바다를 바라보면 울음을 터뜨리기에 좋은 장소이지요. 이제 요동 벌판에 와서 여기서부터 산해관(山海關)까지 천이백 리 벌판에서 사방에 도무지 한 점의 산도 없이 하늘 끝과 땅끝이 아교풀로 붙이고 실로 꿰맨 듯하고 그 사이로 고금에 비구름만 까마득하게 오고 갈 뿐이니 울음을 터뜨리기에 좋은 장소이지요."

해설

이 글은 『열하일기』「도강록(渡江錄)」에 실려 있는 여행기의 일부이다. 그러므로 문체는 여행기이지만 독립된 글로도 훌륭하다. 흥미롭게 읽고 나면 심각한 의미를 되새길 수 있는 독특한 주제의 멋진 문장이다.

글은 압록강을 건너 광활한 요동 벌판을 보았을 때의 감회를 인상적으로 그리고 있다. 광야를 보고서 박지원은 불쑥 "울기에 딱 좋은 곳이로다. 울어도 좋겠구나!"라는 엉뚱한 말을 꺼냈다. 보통은 경탄의 말을해야 하는 순간 누가 봐도 어리둥절할 반어(反語)적 표현을 했다. 함께가던 정 진사가 그 말에 의문을 표하고 박지원이 그 질문에 대답을 이어 갔다. 글은 상식을 벗어난 울기에 좋은 곳이란 호곡장(好哭場)이란 말을 두고 벌어지는 두 사람의 대화로 구성된다.

박지원의 대답에서는 요동 벌판과 울음의 관계를 독특하게 해석하고있다. 우선 울음이란 감정 표현을 놓고 대단히 기발하고도 신선한 해석을 내어놓았다. 슬픔만이 아니라 모든 감정이 지극한 상태에 도달했을때 터져 나올 수 있는 감정 표현이라는 인식이다. 다음으로는 조선을 벗어나 요동 벌판에 발을 들여놓은 박지원의 체험은 어머니 태중을 벗어나 막 태어난 갓난아기의 탄생이란 등식으로 연결된다. 갓난아기가 사지를 마음껏 놀릴 수 있는 새로운 세계로 나온 그 엄청난 기쁨을 표현하고자 고고성(呱呱聲)을 내지르듯이 박지원은 자유롭게 자기 생각을 표현하지 못하던 조선이란 좁고 갑갑한 세계를 벗어나 광활하고 자유로운세계에 진입한 감격과 환희를 다름 아닌 울기에 딱 좋은 곳이란 말로 표현하였다.

코끼리 보고서   象記

괴상하고 특별하며 희한하고 헷갈리며 우람하고 기이하며 거대하고 드
높은 것을 구경하고 싶거든 무엇보다 먼저 선무문(宣武門) 안에 가서 코
끼리 우리를 구경하면 된다. 나는 연경에서 코끼리 열여섯 마리를 보았
는데 다들 쇠사슬로 발을 묶어 놓아 움직이는 모습은 미처 보지 못했
다. 이제 열하의 행궁(行宮) 서쪽에서 코끼리 두 마리를 보았는데 온몸
을 구물구물 움직이며 가는 모습이 폭풍우가 몰아치는 듯하였다.

나는 언젠가 새벽에 동해 바닷가를 걸은 적이 있다. 그때 파도 위에
말처럼 서 있는 물건이 수도 없이 보였는데 모두들 초가지붕 모양으로
둥그스름하여 물고기인지 짐승인지 가늠할 수 없었다. 해가 돋으면 속
시원히 보리라 기대했더니 해가 한창 바닷물에 넘실거릴 때 파도 위에
말처럼 서 있던 물건이 벌써 바닷속으로 숨어 버렸다. 이제 열 걸음 밖
에서 코끼리를 보았는데도 동해에서처럼 생각하게 된다.

코끼리의 생김새는 소 몸뚱어리에 당나귀 꼬리를 하고 낙타 무릎에
범 발톱을 하고 있다. 털은 짧고 색깔은 잿빛이다. 생기기는 어질어 보이
고, 우는 소리는 구슬프다. 귀는 구름장처럼 드리웠고 눈은 초승달 같다.
두 어금니는 크기가 두 아름이나 되고 길이가 한 길 남짓이다. 코는 어
금니보다 길고 자벌레처럼 구부리고 펴며 굼벵이처럼 말아 감는다. 코끝

은 누에 꼬리 같고 족집게처럼 물건을 잡아서 둘둘 말아 입에 집어넣는다. 코를 주둥아리인 줄 알고 다시 코가 어디 있는지 찾아보는 이도 있다. 코가 이렇게 생길 줄은 짐작도 하지 못해서인데 그래서 코끼리 다리가 다섯이라 말하는 이도 있다.

어떤 이는 코끼리 눈이 쥐눈 같다고 한다. 코와 어금니를 보고 나서 기가 막힌 터에 몸뚱이에서 가장 작은 데를 보니 그렇듯 얼토당토않게 견주는 말이 나온다. 코끼리는 눈이 몹시 가늘어 간사한 사람이 아첨할 때 그 눈이 먼저 웃음기를 흘리는 것처럼 보인다. 그러나 어진 성품은 사실 그 눈에 있다. 강희제 때 남해자(南海子)에 흉포한 범 두 마리가 있었다. 오래되어도 길들일 수 없자 황제가 화가 나서 범을 코끼리 우리로 몰아넣었더니 코끼리가 몹시 겁을 내어 코를 한 번 휘둘렀는데 범 두 마리가 그 자리에서 맞아 죽었다. 코끼리가 범을 죽이려고 했던 것이 아니라 범의 낯선 냄새를 싫어하여 코를 휘둘렀는데 잘못 맞은 것이다.

아! 세상 사물들은 아무리 털끝같이 작은 미물이라도 다 하늘이 냈다고 말하지만 하늘이 어찌 일일이 만들도록 했겠는가? 하늘은 형체로 말하면 하늘이고, 성정(性情)으로 말하면 건(乾)이며, 주재(主宰)하는 능력으로 말하면 상제(上帝)이고, 오묘한 작용으로 말하면 신(神)이다. 부르는 명칭이 가지가지이고 일컫는 이름이 너무 버릇없는데도 이(理)와 기(氣)를 용광로와 풀무로 삼아서 만물을 널리 퍼트려 만드는 조물주(造物主)라 한다. 이것은 하늘을 솜씨가 좋은 장인(匠人)으로 여겨 망치·끌·도끼·자귀 같은 연장을 잠시도 멈추지 않고 일을 한다고 보는 소견이다. 따라서 『주역』에서 "하늘이 초매(草昧)의 상태에서 사물을 만든다."라고 하였다. 여기서 초매란 빛이 컴컴하고 형상이 흐릿하여 마치 동이 틀 무렵에 사람이고 사물이고 잘 분간되지 않는 상태와 같다. 컴컴하고 흐릿

한 가운데서 하늘이 만들어 낸 것이 과연 어떤 사물인지 나는 모르겠다. 국숫집에서 맷돌에 밀을 갈 때에는 작거나 크거나 가늘거나 굵거나 막론하고 어지럽게 바닥에 쏟아진다. 맷돌이 하는 일은 그저 도는 것뿐이니 가루가 가늘거나 굵거나 처음부터 무슨 신경을 쓰겠는가?

그런데 말하기 좋아하는 자들은 "뿔이 있는 놈에게는 이를 주지 않는다."라고 말하며 만물을 만든 조물주에게 결함이라도 있는 듯 여긴다. 그 말은 망발이다. "이를 준 자는 누구인가?"라고 감히 묻는다면 사람들은 "하늘이 주었다."라고 대답할 것이다. "하늘이 그에게 이를 준 것은 무엇 하려고 그랬는가?"라고 되물으면 사람들은 "하늘이 그 이로 먹이를 씹게 하였다."라고 대답하리라. 다시 "이를 가지고 먹이를 씹게 한 것은 무엇 때문인가?"라고 물으면 사람들은 "이것이 이치이다. 짐승은 손이 없으므로 반드시 그 부리와 주둥이를 구부려 바닥에까지 닿게 해서 먹을 것을 얻는다. 그래서 학의 정강이가 높기 때문에 부득이 목이 길지 않을 수 없다. 그래도 주둥이가 바닥에 닿지 않을까 염려하여 또 그 부리를 길게 만들어 주었다. 만일 닭의 다리를 학처럼 길게 해 주었다면 마당에서 굶어 죽었을 것이다."라고 말하리라.

나는 그 말을 듣고 크게 웃으며 이렇게 말했다.

"당신들이 말하는 이치는 소나 말, 닭이나 개 따위의 짐승에나 적용될 뿐이다. 하늘이 이를 준 것이 반드시 머리를 수그리고 먹이를 씹어 먹도록 하기 위해서라고 해 보자. 지금 저 코끼리는 아무짝에도 쓸모없는 상아를 꽂아 놓은 셈이다. 머리를 수그려 주둥이를 바닥에 대려면 상아가 먼저 바닥에 걸린다. 당신이 말한 먹이를 씹는 것을 제 스스로 방해하지 않는가?"

그러자 그 사람이 "코가 있어서 괜찮다."라고 했다. 나는 "어금니를 길게 만들고 다시 코의 힘을 빌리기보다는 차라리 어금니를 없애고 코를 짧게 만드는 것이 낫지 않은가?"라고 대꾸했다.

그제야 말하기 좋아하는 자가 처음에 내세우던 주장을 우기지 못하고 그가 배워 얻은 소견을 조금 굽혔다. 이것은 사고의 용량이 미치는 범위가 기껏해야 말이나 소, 닭이나 개 따위에 머물 뿐, 용이나 봉황, 거북이나 기린 따위에는 미치지 못한 까닭이다. 코끼리가 범을 만나서는 코로 쳐서 죽이므로 그 코는 천하무적이다. 그러나 쥐를 만나서는 코를 써 볼 데가 아예 없어 그저 하늘만 쳐다보고 서 있다. 그렇다고 쥐가 범보다 무섭다고 한다면 앞에서 말한 이치에는 맞지 않는다.

저 코끼리는 그래도 눈으로 볼 수 있는 사물인데 이처럼 그 이치를 알 수 없다. 더구나 천하의 사물은 코끼리보다 만 배나 더 알기 어려우니 어쩌면 좋을까! 그러므로 성인이 『주역』을 지을 때 코끼리 상(象) 자를 취하여 설명하였거니와, 그 형상을 통해 만물이 변화하는 이치를 끝까지 탐구하기를 바란 것이 아닐까!

해설

글쓴이가 연경과 열하에서 코끼리를 구경한 뒤 우러나온 감회를 썼다. 『열하일기』「산장잡기(山莊雜記)」에 실려 있는 글로 체험과 견문을 기록한 견문기의 일종이다. 구한말의 문장가 김택영(金澤榮)이 "웅변신품(雄辯神品)"이라 극찬한 글이다. 당시 국내에서는 볼 수 없었던 코끼리를 실제로 보았을 때의 경이로움과 충격이 글의 바탕에 깔려 있다. 낯설고 신기하고 거대한 사물을 처음 보았을 때 기존의 상식과 관념이 흔들리는 인

박지원

식상의 혼란을 철학의 담론으로 삼았다.

　앞 대목에서는 먼저 코끼리의 특별한 모양과 행동을 묘사하고, 이어서 일반 동물에 관한 상식을 넘어서 존재하는 코끼리의 놀랍고 특별한 모양과 생리를 어떻게 받아들여야 할지로 서술을 전환하였다. 그 전환의 고리는 코끼리의 코이다. 범 두 마리도 쳐서 죽이는 천하무적 코끼리 코라도 생쥐는 어쩌지 못한다. 그렇다고 쥐가 범보다 코끼리보다 힘이 세다고 해야 할까? 사람들은 흔히 동물을 포함한 모든 현상의 배후에는 하늘이 만들어 놓은 이법과 질서가 있다고 간주하여 그럴듯한 논리를 갖춰 설명한다. 그러나 그런 논리적 설명은 인간의 경험과 논리적 사유가 적용 가능한 영역에서나 의미가 있다. 인간은 "사고의 용량이 미치는 범위가 기껏해야 말이나 소, 닭이나 개 따위에 머물 뿐"이라 그에 적합한 논리만 만들어 놓았다. 그 용량을 벗어난 용이나 봉황 그리고 코끼리와 같은 사물은 설명하려면 곤란을 겪는다.

　이 세계에는 우리가 지닌 사고의 용량을 벗어나 있어 인식하기 힘든 사물이 얼마나 많을까? 글쓴이는 낯선 사물을 받아들일 수 있는 유연한 사유, 크게 확장될 수 있는 사고의 용량을 거론하고 있다. 그 점에서 이 글은 단순한 견문을 기록한 글을 넘어 인식의 문제를 철학적으로 다룬 신선한 산문이다. 유득공은 이 글이 천하의 지극히 기이한 문장이라고 평했다.

밤에 고북구를 나서다

夜出古北口記

연경에서 열하로 가기 위해 창평(昌平) 길을 택하면 서북쪽의 거용관(居庸
關)에서 만리장성을 나가게 되고, 밀운(密雲) 길을 택하면 동북쪽의 고북
구(古北口)에서 만리장성을 나가게 된다. 고북구에서 장성을 따라 동쪽으
로 산해관(山海關)까지는 칠백 리요, 서쪽으로 거용관까지는 이백팔십 리
이다. 거용관과 산해관 사이에 위치한 만리장성의 요새로서 고북구보다
더 험준한 곳은 없다. 몽골이 장성을 들어왔다 나갈 때마다 늘 목덜미에
해당하는 길목이라 겹겹의 관문을 설치하여 그 요충지를 제어하였다.

　나벽(羅壁)은 『지유(識遺)』에서 "연경에서 북쪽으로 백 리 밖에 거용관
이 있고, 거용관의 동쪽 이백 리 밖에는 호북구(虎北口)가 있다."라고 했
는데 여기서 호북구는 곧 고북구이다. 당나라 때부터 비로소 이름을 고
북구라 불렀다. 중원 사람들은 장성 밖을 모두 구외(口外)라고 부르는데,
구외는 모두 당나라 때 북방 오랑캐 추장의 본거지였다. 『금사(金史)』에
서 그 나라 말로 유알령(留斡嶺)이라 한 곳이 바로 고북구이다.

　장성을 둘러싸고 있는 지역에서 구(口)라고 부르는 곳이 어림잡아 백
군데쯤 된다. 산줄기를 따라서 성을 쌓았는데, 끊어진 절벽과 깊은 골짜
기는 짐승이 아가리를 벌린 듯 푹 꺼져 있어 계곡물이 들이치면 뚫어지
므로 성을 쌓을 수 없다. 그런 곳에는 보루를 설치하였다. 명나라 홍무(洪

武) 연간에 수어천호소(守禦千戶所)를 세워서 다섯 겹의 관문을 만들어 지켰다.

나는 무령산(霧靈山)을 끼고 돌아 광형하(廣硎河)를 배 타고 건너 밤 중에 고북구를 빠져나갔다. 그때 밤은 벌써 삼경(三更)이었다. 겹겹의 관문을 나와서 장성 아래에 말을 세우고 성벽의 높이를 계산해 보니 얼추 열 길 남짓 되었다. 붓과 벼루를 꺼내고 술을 입으로 뿜어 먹을 갈았다. 성벽을 어루만지다가 다음과 같은 글을 썼다.

"건륭 45년 경자 8월 7일 밤 삼경에 조선 박지원이 여기를 지나가다."

그러고는 큰 소리로 웃으면서 "나는 일개 서생(書生)일 뿐인데 머리가 허옇게 세고서야 장성 밖을 한번 나가 보는구나!"라고 했다.

옛날에 몽염(蒙恬) 장군은 "내가 임조(臨洮)에서부터 요동까지 만여 리에 성을 쌓고 참호를 팠다. 그러다 보니 그 가운데 지맥(地脈)이 끊긴 곳이 없지 않으리라."라고 스스로 밝혔다. 지금 와서 보니 그가 산을 파헤치고 골짜기를 메웠다는 말이 사실이로구나!

아! 여기는 옛날부터 수많은 전투가 벌어진 전쟁터이다. 후당(後唐)의 장종(莊宗)이 유수광(劉守光)을 잡을 때 별장(別將) 유광준(劉光濬)이 고북구에서 승리를 거두었고, 거란의 태종(太宗)이 산남(山南) 지역을 차지할 때 먼저 고북구로 내려왔다. 여진이 요나라를 멸망시킬 때 장수 완안희윤(完顏希尹)이 요나라 군사를 크게 격파한 곳도 바로 여기이고, 여진이 북경을 차지할 때 장수 포현(蒲莧)이 송나라 군사를 무너뜨린 곳도 바로 여기다. 원나라 문종(文宗)이 즉위하자 장수 텡기스(唐其勢)가 여기에 군사를 주둔시켰고, 사둔(撒敦)이 여기에서 상도(上都) 군사를 추격하였다. 토겐테무르(禿堅帖木兒)가 쳐들어올 때 원나라 태자는 이 관문으로 도망하여 흥송(興松)으로 달아났다. 명나라 가정(嘉靖) 연간에 알탄(俺答, 몽골 부족장)이 연경을 침범할 때도 모두 이 관문을 경유하여 출입하였다.

고북구 장성 아래는 말 타고서 치달리며 전투하고 군사를 베던 싸움 터였다. 지금 천하는 전쟁을 벌이지 않는 시절이다. 그런데도 오히려 사방에 산이 둘러싸여 일만 골짜기가 음산하고 으스스하게 보였다. 때는 마침 상현달이라 초승달이 고갯마루 위에 드리워 떨어지려 하는데, 그 달빛이 싸늘하고 날카로워 마치 숫돌에 막 갈아 낸 칼날 같았다. 조금 지나서 달은 고갯마루를 더 내려갔는데도 여전히 뾰족한 두 끝이 드러 나 있고 문득 불타듯 붉은빛으로 변해 횃불 두 개가 산 위로 솟아난 듯 하였다.

북두성은 반 나마 관문 안에 꽂혀 있고 벌레 소리는 사방에서 일어났 다. 긴 바람이 오싹하게 불어오자 숲과 골짜기가 다 함께 운다. 짐승처럼 생긴 산등성이와 귀신처럼 보이는 산봉우리가 창을 죽 세워 놓고 방패 를 늘어놓은 듯이 서 있다. 큰물이 양쪽 산 사이로 쏟아져 내리며 사납 게 부딪치는 소리가 마치 철기(鐵騎)가 내닫고 징을 치고 북을 두드리는 소리와 같았다. 하늘 저 끝에서 학이 우는 소리가 대여섯 번 들려오는데 맑게 퍼져서 마치 전쟁 나발 소리처럼 길게 들렸다. 누군가가 "이것이 천 아(天鵝)의 소리다."라고 말했다.

해설

연경에서 열하로 가기 위해 만리장성의 요충지 고북구를 통과한 체험과 감회를 썼다. 『열하일기』 「산장잡기」에 실려 있는 글로 문체로는 유기(遊 記)이다. 고북구의 지형을 설명하고 이어서 중원과 몽골, 만주족이 충돌

하는 전략적 요새로서 고북구의 역사 지리상 특징을 설명하면서 글을 시작했다. 무명의 조선 서생으로서 오랜 역사 속 격전지를 밤에 직접 통과하면서 그것을 기념 삼고자 성벽에 자신의 통과 사실을 알리는 글을 쓰는 행적은 강렬한 인상을 남긴다.

이 요새에서 국가의 운명을 결정짓는 여덟 번의 전쟁이 일어났음을 설명하는 비교적 장황한 글이 펼쳐지고 바로 이어서 어둠 속 고북구 장성의 스산한 풍경을 묘사했다. 상현달과 풀벌레 울음소리, 계곡물 소리는 오랜 전쟁터의 싸늘하고 음산한 분위기를 시각과 청각으로 표현하고, 살벌한 전쟁이 언제든 다시 시작할 것만 같은 분위기를 표현했다. 마지막으로 하늘 끝에서 들려오는 학 울음소리조차도 전쟁을 알리는 나발소리로 오버랩 시키면서 국가와 민족의 흥망이 걸린 전쟁의 으스스한 분위기가 서린 요새의 을씨년한 느낌을 여운 있게 전달했다.

글쓴이는 이 글, 「야출고북구기」를 완성하고서 「야출고북구기 후지(夜出古北口記後識)」를 써서 이 글을 쓰게 된 동기와 과정을 밝혔다. 그만큼 글쓴이에게 큰 의의가 있는 글이다. 후배인 김노겸(金魯謙, 1781~1853년)은 "「황금대기(黃金臺記)」와 「야출고북구기」는 문장가의 체제와 격조를 잘 갖추었다. 그러나 문장을 가지고 장난과 익살을 부려 근엄한 뜻이 적다. 그래서 세상에서는 소품으로 지목하여 비방과 칭송이 반반씩 나뉘기도 한다."라고 비평하였고, 김택영은 "조선 오천 년 이래 최고의 문장이다."라고 높이 평가하기도 하였다.

민속을 기록하다 　　　　　　　　旬稗序

소천암(小川菴)이 나라 안의 민요와 민속, 방언(方言)과 속기(俗技) 따위를 잡다하게 기록하였다. 심지어는 종이연의 계보까지 만들고, 아이들의 수수께끼에 해설까지 달아 놓았다. 구불구불한 도회지 골목의 구석구석에서 벌어지는 자잘한 속사정이나 흔해 빠진 세태에다 손님 끄는 기생들이 어깨를 옹송거리며 아양 떨고, 칼 두드리는 백정이 손뼉 치며 맹세하는 풍속까지 모조리 수집하여 실어 놓았고, 제각각 조리를 갖춰 잘 꿰어 놓았다. 말로는 표현하기 힘든 사정을 붓으로는 잘 묘사했고, 생각이 미치지 못했던 사실이 책을 펼쳐 보면 바로 등장하였다. 무릇 닭이 울고 개가 짖는 소리나 벌레가 튀고 굼벵이가 꿈틀거리는 동작을 어느 것이든 남김없이 표현해 냈다. 그다음에 천간(天干) 열 가지 순서로 배열하고 『순패(旬稗)』라는 이름을 붙였다. 하루는 그 책을 소매에 넣어 가지고 와서 내게 보여 주며 다음과 같이 말하였다.

"이것은 내가 아이 적에 장난삼아 지은 것일세. 자네는 먹을 것 가운데 강정이란 과자를 보지 못했는가? 찹쌀가루를 찧어 술에 담갔다가 누에 크기로 잘라서 뜨뜻한 구들장에 말리고 기름에 튀겨 부풀리면 그 모양이 누에고치처럼 되지. 모양도 깔끔하고 맛도 좋네만 그 속이 텅 비어서 아무리 먹어도 배가 부르지 않네. 잘 부스러지는 성질이라 입김으로 훅 불면 눈처럼 날리네. 그래서 겉만 번지르르하고 속이 빈 물건을 이름하여 속 빈 강정이라 한다네.

지금 저 개암이나 밤, 벼는 사람들이 하찮게 여기는 물건이지만 실제로 아름답고 진짜로 배불러서 상제(上帝)에게 제수품으로 바칠 수 있고 귀한 손님에게 예물로 드릴 만하네. 무릇 문장을 짓는 방법도 이것과 같네. 그러나 사람들은 개암이나 밤, 벼라 하여 하찮게 여기니 자네가 나를 위해 변론해 주지 않으려는가?"

내가 책을 읽은 뒤 그에게 다음과 같이 대답하였다.

"장자(莊子)가 꿈에 나비가 되었다는 말은 믿지 않을 수 없어도 한나라의 이광(李廣)이 활을 쏘아 화살이 바위를 뚫었다는 말은 끝까지 의심하게 된다네. 왜 그렇겠나? 꿈속의 일은 확인하기 어렵고, 눈앞에 실제로 일어난 일은 확인하기 쉽기 때문일세. 지금 자네는 비루하고 천근(淺近)한 데서 오가는 말을 조사하고, 구석지고 더러운 곳에서 일어나는 일들을 수집하였네. 평범한 남정네와 아녀자들이 실실 웃고 노상 하는 일들이라 무엇 하나 눈앞에 실제로 일어난 일 아닌 것이 없네. 눈이 시큰하도록 보고 귀에 물리도록 들어서 성을 쌓는 무지렁이나 용렬한 종놈이라도 틀림없이 아는 사실일세. 그렇기는 하나 묵은 장도 그릇을 바꾸면 새 맛이 입안에 감돌듯이 움직이지 않는 감정도 처지가 달라지면 마음도 눈길도 다 같이 바뀌게 되네.

이 책을 보는 이들은 소천암이 어떤 사람인지, 민요가 어느 지방 노래인지를 굳이 물어보지 않는 것이 좋겠네. 그래야 제대로 볼 수 있을 걸세. 그리하여 연달아 읽어 시운(詩韻)을 완성하면 그 속에 담긴 성정(性情)을 논할 수 있고, 화보에 따라 그림을 그리면 인물의 수염과 눈썹까지 확인할 수 있지. 재래도인(睞睞道人)이 일찍이 이런 말을 했다네.

'저물녘 돛배 한 척이 갈대밭으로 언뜻 숨어들 때 사공이나 어부가 아무리 텁석부리에 봉두난발이라도 저 건너 물가에서 바라보면 고사(高士) 육노망(陸魯望) 선생으로 지레짐작하게 된다.'

오호라! 재래도인이 나보다 먼저 그 생각을 해 버렸네. 자네는 재래도인을 스승으로 섬겨야 할 테니 도인을 찾아가 물어보게나.”

해설

본명을 알 수 없는 소천암(小川菴)이란 지식인이 쓴 책에 붙인 서문이다. 그 책은 조선의 민속과 관련한 많은 사실을 기록한 민속학의 범주에 속한 저술로 짐작된다. 소천암은 이 저술이 문장을 쓰는 데 요긴하게 쓸 소재라 여겨 박지원에게 의의를 밝혀 주는 서문을 부탁하였다. 그러면서 소천암은 남들이 쓰는 속 빈 강정 같은 문장이 아니라 속이 알찬 문장을 짓기 위해서는 민속과 관련한 소재가 유용하게 쓰일 것이라는 생각을 곁들였다. 소천암의 생각에 찬동하여 글쓴이는 이 저술이 다룬 일상 속 민속과 언어들이 “묵은 장도 그릇을 바꾸면 새 맛이 입 안에 감돌 듯이” 새로운 문장의 소재가 될 수 있음을 인정하였다. 그러면서 천근하고 속된 민속과 감정을 담아내는 예술의 의의와 가치를 적극적으로 평가하였다. 글쓴이 자신을 포함하여 이 시기 예술가들이 조선 특유의 민속과 언어를 풍부하고 적극적으로 활용한 논리를 잘 설명한 글이다.

이영익

李令翊

1738~1780년

자는 유공(幼公)이고, 호는 신재(信齋)·포객(匏客)이며 본관은 전주(全州)이다. 명필 이광사(李匡師)의 둘째 아들로, 『연려실기술(燃藜室記述)』의 저자인 이긍익(李肯翊)이 친형이다. 이광사가 하곡(霞谷) 정제두(鄭齊斗)를 스승으로 모셨던 인연으로 이영익 역시 자연히 강화학파의 학맥을 이었다. 부친이 을해옥사(乙亥獄事)에 연루되어 함경도 부령과 전라도 신지도에서 유배 생활을 할 때 따라가서 봉양하며 배웠다. 그가 이광사의 글씨를 임모(臨摹)하면 어지간한 사람은 분간하지 못했다고 한다.

경학에도 조예가 깊어 상당한 분량의 경설(經說)을 썼고, 부친의 『서결(書訣)』을 해설한 저작도 지었다고 전한다. 문집에 『신재집(信齋集)』이 있다. 문장은 논설과 잡설 그리고 편지글과 제문 위주로 지었고, 간명한 필치를 장기로 했다.

소를 타고
우계를 찾아가는
송강을 그린 그림

題騎牛訪牛溪圖

이 그림은 부정(副正)을 지낸 겸재 정선의 작품으로 문청공(文清公) 정철(鄭澈)이 소에 걸터앉아 문간공(文簡公) 성혼(成渾) 선생을 방문한 사연을 그렸다. 평주(平州) 신대우(申大羽)가 소장하고 있고, 내가 문청공의 노래를 한시로 번역하여 뒤에 써 놓았다. 이 그림을 보고 이 노래를 읊조리면 선배들의 풍모를 상상할 수 있을 뿐 아니라 시원스럽게 벗을 사귀는 모습을 엿볼 수도 있다. 지금 사람들의 아첨하는 태도와는 너무나 다른 모습이기에 백 년이 지난 뒤인데도 경탄을 자아낸다. 신대우가 그림을 소장하고 있는 데는 깊은 뜻이 있는 게 아닐까?

경진년 정월 열여드렛날 완산(完山) 이영익이 삼가 쓴다.

해설

1760년 이영익이 20세를 갓 넘긴 젊은 시절에 쓴 글로 신대우(1735~1809년)가 소장하고 있던 정선의 그림에 쓴 발문이다. 글이 대단히 간명한데 주제는 군더더기 없이 또렷하다. 정선은 정철의 유명한 다음 시조를 그림으로 그렸다.

재 너머 성 권농(成勸農) 집에 술 닉닷 말 어제 듣고

누운 쇼 발로 박차 언치 노하 지즐 트고

아히야 네 권농 겨시냐 정 좌수(鄭座首) 왓다 흐여라

越岡成勸農宅 昨聞新酒熟

足蹴臥牛起 置薦按跨着

童子汝家勸農在 爲報鄭座首來此

시조에 병기한 한문은 이영익이 시조를 한시로 번역한 것이다. 시조의 화법은 군더더기나 사설 없이 하고 싶은 말을 그대로 솔직하게 내뱉었다. 관료 생활을 한 시인의 작품인데도 세련됨이나 점잖은 격식은 보이지 않는다. 거칠고 시골티가 물씬 느껴진다. 꾸밈없는 솔직함과 생기가 바로 시조의 묘미이자 정선이 그림으로 그리고 이영익이 그 가치를 높이 평가한 까닭이다. 이 시조의 미학은 소야(疏野)의 풍격에 해당한다. 글쓴이는 친구를 사귈 때 체면을 잃을까 조심조심하면서 상대의 비위를 맞추려 애쓰는 당대 사람들의 태도를 그와 대조되는 송강의 인간미를 통해 풍자했다.

강흔

姜俒

1739~1775년

호는 삼당재(三當齋), 본관은 진주(晉州)로 증조부 강백년(姜栢年), 조부 강현(姜鋧), 아버지 표암(豹庵) 강세황(姜世晃)으로 이어지는 소북(小北) 명문가에서 태어났다. 1763년 25세의 나이로 증광 문과에 병과로 급제했다. 그가 관계에 진출한 뒤 아버지 강세황 역시 영조의 특별한 배려를 받아 관직에 나섰다. 얼마 뒤 영남 지방에 잠깐 근무하며 각지를 두루 여행했다. 1767년 사헌부 검열과 대교, 병조 좌랑을 거쳐 1769년 부안 현감으로 부임했다가 조정에 돌아와 사헌부 지평에 올랐다. 1772년 이조 좌랑과 승지 등을 두루 지냈고, 문장을 잘 짓는다는 명성을 누렸지만 곧 세상을 떠났다.

강흔은 재기 발랄한 문인으로 시와 산문 모두 경쾌한 작품을 다수 남겼다. 그 가운데 「담배를 읊은 열 편의 시(詠烟茶草十首效香山)」는 담배가 간절하게 떠오르는 순간을 절묘하게 표현했다. 산문 가운데 서(序)와 기(記)의 문체에 볼만한 작품이 많다. 문집으로 필사본 『삼당재유고(三當齋遺稿)』가 전한다.

부안 격포의 행궁   格浦行宮記

부안현 관아의 서문을 나와 들길로 이십 리를 가면 변산이다. 변산은 둘레가 구십여 리인데 그 반쪽이 바닷물에 들어가 있다. 산을 안고서 동남쪽으로 이십 리를 가면 웅연도(熊淵島)이다. 여기에서 바닷배를 타고 산을 따라 아래로 삼십 리를 가면 동남쪽은 큰 바다이고, 서북쪽은 바로 산이다. 산세가 갈수록 둥그렇게 둘러싸고, 풍기(風氣)가 갈수록 단단하고 빽빽해지는데 이곳이 바로 격포진(格浦鎭)이다. 격포진은 산에 기대어 자리를 잡았고, 진 앞에 있는 만하루(挽河樓) 밑까지 조수가 곧장 밀려들어 온다. 진에서 꺾어 서쪽으로 일 리를 가면 그곳이 바로 행궁(行宮)이다.

행궁은 동쪽을 바라보고 뒤로 높은 봉우리에 기대 있다. 봉우리 뒤는 큰 바다이지만 사면을 산이 감싸고 있어 행궁이 바닷가에 자리하고 있음을 전혀 알 길이 없다. 정전(正殿)은 열 칸이고 동서 날개집은 여덟 칸이며 누각 네 칸, 행각(行閣) 네 칸이다. 바깥문은 세 칸이고 안문은 두 칸으로 담을 둘러쳤다. 단청이 심하게 벗겨졌으나 건물의 규모는 거창했다. 변산 지역 승려를 불러 모아 행궁을 지키고 있다.

선조 임금 18년 경진년(1580년)에 삼남 순검사(三南巡檢使) 박황(朴潢)과 관찰사 원두표(元斗杓)가 조정에 보고하여 진을 설치하고, 경종 임금

4년 갑진년(1724년)에 관찰사가 또 조정에 보고하여 이 행궁을 지었다. 행궁의 지세가 높은 산에 의지하여 험준하고, 또 험한 바다에 걸쳐 있어서 요새로 삼았다.

이 지역은 몹시 가파른 산이 백 리를 가로지르고 있다. 큰 바다가 여기에 이르면 칠산(七山) 앞바다에 막혀 해로의 목구멍이 된다. 돛을 달고 북쪽으로 항해하면 하루 밤낮 사이에 강화도에 곧장 도달할 수 있으므로 참으로 하늘이 만들어 놓은 험준한 지형이다. 선배들이 이 지역을 지키지 못하면 강화도조차 믿지 못한다고 말하면서 진을 설치하고 행궁을 지었다. 그 큰 책략과 원대한 계획이 이와 같다.

정전 뒤편 가장 높은 봉우리에 있는 봉수대로 올라가 아래를 내려다보았다. 만 리에 층층이 이는 파도가 눈 아래 아스라하다. 서쪽으로 고군산도나 계화도 등 여러 개의 섬을 바라보니 바둑판이 벌려 있고 별이 펼쳐진 모습이다. 주변 풍경을 두루 살피면서 감개한 기분으로 배회했다.

이윽고 격포진의 장교를 불러 무비(武備)에 관해 물었더니 그가 이렇게 대답했다.

"진의 서쪽 일 리쯤 되는 곳에 대변정(待變亭)이 있는데 무기고입니다. 창은 부러지고 검은 무뎌졌으며, 깃발은 찢어지고 더러워져 어느 것 하나 사용할 수 없습니다. 전함 한 척과 양곡선 두 척, 척후선 세 척이 있어서 삼 년에 한 번 보수하고 십 년에 한 번 지붕을 교체하는 것이 군율입니다. 지금 십여 년이 흘렀지만 감영이나 수영(水營)에서 물자와 인력을 대 주지 않습니다. 오래된 것은 벌써 훼손되어 버려 지금은 한 척도 남은 배가 없습니다."

오호라! 국가가 태평스러워 바다에 외침의 물결이 일지 않으므로 백성들이 전쟁을 알리는 나발 소리를 듣지 못한 지 수백 년째다. 만에 하나 변경이 안정되지 않아 외적이 침략할 때 무비가 이렇듯 엉성하다면 지리상 이점을 활용할 길이 없다. 바닷가 백성들은 소금 독점과 어세(漁稅)에 핍박당해 생계를 잇지 못한 지 오래다. 풍속이 본디 교활하고 변덕이 심하므로 인화(人和)도 말할 것이 못 된다. 이런 사정이야 군현을 맡은 낮은 관리가 걱정할 일은 아니다만 조정의 많은 현명한 분들이 술 마시며 노래하고 흥겹게 잔치하는 여가에 잠깐만이라도 염두에 두고 있는지 나는 모르겠다.

해설

글쓴이는 1769년 가을 전라도 부안의 현감에 제수되어 부임했다. 부안은 그가 산 37년의 짧은 인생에 특별한 인상을 남겼다. 부안에서 강흔은 읍지(邑誌)를 만들고, 후선루를 새로 세우고 낙성식을 열었다. 부임한 이듬해 봄에는 남들처럼 아버지를 모셔 구경을 시켜 드렸다. 강세황은 아들 덕에 1770년 5월 채석강과 격포진 일대를 유람하고서 「격포유람기(遊格浦記)」와 「유우금암기(遊禹金巖記)」와 「우금암도(禹金巖圖)」를 남겼다.

이 글은 변산에 있었던 행궁을 찾아가 지형과 구조, 건립의 역사에 관리 실태까지 두루 살펴보고 썼다. 여행의 과정을 묘사한 솜씨도 빼어나다. 그러나 이 글의 묘미는 후반부에 있다. 국난에 대비하려고 요충지에 구축한 요새가 부실한 정도를 넘어 완전히 무너져 있다. 젊은 지방관으로서 민심도 군사 대비도 모두 허술하기 짝이 없는 실태를 관찰하고 개탄과 우려를 담아 감개하게 서술했다. 부안 행궁의 실상을 보여 줄 뿐 아니라 우환 의식을 구체적 체험을 통해 밝힌 의의가 있는 글이다.

서설을 반기는 누각　　　賀雪樓記

부안 관아의 후선루(候仙樓)가 완성되자 한겨울이 찾아왔다. 누각이 높아서 멀리 조망하기에 넉넉한지라 눈이 오기만을 기다렸다. 그러나 날씨가 춥지 않은 해라 얼음이 얼 낌새가 없어 몹시 울적해졌다. 십이월이 되자 연일 눈이 크게 내렸다. 한두 손님과 함께 후선루에 올라 놀기로 했다. 잔치 자리를 넓게 깔아 술잔과 그릇을 차려 놓으니 비취 소매의 기녀는 추위에 떨고 붉은 화로에서는 불기운이 이글거렸다. 변산에서 돌아온 사냥꾼은 꿩과 사슴을 안줏거리로 바쳤다.

사방을 둘러보니 무성(武城)과 영주(瀛洲), 김계(金谿, 김제) 여러 군의 산은 백옥 같은 봉우리와 고개가 한가지 빛이고, 성곽 서북쪽의 숲과 골짜기도 온통 흰빛이었다. 관아 건물의 높은 대와 대를 둘러싼 다락에는 떨어지는 꽃잎과 휘날리는 솜버들 사이로 구슬 같은 용마루와 옥 같은 기와가 불쑥 나타났다가 어느새 사라졌다. 상쾌한 기운이 폐부로 스며들 때 술잔을 들어 손님들께 권하며 말했다.

"지금 이 눈은 납일(臘日) 전에 내린 세 번의 서설인데 한 길 높이로 쌓였으니 음산한 요기가 스르르 사라지고 아직 남은 메뚜기 알이 땅속으로 숨어들 겁니다. 내년에는 참으로 풍년이 오리라는 것을 점쳐서 알 수 있습니다. 도적은 틀림없이 일어나지 않을 테고, 송사도 틀림없이 늘어나지 않을 테지요. 그러면 나는 이 누각에 올라 즐겁게 지낼 겁니다. 옛날 소동파(蘇東坡, 소식)가 비가 내릴 때 희우정(喜雨亭)을 완성한 것처럼 나는 눈이 내릴 때 이 누각을 완성했습니다. 그러니 이 누각의 이름을 눈을 축하한다는 뜻의 하설루로 바꾸렵니다."

술잔이 여러 번 오가고 나자 서글피 예전 일이 떠올랐다. 임오년(1762년) 한양에서 나그네로 지낼 때였다. 귀족과 호걸 집안의 한두 친구가 대설이 내리자 편지를 보내 나를 불렀다. 저물녘에 대문을 나서 나귀에 걸터앉았다. 골목을 지나 큰길을 뚫고 대지의 눈길을 헤쳐 나갔다. 백옥 빛 천지에서 친구와 상봉해 어깨를 부딪고 손을 부여잡으며 추위를 몰아낼 난방 도구를 벌여 놓았다. 그 뒤에 운을 나눠 시를 짓되 소동파가 옛날 취성당(聚星堂)에서 한 것처럼 했더니 기분이 몹시도 호쾌해 눈 속에서 나보다 더 멋지게 논 사람은 없다고 생각했다.

그다음 해 남쪽 지방에 벼슬살이하러 떠나 조령에 이르렀을 때 대설을 만났다. 산은 높고 골짜기는 깊은 곳이라 늙은 나무가 어지러운 삼줄기처럼 솟아 있어 한기가 평야의 열 곱절이나 더했다. 때때로 소나무는 쌓인 눈 무게를 못 견뎌 가지가 부러지고 황새가 깜짝 놀라 날아올랐다. 절정에 올라 저 아래로 일흔 개 고을을 내려다보니 기분이 몹시도 상쾌해 눈 속에서 나보다 더 멋지게 여행한 사람은 없다고 생각했다.

또 그다음 해 홍문관(弘文館)에 숙직할 때 대설을 만났다. 푸른 나무와 검푸른 추녀만이 어우러져 있을 뿐이었다. 달빛이 환해 금청교(禁淸橋)를 산보하노라니 자줏빛 옷을 입은 내시가 임금님의 보묵(寶墨)을 받쳐 들고 와서 문신들에게 눈을 반기는 시를 지어 올리라는 하명을 전했다. 절을 하고 받들어 시를 지어 바치고 나자 기분이 몹시도 즐거워 눈속에서 나보다 더 멋지게 시를 지은 사람은 없다고 생각했다.

다시 그다음 해 산으로 돌아와 은거하노라고 문을 걸어 닫은 채 겨울을 날 때 또 대설을 만났다. 짚신에 지팡이를 짚고 문을 나서서 매화가 피었는지 더듬어 가다 내친걸음에 수리산(修理山)의 절에 올랐다. 선루(禪樓)와 요사채가 눈에 덮였고, 소나무가 눈에 묻혀 대숲을 가두어 거의 길이 끊겼다. 문을 두드리자 장작처럼 깡마른 스님이 향불을 사르고 불경을 읽고 있었다. 기분이 몹시도 호젓해 눈 속에서 나보다 더 멋지게 눈을 감상한 사람은 없다고 생각했다.

그리고 기축년 올해 나는 또 이 누각에 올라 눈이 온 것을 축하했다. 십 년 이래 한 몸이 노닌 자취가 또렷하게도 마음과 눈에 떠오르건만, 머리를 돌려 보면 종적조차 찾을 길 없다. 마치 눈 위에 찍힌 기러기 발자국이 흔적도 없이 사라진 것과 같다. 인간 세상 세월이란 이처럼 손아귀에 잡고 즐길 수 없단 말인가! 앞으로 몇 년 만에 어디에 몸을 부쳐 몇 길의 눈을 만나 몇 번이나 즐길 수 있을지 알 수가 없다.

내가 이제 이 글을 지어 여기에 남겨 두면 곧 관복을 벗고 떠나리라. 고향에 돌아가 지낼 때 육칠월이 되면 불 우산은 허공에서 불타고 시방 세계는 가마솥 같으리라. 초가집 처마 밑이나 토방 위에서 나뭇잎 하나 흔들거리지 않고 새 한 마리 울지 않을 때 낮잠 끝에 목침에 기대 누워 이 글을 읽는다면 맨발로 꽝꽝 언 얼음을 밟는 기분이 들리라.

해설

글쓴이는 부안 현감으로 재직할 때 후선루를 새로 세우고 낙성식을 열었으며 기문도 썼다. 그런데 12월이 되어 큰 눈이 내리자 이를 축하한다는 뜻으로 이름을 하설루로 바꾸고 이 기문을 썼다. 당시 부안 관아에는 이 누정 외에도 부풍관(扶風館), 역락헌(亦樂軒), 단소헌(但嘯軒), 망월루(望月樓), 제민헌(濟民軒) 등의 관아 건물이 있었다.

대설이 내린 뒤 누각에 앉아 술과 음식을 먹으며 눈을 구경하는 즐거움이 멋지게 묘사된 글이다. 늦겨울에 눈이 많이 오는 이 지역의 특색을 기발하게 담아냈다. 그중에서도 백미는 대설을 구경하면서 그 옛날 체험했던 대설을 회상하는 대목이다. 한양에서 벗들과 어울려 멋지게 논 것(遊雪), 영남 가는 조령의 눈길에서 멋지게 여행한 것(行雪), 대궐에 눈이 내릴 때 멋지게 시를 지은 것(詠雪), 수리산에 내린 눈을 멋지게 감상한 것(賞雪)까지 하나하나 정취 있는 사연이다. 하설루에서 눈 구경이 인생에서 갖는 의미를 되새기는 장면 또한 인상적이다. 눈을 감상한 기문 가운데에서도 빼어난 작품에 속한다.

김순만의 이런 삶 金舜蔓傳

김순만은 경기도 남양부(南陽府) 사람이다. 어려서 부모를 여의고 가난해서 의지할 데가 없자 남의 집 머슴살이를 했다. 나이 열아홉에 아내를 얻었는데 아내도 탁자를 펼칠 자산조차 없었다. 순만은 아내에게 이렇게 말했다.

"내가 몹시 가난해 생계를 꾸릴 방도가 없네. 당신과 약조하니 힘써 농사짓고 장사해서 생업을 일굽시다."

해서 쉬지 않고 열심히 일을 했다. 이웃들이 다 쉬는 밤에도 달이 있으면 멈추지 않고 밭을 갈고, 달이 없으면 새끼를 꼬았다. 농사도 짓고 장사도 해서 남들보다 곱절이나 이문을 남겼다.

항상 "인생에 마흔이 절반이다. 내가 쉬지 않고 근면히 일하면 마흔에는 쉴 수 있으리라."라고 말했다. 하지만 집안사람들은 그 말을 믿지 않았다. 수십 년이 흘러 해마다 곡식 육십 휘쯤 수확하여 살던 집 곁에 있던 기와집을 사고 깨끗한 의관을 장만했다. 그러나 그 집에 거처하지도, 그 옷을 입지도 않았다. 남들이 연유를 물으면 이렇게 대꾸했다.

"내가 저것을 장만한 것은 내게 그만한 재산이 있어서요. 나 정도가 되어 그렇게 하지 않으면 남들이 비루하다 비웃을 거요. 나는 본디 비천한 사람이라 가난할 때 살던 집에 살 뿐이오. 예전 가난뱅이였던 때를 잊고서 호사를 누리면 내게 손해가 끼칠까 두렵소."

이렇듯 생업을 열심히 꾸리며 게으름을 피우는 법이 없었다. 그렇게 이십여 년이 흘렀다. 마흔 살이 되던 해 섣달이 오자 시장에서 자리 한 장과 베개 하나를 사서 돌아왔다. 집안사람들이 이상하게 여겼다. 그다음 해 설날이 되자 자리를 펴고 베개를 베고 누워서 집안사람들에게 말했다.

"내가 이렇게 하는 이유는 내 인생을 쉬고 싶어서다. 나는 오래도록 고생했다. 이제 쉬지 않으면 언제 만족할 수 있겠느냐? 그치지 않고 종신토록 소나 말처럼 일하는 짓은 나는 하지 않겠다. 나는 평생 차조술을 즐겼으니 지금부턴 내게 차조술과 밥 두 사발을 늘 내오되 없다고 핑계 대지 마라! 그 나머지 일로는 나를 귀찮게 하지 말고!"

드디어 마루 아래로 내려오지도 않았고, 마을 사람과 만나지도 않았다. 그는 이렇게 말했다.

"나도 사람이다. 집안이 좋은 사람은 나를 천하게 여겨 무시할 텐데 내가 어찌 그들에게 허리를 굽히랴? 또 나보다 못한 자야 내가 어찌 어울리랴?"

어느 여름날 집안사람들이 들에 나가고 그만 홀로 돗자리 위에 베개를 베고 누워 있었다. 갑자기 소나기가 와서 마당에 널어놓은 보리를 휩쓸어 가는데도 곁눈질할 뿐 거두어들이지 않았다. 조금 있다가 집안사람들이 와서 "고봉(高鳳)인 줄 아셔요?"라 하자 이렇게 대꾸했다.

"내가 사지를 쓰지 않은 지 오래되었다. 내 어찌 보리 몇 말 때문에 마루 아래로 내려가랴!"

이십일 년을 하루같이 그렇게 지내다 예순한 살에 죽었다.

아! 순만은 맨주먹으로 생업을 일으켜 풍족한 재산을 일궜으니 그 재주가 벌써 보통 사람이 아니다. 재산이 조금씩 남아돌 때 홀연히 마음을 쉬게 하고 생업을 그만두어 스스로 즐겁게 지냈다. 공을 이루고 나서 물러나는 사람이 예로부터 지금까지 몇 사람이나 되랴? 순만이 세상에 나가 영화로운 길을 걷고 화려한 옷과 맛 좋은 고기를 즐기자면 뭐가 어려웠으랴? 그런데 적송자(赤松子, 옛날의 신선)의 뒤를 따라 오호(五湖)에 배를 띄워 은거했다. 여항에 사는 필부가 이렇게 남보다 고매하게 살 줄은 일찍이 생각조차 못 했다. 저 벼슬이 높은 자들은 종루(鐘樓)의 명예를 다투는 마당에 빠져 돌아올 줄을 모르니 순만에게 부끄럽지 않겠는가? 그 때문에 나는 김순만의 전기를 지어 그칠 줄 모르는 자를 경계한다.

해설

경기도 남양에서 자수성가한 서민 부자의 독특한 삶을 묘사했다. 문체는 전기이다. 사대부의 고귀한 삶이 아닌 여항인의 기이한 삶을 다뤘다는 점에서 소재가 특별하다. 겉으로는 공을 이루고 나서 만족하고 은퇴할 줄 아는 미덕을 예찬했다. 이는 관료나 사대부의 삶에서 중요한 의의를 지닌다. 하지만 실제로 이 전기는 가난에 허덕이던 한 농부가 극한의 근면함과 절약으로 큰 부자가 된다는 성공 신화에 초점이 맞추어져 있다. 그러면서도 단순히 성공한 부자를 선망하거나 예찬하지 않는다는 데 가치가 있다.

김순만은 40세를 기약하고 밤낮으로 일하다가, 마흔 살 이후로 죽을 때까지 여유로운 생활을 누린다. 그가 누리는 여유는 탐욕이나 방종이 아니라 금도가 있다. 스스로 쌓은 부를 향유하는 김순만의 인생관에는 벼슬아치와는 다른 건강함이 있다. 서민의 부의 축적 그리고 건강한 부의 향유를 긍정하는 글이다.

이언진

李彦瑱

1740~1766년

자는 우상(虞裳), 호는 송목관(松穆館), 본관은 강양(江陽)이다. 역관 집안에서 태어나 자신 또한 그 길을 걸었으나 타고난 문학적 재능을 숨길 수 없어 이용휴 문하에 나아가 가르침을 받았다. 그의 천재적 역량은 스승이자 당대의 문호인 이용휴가 지은 만시(挽詩)와 생전에 그를 박대했던 박지원이 후회 어린 마음으로 지은 전(傳) 등을 통해 넉넉히 확인할 수 있다. 1762년 통신사에 참여하여 일본에 다녀온 것이 그의 일생에 전기를 이룬다. 당시 일본인들이 조선 사절단에게 시와 글씨 등을 끊임없이 부탁했었는데 그는 거기에서 문학적 재능을 마음껏 펼쳤다.

27세의 아까운 나이에 세상을 떠나기 직전, 자신의 문학을 제대로 알아주는 사람이 없음을 탄식하고 스스로 원고를 불태웠으나 아내가 그중 일부를 수습했다. 후손들이 원고를 모아 간행하며 『송목관신여고(松穆館燼餘稿)』라는 제목을 붙였다.

그의 천재성은 주로 시의 영역에서 발휘되었는데 특히 육언절구(六言絶句) 연작 「호동거실(衚衕居室)」이 유명하다. 18세기 중반 시단에서 대단히 독특하고 개성적이며 도시적 감성을 잘 드러낸 시인이다. 시에 비하면 산문은 거의 남아 있는 것이 없이 겨우 편지글과 화상찬 등이 있으나 산문 역시 개성이 넘친다.

그리운 아우에게 1   寄弟殷美 一

오래도록 우리 아우의 얼굴을 못 보고, 오래도록 우리 아우의 목소리를 못 들으니 허기진 듯 마음이 허전하구나. 지금 이 순간 아우는 어떤 사람을 만나서 어떤 이야기를 하고 어떤 일을 할까? 새 옷을 걸칠 때면 우리 아우의 해진 옷이 생각나고, 쌀밥과 고기를 먹을 때면 우리 아우가 종이를 씹는 것이 생각나고, 귤, 홍시, 석류, 개암, 밤 등을 볼 때마다 어떻게 하면 우리 아우를 내 옆으로 불러올 수 있을까 생각한다. 우리 아우는 이 사실을 아느냐?

가을이 되어 차츰 서늘해지며, 낮은 짧아지고 밤은 길어지니 바야흐로 우리 아우가 책 읽고 공부하기 좋은 시절이로구나. 부디 우리 아우는 시간을 헛되이 보내지 말아다오. 지난번에 보낸 편지를 보니 제법 볼만하더구나. 나도 모르게 기쁨과 위안이 교차했단다. 아마도 스물대엿샛날쯤 내가 탄 배가 출발할 듯하다. 부산 동남쪽은 큰 파도가 하늘에 닿고 온갖 기이한 고래들이 어지러이 번갈아 날뛴다지만, 나는 탄탄대로를 따라 편안히 떠가는 것처럼 여길 것이다. 이게 다 평소 독서한 힘이란다. 우리 아우는 자중자애하렴! 형이 그리워질 때면 이 편지를 펴서 한 번 읽으며 내 얼굴을 마주한 듯 여기려무나.

계미년(1762년) 구월 열닷샛날 밥상머리에서 쓴다.

해설

이 편지를 받은 글쓴이의 동생은 이언로(李彦璐)로 자가 은미(殷美)이다. 1748년에 태어났으니 이언진과는 여덟 살 차이가 나며 이때는 열다섯 살이었다. 전반부는 아우 대신 연인의 이름을 넣어도 될 만큼 영락없는 연애편지이다. 후반부에서는 형님답게 열심히 공부하라는 잔소리를 빼놓지 않았다. 이언로 역시 이 편지를 받은 지 10년 뒤인 1773년 역과에 합격해 형의 뒤를 이어 역관의 길을 걸었다.

글쓴이의 문집에는 산문이 동생에게 보내는 편지 두 편만 실려 있다. 아우인 이언로가 형이 보낸 편지를 오랫동안 고이 간직했기 때문일 것이다. 재능은 하늘을 찌를 듯 특출났지만 중인이라는 벗어날 수 없는 신분적 제약 탓에 뾰족한 천재로만 알려졌던 이언진의 보드라운 속마음을 보여 주는 글이다.

그리운 아우에게 2　　　寄弟殷美 二

고국에 점점 가까워질수록 네 생각이 더욱 간절해진다. 나는 긴 여행의 피로를 이기지 못해 병세가 오래가는데, 낯선 나라의 의약은 뜻대로 듣지 않더구나. 한밤중에 스스로를 허물하며 먼 여행은 삼가라는 경계를 어긴 것을 후회하고 있다.

상관(上關, 가미노세키)으로부터 삼전고(三田尻, 미타지리)에 들어가던 날 저녁, 바람이 심해 배가 기울자 모두들 놀라서 어쩔 줄 몰랐단다. 이튿날은 파도가 아주 잔잔해지고 배가 편안하게 나아가더구나. 닭을 잡아 밥을 차려 주길래 먹었더니 몸이 절로 편안해졌다. 남 공(南公)이 옆에 계시다 "어제는 정말 위태했네!"라 말씀하시더구나. 내가 젓가락을 놓고 한숨을 쉬며 "창밖을 보십시오. 가없는 넓은 바다가 하늘에 바로 닿아 있습니다. 널빤지 한 장 아래가 바로 이 세계가 아닙니까?"라 말하니, 사람들이 두려워 밥을 먹다 뚝 그쳤다. 이는 단지 하룻저녁의 사연이지만 아침저녁으로 얼마나 위기를 겪는지 모를 지경이고, 또 이처럼 병고로 고생한다. 무슨 액운이 끼어 이 지경이란 말이냐?

일기도(壹歧島, 이키섬)로부터 대마도(對馬島, 쓰시마섬)로 건너가는 저녁에는 오백 리나 되는 큰 바다에 짙은 안개가 끼어 지척을 분간할 수 없었고 바람이 약해 배가 나아가지 않았다. 닭이 울 때야 비로소 움직였으니, 그때의 두려움이 지금도 남아 간담이 서늘하구나.

부모님의 염려 덕분에 병도 다행히 나을 것이고 얼굴을 보게 될 날도 반드시 머지않을 것이다. 근자에 네 편지를 보니 제법 법도에 맞더구나. 무척 기뻤단다. 봇짐 속에 붓과 먹을 많이 챙겨 놓았다. 돌아가는 날 네게 주려고.

해설

앞의 편지는 일본으로 출발하기 직전에 부친 것이고, 이 편지는 귀국에 임박해서 부친 것이다. 항해의 경험이 거의 없던 조선 문인들에게 배를 타고 멀리 가는 것은 위험하고 힘든 일이었다. 이 편지에서는 배를 타고 가며 겪은 아찔한 경험 두 가지를 이야기하고 있다.

첫 번째는 가미노세키에서 미타지리로 가는 길에 풍랑이 심해 난파 직전까지 갔다가 살아난 일이다. 아침밥을 먹으며 탄식한 남 공은 남옥(南玉, 1722~1770년)으로 서파(庶派) 출신의 저명한 문인이다. 일본 사행 뒤에 여행기인 『일관기(日觀記)』와 일본에서 지은 시를 정리한 『일관시초(日觀詩草)』를 남겼다. 가뜩이나 위험한 고비를 넘기고 맛있게 밥을 먹고 있던 일행의 밥맛을 앗아 간 것은 일행이 타고 있는 이 배, 이 갑판 밑이 바로 바다라는 것을 상기시켜 준 저자의 한마디 말이었다.

두 번째는 이키섬에서 쓰시마섬으로 가던 저녁, 이번에는 바람이 불지 않아 칠흑 같은 어둠 속에서 배가 멈춰 있었던 일이다. 바다를 오가며 겪은 모험이 짤막한 편지에 긴박하게 서술되어 있고, 귀국을 눈앞에 두고 기뻐하는 마음과 아우를 그리워하는 정이 글 밖까지 절절하다.

유경종

柳慶種

1741~1784년

유경종은 자가 덕조(德祖), 호가 해암(海巖)이며, 본관은 진주(晉州)이다. 조부 유명현(柳命賢)은 남인의 명망가로 이조 판서까지 올랐다. 그 이후 남인이 점차 정치적 힘을 잃어 집안의 입지도 위축되었다. 더욱이 숙부 유래(柳徠, 1687~1728년)가 이인좌(李麟佐)의 반란에 가담했다는 무고를 받아 형신(刑訊) 끝에 비명에 가고, 부친마저 유배지에서 세상을 떠나자 유경종은 벼슬살이를 단념하였다.

한평생 경기도 안산에 묻혀 살면서 서화(書畵)를 감상하고, 청문당(淸聞堂)에 소장된 방대한 장서를 읽고 시문을 지으면서 보냈다. 평생 지은 시가 4만 수를 넘고, 산문도 적지 않게 창작했으나 지금은 시가 상당수 남아 있을 뿐 산문 대부분은 흩어졌다. 남아 있는 산문은 시화와 필기 일부가 있다. 시와 글 모두 본 대로 생각나는 대로 쓰는 창작 방향을 견지했다. 18세기 예원(藝苑)의 명망가인 강세황(姜世晃)이 그의 자형(姊兄)이며 평생 지음(知音)으로 지냈다.

문집으로 『해암고(海巖稿)』가 전하는데, 산문 작품 일부와 함께 시 4000여 수가 수록되어 있다.

마음속의 원림　　　　　意園誌

의원(意園)은 마음속에 만든 원림(園林)이다. 원림을 짓지도 않고서 마음속에 먼저 짓는 것이 괜찮을까? 마음속에 지으면 원림이 문득 내 눈앞에 또렷이 나타난다. 원림을 실제로 소유한 이가 꼭 원림에 마음을 두는 것도 아니고, 원림에 마음을 둔 이가 또 꼭 원림을 실제로 소유한 것도 아니다. 이래서 서로가 상대를 문제 있다고 한다. 그래도 마음을 두지 않고서 원림만 가진 자보다는 원림을 소유하지는 못했지만 마음을 두는 자가 더 낫다. 그러나 이마저도 모두 거친 증거일 뿐이다. 인간이 한세상 살아가면서 누군들 잠깐 지상에 몸을 부쳐 사는 신세가 아니라고 구차하게 실재와 망상을 분간하려 드는가!

원림은 너비가 몇 무(畝)이고, 길이가 몇 무이다. 위치와 방향, 멀고 가까움과 넓고 좁음을 따지지 않고 내 몸이 가는 곳에 따라 원림이 있다. 산봉우리와 고개가 있고, 시냇물과 골짜기, 폭포와 개천이 있으며, 밭이 있고, 채소밭이 있고, 울타리와 담장과 문을 갖추어 놓았다. 누각이 있고, 당(堂)이 있고, 서늘한 마루, 따뜻한 방, 안채, 사랑채, 행랑채, 별채가 있고, 정자가 있고 대(臺)가 있으며, 단(壇)과 뜰이 있다.

소나무, 녹나무, 느릅나무, 버드나무, 두중(杜仲), 적목(赤木), 박달나무, 회나무, 측백나무, 비자나무, 대나무, 파초, 매화, 오동, 무궁화, 석류, 홰나무, 살구, 복숭아, 오얏, 산반화(山礬花), 앵두, 배, 밤, 감, 가시나무, 구기자, 포도, 난초, 국화, 뽕나무, 삼, 닥나무, 차(茶), 오이, 호박, 파, 생강, 마늘, 토란, 순무, 겨자, 아욱, 가지, 부추, 배추 따위의 채소가 있고, 기이한 풀과 이름난 꽃, 좋은 나무, 아름다운 풀, 콩, 약초의 싹, 창포, 원추리, 등나무, 머루, 벽려(薜荔), 이끼, 연꽃, 세발마름, 순채, 마름 따위의 식물이 있다.

족제비, 날다람쥐, 고양이, 쥐, 갈매기, 백로, 오리, 기러기, 해오라기, 비오리, 꾀꼬리, 제비, 매미, 딱따구리, 꿩, 까치, 까마귀, 비둘기, 잉어, 붕어 따위의 짐승이 있다. 벌, 소, 말, 나귀, 돼지, 양, 거위, 오리, 닭, 개 따위의 가축이 있다. 백학(白鶴), 괴석(怪石), 물방아, 못, 소(沼), 섬, 다리, 시렁, 오솔길, 굽이와 배나 수레와 같은 탈것이 있다.

산속 집의 청아한 물품인 침상, 휘장, 궤(几), 의자, 감실(龕室), 장지문, 탁자, 서안(書案), 병풍, 베개, 자리, 거울, 부채, 소반, 밥그릇, 맷돌, 절구, 검(劍), 표주박, 술잔, 술기구를 벌려 놓았다.

향로, 다구(茶具), 약 보따리, 인장(印章), 이정(彝鼎), 골동품, 여의(如意), 주미(麈尾), 거문고, 바둑판과 바둑돌, 퉁소, 경(磬), 묵각(墨刻), 화권(畵卷), 붓, 벼루, 종이, 먹, 단사(丹沙), 연분(鉛粉), 등, 초, 물시계, 대통, 주낭(籌囊), 시패(詩牌), 투호(投壺) 따위의 소장품이 있다.

옛 책 삼사천 권이 있어서 경전과 사서, 많은 문인의 문집과 패관소설(稗官小說), 도교와 불교의 경서를 갖추었다.

봄에는 꽃, 여름에는 폭포, 가을에는 단풍, 겨울에는 눈이 개고 비 오고 흐리고 맑음에 따라 모양은 달라도 이른바 아름다운 풍경에 그윽한 멋 아닌 것이 없다. 바람이 불면 시원하도록 끌어들이고, 날이 추우면 따뜻한 햇볕을 맞이한다. 아침이면 꽃에 물을 주고 저녁이면 오이 밭에 김을 맨다. 새벽에는 산을 구경하기가 알맞고, 밤에는 달을 감상하기가 알맞으며, 낮에는 책을 읽고 글씨 연습하기 좋다. 틈이 나면 거문고를 연주하고, 차를 달이고, 그림을 보고, 바둑을 구경한다.

때때로 물가로 나가 낚시를 하거나 산에 올라 약초를 캔다. 시를 읊고 비평하며 식물을 가꾸고 심어서 아름다운 경치를 보탬으로써 산림(山林)의 경제(經濟)에 마땅하지 않음이 없다. 바위에 걸터앉았거나 나무에 기대어 구름을 보거나 새의 노래를 듣는다. 마음을 즐겁게 하고 뜻에 맞게 하여 눈에 기쁘고 귀에 좋은 것은 어느 하나 갖추지 않은 것이 없다.

주인은 복건(幅巾)에 베 도포를 입고, 짚신에 지팡이를 짚고 그 속에서 편히 쉬거나 즐겁게 지내고, 여기저기 나들이하거나 산책한다. 쌀과 소금은 집안 아낙네에게 맡기고, 농사일은 소작인의 말을 따르며, 글과 서책은 자식에게 전해 준다. 배고프면 먹을 것이 있고 목마르면 마실 것이 있으며, 추우면 솜옷을 입고 더우면 베옷을 입어서 마음은 시름과 번뇌가 없고 몸은 질병으로 고생하지 않는다.

나는 세상에 구하는 것이 없고, 세상 또한 나를 잊는다. 남종과 여종이 각각 네다섯 명씩 있어서 땔감 해 오고 물 긷고 농사짓고 누에 치는 일과 청소하고 심부름하는 일을 맡아서 한다. 들에 사는 노인이나 냇가에 사는 벗과는 때때로 서로 왕래하며 글 뜻을 이야기하거나 농사일을 상의하며, 안개와 구름과 샘물과 바위의 멋진 풍경을 평가한다.

또한 골짜기에는 승방(僧房)이 하나 있고, 산중에는 서숙(書塾)이 하나 있어, 오고 가며 머물면서 강론하는 즐거움을 즐긴다. 조정과 시장의 일을 논하지 않고, 재물을 묻지 않으며, 사람의 옳고 그름과 착하고 악함을 말하지 않는다. 이와 같이 한평생 마치면 충분하니 내가 바라는 소망이 이러하다.

나는 일찍부터 금경(禽慶)과 상장(尙長)처럼 산수에 노니는 풍류를 사모하였으나 지금은 늙어서 오악(五岳)을 유람하려던 뜻도 한풀 꺾이고 말았다. 또 일찍이 언덕 한 곳과 골짜기 한 곳을 차지하고 싶은 소망이 있었으나 가난하여 마련할 길이 없었다. 그러므로 글에 산수를 늘어놓고 때때로 살펴보았으니 이른바 마음속의 원림이었다.

저 석숭(石崇)은 별서(別墅)가 있었으나 돌아가 쉬지 못하여 서(序)에 마음을 부쳤고, 종병(宗炳)은 병에 걸려 두루 돌아다니기 어려워지자 그림에 마음을 기탁하였다. 왕유(王維)는 망천장(輞川莊)에 잠깐 살았으나 응벽지(凝碧池)를 부끄러워하였고, 이덕유(李德裕)는 평천장(平泉莊)에서 사치를 부렸으나 멀리 주애(朱崖)로 쫓겨났다. 예전 사람 중에서 두루 꼽아 본다면 진정 원림의 즐거움을 누린 이로는 오로지 이도장(履道庄)을 지은 백거이(白居易)와 학림유거(鶴林幽居)를 경영한 나대경(羅大經) 등 몇 사람뿐이니 너무도 그 수가 적다. 조물주가 사람 놀리기를 좋아하고 사람에게 청복(淸福)을 아끼는 것이 이와 같다. 불경에서 이 세상을 결함(缺陷)의 세계라 했거니와 그 말을 어찌 믿지 않으랴? 또한 이원(李愿)은 말만 고상하게 했을 뿐 끝내 훌쩍 반곡(盤谷)으로 되돌아가지 않았고, 범중엄(范仲淹)은 어질고 귀하게 되었어도 낙양(洛陽)에 원림을 경영하려 하지 않았다. 내가 어떤 사람이기에 감히 그것을 바라겠는가?

따라서 부귀한 사람은 맑고 한가로움을 사모하고, 빈천한 사람은 영달하고 출세하기를 꿈꾼다. 누정과 대(臺)를 지은 사람은 돌아가서 쉬는 경우가 드물고, 산수를 사랑하는 사람은 재력이 없어 곤경을 겪는다. 골짜기에 사는 사람은 평탄하고 트인 멋이 없고, 물가에 사는 사람은 아늑한 멋이 부족하다. 오리 다리는 짧고 학의 다리는 길며, 뿔이든 이빨이든 한 가지씩 빼앗는다. 누군가는 젊은데도 병이 많고, 누군가는 늙어서 살날이 얼마 남지 않았다. 누구는 서쪽 누각이 완성되었어도 겨우 한 번 올라갔고, 누구는 죽기까지 송운령(松雲嶺)을 완성하지 못해 한탄했다. 누구는 숭산(嵩山)에서 잠시 서울로 올라와 손님처럼 처신했고, 누구는 경호(鏡湖)로 은퇴했다가 다시 재기하였다. 이름난 원림을 사람이 찾지 않아 붉은 난간이 텅 비어 적막하지만 닷 되의 녹봉을 포기하지도 못하고 돈 한 푼 없기도 하다. 누군가는 앉아서 구하지도 못할 용(龍) 고기를 이야기하지만 누군가는 남을 위해 보배를 세어 준다. 이와 같이 인간이 또 조물주를 저버리는 일이 그치지 않는다. 지금 세상에서 혜택을 받아 누리기가 예로부터 어려워서 또한 한스럽기만 하다. 그러니 마음속의 정원을 말하는 것이 오히려 아무것도 하지 않느니보다 낫지 않을까?

오호라! 인생은 백 년의 제한이 있고, 뜻과 일은 서로 어긋나며, 태어날 때 가지고 오는 것도 없고, 이승을 떠날 때 쥐고 가는 것도 없다. 몸이 바쁜 이는 쉽사리 누릴 수 없고, 힘이 부족한 이는 성에 차지 않아 늘 한스럽다. 그러니 미래에 망상(妄想)을 갖느니보다는 방외(方外)에 마음을 두어 노니는 것이 차라리 낫고, 경영하느라 애쓸 바에야 차라리 붓 끝에서 완성하는 것이 나을 것이다. 결국 모든 일을 그만두면 힘들거나 편안함의 차이가 드러날 것이고, 그저 다시 즐기는 마음을 붙이면 좋고 나쁨이 나타날 것이다. 이것이 나의 뜻이요, 이것이 내가 마음속에 원림을 만들었으나 그 원림이 처음부터 존재하지 않은 적이 없는 까닭이다. 뜻에 만족하기만 하다면 원림도 또 통발이나 그물, 군더더기나 혹의 신세가 될 터인데 더구나 종이 위에 펼쳐 놓은 말이야 말해 무엇 하랴!

그러나 내게 힐난하는 이가 나타나 이렇게 말했다.

"무릇 일에는 이름이 있고 실질이 있는데, 그대는 실제의 원림을 가진 적이 없는데도 먼저 그 이름부터 지었더군. 게다가 건물을 짓고 배치하면서 야단스럽게 문장으로 꾸미고 날마다 거닐며 취미를 즐기겠다고 설명했더군. 남들이 정말 그렇게 하는 줄로 생각한다면 어찌 꿈에서 파초 잎으로 덮어 놓고 현실에서 사슴을 찾은 이와 다르겠는가? 그런데 그대가 그렇게 했으니 이름을 앞세우고 실질을 뒤로 돌리는 사람이 아닌가?"

내가 그에게 이렇게 사죄하였다.

"그렇지 않네. 마음은 안이요, 원림은 밖일세. 남은 밖에 있는 것을 구하고, 나는 안에 있는 것을 구하네. 그대는 원림이 있다 생각하고 보지만, 나는 원림이 없다 생각하고 본다네. 원림이 없다 생각하고 보면 참으로 내 원림이 없었던 적이 없으나 원림이 있다 생각하고 보면 증거에 얽매이고 사물에 구속되어 나와 남의 경계를 떠나지 못해 원림이 어디에 있는지 모르는 것이 당연하네. 게다가 종이 위에 펼쳐 놓은 전원이 천 년 백 년 넘겨 유지된 경우를 본 적이 있는가? 때로는 고개를 돌리기도 전에 남의 소유가 되기도 하니 어찌 마음을 손님으로 삼고 원림을 주인으로 삼은 것이 아닌가? 아니면 또한 원림으로 이름을 삼고 마음으로 실재를 삼았던가? 이에 대해 반드시 변론하는 이가 나타날 걸세.

옛날 중장통(仲長統)은 「낙지론(樂志論)」을 지어 소망했으나 그 즐거움을 진정으로 누리지는 못하고 글에나 기탁하였을 뿐이네. 유린(劉麟)은 성품이 누각에서 사는 것을 좋아하였으나 가난하여 누각을 세울 재력이 없었다네. 그 친구인 문징중(文徵仲)이 그를 위해 「신루도(神樓圖)」를 그려서 선물했네. 나의 원림 또한 이와 같거니와 그 뜻만으로도 충분히 즐거운 일일세.

첨재(忝齋) 강세황(姜世晃)은 그림을 잘 그리는데 나를 위해 「의원도(意園圖)」를 그려 주마고 약속하였네. 그렇게만 된다면 나의 노닒이 어찌 뜻에 부족하겠는가? 이름과 실재를 그래 어느 겨를에 논하겠는가!"

우선 이런 말로 그 사람의 힐난에 답하긴 했으나 내가 어찌 따지기를 좋아하는 사람이랴! 어쩔 수 없어서 한 말이다. 그렇기는 해도 한 가지 할 말이 남아 있다. 옛날에 가난한 선비가 매일 밤 향을 사르고 하늘에 절을 올리며, 평생토록 옷과 밥이나 대충 해결하고, 아름다운 산수 사이를 노닐며 지내기를 바랐다. 그가 소망한 바람이 매우 소박한데도 하늘나라 신선은 오히려 비웃으며 얻을 수 없다고 말했다. 하물며 나의 바람은 너무 야단스럽고 모두 이루기 어려워서 양주(揚州)의 학(鶴)과 같은 것이지 않은가!

또 훗날을 기다려 실제 원림이 이루어져서 나의 소유가 된다면, 단지 마음속에 둔 것에서 벗어나 장차 경(境)과 일(事), 이름과 실재를 아울러 소유하게 될 테니 어찌 통쾌하지 않은가!

좋은 조건을 두루 갖춘 승경지를 만나기가 쉽지 않고, 마음과 힘을 합해 이 일을 해내기가 어려우며, 그 사이에 힘을 기울이면서 가진 것을 지키기는 한층 더 어렵다. 설령 앞에서 말한 것을 다 하지는 못하더라도 대체를 갖추고서 규모가 작다면, 작은 도(道)로서 볼 만하니 굴뚝새가 나뭇가지 하나를 차지한 것처럼 제 처지에 만족하여 지내기에 마땅하지 않음이 없다.

세상에는 또 별서(別墅)와 원림을 만들고서도 돌아가 누리지 못하는 사람이 있다. 만약 (원문 결락) 늘그막에 주관하게 된다면, 강산의 바람과 달은 한가로운 사람이 주인 노릇 하며 인연 따라 일하거나 쉬면서 못 할 일이 없다. 무릇 (원문 결락) 더불어 말한 내용이 장차 또 통발이나 그물, 군더더기나 혹의 신세가 될 터인데 가져다가 다른 사람의 눈앞에 보여 주어 동호인(同好人)에게 공개하는 것쯤이야 또 어찌 아끼겠는가! 그러나 이것은 또 알 수 없다. 그렇다면 지금 이른바 마음속의 원림으로 와유

(臥遊)를 즐기는 것을 어찌 그만둘 수 있겠는가! 이에 기문으로 쓴다.

병자년(1756년) 겨울 시월 어느 날 해암거사(海巖居士)가 쓰다.

해설

마음속의 원림 곧 '의원(意園)'은 상상력을 발휘하여 마음속에 지은 원림이다. 이 글은 일종의 원기(園記)로서 실제로는 만들지 않은 가공의 원림을 소상하게 설명한 글이다. 병자년(1756년)은 유경종이 43세 되던 해이다. 글쓴이는 벼슬길은 막혔으나 집안은 상당한 부를 축적한 터라 생활이 궁핍하지는 않았다. 30세 무렵 안산 정재골에 '해암동천(海巖洞天)'이라 이름 지은 곳에 집을 마련하고 이곳을 가꾸기 시작했다. 이 글에서 말한 '상상 속의 원림'의 어느 정도는 이미 실생활에서 구현했을 테고, 부족한 부분을 채워서 글로 지었다.

글의 앞쪽에서는 의원의 뜻과 그곳에 실제로 채워 넣고 싶은 주요한 물질 생활의 항목을 부류별로 나열하였다. 이어서 그 속에서 영위할 활동을 운치 있게 묘사하였다. 그리고 이 글을 쓴 창작의 정당성을 옹호하기 위하여 어떤 사람과의 문답을 배치하고, 마지막에는 같은 주제를 명확하게 상기하는 것으로 마무리하였다.

이 시기는 운치 있는 생활과 원림 경영의 욕구가 팽배한 시기였고, 그와 관련한 정보가 크게 유행하였다. 상상 속의 원림을 만드는 일만 해도 명말 청초 황주성(黃周星)의 「장취원기(將就園記)」가 유명하고 이 글이 당시 경화세족들 사이에 상당히 널리 읽혔다. 상상 속의 원림에서는 공간과 물질, 규모에 구애받지 않고 자신의 꿈을 마음껏 펼칠 수 있었다. 그 때문에 적지 않은 글이 지어졌다.

글쓴이가 글에서 밝혔듯이 강세황에게 부탁하여 그림으로 그려 달라고 한 점도 흥미롭다. 지금은 이 그림이 남아 있지 않지만, 글쓴이의 시집에는 이에 대한 제시(題詩)를 찾을 수 있어 실제로 그려진 사실을 확인해 준다. 18세기 이후 사대부 주거 생활의 현실과 꿈을 보여 주는 문화적 현상으로 주목할 만한 글이다. 이와 같은 글 가운데 길이도 상당히 길고 풍부한 내용과 흥미로운 발상 등 우수한 원기(園記)의 하나로 꼽을 수 있다.

이덕무

李德懋

1741~1793년

자는 무관(懋官)이고, 호는 청장관(靑莊館)·형암(炯菴)·아정(雅亭) 등을 썼다. 본관은 전주(全州)이다. 서파(庶派) 출신으로 넉넉하지 못한 집안에서 태어났지만 학문과 문장에 힘써서 젊은 시절부터 명성이 높았다. 정조가 규장각을 설치한 뒤 검서관(檢書官)으로 뽑혀서 많은 학술 문화 사업의 실무를 담당했다.

시는 사실적이면서도 첨신(尖新)하고, 소품취 넘치는 산문은 섬세하면서도 발랄하다. 18세기 시단과 문단에서 개성이 넘치는 뛰어난 작가로 인정받았다. 동시대부터 후대에 많은 영향을 끼친 문인의 한 사람으로 손꼽힌다.

사후에 정조의 명으로 그의 시문을 가려 뽑은 『아정유고(雅亭遺稿)』가 간행되었다. 단행본과 시문을 모은 방대한 『청장관전서(靑莊館全書)』가 전한다.

바둑론

奕棋論

세상 사람들이 베와 무명, 여우 가죽과 담비 가죽을 입고, 어류와 육류, 과일과 곡식을 먹으며, 밤에는 자고 낮에는 생업에 종사하며, 몸을 편안히 하고 정신을 기르면서 무탈하고 별고 없이 사는 것은 어째서인가? 여섯 가지 기예(六藝, 예(禮), 악(樂), 사(射), 어(御), 서(書), 수(數))가 있고, 네 부류의 백성(四民, 사(士)·농(農)·공(工)·상(商))이 존재하기 때문이다. 여섯 가지 기예 외에는 다른 기예가 없고, 네 부류의 백성 외에는 다른 백성이 없다. 어떤 이는 "요임금이 바둑을 만들어 단주(丹朱)를 가르쳤다."라고 하지만 이미 피일휴(皮日休)가 사실이 아님을 따져 입증했다.

나는 본디 바둑을 두지 못한다. 못 둘 뿐 아니라 두고 싶은 생각조차 없다. 열대여섯 살 때 소년들이 모인 곳에 간 적이 있었다. 바둑판이 한창 무르익어 구경꾼들이 판 주위를 둘러싸고는 바둑돌을 하나 놓을 때마다 "아무개는 죽을 것이고 아무개는 살아날 것이다."라며 큰 소리로 떠들어 댔다. 산다는 이나 죽는다는 이나 애를 태우고 낙담하는 모습이 마치 진짜로 사생결단을 내는 것 같았다. 내가 눈이 휘둥그레져서 "잠깐 사이에 판세가 엎치락뒤치락하고 담소하는 말이 살벌하군. 그래도 괜찮은지 나는 모르겠는걸."이라고 말했다. 그러자 누군가가 말했다.

"자네가 어찌 이 맛을 알겠는가? 고기 맛도 이만 못할 것이야. 자네가

안 배우면 그만이지만, 배우면 먹고 자는 것도 잊게 될 걸세."

그 말에 나는 웃으면서 이렇게 말했다.

"나는 타고난 자질이 매우 둔해서 바둑판이 네모나고 바둑알이 둥글다는 점만 알고, 그 동정이나 허실의 기미는 전혀 모른다네. 조금만 구경해도 머리가 아파 오고 눈이 어질어질해지네. 고기 맛보다 좋은 줄도 모르겠는데 어느 겨를에 잠자고 밥 먹는 것을 잊겠는가? 이 기예의 삼매경에 빠진다고 한들 적을 만난다면 무슨 지략이 나올까? 나라를 다스리는 데 무슨 보탬이 될까? 그저 생업을 작파하고 실성할 뿐이지.

이 기예가 나온 뒤로 이른바 장기니 쌍륙이니 기괴하고 요사스러운 잡기가 나타났네. 사대부도 이런 놀이가 크게 부끄러워할 일인 줄은 모르고 푹 빠져서는 밤낮을 잊고 가산을 탕진하고 생업을 전폐하기까지 하네. 바둑의 행마(行馬)를 다투다가 제후국의 태자를 때려 죽이고, 쌍륙을 놀다가 황후와 불륜을 저지르기도 했지. 더러는 아버지와 아들이 마주하여 대국하고 노비와 주인이 승부를 겨루기도 하네. 이는 아버지와 아들이 승부를 겨루고 노비와 주인이 서로 죽이려는 마음을 품은 걸세. 이는 더욱 올바른 일이 아니지.

아! 남을 속이는 기술은 흘러넘치고 예절은 해이해졌네. 앞으로 후세에는 여섯 가지 기예와 네 부류의 백성을 보지 못하고, 점점 잡기에 빠져들어 선비는 예악이 무엇인 줄 알지 못하고 백성은 농업과 상업이 무엇인지도 모르게 될 거야. 그런데도 오히려 배불리 먹고 따뜻한 옷을 입고자 하여 내기를 걸겠지만, 이른바 베와 무명, 여우 가죽과 담비 가죽및 어류와 육류, 과일과 곡식은 어디에서 생산되겠나? 밤에는 자고 낮에는 생업에 종사하며 몸을 편안히 하고 정신을 기르면서 무탈하고 별고 없이 살 수 있겠나! 바둑의 해독이 정말 막대하다네!

노자와 장자가 방자하게 이단의 학설을 내놓자 양자(楊子)와 묵자(墨子)의 형명설(刑名說)과 종횡가(縱橫家)의 견백설(堅白說)이 나왔지. 그 결과로 우리 유학이 침체하게 됐네. 바둑이란 것은 여섯 가지 기예와 네 부류 백성의 노자와 장자이고, 장기와 쌍륙은 기괴하고 요사스러운 기예이므로 양자와 묵자의 형명설과 종횡가의 견백설일세. 싹 쓸어서 없애 버리는 일을 우리 맹자처럼 할 분이 어디 없을까?"

내가 말을 마치자 바둑을 배우는 자가 "이는 요임금이 가르친 기예다. 나는 성인이 만든 기예를 배워서 내 지혜를 기르려 한다. 누가 감히 그르다고 하느냐?"라고 말했다. 그래서 내가 이렇게 그의 몽매함을 풀어 주었다.

"설령 요임금이 바둑을 만들었다 해도, 왜 요임금의 도(道)를 배우지 않고 요임금의 기예를 배우려 드는가? 공자가 요임금에게 배운 것은 예악(禮樂)으로 요임금이 평소에 행하던 것이라고 나는 들었네. 공자가 노담(老聃)에게 예를 묻고 사양(師襄)에게 금(琴)을 배웠다는 이야기를 들었을 뿐 누군가에게 바둑을 배웠다는 말은 못 들었네."

하지만 사람들은 내가 바둑을 두지 않는다고 "모자란 사람이다."라고 놀렸다. 나는 바둑을 몰라 모자란 사람이 되는 것은 두렵지 않고, 바둑을 알아 모자란 사람이 되지 못할까 두렵다.

나는 또 나를 놀리는 사람에게 위로 삼아 말했다.

"바둑은 기예 가운데 고아한 것이지. 무릇 사물에 빠지면 거기서 벗어나질 못하네. 고아한 점만 살려서 하고 내기를 걸거나 경쟁하지는 말게나. 일이 없어 한가한 낮에 한두 판 두는 정도라면 옛사람의 도를 따르는 것이 되리라."

해설

이 글의 문체는 자신의 주장을 설파한 논(論)으로 대화를 통해 자신의 논지가 타당함을 설득하고 있다. 바둑의 유행과 도박화, 폐해의 부정적 인식이 이 글의 배경이다. 글쓴이는 어떤 명문가 자제들보다 단정한 선비로 살았다. 스스로 책만 보는 바보(看書痴)라는 별명까지 붙인 그에게는 세상 사람들이 바둑과 같은 잡기에 빠져 시간을 허비하는 것이 대단히 한심하게 보였다. 어디 시간만 낭비하는 것이랴? 당시 바둑은 내기를 걸고 두는 경우가 많았고, 그러다 도박으로 변질되어 가산을 탕진하고 폐인이 되는 사람도 없지 않았다. 이 글에서 이덕무는 두 방향으로 바둑을 비판한다.

첫째, 당시 바둑을 옹호하는 이들은 바둑의 폐해를 지적하는 이들에게 유가에서 성군으로 받드는 요임금이 바둑을 만들어 아들에게 가르쳤다는 논리를 내세웠다. 이덕무는 그 논리를 반박하여 요순의 예악(禮樂)을 배우지 않고 바둑만 배우려는 사람들을 나무라고 있다.

둘째, 사람은 사농공상의 네 가지 부류에 속해서 자신의 직분에 충실해야 하는데, 바둑에 탐닉하면 자신의 본분을 망각하게 되고, 이 경향이 심해지면 한 사회의 존립이 위태로워진다고 글쓴이는 지적했다. '네 부류 백성' 외에 바둑으로 먹고사는 전문인이 나타나기 시작한 당시의 실상을 보여 준다.

그러나 글쓴이는 바둑이 기예 중에서는 고아한 것이고, 내기를 걸지 않고 소일거리로 한두 판 두는 정도라면 괜찮다고 한발 물러섰다. 그도 바둑의 가치를 완전히 부정하지는 않았다.

『맹자』를 팔아 밥을 해 먹고

집 안에서 값나가는 물건이라곤 겨우 『맹자』 일곱 권뿐인데 오랜 굶주림을 견디다 못해 이백 전에 팔아 그 돈으로 밥을 지어 실컷 먹었소. 희희낙락 영재(泠齋, 유득공(柳得恭))에게 가서 한껏 자랑을 늘어놓았더니 그도 굶주린 지 벌써 오래라, 내 말을 듣자마자 즉각 『좌씨전(左氏傳)』을 팔아 쌀을 사고 남은 돈으로 술을 받아 내가 마시게 했소. 이야말로 맹자 씨가 직접 밥을 지어 나를 먹이고, 좌구명 씨가 손수 술을 따라 내게 권한 것과 다를 바 없지 않겠소. 그래서 나는 맹자와 좌구명 두 분을 천 번이고 만 번이고 찬송했다오. 그렇다오. 우리들이 한 해 내내 이 두 종의 책을 읽는다고 해도 굶주림을 한 푼이나 모면할 수 있었겠소? 이제야 알았소. 독서를 해서 부귀를 구한다는 말이 말짱 요행수나 바라는 짓임을. 차라리 책을 팔아서 한바탕 술에 취하고 배불리 밥을 먹는 것이 소박하고 꾸밈없는 마음 아니겠소? 쯧쯧쯧! 그대는 어찌 생각하오?

해설

어렵게 공부한 사람이라면 무덤덤하게 읽을 수 없을 편지다. 이덕무와 유득공 두 친구가 긴 굶주림 끝에 여봐란듯이 책을 팔아 호쾌하게 한 끼 밥을 먹고 술을 나눠 마신 다음 이서구에게 사연을 전해 준다. 편지의 이면에서 울컥하는 슬픔이 배어난다. 굶주림은 가난한 서생의 사치다. 이덕무는 『이목구심서(耳目口心書)』에서 "최상은 가난을 편안하게 여기는 것이요, 그다음은 가난을 잊는 것이다. 최하는 가난을 숨기고 가난을 하소연하며, 가난에 짓눌리고 가난에 부림을 당하는 것이다. 그러나 그보다도 못한 것은 가난을 원수로 여기다가 가난으로 죽는 것이다."라고 했다. 가난을 편안하게 여기며 사는 축에 속하는 이들로서도 어떤 계기에 불쑥 자탄이 나오지 않을 수 없다. 이 편지는 아끼던 책을 팔아 한 끼의 성찬을 마련한 젊은 문사들의 궁핍과 비애를 고백한다. 학문과 생활 사이의 현격한 괴리로 갈등하는 마음을 친구에게라도 쏟아 놓아야 울적한 가슴이 풀릴 것만 같다. 아끼는 책을 팔아 한 끼 밥과 술을 먹는 눈물겨운 일상조차 익살을 섞어 표현한다. "길게 노래 부르는 것이 통곡보다 외려 슬프다."라는 속담처럼 그들의 호기와 익살이 오히려 독자를 슬프게 만든다.

문학은 어린애처럼
처녀처럼

嬰處稿自序

"원고에 '영처(嬰處)'라 이름 붙였으니 지은이는 어린아이(嬰) 아니면 처녀
(處)이겠군!"

"아닐세. 지은이는 관례를 치른 대장부일세."

"지은이가 어린아이나 처녀가 아닌데 동떨어지게 원고에 '영처'라 일컫
어도 괜찮을까?"

"이는 자기를 낮춘 말에 가까우나 사실은 자기를 찬미한 말이로군."

"그렇지 않네. 조숙한 어린아이라면 자기를 어른답다고 찬미하고, 지
혜로운 처녀라면 대장부답다고 자기를 찬미하겠지. 그러나 관례를 치른
대장부가 도리어 어린아이나 처녀라고 자기를 찬미하다니 그런 소리는
아직까지 못 들어 보았네."

마침내 나는 자기를 변명하는 말을 늘어놓았다.

"예전에 원고의 첫머리에 '어린아이가 장난치며 노는 것과 무엇이 다
르랴? 마땅히 처녀가 부끄러워 스스로 숨는 것처럼 해야 하리.'라고 써
놓았네. 이는 정말 자기를 낮춘 말에 가까우나 사실은 자기를 찬미한 말
이라는 지적이 맞네. 나는 어렸을 때부터 천성이 다른 것은 좋아하지 않
고 문장만을 좋아하였네. 그렇다고 문장을 잘 짓지는 못하고 오로지 좋
아할 뿐이었지. 그래서 잘 짓지는 못해도 때때로 문장을 지어 혼자서 즐

겼다네. 또 들뜨고 으스대기를 좋아하지 않아서 남들에게 이름이 알려지는 것을 부끄럽게 여겼는데 남들이 괴상하다 꾸짖기도 했네.

내가 어렸을 때에는 몸이 약하고 병이 많아서 독서를 열심히 하지 못해 읽고 익힌 것이 참으로 보잘것없었네. 가르쳐 주고 이끌어 줄 사우(師友)도 없었고, 집이 가난해 장서도 많지 않아 지식과 식견을 키울 길이 없었네. 그러니 아무리 깊이 좋아한다고 한들 학식이 민망할 수준일세.

어린아이가 장난치며 노는 행위는 활기찬 천성이고, 처녀가 부끄러워하며 숨는 짓은 순진한 진실일세. 억지로 그렇게 할 수 있으랴! 어린아이가 네다섯 살부터 예닐곱 살에 이르기까지는 날마다 장난치고 노는 것이 할 일이네. 닭 털을 꼽고 파피리를 불면서 벼슬아치 놀이를 하고, 제기를 차려 놓고 제사를 올리네. 점잖게 걷고 의젓하게 행동하며 학궁(學宮) 놀이를 하다가 울부짖으며 펄펄 뛰기도 하고 눈을 부라리고 할퀴면서 표범놀이 사자놀이도 하지. 또 조용히 읍(揖)하고 사양하며 마루와 계단을 오르면서 손님과 주인이 접대하는 놀이도 하지. 조릿대로 말을 삼고 밀납으로 봉황을 만들며, 바늘로 낚시를 만들고 대야로 연못을 삼네. 무릇 귀로 듣고 눈으로 보는 것을 배우고 흉내 내지 않는 것이 없네. 한창 천연스럽고 내키는 대로 할 때에는 활짝 웃다가 훨훨 춤도 추고, 흥얼흥얼 노래를 부르지. 그러다가 때로는 불쑥 울어 대거나 갑자기 훌쩍거리며 이유 없이 슬퍼하기도 하네. 그처럼 변화가 날마다 백 번이고 천 번이고 나타나는데 왜 그러는 줄도 모르고 그렇게 하네.

처녀는 생사(生絲)로 만든 주머니를 차기 시작할 때부터 비녀를 꽂을 때까지, 규방에서 얌전하게 지내면서 예절을 지키며 몸가짐을 단정히 하지. 음식을 만들거나 바느질과 길쌈을 할 때 어머니가 보여 준 길이 아니면 따르지 않고, 행동이나 말씨는 유모가 가르친 것이 아니면 하지를 않네. 밤에는 촛불을 켜고 다니고, 낮에는 부채로 가리고 다니되 너울을 드리우고 장옷을 덮어서 조정에서처럼 근엄하고, 신선처럼 너무 멀어 접근하기 힘드네. 야들야들한 복사꽃과 죽은 노루를 읊은 시는 부끄러워 읽지를 못하고, 탁문군(卓文君)과 채문희(蔡文姬)가 재가(再嫁)한 일은 유감스럽게 여겨서 입에 올리지도 않네. 이모나 고모, 언니나 동생이 아니면 같은 자리에 어울려 앉지 않고, 멀리서 먼 친척이 찾아왔을 때 부모님이 나와 인사하라고 하면 형제를 따라 억지로 절을 하고, 등불을 등지고 벽을 보며 부끄러움을 이기지 못하지. 때때로 중문(中門) 안에서 놀다가 발걸음 소리나 기침 소리가 멀리서 들리면 달아나 깊이 숨느라 정신이 없네.

아! 어린아이여, 처녀여! 누가 시켜서 그렇게 하는가? 장난치며 노는 행동이 과연 인위적일까? 부끄러워 숨는 행동이 과연 거짓일까? 원고를 지은 사람이 문장을 짓고 남이 봐 주기를 구하지 않는 것도 또한 이들과 비슷하네.

한 덩이 먹을 갈고 세 치 붓을 휘둘러 사물의 정수를 줍고 자연의 보배를 거두었네. 가슴속을 묘사하기는 화공(畵工)과도 같이 하여 기쁘고 화창함과 울적하고 답답함, 모이고 합쳐짐과 떨어지고 헤어짐, 휘파람 불고 노래함과 비웃고 꾸짖음 그리고 산수의 아름다움과 서화(書畵)의 기이하고 예스러움, 구름과 노을, 눈과 달의 화려하고 깨끗함, 꽃과 풀, 곤충과 새들의 고움과 비상의 모든 현상을 한결같이 여기에 발휘하였네.

다만 성질이 사납거나 모질지를 못해서 과격하고 성내며 사납고 비난하는 말은 하지 않았네. 게다가 스스로 만족스럽지 않은 글이라 하여 바로 버리지도 않았네. 갑을(甲乙)의 순서를 매기고, 붉은 먹과 녹색 먹으로 비평을 달며, 제첨(題籤)을 쓰고 책으로 장정하며, 주머니에 넣어 두고 점검하며, 자나 깨나 가지고 다니며, 찬송하고 노래하며, 벗처럼 가까이하고, 형제처럼 아꼈다네. 모두 내 성령(性靈)에 어울릴 뿐이요, 남의 눈에 보이기에는 부족하였네.

언젠가 불행하게도 어떤 손님에게 원고가 발각되어 면전에서 칭찬하는 소리를 들었네. 얼굴이 갑자기 붉어져서 겸손해하고 사양하는 말을 과하게 하면서도 마음이 불편해서 견딜 수 없었네. 손님이 간 뒤 부끄러움은 더 심해지다가 도리어 스스로 화가 나서 물이나 불에 던져 버려도 아깝지 않을 것만 같았네. 화가 조금 풀리자 다시 스스로 웃으면서 '예전에 꽁꽁 봉했던 상자는 단단하지 못했다. 이제 열 겹의 종이로 감싸서 나무 상자에 넣고 쇠 자물쇠로 잠가야겠다.'라고 하였네. 그러다가 문득 낯빛을 바로잡고 맹세하여 '앞으로는 남들이 찾거나 빼앗아 간다면 마땅히 물이나 불에 던져도 조금도 아까워하지 않겠다.'라 하였네. 쯧쯧! 아무래도 괴상한 부류일세!

그러나 어찌 감히 지리멸렬하고 악착같으며 반딧불만 한 밝음이나 발자국에 괸 물 정도의 능력을 가지고 방자하고 교만하여 재주를 팔면서도 부끄러워하지 않고, 으스대고 뽐내면서 불손하게 굴어 망령되이 '내 앞에도 이런 문장이 없나니 내 뒤에 어찌 이런 문장이 있겠는가?'라고 하여, 식자들로부터 꾸짖음을 당하겠는가!

예로부터 문장을 잘하는 사람은 대부분 오만하고 자부심이 강하여 시기하는 자들이 사방에서 일어나서 헐뜯음과 비방의 횡액을 당하거나 이에 연루되어 인생살이가 꼬이고 심지어 목숨과 명예를 잃고 부모를 욕보이기까지 했네. 더구나 문장을 잘하지도 못하는 자는 말해 무엇 하랴! 아, 두려워할 일이로군! 아, 두려워할 일이야!

나는 장난치고 놀며 부끄러워 숨는 어린아이와 처녀의 특징을 함께 가지고 있다고 자화자찬한 적이 있네. 장난치고 노는 행동은 어린아이의 일이라 어른들이 꾸짖지 않고, 부끄러워 숨는 행동은 처녀의 일이라 바깥 사람들이 감히 따질 수 없지.

아! 어떤 사람은 내게 널리 남들에게 인정받기를 구하고 스스로 빛나도록 하라고 요구하기도 하지. 그러나 아무리 타이르고 꾸짖기를 깊고 간절히 하더라도 나는 더 깊이 두려워하고 더 단단하게 감추고 뉘우친다네. 어떤 사람은 내게 스스로 즐기기만 할 뿐 남들과 함께 나누지 않는다고 책망하기도 하지. 나는 그저 핑계를 대지 않고 나의 자세를 변함없이 지키려네. 아무리 하나하나 경계하고 세심하게 삼가 어린아이와 처녀로 자처하더라도 오히려 남들의 꾸짖음과 책망을 면하지 못하지. 부끄럽고, 부끄럽네!

그러나 만약 어린아이와 처녀로 자처하지 않는다면 꾸짖음과 비방을 어찌 다 말할 수 있으랴! 그래서 다시 이렇게 자신을 위로하였네.

'가장 즐겁게 노는 이는 어린아이이다. 그러므로 어린아이의 장난은 활기찬 천성이다. 가장 부끄러움을 많이 타는 이는 처녀이다. 그러므로 처녀가 숨는 행동은 순진한 진실이다. 문장을 좋아하는 사람들 중에 가장 잘 장난치고 놀며 가장 부끄러움을 많이 타며 숨는 이가 또한 나보다 심한 사람은 없다. 그러므로 그 원고에 어린아이와 처녀라는 이름을 붙인다.'"

내 말을 듣고 어떤 이가 또 물었다.

"무릇 좋아하는 것을 잘하는 법일세. 자네는 정말 문장을 잘하기에 일부러 스스로 겸손해하는가 보군?"

"먹는 것으로 비유해 말해 보겠네. 요리사가 진수성찬을 만들 때 곰발바닥과 닭발, 잉어 꼬리와 성성이 입술, 싱싱한 염교와 하얀 생선회를 내

놓고 생강과 계피를 곁들여서 소금과 매실로 간을 맞추고, 삶고 볶는 시간을 잘 맞추고 시고 짠 간을 알맞게 맞춰서 공후(公侯)에게 바치면, 맛있어하며 실컷 먹지 않는 사람이 없을 걸세. 그런데 저 공후들은 진수성찬을 맛나게 먹을 줄은 알아도 저 요리사처럼 잘 조리할 수는 있을까? 내가 좋아하는 것도 저 공후들이 요리를 좋아하는 것과 같네. 식초는 마땅히 시게 담가야 하고, 장은 마땅히 짜게 담가야 하지. 공후라도 이 정도만 대충 알 뿐일세. 내가 문장을 대충 지을 줄 아는 수준이 그저 이 정도일 뿐일세. 일부러 스스로 겸손하여 자화자찬하지 않을 필요가 있겠는가?"

"그렇다면 어린아이와 처녀가 대장부가 되고 부인이 될 날이 없단 말인가?"

나는 드디어 미소를 짓고 이렇게 대꾸하였다.

"비록 대장부가 되고 부인이 된다 해도 천성에서 우러나온 활기참과 진실함에서 배어 나온 순진함은 머리가 허옇게 쇠어도 여전히 똑같을 것일세."

경진년(1760년) 곡우(穀雨)에 서문을 쓰다.

해설

『영처고(嬰處稿)』는 이덕무가 10대에 쓴 시문을 모은 시문집이다. 이 자서는 글쓴이가 스무 살 나던 해에 썼다. 그로부터 10년쯤 지난 시기에 글쓴이는 어린 시절의 작품을 묶어서 박지원과 성대중에게 다시 「영처고서(嬰處稿序)」를 받았다. 『연암집』에는 이덕무의 시가 조선 특유의 풍속과 언어를 잘 표현한 조선풍(朝鮮風)의 시라는 높은 평가를 담은 서문이 실려 있고, 성대중은 1760년에 저자의 우수성을 평가한 서문을 썼다. 그 원본 『영처고』 2책이 국립민속박물관에 소장되어 있다.

글쓴이의 서문은 가상의 손님과 나눈 대화를 통해 자신의 창작관을 피력하였다. 글에는 '어린아이(嬰)'와 '처녀(處)'라는 자신의 호이기도 한 두 개의 핵심어가 있다. 어린아이는 활기찬 천성에서 우러나와 가장 즐겁게 노는 존재이다. 의무나 강요가 아니라 자기 인생의 유희로서 즐거운 창작을 하겠다는 생각을 비유한다. 처녀는 순진한 진실에서 부끄러움을 잘 타며 숨기를 잘한다. 남에게 명성을 내기 위해 창작하는 문학이 아니라 스스로 즐기기 위한 문학을 하겠다는 주장을 담은 말이다. 글쓴이의 작품 세계를 잘 설명한 비유가 바로 아이들의 유희처럼 문학을 하겠다는 주장이다. 문학 창작을 대하는 남다른 시선을 보여 주는 비평적 글로 18세기 비평문 가운데 큰 의의를 지니고 있다.

겨울과 책　　　　耳目口心書 二則

○

지난 경진년(1760년)과 신사년(1761년) 겨울 작은 초가집이 너무 추워서
숨을 내쉬면 얼음꽃이 피고 이불깃에서는 사각사각 소리가 날 지경이었
다. 나같이 게으른 사람도 한밤중에 일어나서 급한 대로 『한서』 한 질을
이불 위에 비늘처럼 차곡차곡 덮어서 추위를 조금 누그러뜨렸다. 이렇게
하지 않았더라면, 거의 후산(后山)처럼 감기에 걸려 죽었을 것이다.

　어젯밤 방의 서북쪽 모퉁이로 황소바람이 들어와서 등불을 몹시 세게
흔들었다. 한참을 고민하다 『논어』 한 권을 빼서 병풍처럼 세우고 나니
난관을 헤쳐 나가는 수완이 내 딴에도 자랑스러웠다. 옛사람이 갈대꽃
으로 이불을 삼기도 했으나 이는 신기함을 좋아한 행동이다. 또 금과 은
으로 상서로운 새나 짐승을 아로새긴 병풍을 만들기도 했으나 이는 사치
스러워서 흠모할 것이 못 된다. 그 무엇이 나의 『한서』 이불이나 『논어』
병풍처럼 경황이 없는 순간에도 기어코 경사(經史)를 놓지 않는 것과 비
교가 되겠는가? 왕장(王章)이 쇠덕석 위에 누운 일이나 두보(杜甫)가 언치
를 깔고 앉은 일보다도 낫다고 하리라.

　을유년(1765년) 겨울 십일월 스무여드렛날 기록하다.

268

○

을유년(1765년) 겨울 십일월 형재(炯齋, 글쓴이의 서재)가 추워서 뜰아래 작은 초가집으로 거처를 옮겼다. 집은 몹시 누추하여 벽에 맺힌 얼음이 뺨을 비추고, 구들장의 그을음이 눈을 아리게 하였으며, 바닥은 울퉁불퉁하여 그릇을 놓으면 물이 영락없이 엎질러졌다. 햇빛이 비치면 지붕에서 물이 샜는데 묵은 눈이 썩은 볏짚에 스며들어 지붕 아래로 뚝뚝 떨어졌다. 한 방울이라도 손님의 도포에 떨어지면 손님은 깜짝 놀라 일어나고, 나는 게을러 집수리를 제대로 못했다고 사과하곤 하였다.

아우와 더불어 이 집을 지키면서 모두 석 달을 보냈다. 그래도 오히려 웅얼웅얼 글 읽는 소리를 멈추지 않고 큰 눈을 세 차례나 겪었다. 매번 큰 눈이 내릴 때마다 이웃에 사는 땅딸보 영감님은 반드시 빗자루를 메고 문을 두드렸다. 혀를 끌끌 차면서 혼자말로 "가엾어라! 몸도 약한 선비가 얼어 죽지나 않았는가?"라 하고는 먼저 길을 내고, 다음에는 창문 밖에서 눈에 파묻힌 신발을 찾아 눈을 툴툴 털어 냈다. 그리고 시원스럽게 눈을 치워서 둥그렇게 눈 더미 세 개를 만들어 놓고 갈 때면, 나는 벌써 이불 속에서 옛 책 가운데 서너 편을 다 읽은 뒤였다.

오늘은 날씨가 꽤 풀려서 책들을 안고 서쪽에 있는 형재로 옮겨 갔다. 그런데 묵던 집을 차마 떠나지 못한 채 마음에 걸려서 몸을 일으켜 세워 세 바퀴 돌고서야 밖으로 나왔다. 형재에 쌓인 먼지를 털고 붓과 벼루를 정돈하며 도서를 점검한 뒤 한번 앉아 보았다. 또 오랫동안 나그네 생활을 하다가 집에 돌아온 기분이 들었다. 붓과 벼루와 도서들은 마치 아들과 조카들이 우르르 나와 절을 할 때 얼굴은 조금 낯이 설어도 사랑스러워서 도저히 어루만지고 안아 주지 않을 수 없는 느낌과 똑같았다. 아! 이런 것이 인정이 아닐까!

병술년(1766년) 정월 대보름에 쓰다.

해설

『이목구심서(耳目口心書)』는 귀로 듣고 눈으로 보고 입으로 말하고 마음속
으로 생각한 것을 글로 쓴 단행본이다. 저자가 20대 초중반이던 1764년
부터 1766년까지 쓴 글 모음으로 자전적 일기나 서정적 산문, 시문평에
서부터 주변 사물과 현상을 고증한 내용에 이르기까지 풍부한 내용을
담고 있다. 서정성과 문학적 감수성이 넘치는 빼어난 수필집으로 당시부
터 주변 문인들로부터 높은 평가를 받았다.

　그 가운데 자전적이고 서정적인 글 두 편을 뽑았다. 몹시 추운 겨울날
별다른 방법이 없어 『논어』와 『한서』로 추위를 모면했던 일이나 겨울을
나는 초가집에서 벌어지는 사건이 생생하면서도 인정 넘치는 글로 승화
되었다. 극도로 궁핍한 생활 속에서도 배움의 끈을 단단하게 잡고 있는
선비의 모습을 위트 넘치고, 따뜻하고 섬세한 필치로 묘사하고 있다.

이가환

李家煥

1742~1801년

자는 정조(廷藻), 호는 금대(錦帶) 또는 정헌(貞軒)이다. 1777년 문과에 급제하여 광주 부윤(廣州府尹), 대사성, 충주 부사, 개성 유수, 형조 판서 등을 역임했다. 출중한 기억력과 다방면의 재능을 지녀서 당대에 어깨를 나란히 할 이가 드물다는 평가를 받았다. 저명한 문인 혜환(惠寰) 이용휴(李用休)의 아들로서 성호 이익으로부터 내려온 가학을 전수받았다. 남인(南人)의 지도자로 인정을 받았으나, 그를 극도로 미워하는 반대파에게 신유사옥 때 역적으로 몰려 죽임을 당했다.

산문가로서 이가환은 아버지 이용휴의 범주를 크게 벗어나지 않았다. 그러나 이용휴의 아류에 머물지 않고 그만의 개성을 드러냈다. 수사에서는 기벽(奇僻)한 글자와 전고를 종종 구사하여 난삽하다. 문체는 길이가 짧고 건조하다. 그러면서도 기발한 착상이 보이고, 주제를 선명하게 부각시킨다. 깔끔하고 미끈하게 잘빠진 문체를 구사하였다.

그는 기이한 산문을 구사함으로써 정조 치세 후반기에 발생한 문체반정의 주된 표적이 되었다. 정치적 동기가 개입한 사건이지만 독특한 문체를 구사한 데에도 원인이 있다.

효자 홍차기의
사연

孝子豊山洪此奇
碑碣

홍씨(洪氏) 성을 가진 동자의 이름은 차기(此奇)이다. 아버지는 인보(寅輔)로 법조문을 어겨서 한 달에 세 차례씩 고문과 매질을 당했다. 감옥 안에서 슬퍼하고 있을 때 아이는 막 밥을 먹고 있었는데 신비하게 아비의 고통을 알아차리고 울부짖고 뒹굴어 미리 약속이나 한 듯했다.

그 어머니가 아버지의 억울함을 호소하러 서울로 달려갔다. 눈물이 마르고 혈기가 다해 목숨이 넘어가 눈을 뜨고 입을 벌린 채 상여가 되어 돌아왔다. 그러자 아이는 표연히 떠나 아버지에게 하직 인사도 하지 않고 신문고를 쳤다. 해를 넘기도록 대궐 문 앞을 떠나지 않은 채 봉두난발에 부르튼 발로 지냈다. 보는 사람마다 감탄하고 먹을 것을 주거나 서캐와 이를 잡아 주었다.

때마침 큰 흉년이 들어 의혹이 있는 죄수의 죄목을 바로잡을 때 중신(重臣)이 홍차기의 일을 아뢰었다. 주상께서 "아! 본도(本道)에 신칙하여 증인이 없는 그 사안을 밝히도록 하라!"라고 명하셨다.

아이는 제 힘을 헤아리지 않고 아비를 위해 달려가되 역말이 갔다가 역말이 돌아올 때마다 말보다도 먼저 달렸다. 구십 리를 남겨 두고 병이 위독했으나 기어서 대궐에 나아가 성상의 자비로움을 기원했다. 성상의 은혜로운 사면령이 내려갔을 때는 아이의 숨이 실오라기처럼 붙어 있었다. 곁에 사람이 사면령을 읽어 주자 듣고는 별안간 벌떡 일어나 "아버지, 아버지! 살아나셨군요!"라고 외쳤다. 그러고는 눈을 감고 드디어 영영 저승으로 가고 말았다.

아버지가 막 옥에 들어갈 때 아이는 태중에 있었고, 아버지가 옥을 나올 때 아이는 상여에 있었다. 십사 년 세월 동안 하늘은 정말 무너진 세상 풍속을 안타깝게 여겨 그를 시켜 지탱하게 했구나! 아아! 사람의 모범이 여기에 있구나!

성상 19년 을묘년(1795년) 시월 아무 날에 자헌대부 행 충주 목사 여흥 이가환이 글을 짓고 글씨를 쓴다.

해설

이가환이 충주 목사로 있을 때 지은 비문이다. 충주와 한양을 오가며 효자가 아버지를 구하고 죽은 일을 묘사했다. 요절한 효자의 비문답게 글은 대단히 짧고 호흡이 대단히 촉급(促急)하여 문체가 주인공의 사연과 닮아 있다. 실제 빗돌도 아주 작다.

글이 적힌 비문은 현재 충북 중원군 노은면 가신리 마을 어귀에 남아 있다. 그 아버지가 비의 뒷면에 다음과 같이 새겼다.

네 아비가 묘비명을 쓰노라.

"어미여, 아들이여! 울부짖고 대궐 문을 지켜서 남편을 살렸고 아비를 살렸도다. 하늘이 내린 효(孝)와 열(烈)은 세상에서 듣지 못하던 바로다. 이 작은 비갈(碑碣)을 처음 세운 분이 누구시던가? 금대(錦帶) 공께서 백성을 불쌍히 여기셨구나! 덕택은 산처럼 높고, 은혜는 바다처럼 넓구나! 네 아비의 마음은 이 비와 함께 우뚝하리라."

홍차기의 효행은 당시 장안을 떠들썩하게 한 실화로서 많은 문인들이 글을 지었고, 야담에도 수록되어 심금을 울렸다. 대표적인 글로는 홍양호(洪良浩)를 비롯하여 많은 문인이 전기를 지었고, 『청구야담(靑邱野談)』, 『동야휘집(東野彙輯)』, 『청야담수(靑野談藪)』, 『이향견문록(里鄕見聞錄)』을 비롯한 많은 저술에 수록되어 있다. 나중에 홍차기는 조정으로부터 정려(旌閭)를 하사받았다.

하늘의 빛깔을 닮은 화원

綺園記

하늘은 기이한 빛깔을 소유하고, 사람은 그것을 빌려다 쓴다. 사람 가운데 솜씨가 가장 모자란 자는 비단 짜는 여인이다. 여인은 먼저 누에고치에서 가늘고 미끈한 실을 고른다. 낮이면 햇볕에 말리고 밤이면 달빛에 말린 뒤, 팔 힘을 뽐내며 북을 던져 날마다 몇 치씩을 짠다. 그다음에는 꼭두서니와 쪽 물감으로 물들이는데, 그 현란한 빛깔이 사람의 눈길을 빼앗는다. 촉(蜀) 땅 여인의 솜씨가 그중 제일 좋다. 그러나 그 비단을 가져다 옷을 만들면 얼마 지나지 않아 거무튀튀하게 색깔이 바랜다. 만들기는 너무도 힘이 들건만 망가지기는 쉬워서 실 잣는 여인은 괴롭다.

그다음으로 조금 약은 꾀를 소유한 자가 시인(詩人)이다. 봄바람을 가져다 정신을 만들고, 밝은 노을을 붙이고 향수도 뿌리며, 비취새의 깃털과 찰랑거리는 옥구슬로 잡다하게 꾸민다. 그 뒤에는 곱디고운 배 속에서 시상(詩想)을 찾아내어 부드러운 팔뚝을 휘둘러 시를 쓰되, 감정이 요구하는 대로 매끈하고 멋지게 짓는다. 육조(六朝) 시대 시인의 솜씨가 제일 좋아, 제법 오랜 세월 동안 전해져 명성이 줄어들지 않는다. 그러나 제 심장을 토해서 시를 쓰고 나면, 영락없이 인간은 시기하고 귀신은 화를 낸다. 시를 잘 쓰기는 너무도 어렵건만 곤궁한 처지가 되기는 쉬워서 시인은 괴롭다.

그러니 그 누가 기원(綺園)의 주인보다 낫겠는가? 기원 주인은 몇 이랑의 땅을 개간하여 이름난 화훼를 죽 심었다. 붉은색, 녹색, 자줏빛, 비췻빛, 옥색, 담황색, 단향목색, 흰색, 얕은 멋, 깊은 멋, 성글게 심은 꽃, 빽빽하게 심은 꽃, 새로운 꽃, 묵은 꽃, 일찍 피는 꽃, 늦게 피는 꽃, 저물 때 피는 꽃, 새벽에 피는 꽃, 갠 날 피는 꽃, 비 올 때 피는 꽃 등등. 온갖 꽃들이 찬란하게 어우러져 빛깔을 뽐낸다. 이렇게 진짜 정취(情趣)로 진짜 빛깔을 대하니 그 무엇과 우열을 다투겠는가?

그렇기는 해도 주인은 화훼의 위치를 안배하고, 심고 접붙이고 물을 뿌리고 물길을 터 주며, 흙을 북돋고 가지를 쳐 내느라 고생한다. 그러니 멍청하고 완고한 시골 늙은이가 한 해 내내 목 뻣뻣하게 베개 높이고 누웠다가, 기원 동산에 꽃이 한창 피었다는 소식을 듣고서 흔연히 문득 찾아가고, 찾아가서는 온종일 마음 편하게 앉아 꽃구경하는 행복에 비교할 수 있으랴!

해설

기원(綺園)은 글쓴이의 벗이 만든 화원(花園)이면서 동시에 그 벗의 호이다. 벗의 실명은 밝혀지지 않는다. 벗이 화원을 빛낼 글을 지어 달라고 부탁하였다. 인간은 하늘이 소유한 광대한 자연의 빛깔을 빌려 사용하는 존재다. 자연의 아름다움을 차용하는 사람으로 실 잣는 여인, 시를 잘 쓰는 시인, 화훼를 가꾸는 원예가를 대표로 꼽았다. 그럴듯한 설정인데 그중에서 화훼를 키우는 이가 천연에 가장 가깝다. 옷감을 만들고 시를 짓는 일에는 인위와 인공이 가해지지만 "진짜 정취(情趣)로 진짜 빛깔을 대하"기 때문에 가장 뛰어나다. 이 시기에는 화원 경영에 대한 기호가 팽배해 있었고, 이 글은 그 취향에 의미를 부여하였다. 이 글의 멋은 마지막 대목에 있다. 글쓴이처럼 고생하지 않고 아름다운 화원을 즐길 수 있는 행복한 사나이를 내세운 것이 글의 묘미다. 기발한 발상을 잘 살려 낸 글이다.

정동유

鄭東愈

1744~1808년

자는 유여(愉如), 호는 현동(玄同), 본관은 동래(東萊)이다. 당파는 소론으로서 경화 세족(京華世族) 명문가 출신으로, 양명학의 큰 학자이자 저명한 문인인 이광려(李匡呂)의 제자이다. 벼슬은 홍주 목사와 장악원 정(掌樂院正)을 지냈다.

시문을 많이 남기지는 않았으나 주목할 만한 글이 적지 않다. 그가 지은 산문은 문예적인 글보다는 사실을 밝히는 학술적 내용이 많은 것이 특징인데 훈민정음 등 어학에 관심이 높아 관련한 글이 상대적으로 많다. 저서로 『현동실유고(玄同室遺稿)』 2책이 남아 있고, 『주영편(晝永編)』이 전하는데 후자는 실학적 내용을 지닌 명저로 손꼽힌다.

천하의 위대한 문헌 『훈민정음』

訓民正音

『훈민정음』은 천하의 위대한 문헌이니, 어찌 조선 한 나라의 언어만을 표기하는 도구에 그치겠는가? 음운(音韻)의 학문은 심약(沈約)과 주옹(周顒)에게서 절정에 이르렀고, 반절(反切)의 학설은 서역의 승려 요의(了義)에게서 기원했다. 이를 이어서 저술을 남긴 이들이 또 몇 사람인지도 모를 정도이다. 수많은 학설들이 성실하고 간곡하지 않은 것은 아니지만, 필경은 "東(동)의 음은 徒(도)와 紅(홍)의 반절이고, 江(강)의 음은 古(고)와 雙(쌍)의 반절이다."라 말할 뿐이다. 문자로 문자를 설명하고 음으로 음을 설명하여 끝내 하나의 가림막이 놓여 있다는 느낌을 벗어날 수 없다. 어쩔 수 없이 이리저리 빌려서 설명한 탓이다.

지금 정음(正音)은 東의 음은 바로 '동'이라 하고, 江의 음은 바로 '강'이라 한다. 만약 창힐이 한자를 만들 때 정음이 있어 아울러 전했다면, 그 시대 한자의 음은 아무리 오랜 세월이 지났더라도 착오가 생길 까닭이 없었을 것이다. 저 심약과 주옹과 요의와 같은 무리들이 한마디 말도 다시 꺼낼 수 없었을 것이다. 모르겠지만 우주 안에 다시 이런 문헌이 있단 말인가? 아! 우리 세종대왕께서는 『주역』에서 말한 이른바 총명하고 슬기로우며 사람을 죽이지 않는 신령한 무력을 지니신 성인이시다.

정동유

해설

정동유의 『주영편』은 천문, 풍속, 언어, 문학 등 다방면에 걸쳐 사실을 고증한 필기(筆記)로 저자의 학문적 온축(蘊蓄)이 잘 드러나 있다.

한문만 숭상하고 훈민정음을 홀대하던 조선 시대에, 훈민정음의 가치를 간명하게 역설하였다. 정동유가 주목한 점은 무엇보다 표음 문자로서 효용과 가치에 있는데, 우리말뿐 아니라 전 세계의 모든 언어를 표기할 수 있는 가능성을 위대하다고 평가했다. 『주영편』과 문집에는 이 밖에도 훈민정음에 관한 여러 중요한 논의가 실려 있다.

이
희
경

李
喜
經

1745~
1805년 이후

정조 연간의 시인이자 학자로 본관은 양성(陽城), 자는 성위(聖緯), 호는 윤암(綸菴), 사천(麝泉), 설수(雪岫) 등이다. 저명한 화가이자 천주교 신자로 신유박해에 순교한 추찬(秋餐) 이희영(李喜英)의 친형이다. 박지원, 이덕무, 박제가 등 북학파 학자들과 매우 친밀하게 교유하여 그들의 문학 활동을 정리한 『백탑청연집(白塔淸緣集)』을 편찬했다. 북경에 다섯 차례나 다녀오면서 청나라의 선진 문물을 받아들여 조선을 부강하게 하자는 주장을 펼치고 농법의 선진화에 큰 노력을 기울였다. 그의 사유는 박제가와 비슷한 점이 많아 이용후생의 사상가로 자리매김할 수 있는데 그 주장은 『설수외사(雪岫外史)』에 실려 있다. 시집으로는 『윤암집(綸菴集)』이 있다. 그의 일반 문장을 수집한 문집은 따로 전하지 않고 『설수외사』에 학술적 문장만이 실려 전한다.

중국어 공용론 　　　　　　　　漢語

우리나라와 중국은 나라 사이에 높은 산과 큰 강이 가로막지 않고 거리도 수천여 리에 지나지 않는다. 순임금이 도읍으로 삼은 기주(冀州)가 바로 오늘날의 연경(燕京)이므로 우리나라를 아주 멀리 떨어진 변방의 나라라 할 수 없다.

기자(箕子)가 동방에 와서 오랜 기간 머물렀다면 반드시 중국의 문화로 조선의 풍속을 바꾸었을 것이다. 그 훌륭한 제도와 문물 가운데 남은 것이 하나도 없어서, 중국과 조선의 언어가 서로 달라지고 문자의 음이 다른 상태에 이르렀다.〔중국의 경우에는 문자의 소리가 모두 뜻을 겸하고 있는 반면, 우리나라의 경우 말과 문자가 같지 않아서 소리 밖에 따로 뜻이 있다.〕 아무리 연구해 봐도 그 이유를 알 수 없다.

문자(한자)는 언어의 근본인데, 우리는 문자를 언어로 사용하지 않고 따로 언어를 만들었다. 따라서 天을 부르되 '티엔'이라고 하지 않고, '하늘 천'이라고 한다. 다른 글자도 모두 이와 마찬가지다. 따라서 한 글자에서 소리와 뜻이 판연히 달라져서 말은 말대로 문자는 문자대로 쓰였다. 옛날 창힐이 문자를 만들 때 만물의 형상을 본뜨고 말로는 소리를 삼았다. 그러니 글자는 그 말을 그림으로 표현한 데 불과하고, 말은 그 글자를 소리로 표현한 데 불과했다. 경전과 사서의 소리는 단지 말을 기록한 것이라서 공부하는 자는 그 소리를 듣고서 그 글을 알아차렸다. 이야말로 성인(聖人)이 그 소리를 바로잡아서 사물의 뜻을 통하게 한 방법이다.

사람의 소리는 폐에서 시작하여 입으로 나온다. 따라서 맑고 탁하며 높고 낮은 소리는 입술과 혀, 어금니와 이(齒)의 발음 기관에 따른 차이가 저절로 발생한다. 문자에서는 오음(五音)의 구분이 발생하고 음률에서는 팔음(八音)이 생겨난다.

내가 처음 중국에 들어갔을 때에는 관화(官話, 북경 말)를 대충 이해했다. 그러나 압록강을 건너오자 모조리 잊어버렸다. 우리나라 말을 귀로 한참 듣자마자 본래 익힌 말로 돌아온 것이 아니겠는가? 중국 사람을 보면 부인이나 여자아이들의 입에서 나오는 말이 모두 문자였으니 말과 문자가 다르게 나올 수 있겠는가?

게다가 그 말은 오음이 분명하여 구르고 뒤집히고 일어나고 떨어지면서 발음하는 사이에 절로 조리가 갖춰져 있다. 또 양음(兩音)과 쌍성(雙聲)이 있다. 말로 사용할 뿐 아니라 음악에 적용해도 딱 맞게 조화를 이룬다. 이야말로 천지의 바른 소리로 본래부터 그 소리가 있는 것이다.

우리나라는 그렇지 않아 말과 문자가 제각각 달라서 문자마다 그 뜻 풀이가 따로 있다. 문자의 음이 또 중국과 같지 않다. 사성(四聲)이 혼동되지는 않으나 하나의 운(韻) 안에서 글자의 음이 서로 다르고, 또 쌍성과 양음의 문자가 없다. 과연 어느 시대 누가 문자의 소리를 처음으로 얻어서 이런 괴리와 차이를 조성했는지 모르겠다.

옛날 우리 세종대왕께서는 식견이 크고도 밝으셔서 중국의 음과 맞추고자 언문을 창제하시고 그것으로 반절(反切)의 뜻을 밝히려 하셨다. 후세로 내려갈수록 해득하기 쉬운 관계로 시서(詩書)를 공부하지 않고 이를 앞다퉈 학습하여 부인네와 서찰 왕래에 사용했다. 그렇다면 언문이라는 문자는 동국의 특별한 문자로서 중국과 문자를 같이한다는 의리를 어긴 것이다. 정말 탄식할 일이다.

이제 만약 중국을 배워 풍속을 크게 바꾸고자 한다면 가장 먼저 중국어를 할 줄 알아야 한다. 그러면 나머지는 모두 저절로 바뀌게 될 것이다. 기자가 조선에 와서 다스릴 때 여덟 가지 조목으로 백성을 가르쳤는데, 임금이 백성과 말이 통하지 않은 상태에서 통치할 수 있었겠는가? 임금은 중국 말을 하고, 백성은 우리말을 했다면 어떻게 가르침을 밝혀서 인도할 수 있었겠는가? 이것이 알 수 없는 일이다. 기자 시절에 만약 동방의 비속한 제도를 쓸어 버리고 중국의 제도를 가르쳤다면 천 년 백년 뒤에도 볼만한 문화가 되었을 것이다. 중간에 위만(衛滿)의 무리가 스스로 자기 풍속을 오랑캐로 만들어 버리고 기자의 법을 씻은 듯이 없애서 그렇게 바뀐 것이 아닐까? 고증할 길이 없으니 몹시 안타깝다.

해설

이희경은 조선의 풍속을 크게 바꾸기 위해 중국 문화를 수용해야 한다는 북학론을 강하게 주장했다. 중국 문물을 빠르게 수용하려면 중국어 학습을 넘어 중국어를 공용어로 사용해야 하고 그러면 나머지는 저절로 해결된다고 보았다. 백성의 일부가 아닌 전 인구가 중국어를 사용하자고 주장한 그의 시각은 중국어 공용화론에 해당한다.

이희경은 조선 독자의 문자 훈민정음을 만든 것을 비판했다. 언문이 만들어져 사용됨으로써 한문과 중국어 습득에 장애물이 되었다는 이유에서다. 동아시아 국제어를 사용하는 실태를 정당하게 생각했던 시기에 조선 식자의 왜곡된 의식과 견해를 드러내고 있다. 부국강병을 위해서라면 민족어가 가진 고유한 문화적 속성을 도외시한 채 동아시아 국제어를 사용해야 옳다는 주장을 서슴없이 제기했다.

그의 주장은 박제가가 『북학의』 내편 '중국어' 조에서 제시한 것과 상당히 유사하다. 두 사람의 주장은 당시에 일부 학자들에 의해 제기된 견해를 계승하고 있는데, 이는 기자 조선(箕子朝鮮)의 실체를 인정한 사고와 긴밀하게 관련 있다. 기자가 조선에 와서 통치했다면 당시의 공용어는 조선 민족의 언어에서 중국어로 바뀌었을 것이라고 추정했다. 이희경은 기자 조선이 있었는데 왜 조선말이 중국 말과 같아지지 않았는지 그 연유를 알 수 없다고 개탄했다.

현재의 입장에서 볼 때 매우 왜곡된 논리이고, 그 근거가 박약하다. 한편으로 선진 문물의 시급한 수용의 필요성과 광범위하게 한문이 사용되는 문화적 환경을 놓고 볼 때 이런 언어관이 배태된 동기가 있다. 현재의 영어 공용화론과 견주어 비판적으로 검토해 볼 만한 문제적 글이다.

김재찬

金載瓚

1746~1827년

자는 국보(國寶), 호는 해석(海石), 본관은 연안(延安)이며, 시호는 문충(文忠)이다. 영의정 김익(金熤)의 아들이다. 1774년 문과에 급제하여 예문관 검열(檢閱), 규장각 직각(直閣), 성균관 대사성, 사헌부 대사헌, 이조·병조·예조의 판서를 역임하고 우의정, 좌의정을 거쳐 1809년 영의정에 올랐다. 홍한주(洪翰周)의 『지수염필(智水拈筆)』에 따르면 당시 사람들 사이에 조선의 정승다운 정승은 그가 마지막이라는 평가가 있었다고 한다. 문집으로 『해석유고(海石遺稿)』가 전하며, 이 밖에 1774년 관직 생활을 시작할 때부터 1827년 4월 세상을 떠날 때까지 54년 동안 쓴 일기 『해석일록(海石日錄)』과 1780년부터 1815년까지 올린 상소를 모은 『해석주의(海石奏議)』를 남겼다. 그가 쓴 시와 문장은 대부분 정서적인 것보다는 정치와 관련한 글들이 중심을 이루고 있으나 몇 편의 글에서는 당시 풍속과 학술의 경향을 엿볼 수 있다.

방아 찧는 시인
이명배

春客李命培傳

내게는 시인 친구가 있는데 용객(舂客, 방아꾼)이다. 용객은 몹시 가난하여 날마다 방아로 쌀을 찧어 시장에 내다 팔아서 남긴 이문으로 먹고산다. 사람들이 모두 방아꾼이라 불렀는데, 그도 부끄럽게 여기지 않고 스스로 용객이라 일컬었다.

용객은 나면서부터 시를 잘 지었다. 그 재능이 높고도 순수하며, 그 식견은 고요하고도 후련하였다. 단단하게 뿌리를 박고 기이한 소리를 내어 담박하면서도 지나치게 메마르지 않았고, 뻣뻣하면서도 지나치게 험벽(險僻)하지 않았다. 진사도(陳師道)와 진여의(陳與義)의 시법을 추구하되, 반드시 중도를 취하여 자신의 말로 표현해 냈다. 시가 나오면 신골(神骨)이 뾰족하여 때때로 속기(俗氣)가 없는 말이 많았다.

또 해서(楷書)를 잘 썼다. 임서(臨書)할 때는 반드시 종이와 붓을 단단히 쥐고 모범이 되는 작품을 펼쳐 놓고서 자세를 바로잡았다. 붓을 대기 전에 정신을 움직여서 의연히 옛 글씨에 근거하여 썼다. 그 글씨는 노성하면서도 굳세어 동시대의 명필로 일컬어지는 이들도 본받아 쓰면서 자랑하곤 했다. 용객은 기이한 재사인 것이다.

그 옛날 유하(柳下)라 일컫는 이가 삼연(三淵)을 만나서 시로써 세상에 이름을 떨쳤다. 훗날 그의 시에 감복하는 이들은 머리를 모으고 모두 감탄하며 이론을 제기하지 않았다. 아! 용객의 재주와 식견으로 만약 삼연을 만났다면, 어찌 유하보다 못하겠는가? 지금 그의 시를 인정하는 사람 가운데 남들에게 신뢰를 얻고 있는 이가 어디 없을까? 용객으로 하여금 살아서는 평생을 곤궁하게 지내다가 죽어서는 그 명성을 전하지 못하도록 한 자가 대체 누구란 말인가? 아! 너무하구나!

용객은 나이 서른에 비로소 나를 알게 되었고, 서른여덟에 세상을 떠났다. 내가 그를 안 지 겨우 여덟 해지만, 나보다 더 그를 잘 아는 이가 없다. 용객의 시도 나보다 더 잘 아는 이가 없다. 그런 까닭에 나는 그가 뜻이 있고 재능도 있었으나 곤궁하게 살다가 요절한 것을 더욱 슬퍼한다.

용객은 서호(西湖)의 와우산(臥牛山) 아래에 살았다. 죽어서 아들을 남기지 못했고, 오직 늙은 어머니만 계신다고 한다. 용객의 성은 이씨(李氏)이고 이름은 명배(命培)이니, 경아전(京衙前) 집안의 아들이다.

해설

방아를 찧어 최소한의 생계를 유지하면서 시를 짓고 글씨를 쓰는 방아꾼 예술가의 불우한 삶을 묘사했다. 100여 년 전 삼연 김창흡(金昌翕)이 인정해 주어 명성을 떨친 유하 홍세태(洪世泰)처럼 용객을 인정하여 명성을 누리게 하지 못한 자기 시대의 몰인정함을 개탄했다. 자신이 삼연과 같은 위상이 없어 그를 제대로 인정받도록 해 주지 못한 점을 안타까워하고 있다.

이 글의 주인공인 이명배는 경아전으로서 생계를 도모하지 않고, 벼를 사다가 방아를 찧어서 쌀을 내다 팔아 먹고살아 갔다. 어떤 연유로 아전 노릇을 못 한 것인지, 아니면 시인으로서의 강한 자의식이 이를 가로막았는지는 알 수 없다.

이영익(李令翊, 1738~1780년)의 『신재집(信齋集)』에는 이명배의 시집을 읽고 지은 율시 2수와 장가(長歌)인 「방아 노래(舂歌)」 1수가 실려 있다. 이영익의 생몰년을 고려할 때, 이명배는 김재찬이나 이영익과 비슷한 또래였을 것이다. 현재 그의 시집은 발견되지 않았다. 이영익의 「이명배의 시집을 보고, 그가 가난을 견디면서 글을 잘 짓는 것을 아름답게 여겨 율시를 적는다(看李命培詩卷, 嘉其固窮能文, 題長句)」는 이 글과 함께 한 시인의 삶을 잘 보여 준다.

여항에서 부침하며 반백이 되었는데	閭井浮沈鬢半華
벼와 보리 찧어서 생계를 해결하네	舂禾磨麥舊生涯
긴 소매 끌고 다닌다 이웃들 비웃어도	村鄰盡笑擸長袂
아내와 아우는 집 나갈까 걱정이지	妻弟猶愁不着家
오늘 비에 시 읊음이 지난번과 똑같고	今雨苦吟如舊雨
봄꽃 보며 취했다가 가을꽃에 이어지네	春花取醉到秋花
웃음 띠며 홀연히 와 옷깃 헤쳐 앉더니	忽來帶笑被襟坐
갓 지은 시 자랑하러 황급히 왔다 하네	云有新詩要急誇

유득공

柳得恭

1748~1807년

본관은 문화(文化), 자는 혜풍(惠風), 호는 영재(泠齋)·고운거사(古芸居士) 등이다. 규장각 검서관(檢書官)을 오랫동안 지냈고 금정 찰방 등 지방관을 역임했다. 정조 연간에 혁신적인 시풍을 주도해 한 시대를 대표한 시인이었다. 저명한 시인일 뿐 아니라 역사학자로서도 뛰어난 업적을 남겼다. 잊힌 역사였던 발해사를 재구한 『발해고』를 편찬했고, 한사군(漢四郡)을 역사적·실증적으로 조사했으며, 우리나라의 고도(古都)를 소재로 『이십일도회고시(二十一都懷古詩)』를 지어 역사와 시를 결합하기도 했다. 문집으로 『영재집(泠齋集)』을, 필기로는 『고운당필기(古芸堂筆記)』를 남겼다. 산문가로서도 재능을 발휘해 「속백호통(續白虎通)」·「발합경(鵓鴿經)」·「동연보(東硯譜)」 등의 소품서(小品書)를 지었고, 작품수가 많지는 않으나 서정적이고 참신하며 아름다운 문장을 여러 편 썼다.

발해사 저술의 의의　　　　渤海考序

고려가 『발해사(渤海史)』를 편찬하지 않은 사실을 통해 국세를 크게 떨치지 못할 것임을 잘 알 수 있다.

옛날 고씨(高氏)가 북쪽에 자리 잡아 고구려라 했고, 부여씨(扶餘氏)가 서남쪽에 자리를 잡아 백제라 했으며, 박씨(朴氏)·석씨(昔氏)·김씨(金氏)가 동남쪽에 자리를 잡아 신라라 했다. 이 세 나라를 일러 삼국이라 한다. 당연히 세 나라의 역사가 있어야 하고, 고려는 『삼국사기(三國史記)』를 편찬했다. 옳은 일이다.

부여씨가 망하고 고씨가 망하게 되자, 김씨는 남쪽을 차지하고 대씨(大氏)는 북쪽을 차지했다. 북쪽의 나라가 곧 발해이고 이 두 나라를 일러 남북국(南北國)이라 한다. 당연히 남북의 역사를 서술해야 하건만 고려는 『남북국사(南北國史)』를 편찬하지 않았다. 잘못된 일이다.

그렇다면 저 대씨는 어떤 사람인가? 바로 고구려 사람이다. 그가 차지한 땅은 어떤 땅인가? 바로 고구려 땅으로서 동으로 넓히고 서로 넓히고 북으로 넓혀서 크게 확장했을 따름이다. 그러다 김씨가 망하고 대씨가 망한 뒤로 왕씨(王氏)가 통합해 차지했다. 그 나라가 바로 고려다. 그런데 왕씨는 남쪽 김씨의 땅은 온전하게 차지한 반면 북쪽 대씨의 땅은 온전히 차지하지 못해 혹은 여진으로 들어가고 혹은 거란으로 들어갔다. 바로 이때 고려를 위해 계책을 세우는 자가 서둘러 『발해사』를 편찬한 뒤 이를 가지고 여진에게 "어째서 우리에게 발해 땅을 돌려주지 않는가? 발해 땅은 곧 고구려의 땅이다."라고 따졌어야 했다. 그러고서 장수한 사람을 보내 그 땅을 접수하게 했다면 토문강(土門江) 북쪽을 차지할수 있었다.

또 『발해사』를 가지고 거란에게도 "어째서 우리에게 발해 땅을 돌려주지 않는가? 발해 땅은 바로 고구려의 땅이다."라고 따졌어야 했다. 그러고서 장수 한 사람을 보내 그 땅을 접수하게 했다면 압록강 서쪽을차지할 수 있었다.

그러나 끝내 『발해사』를 편찬하지 않음으로써 토문강 이북과 압록강이서 땅이 누구의 땅이었는지 알 수 없게 만들었다. 여진에게 따지려 해도 내세울 근거가 없고 거란에게 따지려 해도 내세울 근거가 없어졌다. 고려가 마침내 약한 나라로 남은 것은 발해 땅을 얻지 못했기 때문이다. 탄식을 금치 못할 일이다.

어떤 사람은 이렇게 말한다.

"발해가 요나라에게 망했는데 고려가 어떻게 그 역사를 편찬하겠는가?"

그의 말은 옳지 않다. 발해는 중국을 본보기로 삼은 나라이므로 반드시 사관을 두었을 것이다. 홀한성(忽汗城)이 무너졌을 때 세자를 비롯해 고려로 망명한 사람이 십만여 명이었다. 그들 가운데 설사 사관은 없었다 해도 역사서는 분명코 있었을 것이다. 사관도 없고 사서도 없다고 치자. 세자에게라도 물어보았다면 발해의 세계(世系)를 알 수 있었을 것이고, 대부(大夫)인 은계종(隱繼宗)에게 물어보았다면 발해의 예법을 알 수 있었을 것이며, 십만여 백성에게 물어보았다면 모를 게 없었을 것이다.

장건장(張建章)은 당나라 사람인데도 『발해국기(渤海國記)』를 지었다. 그런데 고려 사람의 처지로서 유독 발해의 역사를 편찬하지 못한다고 말할 수 있는가? 오호라! 문헌이 흩어져 없어지고 수백 년이 흐른 뒤에는 역사를 편찬하려 해도 할 수가 없다.

나는 규장각에 재직하면서 비장(秘藏)된 서적을 제법 많이 읽어 볼 수 있었다. 마침내 발해의 사실을 엮어서 군(君)·신(臣)·지리(地理)·직관(職官)·의장(儀章)·물산(物産)·국어(國語)·국서(國書)·속국(屬國)에 관한 아홉 개의 고(考)를 지었다. 세가(世家)나 전(傳), 지(志)라 하지 않고 고(考)라 한 것은 역사의 체계를 갖추지 못했기 때문이다. 또 감히 역사라고 자처할 수 없기 때문이기도 하다.

갑진년(정조 8년, 1784년) 윤삼월 스무닷샛날에 쓴다.

해설

널리 알려진 글이다. 발해의 역사를 우리 역사에 편입해 기존의 통일 신라기를 발해와 함께 남북국으로 보자는 획기적인 새로운 주장을 펼치고 있다. 현재에는 정설로 굳어졌다. 발해의 역사를 우리 역사에 포함하지 않은 고려에 준엄한 비판을 가하고, 그 결과 저 광활한 옛 고구려와 발해의 영토를 잃게 된 안타까운 역사상 실책을 지적했다. 역사의 편찬이 왜 중요한지를 주장한 것은 설득력이 있다. 길지 않은 이 글은 간명한 논리에 강렬한 주제를 드러내 독자에게 깊은 감명을 준다.

일본학의 수립 　　　　　蜻蛉國志序

문밖을 나가지 않고도 사방 외국의 사정을 파악하는 능력은 독서인(讀書人)이 아니면 가질 수 없고, 책을 읽었다고 해도 뜻을 지닌 이가 아니면 또한 가질 수 없다. 아! 세상을 떠난 내 친구 무관(懋官) 이덕무(李德懋)가 어찌 한갓 독서인 수준에 그쳤겠는가!

내가 일찍이 무관과 함께 어명을 받아 『역대병지(歷代兵志)』를 편찬하였다. 초고가 완성되어 알현하였더니 주상께서 이렇게 말씀하셨다.

"중국의 경우에는 주나라부터 명나라에 이르기까지, 우리나라의 경우에는 신라, 백제, 고구려부터 고려에 이르기까지 이제 모두 파악할 수 있게 되었다. 그런데 여진과 몽골, 일본과 유구는 우리 남북에 있는 이웃나라가 아니란 말인가? 저들의 군대와 진법(陣法)의 제도를 몰라서는 안될 것이다. 너희들은 이 책의 뒤를 이어 편찬해 올리도록 하라!"

어전에서 물러난 뒤 내가 무관에게 "내각(內閣, 규장각)에는 이런 종류의 책이 없으니 어떻게 하지?"라고 말했더니 무관이 "내가 가지고 있네."라고 답했다. 그러고는 책 상자를 뒤져서 파리 대가리만 한 글씨로 쓴 책을 찾아왔는데, 북쪽 오랑캐를 비롯하여 해외 여러 나라의 사정을 매우 자세하게 써 놓았다. 마침내 이를 토대로 자료를 수집하고 정리하여 책을 완성하여 바쳤다.

또 일찍이 무관과 함께 앉아 있을 때 담을 쌓는 일꾼 중에 일본의 장기도(長碕島, 나가사키섬)에 표류하여 갔다 온 경험을 이야기한 이가 있었다. 무관이 아란타(阿蘭陀, 네덜란드) 사람의 생김새를 짚어 내어 물어보았다. 일꾼이 크게 놀라며 "공께서는 언제 저 나라에 다녀오셨습니까?"라 말하니 좌중이 모두 크게 웃었다. 무관이 사방 외국의 사정을 이해하는 수준이 모두 이와 같았다.

세상에서는 무관을 독서인으로 알고 있는데 그것은 틀림없는 사실이다. 그러나 그의 독서가 박식함의 밑천이나 되고 특이한 견문을 넓혀 주기나 할 뿐이라고 말한다면 무관을 잘 모르는 말이다. 지금은 영영 세상을 떴으니 누구와 더불어 당세의 급무를 마음껏 상의한단 말인가?

무관의 저서 가운데 『청령국지(蜻蛉國志)』 두 권이 있다. 청령국은 일본의 별칭인데 그 나라의 지형이 잠자리(蜻蛉)와 유사하여 붙여진 이름이다. 일본은 후한 때부터 대방(帶方)에 속했으며, 진수(陳壽)가 비로소 일본전(日本傳)을 지어 서술하였다. 그러나 큰 바다 건너에 위치하여 중국의 토벌이 미치지 못하였기에 그 요령을 얻을 수 없었다.

무관이 이 책을 편찬할 때 그 나라의 국사(國史)에 의거하여 위황(僞皇)의 연대와 관백(關白)의 시말(始末)부터 산천과 도리(道里), 풍요(風謠), 물산, 서남(西南) 지역의 여러 번방(蕃邦)과 왕래하고 교역하는 사정에 이르기까지 모든 기술을 사실에 근거를 두고 썼다. 정밀하고 자세하게 조사하여 풍문으로 들은 허튼소리가 없었다. 나라를 다스리는 분들이 참고한다면 이웃 나라와 외교를 잘하기에 충분하고, 국경을 나가는 분들이 참고한다면 그 나라 사정을 관찰하는 데 충분하다. 어찌 자질구레한 패관(稗官)의 기록이라 지목할 수 있으랴!

해괴하게도 오늘날의 사대부는 외직을 맡아 바닷가의 방비를 맡게 되면 표류선(漂流船)이 도착할 때 돛을 바라보고, 의복을 보며, 말을 들어보고, 용모를 살피고 나서도 그들이 어느 나라 사람인 줄을 몰라 하나같이 실정을 잘못 파악하고 있다. 심문하고 법률을 적용할 때 이 책을 가져가 읽고서 해외 여러 나라의 실정을 파악하려고 하지 않는지 안타깝다!

해설

이덕무가 저술한 『청령국지』에 붙인 서문이다. 책을 짓게 된 동기와 저자의 박식함, 책의 가치 등을 중심으로 쓰고 당시 사람들에게 이 책을 읽어 실무에 적극 활용하라고 권하고 있다. 이 책은 원중거(元重擧, 1719~1790년)의 『화국지(和國志)』와 일본인이 저술한 백과사전 『화한삼재도회(和漢三才圖會)』 등 관련한 많은 서적을 참고한 바탕 위에 자신의 견문을 덧붙여 일본국에 관한 정보를 체계적으로 정리한 책이다.

조선 전기에 신숙주(申叔舟)가 『해동제국기(海東諸國記)』를 편찬한 이후 일본을 본격적으로 분석한 저술이 없었다. 원중거를 비롯한 학자들이 통신사 일원으로 일본을 다녀와 이런저런 저술을 남겼는데 이덕무는 일본에 가 보지 않은 조건에서 일본을 학문적으로 깊이 연구하여 이 책을 저술하였다. 단순히 적대국 일본에 대비하는 차원을 넘어서 일본을 깊이 있게 연구하고 분석하였다. 일본학이란 학문을 열었다고까지 말할 수 있는 깊이와 체계를 갖춘 연구서이다.

글쓴이는 글의 대부분을 저자의 소개와 평가에 쏟았다. 저자가 박식한 학자라는 사실은 모두가 알고 있으나 그 박식함의 뿌리에 당세의 급무를 해결하고자 하는 경세 의식과 위기의식이 있음을 은연중 말했다. 이 저술 역시 그런 위기에 미리 준비하는 가치를 지녔다는 것을 글의 뒷부분에서 밝혔다. 표류해 오는 선박을 파악하는 한 가지 일에도 큰 도움을 주는 실용적 가치를 지고 있다는 것이다. 저자의 숨은 의도를 드러내어 책의 가치와 용도를 독자에게 잘 전달해 주는 서문이다.

유득공

평화 시대의 호걸　送洪僉使遊北關序

아! 역사책을 읽어 보니 천하가 어지러워 영웅들이 치열하게 다툴 때에는 용맹하고 걸출하여 탁월하게 큰 공을 세운 호걸들이 어쩌면 그리도 많이 출현했던가? 세상이 평화로운 때에는 이 무리들은 모두 어디에 가 있을까? 술 마시고 노름하며 향리에서 지내다 늙어 죽어도 아무도 알지 못한다. 그렇게 지내는 것은 그들에게 행운일까 불행일까? 나는 모르겠다.

　이광(李廣)은 맨손으로 사나운 범을 때려잡았으나, 한나라 문제(文帝)는 그의 불우함을 개탄하며 한 고조 때라면 만호후(萬戶侯)에 봉해졌을 것이라 말했다. 그러나 정작 무제(武帝)가 크게 군사를 일으켜 흉노를 칠 때가 되어서는 군중에 있었음에도 작은 군공마저 세우지 못했다. 지위는 변방 고을의 태수에 불과했고, 길을 잃고 작전 기한에 늦어서 성을 내고 자결하였다. 그는 이른바 운수가 기박한 사람이다. 설령 고조를 만났더라도 팽성(彭城)의 패전에서 죽지 않았으면, 형양(滎陽)과 성고(成皐) 사이에서 실패했을 것이다. 그가 어떻게 땅을 나눠 받고 제후가 되어 충달(蟲達) 같은 사람과 어깨를 나란히 했으랴? 차라리 남전(藍田) 산속에서 사냥이나 하면서 늙어 간 삶이 더 나았으리라.

　내 외갓집은 대대로 무반(武班)이었다. 외고조부 길주 목사(吉州牧使)

홍우익(洪宇翼) 공께서는 키가 구 척이셨다. 선전관(宣傳官)이 되셨을 때 선배들이 관례대로 몽둥이로 때려 신참례(新參禮)를 행하려 하자 화를 내며 몽둥이를 빼앗아 대들보 위에 묶어 놓았다. 아래서 다른 선배들이 아무리 발돋움을 해도 닿지 않았으니 백 년 동안 그렇게 한 사람이 없었다. 고조부 자손 중에는 키가 크고 몸집이 우람한 사람이 많았는데, 홍 첨사도 그중 하나이다.

홍 군은 젊어서 피부가 희고 눈썹이 칠흑 같았으며, 힘이 세고 활쏘기와 말타기를 잘하였다. 술주정을 하고 협기를 부려 원수를 피해 호서 지방으로 달아났다가 거기서 장사 세 명을 때려 모두 피를 토하게 하자 호서 사람들이 크게 놀랐다. 한양으로 달아나 실컷 놀다가 또 사람을 많이 다치게 하였다. 정승이 노하여 삼영(三營)에서 무반가 자제를 단속하지 못한다고 질책하였다. 그래서 그를 수소문하였으나 체포하지 못했는데 무과에 급제하자 수색이 종료되었다.

관서 지방에서 노닐 때 변방의 절도사가 달단마(韃靼馬)를 얻었는데, 말이 울부짖어 사람들이 감히 가까이 가지 못하였으나 군만은 이 말을 타도 아무 일이 없었다. 절도사가 크게 노하여 그 말을 베려고 하므로 힘써 구하여 얻게 되었다. 그 말을 타고 한양으로 돌아왔는데 하루에 삼백 리를 가서 되돌아보아 따라오는 사람이 없어야 달리기를 멈추었다. 말이 늠름하고 씩씩하여 빼어나게 특이했으나 나중에 세도가에게 빼앗기고 말았다. 그 집에서 솜씨 좋은 마부를 고용하여 조련했으나 더욱 발길질하고 물어뜯어서 결국 여물과 곡식을 끊어 죽이고 말았다. 이 일로 말미암아 모두들 기장(騎將)의 재간이 있다고 군을 칭송하였는데 그 재간을 쓸 데가 과연 있으려나!

무신(武臣)으로 선전관을 겸하여, 외직으로 나가 마량 수군첨절제사

(馬梁水軍僉節制使)가 되었다가 파직당하여 돌아온 이후로 이십여 년 동안 등용되지 못하였다. 예전에 말타기와 활쏘기를 가르쳤던 젊은이들이 차츰차츰 절도사(節度使)가 되었다. 곤궁하여 굶주리는 군을 불쌍히 여겨 막부(幕府)에 초청하면 며칠 되지 않아 술에 취하여 크게 꾸짖고는 돌아왔다. 친구들이 호되게 책망하니 처음에는 뉘우치고 술을 끊은 듯하였다가 다시 술을 마셨다. 그 뒤로 다시는 그를 초청하는 이가 없었다.

그렇게 나이가 예순을 넘겼다. 아내를 잃고 자식도 없어 친척 집에 얹혀살면서 날마다 이름뿐인 직함을 가진 늙은 무인과 모여 마작을 하는 소일거리로 낙을 삼았다. 수염에 센 털이 하나도 없고, 빠진 이가 하나도 없어서 바라보면 여전히 늠름하였다. 성미가 고집이 세고 불같아서 거스르는 일이 많았다. 평생 친구들 중에 군으로부터 욕을 당하지 않은 사람이 몇 안 되었다.

일찍이 큰소리치기를 "나는 굶어 죽지 않아. 나를 구해 줄 김(金) 절도사가 있어."라고 했다. 그이가 회령 부사(會寧府使)에서 관북 병마절도사로 승진했다는 소식을 듣자마자 말을 채찍질하여 가면서 조금도 망설이지 않았다. 김 절도사가 어질어서 옛 친구를 버려두지 않을 사람임을 잘 알 수 있다.

아! 군은 북관(北關)이 옛날에 어떤 곳이었는지 아는가? 그 남쪽은 갈라전(曷懶甸)이니 고려의 시중(侍中) 윤관(尹瓘)이 아홉 개 성을 쌓은 곳이고, 그 북쪽은 숙신(肅愼)의 오국성(五國城)이니 우리 조선의 절재(節齋) 김종서(金宗瑞)가 야인(野人)을 소탕한 곳이다. 만약 군이 그때 태어나서 두 분의 휘하에 있었다면, 말을 달리고 칼을 휘두르며 크게 부르짖고 적의 보루를 점령했을 테지. 하지만 이제 구태여 그런 이야기를 할 필요가 있겠는가?

　나라가 평화를 누린 지 몇백 년 동안 동북 지역에서는 전란의 경보가 없으니 군이 오고 간들 무슨 할 일이 있으랴? 때때로 어진 절도사를 좇아 날쌘 기병을 이끌고 백두산 남쪽에서 사냥 다니고, 수루(戍樓)에 기대어 「낙매곡(落梅曲)」을 연주하는 피리 소리 들으며 술잔 가득 술을 따라 한번 취하면 충분하리라. 구태여 부귀를 말할 필요가 있겠는가!

해설

이 글의 원제목은 '북관으로 가는 홍 첨사를 보내는 송서'이다. 문체는 송서(送序)로 먼 길을 떠나는 사람을 격려하고 축복하는 성격의 글이다. 외가 쪽 친척인 홍 첨사가 북관 절도사에게 몸을 의탁하러 먼 길을 떠나자 글쓴이가 그의 걸출한 무인 능력과 그에 걸맞지 않게 불우하게 지내는 삶을 곡절 있게 서술하고 잘 지내기를 바라는 당부를 곁들여 썼다. 글은 평화로운 시대에 거칠고 괄괄한 영웅호걸이 사회에 부적응한 삶을 영위하는 모습을 두세 가지 에피소드를 통해 드러내어 제 능력을 발휘하지 못하는 인물을 동정하는 주제를 표현한다.

　글쓴이는 홍 첨사의 능력과 굴곡진 삶을 부각시키려고 세 가지 에피소드를 꺼내고 있는데 두 명의 무인과 한 필의 명마이다. 먼저 호명한 사람은 이광이다. 이광은 탁월한 능력을 갖추었고 무제가 대대적으로 군사를 일으켜 흉노와 전쟁을 벌이던 시기에 활동하였으나, 변변한 공을 세우지 못한 채 마지막에는 사막에서 길을 잃어 전장에 제때 도착하지 못한 분을 이기지 못해 자결하고 말았다. 다음은 외가 쪽의 고조부 길주 목사 홍우익(1609~1670년)과 이 집안의 혈통을 이어받은 홍 첨사의 무인 기질과 거친 행동이다. 세 번째로는 홍 첨사가 길들여서 타고 다니다 세도가에게 빼앗긴 달단마이다. 제대로 된 주인을 만나지 못하고 비참하게 죽은 명마로 홍 첨사의 운명과 비슷하다.

이 세 가지 에피소드는 사실과 행적을 묘사하고 있으나 그 안에 영웅의 능력과 몰락의 상관관계를 보는 글쓴이의 시각이 담겨 있다. 후반부는 글의 본래 목적으로 돌아와 북관의 친구에게 의탁하러 가는 홍 첨사를 격려하고 있다. 그곳으로 가도 무인으로서 할 일은 없을 테니 사냥하고 술 마시면서 여생을 호탕하게 보내라 당부하고 있다. 한마디로 과욕을 부리거나 예전처럼 술주정하며 거칠게 굴지 말기를 바라고 있다. 평화로운 시대에 태어나 무료하게 늙어 가는 홍 첨사를 시종일관 따뜻한 시각으로 그리고 있어 독자로 하여금 영웅의 운명에 연민을 느끼도록 한 글이다.

박제가

朴齊家

1750~1805년

자는 재선(在先)·차수(次修)·수기(修其)이며, 호는 초정(楚亭)·정유(貞蕤)·위항도인(葦杭道人)이고, 본관은 밀양(密陽)이다. 우부승지(右副承旨)를 지낸 박평(朴玶, 1700~1760년)의 서자이다.

박제가는 다방면에 조예가 깊은 지식인이었다. 글씨를 잘 쓴 서예가이자 시와 문장에 뛰어난 능력을 발휘하여 18세기 후반의 문화계에서 명성이 자자한 문인이었다. 이덕무, 유득공과 더불어 종래의 조선 한시와는 다른 참신한 시를 창작하여 일세를 풍미했고, 19세기에서 20세기까지 최고의 시인으로 군림했다. 또 경세가(經世家)로서 조선의 부국강병을 주장한 『북학의(北學議)』를 저술함으로써 조선 후기 개혁론의 선구가 되었다.

산문가로서는 소품가로 규정할 수 있다. 많은 양의 산문 작품을 남기지는 않았지만 작품 한 편 한 편이 질적으로 우수하다. 그의 산문은 인생에 대한 절실한 체험과 풍부한 사고를 표현했고, 문학과 세계에 대한 깊이 있는 식견을 드러내었다. 그의 글 어디에서도 흔해빠진 주제, 식상한 표현, 진부한 사상을 찾아볼 수가 없다. 그의 산문은 강개한 정서와 예리한 시각, 명징한 논변과 산뜻한 수사의 면에서 빼어나다.

재부론 財賦論

재물을 잘 불리는 사람은 위로는 하늘이 준 때(天時)를 놓치지 않고, 아래로는 지리적 이점(地利)을 놓치지 않으며, 가운데로는 사람이 할 일을 놓치지 않는다. 기계를 편리하게 사용하지 못하여 남이 하루에 할 일을 나는 한 달 두 달 걸려서 한다면 이것은 하늘이 준 때를 놓치는 것이다. 밭 갈고 씨 뿌리는 방법이 잘못되어 비용은 많이 들었으나 수확은 적다면 이것은 지리적 이점을 놓치는 것이다. 상인들이 물건을 교환하지 않고 놀고먹는 자들이 나날이 많아진다면 이것은 사람이 할 일을 놓치는 것이다. 세 가지 것을 모두 놓치는 이유는 중국을 잘 배우지 않은 잘못 때문이다.

먼 옛날 신라는 경상도 한 도를 거점으로 삼아서 북쪽으로는 고구려에 대항했고, 서쪽으로는 백제를 정벌했다. 당나라가 십만 군사를 거느리고 국경 안에 들어와 주둔한 기간이 몇 해 몇 달이었다. 그 상황에서 만약 저들에게 군량미를 제공하고 접대할 때 예법상 실수를 한다거나 말을 먹이는 식량이 고갈되는 문제라도 한번 발생했다면 신라의 운명이 어떻게 될지 예측할 수 없었다. 그러나 신라는 결국 이 방법 저 방법으로 버티고 유지하여 넉넉하게 성공을 거두었다.

현재 우리나라는 경상도 크기의 도가 여덟 개나 된다. 그러나 평상시에도 관리 한 사람당 녹봉을 쌀 한 섬밖에 주지 못한다. 칙사라도 왔다 가는 날이면 경비가 완전히 바닥난다. 태평 시대를 누린 지 백여 년이 흐르는 동안 위로는 외국을 정벌하거나 임금님이 지방을 순시한 일도 보지 못했고, 아래로는 문물이 번화하거나 백성들이 사치를 좋아하는 풍속도 보지 못했다. 그런데도 나라의 빈곤이 갈수록 심해지기만 한다. 도대체 그 이유가 무엇일까? 그 이유를 나는 잘 설명할 수 있다.

남들은 곡식을 세 줄로 심을 때 우리는 두 줄로 심는다. 그것은 논밭 일천 리를 줄여서 육백여 리로 사용하는 셈이다. 남들은 농사를 지어 하루에 쉰 섬 내지 예순 섬을 거둘 때 우리는 스무 섬을 거둔다. 그것은 논밭 육백여 리를 줄여서 이백여 리로 만드는 셈이다. 그 대신에 남들은 곡식 종자를 다섯 푼 파종할 때 우리는 열 푼 파종한다. 이것은 또 일 년 뒤에 쓸 종자를 잃는 셈이다.

이런 실정에 한 술 더 떠 배와 수레, 목축, 가옥, 기계를 쓸모 있게 사용하는 방법을 강구하지 않고 방치해 둔다. 전국적으로 계산하면 일백 곱절의 이익을 잃는다. 현재의 토지만을 가지고 계산해도 이런 형편인데 만약 위아래 백 년의 기간을 누적하여 계산에 포함한다면 얼마나 많은 양을 잃었는지 계산조차 할 수 없다. 하늘이 준 때를 놓치고, 지리적 이점을 놓치며, 사람이 할 일을 놓치기 때문에 국토가 일천 리가 된다고 해도 실제로는 일백 리에 지나지 않는다. 그러므로 신라가 우리보다 일백 곱절이나 낮다는 사실을 이상하게 생각할 것이 없다.

이제라도 서둘러서 경륜이 있고 재능과 기술을 가진 선비를 선발하여, 한 해에 열 명씩 중국으로 가는 사신 행렬의 비장(裨將)과 역관 들 틈에 섞어 보내자. 한 사람이 그들을 인솔하여 마치 옛날에 있었던 질정관(質正官)의 관례를 따라서 중국에 들어간다. 중국에 들어가서 저들의 법을 배우고 저들의 기계를 사들이며, 저들의 기술을 전수받는다. 그러고는 그들을 시켜 배운 제도를 나라 안에 전파하도록 하자. 특별 기구를 설치하여 교육하고 재물을 장만하여 현장에 적용한다. 전수받은 제도의 중요도와 거두어 낸 공적의 허실을 관찰하여 그것을 근거로 상을 주거나 벌을 내린다. 한 사람에게 중국에 들어가는 기회를 세 차례 주되 세 번을 들어가서도 아무런 효과를 거두지 못한 자는 쫓아 버리고 다른 사람으로 바꿔 선발한다.

이 방법을 채택해 시행한다면 십 년 이내에 중국의 기술을 모조리 습득할 수 있다. 그러면 앞서 말했던 일천 리의 땅을 이제는 일만 리의 땅으로 탈바꿈시키고, 삼 년 또는 사 년에야 얻을 곡식을 이제는 일 년 안에 얻을 수 있다. 이렇게 하고도 재부(財賦)가 부족하다거나 국가 재정이 넉넉하지 않은 경우는 발생할 수 없다. 그렇게 한 뒤에 사람마다 비단옷을 입고 집집마다 금벽(金碧)으로 휘황찬란하게 꾸민다면 백성들과 더불어 행복을 즐기기에도 바쁜데 백성들이 사치할까 염려할 겨를이 어디에 있겠는가?

내가 예전에 다음 시를 지은 적이 있다.

신라는 바닷가에 위치한 나라	新羅處海濱
현재 영토의 팔분의 일에 불과했지.	八分今之一
고구려가 위쪽에서 침범해 올 때	句驪方左侵
당나라는 아래에서 출병했는데	唐師由右出
창고에는 곡식이 넉넉했기에	倉庾自有餘
군량미를 잘 대 주어 실책 없었지.	犒饋禮無失
이유가 무엇인지 꼼꼼히 분석해 보니	細究此何故

배와 수레를 사용한 데 있었다.　　　　　　其用在舟車
배로는 외국과 통상하고　　　　　　　　　舟能通外國
수레로는 말과 노새를 활용했다.　　　　　車以便馬驢
두 가지를 활용하지 않는다면　　　　　　二者不可復
관중(管仲)과 안자(晏子)인들 방법 있겠나?　　管晏將何如

두 번째 시는 다음과 같다.

땅을 파서 황금 만 근을 얻어도　　　　　掘地得黃金
허무하게 굶어 죽고　　　　　　　　　　萬斤空餓死
바다에 들어가 진주 백 섬을 채취하고도　入海採明珠
겨우 개똥과 바꾸고서 하는 말이　　　　百斛換狗矢
"개똥은 그나마 거름으로 쓰지만　　　　狗矢尙可糞
진주는 쓸 데가 어디 있어야지?"　　　　明珠知奈何
육로로 연경까지 물자가 통하지 않고　　陸貨不通燕
뱃길로 일본까지 상인이 가지 않는다.　海賈不踰倭
비유하면 이렇다. 들판의 우물물은　　　譬如野中井
퍼내지 않으면 저절로 말라 가는 법　　不汲將自竭
백성의 안녕이 보물에 있지는 않으나　安民不在寶
생리(生理)가 날로 졸아들까 걱정이다.　生理恐日拙
지나치게 검소하면 백성이 즐겁지 않고　太儉民不樂
지나치게 가난하면 도둑이 많아진다.　太窶民多竊

해설

박제가는 조선 시대 학자 가운데 특별히 경제와 상업을 중시한 사상가이다. 「재부론」은 그런 박제가의 사상 가운데 핵심적인 주장이 명료하게 펼쳐진 글로 유명하다. 어떻게 하면 국가의 재정을 충실하게 해서 국력을 강성하게 하며, 개인이 부유하게 살 수 있는지 그 방안을 강구하고 있다. 그는 최대의 편익과 효율을 추구하는 경제적 관점과 이재(理財)의 방안을 제시하였다. 경제 합리주의에 입각한 태도는 자연히 선진적 기술과 문명의 수입을 적극적으로 추진하는 북학(北學)의 주장으로 전개되었다. 박제가의 경제사상이 잘 드러난 경세론의 명문장으로 주목할 만하다.

글쓴이의 일관된 사유를 보여 주기 위해 부록처럼 실린 두 편의 시는 『정유각시집』 제2권에 수록된 「새벽에 앉아 감회를 쓴다(曉坐書懷)」 7수 가운데 제3수와 제5수이다. 글쓴이가 중국 여행에서 돌아온 뒤 통진(通津)의 전사(田舍)에 머물며 『북학의』를 구상할 때의 심경을 밝힌 작품이다.

나의 짧은 인생　　　　　　　　小傳

조선이 개국한 지 삼백팔십사 년, 압록강에서 동쪽으로 일천여 리 떨어진 곳에 그가 살고 있다. 그가 태어난 곳은 신라의 옛 땅이요, 그의 관향(貫鄕)은 밀양(密陽)이다. 『대학』에서 뜻을 취하여 제가(齊家)라는 이름을 지었고, 「이소(離騷)」의 노래에 뜻을 붙여 초정(楚亭)이라 호를 지었다.

그의 사람됨을 보자. 물소 이마에 칼날 같은 눈썹을 하고, 눈동자는 검고 귀는 하얗다. 고독하고 고매한 사람만을 골라서 남달리 친하게 사귀고, 권세 많고 부유한 사람은 멀리서 보기만 해도 사이가 멀어진다. 그러니 뜻에 맞는 이가 없이 늘 가난하게 산다.

어려서는 문장가의 글을 배우더니 장성해서는 국가를 경영하고 백성을 구제할 학문을 좋아하였다. 수개월을 귀가하지 않고 노력하지만 지금 사람은 아무도 알아주지 않는다.

그는 이제 한창 고명한 자와 마음을 나누고, 세상에서 힘써야 할 것은 버리고 하지 않는다. 명리(名理)를 따져서 종합하고, 심오한 것에 침잠하여 사유한다. 백 세대 이전 인물에게나 흉금을 터놓고, 만 리 밖 먼 땅에나 가서 활개 치고 다닌다.

구름과 안개의 색다른 모습을 관찰하고 갖가지 새의 신기한 소리를 듣기도 한다. 원대한 것으로는 산천과 일월성신, 미미한 것으로는 초목과 벌레, 물고기, 서리, 이슬이 날마다 변화하지만 왜 그러한지 알지 못하는 현상의 이치를 가슴속에서는 또렷하게 터득하고 있다. 언어로 그 실상을 다 표현할 수 없고, 입으로 그 맛을 다 설명할 수 없다. 혼자서 터득한 것이라서 누구도 그 즐거움을 알지 못한다.

아아! 몸뚱어리는 남을지라도 떠나가는 것은 정신이고, 뼈는 썩었을지라도 남는 것은 마음이다. 그의 말을 알아듣는 이는 생사와 성명(姓名)을 초월한 데서 그를 발견하기 바라노라!

그를 예찬하여 쓴다.

책을 지어 기록하고 초상화로 그려 놓아도
도도한 세월 앞에서는 잊히는 법!
더욱이 자연스러운 정화(精華)를 버리고
남과 같이 진부한 말로 치켜세운다면
불후의 인물이 될 수 있으랴?
전(傳)이란 전해 주는 것.
그의 조예와 인품을 온전히 드러내지는 못해도
완연히 그 사람이라서 천만 명의 사람과는 다르다는 것을 알게 한 다음이라야
천애의 타지에서나 오랜 세월 흐른 뒤에 만나는 사람마다 분명히 그인 줄 알리라.

해설

1776년에 쓴 소전(小傳)이란 이름의 자전(自傳)이다. 자기 스스로 당시까지 살아온 얼마 되지 않은 인생의 의의를 드러냈다. 명나라 말 소품가들은 자신만의 독특한 삶과 인생관을 소전이라는 이름으로 묘사했다. 세속적 명리(名利)를 추구하지 않고 기벽(奇癖)을 가진 문인의 자화상을 그려 냈다. 박제가의 소전도 세상의 도도한 흐름과 배치되게 살아가는 삶을 냉소적으로 그리고 있다. 그 전기에서 한 인간을 규정하는 상식적이고 상투적인 내용을 말하지 않고, 남과는 다른 그만의 개성을 읽을 수 있다. 천 명 만 명의 인생과 다른 단 한 사람만의 개성적 삶을 그려야 한다는 전(傳)의 특징을 천명했는데 이 글에 묘사한 자신의 삶이 바로 그렇다는 자신감의 표현이다.

백탑에서의
맑은 인연

白塔清緣集序

도회지를 빙 두른 성의 중앙에 탑이 솟아 있어 멀리서 바라보면 으슥비
슥 눈 속의 대나무가 대순을 터트린 것처럼 보이는데 그곳이 바로 원각
사(圓覺寺) 옛터다. 지난 무자·기축년(1768~1769년) 어름, 내 나이 열여
덟아홉 되던 때 박지원 선생이 문장에 뛰어나 당세에 이름이 높다는 소
문을 듣고 탑 북쪽으로 선생을 찾아 나섰다.

내가 찾아왔다는 전갈을 들은 선생은 옷을 차려입고 나와 맞으며 마
치 오랜 친구라도 본 듯이 손을 맞잡았다. 드디어 지은 글을 전부 꺼내
어 읽어 보게 하였다. 이윽고 몸소 쌀을 씻어 다관(茶罐)에다 밥을 안치
시더니 흰 주발에 퍼서 옥소반에 받쳐 내오고 술잔을 들어 나를 위해
축수(祝壽)하였다.

의외의 환대인지라 놀랍기도 하고 기쁘기도 한 나는, 이는 천고(千古)
이전에나 있을 법한 멋진 일이라 생각하고 글을 지어 환대에 응답하였
다. 그분에게 탄복하던 모습과 지기(知己)에게 감동한 것이 그랬었다.

그 무렵 형암(炯庵) 이덕무(李德懋)의 사립문이 그 북쪽에 마주 서 있
고, 낙서(洛書) 이서구(李書九)의 사랑이 그 서편에 솟아 있었으며, 수십
걸음 떨어진 곳에 관재(觀齋) 서상수(徐常修)의 서재가 놓여 있었다. 또
거기서 꺾어져 북동 편에는 유금(柳琴), 유득공(柳得恭)의 집이 있었다.

나는 한번 그곳을 방문하면 돌아가기를 잊고 열흘이고 한 달이고 머물렀다. 그래서 여기서 지은 시문과 척독(尺牘)이 걸핏하면 책을 만들어도 좋을 정도였다. 술과 음식을 찾으며 낮을 이어 밤을 지새우곤 했다.

아내를 맞이하던 날 저녁의 일이었다. 장인 댁의 건장한 말을 가져다 안장을 벗기고 올라타서 종 한 아이만 따라오게 하고 밖으로 나왔다. 달빛은 길에 가득하였다. 이현궁(梨峴宮) 앞을 거쳐 서편으로 말을 채찍질하여 철교(鐵橋)의 주막에 이르러 술을 마셨다. 삼경(三更)을 알리는 북소리가 울린 뒤 여러 벗들의 집을 두루 심방하고 탑을 돌아 나왔다. 당시 호사가들이 이 일을 두고 왕양명(王陽明) 선생이 철주관도인(鐵柱觀道人)을 방문한 일에 비겼다.

그로부터 예닐곱 해가 지나면서 벗들은 뿔뿔이 흩어지고, 가난과 병이 날이 갈수록 찾아들었다. 어쩌다 만나면 서로의 무양(無恙)함을 다행으로 여기곤 하나 풍류는 지난날에 비해 줄어들고, 얼굴빛은 옛날의 그것이 아니었다. 그제야 벗과의 교유도 참으로 피할 수 없는 성쇠(盛衰)가 있어 그때는 그때고 지금은 지금이라는 것을 깨닫게 되었다.

중국 사람들은 벗을 제 목숨같이 여긴다. 그러므로 어양(漁洋) 왕사진(王士禛) 선생은 「빙수(氷修) 우장(耦長)이 달밤에 모자 벗고 맨발로 나를 찾아와서」라는 시를 지은 것인데, 소장형(邵長蘅)의 『청문여고(靑門旅藁)』에는 어양 선생과 이웃하여 사는 아름다운 일들을 회상하고 기록하여 만남과 이별의 사연을 담았다. 이 시권(詩卷)을 볼 적마다 다른 세상에 태어났지만 마음은 같음을 느끼고 벗들과 더불어 탄식한 지도 오래된 일이다.

벗 이희경(李喜經)이 연암과 형암 등 여러 분과 나의 시문과 척독을 베껴 약간 권의 책으로 만들었다. 나는 제목을 붙여 『백탑청연집(白塔淸緣

集)』이라 하고 이 서문을 짓는다. 이 글을 통해 우리의 교유가 당시에 얼마나 성황이었는지를 보여 주고, 그 김에 내 평소의 일 한두 가지를 소개하였다.

해설

백탑(白塔)은 서울 파고다 공원에 있는 원각사지 10층 석탑을 말한다. 이 탑은 기와집과 초가집이 빼곡히 들어찬 200년 전에는 멀리서도 뚜렷하게 보이던 멋진 대리석 탑이었다. 박지원, 이덕무, 유득공, 유금, 서상수, 이사구 등 북학파 학자들이 이 백탑 주변에 모여 살았다. 남산 아래에 살던 박제가가 자주 드나들며 학문과 예술을 논하고 시문을 짓던 문예와 학문 활동의 주 무대였다. 백탑은 18세기 중반 참신한 학문과 예술이 꽃피던 중심부였던 것이다.

10대 후반의 예민한 청년 박제가가 연암 박지원을 처음 만난 일과 혼인날 안장 벗긴 말을 타고 백탑의 친구들을 두루 심방한 에피소드에서 우정을 목숨처럼 중시한 박제가의 멋진 풍류를 엿보게 된다. 이 동인집(同人集)은 현재 전하지 않으나 격의 없는 맑은 인연(淸緣)으로 맺어진 백탑 동인의 예술 바탕을 이해할 수 있다.

이명오

李明五

1750~1836년

자는 사위(士緯), 호는 박옹(泊翁)·서오생(書娛生)으로 우념재(雨念齋) 이봉환(李鳳煥, 1710~1770년)의 아들이고, 동번(東樊) 이만용(李晩用, 1792~1863년)의 아버지이다.

청년 시절 부친 이봉환이 정치적 사건으로 옥사하고 이에 연루되어 다섯 형제가 각기 다른 곳으로 유배를 떠나는 참혹한 일을 겪었으나, 굳은 의지로 극복하고 각고의 노력 끝에 결국 부친의 신원(伸冤)을 이루어 냈다. 87세로 세상을 떠날 때까지 끊임없이 시작(詩作)에 전념하여 1만 수가 넘는 작품을 남겼다고 알려져 있으며, 18세기 초림체(椒林體)를 대표하는 시인이었던 부친의 뒤를 이어 당대 시단의 주인공 중 한 사람으로 활약했다. 시집 『박옹시초(泊翁詩鈔)』가 전한다. 작품은 주로 시를 썼고, 알려진 산문 작품은 거의 전하지 않는다.

향(香) 자로
시집을 엮고

香字八十首序

나는 이와 같이 본다. 나는 이불 집(被窩) 속에서 꿈틀꿈틀 뒹구는 한 마리 병들고 벌거벗은 벌레일 뿐이다. 황새처럼 기침을 컹컹 하고, 달팽이처럼 침이 말랐으며, 매미처럼 먹지도 않고, 지렁이처럼 마시지도 않는다. 터럭 사이가 바늘로 찌르듯이 아프고, 꾸벅꾸벅 졸다가 쓰러진 것처럼 있다. 여러 벌레의 고통을 골고루 겪고 있어서 남과는 거의 어울릴 수가 없으나 다만 한 가닥 실과 같은 정신이 말똥말똥 또렷하다는 것뿐이다.

늘 동사(東社) 여러 분의 문채(文彩)와 풍류가 동산(東山)을 밝게 빛내던 모습을 떠올린다. 노란 모자에 야인의 옷을 입고, 짚신에 대지팡이를 들고 담박한 나들이에 진솔한 모임을 가졌다. 오늘 번천(樊川)이면 내일은 회계(晦溪)로 꽃 아래에서는 시고를 펼치고, 시냇가에서는 술잔을 권하였다. 날이 맑거나 비가 오거나 다 좋았고, 숲이나 언덕이면 더욱 멋졌다. 앉은 자리에서는 향기가 피어나고, 지은 문장은 진주가 되었다. 짙거나 옅거나 다 적절하여 즐거웠던 일과 훌쩍 오고 훌쩍 가던 장면이 마치 거울 속의 모습처럼 또렷하게 떠올라도 마음속에서는 벌써 까마득하여 물 위의 그림자 같았다. 손으로 잡히지 않는 옛일이 서글퍼져 다시 향(香) 자의 운에 따라 시를 지어 그냥 뜻을 부치고자 한다.

감정의 장애와 고운 언어의 질곡을 끝내 끊어 버리지 못해 이렇게까지 하는구나. 약과 침을 쓰는 중이라 신령한 본성에는 안개가 끼고, 지혜의 식견에는 먼지가 쌓였다. 간혹 시상이 껄끄러워도 내버려 두니 솜씨가 매끄러워 쉽게 지어 팔십 수를 얻고 그쳤다. 온통 어둠 속에서 더듬어 찾고 책상과 침상에서 끙끙대어 속을 태우고 울렁거리게 하여 지어 냈다. 상대를 마주하여 실력을 뽐내고 재기발랄하게 활약하지 못했다.

바야흐로 고통을 부르짖는 소리가 번갈아 일어나 마치 누에가 배 속에서 실을 뽑을 때 실마리가 다 뽑히지 않으면 멈추지 않는 것과 같았고, 신음 소리가 번갈아 일어나 마치 꾀꼬리가 목젖을 놀릴 때 소리가 거듭 변해도 멈추지 않는 것과 같았다. 또 누에와 벌을 헛수고만 하게 한다. 아! 실이 이미 끊어졌으니 문채 화려한 보불(黼黻)을 어떻게 만들며, 우는 소리가 차고 촉급하니 아름다운 음악을 연주하는 종고(鍾鼓)가 어떻게 되랴! 차라리 촌스러운 버선을 꿰매는 것이 좋겠고, 질장구 소리를 내게 함이 좋으리라.

올봄에는 번천의 언덕에서 훨훨 놀지 못하고, 회계에서 헤엄치며 어울리지 못해 아쉬웠다. 그러므로 동사의 시회를 묘사한 작품이 많고, 자신을 읊은 작품을 덧붙였다. 옛날의 화가 이백시(李伯時)가 「서원아집도(西園雅集圖)」를 그릴 때 현란한 채색을 써서 소동파의 오사모를 한 터럭도 빠짐없이 그렸다. 또 듣자니 바닷가의 신령한 무소의 뿔은 사물을 비추면 문득 뿔에 참모습이 나타나서 마치 수성(壽星)의 지팡이와 같이 완연한 무늬를 이루어 영롱하고 투명하여 모두가 대대로 전해 가는 보물이라고 한다.

지금 이렇게 개칠한 그림은 채색이 부족하여 이백시가 삼매(三昧)에 빠져 그린 그림과는 같지 않고, 기이한 문장은 또 신령한 무소의 뿔이 천년 동안 통하는 것과는 같지 않다. 이것이 또 아쉬워할 일이다.

관휴(貫休) 스님은 물가에서 스스로 초상화를 그려 나한(羅漢)의 숫자를 채웠다고 한다. 이것을 전례로 삼아 나도 자신을 읊은 작품을 덧붙였다.

해설

이 글은 「향자팔십수(香字八十首)」라는 연작시에 붙인 서문이다. 문체로는 서문이다. 그 연작시는 칠언율시 80수를 순서도 똑같이 '향(香), 방(房), 장(長), 장(腸), 망(忙)'의 각운(脚韻)을 사용하여 지었다. 이와 같은 작품은 다른 유명 시인에게서도 유례를 찾기 힘들다. 아들인 이만용은 이명오의 시를 가려 뽑아 『박옹시초』를 간행하면서 이 중 꼭 절반인 40수만을 수록해 놓았다. 이명오는 유배에서 돌아온 뒤 동사(東社)란 이름의 시사(詩社)에서 활약했다. 이 시사는 권세가인 홍봉한(洪鳳漢)의 아들 홍낙신(洪樂信, 1739~1798년), 홍낙임(洪樂任, 1741~1801년) 형제가 주축이 된 것으로, 이명오는 부친의 신원을 위해 시사에 적극적으로 가담했다. 홍씨 형제는 똑같은 각운을 사용하여 연작시 짓기를 좋아했다.

이 서문은 동사의 활동이 끝나기 직전인 1800년 즈음에 지어졌는데 결과적으로 시사 활동을 결산하는 의미를 띠었다. 글은 기발하고 곱고 몽환적이다. 어울려 시를 쓴 장소와 동기, 시의 분위기와 정서를 언급했는데 알 듯 모를 듯 우울하고 퇴폐적인 정서가 가득하다. 선친의 벗이자 역시 동사에서 활약했던 노긍(盧兢)의 소품문과도 기맥이 통한다.

이안중

李安中

1751~1792년

자는 평자(平子), 호는 현동(玄同) 또는 단구(丹丘)이다. 전주 이씨 광평 대군(廣平大君)의 후손으로 5대조 이후원(李厚源)이 우의정을 지낸 명문가 출신이었으나, 여러 번 응시한 과거에 낙방하고 빈한한 삶을 살았다. 고시와 악부를 잘 지었고 이우신(李友信), 권상신(權常愼), 김려(金鑢) 등과 교유했다. 문집으로 『현동집(玄同集)』이 있고, 김려가 편찬한 『담정총서(薄庭叢書)』에 『현동시고(玄同詩藁)』와 『현동부고(玄同賦稿)』가 수록되어 있다. 여성 취향의 서정적이고 민요풍을 보인 시가 독자로부터 주목을 받았다. 문장은 성리학이나 예학의 주제를 다룬 작품이 많기는 하나 당시 풍속과 문화를 보여 주는 흥미로운 주제가 섞여 있다.

인장 전문가　　　　　　　金甥吾與石典序

크게 질박하던 풍속이 무너지고 인심이 각박해진 뒤로는 문서만으로는
신뢰할 수 없게 되었다. 인장(印章)은 그래서 생겨났다. 그 인장은 사사로
이 사용할 수 없어서 그 때문에 돌로 만든 인장이 생겨났다. 돌에는 좋
고 나쁜 품질이 있고, 새기는 솜씨에는 공교롭고 졸렬한 실력 차이가 나
서 그 때문에 인장 파는 법이 생겨났다. 법은 좋고 나쁜 돌의 품질을 살
펴서 공교로운 솜씨로 나아가는 길이다. 그 법이 누구로부터 시작되었는
지 알 수는 없으나 입에서 입으로 전해지거나 손에서 손으로 이어졌다.

　중국에서는 지금까지 그 솜씨가 쇠퇴하지 않았으나 우리나라는 애당
초 입으로나 손으로 전수받은 것이 없었고, 또 스스로 만들어 낼 재주
도 없었다. 따라서 제각각 사사로이 알고 있는 것으로 제 의견만 앞세웠
다. 법이 많아졌는데 법이 많아질수록 솜씨는 더욱 나빠졌다. 오여(吾與)
가 그런 실태를 병통으로 여겨 마침내 중국의 전각을 수집해 돌을 다듬
고 칼을 쓰는 기술을 찾아내는 데 정성을 쏟았다. 얻은 내용을 책으로
써서 인장을 새기는 전각가가 활용할 불변의 법으로 만들었으니 전각가
에게 큰 도움이 되리라.

　아! 돌로 만든 인장은 감상거리로서 사소한 일에 불과하다. 어떤 이는
힘을 기울일 만한 일이 아니라 하여 소홀히 여기거나 그렇지 않으면 전

각에 전혀 손방이다. 오여만은 소홀히 여기지도 않고, 남들이 못하는 전 각을 잘도 한다. 남들보다 낫다고 하겠으나 혹시 힘을 기울일 만한 일이 아니라는 경계를 어기지는 않았을까?

군자는 한 가지 사물이라도 통달하지 못한 것을 부끄럽게 여긴다. 인 장이 비록 작은 일이기는 하지만 한 가지 사물의 범위에 포함되지 않겠 는가? 게다가 오여가 전적으로 이 일에만 힘을 쏟은 것도 아니다. 학문에 전적으로 힘을 쏟고 남은 여가에 이 일을 했으니 무슨 해가 되겠는가?

오여는 성이 김(金)이요, 이름은 우순(愚淳)인데 내 생질이다. 기해 년(1779년) 외숙 평자(平子)가 쓴다. 또 명(銘)을 지어 경계하고자 한다.

첫째, 돌을 사랑해도 좋으나 빠져서는 안 되고, 즐겨도 좋으나 미쳐서 는 안 된다. 돌을 채찍으로 칠 수는 없는 일. 네 집에 따로 양이 한 마리 있으니, 돌을 즐길 때는 양이 달아날까 염려하고 돌을 새길 때는 양이 사라질까 근심해라. 우리를 견고하게 만들고 고삐를 단단히 매어 네 양 이 사라지지 않는다면 돌을 즐겨도 해가 되지 않으리라.

둘째, 돌은 강하니 너는 이를 배우고, 돌은 부드러우니 너는 그 외모를 본받아라. 돌의 강함과 부드러움을 너는 네 덕성으로 삼아라. 네 마음이 바르지 않으면 글자가 바르지 않고, 네 의지가 견고하지 않으면 새김이 힘세지 않으며, 네 정신을 집중하지 않으면 손이 호응하지 않으리라.

셋째, 너와 함께 도(道)를 추구하고자 할 뿐 즐기고자 하지 않는다. 아, 너의 길은 너 혼자서 가도록 해라! 너보다 지나친 것은 보배가 될 수 없 고, 너보다 미치지 못한 것은 좋아할 수가 없다. 아, 너의 길은 너 혼자서 가도록 해라!

해설

김우순(金愚淳, 1760~1834년)은 작자 누이의 아들이다. 안동 김씨로 오여가 자, 호는 소석(小石)이다. 신위, 김려 등과 절친했으므로 담정 그룹 문인 가운데 한 사람이다. 『담정총서』에 그의 시집 『현수관소고(玄水舘小稿)』가 수록되어 있다. 이 글을 통해 그가 전각에 깊은 관심을 기울였고, 전각의 기술을 기록한 『석전』을 지었음을 알 수 있다. 다만 이 책은 현재 전하지 않는다.

이 글은 『석전』의 머리에 붙인 서문이다. 먼저 전각이 흥하게 된 과정을 서술했다. 중국과는 달리 조선에서는 전각의 기술이 체계적으로 전승되지 않았는데, 김우순이 그 기술을 체계적으로 서술한 저서를 지었다고 밝혔다. 뒷부분과 명에서는 전각의 기예에 지나치게 빠지는 것을 경계하는 말을 빼놓지 않았다. 조선 후기 식자들 사이에 성행한 인장을 즐기고 새기는 문화의 실태를 보여 주는 글로 의미가 있다.

이만수
李晚秀
1752~1820년

자는 성중(成仲), 호는 극원(屐園)이며, 본관은 연안(延安)이다. 좌의정을 지낸 이복원(李福源)의 아들이고, 우의정을 지낸 이시수(李時秀, 1745~1821년)의 아우로 소론계 문신이다. 1789년 문과에 급제한 뒤 승진을 거듭해 사간원 대사간, 성균관 대사성, 대제학, 이조 판서 등을 역임했다. 1811년 평안도 관찰사로 있을 때 홍경래의 난이 일어나자 연전연승하던 반란군을 격퇴해서 정주성(定州城)에 고립시켰지만, 난이 발생한 데 책임을 지고 유배되었다. 곧 사면을 받아 수원 유수로 재직하던 중에 세상을 떠났다.

명문가 출신에 국가의 문학을 담당하는 대제학 자리에 오래 있어 김조순, 서영보, 남공철, 심상규와 함께 세칭 '오태사(五太史, 다섯 대제학)'로 불렸다. 정조 연간에 관각 문장(館閣文章)을 잘 짓는 문장가라 하여 국왕으로부터 크게 인정받았다. 평소 나막신(屐)을 즐겨 신었는데, 정조가 이를 알고 나막신을 하사하자 호를 극원(屐園)으로 바꿨다. 문집으로 『극원유고(屐園遺稿)』가 전한다.

책 둥지　　　　　　　　　　　書巢記

　내가 소장하고 있는 책은, 경서로는 『주역』·『서경』·『시경』·『논어』·『맹자』·『중용』·『대학』 대전(大全)이 모두 오십 책 있고, 역사서로는 『한서』삼 종 총 팔십팔 책이 있으며, 제자서(諸子書)로는 『주자대전(朱子大全)』육십 책이 있고, 문집으로는 『전당시(全唐詩)』 백이십 책과 『고문연감(古文淵鑑)』 □책이 있다. 이 책들이 있는 서재에 편액을 걸어 놓고 '서소(書巢)'라는 이름을 붙였다. 그러자 친구 한 사람이 다른 생각을 말했다.

　"군자라면 처신에는 많은 노력을 기울여도 이름을 얻는 데에는 마음을 쓰지 않네. 자네는 서가 하나도 책으로 다 채우지 못하면서 아득한 옛날의 육유(陸游) 선생에게 자신을 비유했네. 너무 지나친 것이 아닌가?"

　그 말에 나는 이렇게 대꾸했다.

　"자네는 집 안에서 어떻게 지내야 하는지를 모르는가? 집에서 잘 지내는 사람은 달팽이 껍데기 같은 초가집이라도 시서(詩書)를 읊조리고, 말한 필 겨우 돌릴 만한 마당이라도 자손에게 물려주네. 잘 지내지 못하는 사람은 기둥을 화려하게 꾸미고 기와에 꽃무늬를 새겨 놓은 집이라도 촛불을 켜 놓고 책 한번 보는 장소로 쓰지 않네.

　내 책이 적다고는 하지만, 요순우탕(堯舜禹湯)과 문무주공(文武周孔)의

도가 실려 있고, 반고(班固)와 범엽(范曄)이 역사가로서 내린 판단이 드러나 있으며, 대지가 만물을 받치고 바다가 모든 강물을 포용하는 듯한 주자의 학문이 실려 있고, 진한 이래 수백 수천 년 동안 활동한 작가의 모범적인 작품들이 모두 갖추어져 있네. 내가 좌우에 그 책을 꽂아 놓고서 종신토록 그 안에 머물러도 충분할 정도일세. 군자가 책을 꼭 많이 구비해야만 하는가? 많지 않아도 되네.

더욱이 내 큰형님에게는 수천 권의 책이 있는데 돌아가신 할아버지의 제발(題跋)이 쓰여 있고, 아버지의 장서인이 찍혀 있네. 또 아우 송택거사(松宅居士)는 일찍부터 도서를 수집하는 벽(癖)이 있어서 소장한 책이 또 수천 권을 상회하는데 그 책들을 만송루(萬松樓) 안에 보관하고 있네. 내 집에 머물 때는 내 책을 읽으면 그만이고, 집 밖을 나가게 되면 형님과 아우의 장서가 내 책이요, 형님과 아우의 집이 내 서소라네. 내 서소는 소강절(邵康節)이 열두 곳에 만든 임시 거처와 비슷하네. 그러니 육유 선생의 서소에 빗댈 뿐이겠는가?

그렇지만 둥지(巢)란 것은 상고 시절의 집일세. 둥지가 변하여 사람이 사는 주택이 만들어졌고, 주택이 만들어지면서 음란한 기예가 흥성해졌네. 올바른 도를 실천하지 않고 올바른 학문을 밝히지 않게 된 것은 온갖 학술과 수많은 조류가 담긴 저 엄청나게 많은 서적들이 진리와 학문을 가려 버린 탓일세. 내가 '서소'라 이름을 지은 데에는 저 소박한 옛날로 돌아가려는 뜻이 있네. 무엇 하러 책을 많이 모으는 데 힘쓰겠는가?"

이 문답으로 서소기를 삼는다.

해설

장서를 모아 놓은 작은 서재를 서소(書巢)라 부르고 그 의의를 밝힌 기문(記文)을 썼다. 글쓴이의 별호 가운데 서소주인(書巢主人)이 있다.

서소란 새의 둥지처럼 서재가 아주 협소하고 볼품없으며 책의 종류가 많지 않음을 표현한다. 장서가는 귀중한 책을 많이 소장하고 싶어 하는 욕망을 가지고 있지만 글쓴이는 그와 반대의 태도를 취했다. 소박한 규모에 필독서만 갖춰 놓은 '책 둥지'를 독서하는 서재로 애용할 것이며, 부족한 책은 장서가 많은 형제에게 빌려 보겠다고 했다. 탐욕스러운 책 수집보다 절제된 책 읽기를 지향하는 태도가 인상적이다. 책이 많은 것이 오히려 진리 탐구에 방해가 된다는 우려에서는 은연중 동시대의 장서 풍조를 못마땅하게 여기는 태도를 담고 있다. 문체가 간결하고 논지가 분명한 문장이다.

정조 正祖

1752~1800년

조선의 22대 국왕으로 이름은 산(祘), 자는 형운(亨運), 호는 홍재(弘齋)·만천명월주인옹(萬川明月主人翁)이다. 영조의 뒤를 이어 정치적 역량을 발휘하여 안정적 치세(治世)를 구축했다.

정조는 조선 후기 국왕들 중에서 가장 탁월한 학문적 역량으로 신하들을 압도한 철인왕(哲人王)의 존재였다. 그의 치세에 청년기를 보낸 인물 가운데 훗날 문예와 학문 각 분야의 대가가 셀 수 없이 배출되었는데 그것은 결코 우연이 아니다. 그 뒤로는 그와 같은 성세(盛世)가 다시 오지 않았으므로 정조의 시대를 건릉성제(健陵盛際)라 불렀다. 동시에 막후에서는 각 정파를 이끄는 대신에게 어찰(御札)을 보내 정국을 자신의 의도대로 이끌어 나가기도 했다. 정조의 문학적·학문적 성과는 184권 100책에 이르는 방대한 『홍재전서(弘齋全書)』에 오롯이 담겨 있다.

한편 정조는 여러 종류의 활자를 주조하고 규장각을 중심으로 당대 일급 학자들을 지휘하여 다양한 분야에 걸쳐 수많은 책을 간행한 조선 최고의 출판 기획 편집자이기도 했다. 특히 정조는 수많은 정책과 관련한 문장을 신하에게 대작시키지 않고 직접 지었다. 그 문장의 솜씨는 뛰어난 문장가의 수준으로도 손색이 없다. 조선조 국왕 가운데 문장의 수준에서 가장 높은 수준에 이르렀다.

모든 강물에 비친
달과 같은 존재

萬川明月主人翁
自序

만천명월주인옹(萬川明月主人翁)은 다음과 같이 말한다.

태극(太極)이 존재한 이후에 음양(陰陽)이 존재했다. 따라서 복희씨(伏羲氏)의 『주역』은 음양을 통해 이치를 밝혔다. 음양이 존재한 이후에 오행(五行)이 존재했다. 따라서 우임금의 홍범(洪範)에서는 오행으로 세상을 밝게 다스렸다.

나는 물과 달의 모습을 보고 태극과 음양과 오행의 이치를 깨달았다. 달은 하나이나 물은 만 가지 종류이다. 물 위에 달이 비치면 앞 강물에도 달이 뜨고 뒤 강물에도 달이 뜬다. 달의 숫자가 강물의 숫자와 같아서, 강물이 만 개라면 달의 숫자도 그와 똑같다. 그러나 저 하늘에 뜬 달은 여전히 하나일 뿐이다.

무릇 하늘과 땅의 도(道)는 항상 바른 도리를 보여 주고, 해와 달의 도는 항상 밝게 비춘다. 만물이 서로 만나 보는 것은 남방(南方)의 괘(卦)이다. 그처럼 성인은 남면(南面)하여 정사를 보고 밝은 곳을 향해 다스린다.

내가 이를 통해 세상을 다스리는 비결을 터득했다. 난세(亂世)를 변화시켜 치세(治世)로 만들고, 마음을 큰길처럼 툭 트이게 하며, 어진 이를 우대하고 외척을 억누르며, 환관과 궁녀를 멀리하고 어진 사대부를 가까이했다. 세상의 이른바 사대부는 비록 모두가 어질지는 않지만, 애첩이나 노복처럼 흰색 검은색도 헷갈리고 앞뒤도 못 가리는 자와 같은 수준에서 비교할 수는 없다.

나는 겪어 본 사람이 아주 많다. 아침에 들어와 저녁에 나가고, 무리를 지어 몰려다니며 저리 갔다가 이리 온다. 생김새가 얼굴빛과 다르고 눈빛이 마음과 다르다. 트인 자와 막힌 자, 강한 자와 부드러운 자, 어리석은 자와 멍청한 자, 속이 좁은 자와 얕은 자, 용감한 자와 겁이 많은 자, 현명한 자와 교활한 자, 뜻만 높은 자와 고집만 센 자, 모난 자와 원만한 자, 활달하여 트인 자와 무게가 있는 자, 어눌한 자와 말재간이 좋은 자, 엄하고 드센 자와 멀찍이서 밖으로 도는 자, 명예를 좋아하는 자와 실질에 힘쓰는 자 등등 유형과 부류를 나누면 종류가 천 가지 백 가지이리라.

처음에 나는 내 마음대로 추정도 해 보고 내 뜻대로 믿어도 보았다. 재능을 시험해 보기도 하고 일을 맡겨 단련도 시켰다. 들쑤셔서 진작시켜 보았으며, 바른 길로 이끌고 굽은 자를 교정하여 바로잡아 보았다. 마치 맹주(盟主)가 규장(珪璋)으로 제후를 통솔하듯 다루었다. 그러나 그들을 상대해 올리고 내리는 절차에 지쳐 버린 지 벌써 이십여 년이다.

근래 들어 다행히도 태극과 음양과 오행의 이치를 깨달았고, 또 사람은 각자 생긴 대로 써야 한다는 이치도 터득했다. 그래서 대들보감은 대들보로 기둥감은 기둥으로 쓰고, 오리는 오리대로 학은 학대로 살게 하여 인물을 인물의 성질대로 내버려 두고 인물에 맞춰 대응했다. 그리하여 사람의 단점은 버리고 장점만을 취하며, 착한 점은 드러내고 나쁜 점은 숨겨 주며, 잘한 일은 안착시키고 못한 일은 뒤로 물러나게 하며, 국량이 큰 자는 나오게 하고 좁은 자는 포용하며, 하고자 하는 의지를 높이 사고 재주는 뒤로 돌려서 그 양쪽 극단을 잡되 중도를 취했다. 아홉 개 하늘의 문이 열리듯 앞이 트이고 훤하여 누구라도 머리만 들면 시원스레 볼 수 있도록 만들었다.

그런 뒤에 넓은 마음과 꼼꼼한 관찰로 트인 자를 상대하고, 넉넉함과 여유로움으로 막힌 자를 상대하였다. 부드러움으로 강한 자를 상대하고, 굳셈으로 부드러운 자를 상대하였다. 밝고 분명함으로 어리석은 자를 상대하고, 박식함으로 멍청한 자를 상대하며, 넓고 툭 트임으로 속이 좁은 자를 상대하고, 사려 깊음으로 속이 얕은 자를 상대하였다. 방패와 도끼를 들고 추는 춤으로 용감한 자를 상대하고, 무장(武裝)을 갖춘 모습으로 겁이 많은 자를 상대하며, 사려 깊음으로 현명한 자를 상대하고, 강직함으로 교활한 자를 상대하였다.

술을 먹여 취하도록 하는 것은 뜻만 높은 자를 상대하는 방법이고, 맑은 술을 마시도록 하는 것은 고집만 센 자를 상대하는 방법이며, 둥글둥글한 태도는 모난 자를 상대하는 방법이고, 모서리를 드러낸 태도는 원만한 자를 상대하는 방법이었다. 활달하여 트인 자에게는 나의 마루와 방을 보여 주고, 무게가 있는 자에게는 나의 화란(和鑾, 고대 중국에서 수레에 달던 방울)을 연주하게 하며, 어눌한 자는 민첩하게 행동하도록 경계하고, 말재간이 좋은 자에게는 은밀한 곳으로 물러나 갈무리하라 일렀다.

엄하고 드센 자는 깊은 산 넓은 숲처럼 감싸고, 멀찍이서 밖으로만 도는 자는 좋은 옷과 휘장으로 우대하며, 명예를 좋아하는 자에게는 실질에 힘쓰도록 권유하고, 실질에 힘쓰는 자에게는 식견을 넓히기를 권했다. 마치 학생 삼천 명이 질문하면 공자가 응답하는 것처럼, 또 봄의 신령이 뭇 생명을 길러 내는 것처럼 손을 대면 이루어졌다. 말을 들어 보고 행실을 살펴서 평가할 경우에는 위대한 순임금께서 강물을 터트린 것처럼 충만하였다.

내가 밝은 덕망을 가지고 있으면 주나라 문왕(文王)이 서쪽 땅에 왕림한 것과 같아 한 치도 남에게 양보하지 않고 모든 선(善)이 모두 나에게 쏠린다. 사물마다 태극이라 그 본성을 거스름이 없고, 본성마다 보존되고 보존되어 모두 내 소유가 된다. 태극으로부터 미루어 가면 분산되어 만물이 되고, 만물로부터 찾아서 오면 다시 하나의 이치로 환원된다.

태극은 형상과 수(數)가 형체가 갖추어지지 않았으나 그 이치가 이미 구비된 것을 일컫고, 형기(形器)가 이미 갖추어졌으나 그 이치는 조짐이 없는 것을 가리킨다. 태극이 양의(兩儀)를 낳아도 태극은 여전히 태극이며, 양의가 사상(四象)을 낳아도 양의는 태극이다. 사상이 팔괘(八卦)를 낳아도 사상은 태극이다. 사상의 위에 각각 한 획(畫)을 더하여 오획(五畫)에 이르며, 획이 홀짝이 있어 중첩하여 이십사에 이르면 천육백칠십칠만여 획이 되는데, 한결같이 모두 삼십육 분(分) 육십사 승(乘)에 근본을 두고 있으며, 우리나라 백성의 숫자에 상당한다.

한계를 긋지 않고 멀고 가까운 것을 따지지 않으며, 잡아서 자신의 아량과 분수 안에 귀속시켜 나라를 통치하는 준칙을 세운다. 이 준칙으로 백성을 하나로 모아 왕도(王道)를 따르게 한다. 이것을 법으로 삼고 이것을 가르침으로 삼아 백성에게 펼치면, 엄숙함과 다스림, 밝음과 헤아림이 이에 응하고 오복(五福)이 두루 갖추어진다. 낯빛을 편하게 가지고 나는 그저 받아들이기만 하면 된다. 어찌 진실로 깊고 멀지 않은가!

공자께서는 『주역』의 「계사전(繫辭傳)」을 지어 맨 먼저 태극을 표방하여 후세 사람을 이끌었고, 또 『춘추(春秋)』를 지어 마침내 대일통(大一統)의 뜻을 밝혔다. 구주(九州)의 수많은 나라가 한 임금에게 통솔되고, 수많은 강물이 한 바다로 흘러들며, 활짝 핀 수많은 꽃이 하나의 태극으로 합쳐진다. 땅은 하늘의 가운데 위치하여 한계가 있으나 하늘은 땅 밖까지 포괄하여 끝이 없다. 하늘의 날짐승, 물속의 물고기, 스스로 꿈틀거리는 벌레, 아무 지각이 없는 풀과 나무도 또한 제각기 성쇠를 거듭하여 서로 침범하지 않는다. 크기로 말하자면 천하가 실어 담을 수 없고, 작기로 말하자면 천하에 더 쪼갤 것이 없다. 이는 하늘과 땅이 자리를 잡고 만물을 길러 내는 공능(功能)에 협조하는 것이자 성인이 잘하는 일이다.

내가 원하는 바는 성인을 배우는 것으로 물에 비친 달에 비유해 본다. 달이 천연스럽게 밝아 땅 위를 환하게 비출 때는 물을 만나서 빛을 발산한다. 용문(龍門)의 물은 수량이 많으면서 거세고, 안탕(鴈宕)의 물은 맑으면서 잔물결이 인다. 염계(濂溪)의 물은 검푸르고, 무이산(武夷山)의 물은 졸졸 흐른다. 양자강의 물은 차고 탕천(湯泉)의 물은 따뜻하다. 강물은 담담하고 바다는 짜며, 경수(涇水)는 흐리고 위수(渭水)는 맑다. 그런데 달이 와서 비추면 모든 물이 저마다의 형태를 따른다. 흐르는 물에서는 달도 물과 함께 흐르고, 고인 물에서는 달도 함께 머물며, 거슬러 흐르는 물에서는 달도 함께 거슬러 흐르고, 감돌아 흐르는 물에서는 달도 함께 감돌아 흐른다. 모든 물의 큰 근본을 모아 묶는 것은 달의 정기이다.

나는 안다. 그 물은 세상 사람들이고, 그 물에 비쳐 생긴 모양은 사람들의 모습이며, 달은 바로 태극이고, 태극은 바로 나다. 이것이 옛사람이 세상 모든 강물에 비친 밝은 달에 비유하고 태극의 신비한 활용에 기탁한 바로 그것이 아니겠는가? 작은 틈만 있어도 달빛이 반드시 비춘다는 것으로 태극의 울타리를 엿보려는 자가 있다면, 그것이 헛된 수고일 뿐 이익이 없어서 마치 물속의 달을 손으로 잡으려 하는 짓과 똑같다는 사실을 나는 잘 알고 있다.

마침내 평소 거처하는 장소에 만천명월주인옹이라 쓰고 그것으로 나의 호를 삼는다. 때는 무오년(1798년) 십이월 초사흘이다.

해설

이 글은 정조가 직접 말미에 밝혔듯이 1798년(정조 22년) 12월에 쓴 글이다. 정조는 이 무렵 만천명월의 주인이라는 거창한 뜻이 담긴 호를 새로 짓고서 호를 새로 만든 동기와 정치를 보는 시각을 밝혔다. 그의 정치 철학을 요약해서 보여 주는 중요한 글이다. 글 전체에 자신의 통치력에 대한 자부심이 드러나 있다.

조선 전기의 호학 군주인 세종은 『월인천강지곡(月印千江之曲)』을 지어 부처의 공덕을 천 개의 강물에 비친 달에 비유한 바 있는데, 조선 후기의 호학 군주인 정조는 통치자로서 자신의 존재를 만 개의 강물에 비친 달에 비유하였다. 수많은 강물에 비친 달을 부처의 공덕에 빗대는 것은 불교에서 널리 쓰이는 비유이고, 주희와 같은 성리학자도 종종 이일분수(理一分殊, 하나의 궁극적인 원리인 이(理)가 만물 하나하나에 체현되는 것)를 설명할 때 하늘의 달과 강물에 비친 달을 비유로 들곤 했다. 정조는 성리학뿐 아니라 불교 경전에도 해박했으니 이러한 비유를 잘 알고 있었을 것이다.

정조는 이 글에 유교 경전인 『주역』, 『서경』 등에서 주요 개념과 용어를 가져와 쓰고 있으며, 자신의 박식함을 과시하려는 의도가 짙으므로 내용을 제대로 이해하려면 이러한 유교 경전에 대한 지식을 어느 정도 갖추어야 한다.

이 글은 군왕이 갖춰야 할 근본적인 덕과 신하를 기용하는 문제를 논한다. 여기에서 정조가 거듭 말하는 성인(聖人)이란 공자와 같은 도덕적·학문적으로 완성된 사람만이 아니라 태평성대를 이룩했던 고대의 성군(聖君)들을 포괄한다. 정조는 즉위 초에는 경험이 부족해서 신하 개개인의 자질과 특성을 무시하고 자신의 의지대로 끌고 가기에 급급했다면, 지금은 경험이 쌓여 자신은 밝은 덕과 학문으로 군림하면서 신하들의 장점은 살려 주고 단점은 보완해 주며 한결 여유롭게 적재적소에 그들을 기용하여 나라를 운영해 나갈 수 있다고 자부하였다. 신하들 입장에서 볼 때 조정에 참여하는 목적은 임금을 요임금이나 순임금 같은 성군으로 만들어 만백성에게 혜택이 미치게 하는 것이지만, 임금의 입장에서 볼 때 정치는 곧 사람을 쓰는 문제와 직결되므로 어떤 사람을 어떻게 쓸 것인가 하는 문제를 깊이 고민하지 않을 수 없다.

　정조는 자신이 총애하는 여러 신하들에게도 이 글을 써서 올리게 했다. 그리고 자신이 직접 쓴 글과 신하들이 쓴 글을 각각 현판에 새겨 궁중 곳곳에 걸도록 하고는, 자신의 원본과 신하들의 사본을 또 한 번 하늘의 달과 강물들에 비친 달의 관계에 비유했다. 그러나 그는 이처럼 자신감이 충만한 글을 쓴 지 채 2년이 못 되어 갑작스레 세상을 떠났다. 정조 자신도 신하들 그 누구도 예상 못한 일이었다. 정조가 어필로 이 글을 써서 새긴 현판은 지금도 창덕궁 서향각(書香閣)과 존덕정(尊德亭)에 걸려 있다.

문체는 시대에 따라
바뀌는가

文體

국왕은 말한다.

 문체가 똑같지는 않으나 어려운 글과 쉬운 글로 크게 나뉜다. 말이 어려운 글은 기이하고 말이 쉬운 글은 순탄한데, 어떤 것을 취하고 어떤 것을 버릴까? 『상서(尙書)』보다 오래된 글은 없는데, 그 책에서 고문(古文)으로 쓰인 글은 모두 쉽고, 금문(今文)으로 쓰인 글은 모두 어렵다. 제왕이 훈계하고 백성을 타이르는 글은 순탄해야 옳은데 도리어 기이하다. 그 이유가 무엇인가? 주공(周公)의 글은 어려워서 쉽지 않고, 공자의 글은 쉬워서 어렵지 않다. 똑같은 성인이건만 문장으로 나타난 것이 이처럼 기이하고 순탄함이 같지 않다. 그 이유가 무엇인가?

 서한(西漢)의 문장은 사마천(司馬遷)의 『사기(史記)』를 으뜸으로 친다. 범저(范雎), 채택(蔡澤), 사군(四君) 등의 전기는 순탄하고자 애쓴 반면, 「혹리전(酷吏傳)」이나 「화식전(貨殖傳)」 등은 기이하고자 힘을 썼다. 한 사람에게서 나온 문장이 이처럼 어려움과 쉬움이 나뉘었다. 그 이유는 무엇인가? 양웅(揚雄)의 『법언(法言)』은 오로지 다듬는 데 힘을 썼건만 후세 사람들이 장독을 덮는 용도로 쓰이는 신세가 되었고, 제갈량(諸葛亮)의 「출사표(出師表)」는 꾸미는 데 힘쓰지 않았어도 오히려 지사(志士)를 눈물 짓게 한다. 이를 근거로 말하자면, 쉬움이 어려움보다 나은 것인가?

번종사(樊宗師)의 문장은 가시가 돋힌 듯 까다로웠어도 한유(韓愈)가 크게 칭찬하였고, 백거이(白居易)의 일상 대화 같은 문장은 두목(杜牧)이 극력 배척하였다. 이것을 근거로 말하자면, 순탄함이 기이함만 못한 것인가?

반고(班固)의 연주체(連珠體)는 체제를 가장 잘 갖추었다고 홀로 칭송받고, 육기(陸機)의 겉만 번지르르한 문장은 대체(大體)를 보지 못했다고 비판받는다. 그들이 숭상하는 어려움과 쉬움을 자세히 말할 수 있는가? 영명체(永明體)는 어떤 자로부터 악습이 시작되었으며, 글이 기이한가 순탄한가? 서균(徐均)의 문체는 어떤 때 유행하였으며, 글이 쉬운가 어려운가? 양사기(楊士奇)의 시문(詩文)은 대각체(臺閣體)라 일컬어지고, 황평청(黃平倩)의 고문은 본디 한림체(翰林體)와 다른데 그 또한 어려움과 쉬움을 논할 만한 것이 있는가?

서견(徐堅)은 사인(舍人)의 문체라 칭찬받았고, 목수(穆脩)는 예부격(禮部格)으로 시부(詩賦)를 짓는 것을 부끄러워했다. 그들의 글은 기이하고 순조로움이 같지 않은 것인가? 구양수(歐陽修)가 한 번 과거 시험을 주관하자 서곤(西崑)의 험괴(險怪)한 문체가 사라졌고, 왕세정(王世貞)과 이반룡(李攀龍)이 다투어 문단을 주도하며 소식(蘇軾)의 쉬운 글을 몹시 비판했다. 문인들이 서로 얕잡아 보는 버릇은 예부터 있어 왔다지만, 그들의 옳고 그름은 과연 어떠한가?

대저 문체란 세대에 따라 똑같지 않아서, 한 세대 사이에도 거듭 변하면서 오로지 시대를 따라간다. 하지만 문체의 흥망성쇠가 정치와 더불어 통하지 않은 일은 없었다. 도를 담은 문장이 가장 높다. 하지만 그보다 아래에 있는 문장이라도 반드시 학식이 속에 쌓여야 아름다움이 밖으로 드러난다. 순탄함을 구하지 않아도 자연히 순탄하며, 기이함을 구하지 않아도 자연히 기이하다. 순탄한 문장은 마치 큰 강물이 안정되게 흘러 하루에 천 리를 가는 것과 같고, 기이한 문장은 마치 성난 파도가 바위에 부딪혀 갖가지 변화가 마구 생기는 것과 같다. 그렇게 되어야 비로소 번성한 세대의 문장이 될 수 있다. 문장을 평가하여 선비를 선발하는 시험관도 겉으로 드러난 문장을 보고서 속에 쌓인 학식을 엿볼 수 있다.

우리나라는 문사들이 수두룩하게 앞뒤로 줄지어 있는데, 거장에 속하는 선배 중 누가 어렵게 쓰고 누가 쉽게 쓰며 누가 순탄하게 쓰고 누가 기이하게 썼는지는 모르지만 번성하다고 하지 않을 수 없다. 그런데 어찌 된 영문인지 근래 들어서는 알려진 작가가 없이 적막하고, 선비들이 익히는 글이라곤 과거 시험장의 문장에 불과하다. 상투적인 데 빠지지 않으면 구태여 억지로 괴기하게 짓는다. 문장의 체제와 격조의 측면에서 본래 어렵게 쓴다거나 쉽게 쓴다거나 굳이 말할 필요가 없다. 천박하고 난잡함이 가면 갈수록 심해진다. 이것이 정녕 세상의 풍속이 만든 결과인가? 아니면 교육을 잘못하여 생긴 결과인가? 어떻게 하면 문체를 크게 혁신하여 순탄함과 기이함을 제각기 적절하게 표현하고, 이를 통해 유학을 넓게 펼치고 세상의 질서를 빛나게 할 수 있겠는가?

해설

정조는 문학에 큰 관심을 쏟았다. 자신이 다스리는 시대에 과거처럼 뛰어난 문장가가 나오지 않는 것을 걱정했고, 법도를 지켜 쓰는 순정한 문체는 사라지고 새롭고 기발한 문체를 숭상하는 폐단을 개탄했다. 소설을 비롯한 패관 소품(稗官小品)이 유행하는 현상을 걱정하여 문체반정(文體反正)을 시도하기도 했다. 문체를 순정하게 바꾸기 위한 정책의 일환으로 정조는 1784년과 1789년 두 번에 걸쳐 문체를 주제로 선비들을 시험했다.

이 글은 1784년 3월 10일에 낸 책문(策問)이다. 정조는 옛날의 문장가는 문체가 좋은데 후대로 갈수록 문체가 나빠지고 있으며, 특히 동시대의 문체는 천박하다고 비판하고 있다. 그의 시각은 지나치게 과거 지향적이고 보수적이다. 이 책문에 답한 신하들 가운데에는 지금 시대의 문장이 이렇게 변한 것이 바로 국왕이 앞장서서 그런 문장으로 유도한 결과라고 되받아친 이도 있었다. 정조는 당대의 문체를 비판했으나 사실 그가 재위한 시기에는 개성적인 문장가가 많이 배출되었다. 관심의 각도가 어찌 되었든 국왕이 문체에 깊은 관심을 가진 것 자체가 문화 융성의 든든한 배경이다.

이
서
구

李書九

1754~1825년

자는 낙서(洛瑞), 호는 녹천관(綠天館)·강산(薑山)·척재(惕齋)이다. 본관은 전주이다. 서화 수장가로 이름 높으며, 우리나라 금석문을 집성한 『대동금석서(大東金石書)』를 남긴 낭선군(朗善君) 이우(李俁)의 5대손이다. 1774년 문과에 급제하여 전라도 관찰사, 호조 판서, 이조 판서, 우의정 등을 역임했다. 정계에서는 노론 청류의 입장을 고수했고, 탁월한 행정 능력을 발휘한 것으로 명성이 높다.

소년 시절부터 이덕무, 박지원 등과 교유하면서 영향을 받았다. 어렸을 때부터 조숙한 천재였음은 박지원이 지어 준 「녹천관집서(綠天館集序)」에 여실히 드러나 있다. 1776년 유금(柳琴)이 이덕무, 유득공, 박제가, 이서구의 시를 뽑은 『한객건연집(韓客巾衍集)』을 중국에 가지고 가서 이조원(李調元)과 반정균(潘庭筠)의 고평을 받은 것을 계기로 시명을 국내외에 떨쳤다. 문집 『척재집(惕齋集)』을 비롯한 다수의 저작이 전하며, 『강산전서(薑山全書)』(성균관대 대동문화연구원, 2005)에 집성되었다. 청년 시절의 문장은 소품체의 문장으로 새롭고 기발하며, 중년 이후의 문장은 전아한 문체를 구사하였다.

바둑의 명인 정운창 棋客小傳

정생(鄭生)은 전라도 보성군 사람인데 바둑의 명인으로 이름이 높았다. 조선조에 바둑의 명인으로는 사대부를 비롯하여 수레꾼, 시장 사람들에 이르기까지 모두 덕원군(德源君)을 제일로 치켜세운다. 덕원군이란 사람은 종실(宗室) 출신이다. 정생은 서울에서 멀리 떨어진 시골의 비천한 선비로서 하루아침에 명성이 덕원군을 능가했다.

정생은 처음에는 사촌 형인 아무개로부터 바둑을 배웠다. 오륙 년 동안 문밖으로 발이 나가지 않았고, 그뿐 아니라 날마다 자고 먹는 것을 잊기 일쑤였다. 사촌 형은 늘 "이보게 아우! 그렇게 노력하지 않아도 세상을 휘어잡기에 넉넉하네."라고 했으나, 정생은 아랑곳하지 않고 한층 열심히 노력하는 자세를 버리지 않았다.

그때는 덕원군이 죽은 지 이미 백 년여가 지난 때로 김종기(金鍾期)·양익분(梁翊份)의 무리가 서울에서 한창 명성을 떨치고 있었다. 서울의 많은 고관들이 하나같이 그들을 국수(國手)로 대우하여 감히 그들과 기예를 겨뤄 보려는 자가 없었다. 정생 역시 시골에 처박혀 답답하게 지내는 처지라 더불어 대국할 자가 없었다. 그래서 정생은 한양까지 걸어가서 평소 명성을 누리는 국수를 찾아 한번 대적하고 싶었다.

한양에 도착한 정생은 차츰 "종기가 국수인데 대적할 사람이 없다."라고 한양 사람들이 말하는 소리를 들었다. 그러나 공교롭게 관서 땅의 관찰사로 가는 고관이 종기를 불러 데려갔기 때문에 아무리 해도 만날 수 없었다. 종기가 한양으로 돌아오는 기일을 늦추는 바람에 정생은 오래도록 더불어 대적할 자가 없었다. 당시에 대장 이장오(李章吾)나 현령 정박(鄭樸) 역시 바둑을 잘 둔다는 명성을 꽤나 누렸다. 그들은 정생을 보기만 하면 손가락을 문지르며 물러나서 감히 바둑알을 가지고 맞먹으려 들지 않았다.

사정이 이리 되자 정생은 더욱 무료하여 견딜 수 없었다. 드디어 관서 땅으로 종기를 찾아 나섰다. 평양에 이르러 포정문(布政門) 밖에서 사흘을 머물렀으나 아전이 들여보내지를 않았다. 한숨을 내쉬며 정생은 탄식했다.

"재능 있는 선비가 재능을 알아주는 사람을 만나지 못하는 불운이 그래 이런 정도인가? 내 차마 걸음을 되돌릴 수 없구나! 내가 떠나온 고향 땅에서 평양까지의 거리가 거의 수천 리다. 고갯길의 험준함과 나그네의 고생도 마다하지 않고 어렵사리 여기까지 이른 이유는 한 가지 기예를 가지고 다른 사람과 자웅을 겨뤄서 잠깐의 상쾌한 기분을 맛보자는 심사이다. 그런데 끝끝내 사람을 만나지 못하고 돌아가다니 어찌 기구하지 않은가?"

그리고 또 사흘 동안 자리를 뜨지 않았다. 그에 관한 사연을 들은 관찰사가 괴상하게 여겨 종기에게 말했다.

"이자는 대체 무엇 하는 사람인고? 기필코 특이한 면이 있을 것이다. 자네는 물러나서 내 하명을 기다리게!"

관찰사는 문을 열어 정생을 들어오라고 불렀다. 그와 몇 마디 말을 주고받은 다음 관찰사가 물었다.

"내가 듣기에 자네는 남쪽 지방에 산다고 하던데 지금 발이 부르트도록 걸어 이곳까지 와 종기를 한번 만나려는 것을 보니 종기와 구면인가 보구먼?"

정생이 "아닙니다. 그렇지 않습니다."라고 답하자 관찰사가 말을 이었다.

"정녕 그렇다면 자네가 만나려고 하는 이유를 내 짐작하겠네. 그러나 종기가 지금 여기에 없으니 어쩐다? 그래도 그만두지 않겠다면 여기에는 종기보다는 약간 손색이 있기는 하지만 그와 더불어 상하를 다툴 만한 자가 있으니 시험 삼아 먼저 두는 것이 어떻겠는가?"

그 말에 정생이 "황공합니다. 삼가 말씀을 받들겠습니다."라고 했다. 그리하여 관찰사가 종기를 그 자리로 불러서 이렇게 말했다.

"저 사람이 종기와 더불어 기예를 다투고 싶어 하지만 지금 종기가 없으니 어쩌면 좋겠는가? 자네가 종기를 대신하여 바둑을 두게나!"

관찰사가 종기에게 눈을 끔벅하니 종기가 거짓으로 대답하기를, "황공합니다. 삼가 말씀을 받들겠습니다."라고 했다.

드디어 좌우의 시중하는 사람들이 바둑판을 진설하고 바둑알을 내왔다. 두 사람은 모두 진을 펼치고 고르게 길을 나누었다. 한 번 두 번 상황이 바뀌자 종기는 곧바로 내키는 대로 움직일 수 없었다. 그러나 정생은 처음과 다름없이 여유 만만했다. 관찰사가 성을 내며 말했다.

"지난날에 장기 두는 종놈들과 대국할 때에는 곧잘 손뼉을 치고 기세를 올리며 온 나라 안에서 대적할 사람이 없다고 큰소리치더니만, 오늘은 실의한 사람처럼 움츠러들어 손놀림이 시원스럽지 않으니 무슨 까닭이냐?"

그렇게 바둑을 둔 지 한참을 지나자 종기는 점차 더욱 두려움에 떨고 길을 몰라 하더니 끝내는 정생을 이길 수가 없었다. 정생도 마음속으로 대수롭지 않게 여기며 종기에게 "조금 쉬었다 할까요?"라고 했다. 또 "댁은 종기와 비교해서 어느 정도 수준인가요? 또 지금 종기는 어디에 있습니까?"라고 물었다.

종기는 묵묵히 응답하지 못한 채 얼굴만 벌겋게 달아올랐다. 관찰사는 더욱더 분통을 터트리고 성을 냈지만 그도 정생을 어떻게 할 도리가 없었다. 결국에는 사실대로 이야기하고는 다시 백금 스무 냥을 내어 정생에게 사례금으로 주었다.

시일이 흘러 관찰사가 해직되어 서울로 돌아오자 정생과 종기는 모두 서울에 머물면서 날마다 서로 어울려 놀았다. 하루는 날이 몹시 춥고 눈이 크게 내렸다. 종기는 집안사람을 시켜 술상을 성대하게 차리게 한 뒤 밤중에 정생을 초청하여 술을 마셨다. 술이 거나하게 들어가자 종기는 몸소 칼을 잡아 고기를 썰고 술잔을 들어 권하며 말을 꺼냈다.

"선생께서는 참으로 현명하고도 호걸다운 어른입니다. 혹시라도 이 술잔을 올리는 제 의중을 짐작하시는지요? 이 제자가 감히 선생을 언짢게 하는 말씀을 올려도 괜찮겠습니까?"

그러자 정생은 자신의 이름을 대며 감사함을 표하고 답했다.

"운창은 공께서 베푸시는 후의를 감당할 수 없습니다. 그러나 공의 명성은 한 시대를 드날려 당세의 공경 사대부들 가운데 공을 사랑하고 후대하지 않는 자가 없습니다. 운창이 요행히 공과 더불어 동렬에 끼어 있기에 공께서 이 못난 놈에게 하교하실 것이 없으리라 생각되기는 합니다만, 감히 가르침을 청합니다."

이에 종기는 말했다.

"그렇습니다. 제자가 일찍부터 바둑을 배워 명성을 독점하며 많은 고관들에게 출입한 지 이제 벌써 십 년이 되었습니다. 그런데 선생을 만난 이래로 많은 고관들과 어른들이 모두 이구동성으로 선생을 추대하여 종기와 같은 높은 제자의 반열에도 끼지를 못하게 되었습니다. 제자가 어찌 감히 선생과 대적하려고 하겠습니까마는, 바라건대 선생께서는 제게 조금만 양보해 주셔서 그저 예전에 누리던 명성을 지니도록 좀 해 주실 수 있겠는지요?"

정생은 "좋습니다."라고 수락했고 밤새도록 즐겁게 술을 마시고 헤어졌다. 그로부터 정생과 종기는 많은 사람이 모여 있는 자리에서는 서로 뒷걸음치면서 한사코 대적하지 않았다.

정생은 사십여 세가 되었을 무렵 날이 갈수록 기술이 정교해졌다. 침잠하여 머리를 쓰고 묵묵히 헤아려 본 뒤 반드시 좋다는 판단이 선 다음에야 겨우 돌을 놓았다. 따라서 낮이 긴 여름철일지라도 바둑 두기를 끝내는 것은 겨우 여러 판에 지나지 않았다. 어떤 때에는 바둑을 두다 말고 바둑알을 흩어 버리기도 했는데, 다시 둘 때 바둑알을 놓으면 하나도 틀리지 않았다.

정생은 이렇게 말하곤 했다.

"내 사촌 형님은 나보다 여러 길 높은 분으로 창평(昌平)의 어린아이에게 바둑을 배웠다. 창평의 어린아이는 누구에게 전수를 받았는지 알 수 없다."

정생은 내 집에도 왕래한 일이 있다. 그는 성품이 간교하고 그 모습을 보면 바둑을 잘 둘 것 같은 외양이 아니었다. 나도 그가 원래 바둑을 잘 두는 줄을 알고 있기에 오묘한 솜씨를 한번 보고 싶었다. 그러나 내가 본디 바둑을 이해하지 못하고, 문하의 많은 손님들 가운데 정생과 비슷한 수준을 가진 사람이 없어서 결국 보지를 못했다. 정생은 그 뒤에 죄를 얻었다. (이후의 내용은 원본에 빠져 있다.)

해설

이 글의 문체는 전(傳)이다. 전의 격식을 완벽하게 갖추지 않고 비교적 가벼운 필치로 써서 소전(小傳)이라 명명했다. 이서구는 당대의 국수로서 전라남도 보성의 한미한 집안 출신인 정운창(鄭運昌)이란 기객(碁客)을 부각시켰다. 이 글은 뒷부분이 약간 누락되었지만 그 분량은 미미할 것으로 보인다.

이 글은 삽화 중심으로 전개된다. 한미한 집안의 정운창이 바둑에 뜻을 두어 최고의 수준에 도달하려고 애쓰는 장인 정신이 글의 주제다. 여기에 겨울밤 김종기와 술을 마시며 나눈 대화 장면에서는 협기(俠氣)를 드러내기도 한다. 침식을 잊고 바둑을 연습하는 젊은 시절의 불굴의 정신, 서울까지 걸어와서 당대 최고의 명인과 대국하고자 하는 패기, 다시 평양을 찾아가 감영 문밖에서 기다리는 의지의 장면에서는 비장미까지 느껴진다.

정운창이 김종기와 겨루기 위해 도보로 한양에 가고 다시 평양 감영에 가서 기다리다가 결국 여유롭게 김종기를 이기는 장면은 통쾌하다. 그리고 정운창의 출현으로 인해 명성을 잃은 김종기가 눈 오는 어느 날 정운창에게 술을 따르며 자기 체면을 살려 달라고 부탁하는 장면 역시 백미에 해당한다. 그 둘의 모습은 추한 거래가 아니라 아름다운 협객의 면모를 드러낸다. 문장이 아름다워 이서구의 글 가운데 수준 높은 작품이라고 평가할 만하다.

정운창은 명성이 자자한 국수였으므로 이옥(李鈺)은 「정운창전(鄭運昌傳)」을 지어 그의 삶을 기록했고, 유본학(柳本學)도 「바둑에 능한 김석신에게 주는 글(贈善棋者金錫信序)」에서 그를 소개했다.

정약전

丁若銓

1758~1816년

자는 천전루(天全樓), 호는 일성재(一星齋) 또는 매심(每心)이다. 당파는 남인(南人)이고, 다산 정약용의 친형이다. 1790년 문과에 급제하여 병조 좌랑 등의 벼슬을 지냈다. 1801년 신유사옥이 발생하자 천주교를 신봉한다는 죄목으로 신지도(薪智島)를 거쳐 흑산도에 유배되었다. 거기서 16년 동안 유배객의 신세로 보내다 끝내 갇힌 몸에서 풀려나지 못하고 1816년에 죽었다.

정약전은 섬에 들어가서 『표해록(漂海錄)』과 『현산어보(玆山魚譜)』를 편찬했는데 그 배경에는 섬사람들과 나눈 격의 없는 생활이 있다. 『표해록』은 흑산도 평민이 표류한 사실을 구술하게 해서 편찬한 책이며, 『현산어보』는 흑산도 어부인 장덕순의 체험과 지식을 바탕으로 어류의 생태를 다룬 책이다.

정약전은 저술을 즐기지 않았다. 위에서 밝힌 저술 외에 『논어난(論語難)』 2권과 『역간(易柬)』 1권, 『송정사의』 1권 그리고 『여유당집』 필사본에 남아 있는 시문 40여 편이 전부다. 그의 저술 가운데 『현산어보』는 어류 박물지로서 독보적인 가치를 인정받고 있고, 소나무 정책을 논한 『송정사의』는 빼어난 경세문자(經世文字)로 높은 평가를 받을 만하다.

소나무 육성책   松政私議

우리나라에는 녹나무, 남나무, 예장나무 같은 큰 목재가 없어 집을 짓거
나 배와 수레(우리나라의 풍속은 수레를 사용하지 않고 무릇 기계에 해당하는
물건을 통틀어 수레라고 부른다.)를 비롯하여 관재(棺材, 널감)로 쓰는 목재
는 모두 소나무를 쓰고 있다. 나라는 강역이 세로로 사천 리를 넘지만
서쪽·북쪽·동쪽 삼면이 모두 큰 산과 험준한 고개로 이루어져 있다. 남
쪽 지방이 제법 들판이 넓다고 말하기는 하나 거기도 일백 리 되는 들
판은 없다. 대체로 나라 전체로 보면 산지가 국토의 열에 예닐곱을 차지
하고 있다.

산은 또 모두 소나무가 자라기에 알맞다. 그럼에도 위로는 국가에서부
터 아래로는 서민에 이르기까지 재목을 구하기가 어렵다. 위로는 기둥이
열 개 되는 집과 몇 척의 배를 만들 때 담당관이 비상사태에 대비하는
용도도 아닌데, 멀게는 천여 리가 넘고 가까이로는 수백 리가 넘는 거리
를 강물에 띄우고 육지에서 끌어와야만 비로소 작업을 마칠 수 있다.

아래로는 관재 하나의 값이 사오백 냥(나라의 풍속에 백 전(錢)을 한 냥이
라고 한다.)이 나간다. 이것은 그래도 큰 도회지를 기준으로 말한 것이고,
궁벽한 시골의 경우에는 부자가 상을 당해도 시신을 관에 넣는 데 열흘
이 걸리기도 한다. 평민들은 태반이 초장(草葬)을 한다. 내가 직접 목도

하여 기억하는 바로는 스무 해 전에 비해 나무 값이 서너 곱절 비싸졌다. 또 스무 해를 경과하게 되면 반드시 오늘날에 비해 서너 곱절 오르는 수준에 그치지 않을 것이다.

오행(五行)에서 나무(木)가 그 하나를 차지하고 있고, 불(火) 또한 나무로 인해 있는 것이므로 실제로는 오행 가운데 둘을 차지한다고 하겠다. 나무가 사람에게 얼마나 크게 필요한데 이렇게 그럭저럭 지내며 모르는 체할 수 있겠는가?

관아 건물이 썩어 무너지는 것쯤은 그래도 받침대로 받쳐 가면서 지탱해 가도 좋다. 우리나라는 왜구에 바짝 붙어 있어 왜적이 침략한다면 반드시 수전(水戰)을 겪게 된다. 임진년 변란에 오로지 수군의 힘을 빌려 모면한 사실을 지난 역사에서 확인할 수 있다. 만약 위급한 전란이 발생한다면 수백 척의 전함을 만들 목재를 어디에서 구해 올 것인가? 이뿐만이 아니다. 수백 년 동안 태평 시대가 이어져 백성들이 편안하게 살아가고 있지마는 살아서는 번듯한 집이 없고 죽어서는 몸을 눕힐 관재가 없다. 이것은 성왕(聖王)의 정사에 완전하지 않은 구석이 있다는 말이다. 나라의 정사를 맡은 자가 어째서 이 문제를 생각하지 않을까?

국토의 열에 예닐곱을 차지하는 산이 있고 산은 또 소나무가 자라기에 알맞은 토양인데 소나무가 왜 이 지경으로 귀한 것일까? 내가 일찍부터 그 이유를 조용히 따져 보고서 대략 세 가지 요인을 찾아내었다. 다만 위에서 말한 가옥과 배·수레나 관재에 쓸 재목은 그 요인에 포함시키지 않았다.

첫 번째 요인은 나무를 심지 않는 것이요, 두 번째 요인은 저절로 자라는 나무를 꺾어서 땔나무로 쓰는 것이요, 세 번째 요인은 화전민이 나무를 불태우는 것이다. 이 세 가지 환난을 제거한다면 도끼를 들고 날마다 숲에 들어가 나무를 한다고 해도 재목이 너무 많아 쓰지 못할 지경이리라.

『대학』에서는 "만들어 내는 사람이 많고 먹는 사람이 적으면 늘 넉넉하다."라고 하였다. 나무를 심는 것은 나무를 만들어 내는 근본이다. 심는 사람은 한 사람이고 쓰는 사람이 열 사람이라고 해도 재목을 제대로 대지 못한다. 그런데 심는 사람은 하나도 없건만 쓰는 사람은 무궁하니 재목이 궁하지 않을 도리가 있겠는가? 이것이 나무를 심지 않는 환난이다.

요행히 저절로 자라나는 나무가 있다. 조금이라도 그 나무를 아끼고 보호하여 어릴 적에 도끼로 베지 않는다면 그래도 재목으로 성장할 수 있다. 그러나 땅에서 한두 자쯤 자라기가 무섭게 나무꾼이 낫을 예리하게 갈아서 남에게 뒤질세라 달려드니 재목이 궁하지 않을 도리가 있겠는가? 이것이 저절로 자라는 나무를 꺾어서 땔나무로 쓰는 환난이다.

깊은 산중 인적이 드문 골짜기에는 저절로 나서 저절로 크는 나무가 있으므로 베어다 쓸 만하다. 그러나 화전민이 불태우는 혹독한 시련을 한번 겪고 나면 바람에 넘어가고 벼락에 쓰러지는 것보다 훨씬 심한 피해를 입는다. 백 년 동안 나서 자란 나무가 하루아침에 잿더미로 변하니 재목이 궁하지 않을 도리가 있겠는가? 이것이 화전민이 나무를 불태우는 환난이다.

이 세 가지 환난이 제거되지 않는다면 비록 관중(管仲)과 제갈량(諸葛亮)이 지혜를 짜내고, 신불해(申不害)와 상앙(商鞅)이 법을 집행한다고 해도 결국 송정(松政)에는 아무 도움도 주지 못하고 백성과 나라가 모두 곤궁해질 것이다.

이 세 가지 환난이 발생하는 이유는 또 다른 곳에 또 있다. 국법이 완비되지 않은 탓이다. 화전의 폐단은 옛 선현이 이미 말한 바 있다.[서애

(西厓) 유성룡(柳成龍)의 문집에는 이 문제를 다룬 글이 있다. 그 글의 대강은 이러하다. "산과 골짜기에 나무가 없다면 산사태가 나는 것을 막을 수 없어 들판의 전답이 흙에 뒤덮여 쓸 거리가 날로 줄어든다." "산림이 벌거숭이가 되어 보물과 재화가 생산되지 않는다." "짐승이 번식하지 않아 사대교린(事大交隣)을 할 때 필요한 짐승 가죽과 폐물을 대기가 어렵다." "범과 표범이 자취를 감추면 산길을 가는 자가 크고 작은 병기를 몸에 지니지 않기 때문에 나라의 풍속이 날로 졸렬하고 유약하게 바뀔 것이다." "목재가 소모되고 버려져서 백성들의 살림살이가 날로 군색하게 될 것이다." "비록 하나의 공을 이루지 못하더라도 산허리 이상에서는 경작하지 못하도록 금하는 것이 마땅하다." 현재 이 글은 『대전(大典)』 가운데 실려 있다.) 하지만 산허리 이상에 대한 금령조차 실행되지 않고 있다. 마땅히 금지할 사항조차 금지하지 않고 있다.

공산(公山)은 경계가 광활하다고 말할 수 있다. 황장목(黃腸木)이 잘 자라는 산은 깊은 산골짜기에 자리 잡고 있을 뿐 아니라, 소나무에 적합한 밭이 바닷가에 널려 있다. 바닷가 연안의 몇 리에 걸친 산은 대개 국가에 속해 있으므로 그것만 해도 이루 다 쓸 수 없을 지경이다. 그 위에다 바닷가로부터 삼십 리 이내 떨어진 산은 국가 소유와 개인 소유를 가릴 것 없이 일절 소나무 벌목을 금하는 법령까지 있다. 그런데 나무가 있어 금지한다면 그래도 이로운 것이 있겠지만 나무도 없으면서 금지한다면 백성들은 나무를 심지 않을 것이다. 그렇다면 금지한들 무슨 보탬이 되겠는가?

그러나 문제는 여기에 그치지 않는다. 주먹 크기의 작은 산을 소유한 백성이 소나무 수십 그루를 길러 가옥과 배, 수레나 관재에 쓸 목재로 베어 내고자 하면 탐관오리가 이 법조문을 빙자하여 차꼬에 채워 감옥에 가두고 고문하는 등 죽을죄를 다스리듯 하고, 심지어는 유배를 보내기까지 한다.

그러므로 백성들이 소나무 보기를 해충과 전염병처럼 여겨 몰래 없애고 비밀리에 베어서 반드시 제거한 다음에야 그만둔다. 어쩌다가 소나무에 싹이라도 트면 독사를 죽이듯 한다. 백성들이 나무가 없기를 바라서 그렇게 하는 것이 아니다. 자신이 편안하게 사는 방법은 나무가 없는 데 있기 때문이다. 그 때문에 개인 소유의 산에는 소나무 한 그루도 없어졌다.

소나무에 적합한 산은 수군 진영의 관할을 받는다. 수영(水營)은 전토세(田土稅)와 뇌물을 받을 권한이 없어 본래부터 빈한한 진영이다. 게다가 영문(營門)인 까닭에 장교의 수가 많은데도 부모를 모시고 자식을 키우는 살림살이를 달리 의지할 데가 없다. 오로지 소나무가 잘 자라는 산이 있을 뿐이다. 그래서 산 아래에 집을 짓기라도 하면 "이것은 공산의 소나무다."라고 주장하고, 관을 짜기라도 하면 "이것은 공산의 소나무다."라고 떼를 써서 크게는 관에다 고발하기도 하고 작게는 사사로이 구속하기도 한다. 강제로 빼앗고 토색질하고 능멸하고 포박하고 형틀에 묶어 고문하므로 그 혹독하고 매서움이 사나운 불길보다 더 심하다. 천하의 소나무는 대개가 서로 비슷하다. 자기 소유의 산에서 난 소나무가 아니라 해도 백성들이 자포자기하여 목숨을 버릴 수야 있겠는가?

그 결과 집안이 망하고 재산을 탕진하여 사방에 유리걸식하는 자가 열에 서넛이다. 그래서 몇 가지 죄목을 범한 일이 없는데도 평소에 공포감을 갖고 있어 못이나 계곡에 굴러 떨어질 것처럼 겁낸다. 수영 사람을 한번 만나기라도 하면 토끼가 범을 만난 듯이 종종걸음으로 달려가 바닥에 바싹 엎드린 채 명령을 내리면 무조건 따른다. 그리하여 비렴(비렴이란 것은 구걸하는 것의 다른 이름이다.)이란 법이 생겼다. 한 집안[봉산(封

山)의 백성은 수영에 속해 있다. 비록 속해 있지 않다 해도 자기가 그 일족이 아니라고 감히 발뺌할 수 없다.]에 징수하는 양이 많게는 수백 냥 수천 냥에 이르기도 한다. 백성들이 살아갈 도리가 있을까?

그리하여 봉산의 백성들이 상의하기를, "오로지 소나무로 인하여 우리들이 이 지경에 이르렀다. 소나무만 없다면 아무 일이 없으리라."라고 한다. 그래서 몰래 없애고 비밀리에 베어 온갖 꾀를 내어 제거하고자 한다. 심지어는 천 명의 사람이 힘을 합쳐 수많은 도끼가 소리를 함께하여 나무를 베어 몇 리에 걸친 푸른 산을 하룻밤 사이에 벌거숭이산으로 만들고, 돈을 모아 뇌물을 후하게 주어 후환을 없애는 일도 발생한다. 그리하여 작고 작은 공산조차 소나무 한 그루가 없게 되었다.

아! 관아에 승사(丞史)[승은 향소(鄕所)에서 부리는 아전이다.]를 두는 이유는 수고를 덜기 위해서다. 옷에 도롱이[비옷이다.]를 덧입는 이유는 비를 막기 위해서다. 승사가 없으면 관장 혼자서 잘 지낼 수 없으며, 도롱이가 없으면 옷이 홀로 비를 맞지 않을 수 없다. 개인 소유의 산과 작은 봉산이 없으면 큰 봉산만이 홀로 남아 있을 수 없다. 이것은 반드시 닥쳐올 이치이다.

현재 겨우 명맥이라도 남아 있는 봉산은 오직 큰 산과 큰 진(鎭)밖에 없어서 영남의 거제도와 남해도, 호남의 완도와 변산, 호서의 안면도 등 몇 곳에 지나지 않는다. 그 산들도 모두 벌써 민둥산이 되었다. 백성들이 소나무를 미워한다고 해도 저런 정도로 소나무가 없다면 살아갈 도리가 없다. 개인 소유의 산에 소나무가 없고 이런저런 작은 공산에 소나무가 없어 야금야금 다 써 버리고 나니 더는 손을 댈 곳이 없어졌다. 하는 수 없이 몇 곳 남은 봉산으로 지게를 메고 떼를 지어 몰려들지 않을 수 없다. 봉산을 맡아 지키는 자가 그 틈을 타서 이익을 꾀하니 수영에서 아무리 금하려 해도 어쩔 도리가 없다.

사람들은 모두 "법이 지켜지지 않는 책임은 수영에 있다."라고들 하지만 나는 "비록 매나 범으로 수사(水使)를 삼는다고 해도 필시 금지하지 못할 것이다."라고 말할 것이다. 어째서 그런가? 소나무를 구하는 사람의 욕구는 목말라 물을 구하는 자보다 더 다급하고, 지키는 자가 이익을 좇는 욕망은 물이 아래로 흐르는 것보다 더 심하기 때문이다. 속담에 이르기를 "지키는 자가 열이라도 도둑 하나를 막지 못한다."라고 하지 않았는가? 지금 지키는 자는 한 사람뿐인데 도둑은 억만 명이다.[수사의 좌우에 있는 자부터 감관(監官), 산지기 및 연해(沿海)의 백성들이 모두 도둑이다.] 비록 위수(渭水)를 붉게 물들이도록 죄인을 물에 빠트려 죽인다 해도 무슨 수로 금지할 것인가? 근본을 바로잡지 않고서 그 말단을 다스리는 일은 성인도 하지 못한 일이다. 오늘날의 수사가 정말 어떤 인간이길래 그렇게 지킬 수 있을까?

나는 이와는 다른 깊은 걱정거리를 갖고 있다. 팔도 전답의 소출로 서울에 먹을거리를 공급하는데도 넉넉지 않아서 걱정하는 것이 현실이다. 만약 몇 개 군의 전답에서 나오는 소출로 팔도에 먹을거리를 공급한다면 곧 바닥이 드러나리라는 사실은 지혜로운 자가 아니라 해도 바로 알 수 있다. 서남 지역 연해의 땅은 호구 수가 일백만을 밑돌지 않는다. 크게는 배와 가옥에 필요한 재목으로부터 시작하여 작게는 쟁기나 다듬이를 만드는 데 쓸 목재에 이르기까지 현재 모두 몇 곳의 봉산에서 가져다 쓴다. 목재는 샘물처럼 콸콸 솟아나는 물건이 아니다. 몇 년 뒤에는 반드시 도둑질할 나무도 사라질 터인데 이것이 몇 개의 군으로 팔도를 먹여 살리는 경우와 무엇이 다른가?

앞에서 말한 왜구에 대한 우려라고 해야 아직 발생하지 않은 일이다.

일백만 호의 백성들이 살아서는 들어가 살 집이 없고 죽어서는 몸을 가릴 관이 없으며, 물에는 배가 없고 일상생활에 농기구가 없다면(물에서 물고기를 잡지 못한다면 상인들이 모두 장사를 하지 못하고, 바다와 섬에 배가 없다면 육지에는 물고기와 소금이 없을 것이며, 일상생활에 도구가 없다면 농사와 공업이 모두 멈출 것이다.) 어느 날 변란이 발생하지 않을 수 있겠는가?

공산이 넓기도 하거니와 개인 소유의 산을 금지하고 있으므로 국가 소유의 소나무가 물과 불같이 흔해야 하건만 현재는 사정이 그와 반대다. 다섯 해에 한 번씩 바꿔야 하는 수십 척의 전함이 목재를 취할 곳이 없어 교체의 시기가 다가오기만 하면 동분서주해서야 겨우 임시로 메꿀수 있다. 이 지경인데도 여전히 방책을 생각하지 않는단 말인가!

아! 땅이 넓으면 부자가 될 수 있다는 것만을 알 뿐 백성들과 그 이익을 함께할 줄은 모르고 있다. 그러니 땅이 넓으면 넓을수록 가난함은 더욱 심해질 것이다. 유자(有子)가 "백성들이 풍족하니 임금은 누구와 더불어 풍족하지 않을 수 있는가?"라고 했는데 오늘날 국정을 맡고 있는 당국자는 마땅히 이 말씀을 세 번 반복하여 음미할 일이다.

대저 소나무는 벌목을 금지할 사안이 아니다. 이른바 금지할 사안은 소인들이 범하기 쉬운 행동을 금하는 것이다. 그런데 군자조차 범하는 사안이라면 그 금지에는 반드시 오류가 있다. 오늘날 소나무 벌채를 금지하는 법은 비록 공자나 안연(顔淵)이라 해도 범하지 않을 수 없다. 어째서 그러한가? 공자나 안연이 오늘날 세상에 살게 되어 부모의 상을 당했다고 하자. 그분들이 소나무 벌목 금지의 법 때문에 관을 만드는 예법을 폐지하려 들겠는가? 그분들이 반드시 그렇게 하지 않으리라는 사실을 나는 잘 알고 있다. 공자나 안연조차도 범하지 않을 수 없는 법을 보통 사람에게 시행하려고 드니 그 법이 시행되지 않으리라는 사실을 나는 또 잘 알고 있다. 소나무 벌목은 금지해서는 안 되는 사안이다.

그렇다면 앞에서 말한 세 가지 환난은 끝내 제거할 수 없는가? 그 법을 완화하면 된다고 나는 말할 수밖에 없다. 백성들이 소나무를 미워하는 것은 소나무 자체를 미워하는 것이 아니라 소나무를 다루는 법을 미워하는 것이다. 법이 두렵지 않다면, 생전에는 윗사람을 잘 봉양하고 죽어서는 정중하게 장사를 지내어 자신에게 도움을 주는 소나무를 무슨 까닭으로 미워하여 키우지 않겠는가? 사람마다 제각각 소나무를 기를 수 있다면 준엄한 법과 무거운 형벌이 기다리는 국가의 소나무를 무엇 때문에 힘들여 훔치려고 들겠는가?

묵혀 두어 황폐하게 된 개인 소유의 산은 스스로 나무를 길러 스스로 사용하게 하고, 나무 심기를 그만두어 버려진 봉산은 스스로 나무를 길러 스스로 사용하게 허락한다. 그리고 나무가 없는 몇십 길 높이의 산은 그 주인에게 죄를 묻는다. 반면 천 그루의 소나무를 심어 초가집의 기둥과 들보감으로 사용할 수 있을 만큼 기른 자에게는 품계를 올려 주어 포상한다. 산허리 이상에서 화전의 경작을 금하는 법을 엄하게 단속하여 불을 지르지 못하도록 한다.

무릇 주인 없는 산을 찾아서 한 마을에서 힘을 합쳐 한 해나 두 해 동안 소나무를 길러 울창하게 숲을 이루어 놓았으면 나무의 크기에 따라 그 마을에 한 해나 두 해 동안 세금을 면제해 준다. 이 새로운 법령을 시행하는 소나무 정책을 본관(本官)에게 맡기고 수영에서 간섭하지 못하도록 한다.

현재 공산을 제외하고는 한 뼘의 땅도 더 늘지 않았고, 백성들이 차지하는 이익에 국가가 간섭한 것이 전혀 없다. 이 정책을 시행한 지 수십 년이 지나면 온 나라의 산은 모두 숲을 이루게 될 것이며, 공산의 나무를 백성들이 범하는 일은 저절로 사라질 것이다.

어떤 사람이 "지금 사람은 많고 땅은 협소하다. 이 법령을 만든다 해도 소나무를 기를 여유가 없을 것이다."라고 말했다. 나는 이렇게 답한다.

"사람이 많고 땅이 협소한 처지에 이로운 재물을 다 활용하지 않으면 쓸 물건은 더 군색해질 것이다. 현재 나무가 없는 산에서는 풀뿌리까지 캐고 있어서 산은 날로 척박해지고 땔감은 날로 귀해진다. 이렇게 땔감을 거두는 것만을 고려할 뿐 나무를 기를 계획은 세우지 않고 있다. 소의 발굽 자국에 고인 물만을 고대하고 있고 아홉 길의 깊은 샘물을 파지 않는 격이다. 이 법령을 시행한다면 산의 나무는 날로 무성해지고 나무의 뿌리와 줄기를 보호하여 그 나뭇가지와 잎만을 취해도 땔감은 충분히 넉넉할 것이다. 목전의 계책은 잘못된 것이다."

어떤 사람이 물었다. "봉산이 버려지고는 있으나 그래도 국가의 물건이다. 하루아침에 그것을 가져다 백성에게 준다고 하니 자네의 계책은 어째서 아래 백성에게는 후하고 윗분들에게는 야박한가?"

그 말에 나는 이렇게 답한다. "이것은 속담에서 말한 '내가 먹기는 싫지만 개한테 던져 주기는 아깝다.'라는 격이다. 국가에서 소나무를 기를 힘이 없다고 한다면 허다한 좋은 전답을 가져다 불모지로 만들고자 애쓰는 것이다. 이는 버리는 것과 똑같다. 그럴진대 백성에게 주는 것이 무엇이 잘못인가? 게다가 작은 산에 모두 나무가 있다면 현재의 큰 봉산은 도벌을 금하지 않아도 저절로 그칠 것이다. 이것이 첫 번째 이익이다.

비록 산을 백성에게 맡긴다고 해도 백성들의 산에 나무가 있다면 국가에 다급한 상황이 발생할 때 국가가 빌려 사용할 수 없겠는가? 백성들이 풍족한데도 군주가 풍족하지 않은 경우는 아직까지 없다. 이것이 두 번째 이익이다. 따라서 이것은 위와 아래가 함께 이익을 얻는 방법이다.

정약전

어떤 사람이 물었다. "백성들이 국가의 명령을 믿지 않은 지 오래되었다. 게다가 백성들이 송금(松禁)에 공포를 느끼는 정도가 마치 활에 한 번 맞은 새의 꼴이다. 비록 이 명령이 내려진다 해도 백성들이 응하지 않을 테니 어떻게 하면 좋은가?"

그 말에 나는 이렇게 답한다. "그 문제에 대한 대책은 어리석은 내가 꾀할 수 있는 것이 아니다. 백성들에게 신뢰를 얻는 일이 군사력이 강하고 식량이 풍부한 것보다 급하다. 위앙(衛鞅)은 지극히 어질지 못한 사람이지만 그럼에도 세 길의 나무를 이용하여 신뢰감을 쌓았다. 신뢰를 얻지 못하는 명령을 가지고 나라를 잘 다스리는 일은 오랜 옛날부터 지금까지 한 번도 없었다.

조정에서 관문(關文)을 내려 가르치고 감사가 거듭 알려 주며 수령이 삼가 받들어 시행해 본다. 때때로 어사를 파견하여 탐문하고 살펴서 임금님께 올려 아뢰고 상벌을 반드시 제대로 시행한다. 이렇게 하고서도 백성들이 그들이 할 일을 하지 않는다면 진정 신뢰가 없는 것이다."

만사가 극단에 이르면 되돌아오는 것이 떳떳한 이치이다. 공물(貢物)의 폐단이 극에 달하자 균역법(均役法)이 만들어졌고, 사노비(私奴婢)의 폐단이 극에 달하자 양처(良妻)의 자식을 노비로 삼는 것을 면해 주었으며, 노비의 폐단이 극에 달하자 노비 문서를 불태웠다. 이런 조치는 모두 시대 변화에 따라서 적합한 법을 제정하고, 백성들을 자식처럼 돌보는 위대하신 성인의 성대한 덕이자 지극한 선행이다. 오호라! 결코 잊을 수 없는 일이다.

오늘날의 극에 달한 폐단에는 환곡(還穀)과 송정 이 두 가지가 있다. 만에 하나 이 글로 인하여 과부가 내뱉는 걱정이 해소되고 숨이 끊어질 지경인 백성과 국가의 다급한 상황이 해결될 수만 있다면, 비천한 신하는 궁벽한 바닷가에서 죽어 사라진다고 해도 절대로 한스럽게 여기지 않을 것이다.

안타깝구나! 서시(西施)가 깨끗하지 못한 오물을 뒤집어써도 사람들이 모두 코를 싸쥐고 피하거늘, 나는 너무도 깨끗하지 못한 사람이라 아무리 천하가 결백하다고 한들 그 누가 돌아다 보리오? 슬프고 슬프도다! 갑자년(1804년) 중동(仲冬)에 손관(巽舘)에서 쓴다.

해설

이 글의 원제 「송정사의(松政私議)」는 송정, 곧 소나무 정책에 관한 사적인 논의라는 뜻을 지닌다. 이 저술은 오랫동안 이름만 알려졌을 뿐 실물이 발견되지 않았다. 정약전이 당시에 알고 지내던 우이도 사람 문순득의 후손인 문채옥 씨가 소장하고 있던 『운곡잡저(雲谷雜著)』에 유일한 사본이 실려 있었고, 그 사본을 안대회가 2002년에 번역하고 해제를 달아 소개함으로써 비로소 세상에 알려졌다.

이 글은 우이도에서 유배 생활을 시작한 지 3년 뒤인 1804년에 완성되었다. 정약전은 유배 이전부터 소나무 폐단을 깊이 우려하고 있었다. 그뿐 아니라 정약용과 그의 제자 황상(黃裳)이 모두 그 극단적 폐해를 우려해 「승발송행(僧拔松行)」이란 제목의 시로 형상화하고 있는 데서도 당시 소나무로 발생한 폐해를 엿볼 수 있다. 우려가 글로 연결된 계기는 유배지인 흑산도 일대의 폐해를 직접 목도한 체험이었다. 정약전은 정약용에게 보내는 편지에서 이 글을 짓게 된 경위를 이렇게 말했다.

일찍부터 송정이 잘못되었음을 알고 있었지만, 남쪽으로 귀양살이 온 후 더욱 문제가 시급함을 느낀다네. 잘못된 것을 고치지 않고 그대로 따르기만 한다면 반드시 나중에 후회할 것 같아 「송정사의」 한 편을 지었지만 분수에 맞지 않는 이야기에 누가 귀를 기울이겠는가? 이 사정을 미리 알았다면 경신년(1800년)에 죽음을 무릅쓰고 한마디 말을 왜 하지 않았겠는가? 후회한들 소용없네. 다만 아이들에게 경계하여 조심스럽게 감추어 두었다가 뒷날 임금님으로 하여금 누워서 담소하는 중에 백성을 편안하게 만들도록 하는 것이 어떠한가?

「송정사의」는 조선 후기에 백성들에게 가장 심한 고통을 안겼던 소나무 벌목 금지에 대한 정책을 제시한다. 국가에서 송정을 매우 중시했음은 『만기요람(萬機要覽)』에 다음과 같이 나타나 있다.

송정 그 한 가지 일은 그 쓰임이 지극히 크다. 따라서 송금을 하는 것도 지극히 엄중하다. 위로는 궁전의 목재로부터 아래로는 전함과 조운선의 목재에 이르기까지 반드시 크게 자라기를 기다린 연후에 쓸 수 있다. 이것이 봉산을 획정하여 나무 심기를 권장하고 벌목을 금지하는 이유이며 『대전』에 분명히 법령을 실어 놓고 사목(事目)으로 거듭 밝힌 이유이다.

소나무 벌목 금지에 대한 국가의 의지가 대단히 엄중했음을 보여 준다. 그러나 송금의 폐단은 그것을 집행하는 수영과 지방 관아의 탐학 탓에 백성들의 고혈을 빠는 수단의 하나로 전락했다. 송금 정책이 질 좋은 소나무의 육성에 도움이 되기는커녕 오히려 백성을 수탈하는 악정의 하나로 탈바꿈한 것이다. 폐단이 특히 심한 곳이 바로 전라남도 해안 지역이었다. 정약전은 이 지역에 유배 와서 그 실태를 목도하고 들었기에 문제의 심각성을 정확하게 인지했다.

이 글에서 정약전은 송금이 잘못된 정책임을 설파하고 있다. 그의 정책안은 크게 두 가지인데, 먼저 소나무의 벌목을 금지하는 권한이 수영 등에 부여됨으로써 그들의 탐학이 민요(民擾)로 이어진다고 파악하고 그들의 권한을 축소할 것을 주장했다. 두 번째는 소나무 육성책으로 송금 정책을 부정적인 제도가 아니라 긍정적인 제도로 전환할 것을 주장하여 적극적인 소나무 식목을 권장했다. 현실적으로 소나무 벌목의 금지는 실현이 불가능하다는 것이 그의 판단이었다.

「송정사의」는 조선 후기의 산림 육성책을 논한 가장 빼어난 경세적(經世的) 문장으로서 그 가치가 매우 크다. 그 내용의 일부가 『손암사의(巽菴私議)』란 책명으로 『목민심서』에도 인용되었다. 조선 후기의 빼어난 학자의 한 사람이었던 정약전의 학문을 조명하는 데 중요한 사료일 뿐 아니라 당시 사회의 실정과 사회사상을 이해하는 데 소중한 자료이다. 문장으로는 논설문에 해당하는데 치밀하고 설득력 있게 주장을 전개한 우수한 글이다. 원문과 그에 대한 교감 및 해설은 안대회, 「정약전의 『송정사의』」(《문헌과해석》 제20호(2002))를 참조했다.

주
註

채제공

약봉의 풍단 39쪽

• "나는 취해 자려 하네." 성품이 소탈하고 술을 좋아한 도연명은 친구가 찾
아와 함께 술을 마시다가도 자신이 먼저 취하면 "나는 취해 자려 하네. 자
네는 가는 것이 좋겠네!(我醉欲眠, 卿可去!)"라 말했다고 전한다.(『진서(晉書)』
「도잠열전(陶潛列傳)」) 이백(李白)의 「산속에서 은사와 술을 마시며(山中與幽
人對酌)」에서 "나는 취해 자려 하니 그대는 돌아가게. 내일 아침 술 생각이
있으면 금을 안고 오시구려.(我醉欲眠卿且去, 明朝有意抱琴來.)"라 읊은 시구
도 여기서 유래했다.

정범조

청과 일본의 위협 48쪽

• "변경에 어찌 엿볼 만한 틈이 없겠는가? 침략하면 크게는 한 고을을 빼앗을
수 있고 작게는 수천 명을 살해하고 노략질할 수 있는데도 저들이 욕심을
내지 않는 것은 그 뜻이 작지 않기 때문이다. 장차 그 예기(銳氣)를 길러 우리
의 틈을 엿보고 그들의 큰 욕심을 채우려 들 것이다." 소순의 문장 「적을 살
피는 안건에 대한 논의(審敵論)」에 나오는 말이다.

홍양호

숙신씨의 돌살촉 72쪽

• 춘추 시대에 새매가 진후(陳侯)의 궁궐 뜰에 날아와 죽었는데 싸리나무 화살이 박혀 있었다. 그 물건이 무엇인지 공자에게 물었다고 하였다. 『국어(國語)』의 「노어 하(魯語下)」에 나오는 내용을 축약한 글이다.

진고개 신과의 문답 83쪽

• 진흙을 등에 진 돼지와 수레에 가득한 귀신 『주역』 규괘(睽卦) 상구(上九)의 효사(爻辭)에 나오는 구절이다.("上九, 睽孤, 見豕負塗, 載鬼一車, 先張之弧, 後說之弧.")
• 우애(牛哀)가 범이 되고 중국 춘추 시대 사람인 공우애(公牛哀)를 가리키는데, 이레 동안 병을 앓다가 범으로 변하여 자기 형을 잡아먹었다고 한다.

목만중

수석에 정을 붙인 선비 96쪽

• 미불(米芾) 송나라의 저명한 화가 미불(1051~1107년)은 수석 취미를 지닌 것으로 유명하다. 언젠가 기이한 돌을 보게 되자 뜰 아래로 내려와서 절하며 "내가 돌 형님을 보고자 한 지가 이십 년이나 되었다."라고 했다는 일화가 전한다. 그의 자는 원장(元章)이다.
• 능계석(菱溪石) 괴석의 이름으로 구양수(歐陽脩)가 지은 「능계석기(菱溪石

記)』가 이 돌을 설명하고 있다.

• 태호석(太湖石) 중국 소주부(蘇州府)에 있는 호수인 태호에서 나는 태호석
  은 괴석 가운데 으뜸으로, 분경(盆景)이나 정석(庭石)에 많이 쓰였다.

• 사비(泗沘) 백제의 세 번째 수도로 충청남도 부여의 옛 이름이다.

• 남전(藍田) 지금의 충청남도 보령시 남포면을 가리키는 말이다. 여기에는
  남포석이 나오는 성주산이 있는데 오서산과 가깝다.

• 유여림(俞汝霖) 조선 전기의 문신으로 본관은 기계(杞溪), 자는 계옥(啓沃),
  호는 정당(政堂)이다. 1504년 별시 문과에 급제하여 형조 판서를 지냈다.

• 사재(思齋) 김정국(金正國) 김정국(1485~1541년)은 조선 전기의 저명한 문신
  으로 문집『사재집(思齋集)』권4의『사재척언(思齋摭言)』에 그 벼루에 관한
  사연이 실려 있다.

이규상

이 세계의 거시적 변동 101쪽

• 백기(白起)가 땅을 파서 병졸을 묻어 죽인 짓 전국(戰國) 시대 진(秦)나라 장
  군 백기가 조(趙)나라 조괄(趙括)의 군사를 대파하고 항복한 적의 병졸 40
  만여 명을 땅에 파묻어 죽였다.

• 가도(椵島)의 전투에서 청나라 군대도 이 법을 사용했다. 가도는 평안북도
  철산군(鐵山郡) 백량면(柏梁面)에 있는 섬으로 명·청 교체기 때 명나라 장
  수 모문룡(毛文龍)이 점거해 청나라에 항거했으나 청군에게 패했다.

• 이사(李斯)가 만든 황제의 국새 진시황 때 이사가 '수명어천 황제수창(受命
  於天皇帝壽昌)'이란 여덟 글자를 새긴 옥새를 만들었다. 황제가 되는 것을
  뜻한다.

- 사흉(四凶) 순임금 시절의 네 악인으로 공공(共工), 삼묘(三苗), 환도(驩兜), 곤(鯀)을 가리킨다.
- 창힐(蒼頡) 황제(黃帝)의 신하로 새의 발자취에서 착상하여 글자를 처음 만들었다고 한다.
- 이것이 천지 순환의 당연한 이치 '천지 순환'의 원문은 '십이 회(十二會)'이다. 송나라의 성리학자 소옹(邵雍)은 천지가 순환하는 한 주기를 일 원(一元)이라 하고 일 원을 십이 회로 나누었다.

훈련대장 장붕익 106쪽

- 장 대장은 홍문관 벼슬을 지낸 장차주(張次周)의 아들로, 글씨를 잘 썼다. 장붕익은 장차주(1606~1651년)의 아들이 아니라 증손자이다.

이종휘

위원루에 부치다 133쪽

- 주애(珠崖)나 담이(儋耳) 주애와 담이는 중국 남쪽에 위치한 해남도(海南島)에 있었던 옛 국가로 남방 극변 지역이다.
- 「망덕정기(望德亭記)」 망덕정은 함경도 경흥(慶興)의 객관에 있었다. 이곳에는 환벽정(環碧亭)과 청허정(淸虛亭)이 함께 있었는데 저자는 「환벽정기」와 「청허정기」를 지어 국경 방어의 문제를 논했다. 현재까지 전하는 문집에는 「망덕정기」가 수록되지 않았다.
- 추로(鄒魯) 공자와 맹자의 유풍(遺風)이 있는 문명의 지역을 가리킨다. 추(鄒)는 맹자의 출생지이고, 노(魯)는 공자의 출생지이다.

동래 부사를 배웅하며 136쪽

• 성인은 인화(人和)를 중시하지만 천시(天時)와 지리(地利)를 채택하지 않은 적
은 없다. 『맹자』「공손추 하(公孫丑下)」에 "천시는 지리보다 못하고, 지리는
인화보다 못하다. 삼 리의 내성과 칠 리의 외곽을 에워싸고도 공격해 이기
지 못하는 경우가 있다.(孟子曰: 天時不如地利, 地利不如人和. 三里之城, 七里之
郭, 環而攻之而不勝.)"라는 대목을 염두에 둔 말이다.

홍대용

『대동풍요』 서문 146쪽

• 나라에서 채택하고 태사(太師)가 채집하여 관현악으로 연주하여 잔치에 썼
다. 주대(周代)에는 천자가 제후국을 순수(巡狩)할 때 제후를 접견하고 음
악을 관장한 태사에게 국풍을 읊은 시를 채집하여 바치게 하였다. 그 시
를 통해 정치의 잘잘못을 파악하였다. 이것이 『한서』에서 말한 태사가 시
를 채집하는 법이다.

성대중

침실에 붙인 짧은 글 165쪽

• 공자께서는 너무 심한 일(已甚)을 하지 않으셨거니와 『맹자』「이루 하(離婁
下)」에서 "공자는 너무 심한 일을 하지 않았다.(仲尼不爲已甚者.)"라고 했다.

공자가 극단적인 행동을 피해 중용의 태도로 처신했음을 밝힌 말이다.

유한준

『석농화원』 발문 171쪽

- 그림으로 고개지(顧愷之)의 상자를 채우거나 진(晉)나라의 저명한 화가 고개
  지의 고사이다. "고개지가 언젠가 그림 한 상자를 풀로 앞을 봉해 환현(桓
  玄)에게 맡겨 놓았는데 모두가 매우 아끼던 그림이었다. 환현은 상자 뒤를
  열어 그림을 훔친 다음 전처럼 다시 봉해 돌려주면서 열어 보지 않았다고
  속였다. 고개지는 상자가 처음처럼 봉해져 있고 그림만 사라진 것을 보고
  는, 매우 묘한 그림이라 신통하여 사람이 신선이 되듯이 변신해 사라졌다
  여기고 조금도 이상히 여기지 않았다."(『진서(晉書)』「고개지열전(顧愷之列傳)」)
- 왕애(王涯)의 벽이나 꾸미는 왕애는 당나라의 재상으로 부유한 데다가 서
  화와 서적을 좋아해 귀하고 값비싼 서화를 다수 소장했다.
- 그림을 아는 사람이라면 형체와 법도는 일단 놔두고서 심오한 이치와 깊은
  조예를 먼저 정신으로 터득한다. 송나라 심괄(沈括, 1031~1095년)의 『몽계
  필담(夢溪筆談)』에 나오는 대목에서 영향을 받은 글이다. "서화의 오묘함은
  정신으로 이해해야지 형기(形器)로 찾아내기는 어렵다. 세상에서 그림을
  보는 이들은 대개 그림의 형상과 위치, 채색의 잘못된 점이나 지적할 뿐이
  요, 심오한 이치와 깊은 조예에 도달한 사람은 거의 없다.(書畫之妙, 當以神
  會, 難可以形器求也. 世之觀畫者, 多能指摘其間形象位置彩色瑕疵而已, 至於奧理冥
  造者, 罕見其人.)"

서직수

내 벗이 몇이냐 하니 182쪽

- 여덟 번째는 누룩으로 풍미가 멋진 벗이니, 답답한 내 마음을 축여 주는 하늘이 내린 아름다운 녹봉이다. 『한서』 「식화지 하(食貨志下)」에 다음과 같은 구절이 있다. "술이란 하늘이 내린 아름다운 녹봉이다. 제왕이 천하를 양성하고 제사를 받들어 복을 빌며, 노쇠함과 질병을 고치는 도구이다.(酒者, 天之美祿, 帝王所以頤養天下, 享祀祈福, 扶衰養疾.)"

- 하마터면 인생을 그르칠 뻔했다는 호담암(胡澹菴)의 신세가 될 수 있었다. 호담암은 남송(南宋)의 호전(胡銓, 1102~1180년)을 말한다. 그는 10년 가까이 유배 생활을 하다가 유배에서 풀려나 돌아오는 중에 시를 지어 시중 든 기녀에 대해서 언급했다. 훗날 주희가 이를 보고 지은 시에 "세상에 욕망처럼 험난한 것은 없으니, 얼마나 많은 사람이 여기에 걸려 평생을 그르쳤는가?(世上無如人欲險, 幾人到此誤平生?)"라 했다.(나대경(羅大經), 『학림옥로(鶴林玉露)』 권12 참조)

- 구양수의 여섯 벗 북송의 구양수는 말년에 은퇴 생활을 하면서 자신의 호를 육일거사(六一居士)라 했는데, 여기서 여섯은 장서(藏書), 금석문(金石文), 금(琴), 바둑판, 술의 다섯 벗과 자기 자신을 말한다. 서직수가 구양수의 벗이 여섯이라고 언급한 것은 착각이다.(구양수, 「육일거사전(六一居士傳)」 참조)

박지원

『녹천관집』 서문 186쪽

* 은나라의 고(誥)와 주나라의 아(雅) 은나라의 고는 『서경』의 「중훼지고(仲虺
  之誥)」와 「탕고(湯誥)」를 가리키고, 주나라의 아는 『시경』의 음악 형식인 소
  아(小雅)와 대아(大雅)를 가리킨다.

『능양시집』 서문 196쪽

* "본 것이 적으면 괴이한 일이 많다." 이 말은 『모자(牟子)』에서 인용한 중국
  의 옛 속담이다. 박제가의 『북학의』와 정약용의 『이담속찬(耳談續纂)』에도
  나와 있다.
* 오리의 눈으로 학을 다리가 길어 위태롭다고 여긴다. 다리가 짧은 오리가
  학을 다리가 길어 넘어지기 쉽다고 비웃는다. 『장자』 「변무(駢拇)」에서 "길
  다고 해서 넉넉하지 않고, 짧다고 해서 부족하지 않다. 그래서 오리는 다
  리가 짧지만 그 다리를 이어 길게 해 주면 걱정하고, 학은 다리가 길지만
  그 다리를 자르면 슬퍼한다."라는 대목이 있다.
* 양귀비(楊貴妃)에게 치통을 앓는다고 꾸짖고 양귀비는 당나라 현종(玄宗)의
  애첩으로 평소 치통을 앓았으나 그 모습조차 아름다웠다고 한다.
* 번희(樊姬)에게 쪽을 감싸 쥐지 말라고 막는 격 번희는 후한(後漢) 때 영현(伶
  玄)의 애첩이다. 영현이 번희에게 조비연(趙飛燕)의 사연을 말해 주자, 번희
  가 손으로 쪽을 감싸 쥐고 서글피 울었다고 한다.
* 사뿐사뿐 걷는 걸음걸이를 요염하다 흠잡고 제(齊)나라 폐제(廢帝) 동혼후
  (東昏侯)가 황금으로 연꽃을 만들어 땅에 깔아 놓고 반비(潘妃)로 하여금
  그 위를 걸어가게 한 뒤 걸음걸이마다 연꽃이 피어난다고 하였다.

- 손바닥 춤을 가볍다고 꾸짖는 셈 한나라 때의 춤으로 성제(成帝)의 황후 조 비연이 잘 추었다는 경쾌한 춤이다.
- 내 조카 종선(宗善) 박종선(1759~1819년)은 영조의 사위이자 박지원의 삼 종형(三從兄)인 금성위(錦城尉) 박명원(朴明源)의 서자이다. 시를 잘 지었고, 규장각 검서와 음성 현감을 지냈다.
- 연상각(烟湘閣) 박지원이 안의 현감(安義縣監)으로 재직할 때 관아 안에 지 은 건물이다.

큰누님을 떠나보내고 200쪽

- 두모포(斗毛浦) 중랑천이 한강과 만나는 부근에 있었던 나루터로 두뭇개라 고 불렸다.

홍덕보 묘지명 203쪽

- 손유의(孫有義) 청나라 거인(擧人)으로 홍대용은 그를 1766년 음력 3월 초 에 만나 필담을 나누었다. 이후 조선 명사들과 교유가 있었다.
- 오중(吳中) 항주(杭州)와 소주(蘇州)가 있는 절강성(浙江省), 강소성(江蘇省) 일대를 가리킨다. 여기서는 육비와 엄성과 반정균 등 중국인 벗의 고향을 가리킨다.
- 서장관(書狀官)으로 연경에 가는 숙부를 따라가서 육비(陸飛)와 엄성(嚴誠), 반정 균(潘庭筠)을 우연히 연경 유리창(琉璃廠)에서 만났다. 홍대용은 1765년 서장관 숙부 홍억(洪檍)을 따라 북경에 갔다. 유리창은 북경 남쪽 지역에 있는 거리 이름으로 서적, 골동품, 서화, 비첩(碑帖), 문구 등을 취급하는 상가이다.
- 전당(錢塘) 절강성 항주부(杭州府)에 속한 현(縣)이다.
- 명(銘)은 다음과 같다. 이 명사(銘辭)는 박영철본을 비롯한 많은 『연암집』

간본과 사본에 빠져 있다. 내용이 조금씩 다른 명사가 초기 사본에 실려 있는데 여기에 보충한 명사는 연민문고본『연암산고(燕巖散稿)』권3에 수록된 것이다.

코끼리 보고서 212쪽

- 남해자(南海子) 북경 남쪽 지역에 있는 원림(園林)으로 명청(明淸) 시대에는 황제의 사냥터 겸 원림으로 이용되던 유서 깊은 장소이다.

밤에 고북구를 나서다 217쪽

- 『지유(識遺)』 나벽(羅璧)은 남송(南宋)의 학자로『지유』10권을 저술하여 경전과 역사의 의심스러운 사실을 고증하였다.
- 몽염(蒙恬) 장군은 "내가 임조(臨洮)에서부터 요동까지 만여 리에 성을 쌓고 참호를 팠다. 그러다 보니 그 가운데 지맥(地脈)이 끊긴 곳이 없지 않으리라." 라고 스스로 밝혔다. 몽염은 진(秦)나라의 장군으로 전국의 통일과 흉노의 정벌에 큰 공훈을 세우고 만리장성의 축성을 지휘하였다. 진시황제가 죽은 뒤 환관 조고(趙高)와 승상 이사(李斯)의 흉계로 투옥되어 자살했는데 인용한 글은 자살할 때 남긴 말이다.

민속을 기록하다 221쪽

- 재래도인(齋睞道人) 재래도인은 귀머거리이자 사팔뜨기인 도인을 뜻한다. 이덕무가 쓴 많은 별호 가운데 하나이다. 재래도인이 했다는 말은 이덕무의 청언소품집『선귤당농소(蟬橘堂濃笑)』에 거의 똑같게 등장한다.
- 육노망(陸魯望) 당나라의 은사로 육귀몽(陸龜蒙)이다. 노망(魯望)은 그의 자

이고, 호는 강호산인(江湖散人), 천수자(天隨子)이다. 조정의 초빙도 거절하며 한평생을 강호에 은거한 인물로 은사의 전형으로 불린다.

강흔

김순만의 이런 삶 235쪽

• "고봉(高鳳)인 줄 아서요?" 후한의 고봉은 오로지 글만 읽었다. 언젠가 아내가 뜰에 보리를 말리면서 닭이 오지 못하도록 지키라고 일렀다. 마침 소나기가 쏟아졌는데 고봉은 장대를 잡고 경전을 외우느라 빗물에 보리가 떠내려가는 줄도 몰랐다.

유경종

마음속의 원림 245쪽

• 두중(杜仲) 원문에는 '두충(杜沖)'으로 되어 있다. 한약재 이름이다. 한국에서는 두충이라 읽고 한자로는 두중(杜仲)이라 쓰는데 중국과 일본에서는 두충(杜沖)이라 쓴다.
• 산림(山林)의 경제(經濟) 여기서 산림은 단순히 산과 숲을 말하는 것이 아니라 조정과 대비되어 은거하는 이의 공간을 의미하며, 경제는 농사와 원예, 의약은 물론 독서와 미술, 음악 등을 포함한 은거지에서의 활동 일체를 포괄한다.
• 나는 일찍부터 금경(禽慶)과 상장(尙長)처럼 산수에 노니는 풍류를 사모하였

으나 지금은 늙어서 오악(五岳)을 유람하려던 뜻도 한풀 꺾이고 말았다. 금경
과 상장은 모두 중국 고대의 은사로 함께 오악을 유람하였다.『고사전(高士
傳)』에 그 행적이 보이며, 도연명(陶淵明)도 「상장금경찬(尙長禽慶贊)」을 지어
그들을 찬미하였다.

- 언덕 한 곳과 골짜기 한 곳 재야에 은거하는 사람들이 사는 공간을 가리킨
  다.(『한서』「서전 상(敍傳上)」)

- 저 석숭(石崇)은 별서(別墅)가 있었으나 돌아가 쉬지 못하여 서(序)에 마음을
  부쳤고, 종병(宗炳)은 병에 걸려 두루 돌아다니기 어려워지자 그림에 마음을
  기탁하였다. 석숭은 서진(西晉) 때의 부호로 유명하다. 금곡원(金谷園)이라
  는 거대한 별서가 있었는데 이곳에서 즐기면서 「금곡시서(金谷詩序)」를 지
  었다. 종병은 육조 시대 인물로 천하를 유람하기를 좋아하고 그림을 잘 그
  렸다. 나중에 늙고 병이 들어 직접 유람하기 힘들게 되자 예전에 다녔던
  산수를 집의 벽에 산수화로 그려 놓고 즐기면서 "누워서 유람한다(臥遊)."
  라고 하였다.

- 왕유(王維)는 망천장(輞川莊)에 잠깐 살았으나 응벽지(凝碧池)를 부끄러워하였
  고, 이덕유(李德裕)는 평천장(平泉莊)에서 사치를 부렸으나 주애(朱崖)로 쫓겨났
  다. 망천장은 당나라 시인인 왕유가 살던 명소로 그는 이곳의 아름다운 경
  치를 읊은 명작을 많이 남겼다. 안녹산의 반란군이 장안을 점령했을 때
  붙잡혀서, 반란군이 궁궐의 응벽지(凝碧池)에서 잔치를 벌이며 논다는 소
  식을 듣고 참담한 심경을 시로 읊었다. 평천장은 당나라 재상인 이덕유가
  아끼며 가꾼 별서로 기화요초와 괴석 등이 많기로 유명했고 이덕유는 「평
  천산거계자손기(平泉山居戒子孫記)」와 「평천산거초목기(平泉山居草木記)」 등
  의 글을 지었다. 그는 만년에 애주사호(崖州司戶)로 폄직되었는데, 이곳의
  별칭이 주애이다. 이런 연유로 이덕유를 지칭할 때 '주애'라 일컫기도 한다.

- 진정 원림의 즐거움을 누린 이로는 오로지 이도장(履道庄)을 지은 백거이(白
  居易)와 학림유거(鶴林幽居)를 경영한 나대경(羅大經) 등 몇 사람뿐 당나라 시

인 백거이는 말년에 장안 이도리(履道里)의 서북쪽에 자신의 집을 마련하고 「지상편(池上篇)」과 그 서문에서 그 원림을 자세하게 묘사했다. 강세황은 그 아름다움을 묘사한 「지상편도(池上篇圖)」를 그렸고, 신위(申緯) 역시 『당시화의(唐詩畵意)』에 백거이의 「지상편」을 비중 있게 수록했다. 나대경은 송나라 때 문인으로 그의 저술 『학림옥로(鶴林玉露)』 권4에 당경(唐庚)의 "산은 고요해 태곳적 같고, 해는 길어 소년과 같다.(山靜似太古, 日長如小年.)"라는 구절을 인용하며 자신이 사는 곳의 그윽한 흥취를 잘 묘사하였다. 그 내용이 조선 후기에 크게 사랑받아서 이를 제재로 지은 그림이 많다. 그중에서 심사정(沈師正), 이인문(李寅文), 이재관(李在寬) 등의 작품은 지금도 전한다.

- 이원(李愿)은 말만 고상하게 했을 뿐 끝내 훌쩍 반곡(盤谷)으로 되돌아가지 않았고, 범중엄(范仲淹)은 어질고 귀하게 되었어도 낙양(洛陽)에 원림을 경영하려 하지 않았다. 이원은 당나라 때 사람으로 한유(韓愈)가 그를 위해 지어 준 「반곡으로 돌아가는 이원을 전송하며(送李愿歸盤谷)」라는 명문의 주인공으로 잘 알려졌다. 범중엄은 송나라의 저명한 재상으로 자제들이 낙양에 저택과 원림을 마련하자고 청하자 이를 거절하고, 그럴 재산으로 일가친척을 도와주라는 말을 남겼다.

- 오리 다리는 짧고 학의 다리는 길며, 뿔이든 이빨이든 한 가지씩 빼앗는다. 『한서』 「동중서전(董仲舒傳)」에서 "하늘이 내려 주는 것도 차별이 있다. 이빨을 준 자에게는 뿔을 제거하고, 날개를 달아 준 자에게는 다리를 두 개만 준다. 큰 것을 받은 자는 작은 것을 가질 수 없는 이치이다."라 하였다. 모든 것을 가진 완전무결한 존재는 없다는 말이다.

- 누구는 서쪽 누각이 완성되었어도 겨우 한 번 올라갔고, 누구는 죽기까지 송운령(松雲嶺)을 완성하지 못해 한탄했다. 누구는 숭산(嵩山)에서 잠시 서울로 올라와 손님처럼 처신했고, 누구는 경호(鏡湖)로 은퇴했다가 다시 재기하였다. 서쪽 누각은 송나라의 재상 진수공(陳秀公)의 고사이다. 진수공은 윤

주(潤州)에 저택을 웅장하고 화려하게 지었으나 저택이 완성되었을 때에는 큰 병이 들어서 가마를 타고 서쪽 누각에 겨우 한 번 올라 봤을 뿐이다. 살지도 못하고 건사하지도 못하고 팔지도 못한다는 뜻에서 '삼부득(三不得)'이라 일컬었다.(심괄(沈括), 『몽계필담(夢溪筆談)』) 운령은 오교장(午橋莊) 배령(裴令)의 고사이다. 배령이 임종할 때 문인에게 말하기를 "내가 죽어도 마음에 걸리는 것이 없으나 다만 오교장의 송운령을 완성하지 못하고 연벽지(軟碧池)의 수미어(繡尾魚)가 크지 않은 것이 한스럽다."라고 했다.(『진공유어(晉公遺語)』) 숭산은 반사정(潘師正)의 고사이다. 반사정이 숭산의 소요곡(逍遙谷)에 살 때 고종(高宗)이 불러 바라는 것이 무엇이냐고 물었더니 그가 "신이 바라는 바는 무성한 소나무와 맑은 샘이 산중에서 없어지지 않는 것입니다."라고 했다.(『하씨어림(何氏語林)』) 경호는 동진(東晉)의 명신(名臣) 사안(謝安)의 고사로 보인다. 사안은 조정의 부름에 전혀 응하지 않고 회계군의 동산(東山)에 은거하며 풍류를 즐겼다. 모두들 "사안이 나가려 하지 않으니, 이 창생을 어찌한단 말인가.(安石不肯出, 將如蒼生何.)"라고 했는데 훗날 40세를 넘어서 벼슬길에 나가서 부견(苻堅)의 백만 대군을 격파하고 벼슬이 태보(太保)에 이르렀다.(『진서』 「사안열전(謝安列傳)」) 동산과 경호는 같은 지역의 명승이다.

- 꿈에서 파초 잎으로 덮어 놓고 현실에서 사슴을 찾은 이 『열자(列子)』 「주목왕(周穆王)」에 나오는 이야기로 정(鄭)나라 사람이 우연히 사슴을 잡아서 파초 잎으로 덮어 숨겨 놓고 좋아하다가 숨긴 곳을 잊어 먹고, 꿈속 일인 줄 생각하여 길에서 그 이야기를 중얼거렸는데, 이 말을 들은 다른 사람이 사슴을 찾았다고 한다.

- 옛날에 가난한 선비가 매일 밤 향을 사르고 하늘에 절을 올리며, 평생토록 옷과 밥이나 대충 해결하고, 아름다운 산수 사이를 노닐며 지내기를 바랐다. 그가 소망한 바람이 매우 소박한데도 하늘나라 신선은 오히려 비웃으며 얻을 수 없다고 말했다. 비곤(費袞)의 『양계만지(梁谿漫志)』에 나오는 일화로

의식이나 대략 갖추고 산수 간을 노닐며 삶을 마치는 청복(淸福)이 공명과
벼슬을 얻는 것보다 백배나 어렵다는 의미를 담고 있다.

- 양주(揚州)의 학(鶴) 좋은 것을 모두 차지하고자 하는 욕망을 가리킨다. 네
사람이 모여 각각 소원을 이야기했는데, 어떤 사람은 양주 자사(揚州刺史)
가 되고 싶다고 했고, 어떤 사람은 많은 재물을 원했고, 어떤 사람은 학을
타고 신선이 되고 싶다고 하였다. 그러자 어떤 이가 "허리에 많은 돈을 차
고 학을 타고 양주 하늘 위를 날고 싶다." 말한 데서 유래하였다.

이덕무

바둑론 255쪽

- 이미 피일휴(皮日休)가 사실이 아님을 따져 입증했다. 당나라 문인 피일휴는
「원혁(原奕)」에서 인의(仁義)를 숭상한 요임금이 바둑을 만들었을 가능성은
희박하고, 전쟁과 모략이 빈발했던 전국 시대에 바둑이 만들어졌을 가능
성이 높다고 주장했다.

- 바둑의 행마(行馬)를 다투다가 제후국의 태자를 때려 죽이고, 쌍륙을 놀다가
황후와 불륜을 저지르기도 했지. 한나라 문제(文帝) 시절 황태자가 제후국인
오나라의 세자와 바둑을 두다 다툼이 생겨 바둑판으로 때려 죽인 사건
이 있었다. 이 황태자가 훗날 경제(景帝)가 되었는데, 이 사건이 하나의 계
기가 되어 오초칠국(吳楚七國)의 난이 일어났다. 한편 당나라 중종(中宗)은
무삼사(武三嗣)를 궁중으로 불러들여 자신의 비인 위후(韋后)와 쌍륙을 두
게 했는데, 이로 말미암아 무삼사와 위후가 불륜 관계를 맺었다는 소문이
돌았다.

문학은 어린애처럼 처녀처럼 261쪽

• 야들야들한 복사꽃과 죽은 노루를 읊은 시는 부끄러워 읽지를 못하고, 탁문군(卓文君)과 채문희(蔡文姬)가 재가(再嫁)한 일은 유감스럽게 여겨서 입에 올리지도 않네. '야들야들한 복사꽃'과 '죽은 노루'를 읊은 시는 각각 『시경』에 실린 「도요(桃夭)」와 「야유사균(野有死麕)」을 가리킨다. 전자는 여성이 시집가서 시집살이를 잘하는 것을 읊었고, 후자는 남성이 여성을 유혹하는 의미로 해석될 수 있는 작품이다. 탁문군과 채문희는 모두 미모와 재주를 갖춘 여성이었는데 재가한 경력이 있다.

겨울과 책 268쪽

• 후산(后山)처럼 감기에 걸려 죽었을 것이다. 후산은 송나라 진사도(陳師道)의 호로, 그는 추운 겨울날 나라 제사를 지내다가 독감에 걸려 결국 세상을 떠나고 말았다.

정동유

천하의 위대한 문헌 『훈민정음』 279쪽

• 음운(音韻)의 학문은 심약(沈約)과 주옹(周顒)에게서 절정에 이르렀고, 반절(反切)의 학설은 서역의 승려 요의(了義)에게서 기원했다. 주옹은 육조 시대 문인으로 『사성절운(四聲切韻)』을 지어 중국어의 성조를 평(平)·상(上)·거(去)·입(入)의 사성(四聲)으로 나누었으며, 심약(441~513년)은 이러한 중국어의 특성에 착안하여 오언시(五言詩)의 팔병설(八病說)을 주장했다. 반

절은 반어(反語), 반음(反音) 등으로도 일컬어지는데, 어떤 한자의 음을 성모(聲母)와 운모(韻母)로 나누어 각각 다른 글자를 사용해 표기하는 방법이다. 바로 아래 본문에 나오듯 東(동)의 음을 표기할 때 徒(도)와 紅(홍)을, 江(강)의 음을 표기할 때 古(고)와 雙(쌍)을 사용한 것이 그 예이다.

• 사람을 죽이지 않는 신령한 무력을 지니신 원문은 '신무불살(神武不殺)'인데, 『주역』「계사전 상(繫辭傳上)」에 나오는 말이다. 옛날의 총명하며 슬기로운 임금은 형살(刑殺)을 사용하지 않고도 신묘한 무위(武威)로 만민을 복종시켰다고 하였다.

유득공

발해사 저술의 의의 291쪽

• 홀한성(忽汗城) 발해의 수도로 현재의 길림성(吉林省) 돈화현(敦化縣) 부근이다.

• 은계종(隱繼宗) 928년(고려 태조 11년) 9월에 발해에서 고려로 망명한 학자이다.

일본학의 수립 294쪽

• 진수(陳壽) 중국 삼국 시대의 역사가로 『삼국지(三國志)』를 편찬하면서 「위서(魏書)」의 끝부분에 중국 주변의 여러 이민족 국가를 전(傳)으로 썼다. 그중 「동이전(東夷傳)」에 '왜인(倭人)' 항목이 있다.

평화 시대의 호걸 298쪽

- 충달(蟲達) 한나라의 장수로 유방(劉邦)을 따라 다니며 전공을 세워 곡성 어후(曲城圉侯)에 봉해졌다. 검술로 천하에 이름을 떨쳤다고 한다.
- 삼영(三營) 훈련도감(訓練都監), 금위영(禁衛營), 어영청(御營廳)을 말한다.
- 「낙매곡(落梅曲)」 매화락(梅花落) 또는 관산낙매곡(關山落梅曲)이라고도 하는 악곡으로, 피리로 연주하는 고대의 음악이다.

박제가

재부론 304쪽

- 관중(管仲)과 안자(晏子) 관중과 안자는 춘추 시대 제(齊)나라의 재상이다. 100년을 사이에 두고 제나라를 열국의 패자로 만든 재상으로서 공리(功利)를 내세워 부국강병을 도모했다.

백탑에서의 맑은 인연 312쪽

- 왕양명(王陽明) 선생이 철주관도인(鐵柱觀道人)을 방문한 일에 비겼다. 왕양명은 명나라 중엽의 저명한 철학가 왕수인(王守仁)으로 명나라 철학을 대표하는 양명학을 수립했다. 17세의 왕양명이 결혼하는 날 우연히 산책하다가 도관(道觀)인 철주궁(鐵柱宮)에 들렀다. 그때 가부좌를 틀고 있는 도사를 만나 양생설(養生說)을 물으며 마주 앉아 돌아갈 것을 잊은 적이 있다. 이 경험은 왕양명의 사상 형성에 큰 전기점이 되었다.
- 왕사진(王士禛, 1634~1711년) 청의 시인으로 자는 자진(子眞), 이상(貽上), 호

는 완정(阮亭), 어양산인(漁洋山人)이다. 신운설(神韻說)을 제창하여 청 초의
시단에 막대한 영향력을 행사했다. 박제가를 비롯한 사가(四家)가 그의 시
를 즐겨 읽었다.
• 소장형(邵長蘅, 1637~1704년) 청나라 시인으로 자는 자상(子湘)이며 시문에
능했다.

이명오

향(香) 자로 시집을 엮고 316쪽

• 누에와 벌을 헛수고만 하게 한다. 백거이(白居易)의 「새와 벌레(禽蟲)」 12수의
한 수에서 "누에는 늙도록 고치 만들어도 제 몸을 못 가리고, 벌은 굶주리
며 꿀을 저장해도 남 차지가 되네. 늙어서도 집안 살림 걱정하는 것은 두
벌레처럼 헛수고임을 알아야 하리.(蠶老繭成不庇身, 蜂飢蜜熟屬他人. 須知年老
憂家者, 恐是二蟲虛苦辛.)"라 하였다.

이안중

인장 전문가 320쪽

• 돌을 채찍으로 칠 수는 없는 일. 진시황이 동해에서 해가 뜨는 것을 보려
고 바다에 돌다리를 놓으려 했다. 귀신이 돌을 채찍질해 바다로 몰아넣자
돌에서 피가 흘렀다 한다.
• 돌을 새길 때는 양이 사라질까 근심해라. 다기망양(多岐亡羊)의 고사를 차

용했다. 양자(楊子)의 이웃 사람이 양을 잃어 사람을 다 동원하고 양자의 종까지 시켜서 찾았다. 양자가 "한 마리 양을 잃고 찾으러 가는 사람이 왜 이렇게 많은가?"라 묻자, 이웃이 "갈림길이 많기 때문입니다."라 하였다. 찾으러 갔다가 돌아오는 이웃에게 "양을 찾았는가?"라 물으니 "잃었습니다."라 하였다. 양자가 다시 "어째서 잃었는가?" 하니 "갈림길에 다시 갈림길이 있어 양이 어디로 갔는지 알 수 없어서 그냥 돌아왔습니다."라 대답했다. 이에 심도자(心都子)가 말했다. "대도(大道)는 갈림길이 많아 양을 잃고, 학자는 방도(方道)가 많아 생명을 잃는다."(『열자(列子)』 「설부(說符)」) 여기에서 양은 선비의 본분을, 돌은 취미를 비유한다.

이만수

책 둥지 324쪽

- 아득한 옛날의 육유(陸游) 선생에게 자신을 비유했네. 남송 시인 육유가 자기 서재를 서소라 이름하고 「서소기(書巢記)」를 썼다.
- 송택거사(松宅居士) 저자의 사촌 동생인 이전수(李田秀)를 가리킨다.
- 소강절(邵康節)이 열두 곳에 만든 임시 거처 소강절은 송나라의 저명한 학자 소옹(邵雍)이다. 그의 친구들은 소강절이 방문하기를 원하여 그의 안락와(安樂窩)를 본떠 열두 채를 짓고 '움직이는 안락와'라는 뜻으로 행와(行窩)라 불렀다. 나중에 행와는 잠깐 머무는 편안한 임시 거처를 가리키는 말로 쓰였다.

정조

모든 강물에 비친 달과 같은 존재 328쪽

- 하늘과 땅의 도(道)는 항상 바른 도리를 보여 주고, 해와 달의 도는 항상 밝게 비춘다. 만물이 서로 만나 보는 것은 남방(南方)의 괘(卦)이다. 그처럼 성인은 남면(南面)하여 정사를 보고 밝은 곳을 향해 다스린다. "하늘과 땅의 도", "해와 달의 도"에 대한 설명은 『주역』에서 가져온 것이며(『周易』「繫辭下傳」: "天地之道, 貞觀者也. 日月之道, 貞明者也. 天下之動, 貞夫一者也."), 두 번째 문장 역시 『주역』에서 '불'과 '밝음'을 상징하는 이괘(離卦)의 해설에서 따온 것으로 군왕인 자신의 존재를 밝은 달에 비유한 것과 관련이 있다.(『周易』「說卦傳」: "離也者, 明也, 萬物皆相見, 南方之卦也, 聖人南面而聽天下, 嚮明而治, 蓋取諸此也.")

- 방패와 도끼를 들고 추는 춤 원문은 간척지무(干戚之舞)로, '간(干)'은 방패, '척(戚)'은 도끼를 가리킨다. 중국 고대의 무무(武舞)인데 선왕들의 무공(武功)을 기리는 내용을 표현했으며, 종묘의 제사나 잔치 자리에서 공연되었다.

원문

原文

李匡呂

甘藷 24쪽

常聞中國近有一奇物, 名爲甘藷, 此物種來百餘年, 自閩浙漸及內地, 將不復以水旱豊凶爲憂, 儘異寶也. 考之農政全書, 書中所說甘藷典故及種植留種之方, 累千萬言, 念如得此物爲東國之植, 其利益有不可勝言, 顧恨無由致之. 嘗試語之譯流, 一再使行, 並無所見聞而歸, 最後所傳, 如有近似者. 徐相一之適爲戶判, 爲囑使行必得之歸, 至中路啓視之, 皆槁矣. 念此物求之於北, 其不易致之, 倭中必有之久矣. 凡中國物貨及書籍, 倭中必先得之, 況此本是南産耶! 旣而聞倭中所有者, 其根植·枝蔓·形色·味性, 十分是藷也. 適有故人子隨信使往日本者, 余爲勤託之.

其明年春, 余夜坐, 姜生在側. 余言: "恐信使之歸, 未必能得藷. 如不果得之, 又將虛過此年. 吾意萊釜間必已有傳種在民間者, 但其未知爲藷耳. 往彼窮搜, 或可得之, 恨無人能往耳." 姜生慨然曰: "吾請往. 卽使有之, 豈不得來?" 余問: "君將何以往?" 生曰: "徒步去, 去何憂不到? 到何憂不得? 但未知有無耳." 時有所親爲密陽宰, 又有爲作書萊府者, 生乃辭去, 手未持行資, 尙着絮. 南去, 日氣漸熱, 不知歸期, 事近鑿空, 種種喫苦可知也, 而行意翩然, 了無難色. 余心奇之, 且無論其得藷種與否也. 四月某日發去, 一去更無信息, 直至七月欲晦. 余病作, 委頓在室, 忽聞窓外足音, 問爲誰, 應之曰: "遠客耳." 姜生聲也. 不覺身至窓處, 推窓視外, 生從一人以入, 背木櫃, 置在廳, 見櫃中植物, 出蔓尺許, 冶葉搖搖也, 喜不可言.

生具言往還事, 前後往來萊釜, 所經歷極勞苦, 全荷密陽之饋待. 然萊釜之內, 竟不見藷, 此藷乃信使行回所得, 而密陽周旋得之者也. 使行中僅持二本, 其一,聞往他處. 此則初猶未知死活, 密陽爲木櫃植之, 命一隷負之行, 中路從櫃中生芽而葉而蔓, 今如許矣. 余裁書, 更謝密陽, 卽治庭前地種之. 至八九月, 蔓葉甚盛, 幾遍數間. 旣而聞萊伯新出, 而隣人之所親也. 使作書盛言諸事, 萊伯果力圖之. 明年諸種多至京, 又多留植其地, 而吾庭中所植, 不善收藏, 皆不可作種. 求得數本於萊伯家, 分種之, 諸種之傳於國中始此, 卽乙酉歲也.

前後種者多得卵頗盛, 而失在留種, 又終患種法不明, 皆一再種而止. 惟南中至今多種者, 然皆用爲食啖之微物而已, 莫能以代食救荒. 李吉甫深明種植, 余謂吉甫: "君何不盛植此物, 使民間視效也?" 吉甫曰: "吾國人習喫大椀飯, 豈肯以藷代食? 此物雖美, 吾國終不能爲用如中國也." 其時以此言爲未必然, 今思之, 吉甫之言乃盡得物情耶? 然凡物用捨盛衰皆有時, 如果蓏·煙草·木棉之屬, 其始亦非中土之産, 而中國今皆爲日用, 至於流傳東國, 又不知今爲幾百年. 今人皆認爲土産固有者, 莫想其本初來自異國, 至於諸其獨不然? 況藷之甚美, 又非諸物所可倫擬耶! 然又念藷之不能盛行, 抑由其甚美, 故國人之貧者不得與霑, 而濟其急也.

姜生之歸也, 余爲作詩識之曰: "萬曆番茹始入閩, 如今天下少飢人. 寸根千里窮萊釜, 五十姜翁只一身." 生不畜妻子, 身外無一物, 寄食人家, 其心思手藝, 無所不能. 偶爲人造器物·種菜茹, 皆盡其妙, 而終不屑爲治生事. 其赤日徒步行數千里, 必得諸種, 本非其爲身口也. 故余詩云云. 若使此物遍行於國中, 其爲益於民生, 救荒濟飢, 何可勝言? 至於窮士不能農商, 又無田土者, 正足資之爲食. 又如京城內外單戶孤寡, 家有隙地, 種無幾而足一年, 乃其針指織紝*之所出, 自當用爲蔽體御寒, 又可推爲昏喪祭祀疾病之用, 其不甚優益哉! 豊凶貧富貴賤, 所在得其利益, 國計民憂, 宜莫及於此, 烏可少也!(筆寫本『李參奉集』(議論卷))

與洪判書漢師書 30쪽

頃書云: "吾輩交友, 今幾人在世. 萬里之行, 何可無一言見贐." 吾與漢師, 平日城居, 或半年數月不見面, 不是異事. 今赴燕不過四五朔往還耳, 念別不能不惘然, 將老態然乎? 然離合不足言, 道路之行役, 不足相勞苦. 漢師讀書人也, 出身又居卿列, 豈不深心於國計民生乎! 苟有大損益有無於國計民生, 且可有爲於玆行者, 請爲漢師悉之可乎?

國人之通燕京, 於今幾世幾年矣. 只見雜貨通行, 竟未有致其甄窰之事者, 吾嘗慨然. 或者謂天下事關係民國者多, 甄於何有, 而說之不置, 無亦遠乎! 余不暇多語, 今使吾國中一朝去瓦而勿用, 人其不大駭而大戚之乎? 見瓦而未之見甄耳. 瓦尙不可無, 甄何容終無! 國計民生日用之所急, 莫大於城郭宮室倉庾. 我國之城郭宮室倉庾, 雖平時已不堪其弊, 傷財費力悶涯, 畢竟緩急無可恃, 是宜怵然若不可終日者也. 而累百年來, 竟未有悉其弊而圖之者, 何也? 狃於習俗, 忽然而莫之省, 忙忙至此, 誠足哀痛.

將以振其弊, 壯城郭, 治宮室, 固倉庾, 無他也, 盡力乎土功而已. 求盡力乎土功, 如中國之用甄而已矣. 甄之利用, 百十倍於瓦之盖屋, 而人或造次未省, 乃至於指瓦而爲之喩. 甚矣, 習俗之不易曉也. 國人以百錢得百瓦, 中國之人百甄僅直銀一錢許, 事具載李文忠公白沙集. 爲作窰有法, 燒造甚易, 而用之無竆也. 漢師行見之, 自入境至於燕京, 沿路數千里, 城隍市廛室廬墻壁階庭溝渠堂皇倉廒, 凡足目之所經履, 將無非甄者. 甄也者, 水火土成造之一物也. 直微且賤耳, 苟善用之, 其功用之廣大美利, 於斯見矣. 回思本國之事, 公私大小, 凡皆何如也? 將不待他人之言, 必欲致其燒造之方, 移施爲我國之用而後已矣. 誠如是, 累百年未遑者, 爲之在漢師, 功澤所被, 庸可思議? 夫然後不虛作讀書人, 不苟爲數千里往還矣.

391

衰年行役, 遠去君親, 豈直軒車廚傳, 矜一時觀遊而已哉! 其甋事之詳, 苟欲畢之, 更僕不可, 強疾把筆僅此. 近年益衰鈍, 不能爲韻語, 爲有勤敎, 強作二十字, 亦以申前意耳, 非詩之云也. 西去寒事日劇, 千萬珍重. 不宣.

壬寅十月晦日, 匡呂頓首.

冠盖通燕路, 悠悠幾歲年. 丁寧存國計, 此去訪燒甋.(『李參奉集』卷4)

蔡濟恭

女四書序 36쪽

嗚呼! 女四書一冊, 贈貞敬夫人同福吳氏手蹟也. 夫人十五歸于余, 二十九終於京師之桃洞第. 時余趨覲先大夫比安任所, 未及言旋, 聞夫人病死. 掩涕登途, 還舊第, 雪積于庭, 塵翳于室, 惟數婢守一棺而已. 夫人無子女, 何從以求其影響? 噭噭然躑躅彷徨, 忽見諺書一卷顚倒几案之間, 卽夫人所親書女四書而未及了者也. 字畫婉婉, 如見其人, 於是收以藏之於夫人所嘗用小烏几, 移置吾寢處之傍, 葢慮其遺佚也.

竊觀近世閨閤之競以爲能事者, 惟稗說是崇, 日加月增, 千百其種. 儈家以是淨寫, 凡有借覽, 輒收其直以爲利. 婦女無見識, 或賣釵釧, 或求債銅, 爭相貰來, 以消永日, 不知有酒食之議·組紃之責者, 往往皆是. 夫人獨能不屑爲習俗所移, 女紅之暇, 間以誦讀, 則惟女書之可以爲範於閨壼者耳. 從以費神精, 鳩紙墨, 偸隙以書, 如副課督, 其有味於聖賢之格言如此, 不賢而能之乎? 此非余敎及寡妻, 實習性然也. 其可不傳示吾子孫, 使推此以知夫人之賢有儀也.

後數十年, 余赴松京留後, 偸兒入京第, 捲吾日用具以走, 小烏几亦入其中.

噫! 手筆之猶得以彷象夫人者, 今不可復見矣. 每念之, 不勝愴然, 序其事, 思至則觀.(『樊巖集』卷33)

藥峯楓壇記 39쪽

有峯峙崇禮門外可數里許, 其名藥峯. 峯之脉, 迤邐西南行, 近東而結爲丘, 其高約四五丈. 有剩麓, 張左右翼, 衛護丘甚力, 而左距丘稍闊, 右若肩胛傅人, 緊抱如不及, 逆硝橋水. 擧頭而止. 兩翼皆不至遮前, 如環之缺焉.

其下夷以曠, 有負丘而宅者, 實成虛白倪舊基, 漢陽之始定鼎也, 神僧無學相其址以授成氏云. 虛白嘗獨夜陟于丘, 朗誦詩, 時夜鷄欲鳴, 月色微明. 有客來宿, 驚罷睡, 從窓隙窺之, 以爲仙人夜降, 起以蹤之, 相視發笑, 人至今傳以爲奇事.

成氏相傳且二百有餘年, 子孫不能守, 歸藥山吳公. 余少也讀書講學, 實在於此. 及藥翁下世, 子弱不能守, 又歸諸我, 天地萬物之無常主如此.

丘荒廢, 居然有崩下之勢, 余略以石築之, 其級有三, 爲壇於其上, 試席之. 有栢不知其年壽, 枝葉布濩, 下覆屋甍, 根老露地以走, 或戴石, 或穿壇, 奇崛可藉以坐. 有松翠甲赤鱗, 其陰滿池, 雖不風, 自然有空籟. 檜, 矗矗干霄, 可仰而不可狎. 楓, 春夏其葉層層積金錢, 及秋, 茜裳耀日, 彩暈遠射牎壁. 此皆環壇而立, 以助壇之勝趣者也.

壇正對木覓, 蒼翠如可掇, 粉堞橫繞松間, 高下屈折, 乍隱乍現. 崇禮呀然呈其竇, 車馬人衆之殷殷行者, 坐以數. 道峯若干朵, 縹緲於東邊杳靄之中, 簇簇若管城子蛻甲而逬其尖. 此皆迴照於壇, 以成壇之眼界者也.

每當天色微曛, 城南萬屋, 燈火點綴, 星散而棋布也. 已而素月冉冉至矣, 若栢若松若檜若楓, 倒影於十畝庭中, 長短疎密, 各隨其體, 盤虯鬱龍, 縱橫活動於履舃之下. 此壇之最奇勝者, 而於壇而不于夜者, 不能識也.

余愛壇甚, 時使及門者數三十年少, 吟詩作賦於其上, 以試其遲速高下. 否則余之筇無日不楮於壇, 而客亦未嘗不從其後也. 遂倚壇而令曰: "不能譚經史‧說道義不宜上, 不能詩不宜上, 不能棋‧不能琴不宜上, 不能評騭山水煙霞不宜上." 令已書付壁, 未知與陶處士 "我醉欲眠" 之語, 孰厚孰薄?(『樊巖集』卷34)

萬德傳 43쪽

萬德者, 姓金, 耽羅良家女也. 幼失母無所歸依, 托妓女爲生. 稍長, 官府籍萬德名妓案, 萬德雖屈首, 妓於役, 其自待不以妓也. 年二十餘, 以其情泣訴於官, 官矜之, 除妓案, 復歸之良. 萬德雖家居乎, 庸奴耽羅丈夫, 不迎夫. 其才長於殖貨, 能時物之貴賤, 以廢以居, 至數十年, 頗以積著名.

聖上十九年乙卯, 耽羅大饑, 民相枕死, 上命船粟往哺, 鯨海八百里, 風檣來往如梭, 猶有未及時者. 於是萬德捐千金, 貿米陸地, 諸郡縣棹夫以時至. 萬德取十之一, 以活親族, 其餘盡輸之官. 浮黃者聞之, 集官庭如雲, 官劑其緩急, 分與之有差. 男若女出而頌萬德之恩, 咸以爲活我者萬德.

賑訖, 牧臣上其事于朝, 上大奇之, 回諭曰: "萬德如有願, 無問難與易, 特施之." 牧臣招萬德以上諭諭之曰: "若有何願?" 萬德對曰: "無所願, 願一入京都, 瞻望聖人在處, 仍入金剛山, 觀萬二千峯, 死無恨矣." 蓋耽羅女人之禁, 不得越海而陸, 國法也. 牧臣又以其願上, 上命如其願, 官給鋪馬遞供饋.

萬德一帆雲海萬頃, 以丙辰秋入京師, 一再見蔡相國, 相國以其狀白, 上命宣惠廳月給粮. 居數日, 命爲內醫院醫女, 俾居諸醫女班首, 萬德依例, 詣內閤門, 問安殿宮, 各以女侍. 傳敎曰: "爾以一女子, 出義氣, 救饑餓千百名, 奇哉!" 賞賜甚厚. 居半載, 用丁巳暮春, 入金剛山, 歷探萬瀑‧衆香奇勝. 遇金佛, 輒頂禮, 供養盡其誠. 蓋佛法不入耽羅國, 萬德時年五十八, 始見有梵宇佛像也. 卒乃躡屩

門嶺, 由楡岾, 下高城, 泛舟三日浦, 登通川之叢石亭, 以盡天下瑰觀. 然後還入
京, 留若干日, 將歸故國. 詣內院, 告以歸, 殿宮皆賞賜如前. 當是時, 萬德名滿王
城, 公卿大夫士無不願一見萬德面.

　萬德臨行, 辭蔡相國, 哽咽曰: "此生不可復瞻相公顔貌." 仍潸然泣下. 相國曰:
"秦皇·漢武皆稱海外有三神山, 世言我國之漢挐, 卽所謂瀛洲, 金剛卽所謂蓬
萊. 若生長耽羅, 登漢挐, 斟白鹿潭水. 今又踏遍金剛, 三神之中, 其二皆爲若所
包攬. 天下之億兆男子, 有能是者否? 今臨別, 乃反有兒女子刺刺態何也?" 於是
敍其事, 爲萬德傳, 笑而與之.

　聖上二十一年丁巳夏至日, 樊巖蔡相國七十八, 書于忠肝義膽軒.(『樊巖集』
卷55)

丁範祖

清倭論 48쪽

南北而與我隣者, 淸倭是已. 淸陸而倭海, 淸大而倭小, 然而可保淸之無患於我,
而若倭則知其必有患也. 何以知其然也?

　夫淸之於我也, 初非利土地而欲有之也. 其始入我也, 彼方有圖明之志, 而慮
我之助明也. 故先貳我, 使無動也. 旣入而勝我, 則亦知夫我之可以因之以相安,
而不可以革而夷之也. 故明旣亡, 彼方薙天下之髮而夷之, 而於我則不能也者,
知我之不可以有之也, 故曰: 可保無患於我也.

　或曰: "彼方無事故無患, 若有事而急, 則安保弗責我以相援也, 安保不擧其
類而移于我也?"

曰: "責我以相援也, 彼亦知援弗援, 制在我也, 而深責之則有弗能也. 擧其類而移于我也, 觀於彼之於中國也, 亦未嘗以久安計, 而知其有弗能也, 何也?

彼方盛也, 故絶之不得, 攻之不得, 而唯其所使. 彼旣衰也, 則其有可援之義乎? 是援弗援制在我也, 而彼方窮而至於乞援, 則其尙能以我之弗援而有所逞也乎? 恫疑虛喝而已, 而我不應則無如之何也. 故曰: 責我以相援, 有弗能也.

世運而衰, 夷狄華夏, 迭爲出入. 故彼固乘之以入, 而亦知夫中國之可以寄, 而漠北之可以歸, 故儲胥保聚必於藩, 而以備子孫之走路也. 彼旣計不能安中國, 而能計安於我乎? 我姑力屈而事彼也, 非甘心也. 彼亦知奔北而移于我也, 有弗可測者存, 而歸于北漠也, 則以夷狄歸夷狄, 而保其能相受也, 彼又烏能違其相受之北漠, 而移之弗可測之我乎? 故曰: 擧其類而移于我, 有弗能也. 故曰: 可保無患於我也.

彼倭則不然, 未嘗一日而忘其欲噬我也. 彼其俗躁疾狼毒, 而又習海, 非必慮其大勝而後動也. 意有所欲則動, 怒有所發則動, 跳海而來, 掠一城, 陷一邑, 而得其子女金帛而足也. 故於中國屢爲患, 而於明尤甚, 於高麗之末, 又尤甚. 而至我朝, 慕化輸欵, 報聘相繼. 然而猶正德庚午寇嶺南, 嘉靖乙卯冠湖南, 萬曆丁亥寇湖南, 至壬辰, 大寇蹂八道. 盖講和二百年間, 凡四爲患, 此其已驗也. 然而自壬辰至今, 尙無患何也? 壬辰之役, 我固大衂, 而彼亦擧國而來, 覆師而還, 其勢久而不振也. 我有交易餽餉之利以啗之, 而彼有所貪戀也, 且慮我懲敗而有備也. 然而幸而無平秀吉則已, 弗幸而又有平秀吉, 則不患其不能復振也. 彼若大入而大得志, 則其大得志之利, 不患其弗若交易餽餉之利也. 我誠無備矣, 而彼又黠於覘鄰, 不患其不乘我之無備也. 故曰: 知其必有患也.

然而至今尙無患, 故謀國者狃而爲安, 而殊不知無患將有大患也. 彼慮淺則動數而患小, 慮深則動遲而患大. 戎狄之於中國, 方其弱也盖數爲邊患, 而所患止鹵掠其牛畜, 蹂躙其稼穡而已, 其慮淺也. 及其彊大而有吞中國之志, 則其慮愈深而其動愈遲, 斂其鋒鍔而養其專壹之氣, 一動而遂爲大患, 宋之北虜是也.
故蘇洵之言曰: ‘邊境之上, 豈無可乘之釁? 使之來寇, 大足以奪一郡, 小亦足以
殺掠數千人, 而彼不以動其心者, 此其志非小也. 將以畜其銳而伺吾隙, 以伸其
所大欲也.’ 嗚呼! 安知不彼亦將以畜其銳, 而伺吾隙以伸其所大欲, 而嚮也其慮
淺, 故其動數, 今也其慮深, 故其動遲耶? 故曰: 知其必有患也. 固不可以可保無
患, 而漠然不措意也, 但當於必有患者而深備之也.

　故我之於淸也, 時其聘問, 謹其皮幣, 無失以小事大之義而已. 至於倭也, 則
待之以誠信, 操之以約束, 毋使釁自我始而彼得以爲辭, 又須先爲不可犯之勢以
示之, 而毋使彼有可乘之隙可也. 嗚呼! 壬辰之難未作, 而明知其將難者, 趙憲
也. 然而當時視憲爲妖祥怪物而莫之省. 今之君子, 毋視余爲妖祥怪物, 則世道
之幸也.(『海左集』卷37)

原黨 54쪽

古之取人, 當於朋黨之外; 今之取人, 當於朋黨之內. 古之君子, 處於朋黨之外;
今之君子, 處於朋黨之內. 嗚呼! 其亦不得已而爲此說, 而安知此說之不有補於
世道哉? 夫君子無黨, 小人爲有黨, 有黨誠小人也. 有黨誠小人也者, 以君子之
無黨也. 故曰: 古之取人, 當於朋黨之外也. 黨之初生, 其類甚少, 非必朝廷皆黨,
是則朝廷有君子, 非必國中皆黨, 是則國中有君子. 故曰: 古之君子, 處於朋黨之
外也. 今也則不然, 人人皆黨也, 國中皆黨也. 人人皆黨, 而非必人人皆小人也,
國中皆黨, 而非必國中皆小人也. 人不可取諸他國, 則取人固當於朋黨之內也,
雖有君子, 不可北走胡南走越, 則君子固當處於朋黨之內也.

　夫人人皆黨, 國中皆黨, 而猶謂有君子焉, 何哉? 黨之生也久, 久則蔓, 自一而
二, 自二而三四, 內而親戚姻婭, 外而朋友賓客, 皆其黨也, 彼親戚姻婭朋友賓

客, 豈皆眞小人哉? 其必有君子焉, 而亦無奈乎通謂之黨也. 且也古之時, 無黨然後, 乃見其爲君子也, 今之時, 有黨然後, 迺見其爲君子也. 所謂黨, 非謂彼偏詖傾軋, 護同伐異, 循私滅公之類也, 謂其能安乎此而無動乎彼, 純乎一而無染乎二也, 何也?

黨之名久, 故吾父而以是名, 吾祖而以是名, 雖聖人復生, 莫得避其名也. 夫名外也, 公私義利之辨內也, 吾且辨乎內而無變其外, 可也. 夫黨以爲名而猶無變, 何也? 吾惡夫彼無恥者也. 黨之生也久, 故其勢固有彊弱盛衰之異焉, 彼無恥者, 見其彊且盛焉, 而欲出此入彼乎, 則必曰吾避夫黨也. 非避夫黨也, 避夫弱衰者也. 故曰: 吾無變黨名, 惡夫彼無恥者也.

若然則所謂無黨者, 果君子歟? 所謂有黨者, 果君子歟? 其必有辨之者矣. 今若不幸而取人於朋黨之外也, 吾見夫忘君負國, 行若狗彘者之彈冠而起矣. 彼其父祖嘗世守焉, 而爲其弱衰焉而去之, 則豈有弗忘君負國者乎? 若幸而取人於朋黨之內也, 吾見夫見義忘軀, 秉志忠亮者之比肩而出矣. 彼其父祖所守虛名也, 弱衰實患也. 然而寧受實患, 而不忍去其父祖所守之虛名也, 則豈有不見義忘軀者乎? 若然則愈無黨而愈爲小人也, 愈有黨而愈爲君子也. 故今之世, 則不患無君子而患無朋黨也.

嗚呼! 不能使民志協和, 並與夫朋黨之名而消瀜之, 迺欲區區取人於朋黨之內者, 其志誠苟已. 雖然, 與其徒取無黨之名, 而得無恥小人以禍其國家也, 寧於朋黨名目之內, 求夫自守君子, 而庶幾有補於世道也. 故曰: 其亦不得已而爲此說, 而安知此說之不有補於世道也.(『海左集』卷37)

鄭持淳

石陽正畫竹記 60쪽

天下之變, 莫過於畫, 而畫竹者, 尤畫之變也. 竹有篠簜·箘簬·篔*簽·笁籦之別, 而其爲名不同. 居有巖陸·沙渚·确磽·衍沃之殊, 而其爲狀不一. 景有雪露雨烟風月榮悴稚老四時之遷, 而其爲態不齊. 且其疏密纖濃偃仰側整之出於畫者之心, 而其爲幻益不窮. 信乎! 窮其變者, 盖有不逮焉.

余外舅李公酷愛書畫, 嘗蓄石陽正所畫二竹, 蔥茸娟敷, 雨露之秀, 離披屈折, 氷雪之瘦, 篲兮濯濯, 幹兮亭亭, 衆妙畢呈. 遠之欲動, 近之如挹, 颾颾乎耳若有聞, 淸泠乎心與俱合. 盖石陽能盡竹之變, 而是竹者, 尤石陽之變也. 推是而觀, 其在於石陽之心而不出者, 又烏可窮哉!

世言石陽性倜儻疎潔, 澹然無欲, 獨嗜畫出性. 業之數歲, 以其所嘗爲夸華人, 華人大噱曰: "若畫非竹也, 乃葭葦也." 石陽大憤, 歸, 遂植竹環居, 朝夕寢處其中, 韻叶于耳, 色形于目, 奇狀幻態, 心噉而手授, 竹之神, 盖得其十九. 每風至月出, 影交一室, 亟布紙受其影, 以筆狀焉, 極其肖而止. 於是乎竹之形無一遺者, 如是又數歲, 華人始大驚稱絶. 嘗聞人家夏月曬石陽畫, 張于中堂, 有鳥數羣, 自外集, 睊若側睨, 忽搶而投, 若將棲焉. 而已駭然而翔, 磔磔焉而鳴, 衆由是益知其神. 夫業之造微者, 必能于精壹, 而能者其迹必神, 奚畫獨然哉!(『善息齋遺稿』册3)

---

* 저본에는 篧으로 되어 있으나, 자전에서 찾기 힘든 글자로 篔(롱)의 오사(誤寫)로 추정되어 고쳤다.

謙齋畫序 63쪽

物之因無形爲有形而不失於理者, 莫過於畫, 而極其變而渙然不出於一者, 亦
莫如畫之妙也. 今人喜畫山水草木, 以爲簡捷易至, 而每難於人物禽獸樓觀器
用, 人之耳目所近□*者. 是不知人物禽獸樓觀器用之類, 皆有常形. 故雖有小失,
不病其似, 山水草木煙雲變化之態, 其形無定, 故其理易失也. 畫之盛, 莫過於
宋明, 而人物禽獸樓觀器用之能習精工者, 皆萃於院史, 而山水草木煙雲變化
之態, 多出於高人逸士之手. 盖雖以簡捷, 而韻趣爲勝者, 其難甚於精工, 非凡俗
人所能爲也.

鄭公元伯淸淳簡澹, 與人絶無忤逆, 少嘗學易, 至老愈篤, 獨其畫山水, 晚益
入神. 今年七十二, 眼眵至不能辨畫, 而心熟手慣, 投筆所向, 無不曲當其位. 泯
然若無迹而就, 不假墨而施, 其易如畫嘗所遊觀, 如傳寫宿本, 淋灕便滑, 妙不
可窮. 非形寓於目, 而理悟於心, 手足以追其妙者, 盖不能也.

昔子由言: "所貴於畫者, 爲其似也. 似猶可貴, 況其眞者! 吾行都邑田野, 所見
人物, 皆吾畫筍, 所不見者, 獨鬼神耳."

子由不嗜畫, 故獨其言然爾. 畫以不見爲易, 如鬼神者, 顧不易畫, 而見之亦何
爲耶? 都邑田野所見人物, 遷化固不常, 故畫者乃能移之於毫楮之間, 使見者如
常寓目, 其未見者, 亦因是而如親游歷於其間, 此爲畫之能也.

元伯尤善畫眞景, 每遇名區勝境, 輒流連顧眄, 信筆模寫, 活捷奇健, 絶無窘
拘經營之迹, 殆非前人所及. 此帖皆寫京口上下楽江. 近城山水·郊野諸勝, 而帆
檣鷗鷺煙波浩渺之態·山林泉石雲霞出沒之形, 宛然如在目前. 間以樓臺亭園,
點綴生色. 於是元伯兼有畫者之所難, 而使已遊者見之, 如逢宿客, 殆欲欣喜傾

---

* 저본에 한 글자 결락되어 있다.

倒, 其未游者一見, 不覺心馳神越, 亟欲齎糧策馬而往遊. 若使子由見此, 必不
以皆吾畵笥而忽之, 又不以其似而不貴也.

元伯雖老, 尙未輟筆. 我當謀一疋好東絹, 向此老乞復寫此景, 不知此老便肯
欣然許之否也.(『善息齋遺稿』册3)

洪良浩

泥窩記 68쪽

南山之下, 有泥厓. 地低而隘, 水積不善洩, 湫濕沮洳, 行者病焉, 故名其里以泥.
余家其顚, 命之曰泥窩. 客曰: "泥者, 卑汚之處, 賤濁之稱也. 人方楚而去之, 子
何爲名其室?"

余應之曰: "子安知泥之德乎? 夫泥, 土與水合而成也. 萬物皆生於水, 養於土.
然水不能獨生而依於土, 土不能獨養而資乎水, 相須而成功焉. 故天有五材, 始
於水而終於土. 城隍所以衛國, 堂室所以安身, 摶埴陶窰, 所以養生, 皆是物之
爲也, 泥之功顧不大歟! 故泰山之禪, 用金泥, 尙其貴也, 璽書之章, 用紫泥, 昭
其文也, 函谷之封, 用丸泥, 耀其武也. 藍田之下, 有坂曰靑泥, 南徼之外, 有國曰
佛泥, 美其名也. 泥何嘗爲汚賤之稱耶?"

客曰: "泥之德誠大矣, 泥之名誠美矣. 然子之居乎泥也, 躬逢盛世, 早聘高衢,
亦嘗有志於利物矣. 上之不能宣昭大猷, 贊皇王之業, 以比黃帝有虞之隆, 則是
有異乎金泥也. 次之不能鋪張鴻藻, 飾太平之懿, 以繼典誥風雅之盛, 則是有異
乎紫泥也. 外之不能折衝樽俎之間, 鳴劒伊吾之北, 以固疆圉而壯國威, 則是又
無丸泥之具也. 今乃處環堵之中, 志江湖之上, 土芥軒裳, 泥滓名利, 耽古人之糟

粗, 寓眞樂於麴蘖, 若將黜聰明, 外形骸, 與混沌者嬉. 吾聞東海之濱有物焉, 其名曰泥, 塊然處于沙, 無思無營, 無視無聽, 蜿蜿圈圈, 如醉人者. 今子所以托名也, 殆類於是歟!"

余囅然而笑, 引大白, 拊土缶, 而爲之歌曰: "爾居之卑兮, 載物之德. 爾性之潤兮, 利物之澤. 搏之成形兮, 爲方圓與曲直. 斂而返眞兮, 泯然乎無跡. 渾渾兮其質, 汶汶兮其色. 泥哉泥哉! 君子之宅."(『耳溪集』卷13)

肅愼氏石砮記 72쪽

山海北經曰: "大荒之中有山, 曰不咸, 有肅愼氏之國." 注云: '不咸, 卽長白山, 去遼東三千餘里, 其人穴居衣皮, 皆工射, 箭以楛, 長尺五寸, 石靑爲鏑.' 史言周武王時, 肅愼氏貢楛矢石砮, 春秋時, 隼集陳侯之庭, 楛矢貫之, 問於孔子. 今鐵嶺以北長白以東, 皆肅愼故疆也. 余於丁酉北出塞, 道靑海之州, 有肅愼古城, 在州北三十里, 土築於野, 有壘壕之形, 犁其地, 或得石鏃云. 越三年春, 余南還留靑海, 一日求肅愼古物, 得石鏃一石斧一, 皆靑色, 堅如鐵, 礪其尖, 可刻木. 古記曰: '國東北出石砮, 取之, 必先禱于神.'

夫肅愼氏不知起於何代, 而方其穴居而衣皮也, 不解鍛鐵爲兵, 乃棌木爲矢, 磨石爲鏃, 以逐鹿豕禦寇掠而已, 其樸且拙如此. 及其後世, 肅愼變爲勿吉, 勿吉爲靺鞨, 靺鞨爲女眞. 女眞益强且大, 爲金爲淸, 而再有中國. 向使石鏃石斧, 至于今不變, 特東北之一小夷耳, 尙敢生心於上國乎? 嗚呼! 巧拙之變, 而强弱之判, 遂爲天下大患, 安得使四海萬國, 盡石其斧與鏃乎?(『耳溪集』卷14)

402

針隱趙生光一傳

醫居九流之一, 蓋雜流也. 吾聞上醫醫國, 其次醫病, 此何以稱焉? 治國猶治病, 有醫之道焉. 然士必顯而在上, 國可得醫也. 或窮而無所試, 則寓其術於陰陽虛 實藥石之間, 其博施濟衆之功, 亞於醫國. 故古之賢而不遇者, 往往隱於醫. 余 嘗陰求其人而不可得.

近余僑居湖右, 不能其風土, 問土人以醫, 皆曰: "無良者." 强之, 乃以趙生對. 生名光一, 其先泰安大姓, 家貧客遊, 寓居合湖之西涯. 無異能, 以針名, 自號曰 針隱. 生足未嘗跡朱門, 門亦無顯者跡.

然吾嘗過生廬, 淸晨有老嫗藍縷匍匐而扣其門, 曰: "某也, 某村百姓某之母也. 某之子病某病殊死, 敢丐其命." 生卽應曰: "諾! 第去, 吾往矣." 立起踵其後, 徒行 無難色. 嘗遇諸塗, 時天雨道泥, 生頂蒻跣屐而疾行, 問生何之, 曰: "某鄕百姓某 之父病, 嚮吾一針而未效, 期是日將再往針之." 恠而問曰: "何利於子而躬勞苦乃 爾?" 生笑不應而去. 其爲人大畧如此. 余心異之, 伺其來往, 遂得狎而交焉.

其人疎坦易直, 與物無忤, 惟自喜爲醫, 其術不治古方, 使湯藥, 常以一小革囊 自隨, 中有銅鐵針十餘, 長短圓稜異制. 以是決癰疽, 治瘡痏, 通瘀隔, 疎風氣, 起跛癃, 無不立應. 蓋精於針而得其解者也.

余嘗從容問曰: "夫醫者賤技, 閭巷卑處也. 以子之能, 何不交貴顯取聲名, 乃 從閭巷小民遊乎? 何其不自重也?" 生笑曰: "丈夫不爲宰相, 寧爲醫. 宰相以道濟 民, 醫以術活人. 窮達則懸, 功等耳. 然宰相得其時, 行其道, 有幸不幸焉. 食人食 而任其責, 一有不獲, 則咎罰隨之. 醫則不然, 以其術, 行其志, 無不獲焉. 不可 治則舍而去之, 不吾尤焉, 吾故樂居是術焉. 吾爲是術, 非要其利, 行吾志而已, 故不擇貴賤焉. 吾疾世之醫, 挾其術以驕於人, 門外騎相屬, 家設酒肉以待, 率 三四請, 然後肯往. 又所往, 非貴勢家, 則富家也. 若貧而無勢者, 或拒以疾, 或諱以不在, 百請而不一起, 是豈仁人之情哉! 吾所以專遊民間, 而不干於貴勢者, 懲此輩也. 彼貴顯者, 寧少吾輩哉! 所哀憐, 獨閭巷窮民耳. 且吾操針而遊於人, 十餘年矣. 或日療數人, 月活十數人, 計所全活, 不下數百千人. 吾今年四十餘, 復數十年, 可活萬人. 活人至萬, 吾事畢矣."

余始聞而瞠爾, 旣而嘆曰: "今人有一能, 則求售於世, 施人以薄惠, 則操右券而責直, 俯仰勢利之間, 無所取則唾而不顧. 趙生術高而不干名, 施博而不望報, 赴人急而必先乎窮無勢者, 其賢於人遠矣. 吾聞活千人, 必食陰報, 生其有後於是邦乎!" 於是敍所聞見, 爲之傳, 以應太史之求.(『耳溪集』卷18)

皮載吉小傳 80쪽

皮載吉者, 醫家子也. 其父業治瘇, 善合藥. 旣歿, 載吉尙幼, 未及傳父術. 其母以聞見, 敎諸方. 載吉未嘗讀醫書, 但知聚材煎膏已. 一切瘡瘍, 賣以自給, 行于閭巷間, 不敢齒醫列. 士大夫聞而招致之, 試其藥, 頗有驗.

癸丑夏, 上患頭瘡, 雜試鍼藥, 久未瘥, 浸及於面顱諸部. 時當盛暑, 燕寢不寧, 諸內醫不知所爲. 廷臣日成班問起居, 有以載吉名白上者, 命召入問之. 載吉賤夫也, 戰汗不能對, 左右諸醫, 皆竊笑之. 上使近前診視, 曰: "毋畏也, 盡爾技." 載吉曰: "臣有一方可試." 命退而劑進, 乃以熊膽和諸料, 熬成膏傅之. 上問幾日可瘥, 對曰: "一日痛止, 三日收矣." 已而一如其言. 上書諭藥院, 曰: "傅藥少頃, 脫然忘前日之痛, 不意今世有此隱技秘笈. 醫可謂名醫, 藥可謂神方, 其議所以酬勞者!" 院臣啓請先差內鍼醫, 賜六品服, 授正職. 上可之, 卽除羅州監牧官. 一院諸醫, 皆驚服, 斂手讓其能. 於是載吉之名, 聞國中, 熊膽膏, 遂爲千金方, 傳于世.

史臣曰: 臣待罪藥院, 始見載吉, 體短小, 目不識字. 抽問本草藥性, 多不辨寒

溫平毒, 詎能對証投劑耶? 其所學惟數種膏藥, 用塗雜瘇, 往往偶中, 而人未之
奇. 及遇聖人之疾, 一試貼而收功如神, 此豈其才之所能幾耶? 殆所謂莫之爲而
爲者也. 然其方不見於醫經, 豈古之賢而隱於醫者, 密傳神方, 而乃爲皮氏所得,
於以樹功成名, 寧不異哉!(『耳溪集』卷18)

形解 83쪽

泥厓主人, 晝寢于土床, 忽荒之間, 若有覵焉, 向余而揖, 曰: "我泥厓之神也. 人
皆避我, 惟子是宅, 作爲文辭, 張皇功德, 微子之韡, 世孰知余? 今我之遇子, 庸
詎非幸歟?" 主人曰: "子居誠汚, 子質誠濁, 沙石之所掎汨, 蹄輪之所蹂躗. 我雖
不捨, 子寧無戚? 吾將濯子之髓, 搏子之精, 被之以美形, 遷之於樂土, 子其擇
諸?" 神曰: "請問其說."

　主人曰: "萬有之倫, 莫貴於人. 吾將規爾之顱, 矩爾之足, 竅爾以鼻口耳目, 懸
爾以肘脛爪髮, 享之以酒糈, 尊之以尸祝, 子其欲之乎?" 神曰: "噫嘻! 人之有生,
與憂終始. 一犯其形, 如拘桎械. 巧者役, 愚者辱, 直者刖, 聖者削, 謗爲名之影,
福與禍爲隣, 達士大觀, 視以垢塵. 人方假生於天, 我又假形於彼, 以假傳假, 其
愚孰大? 猿狙衣冠, 鴞靈文繡, 吾恐爲木偶所笑也."

　主人曰: "四靈之中, 莫神於龍. 吾將化爾以橫江之身, 附爾以盈尺之鱗, 鉅齒
鉤爪, 長鬣而脩尾, 繪之以雲物, 迎之以鼓吹, 子其樂之乎?" 神曰: "否否. 龍之爲
物, 以水而神, 置諸沙土, 獱獺侮焉. 我體塊然, 安有變化? 無術致雨, 自取鞭呵,
貌華質陋, 虛名賈禍, 遮塗耳目, 盜冒名器, 羊身虎斑, 塗豕載鬼, 吾恐爲螻螘所
制也."

　主人曰: "吾將範爾爲鼓, 以和宮商乎! 型爾爲鑪, 以煎酒羹乎! 將陶爲紋甓,
以飾華棟之屋乎! 染爲丹堊, 以堅朱門之壁乎!" 曰: "內虛外震, 氣竭形弊, 炎上

熱中, 徇物燬已, 峻宇雕墻, 鬼瞰人猜, 聚怨之府, 終成厲階, 使我爲草間之礫乎? 爲街上之塈乎?"

主人曰: "雪泥淸, 花泥香, 梁上之泥榮, 子其有意乎?" 曰: "雪則淸矣, 吾將附於鴻爪耶? 花則香矣, 吾將塗於馬蹄耶? 梁則榮矣, 吾將寄於燕嘴耶? 乃今子之說窮矣, 我且極言吾之變. 夫窰者, 一大匀*也, 輠者, 一陰陽也, 甄者, 一化工也. 我居其中, 委質受形, 噓噏贏縮, 奇詭顚狂, 圓稜歪直, 妍醜畢呈. 或爲罇罍, 以盛酒醴, 或爲甌甖, 以貯粟米, 大腹爲甕, 細口爲瓶, 兩耳爲甒, 三足爲鎬. 大者容鍾石, 小者藏升龠, 貴者享神祇, 賤者受溺矢. 方其埏埴, 不容巧力, 及其賦形, 莫能改革. 一苦一完, 一美一惡, 何愛何憎? 何慍何德? 人之窮亨殤壽愚智, 紛綸不齊, 何以異此? 至若有成必毀, 物之常度, 淹速殊期, 同歸於土, 擊攄磨汰, 復入鑪錘, 鉅者爲細, 賤者還貴, 易貌換體, 不可究揣. 譬如牛哀成虎, 蜀帝化鵑, 形往神留, 薪盡火傳, 合散回遹, 與機消息, 萬變千化, 莫知終極. 故曰: 生者水漚也, 形者土菌也, 功名者蟻封也, 利祿者鼠壤也. 安能以吾之純眞, 受彼之幻妄乎? 嘗試問之, 我以土爲體, 以水爲用, 子將呼我爲土乎? 將呼我爲水乎? 土性靜, 水性動, 吾將乘動靜之幾耶? 土質重, 水質輕, 吾將居輕重之間耶? 土德剛, 水德柔, 吾將用剛柔之中耶? 土色濁, 水色淸, 吾將處淸濁之分耶? 其大不可圍, 其細不可磨, 一撮不爲少, 大塊不爲多. 混兮沕兮, 與時偕行, 沖兮泊兮, 抱一以寧. 萬象鶩驤, 我獨知止, 擧世皎厲, 我獨居陋. 唯子之拙, 安余之樸, 終子之世, 相守無斁."

主人呀然而寤, 芒然自釋, 敬記其辭, 以解形役.(『耳溪集』卷17)

---

* 大匀(대균)은 大鈞(대균)과 통한다.

睦萬中

金福壽傳 90쪽

金福壽者, 濟州金寧村人也. 世隸吏籍, 福壽幼孤, 善事母, 頗壯健, 略通文字. 家近海, 資漁採爲生. 一日颶作, 舟漂九晝夜閣岸, 同舟者皆死, 福壽亦病不能興, 人有見而哀之, 挈之以歸, 問其地安南云.

福壽歸路旣絶, 久益與土人相習, 轉相寄傭. 會有琉球採珠女子漂至, 福壽遂强耦焉. 旣居室, 治生益力, 貲日益饒, 有男女各三人. 然日夜思戀母, 値父死日, 輒東向哭終日, 如是者積四十年. 一夕忽夢哭其母, 覺而大慟曰: "吾母殆不諱歟! 吾以三歲孤童, 庶幾山樵海漁, 以歿母之世, 而漂寄異國, 生無以養, 死不得聞, 天乎天乎!" 遂發喪如訃至, 喪禮一如朝鮮. 見者嘖嘖曰: "禮義哉! 朝鮮之爲國也; 孝哉! 福壽之爲子也. 國無禮義者, 斯焉取斯!" 自是安南人有喪, 多取法焉, 福壽之所至, 必延以上客之禮, 遇諸塗必拜.

居久之, 安南將通使日本, 以福壽行義高, 且有膂力, 與之俱, 以重其行. 行至半洋, 遇大風漂, 轉到浙東界, 見五六人偶坐岸上, 憔悴有羇旅之色, 而貌類朝鮮. 福壽趨而問之, 其中二人前對曰: "儂等居在濟州, 漂至枉登島, 適値島人出陸買米, 附其船至此, 冀遇便風返國, 彼四人者枉登島人也." 福壽驚曰: "果吾同州人也, 家去金寧村幾里?" 仍具告前後事, 且曰: "吾無他兄弟, 來時家有老母及乳下兒名哲者, 祇今存歿未可知." 二人爲之慘然曰: "金寧儂近里, 里中有金哲者, 奉祖母母以居, 鄉鄰稱其孝. 往年哲祖母以天年終, 哲以其父漂海不返, 終身不乘舟, 不意今者逢丈人於此." 福壽出囊中夢記驗之, 悲泣不自勝, 急作家書附之而返. 舟人怪其久, 詰之, 福壽詭曰: "彼有善於占候者, 就而詢行事, 不知日之移晷也." 曰: "彼云幾時風利?" 復詭曰: "明日!" 翌果風作, 一日涉千里, 衆皆驚異之.

既抵日本, 有歐羅巴使者適至, 服裝詭異, 國書贄以法書十二卷. 與之語, 遺棄人倫, 詆譏儒術, 而言必稱天主, 動以堂獄誘人. 福壽從傍聽, 固心駭之. 安南使欲購其書以歸, 福壽怒罵曰: "君謂聖賢書不足讀歟? 彼西國之人, 其道則悖逆滅倫, 夷狄之所不忍爲; 其法則鄙媒慢天, 人類之所不忍行. 其所指爲魔鬼, 正渠自道也. 天地所不容, 人神所共殛, 君持此歸, 將使安南之人化爲異物乎?" 使者聞其言, 懼而不敢購.

及歸向安南, 隨風迤轉中洋, 有山忽突然當帆而出. 福壽望之, 心知其爲漢拏山, 驚喜欲脫身歸. 紿舟人曰: "行遲速未可卜, 久恐水乏而病. 山下必有淸泉, 吾欲取以歸." 衆從之, 福壽撑小艓獨行. 旣登陸, 棄艓疾走, 走至故居, 荒村古木, 依然可辨. 直入其家, 呼曰: "吾還矣! 吾還矣!" 然衣巾殊制, 語音已訛, 家人不能識. 相詰良久, 有一老叟能辨之. 福壽旣還, 有故鄉妻子之奉, 而眷係安南, 不勝懷妻戀子之情, 時時登山, 南望作歌以寫意, 其音甚悲. 居十餘歲老死. 始漂海時年二十四, 當仁孝間.

野史氏曰: 耽羅在洋海中, 其人以舟楫爲事, 往往値風濤, 漂流至海外諸國, 不死而還者十百而僅一二. 然亦豈無經歷覩記之奇詭可述者, 而俗椎陋無文字, 不能傳布於世. 惜乎! 若福壽者, 豈不誠奇偉哉! 漁商流離之子, 而以禮義聳動殊俗, 爲人所重. 且泰西者, 敢以四海萬邦億兆人公共之天, 攫爲一己之私, 侮弄褻慢, 何所不至, 而強自號曰敬天奉天. 一種人迺尊師而學習之, 福壽乃能創聞而力排焉. 吾未知其敎之尙不流入蠻方, 而安南之人, 雖俎豆金生, 家家而尸祝之可也. 姜君浚欽, 得其事於耽羅人掌令邊景祐, 記以示余. 余讀之而歎曰: "福壽不忍終身之不服母喪, 踐夢起義, 禮之屬也; 斥洋學之妖, 折蠻使禁購書, 智之明也; 安南之樂, 不減鄉國, 而決絕其所愛, 脫身而返, 義之勇也. 一人之身而三德具焉, 倘所謂雖曰未學吾必謂之學矣者, 非耶?" 遂就而略刪爲傳.(『餘窩集』卷16)

磊磊亭記 96쪽

米元章死, 世無嗜石者, 六百年而得李汝中. 汝中有亭, 名曰磊磊, 磊磊者大石據衆石之象, 而古之人以丈夫之奇偉倜儻者配焉. 汝中攻文詞, 累不得志於場屋, 歸而作磊磊之亭.

亭據烏棲山之麓, 長川走其前. 引而爲沼, 曲檻據其上, 水澄明可鑒, 衆石擁之, 峩峩然將將然. 磅礴者, 盤陀者, 蹲者, 伏者, 超然而獨立者, 偃然而如箕踞者, 狎獵而聚族者, 大者如屋, 小者如拳, 巧曆不能數, 汝中攬而有之. 嚮者元章所嗜, 特瑰奇譎詭菱溪太湖之種耳, 是不可常蓄, 蓄之亦不能致多, 視汝中之不載輪不礱斲而自供於几席之間者, 何如也? 奇醜無所擇, 詭恠無所捐, 汝中之嗜石, 賢於元章遠矣.

故泗沘之西, 濱海藍田之山, 有石出焉, 可以碑可以硯. 碑玄光鑒人, 逾久而不泐. 硯渾黑色, 有金絲銀絲者, 水沉者, 卵而紫圍者, 流入中國, 以爲品出端州上云. 尤奇者, 有花草石, 其文爲竹爲蕨, 竹有枝葉交錯者, 一枝橫拔, 莖榦如鐵者. 蕨有新生而葉未展者, 已老而拳盡舒者. 兪判書汝霖初得之入都, 金思齋記之. 近世愈多奇, 有葡萄有松栢, 鳥而鶴, 魚而鮒, 其爲菊者黃華錯於玄質, 尤可翫, 物理之不可窮如此. 殆山之氣傅海而止, 礐硉盤結, 無所舒發, 鍾而爲石, 奇奇詭詭, 不可名狀, 不可以意象求也.

汝中之居, 去藍田十里, 環亭而磊磊者, 豈其一氣之所分歟, 何其叢奇萃異如此其衆且多也. 山之間, 花木雲烟可嗜者衆. 然花不能榮而無悴, 木可使直而爲曲, 雲烟變態, 朝暮不定, 豈若斯石, 磨之愈堅, 壓之不摧, 閱千歲而長存哉? 以之配德於奇偉倜儻之人, 豈苟而已?(『餘窩集』卷30)

李奎象

世界說 101쪽

一陰一陽, 造化之錘爐也. 一治一亂, 皇王之錘爐也. 三代以前, 陽錘爐, 故聖人倍興, 中國氣昌. 儒道釋三敎之主, 皆天下大聖人, 而皆興於秦以上. 殺戮, 陰氣也. 秦以上殺戮, 亦不甚慘, 白起之坑卒, 當時第一, 而觀乎蒙古之殺戮記, 則不過戮一軍也. 蒙古卽元祖, 而當其定西域時, 有洗城法. 當洗城時, 凡其地有血氣者, 雖鷄犬亦不留, 片時凡所殺人幾億萬. 此法卽戎虜法, 以是椵島戰, 淸軍亦用此法, 觀其時文記, 則驅聚明人於一邊後, 刲刳聲振於原野, 如猛火燒草聲云. 此皆陰錘爐之爲勝也.

自秦後, 午運已昃, 故殺戮日勝, 聖人日耗, 夷狄日熾. 冒頓, 開闢後戎首, 而五胡遼金·鐵木眞·魏打始, 次次倍昌, 卽今則女眞猶爲內服, 猙者卽女眞外遠戎虜, 而兇獰倍於女眞, 又似爲一番皇帝, 此陰勝之故也. 卽今儒衣服, 惟朝鮮如萍地, 而大地群生, 莫不是釋子貌樣, 此亦陰勝故也. 陰則生物之圃, 故生齒之日滋, 禽獸草木之昔無今有者, 則倍勝於三代以前也. 銅鐵金璧, 物中陽産, 故金璧之頓縮於三代後者, 亦似職此也. 中原近處外夷, 無不一撫摩於李斯璽, 而獨朝鮮寂寞於三千里海隅者, 似坐於文物衣冠之占陽地位故歟? 雖以目所見驗之, 近來人家, 鮮有男子之主家政, 男子鮮有鬚髥之長好. 男子相好者, 都不出女子模樣, 所謂男子命脈, 皆懸於女子手. 一離女子, 則亦自蕭瑟寒單, 無異三歲兒子之離保母手, 此皆陰勝故也.

大爐錘運氣已至此, 則爲中國爲吾道爲男子者勢, 將乞寄於獷礜髠首粉黛, 苟冀朝夕之延喘外無策, 可勝嘆哉! 此後皇極殿, 雖或有眞人之一受朝, 此似斜陽之間間明也, 若連珠樣. 中華皇帝, 則似決不可生也.

小人亦陰種子, 故秦以後, 小人疊出層生, 不可勝數. 其邪惡, 比古四凶, 則四凶不啻爲君子人. 此亦大鍾爐所致, 則爲君子人, 欲枯死巖穴, 則無事矣. 苟欲一半分有意於世上事, 則便如中原人之附氈服, 丈夫人之媚兒娘, 然後首領始可全歟! 戰伐法, 古今判異, 古則鬪將, 兩將一敗, 則其卒雖千萬, 卒一歸之於敗. 今則先決勢於兩陣之兵, 一陣先崩, 則其將軍, 雖如西楚伯王, 便自處一奔字. 此亦權在下, 下便是陰故也.

在文章亦然, 各國諺書, 可屬於陰, 古來蒼頡製字, 可屬於陽也. 各國科式文, 可屬於陰, 古人義理文, 可屬於陽也. 故諺文科文, 到處倍筵; 古字古文, 到處漸縮. 如持東方一域, 而日觀於其消長之勢, 則不久似以諺文爲其域內公行文字. 卽今或有諺文疏本者云, 若公移文字, 難書倉卒者, 不無副急, 間間用諺文者, 此其兆矣. 物物事事, 無一物一事之不陰勝者, 則一治一亂, 亦在其中間. 雖有小康之治, 亦類於皇明之間諸匈奴間矣. 然則大世界, 卒同歸於亂歟! 曰此, 十二會當然之理也. 然則堯天舜日, 更俟後開闢甲子而已.(『韓山世稿』卷23, 『一夢稿·雜著』)

張大將傳 106쪽

張大將鵬翼, 英廟曩時大將軍也. 武官至六卿, 著忠勞於國, 以雄豪才略名於世. 張大將, 玉堂次周之子, 善書字, 美鬚髯大目, 身起行時, 不踰中人, 坐時可仰望, 擧目有威光, 以大將軍擁騎兵, 過都市, 燁如神也. 都市聞前導隸傳張大將來, 無不帖伏, 而不能對視焉.

今去張大將已久, 而京師之人稱以張使道, 不名. 有惡少, 則人曰: "爾幸不見張使道." 使道者, 我國大將軍之尊稱也. 我國名將, 近有李相國浣·柳爀然·申汝哲·金淸城錫胄, 獨張大將威名猶昔云. 余不及見張大將, 又不及見張大將家乘, 然以世之稱張大將者, 像想之, 是間世魁傑人歟! 威者, 畏之而不愛, 愛者, 或不畏也. 張大將人畏愛之. 或傳廉於財而厚於士而然也. 然誠實心不及於人, 人豈能久而不忘歟? 然則意張大將不直才略而已也.

張大將同祖弟傳張大將事曰: "張大將少而多氣不羈, 以儒家子登武科, 謁當時大將軍, 大將軍曰: '爾何爲武人?' 張大將昂然答曰: '欲爲大將軍也.'"

世之傳張大將事者曰: "張大將子泰紹爲承旨. 承旨政院官也. 不經承旨, 不入政院者, 卽例也, 院且文宰之司. 嘗衆承旨坐院, 張大將入之, 衆承旨目吏隷逐之, 張大將曰: '吾子爲承旨, 吾入之也.' 衆承旨心知辱之, 而以其子則然矣, 終不得困之. 時有兩文家人, 一名官也, 一挾家貴之少年生也, 斥張大將曰: '龘人也.' 張大將聞之, 令訓鍊院曰: '速以某爲從事官, 閱武於漢江上.' 遂馳馬出南門外. 蓋從事官者, 訓鍊院之幕僚也. 訓鍊法, 幕僚不敢辭, 閱武後至者罪巨. 名官疾馳, 及至武場, 墜馬者再三, 汗喘無人色. 貴家生, 竟請上屬武官, 其人亦稱其職.[*] 我國法, 大將薦武, 朝廷不復違之, 所謂別薦法也.

張大將嘗閱兵於慕華館, 館國城西也. 有大池上開大兵場, 挾場人家業畜猪, 旭日昇焉, 則白沙黃莎之間, 黑而蠢蠢者, 常數百猪也. 張大將方排陣, 試砲矢, 群猪突陣角, 張大將開兵帳, 颺大紅旌, 進衆砲, 殲猪於一時. 烹大鼎, 搜左右市酒桶, 饋一軍, 以倍價償猪酒家也.

京城久有無賴子相聚者曰劍契, 契者, 我國聚人之名也. 劍契人躶身無劍痕不入也. 晝睡而夜行, 裡錦繡衣, 外弊衣, 晴日躡木履, 雨曳革鞋. 穿笠, 上孔低笠, 而以孔瞰人. 或自稱曰曰者, 博場娼肆, 遍踪跡焉. 用財盡, 殺人掠之, 良家女多見惻, 然多豪家子, 久而未之制. 張大將居捕盜大將, 盡搏劍契人, 拔足趾而肆諸市也.

---

* 저본에는 識(식)으로 되어 있으나 내용상 職(직)이 맞는 것으로 보아 수정했다.

京城家賣買, 有居中接賣買, 受左右賂者, 曰家駔儈. 有表鐵柱者, 年七十餘, 耳聾齒脫, 背曲行傴僂, 然猶杖一鐵鎚而行也. 少時勇捷, 善擊人, 日挾妓女, 飮大斗酒. 又名寓上潛邸之隷, 常衣注黃錦袴, 故雨行濕, 輒易他錦衣. 老而糊口於家駔儈之業. 前年余見於西城外舍, 則鐵柱眉睫之間, 尙帶悍傑不平之氣也. 余問曰: "若猖狂者也. 平生有畏人乎?" 鐵柱傾耳久, 掀皺脣, 翻身卓鐵鎚曰: "張使道死乎? 不死乎?" 又大笑曰: "吾不死者, 厭對張使道於地下也." 又傳劍契人事甚詳, 曰: "多少好漢, 張使道殺盡也."

張大將求葬地, 曰: "吾一生所不堪者, 鬱鬱居也." 自擇某丘之高聳地, 使爲墓地, 自書碑曰 "朝鮮上將軍張某之葬也." 戊申中國有干紀之賊, 上連鞫之, 一日囚賊多援侍臣, 上命張大將趨雲劍班. 雲劍班者, 我國執兵衛上之官也. 張大將握大刀, 立上背後, 上甚安之.

近者具尙書善行將訓鍊營, 余熟於具氏. 故訓鍊兵校, 余或逢之, 問: "有歷事張大將者乎?" 曰: "或存而老矣." 問: "張大將何以故嘖嘖於一營乎?" 曰: "信賞必罰, 號令自肅." 有呂姓兵, 善於兵學指南, 指南者, 我國兵記也. 又能於軍事, 張大將一日三遷上校. 自後大將之補校斥兵, 皆宰相請也. 張大將又善受言過, 故事初非而終善, 衆軍傳之如是云. 然其方略設施, 則詢於人, 而莫有傳之者也.

張大將之爲捕將也, 夜半劍客入臥室中, 張大將拔床頭劍力戰, 劍客不敵而逃. 後張大將驅馬至鍾路, 鍾路者, 京城要路也. 乃立馬, 而使健卒揚聲呼曰: "欲刺吾使道者在彼!" 仍佯爲急執之勢, 一賊果出走, 追究之, 乃劍客入室者也. 然或傳此是李相浣之事也.

張大將嘗爲全州營將, 謁節度使, 節度使挾文臣貴, 每傲之. 張大將又謁於朝, 不得入, 久之, 節度使之園鶴出於節度使之門, 見張大將而啄之. 張大將踢之曰: "汝禽亦使道之尊耶?" 遂斃鶴. 張大將以是积數年之仕云.

張大將躋正卿, 乘軺軒. 軺軒國制惟文宰乘之也. 竟以臺臣言, 懸其軺云.

子泰紹官摠戎使, 孫志恒·志豐, 亦以武官高, 皆尙猛, 然人多怨之. 張大將雖罪之者, 不聞有惡之者云.

同張大將時, 有李森者, 以才力齊名於張大將, 官武亦至六卿. 森能以一手擧直九鳥銃, 森夫人力加於森, 夫人坐轎, 森不能擧轎, 森坐轎, 夫人擧轎云. 然森有心術, 人頗不直之, 以是不如張大將之明快云.(『韓山世稿』卷38)

贈趙景瑞序 113쪽

得天下奇士交結, 一快事. 得志, 與是人同之, 一快事; 不得志, 與是人同之, 亦一快事也.

景瑞, 當世之奇士也. 比之於物, 則凡草之蘭蕙·衆禽之鸞鳳也. 閉門自守, 不與世俯仰, 余能得好之. 每當晴窓之遲日·深齋之淸夜, 重門高掩, 小爐烟消, 吾兩人幅巾便衣, 談論千古事, 意濃, 便磨墨劈紙, 抹風而批月. 當是時, 相欣然樂之甚, 雖鍾期之遇牙洋者, 無以過此, 儘乎天下之快事也.

仍念吾輩各有公車之業, 俱能名成宦立, 接武於雲衢之上, 與之致吾君而澤斯民, 千秋萬歲之後知有吾兩人, 則又一快事也. 不然, 則共結茅於一丘一壑之間, 竹枝尋花朝之約, 芒鞋成月夕之期, 載酒而過, 吟詩而酬, 使田父野老指點其風流文采, 此抑一快事也.

夫如是, 則吾交景瑞後, 無往而不快事也. 雖然, 吾與景瑞苟無志業之日新者, 則其所謂快者, 不過一時意氣之爲快者也, 其於君子之快, 何有邪? 夫快莫快於淸心寡慾, 淸心則無所煩惱, 寡慾則常伸於萬物之上. 景瑞智本圓, 眼本慧, 果能了此大快事否? 余亦方孜孜其企及耳.(『韓山世稿』卷24)

金鍾秀

率翁問答 _{117쪽}

余少家京都, 自稱夢梧山人. 夢梧者, 地名也, 吾先人墳墓之所在也. 擬生而居, 死而埋焉, 故名.

及余退老于夢村, 則忽自稱率翁. 客有問其所以名, 余應之曰: "'坦率嗜妄發', 卽聖上之所以名狀賤臣. 妄發二字, 漢帝所以目汲黯, 則余固不敢當, 至於率之一字, 以余自知者明, 而又見知於聖明, 此余所以自名而不疑者也." 客曰: "率者, 是子氣質之病也. 學貴變化氣質, 子少有志於學, 而今乃自安於率, 而至以名焉, 則何子之老而遂忘其學也?"

余曰: "嘻! 子言是也. 矯偏就中, 以求合乎聖人之道, 固余宿昔之願也, 而今老矣, 無能爲也. 率之一字, 固余之平生短處, 而長亦在是者, 聖明已知之矣, 不可諱也. 前後聖教有曰: '驟看跡, 似突兀, 細究心, 實空蕩.' 曰: '平生規模, 信口爲病.' 皆率字之義疏也. 余策名登朝二十年, 仕於朝之日無多, 而犯科陷罪, 殆不可一二數. 至或死生在於呼吸, 而惟我聖上知賤臣之信口而言, 信心而行, 以自觸于穽擭者, 皆率之爲也. 故輒憐而赦之, 不惟赦之, 待之又加厚焉, 則是率也, 雖謂之余衛生之寶可也, 敢自病乎而求所以矯與變乎哉! 然則余之窃窃然取以自名, 以夸示于人, 不亦宜乎!" 客笑曰: "子之言則有理, 而其心亦已悲矣, 吾請勿復以率而病吾子."

客去, 遂記其語, 爲率翁問答.(『夢梧集』卷4)

洪樂仁

把清亭小集序 121쪽

余性甚懶, 不樂與世人交, 獨喜從玄翁遊. 而平居呻佔之外, 好聽琴與歌, 每於胷中壹鬱之時, 用此而寫之. 時七夕之翌, 與玄翁逍遙於三淸之上·白蓮峯之下, 金生亦從焉, 余所嘗愛者也.

有所謂把淸亭者, 相携而入. 亭高地僻, 景物亦可意, 顧而樂之. 瀴然而出者泉也, 翛然而來者風也. 於是客有琴者, 又有歌者, 相和而鼓而唱之. 琴與泉而競淸, 歌隨風而益廣, 舒者如融雪春和, 急者如驟雨落葉, 聽之, 隱然有薄外慕·遺世俗之意. 方其時也, 玄翁凭几而坐, 擊節而三歎, 劇飮大呼, 不知更有何物之爲可樂. 金生亦拂袖而舞, 左右回旋, 俯仰蹲蹲, 傍若無人者.

嗟夫! 玄翁文章之士, 旣老且死, 困苦益甚, 而意氣不衰. 金生以善大字名, 又有氣節, 彷彿燕趙士之風, 而世無知者. 故二人者無所用其心, 往往從酒所詩席, 發此簡傲不恭之態·忼慨悲憤之習. 宜乎琴與歌不平者好之也.

若余者, 固非不平者. 且今之琴也歌也, 非古樂也, 宜若無可取, 而好之與二人無異者何也? 葢其爲聲亦淸遠激越, 能感發人性情, 則余之好之也亦宜. 雖然, 余之好之也, 非爲其琴, 爲其歌也. 特好與二人遊, 故其好之也, 亦如是耶? 遂相與一笑而罷. 玄翁姓鄭, 名來僑, 金生名光澤.(『安窩遺稿』卷5)

郭氏夫人

成均生員金公墓誌銘 125쪽

公姓金, 諱鐵根, 字石心, 號節友堂, 系出光山. 生於戊午閏月初五日, 幼而聰慧,
八歲能成詩, 洛下士莫不艷稱. 己亥中生員, 辛丑抗疏, 明君臣之大義. 初娶承
旨韓山李貞翊女, 後娶王子師傅西原郭始徵之女, 卽未亡人也. 卒於戊午十月初
四日, 葬于全義縣北高道村壬坐之原. 生二男一女, 長得性, 次得運, 出后叔父樸
根, 一女未笄, 皆未亡人出也.

噫! 泣而敍辭, 哀不能文. 嗚呼! 有有而有其有, 有有而不克有其有, 有而有其
有, 常也, 有而不克有其有, 變也. 季世何常之常少而變之常多也? 公於國植綱
常之節, 於家正百行之源, 根於天性, 則公之有其質也. 待宗族以敦睦, 教弟子以
義方, 親疏咸得其歡心, 鄉黨罔或有疵謫, 則公之有其德也. 有其質有其德, 則
宜乎有是壽有是位有是福, 而年僅逾五十; 位不得一命, 福亦嗇多男, 此果非有
而不克有其有者耶? 諉諸理, 理胡若是舛; 諉諸天, 天胡若是難? 必是固不可測
者, 而重爲公痛惜者也. 因以銘曰: '出可以樹功名, 處可以樹風聲, 而卒不彰, 奈
何彼蒼'.(『畫永編』下)

黃胤錫

跋淸窓郭夫人藁略 129쪽

右詩三上梁文一墓誌二, 幷淸窓郭夫人作也. 夫人旣有賢父, 得聞尤翁淵源之

傳. 及其歸也, 所以行者, 書籍若干馱而已. 舅夫亦賢者, 有尤翁. 打愚風旨, 家法亦甚正, 而夫人佐之, 有文有禮. 所處一室, 架案經史, 自家長外, 未有入其戶者, 雖其兄弟至, 亦必設座戶外之他室. 又令祔先室於家長, 而身死毋祔, 惟各葬近地. 其子死, 猶眷眷勅以禮. 所著詩文經疑女訓, 自以非婦女事, 焚之不許洩. 信乎其閨闈道學, 在古今中外一人焉爾.

胤錫自少已聞夫人德美, 己亥宰木川縣, 距其居全義不過一舍. 既又聞夫人少子得運始與木川人金大諫履禧爲友壻者, 晚贅第三婦家, 卽亦木川民張姓許也. 張恃嬌無禮, 余爲之嚴治, 因人求見夫人文字之遺者, 得運示以此六篇曰: "此外無有也." 余乃得而敬翫之, 類皆醇儒莊士, 少不下爲文章口氣, 絕無脂粉貌樣, 何其異也.

若其爲舅夫墓誌, 則表章平日所樹天理民彝之大者, 而夫誌尤悲懇周至. 舊聞夫人在世, 以屬族人轉謁文于寒泉李文正先生, 先生卽打愚從孫而夫之外再從兄弟也. 得此誌盥手閣案而讀之曰: "使某僭作, 亦何以加此, 不若因之, 以俟百世." 嗚呼! 先生之言, 非故爲諛, 則夫人之文, 無減於其行, 又可知矣.

倘胤錫稍得三五年居官, 擬以梓行諸士友, 庶海東尤翁脚下, 知有女學者出焉. 雖柳眉巖之宋氏之賢, 金誠立之許氏之藻, 亦天淵不侔, 則不已快乎? 惜七八朔徑罷, 無以遂願, 只令少子二姪草草傳錄以歸, 而識其槩如此. 後之人, 尚有以亮之.(『頤齋遺藁』卷12)

418

李種徽

威遠樓記 133쪽

踰磨天嶺, 盖馬左轉, 東薄海, 北帶豆滿, 爲郡十; 惟鏡最大. 三韓時地係北沃沮及東扶餘, 當三國之際, 高句麗滅北沃沮而置柵城等府. 世爲重鎭, 王常以歲時巡行, 以察其民風謠俗. 後爲渤海所有, 宋初入於契丹女眞, 女眞者, 古肅愼靺鞨之遺也. 高麗逐女眞, 而鏡爲九城之一. 本朝初棄江邊, 而欲以龍城爲界, 金宗瑞以爲不可, 龍城者, 鏡之北門也. 自唐滅高句麗, 而東國益南徙, 王氏居開城, 本朝治漢陽, 距鴨江已千餘里, 況鏡在二磨之外, 瑟海之西哉? 是以人之視鏡, 如適萬里之遠, 窮荒絶漠人不可居之所, 議者或譬之珠崖·儋耳, 不關於得失, 亦已過矣.

嘗試論之, 東國自漢魏來, 稍稍失其故土, 高麗之時, 渤海入契丹而箕高故疆, 但餘十之五六, 譬之中國, 失其陝西河北, 幾乎晉宋之偏安耳. 高句麗都丸都, 當是時, 鏡在內地而平壤之爲都, 鏡亦係奮武衛之甸, 盖其近如此矣. 在本朝, 四王肇基王跡奚關·斡東, 尙在江外, 況鏡是江南數百里之內乎? 故以北關爲遠者, 世俗之論也. 中國以應天爲南京, 百官分司治之, 南北京之間, 餘三千里, 而行者視之如堂適奧, 不以爲遠. 夫是以血脉流通, 聲信接續, 軍民之情僞, 絲毫無不聞, 雖滇黔越蜀之遠, 亦猶是也. 故吏謹而民畏, 事約而政行, 豈如北關之吏民自以爲遠而甘自棄於蠻荒之俗哉?

鏡之客舘, 古有樓曰威遠, 今太守某仍以葺之, 送人求記. 嗚呼! 余旣作望德亭記矣, 旣感威之不如德, 而又悲其民之以遠自怠, 反其義而告之. 使北人庶知吾土之本不遐, 自待以鄒魯之人, 而爲太守者, 亦無視以蜀人也, 則北土之幸也.(『修山集』卷4)

送東萊府伯序 136쪽

聖人尙人和, 而天時地利, 亦未嘗不用焉. 要之, 人和在天, 人時在天, 俱不可以
驟得, 惟盡人力而修之. 一勞而可以永逸者, 顧城池焉耳. 城池者, 所謂地利是
也. 東人無所長而惟長於城守, 自三國高麗, 已見稱矣. 是故, 今山巓野崖, 往往
有荒城廢壁, 而其最要害有井泉者, 亦或有仍而不廢者. 壬辰以後, 廟堂仍幸州
禿山之捷, 旣廢而重修者, 亦多矣. 及今八方無事, 已累百年, 則如昌寧之火王·
咸陽之黃石, 亦遂中廢而不復, 況其他乎?

余嘗觀金井山, 在東萊府北十里而近, 山勢斗絶而中多井泉. 古有城, 城中頗
濶, 可容一大府, 其險固形便, 顧不在南北漢下. 而萊之府城, 乃在平原曠野莽
蕩之處, 樵童牧竪, 可擔負而越也. 館倭輒指而笑曰萊人塚, 以爲脫有不幸, 則萊
人騈死其中而不能守也.

今釜山多大鎭在海口, 可以平望馬州之動靜, 飄風飄忽, 商舶漂船, 無敢逃於
眼中, 其餘小堡, 亦可資防調之任. 則府城之並就平地無意義, 適足以啓敵人之
侮, 豈非他日之憂哉! 萊之爲府, 古小縣也. 自明宣之際爲重鎭, 而府伯專管倭
事, 凡有邊務, 可以直啓於上, 而無關觀察使. 地雖小, 而爲任則大, 苟有所欲, 無
不可成也.

李令出自近密, 廻翔於是府, 其係關防重事, 力可以取辦於廟堂, 而廟堂之薦
公以是任, 亦所以望其經綸於平日讀書之人也. 爲今之計, 莫若移府於金井, 而
金井之下梵魚諸處, 皆置寨柵, 使軍民平居, 足慣其險而心有所依, 如廣州之南
漢可也. 夫敵人猝入, 無敢攖其鋒, 乘虛以進, 此無救之術也. 壬辰之倭, 一日破
釜山, 而宋象賢城陷而死, 賊兵遂振. 使其勢挫之於堅城之下, 逡巡五六日而廟
算已定, 則豕突之禍, 未必若前日之烈也.

今萊患在潛商, 而邊禁日弛, 此則有威嚴而廉淸者, 皆可以辦, 非所憂於公者

也. 若其他日之患, 百世之計, 自非憂深思遠明智而獨見者不得, 斯不望於公而尙誰望哉? 於其行也, 書以勉之.(『修山集』卷2)

文衡錄序 140쪽

古者, 無文衡之職, 蓋兼於禮官, 而唐虞之秩宗, 周之春官大司成等, 是也. 漢之世, 大史公主史記, 而博士等官, 實掌文事. 隋唐迄宋, 禮部與知制誥分其任, 而知制誥爲宋之重職, 至明而太學士入閣省事, 其任遂與三公竝矣.

高麗自雙冀東來, 而始開闈策士, 冀主其事. 入我朝而置大提學, 兼弘文·藝文二館之事, 而自事大交隣與國家敎令小大文字, 無不裁管, 而亦主試士之任. 每館僚遴選, 副提學先錄諸人, 而一聽其黜陟於大提學. 大提學與政府諸宰, 會都堂而議之. 文臣經館職而後, 始許要顯, 而世宗時, 又命年少文臣, 以暇日讀書湖上之亭, 名其選曰湖堂, 而大提學又掌之. 故大提學之權, 常侔於三公焉. 當皇朝盛時, 使价之來, 大提學輒儐之, 而江上諸亭, 爲詩酒之遊, 賓倡主酬, 華牋輝煌, 如祈順·唐皐之來, 徐居正·李荇等, 以鳴文章之盛, 而明宣之際, 蓋益彬彬然矣.

昔歐陽脩主文盛宋, 而文風丕變. 韓愈文起八代之衰, 以決古文之藩. 柳宗元·蘇氏父子兄弟·王·曾之徒, 沿其波, 疏其源, 雖未及三代灝灝噩噩之盛, 亦文苑之昌期也.

故祖宗世文衡之選, 至嚴且愼, 苟非一代之所宗, 莫能居之. 然官制多拘, 有其文矣而無其地則不居, 有其地矣而不由科則不居, 旣由科矣而無其年位則亦不居. 是以崔岦之巨手而局於下僚, 張顯光·許穆之瓌偉, 槧於白衣, 朴誾·李敏求·尹潔·金得臣之雄爽巨麗, 折閼而不達, 而亦或有因時乘勢, 無其實而濫竽者, 此又近世之患也.

若其文有所自立, 爲世輕重者, 四百年之間, 不多見焉, 然略可得以言矣. 權踶仲安當世宗世, 倣商·周·魯頌之詩, 而成龍飛御天歌. 睿宗時徐居正剛中, 以爾雅之文爲四佳集. 李滉景浩事明·宣之世, 治洙泗洛閩之文, 爲退溪集. 盧守愼寡悔, 當乙巳之禍, 處海島十九年, 而大肆力於文章, 詩文尙古雅, 爲蘇齋集. 李珥叔獻, 明性理之學, 爲栗谷集. 柳成龍而見, 頗著壬辰時事, 以爲懲毖錄. 而兼善疏章雜述, 爲西崖集. 李恒福子常, 好俊偉之辭, 爲白沙集. 申欽敬叔, 究理數之學, 爲象村集. 張維持國, 頗著古文辭紆餘婉暢, 爲谿谷集. 及如李植澤堂·尹根壽月汀·柳根西坰之徒, 各往往綴華東之文以著書, 不可勝記. 而當肅宗世, 金昌協仲和, 力學中華之文, 其爲辭出入於濂洛歐蘇之際, 而一務於淘洗東人之習, 爲農巖集.

大抵儒學者, 尙理而欠於辭; 治古文者, 尙辭而欠於理. 應卒者, 鄙俚而不該於體裁, 要之根華兩茂, 辭理俱達者, 盖絶希焉. 雖此十數公者, 間亦有合有不合焉, 豈不難哉! 雖然, 材不借於異代, 苟在上者, 勿拘於官制, 惟才是用焉, 則庶乎其可也.(『修山集』卷1)

洪大容

大東風謠序 146쪽

歌者, 言其情也. 情動於言, 言成於文, 謂之歌. 舍巧拙, 忘善惡, 依乎自然, 發乎天機, 歌之善也. 故詩之國風, 多從里歌巷謠, 或囿涵泳之化, 亦有諷刺之意, 雖有遜於康衢謠之盡善盡美, 固皆出於當世性情之正也. 是以邦國陳之, 太師採之, 被之管絃而用之宴樂, 使庠塾絃誦之士, 田野褓襁之氓, 俱得以歡欣感發而日遷善而不自知, 此詩教之所以自下達上也.

自周以後, 華夷雜糅, 方言日以益變; 風俗澆薄, 人僞日以益滋. 方言變而詩與歌異其體; 人僞滋而情與文不相應. 是以其聲律之巧·格韻之高, 用意雖密而愈失其自然, 理致雖正而愈喪其天機, 欲以此而紹風雅而化邦國, 則不亦遠乎!

顧里巷歌謠之作, 出於自然之音響節族者, 腔拍雖間於華夷, 邪正多從其風俗, 分章叶韻而感物形言者, 固異曲同工, 而所謂今之樂, 猶古之樂也. 乃以其文不師古, 詞理鄙俗也, 邦國不陳, 太師不採, 使當時無有比音律, 獻天子, 則後世無以考治亂得失之迹. 盖詩教之亡, 於是乎極矣.

朝鮮固東方之夷也, 風氣褊淺, 方音侏僴, 詩律之工, 固已遠不及中華, 而詞操之體, 益無聞焉. 其所謂歌者, 皆綴以俚諺而間雜文字, 士大夫好古者, 往往不屑爲之, 而多成於愚夫愚婦之手, 則乃以其言之淺俗而君子皆無取焉.

雖然, 詩之所謂風者, 固是謠俗之恒談, 則當時之聽之者, 安知不如以今人而聽今人之歌耶? 惟其信口成腔而言出衷曲, 不容安排而天眞呈露, 則樵歌農謳, 亦出於自然者, 反復勝於士大夫之點竄敲推, 言則古昔而適足以斲喪其天機也.

苟善觀者, 不泥於迹而以意逆志, 則其使人歡欣感發, 而要歸於作民成俗之義者, 初無古今之殊焉. 且其取比起興之意, 傷時懷古之辭, 或出於賢人君子之口, 則其忠君愛上之意, 又颯颯乎言有盡而意有餘, 盖已深得乎風雅遺意. 而其辭淺而明, 其意順而著, 使婦人孺子皆足以聞而知之, 則所謂詩教之達于上下者, 舍此奚以哉!

謹採古今所傳, 集成二册, 名以大東風謠, 凡千有餘篇. 又得別曲數十首以附其後, 以備太師之採, 庶有補於聖朝觀風之政. 若其調戲淫藝之辭, 亦夫子不去鄭衛詩之意, 晦翁所謂思所以自反而有以勸懲之者, 尤在上者之所不可不知也云爾.(『湛軒書』內集 卷3)

保寧少年事 150쪽

柳某者, 性質不妄言. 嘗行保寧地, 日暮迷失道, 轉入數十里. 忽見蒼崖削立, 洞壑幽邃, 山徑草茂, 不知所往. 乃下馬仿偟, 忽聞崖上有人響, 乃攀藤以上, 有數間茅廬, 松竹蕭然. 中有一少年, 草笠藍袍, 形貌俊爽, 倚戶凝睇, 如有所思. 見客至, 忙下堂迎之, 執禮甚恭. 柳心異之, 與之言, 辭若懸流, 磊落軒昂. 而已進夕供, 水陸珍羞, 極其滋味. 柳問: "山中何得有此?" 少年但笑而不答, 柳尤驚異之.

夜向深, 有呼聲, 自遠而近. 少年曰: "客少俟. 某已有約于人, 不可失信." 遂飄然拂袖而去. 柳隙窓窺之, 見呼者亦少年, 二人衣冠亦無別, 相與携手而去, 高崖峻坂, 平走如飛. 柳大驚悚然, 不能就寢, 忽見壁藏鎖鑰不下, 乃開視之, 有數架古書, 皆兵陣法論. 又有雁毛數筩, 壁上掛一黑長衣而已, 他無所在, 柳尤疑怪之.

有頃, 少年還, 變色而言曰: "吾始以子爲好人, 何乘我不在, 偸看我書, 子將欺我耶?" 柳知不可欺, 乃謝之, 且曰: "君必遯世之異人也. 兵書固君之所看, 黑衣與雁毛, 將何用哉?" 少年曰: "吾已知子非饒舌者, 吾當試之, 子且觀之." 遂出雁毛, 散於房中, 披黑衣, 回旋疾走, 而雁毛不動一毫, 盖以習其走也. 柳大奇之, 仍問其俄者所之. 少年曰: "頃來少年有讐在固城地, 其人獰猾, 且不知所在, 今夜適在家, 故同往殺之矣." 柳思保寧距固城爲近千里地, 頃刻往返, 飛鳥不及其疾矣.

心嗟訝不已, 與之語, 至朝遂告別. 少年申申言曰: "子若出吾言於世, 則吾必赤子族矣, 子其愼之." 柳許諾, 於路結草而識之. 月餘復尋而終不得, 然畏之, 終身不敢言. 及臨死, 語其子曰: "吾今死矣, 不可使異人終無傳於世也." 柳死, 世遂傳而異之.

嗚呼! 少年其可謂異人也. 富與貴, 人之所欲也, 以少年之才, 獨超然逃身於窮崖深谷之間, 若非視之如浮雲者, 惡能爾哉! 其夫子所謂人不知而不慍者非耶? 雖然, 擊劍刺人, 聶政之所以見盜於朱先生者也. 少年亦可謂俠客者流耶? 不然則年少義氣者, 亦有所不能自已者耶? 安知非讀書益久, 漸磨鋒銳, 不復屑於此耶? 若是者, 眞可謂潛居抱道, 以待時者也. 惜乎其無所遇而死也! 巖穴之士, 若此等比, 豈其少哉! 有文王然後有太公, 有昭烈然後有諸葛, 無文王·昭烈而謂世無太公·諸葛者, 其亦妄人也夫!(『湛軒書』內集 卷4)

成大中

記留春塢樂會 156쪽

洪湛軒大容置伽倻琴, 洪聖景景性操玄琴, 李京山漢鎭袖洞簫, 金檍挈西洋琴, 樂院工普安亦國手也, 奏笙簧, 會于湛軒之留春塢. 兪聖習學中侑之以歌, 嘐嘐金公用謙以年德臨高座. 芳酒微醺, 衆樂交作, 園深晝靜, 落花盈階, 宮羽遞進, 調入幽眇. 金公忽下席而拜, 衆皆驚起避之. 公曰: "諸君勿怪! 禹拜昌言. 此勻天廣樂也, 老夫何惜一拜?" 洪太和元燮亦與其會, 爲余道之如此. 湛軒捨世之翌年記.(『靑城集』卷6)

江界防胡記 159쪽

廢四郡在江界之左, 曰茂昌·閭延·虞芮·慈城, 東與長白山接, 延袤七百里. 地肥饒, 宜畜牧, 虎豹之皮, 蔘·貂鼠之利, 甲於國中. 然以其隣於滿胡也, 侵掠日至, 民不聊生, 世祖時廢之, 徙其民於內地. 地則屬之江界, 世遣四鎭將, 把守要害, 犯入者禁.

淸旣有天下, 滿胡從之入關, 四郡以北, 甌脫一空, 無復爲我害者. 然其蔘則彼我之所共艷, 材木之美, 又彼之利也. 然我之採蔘者, 只伺丹黃節而入, 丹黃者蔘葉之候也. 彼則氷解輒入, 船載器械衣糧, 獵檠俱焉, 泝鴨江而上者, 歲常千餘人. 而沿江鎭堡不能禁, 第摘其數, 以報兩營, 苟幸無事, 而其害則萃於四郡.

春夏伐檀爲栿, 浮之江口, 秋則先我人而採蔘, 盈笁溢包, 出其餘而夸我, 返則以栿而埋其船於沙步, 以備復入. 四郡之利, 彼反專之, 而甚或威喝把守而奪其食, 我則拱手奉之而已. 然彼實冒禁當誅者也. 雍正帝之約曰: "邊民犯越者斬." 沿江知此禁矣. 我本怯弱, 而虜亦冒死趨利, 故不能禁也, 廟堂私憂之而已.

今江界伯洪公秀輔始爲之畫, 迨江之未凍, 密遣勇士三十, 鉤其船六十餘艘焚之, 棄其械於江, 及春將泮, 選武校十人·精卒百人, 分設五柵於渡口, 刻雍正約条而樹之. 又書之數十紙, 射之江外. 虜果如期而至, 船已燒矣, 柵禁又嚴矣, 悍而欲涉者, 箭砲又威之, 相持百餘日, 虜竟不能前一步, 卒乃棄船而遁. 四郡今始無虜而蔘盡爲吾有矣.

夫淵藪之隣於敵, 國之憂也. 利分於敵, 釁必生焉, 憂之大者也. 憂之而不能防, 國之所大患也. 今四郡之憂, 人皆言之矣, 然防禦則輒云無策. 噫! 區區冒禁之虜, 尙且畏之而不能防, 設或有狡焉思啓其封壃者, 將何以遏之哉!

洪公文吏也, 顧能於數月之間, 防之而有餘, 不過費百餘壯士數月糧耳. 前人其少此哉! 古之折衝樽俎者, 於公見之矣. 繼公來者, 皆能如公, 四郡其復有胡憂哉! 然明不足以斷事, 廉不足以服民, 賞罰予奪之信, 不足以馭壯士, 則縱欲如公, 不能也. 推是道也, 封狼居, 勒燕然, 亦不難也, 於四郡何有? 大中之文弱, 亦賴公而自張也, 輒援筆而記之.(『靑城集』卷6)

雲岳遊獵記 163쪽

壬辰之臘, 從梅谷李公·浣溪徐公及徐幼文·權公著, 獵於雲岳山之右. 夜宿山寺, 鐘鐸相響.

翌日遵山而北, 鷹四騎五, 狗如鷹之數, 獵夫倍之. 獵夫倦, 則幼文輒臂鷹而赴. 山高谷深, 朔吹微厲, 狗意驕, 鷹氣專, 惟人意之前却焉. 雉起于前, 掣而直出, 瞥而上戾, 戢而反眄, 折而下旋, 高集而斜視, 輕掠而捷攫, 斂羽縮爪, 返其韝焉, 竦身四顧, 颺而後息. 於是乎鷹之技畢, 而衆皆驩焉稱快.

徐行遠眺, 環山一周, 披莉而憩, 見村而止. 峽俗淳厖, 疏飯甘美, 籌燈榾火, 炙鮮煖醪, 酣娛跌宕.

再宿乃返, 蹂廣峴, 道花山, 夕陽在嶺, 煙氣點綴. 僕夫望閭而謳, 馬蹄加疾焉. 而長者之興未已, 仍至李氏之社, 酲梅盡醉而去.(『靑城集』卷6)

寢居小記 165쪽

吾幼學於家庭, 長而學易於遲齋金先生, 粗解乘除消長之理. 早藉先蔭, 濫竊科名, 猥受主知, 忝與文事. 今且老白首矣, 自顧平生, 多娛少悻.

食不甚乏, 官不甚卑, 行不甚汙, 交不甚瀆, 游不甚狹, 隱不甚僻. 衣食於官, 亦四十年有餘, 以約爲泰, 以退爲進, 以不足爲有餘, 幸無大災, 以至於老. 仲尼不爲已甚, 而吾則以不甚爲幸, 中道其吾所能哉! 不及則中有在前, 過則中在後矣, 悔必隨之.

余之居世者如此, 而泣号以後, 眼加昏, 耳加聾, 左股微跛, 右手全澁, 是天廢之也. 天廢之而不自廢可乎? 是故息交游, 放妾御, 簡居深臥, 無一事繫心, 而獨未廢者詩文也. 然亦消遣而已, 豈有意於傳世哉!

強且自戲曰: 吾貴於老聃, 富於陶潛, 壽於白樂天, 生老太平, 勝於杜子美, 終始君恩, 勝於李太白, 於分不已過哉! 此實先蔭也, 國恩也, 而吾則倖受之矣, 戒懼不溢玆哉! 聊書之寢壁, 以爲子孫之幸.(『青城集』卷7)

書滄海逸士畫帖後 168쪽

滄海翁鄭幼觀嗜觀名山, 北登白頭, 南入漢拏, 頭流·楓岳, 直戶庭間爾. 眉額老益古奇, 似羽士異人. 有時來往都下好事者, 多畫其觀海入山狀, 以相誇示, 僮騃幷翛然欲退擧.

嘗至余所, 客有博古者遇之, 面余而笑曰: "君見利瑪竇像乎? 彼翁似之." 客未嘗知翁而相之如此, 翁益欣然自喜. 瑪竇徧觀天下, 翁徧觀海左, 大小雖異, 徧觀則同, 宜其像之似之也.

翁謬愛余文, 索之甚勤, 余故未有答也, 遂書此於其畫後.(『青城集』卷8)

兪漢寯

石農畫苑跋 171쪽

畫有知之者, 有愛之者, 有看之者, 有畜之者. 飾長康之廚, 侈王涯之壁, 惟於畜而已者, 未必能看. 看矣而如小兒見相似, 卽啞然而笑, 不復辨丹靑外有事者, 未必能愛. 愛矣而惟毫楮色朵是取, 惟形象位置是求者, 未必能知. 知之者, 形器法度且置之, 先會神於奧理冥造之中. 故妙不在三者之皮粕而在乎知, 知則爲眞愛, 愛則爲眞看, 看則畜之, 而非徒畜也.

石農金光國元賓妙於知畫, 元賓之看畫, 以神不以形. 擧天下可好之物, 元賓無所愛, 愛畫顧益甚, 故畜之如此其盛也. 余觀其逐幅題評, 其論雅俗高下奇正死活, 如別白黑, 非深知畫者不能, 儘乎其非徒畜之畫也.

雖然自古好事者多好畫, 好畫不足以斷元賓. 元賓故博雅, 甚有風韻, 喜飮酒, 酒酣論古今得失, 誰可誰不可, 昂然有掃空千古之氣. 少與名下士金光遂成仲·李麟祥元靈遊, 今元賓老白首, 舊從零落, 而余乃始交元賓相得也. 元賓求余帖跋, 余不知畫者, 只言其事有如上者, 而論其爲人以系之, 以見余於元賓不專以畫, 所好有在. 元賓慶州人, 石農其號云.(『自著』(準本) 卷1)

沈翼雲

玄齋居士墓志 175쪽

玄齋居士旣葬之明年, 庚寅翼雲刻石以志其墓.

文曰: 沈氏籍靑松, 世著勳德, 至我晩沙府君, 遂大昌顯. 居士其曾孫也. 居士生數歲, 輒自知象物, 畫作方圓狀. 少時師鄭元伯, 爲水墨山水. 旣究觀古人畫訣, 目到心解, 始乃一變其所爲, 爲悠遠蕭散之態, 以力洗其陋. 及夫中歲以來, 融化天成, 不期於工, 而無所不工. 嘗畫觀音大士及關聖帝君像, 皆獲夢感. 有使燕還者云, 燕市中多貨居士畫者. 惟其自少至老, 五十年間, 憂患佚樂, 無日不操筆, 遺落形骸, 咀吮丹靑, 殆不省窮賤之爲可苦, 汚辱之爲可恥. 故能幽通神明, 遠播殊俗, 知與不知, 無不慕悅者. 居士之於畫, 可謂終身用力, 能大有成者矣.

居士旣卒, 貧無以斂, 翼雲合諸眥賻, 以相厥具用, 某月日, 其孤郁鎭葬之于坡州分水院某坐, 原在晩沙府君墓東某里.

系之以銘曰: 居士諱師正, 頤叔其字. 考諱廷冑, 妣河東鄭氏, 有室無育, 子從兄子, 壽六十三, 死葬于此. 嗟! 後之人, 其勿傷毀!(『百一集』)

徐直修

大隱巖記 179쪽

北山有大隱巖. 昔鄭道傳始結廬焉, 及南袞居之, 自號止亭. 時挹翠軒訪之不遇, 書于硯上之巖曰 大隱巖萬里瀨, 仍刻之爲洞名. 辛白麓改築室居之, 白麓者, 從白嶽之稱也. 其子又湖之稱, 取兩溪之合也. 傳之八代, 垣屋荒頹將毀而市之, 豈不惜哉!

吾將卜而居之, 家人沮之, 曰: "古近鳳闕而要地, 今則四無隔隣, 只是巖松流水, 而木覓冠岳高揷雲間而已. 朝市絶遠, 儵兒虎豹之縱橫, 決非貧窮人所處."

余悠然笑答曰: "富則宜乎不買, 貧故宜居也. 家無物, 何患儵兒? 夜讀書, 何畏虎豹? 身無要職, 何憂遠朝? 囊乏酒債, 不慮遠市. 出洞無深交, 論心有十友, 卽澈澄書·水鏡篇·董法筆·正宗劍, 草堂詩, 石田畫, 平羽調, 綠蟻酒, 花鏡集, 錦身訣. 坐臥相隨, 何關隔隣之有無? 此翁性癖, 在乎靑山綠水, 貧乏行資, 老艱脚力, 無以遠遊, 非獨遯世巖穴, 將終餘年之計, 又以淸眞寂寞轉增有味之語, 勉之子孫. 子孫不棄而永守之, 宜哉!"(『十友軒集抄』)

十友軒記 182쪽

世無三友之益, 況十友乎! 澈澄書·水鏡篇·董法筆·正宗劍·草堂詩·石田畫·

平羽調·綠蟻酒·花鏡集·錦身訣, 即吾之十友也. 皆以躬親經歷, 癖好自深. 蕭然一室, 諸朋滿座, 心神到處, 隨意論懷.

其一曰澈瀅大士友也. 千山萬水, 歷歷一筇. 二曰水鏡道人友也. 人之禍福, 照水可鑑. 三曰董生筆法友也. 揮灑淋漓, 五峰精神. 四曰匣中吟龍友也. 其光耿耿, 佩無邪心. 五曰花溪老人友也. 洞庭爭雄, 詩中聖人. 六曰姓沈名周友也. 風雲造化, 觀盡江山. 七曰王姓豹名友也. 黃鍾一動, 萬物皆春. 八曰麴生風味友也. 澆我磈磊, 天之美祿. 九曰潘氏安仁友也. 栽花種樹, 十年之計. 十曰淮南王老友也. 麥場鍊丹, 騎鶴上天.

噫! 世所謂許以金蘭者, 非面則勢耳. 飜雲覆雨, 前揖後闞. 吾友即長伴此翁於納納山定泉堂, 前呼後應, 面面相隨. 主人翁年昔十五, 負笈于溪湖金先生之門, 志于學數年, 覲行于西, 九月之山, 淇水之樓, 聲色粉華, 幾乎近於胡澹菴誤平生之詩. 徘徊一世, 雖淸濁之無所失, 而終未得益者三矣. 今而後息交絶遊, 托契十友. 永叔之六加四, 文房之四添六, 吾不孤, 必有隣.(『十友軒集抄』)

朴趾源

綠天館集序 186쪽

倣古爲文, 如鏡之照形, 可謂似也歟? 曰: 左右相反, 惡得而似也? 如水之寫形, 可謂似也歟? 曰: 本末倒見, 惡得而似也? 如影之隨形, 可謂似也歟? 曰: 午陽則侏儒僬僥, 斜日則龍伯防風, 惡得而似也? 如畫之描形, 可謂似也歟? 曰: 行者不動, 語者無聲, 惡得而似也?

曰: 然則終不可得而似歟? 曰: 夫何求乎似也? 求似者非眞也. 天下之所謂相

同者, 必稱酷肖, 難辨者亦曰逼眞. 夫語眞語肖之際, 假與異在其中矣. 故天下有難解而可學, 絶異而相似者, 鞮象寄譯, 可以通意, 篆籒隷楷, 皆能成文. 何則? 所異者形, 所同者心故耳. 繇是觀之, 心似者志意也, 形似者皮毛也.

李氏子洛瑞年十六, 從不佞學有年矣. 心靈夙開, 慧識如珠. 嘗携其綠天之稿, 質于不佞曰: "嗟乎! 余之爲文纔數歲矣, 其犯人之怒多矣. 片言稍新, 隻字涉奇, 則輒問古有是否. 否則怫然于色曰: '安敢乃爾?' 噫! 於古有之, 我何更爲? 願夫子有以定之也."

不佞攢手加額, 三拜以跪曰: "此言甚正, 可興絶學. 蒼頡造字, 倣於何古? 顔淵好學, 獨無著書. 苟使好古者, 思蒼頡造字之時, 著顔子未發之旨, 文始正矣. 吾子年少耳, 逢人之怒, 敬而謝之曰: '不能博學, 未攷於古矣.' 問猶不止, 怒猶未解, 曉曉然答曰: '殷誥·周雅, 三代之時文; 丞相·右軍, 秦晉之俗筆.'"(『燕巖集』卷7)

穢德先生傳 190쪽

蟬橘子有友曰穢德先生, 在宗本塔東, 日負里中糞, 以爲業. 里中皆稱嚴行首, 行首者, 役夫老者之稱也, 嚴其姓也. 子牧問乎蟬橘子曰: "昔者, 吾聞友於夫子曰, 不室而妻, 匪氣之弟, 友如此其重也. 世之名士大夫, 願從足下遊於下風者多矣, 夫子無所取焉. 夫嚴行首者, 里中之賤人役夫, 下流之處而恥辱之行也. 夫子亟稱其德曰先生, 若將納交而請友焉. 弟子甚羞之, 請辭於門."

蟬橘子笑曰: "居! 吾語若友. 里諺有之曰, 醫無自藥, 巫不己舞. 人皆有己所自善而人不知, 慇然若求聞過. 徒譽則近諂而無味, 專短則近訐而非情. 於是泛濫乎其所未善, 逍遙而不中, 雖大責不怒, 不當其所忌也. 偶然及其所自善, 比物而射其覆, 中心感之, 若爬癢焉. 爬癢有道, 拊背無近腋, 摩膺毋侵項, 成說於空而

432

美自歸, 躍然曰知, 如是而友可乎?"

子牧掩耳卻走曰: "此夫子敎我以市井之事·儓僕之役耳."

蟬橘子曰: "然則子之所羞者, 果在此而不在彼也. 夫市交以利, 面交以諂. 故雖有至懽, 三求則無不疎, 雖有宿怨, 三與則無不親. 故以利則難繼, 以諂則不久. 夫大交不面, 盛友不親, 但交之以心而友之以德, 是爲道義之交. 上友千古而不爲遙, 相居萬里而不爲疎.

彼嚴行首者, 未嘗求知於吾, 吾常欲譽之而不厭也. 其飯也頓頓, 其行也仡仡, 其睡也昏昏, 其笑也訶訶, 其居也若愚. 築土覆藁而圭其竇, 入則蝦脊, 眠則狗喙. 朝日熙熙然起, 荷畚入里中除溷. 歲九月天雨霜, 十月薄氷, 圂人餘乾, 皁馬通, 閑牛下, 塒落鷄, 狗鵝矢, 笠豨苓, 左盤龍, 翫月砂, 白丁香, 取之如珠玉, 不傷於廉, 獨專其利, 而不害於義, 貪多而務得, 人不謂其不讓. 唾掌揮鍬, 磬腰傴傴, 若禽鳥之啄也. 雖文章之觀, 非其志也, 雖鍾皷之樂, 不顧也.

夫富貴者, 人之所同願也, 非慕而可得, 故不羨也. 譽之而不加榮, 毁之而不加辱. 枉十里蘿蔔, 箭串菁, 石郊茄菽水瓠胡瓠, 延禧宮苦椒蒜韭葱薤, 靑坡水芹, 利泰仁土卵, 田用上上, 皆取嚴氏糞, 膏沃衍饒. 歲致錢六千, 朝而一盂飯, 意氣充充然, 及日之夕, 又一盂矣. 人勸之肉則辭曰: '下咽則蔬肉同飽矣, 奚以味爲.' 勸之衣則辭曰: '衣廣袖不閑於體, 衣新不能負塗矣.' 歲元日朝, 始笠帶衣屨, 遍拜其隣里, 還乃衣故衣, 復荷畚入里中. 如嚴行首者, 豈非所謂穢其德而大隱於世者耶?

傳曰: '素富貴行乎富貴, 素貧賤行乎貧賤,' 夫素也者, 定也. 詩云: '夙夜在公, 寔命不同,' 命也者, 分也. 夫天生萬民, 各有定分, 命之素矣, 何怨之有? 食蝦醢, 思鷄子, 衣葛羨衣紵, 天下從此大亂, 黔首地奮, 田畝荒矣. 陳勝·吳廣·項籍之徒, 其志豈安於鋤櫌者耶? 易曰: '負且乘, 致寇至.' 其此之謂也! 故苟非其義, 雖萬鍾之祿, 有不潔者耳. 不力而致財, 雖坊富素對, 有臭其名矣. 故人之大往飮珠飯玉, 明其潔也.

夫嚴行首, 負糞擔溷以自食, 可謂至不潔矣. 然而其所以取食者至馨香. 其處身也至鄙汙, 而其守義也至抗高, 推其志也, 雖萬鍾可知也. 繇是觀之, 潔者有不潔, 而穢者不穢耳. 故吾於口體之養有至不堪者, 未嘗不思其不如我者, 至於嚴行首無不堪矣. 苟其心無穿窬之志, 未嘗不思嚴行首, 推以大之, 可以至聖人矣.

故夫士也窮居, 達於面目, 恥也, 旣得志也, 施於四體, 恥也. 其視嚴行首, 有不忸怩者, 幾希矣. 故吾於嚴行首, 師之云乎, 豈敢友之云乎? 故吾於嚴行首, 不敢名之, 而號曰穢德先生."(『燕巖集』卷8)

菱洋詩集序 196쪽

達士無所怪, 俗人多所疑, 所謂少所見多所怪也. 夫豈達士者, 逐物而目覩哉? 聞一則形十於目, 見十則設百於心, 千怪萬奇, 還寄於物而己無與焉, 故心閒有餘, 應酬無窮. 所見少者, 以鷺嗤鴉, 以鳧危鶴, 物自無怪, 己妲生嗔, 一事不同, 都誣萬物.

噫! 瞻彼烏矣, 莫黑其羽, 忽暈乳金, 復耀石綠, 日映之而騰紫, 目閃閃而轉翠. 然則吾雖謂之蒼烏可也, 復謂之赤烏, 亦可也. 彼旣本無定色, 而我乃以目先定, 奚特定於其目, 不覩而先定於其心. 噫! 錮烏於黑足矣, 妲復以烏錮天下之衆色. 烏果黑矣, 誰復知所謂蒼赤乃色中之光耶? 謂黑爲闇者, 非但不識烏, 並黑而不知也. 何則? 水玄故能照, 漆黑故能鑑. 是故有色者, 莫不有光, 有形者, 莫不有態.

觀乎美人, 可以知詩矣. 彼低頭, 見其羞也; 支頤, 見其恨也; 獨立, 見其思也; 顰眉, 見其愁也. 有所待也, 見其立欄干下; 有所望也, 見其立芭蕉下. 若復責其立不如齋坐不如塑, 則是罵楊妃之病齒, 而禁樊姬之擁髻也; 譏蓮步之妖妙, 而叱掌舞之輕僄也.

余侄宗善, 字繼之, 工於詩, 不纏一法, 百體俱該, 蔚然爲東方大家. 視爲盛唐, 則忽焉漢魏, 而忽焉宋明, 纔謂宋明, 復有盛唐.

嗚呼! 世人之嗤烏危鶴, 亦已甚矣, 而繼之之園烏, 忽紫忽翠. 世人之欲齋塑美人, 而掌舞蓮步, 日益輕妙, 擁髻病齒, 俱各有態, 無惑乎其嗔怒之日滋也. 世之達士少而俗人衆, 則默而不言可也. 然言之不休, 何也? 噫! 燕岩老人, 書于烟湘閣.(『燕巖集』卷7)

伯姊贈貞夫人朴氏墓誌銘 _{200쪽}

孺人諱某, 潘南朴氏. 其弟趾源仲美誌之曰; 孺人十六, 歸德水李宅模伯揆, 有一女二男. 辛卯九月一日歿, 得年四十三. 夫之先山曰鵶谷, 將葬于庚坐之兆. 伯揆旣喪其賢室, 貧無以爲生, 挈其穉弱婢指十, 鼎鐺箱簏, 浮江入峽, 與喪俱發, 仲美曉送之斗浦舟中, 慟哭而返.

嗟乎! 姊氏新嫁, 曉粧如昨日. 余時方八歲, 嬌臥馬驪, 效婿語口吃鄭重. 姊氏羞, 墮梳觸額. 余怒啼, 以墨和粉, 以唾漫鏡. 姊氏出玉鴨金蜂, 賂我止啼, 至今二十八年矣.

立馬江上, 遙見丹旐翩然, 檣影透迤, 至岸轉樹, 隱不可復見. 而江上遙山, 黛綠如鬟, 江光如鏡, 曉月如眉. 泣念墮梳, 獨幼時事歷歷, 又多歡樂, 歲月長, 中間常苦離患憂貧困, 忽忽如夢中. 爲兄弟之日, 又何甚促也!

去者丁寧留後期, 猶令送者淚沾衣. 扁舟從此何時返, 送者徒然岸上歸.(『燕巖集』卷2)

洪德保墓誌銘 203쪽

德保歿越三日, 客有從年使入中國者, 路當過三河. 三河有德保之友, 曰孫有義,
號蓉洲, 曩歲余自燕還, 爲訪蓉洲不遇, 留書俱道德保作官南土, 且留土物數事,
寄意而歸. 蓉洲發書, 當知吾德保友也, 乃屬客赴之, 曰: '乾隆癸卯月日, 朝鮮朴
趾源頓首白蓉洲足下. 敝邦前任榮川郡守南陽洪湛軒諱大容字德保, 以本年十
月廿三日酉時不起. 平昔無恙, 忽風喝噤瘖, 須臾至此. 得年五十三, 孤子薳哭擗,
未可手書自赴, 且大江以南, 便信無階. 並祈替此轉赴吳中, 使天下知己, 得其亡
日, 幽明之間, 足以不恨.'

既送客, 手自檢其杭人書畫尺牘諸詩文共十卷, 陳設殯側, 撫柩而慟曰: 嗟
乎! 德保, 通敏謙雅, 識遠解精. 尤長於律曆, 所造渾儀諸器, 湛思積慮, 刱出機
智. 始泰西人諭地球而不言地轉, 德保嘗論地一轉爲一日, 其說渺微玄奧, 顧未
及著書, 然其晚歲益自信地轉無疑. 世之慕德保者, 見其早自廢擧, 絶意名利, 閒
居爇名香, 皷琴瑟, 謂將泊然自喜, 玩心世外, 而殊不識德保綜理庶物, 剸剴劑
錯, 可使掌邦賦使絶域, 有統禦奇略. 獨不喜赫赫耀人, 故其莅數郡, 謹簿書, 先
期會, 不過使吏拱民馴而已.

嘗隨其叔父書狀之行, 遇陸飛·嚴誠·潘庭筠於琉璃廠. 三人者俱家錢塘, 皆
文章藝術之士, 交遊皆海內知名. 然咸推服德保爲大儒, 所與筆談累萬言, 皆辨
析經旨, 天人性命·古今出處大義, 宏肆儁傑, 樂不可勝. 及將訣去, 相視泣下曰:
"一別千古矣! 泉下相逢, 誓無愧色." 與誠尤相契可, 則微諷君子顯晦隨時, 誠大
悟, 決意南歸.

後數歲, 客死閩中, 潘庭筠爲書赴德保, 德保作哀辭具香幣, 寄蓉洲, 轉入錢
塘, 乃其夕將大祥也. 會祭者環西湖數郡, 莫不驚歎, 謂冥感所致. 誠兄果名焚
香幣, 讀其辭, 爲初獻. 子昂名書稱伯父, 寄其父鐵橋遺集, 轉傳九年始至. 集中

436

有誠手畫德保小影. 誠之在閩, 病篤, 猶出德保所贈鄕墨嗅香, 置臂間而逝, 遂以墨殉于柩中. 吳下盛傳爲異事, 爭撰述詩文. 有朱文藻者, 寄書言狀.

噫! 其在世時, 已落落如往古奇蹟, 有友朋至性者, 必將廣其傳, 非獨名遍江南, 則不待誌其墓, 以不朽德保也. 考諱櫟牧使. 祖諱龍祚大司諫, 曾祖諱潚參判, 母淸風金氏, 郡守枋之女. 德保以英宗辛亥生, 得蔭除繕工監監役, 尋移敦寧府參奉, 改授世孫翊衛司侍直. 叙陞司憲府監察, 轉宗親府典簿, 出爲泰仁縣監, 陞榮川郡守, 數年以母老辭歸. 配韓山李弘重女, 生一男三女, 婿曰趙宇喆·閔致謙·兪春柱, 以其年十二月八日, 葬于淸州某坐之原.

銘曰: 宜笑舞歌呼, 相逢西子湖. 知君不羞吾, 口中不含珠, 空悲詠麥儒.(『燕巖集』卷2)

好哭場 208쪽

初八日甲申, 晴. 與正使同轎渡三流河, 朝飯於冷井. 行十餘里, 轉出一派山脚, 泰卜忽鞠躬, 趨過馬首, 伏地高聲曰: "白塔現身謁矣!" 泰卜者, 鄭進士馬頭也. 山脚猶遮, 不見白塔, 趣鞭行不數十步, 纔脫山脚, 眼光勒勒, 忽有一團黑毬, 七升八落. 吾今日始知人生本無依附, 只得頂天踏地而行矣. 立馬四顧, 不覺擧手加額曰: "好哭場, 可以哭矣."

鄭進士曰: "遇此天地間大眼界, 忽復思哭, 何也?"

余曰: "唯唯否否. 千古英雄善泣, 美人多淚. 然不過數行無聲眼水, 轉落襟前, 未聞聲滿天地, 若出金石. 人但知七情之中, 惟哀發哭, 不知七情都可以哭. 喜極則可以哭矣, 怒極則可以哭矣, 樂極則可以哭矣, 愛極則可以哭矣, 惡極則可以哭矣, 欲極則可以哭矣. 宣暢壹鬱, 莫疾於聲, 哭在天地, 可比雷霆, 至情所發, 發能中理, 與笑何異? 人生情會, 未嘗經此極至之處, 而巧排七情, 配哀以哭. 由是死喪之際, 始乃勉强叫喚喉苦等字, 而眞個七情所感至聲眞音, 按住忍抑, 蘊鬱於天地之間, 而莫之敢宣也. 彼賈生者, 未得其場, 忍住不耐, 忽向宣室一聲長號, 安得無致人驚怛哉!"

鄭曰: "今此哭場, 如彼其廣, 吾亦當從君一慟, 未知所哭求之七情, 所感何居?"

余曰: "問之赤子! 赤子初生, 所感何情? 初見日月, 次見父母, 親戚滿前, 莫不歡悅. 如此喜樂, 至老無雙, 理無哀怒, 情應樂笑, 乃反無限啼叫, 忿恨彌中. 將謂'人生神聖愚凡, 一例崩殂, 中間尤咎, 患憂百端, 兒悔其生, 先自哭吊.' 此大非赤子本情. 兒胞居胎, 處蒙冥沌塞, 纏紏逼窄, 一朝迸出寥廓, 展手伸脚, 心意空闊, 如何不發出眞聲盡情一洩哉! 故當法嬰兒, 聲無假做, 登毗盧絶頂, 望見東海, 可作一場; 行長淵金沙, 可作一場; 今臨遼野, 自此至山海關一千二百里, 四面都無一點山, 乾端坤倪, 如黏膠線縫, 古雨今雲, 只是蒼蒼, 可作一場."(『熱河日記』「渡江錄」)

象記 212쪽

將爲怳特譎詭恢奇鉅偉之觀, 先之宣武門內, 觀于象房可也. 余於皇城, 見象十六而皆鐵鎖繫足, 未見其行動, 今見兩象於熱河行宮西, 一身蠕動, 行如風雨. 余嘗曉行東海上, 見波上馬立者無數, 皆穹然如屋, 弗知是魚是獸, 欲俟日出暢見之, 日方浴海而波上馬立者, 已匿海中矣. 今見象於十步之外, 而猶作東海想. 其爲物也, 牛身驢尾, 駝膝虎蹄, 淺毛灰色, 仁形悲聲, 耳若垂雲, 眼如初月. 兩牙之大二圍, 其長丈餘, 鼻長於牙, 屈伸如蠖, 卷曲如蠐, 其端如蠶尾, 挾物如鑷, 卷而納之口, 或有認鼻爲喙者, 復覓象鼻所在, 盖不意其鼻之至斯也, 或有謂象五脚者. 或謂象目如鼠, 盖情窮於鼻牙之間, 就其通體之最少者, 有此比擬之不倫. 盖象眼甚細, 如姦人獻媚, 其眼先笑, 然其仁性在眼. 康熙時, 南海子有二惡虎, 久而不能馴, 帝怒命驅虎納之象房, 象大恐, 一揮其鼻而兩虎立斃, 象非有意殺虎也, 惡生臭而揮鼻誤觸也.

噫! 世間事物之微, 僅若毫末, 莫非稱天, 天何嘗一一命之哉? 以形體謂之天, 以性情謂之乾, 以主宰謂之帝, 以妙用謂之神, 號名多方, 稱謂太褻, 而乃以理氣爲爐鞴, 播賦爲造物, 是視天爲巧工而椎鑿斧斤不少間歇也. 故易曰: '天造草昧', 草昧者, 其色皁而其形也霾, 譬如將曉未曉之時, 人物莫辨, 吾未知天於皁霾之中所造者, 果何物耶. 麵家磨麥, 細大精粗雜然撒地. 夫磨之功, 轉而已, 初何嘗有意於精粗哉?

然而說者曰: "角者不與之齒", 有若爲造物缺然者, 此妄也. 敢問齒與之者誰也, 人將曰: "天與之." 復問曰: "天之所以與齒者, 將以何爲?" 人將曰: "天使之齧物也." 復問曰: "使之齧物, 何也?" 人將曰: "此夫理也. 禽獸之無手也, 必令嘴喙俛而至地以求食也. 故鶴脛旣高, 則不得不頸長, 然猶慮其或不至地, 則又長其嘴矣. 苟令鷄脚效鶴, 則餓死庭間." 余大笑曰: "子之所言理者, 乃牛馬鷄犬耳. 天與之齒者, 必令俛而齧物也. 今夫象也, 樹無用之牙, 將欲俛地, 牙已先距, 所謂齧物者, 不其自妨乎?" 或曰: "賴有鼻耳." 余曰: "與其牙長而賴鼻, 無寧去牙而短鼻."

於是乎說者不能堅守初說, 稍屈所學. 是情量所及, 惟在乎馬牛鷄犬, 而不及於龍鳳龜麟也. 象遇虎則鼻擊而斃之, 其鼻也天下無敵也; 遇鼠則置鼻無地, 仰天而立. 將謂鼠嚴於虎, 則非向所謂理也. 夫象猶目見而其理之不可知者如此, 則又況天下之物萬倍於象者乎? 故聖人作易, 取象而著之者, 所以窮萬物之變也歟!(『熱河日記』「山莊雜記」)

夜出古北口記 217쪽 217쪽

自燕京至熱河也, 道昌平則西北出居庸關, 道密雲則東北出古北口. 自古北口循長城, 東至山海關七百里, 西至居庸關二百八十里. 中居庸山海而爲長城險要之地, 莫如古北口, 蒙古之出入常爲其咽喉, 則設重關以制其阨塞焉. 羅壁『識遺』曰: '燕北百里外, 有居庸關, 關東二百里外, 有虎北口. 虎北口, 卽古北口也.' 自唐始名古北口, 中原人語長城外, 皆稱口外, 口外皆唐時奚王牙帳. 按 金史, 國言稱留斡嶺, 乃古北口也. 蓋環長城稱口者, 以百計. 緣山爲城, 而其絶壑深磵, 呿呀陷, 水所衝穿, 則不能城而設亭郭. 皇明洪武時, 立守禦千戶所, 關五重.

余循霧靈山, 舟渡廣硎河, 夜出古北口. 時夜已三更, 出重關, 立馬長城下, 測其高, 可十餘丈, 出筆硯, 噀酒磨墨, 撫城而題之曰: '乾隆四十五年庚子八月七日夜三更, 朝鮮朴趾源過此.' 乃大笑曰: "乃吾書生爾, 頭白一得出長城外耶!" 昔蒙將軍自言: "吾起臨洮, 屬之遼東, 城塹萬餘里, 此其中不能無絶地脈." 今視, 其塹山堙谷, 信矣哉!

噫! 此古百戰之地也. 後唐莊宗之取劉守光也, 別將劉光濬克古北口; 契丹太宗之取山南也, 先下古北口; 女眞滅遼, 希尹大破遼兵, 卽此地也. 其取燕京也, 蒲莧敗宋兵, 卽此地也. 元文宗之立也, 唐其勢屯兵於此, 撒敦追上都兵於此, 禿堅帖木兒之入也, 元太子出奔此關趨興松, 明嘉靖時, 俺答犯京師, 其出入皆由此關.

其城下乃飛騰戰伐之場, 而今四海不用兵矣, 猶見其四山圍合, 萬壑陰森. 時月上弦矣, 垂嶺欲墜, 其光淬削, 如刀發硎. 少焉月益下嶺, 猶露雙尖, 忽變火赤, 如兩炬出山. 北斗半揷關中, 而蟲聲四起, 長風肅然, 林谷俱鳴. 其獸嶂鬼巇, 如列戟摠干而立, 河瀉兩山間鬪狼, 如鐵駟金鼓也, 天外有鶴鳴五六聲, 淸戞如笛聲長. 或曰: "此天鵝也."(『熱河日記』「山莊雜記」)

旬稗序 221쪽

小川菴雜記域內風謠民彝, 方言俗技, 至於紙鳶有譜, 艸謎著解, 曲巷窮閭, 爛
情熟態, 倚門鼓刀, 肩媚掌誓, 靡不蒐載, 各有條貫. 口舌之所難辨, 而筆則形之;
志意之所未到, 而開卷輒有. 凡鷄鳴狗嗥, 虫翹螽蠢, 盡得其容聲. 於是配以十
干, 名爲旬稗.

一日袖以示余曰: "此吾童子時手戱也, 子獨不見食之有粔籹乎? 粉米漬酒, 截
以蚕大, 煖埃焙之, 賁油漲之, 其形如繭. 非不潔且美也, 其中空空, 啖而難飽.
其質易碎, 吹則雪飛. 故凡物之外美而中空者, 謂之粔籹. 今夫榛栗稻秔, 卽人
所賤, 然實美而眞飽, 則可以事上帝, 亦可以賚盛賓. 夫文章之道亦如是, 而人以
其榛栗稻秔而鄙夷之, 則子盍爲我辨之."

余旣卒業而復之曰: "莊周之化蝶, 不得不信; 李廣之射石, 終涉可疑, 何則?
夢寐難見, 卽事易驗也. 今吾子察言於鄙邇, 撫事於側陋, 愚夫愚婦, 淺笑常茶,
無非卽事, 則目酸耳飫, 城朝庸奴, 固其然也. 雖然, 宿醬換器, 口齒生新; 恒情殊
境, 心目俱遷. 覽斯卷者, 不必問小川菴之爲何人, 風謠之何方, 方可以得之. 於
是焉聯讀成韻, 則性情可論; 按譜爲畵, 則鬚眉可徵. 睠眜道人, 嘗論夕陽片帆,
午隱蘆葦, 舟人漁子, 雖皆拳鬚突鬢, 遵渚而望, 甚疑其高士陸魯望先生. 嗟乎!
道人先獲矣, 子於道人師之也, 往徵也哉!"(『燕巖集』「鍾北小選」)

李令翊

題騎牛訪牛溪圖 225쪽

右幅畫, 鄭副正斂作, 鄭文淸公跨牛訪成文簡先生. 平州申大羽藏之, 詩令翊翻文淸歌闋書後. 臨是畫, 諷是辭, 不唯可以想慕先輩風采, 亦可見交道灑落. 與今人呢呢者甚不相似, 百歲之下, 使人感歎. 大羽藏之, 其有深意歟!

　庚辰正月十八日, 完山李令翊敬題.(『信齋集』册2)

姜俒

格浦行宮記 228쪽

出扶風縣城西門, 野行二十里曰邊山, 山亘九十餘里, 山之牛邊, 浸海抱山而東, 南行二十里曰熊淵島. 自此乘海舶, 沿山而下三十里, 東南大洋, 西北卽山, 山勢益廻護, 風氣益固密曰格浦鎭. 鎭依山而處, 潮水直入鎭前挽河樓下. 自鎭折而西行一里, 卽行宮. 面東而後依峻峯, 峯後巨洋, 四面廻合, 益不知其濱海也. 正殿十間, 東西翼八間, 爲樓四間, 爲行閣四間, 外門三間, 內門二間, 繚以周垣, 丹艧頗零落, 亦傑構也. 募邊山僧, 守直焉.

　盖在穆陵十八年庚辰, 三南巡檢使朴璜·觀察使元斗杓, 聞于朝設鎭, 景廟四年甲辰, 道臣又聞于朝建行宮. 凡地勢依高山爲阻阨, 據險海爲關防. 是地山絶危, 橫截百里, 大海至此而依七山之遮隔爲喉吭. 懸帆而北, 一晝夜可直抵沁都, 眞天設險阻, 先輩謂是地失守, 沁都有不足恃者. 旣設鎭, 又置行宮, 其宏慮遠圖, 若是哉!

登殿後最高峰, 烽臺俯視萬里層濤, 森漭眼下. 西望古群山·界火諸島, 碁布星錯, 周覽形便, 徘徊感慨. 遂召鎭之吏校, 問武備, 曰: "鎭西一里許, 有曰待變亭, 卽武庫也. 戟折劍鈍, 旗斾裂汚, 皆不可用. 鎭有戰艦一, 糧船二, 伺候船三, 三載一葺, 十年一改, 師律也. 今十數年來, 巡水營不以財力與焉. 舊者已毁, 今無一葉舟在."

嗚呼! 國家昇平, 海濤不揚, 民之耳不聞鉦鼓, 數百載矣. 萬一邊圉不寧, 寇盜有警, 戎備之疏虞, 有如是. 地利已無可憑恃, 海民之困於鹽榷漁稅, 無以聊生且久矣. 俗素狡猾反復, 人和又無足言者, 是固非郡縣一小吏憂. 廊廟諸賢酣歌讌樂之暇, 亦或有餘算否?(『三當齋遺稿』)

賀雪樓記 231쪽

候仙樓成, 而値冬深, 樓高足供矚, 待雪作. 歲不寒, 殆無氷意, 甚鬱也. 十二月, 連日雪大作, 與一二客, 登游焉. 鋪張筵席, 排列杯盤, 翠袖倚寒, 紅爐吐暖, 獵夫歸自邊山, 獻雉鹿, 作下酒物. 顧眄武城·瀛洲·金谿諸郡, 山一色白玉峯巒. 城西北林壑皓然, 官居之層臺複榭, 瓊甍玉瓦, 涌現沒於落花飛絮間. 爽氣沁人腑.

擧酒屬父老, 告之曰: "今玆雪, 三白臘前, 深盈丈, 陰沴潛消, 遺蝗入地, 明歲實豊, 可占, 而知盜賊必不興, 訟獄必不滋. 余將登玆樓而樂之. 坡翁之亭成於雨, 余之樓成於雪, 余故易玆樓之名曰賀雪."

酒數行, 愀然念前事, 歲壬午, 旅食京華, 有一二貴遊豪俊之友, 値雪大作, 折簡招邀. 黃昏出門, 跨驢度陌, 穿街踏破, 大地瓊瑤, 相逢拍肩, 把袂設煖寒具, 分韻賦詩, 用聚星堂舊令, 意甚豪也, 謂遊雪之無吾若也. 明年宦遊南方, 到鳥途, 値雪大作, 山高谷邃, 老木如亂麻, 寒氣比平野十倍. 時見松枝壓切, 鸛鶴驚飛, 上絶頂, 俯視七十州縣, 意甚快也, 謂行雪之無吾若也.

又明年襆被木天, 値雪大作, 綠樹碧簷, 掩映斐亹而已. 明月步禁淸橋, 紫衣擎寶墨, 下命詞臣, 賦喜雪詩, 拜稽臚進, 意甚樂也, 謂詠雪之無吾若也. 又明年歸山鑿坯, 掩戶經冬, 値雪大作, 芒屩枯藤, 出而探梅消息, 仍上修理山寺, 禪樓僧閣, 松埋竹封, 殆絶逕路, 叩門枯釋如臘, 拈香讀經, 意甚適也, 謂賞雪之無吾若也.

而今年己丑, 余乃登玆樓賀雪, 十年以來, 一身游蹟顯顯然在心目中, 回首求之, 已無尋處, 若鴻爪之無痕, 人世光陰不可把翫有如是夫. 不知前去幾年, 身寄何處, 遇幾丈雪, 作幾番歡也. 余今爲是記留之, 行且投紱矣. 歸田之日, 當六七月之交, 火傘熾空, 十方如窰, 茆簷土坎, 樹影不搖, 百鳥無聲, 睡餘支枕, 臥讀是記, 亦足以當赤脚踏層氷也.(『三當齋遺稿』)

金舜蔓傳 235쪽

金舜蔓者, 南陽府民也. 幼喪父母, 貧無依, 爲人傭雇, 年十九娶妻, 妻亦無張卓資. 語其妻曰: "吾甚貧, 無以爲生. 約與子力稼穡販賣, 營生業." 遂孜孜不息, 於夜隣皆息, 有月, 耘田不止, 無月, 卽索綯. 爲農爲賈, 取贏, 於他人倍之. 每曰: "人生四十半之, 吾勤力不休, 四十卽可以息矣." 家人不信也.

垂數十年歲, 可收六十斛粟, 乃買瓦屋於舍傍, 具鮮衣冠, 亦不肯處其室, 服其服. 人問之, 曰: "吾所以爲此者, 吾有齎, 吾而不爲, 人其笑吾鄙也. 吾卑人, 舍吾貧時居也. 吾忘吾夙貧而享也, 恐吾損也." 然治産業, 猶亡懈也. 若是者二十餘年, 至四十歲之臘, 於市, 市一席一枕而歸, 家人怪之. 明年元日, 乃席枕而臥, 戒家人曰: "吾所以爲此者, 將以息吾生. 吾久勞, 今吾不息, 而須何時足而不止, 終身作牛馬, 吾不爲也. 吾平生嗜秫酒, 今以後日供吾秫酒若飯兩盂. 毋告乏, 餘

444

事無溺吾也." 遂不下堂, 不與里人相見曰: "吾猶人也. 閥之華者, 賤簡吾, 吾寧屈乎哉! 不及吾者, 吾寧儕乎哉!" 當暑, 家人出野, 獨枕簟臥, 雨驟至, 漂庭麥, 睨而不收. 已而家人至曰: "豈高鳳也哉?" 曰: "吾四體不勤久矣. 吾豈爲斗麥下堂者!" 二十一年, 如一日, 六十一而終.

嗚呼! 舜蔓以徒手營生, 能致豐饒, 固其才已過人. 於其産之稍稍剩也, 遽息心休生以自樂, 功成而身退者, 今古幾人? 使舜蔓出榮途, 翶翔華膴, 豈難乎? 從赤松, 泛五湖哉! 曾謂委巷匹夫有高於人若是乎! 彼車生耳者, 鐘漏名場溺而不返, 寧不爲舜蔓愧. 余故立其傳, 爲不知止者戒.(『三當齋遺稿』卷3)

李彦瑱

寄弟殷美 一 240쪽

久不見吾弟面, 久不聞吾弟言, 心惄然如調飢. 此時吾弟對何人? 談何說? 做何事? 御新衣則思吾弟之縕袍, 口粱肉則思吾弟之呑紙, 見橙橘紅柿石榴榛栗之屬, 則思何以致吾弟於吾側, 吾弟其知之乎?

秋凉漸生, 晝短夜長, 吾弟政好讀書肄業, 願吾弟勿流蕩虛過流光. 頃者得書, 大有可觀, 不覺欣慰之交幷. 意吾發船當在二十五六日, 而釜山東南大浪黏霄, 鮞背鯨鬣, 怪氣紛輪, 吾皆視之如坦途安流, 此平日看書力也. 吾弟自愛, 思兄時, 展此書一讀, 以當吾面.

癸未九月十五日, 對食書.(『松穆舘燼餘稿』)

寄弟殷美 二 242쪽

歸路漸邇, 念汝漸切. 吾不勝行役之勞, 病勢沉綿, 客土醫藥, 又難如意. 中夜自
咎, 悔踏不遠游之戒. 自上關入三田尻之夕, 風急舟傾, 舉皆驚惶. 明日波濤甚
平, 帆行甚穩, 殺雞具飯饗之而甚適. 南公在傍曰: "危哉! 昨夜之役!" 吾放箸歎
曰: "試看窓外, 海色粘天無壁, 一板子下, 非此世界也?" 諸人凜然輟食. 此適一
夕之話. 朝朝暮暮, 不知犯幾番危道, 而又有如是病苦, 有何厄候而至是耶? 自
壹歧島, 渡對馬島之夕, 五百里洋中, 陰霧不知咫尺, 風甚微, 舟不進, 雞鳴始得
達, 餘悸至今膽墮. 以父母之念, 病幸得快, 對面必不遠. 近見汝書, 頗有步驟,
可喜可喜. 橐中多筆墨, 歸贈汝矣.(『松穆舘燼餘稿』)

柳慶種

意園誌 245쪽

意園者, 以意爲之園也. 園未作而意先之, 可乎? 意之而園便在吾眼中可歷歷矣.
夫有園者, 未必有意, 而有意者, 又未必有園. 是蓋交相病焉, 則無意而有園者,
未若無園而有意者也. 然是皆粗迹耳. 人生一世孰非寄寓, 而區區焉眞妄之別
乎哉!

　園廣幾畝, 長幾畝, 不論方所·向背·遠近·闊狹, 隨吾身之所之而在焉. 有峰
嶺焉, 有澗壑·瀑流焉, 有田, 有圃, 有藩籬·垣墻·門扉之設焉, 有樓, 有堂, 有凉
軒·燠室·內寢·外舍·長廊·別館, 有亭, 有臺, 有壇與庭焉.

　有松·栟·楡·柳·杜冲·赤木·檀·檜·栢·樻·竹·蕉·梅·桐·槿·榴·槐·杏·

桃·李·攀·櫻·梨·栗·柿·棘·杞·萄·蘭·菊·桑·麻·楮·茶·瓜·瓠·葱·薑·蒜·芋·菁·芥·葵·茄·韭·菘諸蔬菜·異草·名花·嘉木·美卉, 豆莢·藥苗·菖·萱·藤·蕷·薜荔·苔蘚·荷·芰·蕈·菱諸植物焉.

有鼪·鼯·猫·鼠·鷗·鷺·梟·鷹·鳩鸇·鸂鶒·鸎·鸇·蟬·鴛·雉·鵲·烏鴉·鳩·鴿·鯉·鮒諸禽獸焉. 有蜂·牛·馬·驢·猪·羊·鵝·鴨·鷄·犬之屬焉. 有白鶴·恠石·水碓·池·沼·島·橋·架棚·逕路·曲折·舟車游走之具焉.

有山家淸供, 牀·帳·几·椅·龕·閣·兀·案·屛幛·枕·席·鏡·扇·盤·鉢·碾·臼·劍·瓢·觴·杓之列焉. 有香爐·茶具·藥裹·印章·彝鼎·古器·如意·塵尾·琴·棋·簫·磬·墨刻·畫卷·筆·硯·紙·墨·丹·鉛·燈·燭·漏·筩·籌囊·詩牌·投壺之蓄焉. 有古書三四千卷, 經史百家集·稗乘小說·道釋二藏備焉.

春之花也, 夏之瀑也, 秋之楓, 而冬之雪也, 晴雨晦明, 物態隨別, 而無非所謂勝景幽趣也. 風而納涼, 冷而迎暄也, 朝灌花而夕鋤瓜也, 曉宜看山而夜宜賞月也, 晝日則宜讀書習字, 以暇時則鼓琴·煮茗·觀畫·看奕. 或臨水而釣魚也, 登山而採藥也. 嘯咏品題, 栽培樹藝, 以點粧景勝, 爲山林之經濟者, 無不宜也. 凡據石倚樹, 看雲聽鳥, 玩心適志, 悅乎目而可于耳者, 無一不具也.

主人幅巾·布袍·芒鞵·藜杖, 以宴息偃仰, 消搖徘徊于其中也. 米鹽付之室婦, 田事聽之庄客, 文墨傳之兒子, 飢能有食而渴能有飮也, 寒有裘而暑有葛也, 心無憂惱而身無疾病之困也, 吾無求乎世而世亦忘我也. 有僮奴·孌婢, 各五四人, 以供薪水農蠶之役·掃除使令之用焉. 野翁·溪友, 以時相過從, 談文義, 商稼穡, 評烟雲泉石之勝焉. 亦有洞裏一僧房, 山中一書塾, 可以往來留止講論而爲樂也. 不談朝市, 不問財賄, 不言人是非臧否, 如是以終一生足矣, 盖余之所願欲者如此.

余夙慕禽尙之遊, 今老而五岳之志倦矣. 又嘗有一丘一壑之願, 而貧無以辦也. 故列之于文, 以時觀焉, 所謂意園者也. 夫石季倫有別墅而未歸臥, 則寄之序也. 宗少文有疾而難遍游, 則託于畫也. 輞川暫而碧池惡矣, 平泉奢而朱崖遠矣. 歷選前古, 其能享有眞樂者, 惟白傅之履道庄·羅景綸之鶴林幽居數人者耳, 亦太寥寥矣. 造物者之喜弄人而靳與人淸福者, 有如是夫. 而內典之以此世爲缺陷界者, 詎不信歟? 且以李愿之高尙其言而終未能決歸于盤也, 范文正之賢而貴而不欲營洛陽園圃也. 余何人也而敢望是也乎?

故富貴者慕淸閒, 貧賤者夢榮顯. 置亭臺者, 罕有歸休, 愛山水者, 困於財力. 谷居者少夷曠之致, 川觀者乏窈窕之趣. 梟短鶴長, 角與齒奪, 或少而多病也, 或老而無餘日也. 西樓一登, 雲嶺未成, 嵩山之黿來似客, 鏡湖之投老再起, 名園未到, 朱欄空寂, 五斗難抛, 一錢且空. 或坐談龍肉也, 或爲他家數寶也. 若是者, 人又負造物也無已時, 而現在受用者之自古爲難, 其亦可恨也, 則意園之說, 猶賢乎已矣?

嗟乎! 百年有涯, 志事互違, 生無帶來, 死不將去. 身忙者未易消受, 力匱者每懷歉恨, 與其妄想於未來, 孰若游心於方外, 有殫經理, 毋寧就成于筆端. 畢竟斷置, 勞逸顯矣. 聊復寄娛, 得失可見矣, 是余之志也, 是余之所以以意爲園而園未始不在者也. 夫意苟足矣, 園且爲筌蹄贅疣矣, 而況於紙上之言乎!

然或有難之者, 曰: "凡事有名有實, 子未嘗有眞園, 而先設其號. 且從以標置而安排之, 倣以文字以自況于日涉而成趣也. 人或意其果有其事也, 則奚以異乎覆蕉而索鹿者, 而子爲之, 無乃先其名而後其實者乎?"

余謝之曰: "不然. 意者內也, 園其外也. 人求其外, 我求其內. 子以有園看, 吾以無園看. 以無園看, 固未嘗無吾園也, 以有園看, 滯乎跡, 拘乎物, 方且未離乎人己之境, 宜其不知園之所在也. 且曷嘗見好時田園, 有能千百年者耶? 或未轉頭而爲他人有矣, 豈其意爲賓而園爲主者歟? 抑亦園爲名而意爲之實也? 是必有能辨之者. 昔仲長統著論於樂志而願, 未嘗眞有其樂也, 特寓言耳. 劉公麟者, 性好樓居, 而貧無力可構, 友人文徵仲, 爲作神樓圖與之, 余之園亦猶是也, 而

其志足樂也. 忝齋姜光之, 善於畵, 且約爲作意園圖. 夫然後, 吾之遊, 豈不足於
意乎, 而名與實尙奚暇論之哉!"

姑以是答或人之言, 余豈好辯哉! 余不得已也. 雖然, 有一焉, 古有貧士, 每夜
焚香拜天, 願一生衣食粗足, 倘佯佳山美水間. 其所祈者, 亦甚區區也, 而上界
仙者尙笑之, 謂以不可得. 況余之所願望太侈難偕爲楊州鶴者哉! 且俟異日者,
有眞園者成而爲吾有也, 則不但意之而已, 將見境與事·名與實, 幷有之矣, 寧不
快哉!

其或勝地之兼美而遭値也未易, 而心力之能辦是也難矣, 抑勞其閒而守其有
也爲尤難焉. 容有不盡如向所言者, 卽其體而微, 小道可觀, 且爲鷦鷯一枝, 以
適其適, 無不可者. 世又有置別墅·園林而不能歸者, 若能權□人□□晩年管領,
則江山風月, 閒者爲主人, 隨緣作息, 無所不可. 夫□□□□□與說者, 將又爲
筌蹄贅疣而挈付與別人寓目, 以公同好, 又何惜焉! 然此又未可知, 則爲若今所
謂意園者, 以當臥遊, 何可已也, 是爲記. 歲舍丙子冬十月日, 海巖居士稿.(『海巖
稿』冊11)

李德懋

奕棋論 255쪽

世之人, 衣絺絡狐貉, 食魚肉菓穀, 夜而眠, 晝而業, 安其身, 養其神, 無疾病顚
連者, 何也? 以其有六藝也, 四民也. 六藝之外, 無有藝, 四民之外, 無有民焉. 或
曰: "堯作奕棋, 以敎丹朱. 皮氏日休, 已辨之矣."

余素不能奕棋, 非徒不能, 亦不欲爲也. 十五六之歲, 往少年會, 大張此技, 旁

觀四圍, 每下一子, 必大喧哄曰: "某將死, 某將活." 活者死者, 焦思沮氣, 若決眞死活者. 余瞠目曰: "頃刻而有翻覆, 言笑而有殺伐, 吾未知其可也." 有人曰: "子安知此趣乎? 蒭豢之不若也. 子不學則已, 如學, 當忘寢食."

余笑曰: "吾性甚魯, 但知局方而子圓, 未知其動靜虛實之機也. 觀不移晷, 頭暈目眩, 不知蒭豢之不若, 奚暇忘寢食乎? 是技也, 雖入三昧, 當敵安有智略? 經國安有裨補? 但廢業而淪性爾. 此技一出, 所謂博塞·雙陸奇怪變幻之技雜出, 士大夫不知此爲大恥愧, 專心以爲務, 罔識晝夜, 傾家産·廢恒業者有之. 至於爭博道, 提殺太子, 導雙陸, 縱淫皇后. 或父子對局, 奴主爭道者, 亦有之. 是父子決勝負之機, 奴主懷生殺之心, 尤未知其可也. 嗚呼! 變詐橫流, 禮節解惰, 將至後世, 不見六藝與四民, 駸駸然趨于技戲, 士不知禮樂之爲何事, 民不知農賈之爲何業. 然猶欲飽食煖衣, 賭其勝負, 其所謂絺絡狐貉, 魚肉菓穀, 何由以生? 其何能夜眠晝業, 安身養神, 無疾病顚連哉! 棋之害, 其亦大矣! 老莊既肆, 楊墨刑名·縱橫堅白之術幷出, 因是而吾道晦, 棋者, 六藝四民之老莊也, 博塞雙陸奇怪變幻之技, 是楊墨刑名·縱橫堅白之術也. 廓而闢之, 孰當如吾孟子者也?"

學棋者曰: "是堯之所敎也, 吾學聖人之所爲, 以養吾智, 誰敢咎者?"

余解之曰: "如其堯作棋, 奈之何不學堯之道, 學堯之技乎? 吾聞孔子學堯者也禮樂, 堯之所嘗爲也. 只聞問禮於老聃, 學琴於師襄, 未聞學奕棋於誰某也."

衆其嘲余之不爲棋曰: "拙人也." 余不懼不知棋之爲拙, 懼知棋之不爲拙也.

余又慰嘲者曰: "棋者, 技之雅者也. 凡物惑則膠, 但存其雅, 不賭不爭, 閒晝無事, 消一二局, 猶有古人之道也."(『靑莊館全書』卷4)

與李洛瑞書九書 四 259쪽

家中長物, 只孟子七篇. 不堪長飢, 賣得二百錢, 爲飯健噉. 嬉嬉然赴泠齋, 大夸之. 泠齋之飢, 亦已多時. 聞余言, 立賣左氏傳, 以餘錢沽酒以飮我. 是何異子輿氏親炊飯以食我, 左丘生手斟酒以勸我. 於是頌贊孟左千千萬萬. 然吾輩若終年讀此二書, 何嘗求一分飢乎? 始知讀書求富貴, 皆僥倖之術, 不如直賣喫圖一醉飽之樸實而不文飾也. 嗟夫嗟夫! 足下以爲如何?(『雅亭遺稿』卷6)

嬰處稿自序 261쪽

藁曰 '嬰處', 稿之人, 其嬰處乎!

曰: "藁之人, 男子之踰冠者."

曰: "嬰處, 非藁之人, 而藁獨曰嬰處可乎?"

曰: "是近乎自謙而酒自贊者."

曰: "否. 嬰之夙者, 當自贊曰長者, 處之慧者, 當自贊曰丈夫. 未聞男子而踰冠者, 反以嬰處自贊也."

遂自述曰: "昔題藁之首篇曰: '何異嬰兒之娛以弄, 宜如處女之羞自藏.' 是寔近自謙而寔自贊者昭矣. 維余自童子日, 性無它所好, 能嗜文章, 亦不能善文章, 惟嗜也. 故雖不能善, 有時著文章自娛. 又不喜浮誇, 恥向人要名譽, 人或誚其怪. 蓋余夙弱多疾, 不能勤讀, 誦習固陋, 無師友以敎導, 家貧不藏書, 無以長知見, 嗜雖深, 其爲學, 亦可悶也.

夫嬰兒之娛弄, 藹然天也; 處女之羞藏, 純然眞也, 玆豈勉强而爲之哉! 嬰兒歲四五及六七, 日以弄爲事, 挿鷄翎, 吹葱葉, 爲官人戲, 排豆列俎, 規旋矩步, 爲學宮戲, 咆吼踴躍, 睜目掀爪, 爲彪子狻猊戲. 從容揖遜, 登堂陟階, 爲賓主接對

戲. 篠爲驂, 蝎爲鳳, 針爲釣, 盆爲池, 凡耳目所接, 莫不學效焉. 方其天然自得
也, 幡然笑, 翩然舞, 嗚嗚然宛喉而歌, 時乎而脩然啼, 忽然咷, 作無故悲, 變化
日百千狀, 莫知其爲而爲也.

處女自始繫絲, 至于笄, 雍容閨閣, 禮防自持. 饋饌縫織, 非母儀不遵; 行止言
笑, 非姆敎不服. 夜燭行, 晝扇擁, 垂雲羅, 掩霧縠, 肅穆如朝廷, 絶遠如神仙. 羞
不讀夭桃 · 死麕之詩, 恨不說文君 · 蔡姬之事. 非姨姑娣妹之親, 不與之坐同筵,
踈親戚自遠方來者, 父母命使之見, 隨兄弟強施拜, 背燈面壁, 羞不自勝. 有時
遊中門內, 遙聞跫咳響, 走深藏, 不自暇.

噫! 嬰兒乎! 處女乎! 孰使之然乎? 其娛弄果人乎? 其羞藏果假乎? 藁之人, 著
文章, 不要見, 其亦類是也.

夫磨一丸煤, 揮三寸管, 掇菁華, 拾瓊瑤. 其寫胷如畫工, 欣暢薀悒, 合幷暌離,
嘯歌笑罵. 山水之明媚, 書畫之奇古, 雲霞雪月之繁麗皎潔, 花草蟲禽之靚鮮叫
翔, 一於是發之. 獨其性不猛厲, 不作乖激戾狠愎訕謗之語, 亦不以自滿,
輒壞棄之, 甲之乙之, 丹之綠之, 籤而帙之, 囊而檢之, 枕藉而提携之, 贊頌而諷
歌之, 親之如朋友, 愛之如兄弟, 皆自適性靈, 不足照它人眸.

嘗不幸爲客探肱, 對面聆贊譽聲, 色忽頳, 過遜讓, 心嵲屼不能安. 客旣去, 愧
隨以深, 反自怒, 欲投水火, 無惜也. 怒稍已, 復自笑曰: '昔緘之箱, 猶不固, 迺
裹*十重紙, 用金鑰鎖木龕.' 忽正色而誓曰: '今後若爲人索奪, 當投水火, 固無惜
也.' 咄! 其亦怪之流乎! 然惡敢以滅裂齷齪, 螢爝微明, 蹄涔餘滴, 肆然自驕, 衒
媒無恥, 誇矜不遜, 妄以爲吾前旣無, 吾後何有, 以取識者之誚哉! 自古善於文
章者, 無不傲然高大, 妬者四起, 橫遭謗毀, 坐此蹇滯, 甚至喪身名, 辱父母, 況
不能善者哉! 吁其可畏也已! 吁其可畏也已!

---

* 裹(과)는 저본에 裏(리)로 되어 있으나 오자(誤字)로 판단되어 수정하였다.

余既於娛弄羞藏, 兼有之以自贊. 娛弄, 嬰兒也, 長者不爲嗔; 羞藏, 處女也, 外人無敢議. 嗟乎! 或責余以廣求人自炫燿者, 雖諷規之深切, 恐懼愈深, 藏悔愈堅. 或責余以只自娛不與人共者, 獨不爲辨, 固自如也. 雖戒謹詳審, 以嬰兒處女自居, 猶不免人誚責. 惡哉! 惡哉!

然若不以此自居, 其誚謗惡可勝道哉! 復自慰曰: ‘娛之至者, 莫如乎嬰兒, 故其弄也, 藹然天也; 羞之至者, 莫如乎處女, 故其藏也, 純然眞也. 人之嗜文章, 至娛弄至羞藏者, 亦莫如乎余, 故其藁曰嬰與處.’”

或曰: “凡嗜之者, 善之者也. 子其果善之而故自謙也歟?”

曰: “請以食喩. 夫宰夫之供綺饌也, 封熊之掌, 翰音之跖, 鯉尾猩唇, 金薤玉膾, 雜薑桂, 和鹽梅, 烹熬適時, 酸醎合味, 獻之于公侯, 莫不嗜而不飫. 夫公侯雖知嗜綺饌, 安知供綺饌, 如宰夫之善乎? 余之所嗜, 其亦與公侯之所嗜同乎! 淹醋當酸, 漬醬當醎, 雖公侯, 亦粗知是也. 余之粗知著文章, 當類此也. 安在其故自謙而不自贊歟?”

“然則嬰與處, 無爲丈夫爲婦人之日乎?”

遂哂曰: “雖爲丈夫爲婦人, 其天之藹然, 眞之純然, 至白頭, 固自若也.”

尙章執徐日躔大梁之次穀雨序.(『靑莊館全書』卷3)

耳目口心書 二則 268쪽

○ 往在庚辰辛巳冬, 余小茅茨太冷, 噓氣蟠成氷花, 衾領簌簌有聲. 以余懶性, 夜半起, 倉卒以『漢書』一帙, 鱗次加於衾上, 少抵寒威. 非此, 幾爲后山之鬼. 昨夜屋西北隅, 毒風射入, 掀燈甚急, 思移時, 抽魯論一卷立障之, 自詑其經濟手段. 古人以蘆花爲衾, 是好奇, 又有以金銀鏤禽獸瑞應爲屏者, 汰侈不足慕也. 何如我『漢書』衾·『魯論』屏, 造次必於經史者乎? 亦勝於王章之臥牛衣, 杜甫之設馬韉也.

乙酉冬十一月二十有八日記(『青莊館全書』卷48)

○ 乙酉冬十一月, 以炯齋寒, 移居于庭下小茅屋. 屋甚陋, 壁氷照煩, 坑煤酸眸, 下嵼虬, 奠器則水必覆, 日射而上漏, 老雪沁敗茅, 墮漿垂垂, 一滴客袍, 客大駭起, 余謝懶不能修屋. 與弟相守, 凡三月, 猶不輟咿唔聲, 歷三大雪. 每一雪, 鄰有短叟, 必荷篲晨叩門, 呥呥自語: "可憐弱秀才, 能不凍?" 先開逕, 次尋戶外屨埋者, 打拂之, 快掃除, 團作三堆而去, 余已被中誦古書已三四篇矣. 今天氣頗釋, 遂抱書帙, 西移于炯齋, 有戀戀不忍離意, 起身三周旋廼出, 掃炯齋積埃, 整頓筆硯, 檢閱圖書, 試安坐, 又有久客還家之意. 其筆硯圖書, 如子姪之出拜, 面目雖稍生, 而憐愛撫抱, 自不能禁也. 吁! 其人情乎! 丙戌上元書.(『青莊館全書』卷48)

李家煥

孝子豊山洪此奇碑碣 272쪽

洪姓童子, 名此奇. 父曰寅輔, 文法瞿, 月三栲榜, 闔中悲. 兒方口食, 聖得知, 叫呼宛轉, 輒如期. 母訟父冤, 走京師, 淚枯血盡, 命之衰, 視不受含, 旅復衣. 兒乃飄然, 不父辭, 搥敲, 經秊守天扉, 蓬髮繭足. 觀者噫, 或與之餌, 去螌蟻. 會歲大旱, 慮囚疑, 貴臣爲言. 王曰: "咨, 飭令本道, 清單辭." 兒不量力, 爲奔馳, 驛往驛回, 皆先之. 未至三舍, 病已危, 匍匐詣闕, 冀聖慈. 恩言纔降, 氣一絲, 傍人讀, 聽, 倏躍, 而"父兮父兮生矣哉!" 已而瞑目, 遂大歸. 方父入獄, 兒在胚, 比父出獄,兒在輔. 十四年間, 天實爲如閔衰俗, 俾扶持. 吁嗟! 人式其在斯!

上之九年乙卯十月日, 資憲大夫行忠州牧使驪興李家煥撰並書.(『錦帶集』)

綺園記 275쪽

天有奇色, 人卽借之. 其最拙者爲織女. 擇蠶絲之勻細紉滑者, 晝暴諸日, 夜暴諸月, 鼓臂投梭, 日若于才, 染以巵茜若藍, 絢爛奪目, 蜀人能之. 然以之爲衣, 未幾黯然而渝, 苦其難成而易壞. 其稍黠者爲詩人. 取春風爲神, 襯以明霞, 浣以香水, 褲飾以翠羽明璫, 搜於艷腸, 寫之柔婉, 緣情流麗, 六代人能之, 差可以傳久而不變. 然嘔心而出, 出輒人猜鬼怒, 故其難工而易窮. 豈若綺園主人, 闢地數畝, 羅列名品, 紅綠紫翠, 縹緗檀素, 淺深疏密, 新陳早晚, 昏曉晴雨, 斐亹掩映, 以眞趣對眞色哉! 然猶有求覓位置, 栽接澆灌, 培壅扦剔之勞. 又不若癡頑野老, 終歲兀然高臥, 聞園中盛開, 欣然便來, 來便竟日, 安坐而觀也.(『錦帶詩文鈔』)

鄭東愈

訓民正音 279쪽

訓民正音卽天下之大文獻, 豈直爲朝鮮一區言語傳寫之資而已哉? 音韻之學, 盛於沈約·周顒. 翻切之說, 起於西僧了義, 繼此而著述者, 又不知幾家. 而其千言萬語, 非不諄復丁寧, 畢竟則曰: "東音徒紅翻, 江音古雙翻." 以字諭字, 以音諭音, 終使人隔一膜子者, 盖由不能不假借爲說故也.

今正音則東音而直言동, 江音而直言강. 若使倉頡造書之時, 有正音而並傳,

則其時字音, 千萬世無差誤之理. 彼沈約·周顒·了義之徒, 無事乎復容一辭, 未知字內更有此等文獻乎? 嗚呼! 惟我世宗大王, 易所謂聰明睿知神武不殺之聖也.(『晝永編(二)』)

李喜經

漢語 282쪽

我國於中州, 無高山大川之限, 道里不過數千餘里. 舜之冀都, 卽今之燕京, 則不可謂之荒服也. 箕聖東出, 歷年旣久, 則必能用夏變俗. 是何制度文物, 一無所存, 至於言語相殊, 文音不同. 〔中國則文之音, 皆兼義, 而我國則言文不同, 而音外別有義也.〕究之而莫得其故也.

盖文者言之本, 而不以文爲言, 別作其言. 故呼天不曰天而曰漢乙天, 他皆如此. 是其一字之中音義判異, 言自言而文自文也. 古者倉頡造字, 象萬物之形, 以言爲音, 則字者不過圖其言也, 言者不過音其字是也. 以經史之音只是言語之記也, 學之者聞其音而知其文. 此聖人之正其音而通物之義也.

人之聲, 發於肺而出於口, 則其清濁高低, 自有脣舌牙齒之殊. 其於文亦有五音之分, 而律之八音所以生也. 余初入中原, 略解官話, 而及渡鴨水, 盡皆忘. 其奈衆咻眊然, 終歸本習也? 每見中國之人, 雖婦人女子, 出口之言皆是文也, 豈有言與文之異致哉?

且其言也, 五音分明, 轉飜起落之際, 自有條理. 又有兩音雙聲, 非但用之於言也, 施之管絃鐘鼓, 無不吻然諧和, 是其天地正音, 自有其音也. 我國則不然, 言與文各殊, 則不可不文有其義, 而文之音又與中國不同, 雖有四聲之不混, 而

456

一韻之內, 字音互異, 又無雙聲兩音之文. 果未知何世何人創得文音而有此乖

謬耶?

昔我世宗大王之聖鑑孔昭, 思叶華音, 刱爲諺文, 以明反切之義, 而寢及後世,

緣其易曉, 不學詩書, 競相傳習, 只用於婦人書札之相通. 然則諺之爲文 別是東

國之文, 而又非同文之義也. 尤可歎也.

今若欲學中國, 不變風俗, 莫如先解華音, 而餘皆自化矣. 箕聖來治朝鮮, 敎民

八條, 豈一國之人, 與君言語不通而出治乎? 君爲華音, 民爲東話而何能明其理

而導之乎? 是未可知也. 箕聖之時, 若欲一掃東陋, 敎以華制, 則千百歲煥然可

觀也. 中間衛滿之輩自夷其俗, 蕩殘箕聖之法而然耶? 考證無階, 甚可恨也.(『雪

岫外史』)

金載瓚

春客李命培傳 287쪽

余有詩交曰春客. 春客貧甚, 操杵曰舂米, 日輸之市食其殖, 人皆號之舂客, 春客

亦不恥之, 自以舂客稱焉. 春客生善詩, 其才高而純, 其識靜而透, 根之梗木, 發

以奇馨, 淡泊而不失於太枯, 强抗而不歸於太險. 推二陳之道, 必求其中而出之

己言, 詩出而神骨崚, 往往多絶俗語. 又善楷字, 臨書必拊紙勒筆, 排模範, 整身

貌, 神運筆前, 毅然據古而作之. 其書佶老蒼悍, 時之以筆名者, 亦放而訓之. 春

客蓋奇才也.

往者有號柳下者得淵翁, 以詩律鳴. 後之服其詩者, 聚首咸嘖嘖, 莫有議者.

嗚呼! 春客之才且識, 如遭淵翁, 豈出柳下下也? 今或有知其詩者, 其能信於人

乎? 使春客生而窮其身, 死而沒其聞者誰也? 噫乎! 甚矣!

春客年三十, 始知余, 三十八死. 余知春客僅八稔, 而知春客者莫如余也, 知春客之詩者, 亦莫如余也. 是故余益悲其有志有才而窮且夭也. 春客居西湖牛山下, 旣死無子, 惟老母在云. 春客姓李, 名命培, 京師吏人子也.(『海石遺稿』卷8)

柳得恭

渤海考序 291쪽

高麗不修渤海史, 知高麗之不振也. 昔者高氏居于北, 曰高句麗; 扶餘氏居于西南, 曰百濟; 朴昔金氏居于東南, 曰新羅, 是爲三國, 宜其有三國史, 而高麗修之, 是矣. 扶餘氏亡, 高氏亡, 金氏有其南, 大氏有其北, 曰渤海, 是謂南北國, 宜其有南北國史, 而高麗不修之, 非矣. 夫大氏者何人也, 乃高句麗之人也. 其所有之地何地也, 乃高句麗之地也, 而斥其東斥其西斥其北而大之耳. 及夫金氏亡, 大氏亡, 王氏統而有之, 曰高麗. 其南有金氏之地則全, 而其北有大氏之地則不全, 或入於女眞, 或入於契丹.

當是時, 爲高麗計者, 宜急修渤海史, 執而責諸女眞曰: "何不歸我渤海之地? 渤海之地, 乃高句麗之地也!" 使一將軍往收之, 土門以北可有也. 執而責諸契丹曰: "何不歸我渤海之地? 渤海之地, 乃高句麗之地也." 使一將軍往收之, 鴨綠以西可有也. 竟不修渤海史, 使土門以北, 鴨綠以西, 不知爲誰氏之地. 欲責女眞而無其辭, 欲責契丹而無其辭, 高麗遂爲弱國者, 未得渤海之地故也, 可勝歎哉!

或曰: "渤海爲遼所滅, 高麗何從而修其史乎?" 此有不然者. 渤海憲象中國, 必立史官, 其忽汗城之破也, 世子以下奔高麗者十餘萬人, 無其官, 則必有其書矣,無其官, 無其書, 而問於世子, 則其世可知也; 問於隱繼宗, 則其禮可知也; 問於十餘萬人, 則無不可知也. 張建章, 唐人也, 尙著渤海國記, 以高麗之人, 而獨不可修渤海之史乎! 嗚呼! 文獻散亡, 幾百年之後, 雖欲修之, 不可得矣.

余以內閣屬官, 頗讀祕書, 撰次渤海事, 爲君臣地理職官儀章物産國語國書屬國九考, 不曰世家傳志, 而曰考者, 未成史也, 亦不敢以史自居云. 甲辰閏三月二十五日.(『渤海考』, 국립도서관 소장 사본)

蜻蛉國志序 294쪽

不出戶而知四夷之事, 非讀書人不能. 苟讀書矣, 而非有志之士, 亦不能. 嗟! 吾故友李懋官, 豈徒讀書人云乎哉!

余嘗與懋官承命撰次歷代兵志, 艸藁成, 入侍. 上曰: "中國而自周至于皇明, 我東而自新羅·百濟·高句麗至于勝國, 今皆可知矣. 女眞·蒙古·日本·琉球, 獨非我南北之隣乎? 不可不知其軍陳之制. 爾等其續撰以奏." 旣退, 余謂懋官曰: "內閣恐無此種書奈何?" 懋官曰: "我有之矣." 搜其篋, 得蠅頭書, 北虜及海外諸國事甚悉, 遂採輯成書以進. 又嘗與同坐, 有築垣役夫自言漂到日本之長碕島者. 懋官擧阿蘭陀人狀貌以詰之, 役夫大驚曰: "公於何年游彼國乎?" 坐皆大笑. 其知四夷之事皆此類也.

世以懋官爲讀書人則信矣, 謂之資博識廣異聞而已, 則不知懋官者也. 今焉長逝矣, 誰與縱談當世之務乎?

所著書有蜻蛉國志二卷. 蜻蛉國者, 日本別稱, 其國地形有似蜻蛉故云. 日本自後漢時屬於帶方, 陳壽始立傳. 然處乎重溟之外, 中國征討之所不及, 故莫得其要領. 懋官撰此志, 因其國史, 僞皇年代·關白始末, 以至山川·道里·風謠·物産, 西南諸蕃往返交易, 莫不據實而書, 考覈精詳, 無風聞鑿空之語. 爲邦者

資之, 足以善隣, 出疆者資之, 足以善國, 惡可以稗官雜記目之哉! 竊惟夫今之
士大夫出典海防, 漂船一到, 望其帆, 見其衣, 聞其語, 審其貌, 而不知爲何國
之人, 問情一差, 下理勘律, 何不取此記而讀之, 以知海外諸國之情狀乎!(『泠齋
集』卷7)

送洪僉使遊北關序 298쪽

嗚呼! 讀史至天下雲擾龍爭虎鬪之際, 何其多雄勇傑特立奇功絶倫之士也? 世
平, 此曹子, 皆安在哉? 飮酒博塞, 浮沈閭里間老死, 而人莫之知爾. 此其不幸
歟? 其幸歟? 吾未知也.

　李廣手格猛虎, 漢文嘆其不遇, 高帝時, 謂可得萬戶侯. 然廣竟遇武帝大興師
誅匈奴, 未嘗不在軍中, 而無尺寸功, 位不過邊郡太守, 失道後期, 恚而引決, 此
所謂數奇者也. 使其遇高帝, 不死於彭城之敗, 則蹉跎乎滎陽·成*皐之間, 安能
裂土分茅, 得比蟲達輩也哉? 反不如藍田山中射獵終老之爲可爾.

　余外氏家, 世韜鈐. 外高祖吉州公, 身長九尺, 爲宣傳官, 先進用故事, 試以終
葵, 怒奪, 置梁上約, 下者無跂, 百季無其人. 吉州公子孫, 多長大者, 君則其一
也. 少白晳眉漆黑, 多力, 便弓馬. 使酒任俠, 避仇湖中, 搏其三壯士皆嘔血, 湖人
大驚. 走都下遨蕩, 又多傷折人, 丞相怒責三營不能束武家兒, 物色捕未得. 登
武科, 事遂已.

　遊關西, 邊帥有得韃靼馬, 咆哮, 人莫敢近, 君獨騎無他. 邊帥大怒, 將斬其馬,
力求得之, 騎馳還京師, 一日三百里, 顧而無從者, 乃止. 雄駿絶異, 爲勢家所奪,
募良御調之, 益蹄齧, 絶芻粟斃之. 由是人皆稱君爲騎將才, 顧安所用之哉!

---

* 저본에는 城(성)으로 되어 있으나 오류이므로 수정했다.

以武臣兼宣傳官, 出爲馬梁水軍僉節制使, 罷歸, 二十餘年, 不復調. 異時敎騎射者少年, 稍稍建鉞, 憐其窮餓, 邀置幕府, 無幾日, 輒醉大罵而歸. 朋輩切責之, 始若懲悔斷酒者, 而復飮矣, 無復邀之者, 而年過六十矣. 喪其妻, 無兒, 寓族人家, 日聚冗卒老弁, 睹馬弔爲樂. 兩鬢無一白毛, 齒又不落, 見之, 尙凜凜也. 性戇急多忤, 平生故舊, 不遭罵者, 無幾人.

嘗大言曰: "吾不餓死, 救我者, 金節度也." 及聞其以會寧府使, 陞北關, 則策馬去不疑, 可知金節度之賢, 能不廢故人者也.

嗟乎! 君知北關之爲故何地耶? 其南則曷懶甸, 高麗尹侍中之築九城也, 其北則肅愼五國, 我朝金節齋之蕩野人也. 使君生於其時, 在二公麾下者, 躍馬橫刀, 大呼陷堅, 可勝道哉!

國家承平屢百年, 東北無風塵之警, 君往復何爲哉? 時從賢帥, 引輕騎, 圍獵白山之南, 倚戍樓, 聞落梅之笛, 引滿一醉, 足矣, 何必富貴云乎哉!(『泠齋集』, 享손가 소장본)

朴齊家

財賦論 304쪽

善理財者, 上不失天, 下不失地, 中不失人. 器用之不利, 人可以一日, 而我或至於一月·二月, 是失天也; 耕種之無法, 費多而收少, 是失地也; 商賈不通, 遊食日衆, 是失人也. 三者俱失, 不學中國之過也.

昔新羅以慶尙一道, 北拒句驪, 西伐百濟, 唐以十萬之師, 來留於境上者歲月也. 當是時也, 一有犒饋接待之失禮, 飛蒭輓粟之告竭, 則新羅之爲國, 未可知也. 然而卒能左右枝梧, 成功而有餘.

今我國如慶尙者八, 而平時頒祿, 人不過斛, 勅使一去, 經費蕩然. 昇平百餘年, 上不見有征伐巡遊之事, 下不見有繁華奢侈之俗, 而國之貧也滋甚, 何也? 此其故可得而言矣. 人種穀三行, 而我二行, 則是以方千里而爲方六百餘里也; 人耕一日得穀五六十斛, 而我得二十斛, 則是方六百餘里而爲方二百里也; 人播穀五分, 而我十分, 則是又失一年之種也. 如此而又有舟車·畜牧·宮室·器用之法, 廢而不講, 則是失全國之內百倍之利也. 橫計於土地也如此, 則竪計於百年, 已不知其幾矣. 失天·失地·失人, 雖地方千里, 而實不過百里, 無怪乎新羅之百勝於我也.

今急選經綸才技之士歲十人, 雜於使行裨譯之中, 以一人領之, 如古質正官之例, 以入于中國, 往學其法, 或買其器, 或傳其藝. 使頒其法于國中, 設局以敎之, 出力以試之, 視其法之大小與功之虛實, 以爲賞罰. 凡一人三入, 三入而無效者, 黜之而改選. 如此則十年之內, 中國之技, 可以盡得. 向之方千里者, 始可以方萬里, 向之三四年之穀, 始可以一年而得之矣. 若是而財賦不足, 國用不裕者, 未之有也. 夫然後, 雖人服錦繡, 戶設金碧, 將與衆樂之而不暇, 亦何患乎民之奢侈也?

余昔有詩云: '新羅處海濱, 八分今之一. 句驪方左侵, 唐師由右出. 倉庾自有餘, 犒饋禮無失. 細究此何故, 其用在舟車. 舟能通外國, 車以便馬驢. 二者不可復, 管晏將何如?' 其二曰: '掘地得黃金, 萬斤空餓死. 入海採明珠, 百斛換狗矢. 狗矢尙可糞, 明珠知奈何? 陸貨不通燕, 海賈不踰倭. 譬如野中井, 不汲將自竭. 安民不在寶, 生理恐日拙. 太儉民不樂, 太奢民多竊.'(『北學議·外篇』)

小傳 309쪽

朝鮮之三百八十四年, 鴨水之東, 千有餘里, 其生也. 出新羅而祖密陽, 其系也.
取大學之旨而名焉, 托離騷之歌而號焉. 其爲人也, 犀額刀眉, 綠瞳而白耳, 擇孤
高而愈親, 望繁華而愈疎, 故寡合而常貧. 幼而學文章之言, 長而好經濟之術, 數
月不歸家, 時人莫知也. 方其玩心高明, 遺落世務, 鐍綜名理, 沈潛幽渺. 與百世
而唯諾, 越萬里而翱翔. 覩雲烟之異態, 聆百鳥之新音, 與夫山川日月星辰之遠·
草木蟲魚霜露之微, 所以日變化而莫知然者, 森然契于胸中. 言語不能悉其情,
口舌不足喩其味, 自以爲獨得, 百人莫知其樂也. 嗟乎! 形留而往者, 神也; 骨朽
而存者, 心也. 知其言者, 庶幾其人於生死姓名之外矣.

  贊曰: 竹帛紀而丹靑摸, 日月滔滔, 其人遠矣. 而況遺精華於自然, 拾陳言之
所同, 惡在其不朽也. 夫傳者, 傳也. 雖未可謂極其詣而盡其品乎, 而猶宛然知
爲一人, 而匪千萬人然後, 其必有天涯曠世而往, 人人而遇我者乎!(『貞蕤閣文
集』卷3)

白塔淸緣集序 312쪽

環城而塔爲中焉, 遠望嶙峋, 若雪竹之迸筍者, 圓覺寺之遺址也. 往歲戊子己丑
之間, 余年十八九, 聞朴美仲先生文章超詣有當世之聲, 遂往尋之于塔之北. 先
生聞余至, 披衣出迎, 握手如舊, 遂盡出其所爲文而讀之. 於是親淅米炊飯于茶
罐, 盛以甆, 庋之玉案, 稱觴以壽余. 余驚喜過望, 以爲千古之晟事, 爲文以酬之.
其傾倒之狀, 知己之感, 蓋如此.

  當是時也, 炯菴之扉對其北, 洛書之廊峙其鹵, 數十武而爲徐氏書樓, 又折而
北東爲二柳之居也. 余乃一往忘返, 留連旬月, 詩文尺牘, 動輒成帙, 酒食徵逐,

夜以繼日.

嘗娶婦之夕, 取舅家駿馬, 解鞍而騎之, 獨從一奴出. 時月色滿道, 從梨峴宮
毒, 鞭馬西馳, 至鐵橋酒家飲. 皷三下, 遂盡歷諸朋家, 繞塔而出. 當時好事者, 比
之陽明先生訪鐵柱觀道人事.

至今六七年之間, 落落離居, 貧病日侵. 有時相逢, 雖各幸其無恙, 而風流減
於疇昔, 容光非復曩時, 則始知朋遊固有晟衰, 而彼此各自一時也. 中原人以友
朋爲性命, 故王漁洋先生有修耩長月夜科跋見過之作, 邵子湘集中追記當時隣
居之勝事, 以寓離合之思. 每覽此卷, 有異世同心之感, 相與歎息者之. 友人
李君十三合書燕巖·炯菴諸公及余詩文尺牘若干卷, 余爲題之曰白塔淸緣集而
序之如此. 以見吾輩之遊, 盛於當日, 而且以自擧平生之一二云云.(『貞蕤閣文集』
卷1)

李明五

香字八十首序 316쪽

如是我觀. 被窩裏蠢蠢作一病裸蟲矣. 咳寒如鶴, 涎枯如蝸, 如蟬不食, 如蚓不
飲, 如毛間之刺痛, 如瞌睡之昏倒. 備諸蟲苦, 與人幾希, 精神如一絲, 但未亂耳.

每思東社諸公, 文彩風流, 照映東山. 黃冠野服, 芒鞋竹杖, 淡蕩之遊·眞率
之會. 今日樊川, 明日晦溪, 花下烏絲, 溪上羽觴. 晴雨俱佳, 林巒益勝, 座處生香,
唾處成珠. 濃淡均適之樂, 往來簡易之狀, 歷歷入想, 如鏡中之象, 心已了然, 如
水上之影. 手不得把, 宿昔悵然, 復依香字韻, 聊寄託焉.

情障·綺語障, 終未斷去, 乃如是矣. 藥石之間, 靈性烟浮, 慧識塵坌, 思或澁

而且實, 手或滑而易成, 得八十疊而止. 都是冥搜暗索, 几煩枕悶, 死心宛轉而已. 其對壘賈勇, 英氣蓬勃, 不可得矣. 方其叫痛互作, 如蠶之抽腹, 緖未窮而不已, 呻吟遞發, 如鶯之弄吭, 音屢變而不休, 又添二蟲之苦焉. 嗚呼! 緖已斷續, 何可爲玄黃黼黻, 吟已寒促, 何可爲宮商鍾鼓哉! 使之村襪縫可也, 使之土缶聽可也.

今春恨不能翔翔於樊邱, 游泳於晦溪. 故東社之會, 模寫爲多, 附以自述. 昔李伯時畵西園雅集, 彩色絢爛, 如坡翁烏冒, 纖悉無遺. 又聞海上靈犀, 見物輒形諸角, 如壽星扶杖, 宛然成紋, 玲瓏透撤, 倂爲傳世寶玩. 今此塗抹, 彩色不足, 未能如伯時三昧之畵, 奇文又不如靈犀千年之通, 是又可恨矣. 僧貫休臨水自寫眞, 而足羅漢之數. 以此爲例, 附以自述云.(「泊翁詩鈔」 卷4)

李安中

金甥吾與石典序 320쪽

大朴破, 民心澆, 徒簿書, 不足信, 於是乎有印. 印不可私用, 於是乎有石. 石有美惡, 刻有工拙, 於是乎有法, 所以審美惡, 而卽乎工也. 其法不知祖誰, 而或口相授, 或手相承. 在中國至于今, 工不衰, 而東人其初無承授其才, 又無以自作. 故於是各私知尊其意見, 法愈多工少. 吾與病焉, 遂集中國之刻, 潛心求治石用刀之術, 以爲書, 爲石家不易之法, 其爲石家賴弘多矣.

嗚呼! 石琬也, 爲役小. 或曰不足務, 或忽焉, 不然不能也. 吾與獨不忽也, 能人之不能, 亦賢於人矣, 無亦犯不足務之戒乎! 然君子恥一物之不格, 是雖小, 不在一物數耶, 況吾與非專務耶? 專務于學, 以其餘及之, 庸何傷. 吾與姓金名愚淳, 我出也. 歲己亥, 其舅平子書.

又爲銘以警之. 其一曰: 石可愛, 不可荒, 可樂, 不可狂. 石不可鞭, 爾家別有羊. 玩石時, 念其放, 刻石時, 憂其亡. 固其牢, 牢其彎, 爾羊不亡, 石無傷. 其二曰: 石剛爾其學, 石柔爾其貌, 石剛柔爾其德. 爾心不正字不正, 爾志不固刻不猛, 爾神不專手不應. 其三曰: 與爾適道非玩好, 嗟爾道爾獨造. 過爾者不足寶, 不及爾者不能好, 嗟爾道爾獨造.(『玄同集』)

李晚秀

書巢記 324쪽

余藏書, 經有易書詩語孟庸學大全五十冊, 史有三漢書八十八冊, 子有朱子大全六十冊, 集有全唐詩集百二十冊·古文淵鑑□冊, 而扁其壁曰書巢. 或曰: "君子厚於處已而廉於取名, 子之書不滿一架, 而遠自况於陸務觀, 無已夸乎!"

曰: "子不見夫居室乎! 善居者, 蝸牛之廬可以諷詩書, 旋馬之廳可以傳子孫. 不善居者, 文梁花甃, 不足供秉燭一覽. 吾書雖少, 堯舜禹湯文武周孔之道載焉, 班范衮鉞之筆著焉, 紫陽夫子地負海涵之學存焉, 秦漢以來幾千百載古作者軌範, 靡不具焉. 吾將左右庋閣, 終身棲其中而有餘. 君子夫豈多乎哉? 不多也. 且吾伯氏有書數千卷, 先王考題識, 家大人印章宗在焉. 吾弟松宅居士蚤有鄴侯之癖, 其書又不啻數千卷, 藏之所謂萬松樓中. 吾將居則讀吾書, 出則伯氏松宅之藏, 卽吾書也, 伯氏松宅之居, 卽吾巢也, 吾之巢其庶幾乎邵堯夫十二行窩, 奚獨自况於務觀而止哉! 雖然巢者上古之居也, 巢居變而宮室作, 宮室作而淫技興, 道之不行也, 學之不明也, 彼百家衆流充棟汗牛者爲之蔽也. 吾以書巢名, 盖

欲從先進意也, 又安用多爲. 是爲記."(『屐園遺稿』)

正祖

萬川明月主人翁自序 328쪽

萬川明月主人翁曰: 有太極而後有陰陽, 故羲繇以陰陽而明理, 有陰陽而後有五行, 故禹範以五行而曬治. 觀乎水與月之象, 而悟契於太極陰陽五行之理焉. 月一也, 水之類萬也, 以水而受月, 前川月也, 後川亦月也. 月之數與川同, 川之有萬, 月亦如之, 若其在天之月, 則固一而已矣. 夫天地之道, 貞觀也, 日月之道, 貞明也. 萬物相見, 南方之卦也, 南面而聽, 嚮明而治, 予因以有得於馭世之長策. 革車變爲冠裳, 城府洞如庭衢, 而右賢而左戚, 遠宦官宮妾, 而近賢士大夫. 世所稱士大夫者, 雖未必人人皆賢, 其與便嬖僕御之伍, 幻鸞皙而倒南北者, 不可以比而同之.

予之所閱人者多矣, 朝而入, 暮而出, 羣羣逐逐, 若去若來, 形與色異, 目與心殊, 通者塞者, 强者柔者, 癡者愚者, 狹者淺者, 勇者怯者, 明者黯者, 狂者狷者, 方者圓者, 疏以達者, 簡以重者, 訒於言者, 巧於給者, 峭而亢者, 遠而外者, 好名者, 務實者, 區分類別, 千百其種. 始予推之以吾心, 信之以吾意, 指顧於風雲之際, 陶鎔於爐鞴之中, 倡以起之, 振以作之, 規以正之, 矯以錯之, 匡之直之, 有若盟主珪璋以會諸侯, 而疲於應酬登降之節者, 且二十有餘年耳.

近幸悟契於太極陰陽五行之理, 而又有貫穿於人其人之術, 莛楹備於用, 鳧鶴遂其生, 物各付物, 物來順應, 而於是乎棄其短而取其長, 揚其善而庇其惡, 宅其臧而殿其否, 進其大而容其小, 尙其志而後其藝, 執其兩端而用其中焉. 天開九閭, 廓如豁如, 使人人者, 皆有以仰首而快覩.

然後洪放密察以待通者, 優游寬假以待塞者, 柔以待強者, 強以待柔者, 明亮以待癡者, 辯博以待愚者, 虛曠以待狹者, 深沉以待淺者, 干戚之舞以待勇者, 戈甲之容以待怯者, 汤汤以待明者, 侃侃以待黙者, 醉之以酒, 所以待狂者也, 飮之以醇, 所以待狷者也, 車輪所以待乎方者也, 圭角所以待乎圓者也, 疏以達者, 示我堂奥, 簡以重者, 奏我和鑾, 訥於言者, 戒以敏行, 巧於給者, 籲以退藏, 峭而亢者, 包之以山藪, 遠而外者, 奠之以袵帷, 好名者, 勸以務實, 務實者, 勸以達識, 如仲尼之徒三千, 而扣之則響, 春工之化羣生, 而著之則成, 以至聞言見行, 則大舜之沛然若決江河也.

予懷明德, 則文王之照臨于西土也, 寸長不讓於人, 萬善都歸於我, 物物太極, 罔咈其性, 性性存存, 皆爲我有, 自太極而推往, 則分而爲萬物, 自萬物而究來, 則還復爲一理. 太極者, 象數未形, 而其理已具之稱, 形器已具, 而其理无眹之目. 太極生兩儀, 則太極固太極也, 兩儀生四象, 則兩儀爲太極. 四象生八卦, 則四象爲太極, 四象之上, 各生一畫, 至于五畫, 畫而有奇偶, 累至二十有四, 則爲一千六百七十有七萬餘畫, 一皆本之於三十六分六十四乘, 而可以當吾蒼生之數矣. 不以界限, 不以遐邇, 攬而歸之於雅量己分之內, 而建其有極, 會極歸極, 王道是遵, 是彝是訓, 用敷錫厥庶民, 而肅乂哲謀之應, 五福備具, 而康而色, 予則受之, 豈不誠淵乎遠哉!

夫子著易繫, 首揭太極, 以詔來人, 又作春秋, 而遂明大一統之義. 九州萬國, 統於一王, 千流百派, 歸於一海, 千紫萬紅, 合於一太極, 地處天中而有限, 天包地外而無窮, 飛者之於空也, 潛者之於川也, 蠢動之自蠕也, 草木之無知也, 亦各榮悴, 不相凌奪, 語其大則天下莫能載, 語其小則天下莫能破. 是蓋參贊位育之功, 爲聖人之能事也.

予所願者, 學聖人也, 譬諸在水之月, 月固天然而明也. 及夫赫然而臨下, 得之

水而放之光也. 龍門之水洪而駛, 鴈宕之水淸而漪, 濂溪之水紺而碧, 武夷之水
汩而瀲, 揚子之水寒, 湯泉之水溫, 河淡海鹹, 涇以渭濁, 而月之來照, 各隨其形,
水之流者, 月與之流, 水之淳者, 月與之淳, 水之溯者, 月與之溯, 水之洄者, 月與
之洄, 摠其水之大本, 則月之精也. 吾知其水者, 世之人也, 照而著之者, 人之象
也, 月者太極也, 太極者吾也, 是豈非昔人所以喩之以萬川之明月, 而寓之以太
極之神用者耶? 以其容光之必照, 而儳有窺測乎太極之圈者, 吾又知其徒勞而
無益, 不以異於水中之撈月也, 遂書諸燕居之所曰萬川明月主人翁, 以自號, 時
戊午十有二月之哉生明.(『弘齋全書』卷10)

文體 335쪽

王若曰: 文體不一, 而艱與易而已. 辭艱者奇, 辭易者順, 何所取捨歟? 文莫尙於
尙書, 而古文皆易, 今文皆艱. 至於誥諭之文, 宜順而反奇者, 其故何歟? 周公之
文, 艱而不易, 孔子之文, 易而不艱. 均是聖人, 而發爲文章者, 有此奇順之不同,
何歟? 西京文章最推馬遷, 而如范蔡四君等傳, 主乎順, 如酷吏貨殖等傳, 主乎
奇, 出自一人, 而艱易之不同若是者, 抑何歟? 揚雄法言之文, 專務鍊琢, 而未免
後人之覆瓿, 諸葛出師之表, 不事雕刻, 而尙致志士之沾襟. 由是而言, 易勝於
艱歟? 樊宗師之鉤章棘句, 昌黎大加稱嘆, 白居易之俚語街談, 小杜極其非斥.
由是而言, 順不如奇歟? 班固連珠之叙, 獨稱最得其體, 陸機華葉之言, 或譏不
見大體. 其所尙之艱易, 可以詳言歟? 永明之體, 俑自何人, 而奇歟順歟? 徐均之
體, 行於何時, 而易歟艱歟? 楊士奇之詩文, 號稱臺閣體, 黃平倩之古文, 自異翰
林體, 亦有艱易之可論歟? 徐堅見稱舍人樣, 穆脩羞爲禮部格, 抑有奇順之不同
歟? 歐陽一掌試圍而亟變西崑險怪之體, 王·李競主騷壇而深詆東坡平易之文.
文人相輕, 自古已然, 而畢竟得失, 果何居歟?

大抵文體隨世不同, 而一世之間, 亦或屢變, 惟時之尙, 而其盛衰興替, 未嘗不與政通矣. 貫道之文尙矣, 雖其下者, 必也學識積於中而英華發於外, 不求順而自順, 不求奇而自奇. 其順者如江淮安流, 一日千里; 其奇者如怒濤激石, 變態橫生, 然後方可爲盛世之文. 而以文取士者, 亦可以叩其外而質其中之所蘊也.

我朝文士, 蔚然相望, 前輩鉅手, 未知其孰爲艱孰爲易, 孰爲順孰爲奇, 而亦不可不謂之盛矣. 夫何挽近以來, 寂然無聞, 儒士所習, 不過科臼文字, 而如非泥於庸常, 亦必强作詭怪. 其於文章體格, 元無艱易之可言, 而膚淺淆雜, 愈往愈甚. 此固俗習之使然歟, 抑亦培養之失宜歟? 何以則丕新文體, 或順或奇, 各得其宜, 俾有以張斯文而賁世道歟?(『弘齋全書』卷49)

李書九

碁客小傳 340쪽

鄭生者, 寶城郡人也, 以善碁名. 國朝以來, 善碁者, 自大夫士, 以至興儓市井, 咸推德源君爲第一, 德源君者, 故宗室子也. 生以遐土賤士, 一朝名出其右. 初, 生學碁於其從父兄某, 積五六年, 足不履戶外, 輒日忘其寢食. 某每曰: "弟, 毋多苦! 不若是, 尙足行也." 生猶益勤勵不止.

當是時, 德源君, 死已百年餘, 鍾期·梁翊份之徒, 方擅譽於京師. 京師諸公, 亦皆以國手待之, 莫敢較訾. 顧生亦鬱鬱鄕里中, 無可与對手者. 於是, 徒步至漢陽, 欲求其素所擅譽者, 一与之敵. 比至, 聞漢陽人稍稍言: "鍾期, 國手, 無雙也." 然諸公中, 有巡察關西者, 適呼鍾期以往, 竟不逢, 遲回久之, 終無可与對手者. 時大將李章吾·縣令鄭樸, 亦稍有能名, 而見生輒捫指退, 不敢以一子相抗衡也則.

於是, 生益無聊, 不自得. 遂跡期于關西, 至平壤, 留布政門外三日, 吏不肯納. 生喟然嘆曰: "士之抱才器而不相遇, 猶如是乎? 吾不忍返矣. 夫自吾所去之土, 距平壤, 幾數千里, 所以不憚亭埃之險 · 羈旅之勞, 而艱難到此者, 欲以一藝, 与人決雌雄, 以供少須臾之快, 竟不遇而歸, 豈不奇哉?"

又三日不去, 巡察使, 聞而怪之, 謂鍾期曰: "此何爲者? 必有異也, 若其退須我命!" 乃開門招生入, 語數接. 巡察使問曰: "聞生居於南國, 而今繭足踵門, 欲与鍾期一見, 豈生与期有舊乎?" 生曰: "否否." 曰: "果也則, 生之所欲見者, 僕已知之矣. 然柰期不在此何? 無已則, 此中有比期雖少遜, 亦能与期相上下者, 其可与先試之?" 生曰: "皇恐, 謹奉命." 於是, 巡察使呼期謂曰: "彼欲与鍾期角藝, 而今期不在, 將若之何? 而其代期某." 因目之, 期詭對曰: "皇恐, 謹奉命."

於是, 左右設奕具, 進子奩, 兩皆布陳均道, 一再轉, 期輒不自由, 生固晏如也. 巡察使恚曰: "往日与樗蒲奴對局, 輒鼓掌吐氣, 自以爲通國寡二, 今者乃蹙縮若失意人, 手勢不敢快, 何也?" 如是者良久, 期漸益怔惑, 竟莫能輸生. 生亦心異之, 謂期曰: "姑少休." 又問: "君, 較期, 定何如? 且今期安在?" 期黙然無以應, 面發赤. 巡察使益憤恚, 亦無奈彼何. 酒告之實, 復以白金二十兩, 敬謝生.

居頃之, 巡察使罷歸. 生与期, 俱在京師, 日相遊衍. 一日天寒, 大雨雪, 鍾期粉家人, 盛置酒, 夜邀鄭生飲, 酒酣, 鍾期親執刀俎, 切肉奉盃而進曰: "先生, 誠賢豪長者, 倘識此盃意乎? 弟子有一言, 敢以累先生." 生稱名謝曰: "運昌, 不敢當公厚意, 然公名譽悠揚一世, 當今之公卿士大夫, 皆莫不愛厚公. 運昌幸与公同輩行, 竊想公無可以俯敎於不肖者, 敢請敎!" 期曰: "然. 弟子自早學某, 特專聲譽, 出入諸公閒, 已十年于玆矣. 自得交先生來, 諸公長者, 悉皆翕然推詡, 以爲如期者, 不足預弟子之列, 顧弟子豈敢与先生抗? 願先生少讓我, 但使得有其前名, 可乎?" 生曰: "諾!" 遂竟夕盡歡而去. 自是, 每生与期逢, 若衆人在座, 則輒兩相逡巡, 誓不復相敵.

生年四十餘, 技日益精, 必見其可者, 然後乃敢下子. 故雖夏日所竟, 不過數局, 或中局而椷之, 更列無一錯也. 生言: "生之從父兄, 高於生數級, 學於昌平之小兒, 昌平之小兒, 蓋不知所授."云. 生亦嘗往來余門下, 性狡詐, 觀其兒, 不似有所能者, 然余亦知其素善某, 每欲一覯其玅, 而余雅不解某, 門下諸賓客, 亦皆無与生相差等者, 卒不得見. 後生因得罪於(原文缺).(『自問是何人言』)

丁若銓

松政私議 348쪽

我國無梗栯(木豫)樟之材, 宮室舟車〔國俗不用車, 凡器械之類 通謂之車.〕·棺槨之用, 皆待於松矣. 邦域縱過四千里, 西北東三面, 皆大山峻嶺, 南面稍稱原隰, 亦無百里之野. 檠率〔音聿〕一國山居十之六七, 山又皆宜松. 然上自公家, 下至匹庶, 莫不艱於材木. 上則十楹之室·數舳之舟, 非治官待變也, 而遠或千餘里, 近猶數百里, 水浮陸曳, 始克奏工. 下則一棺之材, 價或至四五百兩〔國俗以百錢爲兩〕. 此猶從通邑言, 至於窮鄕, 則富人遇喪, 殯或至十日, 編民太半草葬. 以余所覩記, 比二十年前, 木之踊貴三四倍矣. 又過二十年, 必不止三四倍於今日. 五行木居一焉, 而火又待木, 其實二也. 木之於人, 所須何如, 而尙沁沁不之慮邪.

公廨之朽頹, 尙可以牽架度日. 我國迫近倭寇, 倭必水戰. 龍蛇之變, 專賴舟師, 已事可驗. 一有緩急, 數百之艦於何取材? 且昇平數百年, 民生安堵, 而生無棟宇, 死無以棺槨. 此王政有未盡也, 謀國者盍一念焉?

以十六七之山, 山又宜松, 而松之貴至於是耶? 余嘗靜思厥由, 盖有三端, 而宮室舟車·棺槨之費不與焉. 其一不種植也, 其一自生而摧爲薪也, 其一火耕而焚燒之也. 袪此三患, 雖斧斤日入, 而材不可勝用也. 傳曰: "生之者衆, 食之者寡, 則恒足矣." 種植者, 生木之原也. 種者一而用者十, 已不可給, 今種者無一, 而用者無窮, 材安得不窮哉? 此不種植之患也. 其或幸而自生, 而稍存護惜, 不夭斤斧, 猶可以成材. 今離土一二尺, 樵竪礪鎌, 惟恐後人, 材安得不窮哉? 此自生而摧爲薪之患也. 其或深山窮谷, 自生而自長, 猶可而取用, 而一經火耕焚燒之烈, 甚於風霆, 百年生養, 一朝灰燼, 材安得不窮哉? 此火耕而樵燒之患也. 三患不除, 雖管葛運智, 申商施法, 終無益於松政, 而民國俱困也.

三患之所由起, 又有在焉, 國法之未盡善也. 火耕之敝, 古人有言之.〔柳西厓文集中有是言. 其意槩曰, 山谷無木, 而沙汰莫禁, 野田覆沒, 而經用日縮也. 曰: 山林童濯, 而寶貨不興也. 曰: 禽獸不息, 而事大交隣, 皮幣難繼也. 曰: 虎豹遠適, 而山行者不操尺寸之兵, 國俗日就拙弱也. 曰: 材木耗損, 而民用日窘也. 雖不得一功, 禁止山腰以上, 宜令勿耕. 今在大典中〕而山腰之禁, 亦不行焉. 此宜禁而不禁者也.

公山之界, 亦云大矣. 黃腸之山, 旣據深峽, 宜松之田, 又遍沿海, 沿海之地數里之山, 擧屬於公, 此已不可勝用. 而又有沿邊三十里毋論公私山 一體禁斷之法. 夫有木而禁之, 猶有利焉, 無木而禁之, 民將不植矣. 禁之何益? 不寧惟是, 民有一拳之山, 養松數十株, 伐之爲宮室舟車之材, 則貪官虐吏, 馮藉此法, 枷囚栲掠, 如治死罪, 甚者竄流. 於是民之視松, 如荼毒癘疾, 潛除暗剔, 必去乃已, 一有萌芽, 如殺毒蛇. 民非欲無木, 自安之道, 在於無木. 於是乎, 私山無一枝松矣.

宜松山, 管於水軍營. 無田賦財賄之所掌, 旣自清寒, 而營門之故, 將吏則夥然, 仰事俯育, 無他賴焉, 惟宜松山而已. 山下之作舍, 則曰: "是公山之松." 爲棺槨, 則曰: "是公山之松." 大則告官, 小則私自拘執, 誅求之, 後削之, 陵轢之, 縶縛之, 枷械之, 栲椋之, 酷烈甚於猛火. 天下之松, 擧相似也. 雖非此山之松, 民何以自暴乎! 破家蕩産, 乞食於四方者, 十居三四. 故雖無數者之犯, 而生平惶怖, 若隕淵谷. 一見水營之人, 如兎遇虎, 趨走俯伏, 惟令是從. 於是有秘廉〔秘廉者求

乞之別名〕之法. 有一族〔封山民之於營屬, 雖非屬, 不敢明其非族〕之徵, 多者數百千
兩矣. 民其生乎!

於是封山之民, 相与議曰: "維松之故, 吾屬至此, 無松則可無事矣." 於是潛除
暗剔, 百計圖去. 甚則千人幷力, 衆斧齊聲, 數里蒼鬱, 一夜成赭. 聚錢重賂, 而免
於後患者有之. 於是乎小小公山, 無一枝松矣. 噫! 官之有丞史〔丞, 鄕所史吏屬
也.〕, 爲分勞也. 衣之有襏襫〔雨衣〕, 爲禦雨也. 無丞史則官不能獨保矣, 無襏襫
則衣不能獨乾矣. 無私山及小封山, 則大封山不能獨存矣. 此必至之理也.

卽今封山之僅存名色者, 惟有大山巨鎭, 如嶺南之巨濟南海·湖南之莞島邊
山·湖西之安眠島數處而已, 亦皆已濯濯矣. 民雖惡松, 如彼無松, 則亦不可生.
而私山無松, 小小公山無松, 蠶食旣盡, 無地下手, 不得不輻輳縶至於數處封
山. 封山之典守者, 因以射利, 水營禁之不得. 人皆曰: "法之不得, 責在水營." 余
則曰: "雖使鷹虎爲之水使, 必不能禁. 何者? 求者之所須, 急於渴飮, 守者之趨
利, 甚於流水. 諺曰: '守十而偸一, 守不勝偸.' 今守者之一, 而偸者億萬矣.〔自水
使之左右, 至監官山直及沿海之民, 皆偸者也.〕雖渭水盡赤, 何以禁止耶? 不治其本
而齊其末, 聖人之所不能也, 今之水使, 果何人哉! 余別有深憂. 夫以八道之土,
供京都之食, 猶患不足. 若以數郡之土, 供八道之食, 則不待智者而可知其窮矣.
西南沿海之地, 戶不下百萬, 大自舟楫宮室之材, 細至耒耜砧杵之木, 今皆取之
於數處封山. 非源泉之混混, 數年之後必無木可偸, 何異於以數郡而供八道耶?
向所云倭寇之憂, 猶是未然, 使百萬戶之民, 生無庇, 死無掩, 水無舟, 居無器,
〔水無魚釣, 則商賈盡廢. 海島居舟, 則陸地無魚鹽. 居無器, 則農工俱廢.〕而其可一日
無變乎?"

公山旣廣矣, 私山又禁矣. 公家之松, 宜如水火, 而今反於是. 五年一改之數十
戰艦, 無所取材, 每値其期, 東走西气, 堇而彌縫, 如是而猶不思之耶? 噫! 徒知
土廣之可以富, 而不知不与民同利, 土愈廣而貧益甚矣. 有子曰: '百姓足, 君誰

与不足?' 今之謀國者, 宜三復此言. 大抵松非可禁, 所謂禁者, 小人之所易犯. 而
君子而可犯, 則其禁必謬矣. 今之松禁, 雖孔顔不得不犯, 何者? 使孔顔而居今
之世, 遭親之喪, 則其將以禁法之故, 而廢棺槨之禮耶? 吾知必不然矣. 夫以孔
顔之所不得不犯, 而欲施之於衆人, 吾知其必不行矣. 此不宜禁者也.

然則向所謂三患, 終不可去邪? 亦惟曰弛其法而已. 民之惡松, 非惡其松也,
畏其法也. 苟法無畏, 其身之養生送死者, 何故而惡而不養耶? 苟人各有養, 公
家之嚴法重刑者, 何苦而偸之耶? 私山之陳荒者, 使之自養而自用, 封山之廢棄
者, 許其自養而自用. 凡有數十仞之山而無木者, 罪其人, 能養千松而堪作草余
之柱梁者, 加堵以賞之, 申嚴山腰以上火耕之禁 而使不得□*之. 凡問(問)無主
之山, 而一坊同一年或二年養, 鬱然成林者, 量其大, 復其坊一年或二年. 凡此
新令之松政, 管於本官, 而勿令水營干之. 現在公山之外, 弗增一畝, 而民之所
利, 國無与焉, 則行之數十年, 一國之山, 擧長成林, 公山之木, 民自不犯矣.

或曰: "方今人衆而地狹, 雖有此令, 無暇養松." 曰: "人衆地狹, 而利不盡, 則人
用益窘矣. 見今無木之山, 並掘草根, 山日瘠而薪日貴, 爲此採蕘之謀, 不圖養木
之計, 猶特其啼涔之水而不掘九仞之泉也. 此法之行, 山木日茂, 則護其根幹, 而
取其條葉, 樵薪極饒, 目前之計, 非言也."

或曰: "封山雖廢, 猶是公物. 一朝出而与民, 子之策何厚於下, 何薄於上也." 曰:
"此諺所謂我食則厭, 投狗可惜也. 旣公家無養松之力, 而使許多好田地, 求作不
毛, 等是棄也, 与民何傷? 且小山皆有木, 則見在之大封山, 可以不禁而自止, 利
一也. 雖屬之民, 民山有木, 而公家有急, 則猶不可借**而用之耶? 未有百姓足而
君不足者也, 利二也. 故此上下俱利之術也."

---

* 저본에 한 자가 누락된 듯하다. 내용상 焚(분)이나 燒(소) 두 글자 중 하나를 넣는 것이
옳다.
** 저본에는 惜(석)으로 되어 있으나 借(차)의 오자로 추정되어 고쳤다.

或曰: "民之不信命, 久矣. 且民之怖於松禁, 方如鳥之傷弓, 雖有此令, 民將不應, 奈何?" 曰: "是謀, 非愚之所及也. 信之於民, 急於兵食, 衛鞅, 至不仁也, 三丈之木, 猶能立信. 以不信之今, 而能爲國, 終古未之有也. 廟堂關議之, 監司申誥之, 守令奉行之, 時使御史廉察而登聞之, 賞罰必行焉. 如是而民未民, 不信也."

物極則反, 理之常也. 貢物之弊極而大同創, 良役之弊極而均役設, 私奴婢之弊極而良妻之子免爲奴寺, 奴婢之弊極而簿籍焚, 是皆大聖人隨時制宜·保民如子之盛德至善也. 嗚呼! 不能忘也. 今之極弊, 糶糴与松政是已. 黨或因此嫠婦之憂得寬, 民國呼吸之急□□, 則賤臣雖滅死窮海, 萬萬無恨矣. 嗟呼! 西子蒙不潔, 則人皆掩鼻, 余之不潔, 甚矣. 雖有天下之白, 誰其顧之! 悲矣悲矣! 甲子仲冬, 書於巽舘.(『雲谷雜著』)

한국 산문선 전체 목록

백광훈(白光勳)
과거를 준비하는 아들에게(寄亨南書)

윤근수(尹根壽)
함께 근무하는 동료들에게(金吾契會序)

이산해(李山海)
구름보다 자유로운 마음(雲住寺記)
가만히 있어야 할 때(正明村記)
대나무 집(竹棚記)
성내지 않는 사람(安堂長傳)

최립(崔岦)
그림으로 노니는 산수(山水屛序)
성숙을 바라는 이에게(書金秀才靜厚願學錄後序)
한배에 탄 적(送林佐郎舟師統制使從官序)
고산의 아홉 구비(高山九曲潭記)

유성룡(柳成龍)
옥처럼 깨끗하고 못처럼 맑게(玉淵書堂記)
죽어도 죽지 않는 사람(圃隱集跋)
먼 훗날을 위한 공부(寄諸兒)

조헌(趙憲)
혼자서 싸운다(淸州破賊後狀啓別紙)

임제(林悌)
꿈에서 만난 사육신(元生夢遊錄)

김덕겸(金德謙)
열 명의 손님(聽籟十客軒序)

오억령(吳億齡)
옥은 다듬어야 보배가 된다(贈端姪勸學說)

한백겸(韓百謙)
나무를 접붙이며(接木說)
오랫동안 머물 집(勿移村久菴記)

고상안(高尙顏)
농사짓는 백성을 위해(農家月令序)

이호민(李好閔)
한가로움에 대하여(閑閑亭記)

장현광(張顯光)
우리는 모두 늙는다(老人事業)

하수일(河受一)
농사와 학문(稼說贈鄭子循)

이득윤(李得胤)
사람을 살리는 것이 중요하다(醫局重設序)

차천로(車天輅)
시는 사람을 곤궁하게 만드는가(詩能窮人辯)

이항복(李恒福)
시인과 광대와 풀벌레(惺所雜稿序)

윤광계(尹光啓)
어디에서나 알맞게(宜齋記)
아들을 잃은 벗에게(逆旅說)

허초희(許楚姬)
하늘나라에 지은 집(廣寒殿白玉樓上樑文)

이희경(李喜經)
중국어 공용론(漢語)

김재찬(金載瓚)
방아 찧는 시인 이명배(春客李命培傳)

유득공(柳得恭)
발해사 저술의 의의(渤海考序)
일본학의 수립(蜻蛉國志序)
평화 시대의 호걸(送洪儉使遊北關序)

박제가(朴齊家)
재부론(財賦論)
나의 짧은 인생(小傳)
백탑에서의 맑은 인연(白塔淸緣集序)

이명오(李明五)
향(香) 자로 시집을 엮고(香字八十首序)

이안중(李安中)
인장 전문가(金甥吾與石典序)

이만수(李晩秀)
책 둥지(書巢記)

정조(正祖)
모든 강물에 비친 달과 같은 존재(萬川明月主人翁自序)
문체는 시대에 따라 바뀌는가(文體)

이서구(李書九)
바둑의 명인 정운창(某客小傳)

정약전(丁若銓)
소나무 육성책(松政私議)

권상신(權常愼)
나귀와 소(驢牛說)
봄나들이 규약(南皐春約)
정릉 유기(貞陵遊錄)
대은암의 꽃놀이(隱巖雅集圖贊)

서영보(徐榮輔)
물결무늬를 그리는 집(文漪堂記)
자하동 유기(遊紫霞洞記)
통제사가 해야 할 일(送人序)

장혼(張混)
고슴도치와 까마귀(寓言)

심내영(沈來永)
되찾은 그림(蜀棧圖卷記)

남공철(南公轍)
광기의 화가 최북(崔七七傳)
둔촌 별서의 승경(遁村諸勝記)

성해응(成海應)
안향 선생 집터에서 나온 고려청자(安文成瓷尊記)
백동수 이야기(書白永叔事)

신작(申綽)
자서전(自敍傳)
태교의 논리(胎敎新記序)

이옥(李鈺)
소리꾼 송귀뚜라미(歌者宋蟋蟀傳)
밤, 그 일곱 가지 모습(夜七)
걱정을 잊기 위한 글쓰기(鳳城文餘小敍)
북한산 유기(重興遊記)

한국 산문선 7

코끼리 보고서

1판 1쇄 펴냄 2017년 11월 24일
1판 3쇄 펴냄 2020년 9월 14일

지은이   박지원 외
옮긴이   안대회, 이현일
발행인   박근섭, 박상준
펴낸곳   (주)민음사

출판등록   1966. 5. 19. (제16-490호)
주소   서울시 강남구 도산대로1길 62
               강남출판문화센터 5층 (06027)
대표전화   02-515-2000─팩시밀리 02-515-2007
홈페이지   www.minumsa.com

ⓒ 안대회, 이현일, 2017. Printed in Seoul, Korea

ISBN 978-89-374-1573-9 (04810)
        978-89-374-1576-0 (세트)